Knaur.

Knaur.

Über die Autorin:
Claire Messud wurde 1966 als Tochter einer Kanadierin und eines Algerienfranzosen in den USA geboren. Sie studierte in Yale und Cambridge und arbeitet als Journalistin. *Und dazwischen das Meer* ist ihr zweites Buch.

Claire Messud

Und dazwischen das Meer

Roman

Aus dem Amerikanischen von
Christiane Filius-Jehne

Knaur Taschenbuch Verlag

Besuchen Sie uns im Internet:
www.knaur.de

Vollständige Taschenbuchausgabe November 2004
Knaur Taschenbuch
Ein Unternehmen der Droemerschen Verlagsanstalt
Th. Knaur Nachf. GmbH & Co. KG, München

Umschlaggestaltung: ZERO Werbeagentur, München
Umschlagabbildung: John Harris / Agentur Schlück
Satz: Ventura Publisher im Verlag
Druck und Bindung: Clausen & Bosse, Leck
Printed in Germany
ISBN 3-426-62523-7

2 4 5 3 1

Für J. W.

Je tiefer das Wissen, um so größer der Schmerz.
Ein verstehendes Herz ist wie ein
nagender Wurm im Gebein.
Augustinus

Nur der Träume wegen, die darin aufscheinen,
ist das wirkliche Leben von Wert für uns.
Denn dauern die Träume nicht an,
wenn die Wirklichkeit
schon Vergangenheit ist?
William Hurrell Mallock,
›Is Life Worth Living‹?

Teil 1

I

Ich bin jetzt Amerikanerin, aber das war ich nicht immer. Ich bin schon lange hier – allein sechs Jahre an der Columbia University und davor auch schon einige Zeit, die mir wie eine Ewigkeit vorkommt –, und ich habe mir eine hübsche Scheinexistenz aufgebaut. In Wahrheit jedoch spielte sich mein Leben bisher hauptsächlich in meinem Inneren ab. Die kleinen Zimmer auf der Upper West Side von New York City sind mein Zufluchtsort: ein schlecht beleuchtetes Durcheinander von Büchern und Gegenständen, ein vager Geruch nach einem Zuhause. Ich wartete, obwohl ich vor seinem Auftauchen nicht hätte beschreiben können, worauf: *»Indem wir uns in Sehnsucht nach ihr verzehren, sind wir schon dort. Wir haben unsere Hoffnung schon wie einen Anker an diese Küste geworfen … Ich singe das Lied des Dort, nicht des Hier, denn ich singe mit meinem Herzen, nicht mit meinen Lippen.«*

Ich bin nicht aus Versehen Amerikanerin. Ich habe mich freiwillig dafür entschieden. Aber es ist eine Maske. Wer in den übervölkerten New Yorker Straßen wüsste das nicht selbst? Für die koreanische Verkäuferin oder den Geschäftsmann aus Bangladesch, die nigerianische Studentin, die Krankenschwester aus Iowa oder die Sekretärin aus Montana gilt das in gleicher Weise wie für mich: Unser amerikanisches Leben umgibt uns wie ein Mantel, schützt unser Inneres mit einem Panzer.

Wo immer wir auch hergekommen sind, hat man aufgehört zu reden, gab es keinen Platz mehr, keine Luft; nur hier kann man atmen. Die Schuld vergeht nicht: Ich lebe – wie sollte ich auch nicht? – mit meiner Last der Erbsünde. Aber in Amerika, wo uns allein die Zukunft zusammenhält, kann ich unbelastet erscheinen, wie ein neuer Mensch. Und lange Zeit reichte der Schein. Jetzt jedoch entdecke ich in mir den Wunsch, diese innere Welt zu übersetzen, und ich beginne mit dem Zuhause, das ich einst hatte, an der Südküste Frankreichs; mit den Wohlgerüchen und Klängen im Hotel Bellevue meines Großvaters über dem weiten Mittelmeer mit seinen wechselnden Grün-, Blau- und Grautönen und der Hochsaison des Jahres 1989 als Ausgangspunkt.

2

Alles begann meiner Meinung nach in meinem fünfzehnten Lebensjahr, in der Sommernacht, als mein Großvater auf mich schoss. So baut man üblicherweise eine Geschichte auf und gibt ihr Gestalt: Es begann nicht wirklich damals, auch nicht an dem Tag, als mein Bruder geboren wurde, nicht einmal mit meiner Geburt. Auch ist es nicht ganz richtig, dass mein Großvater *auf mich* geschossen hat: Ich war durch Zufall nicht in der Schusslinie; er wusste nicht, dass ich da war. Aber es war ein Ereignis – das erste in meiner Erinnerung –, nach dem nichts mehr war wie zuvor.
Diese Sommerabende waren alle gleich. Wie Marie-José zu sagen pflegte, mussten wir sehen, dass wir die Zeit herumbrachten. Von allein verstrich sie nicht oder wollte nicht verstreichen: Die Tage gingen dahin wie überreife Früchte, weich und intensiv duftend, und lösten sich in bläulich-graue Dämmerung auf. Wir trafen uns nach dem Abendessen am Hotelpool, oben an der Klippe, und sahen zu, wie der Himmel allmählich tiefblau wurde und der Mond über dem Mittelmeer aufging, vor uns die flüs-

ternde, gekräuselte See. Jede Nacht pflügte der massige weiße Leib der Inselfähre seine Bahn durchs Wasser und verschwand am Horizont, der einzige Hinweis darauf, dass ein weiterer Tag sich dem Ende zu neigte.

Obwohl wir selbst fast noch Kinder waren, sahen wir mit Verachtung auf die Fange- und Räuber-und-Gendarm-Spiele herab, mit denen sich die jüngeren Kinder vergnügten, die ihre Verfolgungsjagden von den runden Bänken am Parkplatz spiralförmig nach draußen ausdehnten, bis ins hinterste Gebüsch der Gartenanlage. Wir hingen stattdessen faul herum, rauchten und redeten und waren so gelangweilt, dass wir daraus eine Tugend machten. Und wir flirteten – obwohl die meisten von uns sich seit Jahren kannten und schon so lange Sommer für Sommer schwimmend und spielend gemeinsam verbracht hatten, dass wir die Haut, das Lachen und die Illusionen der anderen wie unsere eigenen kannten. Flirten ließ die Zeit vergehen.

Ich kann mich heute nicht mehr erinnern, wessen Idee es war, nachts schwimmen zu gehen. Wir verbrachten unsere Tage im Nass, im trüben Salzwasser der Bucht mit ihren schaukelnden Booten oder im stahlblauen Swimmingpool, dessen Oberfläche ölig in den Regenbogenfarben schimmerte. Wir lebten in unseren Bikinis, winzigen farbigen Stoffdreiecken, und arbeiteten (das war die engste Berührung, die wir mit Arbeit hatten) an einer gleichmäßigen und tiefen Bräunung unserer Haut, damit sie die Pigmentierung sogar die Wintermonate hindurch hielt. Wir zogen vom Strand zum Pool und dann wieder zum Strand, die gewundenen Pfade hinauf und hinunter, an den Aloen vorbei, in die wir in früheren Jahren unsere Initialen geritzt hatten, sorgfältig gezogene Narben in dem stacheligen, gummiartigen Fleisch. Warum wir das Bedürfnis verspürten, erneut schwimmen zu gehen, weiß ich nicht: vielleicht weil unsere Spiele im

Wasser noch dieselben waren wie eh und je, ein Bereich, der noch frei war von Befangenheit. Wir balgten uns paarweise am Beckenrand und versuchten uns gegenseitig in den Pool zu stoßen, sprangen von der überhängenden Brüstung ins flache Wasser (obwohl das streng verboten war, seit ein Gast sich dabei am Kopf verletzt hatte), gaben mit unseren eleganten Kunstsprüngen vom Sprungbrett an und jagten uns kreischend quer durchs Bassin. Zur Belohnung gab es einen festen Schlag auf den Kopf und spritzendes Untergetauche.

Unsere Spiele waren laut und hallten in den Bäumen wider. Je höher wir kreischten, desto mehr glaubten wir uns zu amüsieren. Tagsüber lagen die erwachsenen Gäste verärgert am Beckenrand und fluchten auf unsere Wasserbomben und die gechlorten Spritzer, die auf sie niedergingen; oder sie erzwangen sich unerschütterlich und mit finsterer Miene in gleichmäßigen Schwimmzügen eine Bahn durch unsere Mitte. Ihre Spur im Wasser wurde allerdings sofort von unseren platschenden Armen und Beinen verwischt. Nachts jedoch lag der Pool, von unten beleuchtet, schimmernd und leer da, von den Erwachsenen gemieden, die durch die entfernte Hotelbar schlenderten oder die Zeit damit totschlugen, bei endlosen Abendessen zu diskutieren. Ihre Stimmen hoben und senkten sich im Chor der Zikaden. Schwimmern am nächsten kamen die Fledermäuse, die im Sturzflug am Wasserrand entlangschossen, auf der Jagd nach den vom Licht angezogenen Insekten.

Und so schlug an einem Abend im Juli gegen zehn, vielleicht sogar später, Thierry – der Sohn des Buchhalters, ein Junge, der nie zu wachsen schien, dessen Stimme hartnäckig unverändert blieb und der seine mangelnde Länge durch plumpe Arroganz und ermüdende Possen kompensierte – vor, die Fledermäuse zu verscheuchen und die schimmernden Tiefen für uns selbst zu beanspruchen. Im Sonnenlicht vertraut, war der Pool im Dunkeln ein Abenteuer. Sämtliche Schatten um ihn herum änderten sich. Wir hatten keine Handtücher und abgesehen von unserer Kleidung keine Badesachen, also zogen wir uns aus, unsere Nacktheit in der Dunkelheit verborgen, und sprangen ins Wasser.

Wir waren zu acht oder neunt, Kinder, die im Hotel zu Hause waren, und solche, für die es jeden Sommer so etwas wie ein Zuhause darstellte. Das Herumgealber und Spritzen und gegenseitige Untertauchen war wegen unserer Nacktheit noch aufregender als sonst und unser Geschrei entsprechend schriller. Wir dachten nicht an die Erwachsenen. Warum auch? Wir dachten nicht einmal an die Uhrzeit. Das nächtliche Schwimmen war eine herrliche Entdeckung, wenn wir auch am Kopf und an den Armen froren, wenn wir sie aus dem Wasser streckten, und unsere Körper von Gänsehaut überzogen waren. Zehn Minuten, vielleicht zwanzig vergingen, wir waren nicht lange im Wasser – und es ist nach wie vor schwer zu glauben, dass wir so schrecklich laut gewesen sein sollen –, als mein Großvater auf seinem Balkon erschien. Seine dunkle Gestalt hob sich gegen das Wohnzimmerlicht ab, und die massige Platane schnappte wie ein paläolithisches Monster nach seinen Füßen.

Mit heiserer und wütender Stimme begann er zu schreien. Die Leute versuchten zu denken, zu schlafen. Dies sei ein Ort der Ruhe, es sei unzumutbar zu dieser Uhrzeit … Kurzum, wir hätten kein Recht zu schwimmen. Wir ließen die Arme baumeln und traten einen Moment lang still und verschüchtert Wasser, bis jemand – höchstwahrscheinlich Thierry – mir halb lachend und für meinen Großvater unhörbar zuzischte, ob man den alten Wichser nicht zum Schweigen kriegen könne.

»Sag ihm, dass du hier bist«, flüsterte er. »Sag ihm einfach, dass

du hier bist, dann hält er schon die Klappe. Los. Sonst labert er die ganze Nacht. Mach schon!«
Andere – Marie-José, Thibaud, Cécile und der Rest – stachelten mich daraufhin ebenfalls an: »Los, Sagesse, mach schon!« Ihre Stimmen, die mein leicht schwerhöriger und noch immer herumschreiender Großvater nicht ausmachen konnte, plätscherten wie Wellen dahin.
»Grand-père«, schrie ich schließlich, und meine Stimme war schrill wie eine Glocke, »wir sind das. Ich bin hier. Tut uns Leid. Wir wollten dich nicht stören.«
»Geht unverzüglich da raus«, brüllte er zurück. »Geht raus, zieht euch an, und geht nach Hause. Es ist mitten in der Nacht.« – Wir prusteten alle los, denn wir hielten Leute, die ins Bett gingen, morgens aufstanden und sich auf den Weg zur Arbeit machten für eine Art Witz. »Weiß dein Vater, dass du hier bist?«
»Ja, Grand-père, er weiß es.«
Mein Großvater gab entrüstet ein theatralisches Schnauben von sich. »Geht alle miteinander nach Hause«, sagte er, drehte sich um und verschwand wieder in der Helligkeit des Zimmers, sodass seine Gesichtszüge und der hohe ergraute Kopf erneut sichtbar wurden.
Wir kletterten aus dem Becken, ein tropfendes, murmelndes Häufchen.
»Mann, dein Großvater«, sagte Thierry, der auf und nieder hüpfte. Die Hände hielt er über den Schatten seiner Genitalien gepresst. »Das ist vielleicht einer.«
»Sagesse kann nichts dafür«, sagte Marie-José und legte einen feuchten Arm um mich. »Aber er ist ein Idiot, weißt du.«
»Mein Papa sagt, er ist als Chef ein Schweinehund«, sagte ein dünnes Mädchen namens Francine mit klappernden Zähnen. Ihr Vater war für die Pflege der Gartenanlagen verantwortlich.

»Mein Vater sagt dasselbe«, sagte ich. Alle lachten, und genau in dem Moment stieß eine Fledermaus im Sturzflug herab und streifte fast unsere Köpfe. Wir schrien unisono auf und kicherten dann schuldbewusst über unser Geschrei.
»Nehmt euch in Acht«, sagte Thibaud, einer der Sommergäste, Sohn neureicher Pariser Eltern und der Junge, auf den ich ein Auge geworfen hatte. »Sonst kommt er wieder raus.«
Wir trennten uns.

3

Das war die erste Nacht. Marie-José brachte mich auf ihrem Moped nach Hause; die Kleider klebten mir klamm an der Haut, und mein langes Haar war feucht und vom Wind völlig verheddert. Sie winkte und warf mir aus dem Helm eine Kusshand zu. Als sie auf dem weißen Kiesweg zur Straße zurücksetzte, öffnete meine Mutter die Tür.
In unserem Haus, das die meiste Zeit meines Lebens auch mein Zuhause gewesen war, herrschte dieselbe marmorne Stille wie im Hotel, fingen sich auf dieselbe Weise Schall und Licht. Man konnte die Menschen darin spüren, oder eher noch ihre Abwesenheit, und zwar schon, wenn man im Flur vor der nackten Venus auf ihrem Sockel stand, daneben wie ein zweites Kunstwerk die Aufzugtür aus gebürstetem Aluminium. Die Eingangshalle war zwei Stockwerke hoch, und die Luft darüber schien zu stehen und darauf zu warten, aufgewirbelt zu werden.
Meine Mutter konnte, wenn sie wollte, durchs Haus schweben, ohne ein Lüftchen zu rühren. Ihr Gesicht konnte ebenfalls unbewegt bleiben – wenn sie sprach, wenn sie nervös war –, mit seinen

scharfen Zügen, den dunklen Augen und den schweren Lidern glich es einer erschrockenen Maske.
»Nicht im Bett?«, fragte ich so ungezwungen wie möglich und zupfte an meinen Zotteln, während ich mich hinter ihr ins Wohnzimmer schob.
Sie drehte an den Knöpfen ihrer Bluse und redete mit mir auf Englisch – ihrer Sprache und der meiner frühesten Kindheit –, das jetzt aber nur noch zum Austausch von Vertraulichkeiten oder zum Erteilen von Rügen verwendet wurde. »Dein Großvater hat angerufen.«
»Ach ja?« Ich sank auf den Mittelteil des riesigen leichenweißen Sofas, wohl wissend, dass meine Jeans zwei feuchte runde Flecken unter meinem Po hinterlassen würden. Ich sprach französisch: »Und, war was?« Ich legte die Füße auf den Kaffeetisch, wobei ich trotz dieses provokanten Aktes darauf achtete, nicht zu weit zu gehen. Ich setzte sie auf einem akkurat drapierten Buch ab, ohne das blank geputzte Glas zu berühren oder gar zu beflecken.
Meine Mutter nahm schweigend davon Notiz. »Er war wütend.«
Ich wartete, noch immer mit meinen Haaren beschäftigt, die ich verknotete und wieder auseinander dröselte wie Penelope die Wolle an ihrem Webstuhl.
»Er ist stocksauer auf dich und deine Freunde. Dieser Lärm! Mitten in der Nacht. Mein Gott, das Hotel ist voller Gäste.«
»Es war nicht sehr spät. Wir sind doch nur geschwommen. Das dürfen wir doch offiziell. Er brauchte uns nicht so anzubrüllen.«
»Dein Großvater ist zurzeit sehr überlastet.«
»Ach was, er ist ein Idiot, der die Leute anbrüllt, wie er will. Einige – Renaud, Thibaud oder Cecile und Laure – sind aber Gäste im Hotel. Welches Recht hat er dazu?«
»Dein Großvater –« Meine Mutter blickte flehentlich drein. Sie

hatte die Hände erhoben und ließ sie dann plötzlich mit einem gereizten Knacken der Knöchel sinken. »Ich möchte nicht über deinen Großvater reden und das, was nicht mit ihm stimmt. Das ist nicht der Punkt.«

»Ach nein?«

»Es geht hier um den Missbrauch von Privilegien.«

Meine Mutter war klein und schlank und hatte ihr Bestes getan, um wie eine Französin auszusehen: Ihr dunkles Haar war zu einem akkuraten Knoten nach hinten gezogen, ihre Blusen und Röcke waren nach der neuesten Mode geschnitten, und sie bevorzugte eng anliegende Marinestrickjacken, welche ihre schmalen Schultern betonten. Aber irgendetwas an ihrem Gesicht, der Form oder Haltung ihres Kopfes verriet ihre Fremdartigkeit, so wie man einen Transvestiten an seinen Handgelenken oder seiner Haltung erkennt. Vielleicht war es nur ihre Besorgtheit; denn meine Mutter war ständig besorgt. Mit dem Ergebnis, dass sie völlig unfähig war, entschieden aufzutreten. Ihr Schelten war stets halbherzig, als glaube sie nicht wirklich an das, was sie sagte, als kritisiere sie sich selbst und fände ihre Pflicht schauderhaft.

Dann wiederum war da die Unbeholfenheit meiner Mutter, wenn sie versuchte, mit der Stimme ihres Schwiegervaters zu reden: Allzu lang, eigentlich ständig, hatte ich das Geschimpfe, Geheule, den Zorn gehört und überhört – das ganze Spektrum an melodramatischen Vorwürfen, womit meine Mutter ihre Gefühle zum Ausdruck brachte. Viele dieser Vorwürfe waren direkt gegen die Familie ihres Mannes gerichtet, gegen eben den Mann, den sie nun gezwungenermaßen vertrat; und wenn nicht dagegen, dann gegen Frankreich als Ganzes, in einer pauschalen und metonymischen Weise, von der sich niemand täuschen ließ. Die Kritik fiel nie dorthin, wo sie, wie wir alle im Stillen beklommen wussten, hingehört hätte, denn der Schlüssel für ihre Gefangenschaft lag bei meinem Bruder Etienne.

4

Ich hätte genauso gut mit meinem Bruder beginnen können statt mit der Nacht, in der die scharfen Salven aus dem Gewehr meines Großvaters die Familie auseinander brachen (obwohl sie dies nicht unmittelbar taten; sie verursachten eher feine Haarrisse, die heimtückischer und vielleicht dauerhafter wirkten, als dies eine klarere, bestimmtere Aktion vermocht hätte). Eigentlich hätte ich mit meinen Eltern beginnen können und ihrer Begegnung in einem Café in Aix-en-Provence irgendwann an einem Aprilabend, als die Sonne gerade unterging und die Parade von Exzentrikern in einer Imitation der Hauptstadt den Boulevard entlangdefilierte, wie Puppen in einem Theater und einzig und allein für diese erwartungsvolle junge Amerikanerin, die für ein Jahr ihrem verschlafenen und von den Turbulenzen des Jahrhunderts unberührten Mädchencollege entronnen war, sowie für den ihren Worten nach gut aussehenden galanten jungen Franzosen, der sich nach vorne beugte, um das Entzücken in den Augen meiner Mutter zu lesen. Sie waren speziell von dieser siebzigjährigen Dame mit den platinfarbenen Locken hingerissen, die ihren täglichen Spaziergang auf dem Gehsteig machte, auf Zehenspitzen, pinkfarbene Ballettslipper über einer Schulter schwenkend und einen Zwergpudel, dessen Locken zu den ihren passten, an die Brust gedrückt.

Oder ich hätte natürlich mit meinem eigenen Geburtsschrei anfangen können, der sich gleichzeitig mit dem Fall von Saigon ereignete, was meinen Eltern in jeweils unterschiedlicher Weise festhaltenswert erschien. Meinem Vater, weil ihn sein koloniales Blut über den endgültigen Verlust eines weiteren früheren Außenpostens französischer Glorie trauern ließ, lagen doch die qualvollen Entscheidungsschlachten seines untergegangenen Algeriens nicht viel mehr als zehn Jahre zurück. Meine Mutter hingegen, deren Interesse und Verständnis für Politik seit jeher im besten Falle vage war, erlebte den Moment in einer plötzlichen Anwandlung von Heimweh nach Amerika, diesem weiten und nur streckenweise vertrauten Land, das von Kummer verzehrt und innerlich zerrissen war wie sie selbst im Exil. Sie stammte aus dem behaglichen, hügeligen ländlichen Massachusetts und hätte nie erwartet, so wenig wie das restliche Amerika, plötzlich so betroffen zu sein. Kurz gesagt: sie identifizierte sich damit. Und dennoch konnte ich, ein schreiendes und glitschiges Baby, irgendwie in dem Glauben aufwachsen, dass nichts davon – weder der Krieg noch Amerika, noch die alte Frau, die ihre Ballettschuhe mit solch vorgetäuschter Lässigkeit über der Schulter schwenkte – irgendetwas mit mir zu tun hatte. Jede Geschichte ist letztlich auch davon abhängig, was weggelassen wird. Warum war die Geburt meines Bruders bedeutsamer, ließ den schweren Irrtum meiner Eltern Fleisch werden, als ich bereits im Laufstall krabbelte? Weil manche Dinge wahrer sind als andere, zwangsläufiger, weniger abhängig von verrückten oder imaginierten Vorstellungen. Und was bei der Geburt meines Bruders passierte, war so etwas Unausweichliches. Diese kostbaren Minuten zwischen dem ersten heftigen Schub, der das Kind aus der Gebärmutter nach unten treibt, und seiner Ankunft in dem brutalen gleißenden Licht, das den Beginn des Lebens markiert – im Falle meines Bruders verrannen diese kostbaren Minuten und führten zu einem weiteren, längeren und beängstigenderen Stillstand, währenddessen der Doktor und die Hebamme, und vermutlich auch mein Bruder, in Panik gerieten und alle zusammen, meine verzweifelte, aber unwissende Mutter ebenfalls, versuchten, so gut sie konnten, ihn in die Welt zu ziehen. Vielleicht zögerte er, die Qualen vor Augen und in dem Gefühl, dass er das Leben nicht schaffen würde, nicht schaffen könnte. Er kann es uns nicht sagen. Seine dünnen Gliedmaßen, zu lange ohne Sauerstoff, wurden blau und lagen verdreht auf seinem Leib, sein wackeliger Babynacken wurde schlaff, und sein Gehirn ... Wer weiß, was mit seinem Verstand passierte oder wo er ist oder ob er noch immer hinter seinen strahlenden Augen wütet. Mein Bruder büßte in jenen kostbaren Momenten jegliche sprachliche Fähigkeit ein: Niemand wird je wissen, was Etienne wohl im Kopf hat, während er nun, freundlich in seinem Rollstuhl zuckend, an Brust und Taille festgeschnallt, krumm daliegt, stets dünne glitzernde Speichelspuren wie ein feuchtes Spinnennetz am Mund. Er war, wie die Ärzte nahezu unmittelbar verkündeten, unfähig zu motorischer Koordination und geistig schwer retardiert: wenig mehr als eine Pflanze auf der Werteskala dieser Welt.

Für meine Eltern schlug damit die Tür ihres Gefängnisses zu. Aber für mich – ich war zwei Jahre alt, als sie mit ihm nach Hause kamen – war der Weg bereits festgelegt. Wir waren gleich, beschloss ich, über dem stillen Babykorb girrend, und zumindest ich würde ihn nie verlassen. Wenn er nicht sprechen lernen könnte, würden wir eben die Worte teilen, über die ich verfügte. Ich würde mich auch für ihn bewegen und die Gerüche des Parks, des Strandes, des Schulhofes mit nach Hause bringen. Es würde uns gut gehen. Von diesem Augenblick an verachtete ich ihn aber auch in demselben Maße, wie ich ihn liebte: Er setzte – und setzt mir – meine Grenzen.

Meine Eltern nahmen ihr Schicksal mit katholischer Würde an, gegen den Rat vieler – einschließlich den ihres Priesters, wie ich irgendwann erfahren sollte. Wir behielten den Jungen zu Hause und liebten ihn oder versuchten dies jedenfalls; und da sie sich bereits vorher einen Namen für ihn ausgedacht hatten – der jetzt so unpassend wie lächerlich war –, hielten sie daran fest, was erklärt, warum mein Bruder dann Etienne Parfait genannt wurde. Für mich, und wenn ich mit ihm sprach, war er *plus-que-parfait*, mehr als perfekt, Plusquamperfekt, eine unwiederbringlich abgeschlossene Zeit in der Sprache, die er nie sprechen würde.

5

Um die Predigt meiner Mutter zu unterbrechen, fragte ich, obwohl ich die Antwort sehr wohl wusste, wo er sei.

»Dein Bruder schläft«, sagte sie. »Was sonst.«

»Und Papa?«

»Dein Vater musste weg.«

Ich nickte. Ich war müde, und sie ebenfalls.

»Hör zu, Sagesse«, sagte sie vorsichtig in versöhnlichem Französisch und streckte die Hand aus, um mein verstrubbeltes Haar glatt zu streichen. »Mach das nicht mehr. Sag das auch den andern. Glaub mir, dein Großvater … es ist nicht die beste Zeit … Dein Vater sagt, im Hotel geht's schlechter, nicht geschäftlich, nur … Dein Großvater ist überlastet. Er ist schwierig im Umgang. Für jedermann.«

»Ich verstehe.«

Ich verstand es nicht wirklich. Wie auch, denn alle meine Tage waren nur von der ermüdenden Jagd nach Vergnügen bestimmt. Ich ging hoch und küsste den schlafenden Etienne, und sein rasselnder Atem lenkte mich davon ab, dass ich zunehmend verärgert über meine Eltern war. Ich barg seinen schmalen Wuschelkopf im Netz meiner Haare und atmete im gleichen Rhythmus wie er. Sein Geruch nach Glycerinseife und schwach auch nach Urin vermischte sich mit dem nach Chlor und Schweiß auf meinem Körper. Ich schob die Warnung meiner Mutter in die verschlossene Truhe in meinem Kopf, in der ich solche Informationen speicherte. Will sagen, ich vergaß sie.

6

Ich hatte gute Gründe, sie zu vergessen. Ich, meine Mutter und mein Vater, die Leute im Bellevue, die ganze Stadt – wir alle gerieten in den darauf folgenden Tagen in den Bann eines lokalen Ereignisses von unvermuteter, nationaler Bedeutung. Unsere Stadt, hässliches Entlein an der glamourösen Mittelmeerküste und von schwindender Bedeutung, verdiente nur selten eine Erwähnung in den weit entfernten Pariser Zeitungen. An unsere Provinzialität gewöhnt, gingen wir unserer Arbeit nach, als wären wir unsichtbar. Hatten wir auch gelegentlich Ressentiments gegenüber den Hauptstädtern, so wäre es uns doch nie in den unbekümmerten Sinn gekommen, dass unsere kleinen Spannungen eine größere Resonanz haben könnten. In diesem Fall – diesem sommerlichen Bombenattentat oder richtiger diesem gescheiterten Attentat – zogen wir eine Aufmerksamkeit auf uns, die weder vorhergesehen noch willkommen war.

An dem Morgen nach unserer missliebigen Schwimmaktion trottete ich gegen neun nach unten und stellte fest, dass mein Vater noch immer zu Hause war. Er saß in einem Fächer aus

Sonnenstrahlen beim Frühstück und hielt den vom Licht gestreiften *Figaro* dicht vor dem glänzenden, frisch rasierten Gesicht.

Die Augen schlafverklebt, im Bademantel und sträflich barfuß (Schuhe, wenigstens Espadrillos, waren bei uns zu Hause Pflicht), murmelte ich guten Morgen und schwebte an ihm vorbei in die Küche, wo ich die Fliesen kühl an den Fußsohlen spürte. Dort stand, die Arme in die Seiten gestemmt, meine Mutter und beäugte den Toaster, in dem das von ihr geliebte – amerikanische – rindenlose Weißbrot, das *pain de mie*, hörbar vor sich hin röstete.

»Warum ist er denn noch da?«, fragte ich, während ich einen Topf mit Wasser füllte.

»Er ist sehr spät nach Hause gekommen. Ich habe schon geschlafen. Irgendwelcher Papierkram.«

Ich zog eine Augenbraue hoch.

»Und dann dieses tragische Ereignis …«

»Was für ein tragisches Ereignis? Doch nicht wieder eine Herzattacke?« Im vergangenen Jahr war ein Gast in seinem Badezimmer und in uneleganter Körperhaltung einer tödlichen Angina pectoris erlegen.

»Der Bombenanschlag. Es gab einen Bombenanschlag.«

»Wo?«

»Hier. In der Stadt. Es ist unglaublich. Direkt hier.«

»Mann.« Ich zog den Gürtel meines Bademantels fester.

»Wie in Algier, als er ein Junge war – das war das Erste, was er gesagt hat.«

»Was ist denn passiert?«

»Es steht in den Zeitungen. Sie sind sich nicht ganz sicher, aber sie glauben zu wissen …«

Was sie von Anfang an zu wissen glaubten und schließlich zu

einem Faktum erklärten, lief auf Folgendes hinaus: Zwei stinknormale junge Männer und eine junge Frau aus der Gegend hier, keiner von ihnen über zwanzig und das Mädchen womöglich nicht einmal über achtzehn, hatten bei einem der Jungen zu Hause im Keller eine Rohrbombe gebastelt. Diese war, wie es schien, für ein Nachtlokal im Altstadtviertel in der Nähe des Hafens bestimmt gewesen, das viel von Arabern besucht wurde. Angesichts der Aktivitäten der jungen Männer in den vorangegangenen Monaten, in denen sie unter anderem lautstark an einer Massenveranstaltung der Nationalen Front teilgenommen hatten und, noch beunruhigender, verhaftet worden waren, weil sie willkürlich einen jungen Franzosen marokkanischer Abstammung zusammengeschlagen hatten, gab es keinen Zweifel, worauf sie aus waren. Das Mädchen, nahm man an, war nur die Freundin: Für ihr Engagement bei den Nationalisten gab es keinen Beweis.

In jedem Fall hatte das Trio die böse Absicht mit dem Leben bezahlt. Ob der Zünder nicht richtig montiert gewesen war oder ob die Drähte zu empfindlich waren, sie sprengten, ausgelöst durch ein Schlagloch oder eine plötzliche Bremsung, unmittelbar hinter dem Einkaufszentrum in der Innenstadt nur sich und ihren schwarzen Fiat Uno in die Luft, und zwar um 1 Uhr 12 nachts, wie die stehen gebliebene Uhr eines der jungen Männer anzeigte. Die Agitatoren hatte es wie ihr Fahrzeug in Stücke gerissen, und die Straße unter ihnen war voller Krater, wie ein kleiner Steinbruch.

Die Mutter des toten Mädchens, eine ausgemergelte, von Rauch und Alkohol gezeichnete Gestalt, der das Haar in dünnen gebleichten Strähnen übers knochige Gesicht hing, informierte die lokale Presse – aus der ich während der nächsten Tage meine Informationen bezog –, dass ihre Tochter noch nie in irgendwelchen Schwierigkeiten gewesen sei, ein nettes, freundliches Wesen gehabt und – was vielleicht ihr größter Fehler gewesen sei – sich leicht an jemanden angehängt habe. »Sie konnte schon richtig und falsch auseinander halten«, sagte ihre Mutter. »Aber sie vertraute den Leuten. Sie glaubte, was man ihr sagte.« Sie hatte zwei ganze Jahre an der Kasse eines Supermarktes in der Stadtmitte gearbeitet und war bei all ihren Kollegen sämtlicher Rassen sehr beliebt gewesen. Diese Tragödie war ein grauenhafter Schock für ihre Mutter.

An eben diesem Morgen war es auch eindeutig ein grauenhafter Schock für meinen Vater. Als ich, die Kaffeetasse mit beiden Händen haltend, scherzte, dass es wenig Grund zur Trauer gebe – »Diese miesen Typen haben sich selber um die Ecke gebracht, stimmt's? Also, was soll's?« –, sah mein Vater mich über seine Zeitung hinweg mit unergründlichem Gesichtsausdruck und großen traurigen Augen an und krächzte: »Red nicht über Dinge, von denen du nichts verstehst.«

»Ent-schul-di-gung.« Ich verdrehte die Augen und sah meine Mutter an, die sich mit den Krümeln auf ihrem Teller beschäftigte.

»Wenn du gesehen hättest, was ich gesehen habe«, sagte mein Vater, und selbst ich in meinem zarten Alter wusste – ja sogar Etienne hätte dies höchstwahrscheinlich sagen können, wäre er zu sprechen in der Lage gewesen –, dass mein Vater nahezu nie von seiner Jugend sprach, insbesondere nicht von deren letzten dunklen Tagen, als er Algerien in Richtung Frankreich verließ, und ganz bestimmt nicht vor seinen Kindern; und ich dachte, ja hoffte sogar, dass er jetzt mehr erzählen würde. Aber er versank wieder in Schweigen, sein Konditionalsatz blieb quälend in der Luft hängen. Dann zog sich mein Vater vorübergehend hinter die Zeitung zurück, nur um sie dann unordentlich zusammenzufalten und sich vom Tisch zu erheben, wobei er das Milchkännchen zum Überschwappen brachte und dafür sorgte, dass ein über ein Glas gelegter klebriger Marmeladenlöffel klappernd herunterfiel.

»Ich bin spät dran«, sagte er. »Wahrscheinlich wird es heute Abend auch wieder spät werden. Morgen ist das Abendessen bei den Joxes. Und denk dran, den Tag darauf sind wir bei Mama eingeladen.«

»Wie könnte ich das vergessen?«, fragte meine Mutter, die den Marmeladenlöffel abgeleckt und auf ihren Teller gelegt hatte.

Er drückte uns flüchtige trockene Küsse auf die Wange. Sein ruhiges Gesicht – war es die Farbe, der Blickwinkel, ein Schatten? – trug eine undefinierbare Kummermaske.

Meine Mutter wartete, bis sie den Motor seines schwarzen BMWs und das Knirschen der Räder auf dem Kiesweg hörte, bevor sie aufsprang und sich daranmachte, den Tisch mit großer Geschwindigkeit abzuräumen.

»Ich habe keine Zeit zu verplempern. Etienne müsste eigentlich mit seinem Bad fertig sein. Magda wird ihn bald angezogen haben. Hopp, hopp!«

»Wohin geht ihr?«

»Um halb elf hat er seine Untersuchung, und dann, dachte ich, freut er sich vielleicht über einen Spaziergang an der Promenade. Du weißt, wie sehr er die Möwen mag. Möchtest du mitkommen?«

Ich schüttelte den Kopf.

»Uninteressant, was? Früher hast du deinen Bruder abgöttisch geliebt.«

»Das tu ich immer noch. Mein Gott, hack doch nicht immer auf mir herum. Ist es ein Verbrechen, ein eigenes Leben haben zu wollen?«

»Du brauchst nicht in diesem Ton mit mir zu reden.«
Ich seufzte. Sie seufzte.
»Ich treffe mich nachher mit Marie-Jo. Das hab ich ihr versprochen.«
»Zum Mittagessen bist du dann bei deiner Großmutter, ja?«
»Das habe ich gestern mit ihr ausgemacht.«
»Halt den Freitag für mich frei.«
»Okay. Warum?«
»Da ist Markt unten in der Stadt. Ich dachte, wir machen an der *parfumerie* Halt und suchen uns jede einen Lippenstift für die Saison aus.«

7

Am Freitag wusch ich mein Haar für den Ausflug und flocht es nass, weil es dann zur Schlafenszeit, wenn ich die Zöpfe löste, noch immer feucht sein und mir in wunderbaren kleinen Wellen über den Rücken fallen würde.
Ich mochte unsere Ausflüge zum Markt in der Innenstadt. Gewöhnlich kaufte meine Mutter nur hastig bei dem kleineren Ableger in der Nähe des Strandes ein, wo ein paar von Sonnenschirmen beschattete Stände auf einem Parkplatz aufgestellt waren und es von jeder Sorte immer nur einen oder zwei gab – einen Blumenstand, einen mit Molkereierzeugnissen, eine einzelne Frau, die billige Bettwäsche und Handtücher verkaufte. Es war dort praktischer für meine Mutter, wenn sie Etienne im Auto hatte: Sie konnte das Auto parken, er konnte darin bleiben und sie ihn, selbst während sie ihre Einkaufskörbe füllte, im Blick behalten. Wenn sie in die Stadt ging, musste sie Etienne bei Magda

lassen, seiner Krankenschwester. Es war dann eine Unternehmung, ein Vergnügen, und sie ging lieber mit mir.
Der Markt im Zentrum erstreckte sich über die ganze Länge einer engen Straße in der Altstadt, die von einem kleinen Brunnen nahe des Einkaufszentrums bis zu dem Platz gegenüber dem Kai hinabführte. Die Stände säumten den Asphalt zu beiden Seiten, und hinter diesen Ständen lagen vergessen die Geschäfte, die dann blieben, wenn kein Markt war: staubige, merkwürdige Kavernen mit chinesischen Heilkräutern oder Gardinenstangen oder maßgeschnittenem Glas und Spiegeln.
Die fliegenden Händler stellten sich vor dieser verschlafenen Schaufensterfront in einer unerbittlichen, durch eine lange Tradition vorgegebenen Ordnung auf, die für Uneingeweihte rätselhaft war. Es gab dort Gemüsemänner und Obstfrauen und Stände, die Obst und Gemüse verkauften, rötliche Berge von Pfirsichen neben fleischigen violetten Auberginen, üppig ondulierte grüne Friséeköpfe neben saftigen tiefroten Kirschen, blassen Fenchel, der seine gerippten Knollen und fedrigen Blätter gegen die zuckergefleckten runzligen Kadaver nordafrikanischer Datteln presste. Es gab dort Blumenhändler, deren fein mit Wasser besprühte Anemonen und Rosen wie von Morgentau schimmerten. Und dann gab es die Käsehändler mit ihren Stapeln von reifem Käse, dessen strenger und verführerischer Geruch hinter einer Glaswand hervor der Menge in die Nase stach. Es gab Olivenverkäufer und Kräutermänner, Körbe voller durchdringend riechendem Rosmarin und stacheligem Lorbeer, Mullsäckchen mit Lavendel, blaue Flaschen mit Rosen- und Orangenwasser und Teesorten gegen jedwedes Leiden – gegen nervöse Anspannung, Hautprobleme, Schlaflosigkeit und Verstopfung. Es gab Tische mit Kerzenhaltern, Salatbestecken und Gurkenzangen, lange Schnüre mit Knoblauch und wächserne Zitronenpyra-

miden. Am unteren Ende, nahe des Kais, verkauften Fischer ihre kugeläugigen, silberhäutigen, glitschigen Fänge: blutverschmierte Filets und kreisrunde eingekerbte Steaks, milchige Jakobsmuscheln und Austern in krustiger Schale. Alles war in Kisten mit Eis in der Morgensonne ausgelegt, und mit steigender Tagestemperatur nahm der scharfe Fischgeruch zu. Gegenüber von den Fischhändlern boten in einer Ecke mehrere junge Männer, die Brüder waren, Damenbekleidung und glitzernden Tand an: glänzende Ohrringe und vergoldete Fußkettchen, Leggings mit Leopardenmuster und grellfarbene synthetische T-Shirts mit Paillettenlöwinnen oder ausgefranste weiße Vinyljacken mit dazu passenden Cowboystiefeln, alles Modeneuheiten, deren wachsender Erfolg in der Aufmachung der einkaufenden Frauen erkennbar war.

Wir begannen gern oben an der Straße, um uns dann, mit dem sanften Strom der anderen Hausfrauen – in dessen Mitte hin und wieder ein miesepetriger Ehemann oder ein verhutzelter Großvater ebenso auffiel wie ein kläffender Hund –, schnuppernd, kostend und schwatzend langsam nach unten treiben zu lassen.

Es war vor allem eine Parade von Frauen: junge Arabermütter mit kajalumrandeten Augen und Kleinkindern, die ihre Knie umklammerten; vollbusige matriarchalische Figuren in engen Nylonkleidern, mediterrane Bäuerinnen, so hoch wie breit, deren nackte Arme kräftig und geädert waren wie Schweinshaxen; elegante Afrikanerinnen in farbenfrohen Tuniken, das Haar unter kunstvollen Turbanen versteckt, mit beneidenswert seidiger Haut und stolzen Mandelaugen. Und dann waren da die kichernden, auf erwachsen getrimmten Mädchen meines Alters, deren Füße in Stöckelschuhe gequetscht waren. Unter den knappen Tops zeichneten sich die knospenden Brüste ab, und ihre

Münder glichen alterslosen feuchtfarbigen Schlitzen, die meist zu einer Grimasse verzogen waren, um eine Zigarette oder einen Kaugummi unterzubringen oder beides zugleich. Wäre ich allein gewesen, hätte ich vielleicht solchen Gruppen tolerant oder sogar zustimmungsheischend zugelächelt, am Arm meiner Mutter blickte ich nur leicht stirnrunzelnd in ihre Richtung, wie um ihr versteckt zu versichern, dass ich mit solchen Schlampen nichts zu tun hatte.

Wir hatten an diesem Morgen nicht an die Begräbnisse der Bombenbastler gedacht. Wir hatten uns gar keine Gedanken darüber gemacht. Nicht dass die Beerdigungen in der Innenstadt stattgefunden hätten oder irgendwo in der Nähe des Marktes; aber der Nachtklub, das erklärte Ziel des Anschlags (Notizbücher, die man zu Hause bei den Bombenbastlern gefunden hatte, hatten dies bestätigt), war nur ein paar Blocks von den Ständen entfernt. Der Bombenanschlag hatte in der Stadt eine Menge widersprüchlicher Gefühle aufgewirbelt. Neben der breiten Palette französischer Bürger gab es eine große Anzahl von Familien wie die unsere, weiße Algerienflüchtlinge, von denen einige leidenschaftlich mit den Bombenlegern sympathisierten; und viele *harkis*, ehemalige einheimische Hilfssoldaten im Algerienkrieg, die das Wiederaufflackern alter Spannungen befürchteten; und noch viel mehr erst kürzlich eingewanderte Nordafrikaner, die plötzlich verängstigt und wütend waren. Als wollte sie das Pulverfass zum Explodieren bringen, hatte die Nationale Front (wie mir erst im Nachhinein klar geworden ist, war das weder mir noch meiner Mutter bewusst) Repräsentanten zu den Begräbnissen entsandt. Eine Delegation von außerhalb der Stadt marschierte solidarisch neben der Mutter des Mädchens und den anderen trauernden Eltern her. Sie bezeichneten die Toten nicht wirklich als junge Helden, aber der Satz »*Morts pour la France*«

war zu hören gewesen und bereits zusammen mit Hakenkreuzen auf Mauerwerk und Verputz des überwiegend von Muslimen bewohnten Viertels gesprüht worden; wir hätten nur durch die Gassen hinter dem Markt schlendern müssen, um ihn zu sehen.
Wir hatten nicht daran gedacht und dachten auch nicht daran, aber als wir uns oben an der Marktstraße ins Getümmel stürzten, spürten wir, dass etwas in der Luft lag. Die Einkaufenden hatten sich zu einzelnen Gruppen zusammengeschlossen und waren entsprechend – nur ganz leicht – von denen abgerückt, die anders waren als sie. Einige Standbesitzer führten hitzige Gespräche; andere ignorierten ostentativ ihre Nachbarn. Sogar die Kinder auf dem Markt wirkten bewusst zurückhaltend.
Meine Mutter in ihrer sorgfältigen Aufmachung, mit ihrer Vuitton-Tasche am Arm und ihrem strengen Knoten ähnelte nicht vielen Marktbesucherinnen. Nicht dass man ihr an diesem Tag angesehen hätte, dass sie nicht aus Frankreich stammte; sie eiferte eher zu stark einem bestimmten Typ Französin nach. Wir nahmen, als wir langsam und fröhlich die Stände abklapperten, eine gewisse Kühle bei den Verkäufern wahr, schrieben es aber der Tatsache zu, dass wir uns die Sachen zu lange ansahen und zu wenig kauften.
Die Olivenfrau auf der rechten Seite, neben dem Stand, an dem es nur spanische Melonen zu kaufen gab, auf halbem Weg nach unten, überraschte uns dann. Wir standen eine Weile vor ihrem Angebot herum, beäugten die Oliven und sogen den salzigen, öligen Knoblauchgeruch ein. Sie hatte dicke grüne, die mit rotem Paprika gefüllt waren, und feste ovale Kalamatas und kleine getrocknete Oliven, in Öl eingelegte schwarze, die wie übergroße Rosinen aussahen, sowie kleine dünne braune, die eher Kernen als Oliven ähnelten, und große Schüsseln mit grüner und schwarzer *tapenade* und Schüsseln mit *anchoiade*, Salz pur,

was ich mochte. Meine Mutter und ich debattierten *sotto voce* darüber, welche Köstlichkeiten wir mitnehmen sollten. Meine Mutter wollte eine Olivensorte probieren, die sie nicht kannte – kugelförmige große, nahezu rote –, aber der böse Blick der Olivenfrau hielt sie davon ab.

Die Olivenfrau war von enormer Körperfülle; ihr Busen wogte unter einem verschossenen schwarzen T-Shirt, und sie hatte die käsebleichen Grübchenarme über dem Bauch verschränkt. Das schwarze Haar hing ihr in Zotteln um die Pausbacken, und ihr Kinn, ein knöcherner Vorsprung in all dem Fleisch, hielt der Schwerkraft stand, die es in Richtung der dicken Wülste im Nacken ziehen wollte. Über ihrer Lippe zuckte ein dicker raupenförmiger Schnurrbart, der ihr einen eher Furcht erregenden Ausdruck verlieh. Ihre Augen, die so glänzend waren wie ihre schwärzesten Oliven, funkelten feindselig.

Meine Mutter, die Liebenswürdigkeit in Person, fragte lediglich, wie lange sich die roten Oliven im Eisschrank halten würden.

Worauf die Frau, ihre ganzen Massen aufbietend, antwortete: »Sie sind nicht von hier, stimmt's?«

Meine Mutter zitterte leicht, als sie beteuerte: »Doch, bin ich.«

»Nein, sind Sie nicht. Ich habe Sie noch nie zuvor gesehen.«

»Ich kaufe auf dem anderen Markt ein, dem kleinen am Strand.«

Die Olivenfrau schnaubte. »Wenn Sie hier leben, wo denn dann?«

»Die Corniche rauf. Oben auf dem Hügel.«

»Ach ja? Welche Straße denn? Nennen Sie sie.«

Meine Mutter, die von Anfang an in Rückzugsposition gewesen war, hielt inne: »Ich finde, das geht Sie nichts an.«

»Vielleicht nicht. In Ordnung. Aber sie sind so angezogen.« Der Mund der Olivenfrau stand grimmig offen. Sie hatte nicht mehr

alle Zähne. »Ich dachte, Sie hätten was mit *denen* zu tun. Diesen Unruhestiftern, die hier plötzlich aufgetaucht sind.«
»Mit *denen?*«, wiederholte meine Mutter verwirrt.
»Mit der Nationalen Front. So, wie Sie angezogen sind. Ich dachte, Sie seien wegen der Beerdigung hier. Sind Sie sicher, dass sie nichts mit der Nationalen Front zu tun haben?«
Meine Mutter schüttelte mit kurzen, heftigen Bewegungen nachdrücklich den Kopf und wandte sich von der Olivenfrau und ihren Waren ab. Mir schien, dass die Leute um uns herum die Ohren spitzten und heimlich mitlauschten, dass sie ihre Meinung zwar für sich behielten, sich aber, falls notwendig, auf eine Auseinandersetzung vorbereiteten. Als meine Mutter ging, und ich mit ihr, und wir in einer Schneise verschwanden, die die Menge für uns bildete, starrte die Olivenfrau wütend hinter uns her und zog mit hartem Räuspern Schleim aus der Kehle hoch. Sie spuckte energisch auf den schmutzigen Gehsteig. »Das ist es, was ich von der Nationalen Front halte«, schrie sie uns nach.
Meine Mutter zitterte. Sie war den Tränen nahe.
»Nimm es nicht persönlich«, sagte ich aufmunternd und hakte mich bei ihr ein, während wir uns wieder auf den Weg bergab machten. »Das war doch eine Verrückte.«
»Ihre Heftigkeit finde ich so überraschend«, sagte meine Mutter. »Sie war so aufgebracht, aber warum?«
»Weil du hübsch angezogen bist, das ist alles. Vergiss es, Mom. Was willst du denn tun? Deine Kleider hier auf dem Markt kaufen, nur um ihr einen Gefallen zu tun?«
Meine Mutter erheiterte diese Bemerkung. »Ein paillettenbesetztes rotes Minikleid und Go-go-Boots – was denkst du?«
»Ich denke, wir sollten lieber bei dem Fisch hier bleiben.«

8

Am Abend gingen wir zum Essen zu meinen Großeltern. Es war immer ein riesiger Umstand, Etienne in ihre Wohnung zu schaffen, denn bei der Planung des Bellevue, und speziell des Mitarbeitertraktes, war nicht an Rollstühle gedacht worden. Egal welchen Weg man nahm – ob man in einem weiten Bogen um den Hauptweg herum- und hinter dem Hauptgebäude des Hotels und dem Swimmingpool entlangging oder direkt vom Tor zum hinteren Parkplatz und zu dem Haus, in dem das Personal wohnte –, es mussten Stufen überwunden werden. Meine Mutter und ich schafften es gemeinsam, Etienne in seinem Stuhl zu tragen, aber die Anstrengung trieb uns beiden Schweißperlen auf die Stirn, und wir bekamen schmutzige Hände, und unsere Blusen waren so zerknittert, dass meine Großmutter schweigend die Stirn runzelte. Es war viel einfacher, Etienne zu schleppen, wenn mein Vater und ich dies übernahmen – oder besser noch mein Vater und einer der Gärtner oder Zohra, das Dienstmädchen meiner Großeltern.

An diesem Tag jedoch war mein Vater direkt von seinem Büro im Hotel in die Wohnung gegangen, sodass meine Mutter und ich uns keuchend mit Etienne abkämpften, der auf sein feines weißes Hemd sabberte, herumzappelte, vergnügt quietschte und nach unseren Haaren oder Armen oder den glänzenden Halsketten zu greifen versuchte, und wir kamen am Ende alle mit rotem Gesicht und zerzaust an der Tür meiner Großeltern an.

»Kommt rein, *chéris*«, sagte meine Großmutter nachdrücklich, die eine Wolke von Guerlain umgab (ein spezieller Duft, der einst, passend genug, für Kaiserin Eugénie komponiert worden war). Obwohl wir die einzigen Gäste waren, der Abend *en famille*

verbracht werden würde, hatte sie sich gepudert und Rouge aufgelegt, ein geblümtes Seidenkleid angezogen und ihren Hals mit Schmuck behängt. »Die Männer klären gerade die Getränkefrage.«
Der Aperitif war ein Ritual bei diesen formellen Familienzusammenkünften: selbst Etienne bekam seinen Becher Orangensaft, einen Spezialbecher aus rotem Plastik, mit Deckel und Strohhalm, sodass sein Sabbern mehr oder weniger unter Kontrolle gehalten werden konnte.
Ich hatte meinen Großvater seit dem Vorfall am Swimmingpool nicht mehr gesehen, obwohl meine Großmutter mir am nächsten Tag in seinem Namen ordentlich die Leviten gelesen hatte. Ich war mir nicht sicher, ob ich mich direkt entschuldigen sollte oder nicht – das konnte die Luft reinigen, aber vielleicht auch eine Schimpftirade auslösen –, oder ob ich so tun sollte, als sei nichts gewesen, und das Beste hoffen.
Im Wohnzimmer standen mein Vater und mein Großvater Seite an Seite am Fenster und blickten auf eine Flotte kleiner Segelboote, die auf dem Rückweg zum Hafen war. Das frühe Abendlicht, weich und rosenfarben, fiel wie Staub über die zurückweichenden felsigen Landzungen und das große Himmelsgewölbe. Beide Männer hielten die Hände auf dem Rücken gefaltet, beide hatten leicht selbstgefällig die Unterlippe vorgestülpt, als wäre der herrliche Ausblick ihr Verdienst und als seien die prächtigen weißen Punkte der Segel nur zu ihrer Unterhaltung da.
Damit hörte allerdings die Ähnlichkeit auf. Mein Großvater war einen Kopf kleiner als sein Sohn und ein adretter Mann, er stand in einem altmodischen Anzug da, ein blaues Einstecktuch in der Tasche. Er war zierlich gebaut, und sein lebendiges, fast hässliches Gesicht schien zu groß für seinen Körper. Seine Knollennase ragte eindrucksvoll über seinem breiten Mund auf. Seine

Ohren waren ebenfalls groß und fleischig und seine Ohrläppchen unverhältnismäßig labberig. Er war hellhäutig, ergraut und trug den lockigen Haarkranz um die Glatze kurz geschoren. Mein Vater, dunkelhäutig, bullig und haarig neben ihm, strahlte etwas Ausschweifendes aus. Früher war er muskulös gewesen, nun aber war er nur noch an Schulter und Nacken fleischig, und er bekam ein Doppelkinn. Dunkle Locken krochen über sein Genick und in den Kragen hinein, aus den Ärmeln und über seine Handrücken – wie bei einem Werwolf, hatte ich ihn geneckt, als ich jünger war, bis mir meine Mutter sagte, dass er sich seiner Haarigkeit schäme. Die Augen meines Vaters waren groß und stark geschlitzt, aber das war sein einziges überdimensionales Merkmal: Seine Nase war schmal und gerade und von mittlerer Länge (die Nase seiner Mutter); sein Mund ein sinnlicher, jedoch maßvoller Bogen; und seine Ohren – er war stolz auf seine Ohren – lagen klein und flach, wie schlafend, am Schädel an. Die beiden Männer sahen vollkommen verschieden und völlig gleich aus, wie sie da so vor dem Meer standen.
»Begutachtet ihr das Jenseits?«, erkundigte sich meine Großmutter heiser mit lauter Stimme und klirrte mit ihren Armreifen. »Will keiner meiner Männer uns ein winzig kleines Glas Portwein eingießen? Wir sind völlig ausgetrocknet.«
Wir versammelten uns, was ein weiteres Ritual war, auf unseren genau festgelegten Plätzen rund um den Couchtisch, mein Vater und mein Großvater in einander gegenüberstehenden Armsesseln, meine Mutter und ich auf dem Sofa – das besonders hoch beziehungsweise tief war, sodass wir beide uns aussuchen konnten, ob wir die Füße über dem Boden baumeln lassen oder vorne auf den glatten Polstern sitzen wollten: Ich entschied mich stets für Ersteres und sie für Letzteres – und meine Großmutter, Etienne an ihrer Seite geparkt, schloss den Kreis auf einem

Gobelinstuhl mit geschnitzten Beinen und nutzlosen kleinen Armlehnen: einem Damensessel.
Bevor ich mich setzte, gab ich meinem Großvater einen Begrüßungskuss. Er schien in Gedanken und zeigte kein Missfallen. Tatsächlich schien er kaum zu registrieren, wer ich war. Aber dann, als die Drinks eingegossen waren und ich friedlich Kartoffelchips aus einer blauen Schüssel knabberte, merkte ich plötzlich, wie er mich ansah und die buschigen Augenbrauen krauszog, als ob mein Anblick aus mittlerer Entfernung eine unliebsame Erinnerung in ihm wachgerufen hätte.
Meine Großmutter erzählte gerade eine Geschichte über eine alternde italienische Opernsängerin, die lange Zeit Jahr für Jahr das Hotel besucht hatte – eine Frau, die wir alle kannten und die imposante wallende Gewänder trug und mich alljährlich mit ihren sonderbar kräftigen Fingern in die Wangen kniff –, als mein Großvater sie unterbrach.
»Was unserem Land heutzutage fehlt, ist Anstand und Benimm«, begann er. »Das ist nicht allein ein französisches Problem – tatsächlich rührt es zum Teil, so würde ich wie viele behaupten, vom Einfluss deines Landes her« – er nickte in Richtung meiner Mutter –, »wobei dein reizender Einfluss natürlich nichts damit zu tun hat. Was mich jedoch beschäftigt als Nationalist – und ich scheue mich nicht, dieses Wort auszusprechen, will ich damit doch nur meine Liebe und Ehrerbietung für meine Nation, meine Kultur und meine Geschichte zum Ausdruck bringen, die für mich wichtiger sind als die aller anderen Länder, was vollkommen normal ist und in keiner Weise Geringschätzung der anderen bedeutet –, wie dem auch sei, als Nationalist und Franzose bin ich beunruhigt, was Sitte und Anstand dieses Landes und unseres Volkes betrifft. Und es scheint mir« – sein schweifender, alles wahrnehmender Blick, der wie Öl über die

ganze Versammlung geglitten war und über sie hinweg zu den provenzalischen Tellern an der Wand und dem dunkler werdenden Stückchen Meer, das mein Großvater von seinem Stuhl aus sehen konnte, ruhte jetzt auf mir –, »dass der Verlust einer gewissen Grundhöflichkeit bei unseren Mitbürgern, und zwar vor allem bei den jüngsten, nicht nur mit der völlig unschuldigen Ungezwungenheit im Umgang zu tun hat, wie uns wohlmeinende Liberale glauben machen wollen. Nein. Dieser Verlust ist, davon bin ich überzeugt, ein Symptom für einen weitergehenden und, offen gesagt, alarmierenden kulturellen Kollaps, weil der Einzelne seinen Willen und seine Wünsche über das Allgemeininteresse stellt, und zwar in einer Art und Weise, wie wir, die wir nun älter werden, sie für undenkbar gehalten hätten. Rücksichtslosigkeit, behaupte ich, ist ein Anzeichen für die tiefgreifende Anarchie, der sich unsere Kultur, ohne es zugeben zu wollen, gegenübersieht, ein Chaos, in dem keiner mehr einen Blick hat für seinen Platz in einer natürlichen oder vielmehr in einer zivilisierten Ordnung, was viel höher einzuschätzen ist. Denn die Zivilisation unterscheidet uns doch von den Tieren. Was zu gutem Verhalten motiviert …« Er machte eine Pause und trank schlürfend seinen Scotch, was durch unser allgemeines Schweigen noch lauter klang; selbst Etienne, dessen Augen zur Decke verdreht waren und dessen Füße zuckten, fühlte, dass die Ausführungen unseres Großvaters Aufmerksamkeit erforderten. »Was zu gutem Verhalten motiviert und zu Leistung, ist in beiden Fällen das Gleiche: Furcht. Die Furcht vor Gott, die Furcht vor Züchtigung, die Furcht zu versagen, gedemütigt zu werden, die Furcht vor Kummer und Schmerz. Das ist eine Tatsache. Und in unserer Gesellschaft fürchtet sich niemand mehr vor irgendetwas. Schande, Zurechtweisungen, Haft – dies bedeutet niemandem noch irgendetwas. Man muss den Kindern beibringen«,

sagte er und blickte nun zu meinem Vater, der es schaffte, den Blick seines Vaters zu erwidern, ohne diesem wirklich in die Augen zu sehen, »dass ihre Taten Folgen haben, und zwar wirkliche. Kinder sollten sich wesentlich mehr fürchten, als sie es tun.«
»Nicht nur Kinder«, sagte ich nickend und leckte mir das Salz von den Lippen.
»Willst du mir damit weismachen«, der nur mühsam unterdrückte Zorn meines Großvaters verlieh seinem ruhigen Ton eine stählerne Härte, »dass wir, die wir hier mit dir in diesem Wohnzimmer sitzen, uns gegenüber irgendjemand außerhalb unseres Kreises ebenso rücksichtslos verhalten wie du und deine kleinen Freunde?«
Ich war versucht zu betonen, dass meine Freunde nicht »klein« waren, aber da ich wusste, was mir solch eine Bemerkung eintragen würde, setzte ich mein unschuldigstes und kindlichstes Gesicht auf und sagte: »O nein, nichts dergleichen. Nein, ich meinte die Frau auf dem Markt heute. Stimmt's, Mama?«
Meine Mutter, die einzig darauf aus war, unsichtbar durch diese Abende zu kommen, starrte mich an und presste die Lippen aufeinander.
»Was für eine Frau?«, fragte meine Großmutter.
»Was war denn los?« Meinem Vater war jede Gelegenheit recht, um die Ansprachen seines Vaters in eine andere Richtung zu lenken.
»Nichts«, beteuerte meine Mutter.
Etienne krümmte sich. Meine Großmutter hielt den Saftbecher schräg an seine glitschigen Lippen.
»Das ist nicht wahr, Mama. Du warst furchtbar aufgebracht.«
»Carol, was ist passiert?« Mein Vater beugte sich auf dem Stuhl vor. Der Blick meines Großvaters unter diesen buschigen Augenbrauen ließ die Wangen meiner Mutter erglühen.

»Ach, Sagesse macht aus einer Mücke einen Elefanten. Irgendeiner Straßenhändlerin auf dem Markt hat es nur nicht gepasst, wie ich aussah.«
»Sie hat uns angespuckt«, erklärte ich.
»Warum denn das?«, fragte meine Großmutter.
Meine Mutter zuckte mit den Schultern. »Wahrscheinlich reine Unflätigkeit, vermute ich. Sie war ein grässliches flegelhaftes altes Weib.«
»Sie hat Mama beschuldigt, dass sie Mitglied der Nationalen Front und wegen der Beerdigungen in der Stadt sei.«
»Wahrscheinlich eine Kommunistin«, sagte meine Großmutter naserümpfend. »Du hast es dir doch nicht zu Herzen genommen?«
»Natürlich nicht. Aber sie war wirklich unangenehm.« Meine Mutter zog ihren Rock zurecht.
»Als ob« – mein Großvater holte Luft und trompetete –, »als ob die Schwierigkeiten in unserem Land von der Nationalen Front herrührten! Als ob *das* eine Beleidigung wäre! Wie absurd!«
»Wie meinst du das, Großvater?«
»Ich wähle LePen nicht«, sagte mein Großvater, »aber ich verteidige das Recht eines jeden, es zu tun, weil wir – auch du, meine Kleine, obwohl du von Geschichte keine blasse Ahnung hast –, wir alle in diesem Raum, dem Mann etwas schuldig sind. Er hat bis zum Schluss für unser Land gekämpft, hat an unser Volk geglaubt, verstanden, was es war, was es bedeutete.«
»Algerien.« Ich flüsterte es nur.
»Richtig, mein Mädchen. Algerien. Und jemand, der für ihn stimmt, zahlt vielleicht nur diese Schuld zurück. Ich stimme mit vielem in seiner Politik nicht überein, und ich halte es für politischen Selbstmord, wenn Repräsentanten der Nationalen Front hierher kommen und sich mit einem Haufen undisziplinierter

Kinder in Verbindung bringen, die genau ein Beispiel sind für die anarchistische Zerstörung – in diesem Fall Selbstzerstörung –, von der ich gerade gesprochen habe. Rechts, links – die politische Einstellung spielt keine Rolle. Es herrscht Chaos, alles ist ungewiss, und jeder, der einigermaßen bei Verstand ist, sollte sich raushalten. Aber die Nationale Front ist nicht das Problem. Wer das denkt, ist auf dem Holzweg. Sie ist nur ein Symptom für das Problem. Oder die Probleme. Im Plural. Die Probleme, denen sich diese Nation gegenübersieht, die von Einwanderern überschwemmt wird – Arabern, Afrikanern, all den Anglophonen. Unsere Kultur wird von allen Seiten angegriffen. Mein Gott, unsere Kinder basteln völlig sinnlos Bomben! Und unsere Regierung – dieser altersschwache lächerliche Lügner, der sich einbildet, Kaiser zu sein –, unsere Regierung hat nichts dazu zu sagen, überhaupt nichts!«

Mein Vater hustete und blickte in sein Glas.

»LePen hat zumindest – er sagt, denke ich, zum momentanen Zeitpunkt und in der gegenwärtigen Situation das Falsche, aber er hat wenigstens überhaupt etwas zu sagen. Wenigstens kennt er seine eigene Meinung. Das hättest du dieser roten Fischfrau sagen sollen –«

»Eigentlich hat sie Oliven verkauft«, murmelte meine Mutter.

»Oliven, Fisch, Knoblauch, was auch immer. Das hättest du zu diesem Bauerntrampel sagen sollen – LePen wartet wenigstens nicht auf Ratschläge aus Moskau, wenn es darum geht, einer lokalen Krise zu begegnen. Er hat wenigstens eine rechtschaffene Antwort drauf – eine *französische*«, knurrte mein Großvater, nippte an seinem Scotch und ließ die Eiswürfel klirren.

Ich war tief in das Sofa gerutscht, wippte ein wenig mit den Füßen und beobachtete alles, und mein Bruder mir gegenüber in seinem Rollstuhl rollte mit den zuckenden hellgrauen Augen

und schien ebenfalls alles zu beobachten. Ich war ziemlich beeindruckt von der Wirkung des Knallkörpers, den ich da so unbekümmert in unserer Mitte losgelassen hatte: Ich hatte nicht gewusst, dass ich damit eine so überzogene Antwort auslösen würde, dass sich so einfach von einer Geringfügigkeit wie nächtlichem Schwimmen im Bellevue-Pool ablenken ließ.
Beim Abendessen sagte mein Großvater nahezu nichts, so als sei er erschöpft. Er wirkte klein und in sich zusammengesunken über seiner *pissaladière* und den Lammschulterscheiben. Gleichgültig nippte er an seinem Rosé und starrte immer wieder auf die mittlerweile dunkle See hinaus, und als mein Vater ihn fragte, was er von einem Wächter am Vordertor halten würde, schien er nicht einmal zuzuhören. Mein Vater sah meine Mutter an, als wollte er sagen: »Ich hab's dir gleich gesagt«, worauf sie eine fein gebogene Augenbraue hoch zog.
»Wer möchte noch Kartoffeln?«, drängte meine Großmutter vom Kopfende des Tisches aus. »Erbsen?«

9

Als wir an diesem Abend nach Hause kamen, half ich meiner Mutter Etienne zu baden und ins Bett zu bringen, da Magda frei hatte. Etienne rekelte sich müde, als wir ihm sein Nachthemd überstreiften, seine Glieder waren schwer und ein wenig feucht von der Hitze, und wir überließen ihn der kühlen, nach Seetang riechenden Luft, die in sein verdunkeltes Zimmer wehte.
Ich sagte ebenfalls gute Nacht, und meine Mutter kehrte nach unten zu meinem Vater ins Wohnzimmer zurück. Ihre Absätze klapperten auf der Steintreppe. Während ich mir die Zähne

putzte, ging ich, den Mund voller Pfefferminzschaum, auf Zehenspitzen in den Flur, um den Streit meiner Eltern zu belauschen.
»... diese endlosen Vorträge, als wären wir alle in Sagesses Alter – nein, verdammt, als hätten wir den Verstand von Etienne!«
Ich konnte nicht hören, was mein Vater antwortete, aber ich konnte es aus dem, was folgte, ableiten.
»Seit wie vielen Jahren sagst du das schon? ›Er ist schwierig‹, ›Es ist eine schwierige Zeit‹, ›Ich kann ihn jetzt nicht im Stich lassen‹ – nun mach mal halblang, Alex, was ist mit unserem Leben? Deinem Leben?«
Das Gezänke war so altvertraut wie ein Traum. Ich kehrte ins Badezimmer zurück, um auszuspucken und mir den Mund auszuspülen, dann holte ich mir mein Nachthemd aus dem Zimmer, sodass ich mich bettfertig machen und gleichzeitig horchen konnte. Es würde erst aufhören, wenn mein Vater explodierte und als Sieger hervorging. Ich konnte praktisch die Eiswürfel in seinem Glas Scotch hören, den er sich als Verdauungstrunk genehmigte. Ich wusste, dass er das Glas in der Hand hielt und wieder abstellte und wieder in der Hand hielt, während er durchs Zimmer lief und um die Möbel herum, schäumend wie ein Tier, bevor er schließlich losbrüllen würde.
Ich stand barfuß in Unterhosen da, mein Nachthemd lose in der Hand, und lehnte mich vor. Mein Herz schlug aufgeregt, und es kribbelte mich am ganzen Körper; mein Nacken war steif. Ich konnte spüren, wie sich meine Adern zusammenzogen. Es war immer so. Ich wartete darauf, dass es nachließ. Ich glaubte instinktiv, dass ich sie, wenn ich Ohrenzeugin ihres Streites war, versteckter Beichtvater, unter Kontrolle und im Zaum hielt; ich zog mich erst zurück, wenn ihre Stimmen sich senkten und ich sicher sein konnte, dass niemand die Hand erhoben hatte (was

niemals geschah) und nichts Materielles oder Immaterielles wirklich zu Bruch gegangen war.

»Schluss jetzt! Dein unaufhörliches Gekreische!«, donnerte der Bass meines Vaters. Ich sah sein purpurrotes Gesicht vor mir, seine zitternden Locken, seine Hände, die so heftig zu Fäusten gepresst waren, als hätte er Angst, sie könnten sich selbständig machen. »Und wie soll denn deiner Meinung nach unser Leben genau aussehen – mit deinem Faible für Dienstmädchen und Krankenschwestern und Luxus rundherum? Glaubst du, das ist so einfach?«

Meine Mutter wimmerte anklagend. Bald würde sie weinen.

»Verzogen! Du bist nach all der Zeit nach wie vor nichts als ein verzogenes amerikanisches Mädchen, Papis Liebling. Du denkst, das ist so einfach? Es ist Arbeit, jede Sekunde davon ist Arbeit, Arbeit, bei der man sich die Hände schmutzig macht und bei der man abstumpft. Denkst du, ich hab was dafür übrig? Du hast ja keine Ahnung. Ich steh es aber einfach durch. Und er hat mir das beigebracht – was nicht wenig ist –, und wir haben zusammen etwas aufgebaut. Herrgott noch mal, *ich* habe etwas aufgebaut, einen Teil davon, einen großen Teil, auch wenn jetzt alles auf seinen Namen läuft. Aber sein Name ist auch mein Name, es ist der deine, er allein verleiht einem Leben irgendeine Bedeutung –«

Meine Mutter sagte noch irgendetwas Unhörbares; aber es bahnte sich Versöhnung an.

»Es ist auch in Zukunft unser Leben; es ist das einzige Leben, das wir haben, der einzige Ort. Er wird nicht ewig so weitermachen. Es ist meine – deine Pflicht. Für die Kinder, für den Namen unserer Familie. Mein Gott, Carol, weggehen? Du willst weggehen? Dann geh –«

Ich war mir sicher, dass sie weinte; jetzt würde sie versuchen, ihn zu umarmen.

»Ich habe nicht all diese Jahre für nichts und wieder nichts vergeudet. Und es ist unser Haus. Es wird unser Haus sein, und wir werden es zu unserem Zuhause machen.«
»Ja natürlich«, sagte meine Mutter. »Natürlich.«
Die Lautstärke ebbte ab.
»Es wird uns einmal gehören«, sagte mein Vater fast schon wieder mit seiner normalen Stimme. »Du musst nur Geduld haben.«
Ich zog mir das Nachthemd über den Kopf und war so weit, in mein Zimmer zurückzugehen. Sie würden jetzt das Licht löschen und dann hochkommen, vielleicht sogar zusammen.
»Ob ich ihm zustimme?«, sagte mein Vater. »Frag mich doch das nicht. Ich höre ihm gar nicht zu, verdammt noch mal. Ich hör nicht hin, also, wie soll ich das wissen?«
Ich beschloss, dass sie, falls sie mit ihrem Disput fortführen, dies auf dem relativ ruhigen Terrain der Politik machen würden, aus dem keiner von ihnen beiden viel Gift ziehen könnte. Ich hatte den Sturm vertrieben. Ich ging ins Bett und blieb nur noch einmal stehen, um auf die sanften, feuchten Schnarcher aus Etiennes Zimmer zu lauschen, um mich zu vergewissern, dass auch er sicher und wohlauf war.

10

Das zweite nächtliche Schwimmen, eine Woche später, fand ohne mich statt. Ich war nicht in der Lage, es zu verhindern, und konnte nur lachen, als Marie-José mir davon erzählte. Sie saß auf dem Boden in ihrem Zimmer, hatte ihren Spachtel und das geschmolzene Bienenwachs in der Hand, das sie sich in gleichmäßigen Streifen auf die ausgestreckten langen braunen Beine schmierte, um sich dann unter übertriebenen Zuckungen die unsichtbaren Härchen auszureißen. Sie erzählte mir die Geschichte, während sie die Streifen abzog, und schwenkte dazu den klebrigen Spachtel, um ihren Worten Nachdruck zu verleihen.

»Mein Gott, dein Großvater ist wirklich ein Verrückter. Wir waren früher dran, weißt du, als beim letzten Mal, sodass wir dachten, es sei in Ordnung. Es muss vor zehn gewesen sein, vielleicht war es sogar erst halb zehn, und da wir Licht bei ihm sahen, versuchten wir, ruhig zu sein. Aber ich glaube, es war Cécile, sie quiekte im Wasser wie ein Schwein. Ich denke –« sie hielt inne, um die Rückseite ihrer rechten Wade einzuschmieren – »ich denke, sie hat ein Auge auf Thierry geworfen. Lach nicht; das ist offensichtlich. Du denkst, für diesen Mickerling hat niemand was übrig. Aber sie ist selbst nicht gerade eine Bilderbuchschönheit.«

»Und sie ist klein«, sagte ich.

»Und er ist älter als sie. Und ich nehme an, sie kennt ihn nicht besonders gut. Aber egal – das Mädchen geht mir auf den Wecker –, jedenfalls fing sie jedes Mal, wenn er in ihre Nähe schwamm, an zu kreischen, obwohl die gesamte restliche Truppe versucht hat, sie zum Schweigen zu bringen. Er fand's natürlich toll.«

»Glaubst du, er ist interessiert?«

»Wahrscheinlich. Ich meine, wie viele Chancen hat er schon? Niemand von uns würde ihn auch nur mit dem kleinen Finger anrühren. Und in der Schule ist er ein Witz.«

»Du schaffst es langsam, dass ich Mitleid mit ihm habe.«

»Dann wart mal, was kommt. Dann kriegst du nämlich wirklich Mitleid. Sogar mir tat er ein bisschen Leid. Es war so lustig. Also wir haben versucht, mit Ausnahme von den beiden, ruhig zu sein. Na ja, sagen wir ruhiger. Ich meine, wir unterhielten uns und so, aber die meisten von uns schrien nicht rum. Und, weißt du, wir waren schon eine ganze Weile im Pool, und dein Großvater kam nicht raus. Wir dachten, sie hätten vielleicht Gäste oder wären ausgegangen. Ich meine, er hätte uns bloß sagen müssen, wir sollten ruhig sein.«

»Also? Was ist passiert?«

Das Wachs auf Marie-Josés Beinen war kalt und hart, aber sie war zu sehr von ihrer Geschichte absorbiert, um dem Beachtung zu schenken.

»Na ja, plötzlich ist da eine Stimme auf der Brücke« – über das Schwimmbecken führte vom Hof oben ein Steg, von dem aus Stufen ins Wasser gingen – »und sagt: ›In Ordnung, wen hab ich denn hier?‹ Und dann: ›Ich weiß, wer ihr seid‹ und ›Raus aus dem Wasser‹. Also klettern wir raus, ich meine, was bleibt uns anderes übrig? Wir hatten ihn nicht kommen hören, weißt du. Es war total irrwitzig.«

»Was hat er dann gemacht?«

Wir lehnten uns beide vor, die Körper in den schmuddeligen pinkfarbenen Zottelteppich gedrückt, der den Boden in Marie-Josés Zimmer bedeckte, seit ich sie kannte.

»Er knipste seine Monster-Taschenlampe an, die riesig ist, wie ein Suchscheinwerfer, und er leuchtete damit unsere Gesichter an, und als der Lichtstrahl auf Thierry landete – ich meine, mich hat dein Großvater nie gemocht, er denkt, ich bin schlecht erzogen, aber Thierry hält er für höflich, weil der immer in dieser arschkriecherischen Weise ›Guten Tag, Monsieur‹ sagt. Er richtet also die Taschenlampe auf Thierry und sagt ›Komm her‹, und Thierry macht einen Schritt vor. Und dann tritt dein Großvater ein Stück zurück, das vermute ich jedenfalls, weil er als nächstes Thierry komplett beleuchtet, verstehst du? Er gibt ihn in seiner ganzen Blöße den Blicken preis.«

»Herr im Himmel.«
»Da steht also der kleine Thierry, die Hände über seinen Eiern, hüpft wimmernd von einem Bein aufs andere und schämt sich in Grund und Boden.«
»O Gott.«
»Ich hatte wirklich Mitleid mit ihm. Selbst dir wäre das so gegangen, da bin ich mir ganz sicher. Dein Großvater stand da, zielte mit seinem fetten Lichtstrahl auf den dürren Thierry und begann mit seinem Verhör. So in der Art: ›Weiß dein Vater, dass du hier bist?‹ und ›Hast du keine Schulaufgaben über die Sommerferien auf, und solltest du die nicht besser machen?‹ und ›Sind das alles Kinder von hier, oder sind das deine kleinen Freunde aus der Stadt?‹ und ›Glaubst du, dass man bei all dem Krach schlafen oder lesen kann?‹ Und Thierry versuchte ihn darauf aufmerksam zu machen, dass wir uns in der Nähe der Mitarbeiterwohnungen befänden und die Gäste Hunderte von Metern entfernt seien und kaum etwas gehört haben könnten, aber das schien deinen Großvater nur noch mehr aufzubringen.«
»Und dann?«
»Er knipste dann irgendwann das Licht aus und ging, und wir zogen uns an. Ich bin überrascht, dass wir uns nicht alle eine Lungenentzündung gefangen haben, schließlich haben wir lange nackt dagestanden. Verrückt. Thierry nahm es eigentlich überraschend locker. Aber ich habe den Verdacht, dass Cécile das Interesse verloren hat, nachdem sie ihn sich genau ansehen konnte. Ob's wohl dich erwischt hätte, wenn du da gewesen wärst?«
»Mich?«
»Mit der Taschenlampe. Ob dein Großvater wohl dich wie ein Bauwerk angestrahlt hätte?«
»Nackt? Spinn doch nicht.«
Wir kugelten uns vor Lachen. Marie-José zog sich unter großem

Gekreische das Wachs von den Beinen, und wir fanden auch dies unbändig lustig.
»Wie war denn im Übrigen dein Abend?«

II

Ich war nicht mit am Swimmingpool gewesen, weil mich Thibaud zum Ausgehen eingeladen hatte – endlich. Ich sage »endlich«, weil er schon seit drei Sommern für vier Wochen mit seinen Eltern in deren fettem weißen Mercedes aus Paris ins Hotel kommt. Und drei Sommer lang hatte ich seine schwarzen Locken und seine schelmischen Haselnussaugen angestarrt und das Sommersprossenmuster auf seinem braunen Nacken bewundert. Ich hatte mich herausgeputzt und versucht, ihm heimlich interessierte Blicke zuzuwerfen, wobei meine diesbezüglichen Fähigkeiten mit zwölf und dreizehn ziemlich schwach entwickelt waren, sodass Thibaud meine Leidenschaft nicht verborgen bleiben konnte. Aber mit zwölf, dreizehn war ich noch dünn und flachbrüstig, und er, zwei Jahre älter, zeigte kein Interesse.
Marie-José war ein Jahr älter als ich. Mit elf war plötzlich ihr Busen gewachsen, und sie hatte in diesem Alter auch bereits ihre beeindruckende Länge erreicht. Sie hatte früh gelernt, sich das goldbraune gewellte Haar mit einer unbekümmerten, aber gleichzeitig verführerischen Bewegung aus dem Gesicht zu streichen, und sollte noch im selben Jahr mit einem achtzehnjährigen Rekruten in ihrem Zimmer mit dem pinkfarbenen Zottelteppich erwischt werden. Marie-José jedenfalls hatte Thibaud schon ein paar Jahre lang angemacht. Für mich mit meinen spärlichen Erfahrungen und meiner sittsamen Jugend war sie die Stimme der

Erfahrung, und sie hatte mir mehrfach versichert, dass »mit ihm überhaupt nichts läuft«: »Vielleicht ist er schwul«, sagte sie und kräuselte voll vornehmer Missbilligung die Lippen. »Richtige Männer haben so eine Art, einen taxierend anzuschauen, selbst wenn sie gar nichts mit einem im Sinn haben. Ich meine, dein *Vater* sieht mich zum Beispiel so an.«
Ich hatte ihre geheimnisvolle Macht so lange gefürchtet und sie darum beneidet, dass ich gewöhnlich ihre Urteile – genauer gesagt die, bei denen es um sexuelle Dinge ging – ohne Zögern akzeptierte. Aber Thibaud hielt ich heimlich die Treue und dachte weiterhin beim Sonnenbad an seine Fingerspitzen auf meiner Haut und stopfte nach wie vor meinen BH, der sich nicht schnell genug von alleine zu füllen schien, mit sorgfältig zusammengefalteten weißen Papiertaschentüchern aus.
In diesem Sommer sprach er mich endlich an, als wir an einem Nachmittag zusammen die Klippen vom Strand hochkletterten. Ich war nicht überrascht, obwohl es so überraschend war. Ich hatte mir den Moment schon so viele Male ausgemalt, dass es mir auf dem heißen Kiesweg vorkam, als hätte ich mich verhört. Als ich später in meinem Zimmer die wenigen Worte, die wir gewechselt hatten, in Gedanken noch einmal durchspielte, hörte ich bei jeder Wiederholung unterschiedliche Nuancen, und ich fühlte, wie mein Körper halb vor Freude, halb vor Furcht zitterte. Er hatte mich gefragt, ob ich mit ihm etwas trinken gehen wolle, und ich, ganz die Lockere spielend, hatte schlicht gesagt: »Klar, warum nicht.«
Ich erzählte es meiner Mutter nicht. Selbst bei kleinen Unterlassungssünden wird man irgendwie erwischt, und so kam es, dass meine Mutter, als ihr mein Großvater von den Ereignissen der vergangenen Nacht erzählte und sie erwartete, mich für meine Mitwirkung bestrafen zu müssen, entdeckte, dass ich gar nicht

im Hotel oder zumindest nicht mit den anderen schwimmen gewesen war.
Tatsächlich war mein Abend mit Thibaud enttäuschend harmlos verlaufen. Ich weiß nicht, was ich erwartet hatte, aber ich hatte mein Herz wie eine große Trommel unter meinem spitzenbesetzten T-Shirt pumpern gefühlt, meinem Lieblings-T-Shirt. Es hatte die Farbe einer rosa Muschel und brachte meine schlanken Arme vorteilhaft zur Geltung (es war noch nicht lange her, dass sie knochig und absolut unattraktiv gewesen waren). Ich hatte meine präsentabelsten Levis an, die am Saum der Mode entsprechend abgeschnitten waren, und einen dicken Ledergürtel. Ich trug meine neuesten Sandalen, die nur aus Riemchen bestanden, und über der Schulter hatte ich eine marineblaue Strickjacke hängen, die ich meiner Mutter gestohlen hatte. Ich überlegte eine ganze Weile wegen meiner Haare, entschloss mich dann aber am Ende, sie offen zu lassen, denn obwohl ich nicht Marie-Josés präraffaelitische Wellen hatte, konnte ich doch nonchalant damit spielen und, durch die Fahrt in die Stadt windzerzaust, würden die frisch gewaschenen Haare offen vielleicht sinnlicher aussehen als aufgesteckt. Ich trug Lipgloss auf.
Als wir uns am Hoteleingang trafen, sagte Thibaud kein Wort über mein Aussehen. Er fragte mich, ob es mir gelungen sei, Marie-Josés Moped für den Abend auszuleihen, und als ich dies bejahte, bat er mich, es zu fahren. Er war nicht unfreundlich, nur schweigsam, und ich hätte nicht sagen können, ob er nervös war oder ob er seine Einladung bedauerte. Er war ein Junge aus Paris und reich; und dies war nur ein Ferienort am Meer und ich die Enkelin des Hoteliers, ein schlaksiges Mädchen in Jeans, das das ganze Jahr über in dieser hübschen, aber auch geistlosen Umgebung herumhing. Ich war intelligent genug und hatte genügend

Bammel, um diesen Tatsachen ins Auge zu sehen und der Möglichkeit, dass er vielleicht seine Meinung geändert hatte.

Aber vierzehn ist kein Alter, in dem man direkt auf Antworten aus ist. Noch nicht. Diese »Zwischen«-Jahre sind ein Nebel aus vagen Spekulationen und stummen Selbstgesprächen. Die Möglichkeit menschlicher Nähe scheint größer als zu irgendeinem späteren Zeitpunkt, ziehen doch noch immer die unreflektierten Wolken der Kindheit mit, die intimen, nicht in Sätze gefassten Dialoge von Gelächter oder Spiel. Kinder haben nicht die Worte, um zu fragen, und so denken sie gar nicht daran, Fragen zu stellen. Da sie nicht fragen, ja gar nicht auf die Idee kommen, räumen sie jede Distanz aus dem Wege: Sie nehmen es als gegeben hin, dass alles irgendwann einmal verstanden wird.

Die Adoleszenz ist dann eine seltsame Station auf dem Weg aus der unwissenden Gemeinschaft zur letztendlichen Isolation, die Zeit, in der Reden und Schweigen sich als bedeutungsvoll herausstellen und wo wir, zu jung, um uns einzugestehen, dass wir die Bedeutung von Reden und Schweigen nicht einschätzen können, uns diese einbilden und so tun, als ob wir verstanden hätten. Erst im Laufe der Jahre verlegen wir uns ermüdet aufs Fragen. Mit der Unzulänglichkeit der Fragen und der Unzulänglichkeit aller Antworten kommt die Erkenntnis, dass das, was wir glaubten, verstanden zu haben, in keinerlei Beziehung zu dem steht, was wirklich der Fall ist – wie bei der Verfilmung eines Buches, das wir gelesen haben, stellen wir entgeistert fest, dass die Heldin eine stämmige Blondine ist, während wir uns bisher immer eine kleine Brünette vorgestellt haben; und ihr Haus, das in unseren Augen so eindeutig malerisch am Rande eines purpurfarbenen Moores lag, ist ein riesiger, fremdartiger Steinklotz, in dessen Räumen überall Durcheinander herrscht.

Als ich das Moped die Corniche in Richtung Stadt hinablenkte – Thibauds Hände zaghaft an meiner Taille und ich ohne Führerschein – und wir am Berg an Geschwindigkeit gewannen, schossen mir, hell wie Feuerwerkskörper, alle möglichen Interpretationen für seine Zurückhaltung durch den Kopf, von tiefer Verehrung über Nervosität bis hin zu Abscheu, und eine jede erschien mir im jeweiligen Moment absolut richtig. Aber als wir an dem Café am Hafendamm ankamen, hatte ich die ganze Skala durch und begann unsicher von vorn, während er nichts anderes getan hatte, als sich in den scharfen Straßenkurven stärker an mir festzuhalten und aufzupassen, dass er meine wehenden Haarsträhnen nicht in den Mund bekam.
Das Café, das direkt an der Uferpromenade oberhalb des Strandes lag, war bei den Leuten aus meiner Schule beliebt. Festlich von bunten Laternen beleuchtet und mit Bootsteilen und Gipsfischen dekoriert, glich es mehr einem Bühnenbild als einem Café und zog eine jüngere Klientel an. Thibaud und ich setzten uns an einen Tisch auf der Terrasse in unbequeme Plastiksessel, die noch immer sandig waren von den Tagesgästen im Badeanzug. Er bestellte ein Bier und ich ein Cola, und wir unterhielten uns zusammenhangslos, ja fast gelangweilt, über das Hotel und seine Gäste und unsere Freunde. Einzig in dem Moment, als seine Finger nach dem Aschenbecher langten und meinen Handrücken streiften, fühlte ich, wie ein Stromschlag meinen Körper durchfuhr und von oben bis unten alles kribbelte, und der Augenblick wuchs über jedes natürliche Maß hinaus.
Wir waren noch nicht lange da, als vier Jugendliche, die ich kannte – sie waren eine Klasse über mir auf dem Gymnasium –, hereinkamen und sich, nachdem sie mich mit Küsschen begrüßt und sich vorgestellt hatten, zu uns setzten. Eine Stunde lang oder mehr tauschten wir die Klatschgeschichten des Sommers aus:

wer durch die Prüfungen gefallen und die langen Sommernachmittage mit seinen Büchern zu Hause eingesperrt war; wer sich bei einem Motorradunfall während der Ferien auf Korsika Verletzungen zugezogen hatte; wer, wie wir alle argwöhnten, angefangen hatte, mit den Junkies rumzuziehen und meistens rotäugig und benebelt war; und was mit ihnen allen passieren würde, wenn es September wurde (als ob der September das Ende des wahren Lebens bedeutete oder dessen Beginn; während des Sommers war man nie so recht sicher), und was für Lehrer, unter denen diese Typen gelitten hatten, ich vielleicht bekommen würde, und dass der Schlimmste von ihnen Monsieur Ponty war, dessen rote Nasenspitze Unglück verhieß und der keine Hemmungen hatte, den Unvorbereiteten mit seinem Metalllineal auf die Finger zu klopfen.

Thibaud saß, während wir über all dies redeten, fast stumm da, sein im Allgemeinen lebhaftes Gesicht in einem zerstreuten Halblächeln erstarrt. Nachdem er sein zweites Bier geleert hatte, beugte er sich schließlich über den Tisch und murmelte, wir könnten doch eine Weile am Strand spazieren gehen. Wir ließen meine Schulkameraden und den bunten Laternenschimmer hinter uns und tauchten ins dunkle Rauschen des Ufers ein. Die weißen Stoffrücken der Liegestühle flatterten im Dunkel wie die Segel kleiner Schiffe. Gelegentlich begegneten wir anderen spazierengehenden Paaren oder Gruppen, deren Nahen sich durch die Glühwürmchen ihrer brennenden Zigaretten ankündigte. Wir kamen an einer Gruppe von Zigeunern vorbei, die um ihr Feuer in den Felsen am Ende der Bucht herum ihre Gitarren zupften, und einer von ihnen lud uns ein, doch mit ihnen etwas zu trinken oder zu rauchen.

Wir berührten uns nicht während des Gehens, absichtlich, wie mir schien: Ich spürte, wie ich mich beherrschte, weil ich wusste, dass die leiseste Berührung tief in mir einen Knall von der Stärke eines Kanonenschusses auslösen würde und ich den Faden des Gesprächs verlöre, das wir schließlich irgendwie führten. Diese Gefühle waren neu, da sie eher wirklich als eingebildet waren (obwohl sie mir noch immer nur durch den Kopf schwirrten): Wie die anderen Paare gingen wir, ich und dieser große, ernste Junge, über den knirschenden Sand. Mein Bruder, Etienne Parfait, würde niemals nachts, wenn der Mond über das Wasser glitt, über einen Strand schlendern, den herben Salzgeruch in der Nase, mit jeder Faser der Haut eine Berührung ersehnend und erwartend, die man, ohne dass sie wirklich erfolgt wäre, so stark fühlte wie einen Tagtraum.

Als Thibaud und ich zum Hotel zurückkamen, war es nicht spät, aber keiner von uns schlug vor, noch nach den anderen zu suchen. Wir hingen noch eine Weile unter dem flackernden bleichen Neonlicht auf dem betonierten Parkplatz herum. Man konnte das Tröpfeln eines vergessenen Gartenschlauchs hören, und gelegentlich huschte eine Eidechse über die Mauer. Ich spielte an meinen Haaren herum (von denen ich wusste, dass sie mittlerweile ein Rattennest waren), und er, die Hände in den Hosentaschen, grub die Zehen in den Boden. Schließlich sagte ich, ich müsse gehen, obwohl es eigentlich nicht so war. Er begleitete mich die Palmenallee entlang zum Hoteleingang und stand dann im Schatten der Lampe, als ich auf die Straße fuhr und in Richtung Zuhause startete.

12

Wegen all dieser unausgesprochenen und nicht ergriffenen Gelegenheiten löste ich bei meiner Mutter tiefe Enttäuschung aus. Wie tief ihre Enttäuschung war – sowohl über das Versagen unserer Freundschaft, einem Bündnis, von dem wir beide lange gelebt hatten, als auch darüber, dass ich jedwede Regel gebrochen hatte –, konnte ich ihrer Entscheidung entnehmen, nicht nur meinem Vater nichts zu erzählen, sondern nicht einmal damit zu drohen.

»Du hättest nur zu fragen brauchen«, betonte sie schmallippig, als wir am darauf folgenden Abend am Esstisch saßen und ich die Swimmingpoolgeschichte von Marie-José gehört und meine Mutter sie von meinem Großvater erfahren hatte. »Wie bist du in die Stadt gekommen? Und wer ist dieser Junge?«

»Es ist nichts. Er ist nur ein Freund. Ich will darüber nicht reden.«

»Ich weiß nicht, was schlimmer ist, der Trubel, den du mit diesen Kindern oben am Hotel veranstaltest, oder davonzuschleichen mit einem ... wie alt ist er eigentlich?«

»In meinem Alter. Mama, das ist doch keine große Sache. Wir haben uns mit Freunden in dem Café an der Corniche getroffen, das ist alles. Ich hätte gedacht –«

Meine Mutter blickte mich zornig an, ihre schwerlidrigen Augen, die ich geerbt hatte, funkelten. Sie schwenkte ein Messer in der Hand, fühlte sein Gewicht: »Was genau hast du dir dabei gedacht? Ehrlich, Sagesse, ich habe die Nase voll. Du kannst dir nicht vorstellen, was ... das ist das Letzte, was dein Vater gebrauchen kann, sich um dich Sorgen zu machen. Das Letzte, was ich brauche. Diese Tage – ich weiß nicht. Ich weiß nicht, was ich tun soll.«

Das jähe Abgleiten von Wut in Kummer war ein vertrautes Melodrama. Das Messer hing schlaff herab, war plötzlich so schwer in ihrer Hand, dass sie es mit einem Mitleid erregenden (und selbstbemitleidenden) dumpfen Geräusch auf den Tisch fallen ließ. Und wie es das Drehbuch seit Jahren verlangte, war ich innerhalb von einer Sekunde an ihrer Seite und hatte die Arme um sie gelegt. Obwohl ich ihr Gesicht nicht sehen konnte, wusste ich, dass ihr Kinn zitterte und ihre Augen milchig waren vor Tränen. Wenn ich meine Mutter umarmte, spürte ich stets, wie klein sie war, wie knochig, ihre Schulterblätter waren wie spitze Flügel, bereit zum Fliegen.

»Weine nicht«, flüsterte ich beruhigend, streichelte ihr perfektes Haar und sog den Duft ihres Parfums ein und darunter den schwachen feinen Geruch, der zu ihr gehörte. »Weine nicht. Es ist nichts. Es war nichts. Es gibt nichts, worüber du dich aufregen müsstest.« Ich wich ein Stück zurück und beobachtete, wie sie sich zu einer zögerlichen feuchten Grimasse zwang, die einem Lächeln nahe kam.

»Alles in Ordnung«, sagte sie, sowohl zu sich wie auch zu mir. Sie tupfte sich die Augen mit den Manschetten ab und machte sich wieder daran, das Besteck aufzulegen.

»Ich denke, es wäre besser«, fuhr sie nach einem Moment fort, »wenn du für eine Weile abends nicht weggehen würdest. Du bist kaum mal hier. Wie viel Zeit hast du in diesem Sommer mit deinem Bruder verbracht? Und dein Vater und ich – gut, dein Vater ist sehr beschäftigt, das weiß ich, aber er würde doch noch immer gern das Gefühl haben, dass er weiß, wie seine Tochter aussieht. In deinem Alter war ich –«

»Ich weiß, du hast im Sommer gearbeitet. Du hattest einen Job. Aber das war in Amerika, Mama. Die Dinge sind hier anders. Es ist praktisch ein anderes Jahrhundert.«

»Manchmal denke ich, man sollte dich besser ins Ferienlager schicken, wenn dein Vater schon nicht will, dass du arbeiten gehst.«
Ich schnaubte verächtlich. »Niemand geht ins Ferienlager, Mama.« Meiner Meinung nach war dies nur etwas für arme Kinder und nicht für jemanden aus unserer Stadt; wer würde von hier weggehen, wenn vor uns das offene Meer lockte, wenn wir bereits an dem Ort waren, an dem die gesamte Nation ihre Ferien verbringen wollte. »Und niemand, den ich kenne, arbeitet. Niemand.«
»Es fehlt euch an Disziplin. Euch allen.«
»Papa sagt, dafür ist später noch genug Zeit, jetzt müssten wir erst einmal etwas lernen.«
Meine Mutter zuckte die Schultern. »Und alles geht, wie wir wissen, immer nach deinem Vater. Wir leben letztendlich sein Leben.«
»Rede für dich.«
»Glaub mir, du auch. Du weißt es nur nicht.«
Schließlich kam meine Mutter wieder auf das zurück, was sie eigentlich wollte: Ich sollte für eine Woche aus dem Verkehr gezogen werden. Sie hatte nicht die Kraft, es mir zu befehlen, und so schwatzte sie mir das Versprechen ab, einen Pakt unter Freundinnen, geboren aus der Schuld. Aber ich willigte ein.
In diesem Moment kam es mir nicht in den Sinn, dass ich log. Ich beabsichtigte es nicht. Obwohl, wenn ich ernsthaft über die Aussicht nachgedacht hätte, sieben lange Abende über den Marmorfußboden zu tigern oder mit Etiennes Aufzug rauf und runter zu fahren, wenn ich mir mal in Ruhe vorgestellt hätte, wie es war, all diese dunklen dumpfen Stunden eingesperrt zu sein, die meine Eltern nach dem Abendessen verbrachten, hätte ich gewusst, dass ich dazu nicht in der Lage war, bei aller Liebe nicht,

die ich für meine Mutter aufbringen konnte. Für Etienne hätte ich es vielleicht gekonnt: Aber die Abende waren nicht Etiennes Domäne. Nahezu unmittelbar nach dem Essen wurde er den Flur entlanggerollt und hoch ins Bett gebracht, weil irgendjemand der Ansicht war, sein stummer, spastischer Körper benötige mehr Schlaf als der Rest von uns; oder weil die Nacht die einzige Zeit war, in der meine Mutter die Augen vor ihrer Last schließen konnte; oder weil mein Vater abgesehen von einer widerwilligen verlegenen Umarmung und entsetzten Blicken über den Tisch hinweg den Anblick seines Sohnes nicht wirklich ertragen konnte.
Mit Sicherheit hätte ich es nicht für meinen Vater getan, diesen fleischigen, schöntuerischen, leicht aufbrausenden Mann, der nach Belieben in unserem Leben auftauchte und wieder verschwand. Wenn er zärtlich gestimmt war, zogen mich seine haarigen parfümierten Arme fest an sich, und seine sentimentalen Augen schimmerten gefühlig – was ich ganz furchtbar fand. Als ich kleiner war, war ich durch Zimmer gerannt und über Wiesen, um mich in seine Arme zu stürzen und an seine Brust zu drücken. Aber irgendwo hatte ich festgestellt, dass seine Liebe nur in der Folge von Wutanfällen dargeboten wurde oder als Ausgleich für seine schreckliche Abwesenheit, und so bekam diese Liebe allmählich einen sauren Beigeschmack für mich. Viel später sollte ich meine Bitterkeit bedauern, meine Unfähigkeit, mich den mächtigen Umarmungen seiner großen Gestalt und seinen zärtlichen Schmeicheleien hinzugeben – »ma belle«, »mon petit ange«, »mon trésor« –, mich auf die einzige Art von Liebe einzulassen, die er zu geben vermochte. Aber da war es bereits zu spät. Und mit vierzehn konnte mich, außer wenn man es mir befahl, und vielleicht nicht einmal dann, weder ein Wort meines Vaters noch die Liebe zu ihm dazu bringen, auf die

Vergnügungen mit meinen Freunden zu verzichten. In jedem Fall verlangte er es ja auch nicht: Er war kaum zu Hause in diesem Sommer; und es war allein ein Vertrag zwischen meiner Mutter und mir.

13

Ich hatte es versprochen, und ich versuchte es. Aber sie hatte mich schließlich nicht gebeten, meine Gewohnheiten tagsüber aufzugeben. Die Tage verschmolzen weiterhin ineinander, getränkt vom Sonnenlicht und dem Gesang der Zikaden, erfüllt vom Geruch nach Sonnenöl und dem trockenen heißen Duft der Pinien, unterbrochen allein durch die ruhige Stunde des Mittagessens, das ich im Allgemeinen am Tisch meiner Großmutter einnahm. Zum ersten Mal figurbewusst, stocherte ich missmutig in der Lasagne herum oder an den dicken Steaks, die Zohra servierte, die bejahrte arabische Hausangestellte meiner Großeltern. Die Falten, die sie an Stirn und Kinn hatte, wurden durch blaue Tattoos noch hervorgehoben.
Zohras Hände waren von der Arbeit knotig und rau, und wenn ich an die Mittagessen bei meiner Großmutter zurückdenke, so erinnere ich mich neben den halb herabgelassenen Rouleaus, durch die beharrlich das Licht von Sonne und Meer hereinzudringen versuchte, und neben dem mächtigen, geräuschvollen und feuchten Kauen meines Großvaters, am deutlichsten an Zohras dunkle, zitternde Finger, die die Porzellanschüsseln meiner Großmutter umklammerten und selber essbar aussahen, warzige kleine Würstchen am Rande eines Berges von Bohnen oder auf das Kartoffelpüree gerichtet; manchmal glänzten sie

auch an den Spitzen, weil sie für einen Moment in die Soßenschüssel gerutscht waren. Zohra war immer gut zu mir, unterwürfig und verschwiegen: Von frühester Kindheit an hatte sie mir Schokolade oder Geleefrüchte in die gierigen Patschhändchen gedrückt und dabei voller Freude ihre kaputten Zähne gebleckt und gemurmelt: »Arme Kleine, das ist für dich« – wobei sie das »arm« nicht auf meine Person bezog, sondern auf den traurigen Zustand meines Bruders und die Strenge meiner Großeltern.

Meine Großmutter war eine imposante, vogelartige Frau, deren Adlergesicht mit den scharfen Zügen von ihrer weichen Körperfülle ablenkte. Obwohl sie meine Kindheit mit ihren Versionen unserer Familiengeschichte gewürzt hatte, die ich mit Begeisterung hörte, war sie nicht die Sorte Großmutter, die über jedes Schrittchen von mir gejubelt oder deren Busen freundliche Zuflucht geboten hätte. Sie zeigte ihre Zuwendung eher durch Kritik: »Sitz gerade!«, »Kau nicht mit offenem Mund!«, »Renn nicht auf den Gängen herum!« Mahlzeiten sollten ihrer Meinung nach ruhig verlaufen, konzentriert auf den vollen Genuss des Essens und den Klang der Stimme ihres Mannes.

Wenn er da war und guter Stimmung, erzählte mein Großvater, übersprudelnd von Anekdoten aus seinem Arbeitsalltag oder ihrem langen, außerordentlich langen gemeinsamen Leben, Witze oder Geschichten; oder er spürte die Einzelheiten meines Tagesablaufs auf wie ein erfahrener Jäger die Beute. Wenn er verärgert war, bebte der Tisch hörbar von seinem Zorn oder klapperten auch nur Porzellan und Silber, wenn er dagegen stieß. War er nicht da – und in dieser trübsinnigen Woche, in der ich eingesperrt war, der Woche vor dem Schuss, kam er nicht ein einziges Mal zum Essen, war zu absorbiert von seiner Raserei, um den Schreibtisch zu verlassen, oder wenn er es tat, dann nur, um die

Hotelanlage zu durchstreifen und seinen Angestellten nachzuspionieren –, dann saßen meine Großmutter und ich nahezu in völliger Stille da, nur Zohras Gesumme und Geputze war im Hintergrund zu hören. Ich beobachtete meine Großmutter beim Essen, wie sie akkurat die Gabel zum Mund führte und die Lippen hochzog und über den Zähnen kräuselte, als wolle sie ihren Lippenstift schützen, verfolgte das kraftvolle Gemenge von Mund und Nahrung unter ihren Backen und das kurze, froschartige Schlucken am Ende. Sie machte zwischen den Bissen stets eine Pause, und ihre scharfen Augen glänzten, wenn sie prüfend ihren Teller oder den meinen betrachtete oder die Linie des Sonnenlichtes auf dem Teppich. Ich hasste diese Mittagessen, wenn wir nur zu zweit waren; ich kämpfte mich durch sie hindurch, indem ich, sooft es möglich war, unauffällig zu dem türkisfarbenen Streifen des Swimmingpools unter dem Balkon linste und die Minuten zählte, bis meine Freunde nach und nach wieder in Sichtweite kamen.
»Grand-mère«, sagte ich dann, häufig mein erstes Wort in dieser Stunde, »darf ich bitte aufstehen?«
Sie nickte dann langsam, als würde sie über meine Bitte nachsinnen, und lächelte gelegentlich. »Geh. Amüsier dich, mein Liebes. Aber denk dran: eine Stunde lang nicht schwimmen. Du musst erst verdauen. Vergiss es nicht!«
Und wenn ich mir dann mein Handtuch griff und losrannte, faltete sie vorsichtig und mit graziösen Bewegungen ihre Serviette zusammen und begann mit den Vorbereitungen für ihre Siesta. Tag für Tag kehrte dann in dieser Wohnung eine Stille ein, die so tief war wie der Tod. Zohra schlich sich davon und überließ die verdunkelten Räume dem stoßweisen Atem meiner schnarchenden Großmutter. An den Wochenenden lag mein Großvater mit einer Zeitschrift neben ihr, bis auch er wegsackte und

sie beide unter dem rosenkranzverzierten Kruzifix an der Wand wie lockige Opfergaben dalagen, Christus' immergnädiges Auge auf ihren runzeligen Leibern. Die Entdeckung, dass die Welt am helllichten Tage so still sein konnte, war für mich als Kind Furcht erregend: Ich musste diese Erfahrung machen, als ich kleiner war und meine Mutter mich tagsüber in der Obhut meiner Großeltern ließ; oder in den Winterferien, selbst noch mit vierzehn – aber im Winter zerrte wenigstens der Wind wütend an den Fensterrahmen, klatschten die Regentropfen gegen die Scheiben und störten den nicht enden wollenden Rhythmus des großelterlichen Schlafes.

14

In diesem Sommer jedoch, in dieser Woche, war die Mittagessenszeit allein Strafe genug: Ich wurde vor der Siesta bedingt aus der Haft entlassen, eine Kriminelle, die auf den hinteren Wegen zum Strand hinunter oder auf der Brücke über dem Pool ein Schläfchen halten durfte – mit der Brise auf unserer Haut irgendwie ein erfrischenderer Schlaf. Alle wussten, dass ich meine nächtlichen Privilegien verloren hatte, und sie wussten auch, warum. Meine Verabredung mit Thibaud, die andernfalls vielleicht eine Quelle für Tratsch und Spekulationen ausschließlich hinter unserem Rücken gewesen wäre, wurde jetzt zum Lieblingswitz für alle. Nicht einmal Marie-Jo verteidigte mich. Thierry war besonders penetrant: »Eingesperrt wegen deinem Loverboy, was? Wie Rapunzel in ihrem Turm. Thibaud, du musst das Mägdelein in Not retten. Hoffentlich steht der Großvater nicht Wache.«

»Zu viel Geknutsche, und du wirst einen Kopf kürzer gemacht!«, war ein anderer blöder Spruch von Thierry. Marie-Jo wusste, dass es keinerlei Geknutsche gegeben hatte, aber sie behielt ihre Meinung für sich und grinste. Später sagte sie: »Nun mach mal halblang, Sagesse, das ist gut für deinen Ruf. Möchtest du denn, dass die Leute dich für prüde und frigide halten?« Sie lachte, keineswegs nett. »Und ihm hab ich damit auch einen Gefallen getan. Mein Gott, was ist das denn für einer? Er hat es nicht mal versucht? Nicht einmal einen Kuss? Ich hab's dir gesagt, der ist schwul. Du wirst sehen.«
Sie leckte ihren Zeigefinger an und glättete sich damit die Augenbrauen. Wir waren in ihrem Zimmer; sie saß an ihrem Kinder-Frisiertisch und starrte in den Spiegel, ich saß auf der Bettkante und grub die Zehen in den Teppich. Angeblich wollte sie sich zum Tennisspielen umziehen, hing jedoch eine Ewigkeit im Bikini herum, eine Frau auf dem Stuhl eines kleinen Mädchens, die ihrem Spiegelbild Gesichter schnitt.
»Aber kein schlechter Trick. Du heiratest einen schwulen Knaben mit reichen Eltern und legst dir dann die besten Liebhaber zu, reiche oder arme, alle sehen furchtbar gut aus und sind wahnsinnig in dich verliebt ... Und dann könntest du ihn erpressen: ›Liebling, ich hätte gern einen Pelzmantel. Oder ich erzähle deiner armen *maman* von Félix oder Jean oder Paul oder wem auch immer‹ ... ›Liebling, ein Diamantcollier‹ – phantastisch!«
»Er ist nicht schwul. Auf so eine Idee kommst auch nur du.«
»Weil ich eine Frau von Welt bin«, sagte Marie-Jo, die ihr Bikinioberteil gegen einen Spitzen-BH austauschte und mir ihre braunen, spitzen Brüste wie als Beweis für ihre Behauptung entgegenstreckte. »Aber da gäbe es natürlich ein sexuelles Problem. Ich meine wegen des Sohnes, den du ihm auf Wunsch seiner

Eltern gebären sollst. Das könnte sich als unmöglich herausstellen, wenn er nicht einmal –«

»Mach mal einen Punkt.« Ich stand auf und ging zur Tür. Marie-Jo hörte nicht auf, ihre Witze zu reißen, während sie in der Schublade nach ihrem Tennisrock suchte.

»Armes Schätzchen«, schrie sie und rannte unbeholfen, einen Fuß in einem weißen Turnschuh, den anderen nackt und bloß, durch den Raum, um mich zu umarmen; ihr langer Körper wirkte braun in der weißen Unterwäsche: »Du magst ihn wirklich.«

»Das ist es nicht. Natürlich mag ich ihn. Das weißt du. Aber es ist so, dass ich einfach …« Ich verstummte.

»Vergiss es. Los, ich bin spät dran. Mein Schläger ist unter dem Bett – holst du ihn mir vor?«

Tatsache war, Thibaud hatte sich zurückgezogen. Er schien mich nicht einmal mehr anzusehen geschweige denn zu versuchen, in meiner Nähe zu schwimmen oder mit mir spazieren zu gehen. Und da ich bei den nächtlichen Zusammenkünften nicht dabei war und mich nur auf Marie-Josés Berichte stützen konnte, hatte ich keine Ahnung, was Thibaud dachte. Quälender als meine trübsinnigen Mittagessen oder die heftigen abendlichen Seufzer meiner Mutter über ihren englischen Romanen war das Bild in meinem Kopf, wie sie da alle zusammen auf den Stufen unter der ältesten Platane saßen; und die Vorstellung von dem dazugehörenden Soundtrack, von den Unterhaltungen, die in meiner Abwesenheit wahrscheinlich – ja bestimmt, da war ich mir ganz sicher – zu meiner Person abschweiften, von den Fragen, die Thierry oder Renaud Thibaud stellen würden: »Kann sie küssen? Zu viel Zunge oder zu wenig? Ihre Titten geben nicht viel her, was?« All die Jahre – ja, noch diesen Sommer – hatte ich mitgemacht, wenn es darum ging, andere Mädchen oder sogar

Jungs in die Zange zu nehmen; ich wusste, dass die Phantasie nicht mit mir durchging.
Ich versteckte mich zwei, drei, vier Tage lang in der mit Ledermöbeln eingerichteten Bibliothek meiner Eltern; auf dem glatten schwarzen dänischen Sofa im wässrigen Licht des Fernsehers ausgestreckt sah ich mir alte amerikanische Krimis an und Schwarzweiß-Western, die unbeholfen französisch synchronisiert waren. Normalerweise versuchte ich bei solchen Gelegenheiten immer von den Lippen zu lesen und den amerikanischen Dialog unter den sonoren französischen Stimmen auszumachen, und ich ergötzte mich dann daran, dass dieses Vokabular von zweihundertfünfzig Millionen Menschen, alle jedoch weit entfernt, meine heimliche Sprache war. Einen Satz herauszufinden war ein Triumph, der Beweis dafür, dass ich eines Tages aus meinem drückenden palmengesäumten Gefängnis in ein wirkliches Leben entkommen würde, in englischer Sprache, mit meinem amerikanischen Ich (das bislang nur in der Privatsphäre meines Badezimmerspiegels existierte). Aber in besagten ein, zwei, drei, vier Nächten sah ich kaum den Bildschirm und mit Sicherheit nicht die Lippen der Amerikaner auf ihm. Ich starrte stundenlang vor mich hin und sah nichts außer mir selbst, wie ich an Thibauds Schulter den Strand entlangging oder im Strandcafé saß und sich unsere Hände flüchtig berührten. Wie eine Wahrsagerin mit ihrer Kristallkugel sah ich auch die kreischende, gestikulierende Schar am Pool in ihrer Wolke aus Zigarettenqualm und hörte, wie sie sich über mich lustig machten.
Am fünften Tag beschloss ich, die Dinge selbst in die Hand zu nehmen. Ich meinte damit nicht gegen die Wünsche meiner Mutter zu verstoßen oder ihr Vertrauen zu brechen. Ich wusste, dass meine Eltern an diesem Abend zusammen zum Essen ausgingen; sie waren von einem ehrgeizigen Politiker in dessen

Haus am anderen Ende der Stadt eingeladen. Meine Mutter hatte bereits beim Frühstück eine ihrer nervösen Anwandlungen.

»Seine Frau ist ein fürchterlich kaltes Weib«, vertraute sie mir an. »Sie putzt sich raus wie ein Pfau. Ihr Haar hat eine besonders unnatürliche lila Farbe – Aubergine, weißt du? Sie ist eine dieser Frauen, die durch all die Jahre in der Sonne eigentlich austrocknen müssten, es aber irgendwie hinbekommen, dass dies nicht der Fall ist. Großer Gott, wenn ich mich in die Sonne legte wie sie, sähe ich aus wie eine Backpflaume! Aber das ist irgendein französisches Gen.«

»Ein übles Gen natürlich, wie alle französischen Gene.«

»Lass das, Sagesse, das kann ich jetzt nicht gebrauchen.«

Mit der Gewissheit, dass sie außer Haus sein und es nie erfahren würden, und dem sicheren Gefühl, dass mit jedem weiteren Tag, der verstrich, ich meine Chancen auf eine Romanze mit Thibaud immer mehr vergab, nutzte ich die Gelegenheit. An diesem Tag wartete ich am Tisch meiner Großmutter nicht ab, bis sich unten am Rande des Wassers die Truppe versammelte. Kaum hatte Zohra die beiden triefenden *babas au rhum* hereingebracht, die unser Dessert waren (das war ein glücklicher Umstand: ich verabscheute sie, das wusste man), als ich auch schon meinen Stuhl zurückschob und meine Serviette in den Ring steckte.

»Schon?«, fragte meine Großmutter und blinzelte angesichts meiner Bitte, aufstehen zu dürfen.

»Wir dachten, wir könnten vielleicht runter zum Strand in der Stadt«, log ich, »und uns *pédalos* leihen. Wenn man nicht rechtzeitig da ist, sind sie alle weg.«

»Wenn du mir das früher gesagt hättest, hätte ich das Mittagessen vorverlegt. Aber gut. Sei vorsichtig. Wie kommt ihr denn dahin?«

»Mit dem Bus. Mach dir keine Sorgen.« Ich stand bereits. Ich wusste, dass ich ihr, wenn sie uns nach ihrem Mittagsschlaf am Pool sehen würde, nur zu sagen brauchte, die Touristen seien uns zuvorgekommen und wir hätten uns lieber auf den Heimweg gemacht als zu warten, bis wir dran gewesen wären.

»Geh nicht schwimmen, Liebes. Eine Stunde lang nicht.«

»Klar.«

Als ich hinausging, schob sie sich den Löffel mit ihrem fettigen Biskuit-Baba eher sorgenvoll in den Mund.

Ich rannte auf dem kürzesten Weg quer durchs Gebüsch zur Rückseite des Hotels. Es war riskant, in der Hotelhalle herumzuhängen – mein Großvater oder sogar mein Vater konnten vorbeikommen oder Cécile oder Laure vor Thibaud auftauchen. Ich konnte ihn durch die Glastüren des Restaurant-Innenhofes mit seinen Eltern an einem großen Tisch unter einem Sonnenschirm sehen. Seine Mutter trug einen breitrandigen gelben Strohhut und eine viereckige Sonnenbrille, und sein Vater saß mit dem dicken Rücken zu mir und beugte sich über die Reste der Mahlzeit. Thibaud sah ich im Profil. Er saß stumm und ausdruckslos da und drehte den Kopf, je nachdem, wer sprach, von einem Elternteil zum anderen, wie der Schiedsrichter in einem Tennismatch. Gelegentlich strich er sich mit einer ärgerlichen Geste das Haar aus dem Gesicht. Gelangweilt trat er mit seinen Turnschuhen gegen die Beine seines Stuhls. Seine Mutter fragte ihn etwas, die Zigarette zwischen die knallrot lackierten Krallen geklemmt, wobei aus jedem ihrer Nasenlöcher eine feine Fahne Zigarettenrauch entwich, bevor sie sprach. Ich wusste, dass sie unter dem Hut gefärbtes Haar hatte, Aubergine, glänzend und festgesprayt: Sie war der Typ Frau, den meine Mutter fürchtete.

Thibaud schüttelte als Antwort auf ihre Frage den Kopf und stand auf. Ich sah, wie sich Cécile und Laure am hinteren Ende der Terrasse zwischen den Tischen durchschlängelten, und verwünschte mein Schicksal; aber sie bogen ins Restaurant ab. Er kam allein aus dem grellen Licht draußen in die kühle Marmorhalle. Er wusste nicht, dass er beobachtet wurde, aber sein Gesichtsausdruck verriet auch weiterhin nichts. Er ging gerade zu den Aufzügen hinüber, als ich ihn rief.

»Du kommst nicht oft hier herein«, sagte er.

»Zu riskant. Ich könnte meinem Vater oder meinem Großvater über den Weg laufen.«

»Warum dann heute?«

Ich hatte keine Lüge bereit. »Ich habe nie die Gelegenheit gehabt, dir für den Abend neulich zu danken. Bei all dem Theater um das Schwimmen …«

»Nein. Und dem Theater wegen mir. Tut mir Leid.« Er schien fast zu lachen, also tat ich es auch.

»Eltern, weißt du. Sie sind alle gleich.«

»Meine kümmern sich nicht darum, was ich mache.«

»Du bist ein Junge. Und älter. Ein bisschen.«

»Na ja, schon.«

Er spielte mit seinem Zimmerschlüssel, klapperte mit dem Metall gegen das durchsichtige Plastikviereck, auf dem in goldenen Großbuchstaben die Nummer und HOTEL BELLEVUE stand.

»Warst du auf dem Weg zum Pool?«

»Natürlich. Was soll man denn sonst machen? Ich wollte nur … ich wollte nur wissen, ob du vielleicht Lust hast, dich heute Abend mit mir zu treffen.«

»Heute Abend? Aber bist du denn nicht hinter Schloss und Riegel?«

Ich zuckte die Schultern, wobei ich bewusst Marie-Jos nonchalante Bewegung imitierte.

Ich spielte mit meinen Haarenden herum, wickelte mir eine Strähne um den Zeigefinger. »Ach ja?«
Thibaud gab ein seltsames Schnauben von sich, das wie der Versuch eines leisen Lachens war. Dieses Verhalten hatte er sicherlich nicht bei mir erwartet.
»Was hattest du denn vor?«
»Es ist schwierig für mich, in die Stadt zu gehen. Ich könnte jemandem über den Weg laufen, und dann erfahren es womöglich meine Leute … Ich dachte, wir könnten uns hier treffen, vielleicht spazieren gehen. Ich weiß nicht.«
»Warum nicht? Ich halte jedenfalls mit Sicherheit keinen weiteren Abend mit Thierry aus.«
»Ist das nicht ein Idiot? Er kann einem schon fast Leid tun.«
»Vielleicht.«
Wir verabredeten eine Uhrzeit und einen Treffpunkt – an der runden Bank, wo die kleinen Kinder spielten; niemand von unserer Gruppe würde sich je dorthin verirren –, und dann ging ich; wie ein Schatten glitt er zwischen die Spiegeltüren des Aufzugs. Ich schaffte es, mich gerade noch aus der Lobby zu verdrücken, als Cécile und Laure die Treppe aus dem ersten Stock herunterkamen.

15

Als meine Eltern sich ausgehfertig machten, tanzte ich in seltener Hilfsbereitschaft um sie herum. Ich zog den Reißverschluss vom Kleid meiner Mutter hoch und bewunderte ihre neuen Schuhe. Ich bereitete einen Scotch mit Soda für meinen Vater zu (klirrende Eiswürfel, klebriger Whisky, sprudelnder Schaum) und stellte ihn vorsichtig neben seine Zahnbürste, während er sich rasierte. Ich setzte mich auf den Badewannenrand, und in der wasserdampfgetränkten Luft hin und her wippend, sah ich ihm zu, wie ich es als ganz kleines Kind gemacht hatte. Ich beobachtete genau den Fleischwulst im Nacken meines Vaters, wie er sich zusammen- und wieder auseinander rollte, wie feuchte Locken sichtbar wurden und wieder verschwanden, je nachdem, in welchem Winkel mein Vater das Kinn hielt. Ich war von ehrlichem Eifer beseelt: Für eine Stunde war ich ihr Goldmädchen. Ich fragte sie über die Abendeinladung aus, erkundigte mich, wer dort sein würde. Ich machte Witze über die Leute, die ich kannte: den Mann mit den lustigen Schuhen; den Lustmolch, dessen herumwandernde Hände wie auf Hitze programmierte Flugkörper die Brüste der Frauen fanden, wenn er sich hinabbeugte, um sie auf die Wange zu küssen. Ich machte die eulengesichtige und leicht schwerhörige Bergwerkserbin nach, die wie ein Papagei alles nachplapperte, was gesagt wurde, um sicher zu sein, dass sie verstanden hatte. Ich konnte spüren, dass meine Eltern überrascht waren und erfreut. Mir schien das eine Art Absegnung meines Verhaltens, denn ich konnte nicht ganz glauben, dass sie nichts von meinem Plan ahnten und mir bei so viel liebevoller Zuwendung nicht vergaben.

An der Tür strich mir mein Vater über die Wange (eine zärtliche Geste, für die ich ihn in diesem Moment liebte), und meine Mutter umarmte mich besonders fest. »Sei brav«, sagte sie. »Amüsiert euch gut«, sagte ich.

Als ich selbst fertig zum Gehen war, schlief Etienne bereits lange – ich hatte nachgesehen –, und Magda hatte sich in ihr Apartment zurückgezogen, aus dem das kreischende, überfröhliche Geplärr einer Unterhaltungssendung drang. Ich stand eine Weile in der Küche und lauschte auf die Rhythmen. Es wäre so einfach gewesen, nicht zu gehen: Jetzt in die schlafende Nacht einzutauchen erschien enorm anstrengend, ein fragwürdiges Unternehmen.

Thibaud ließ mich warten. Als ich mich gerade im Schatten einer Zwergpalme gegenüber der vereinbarten Bank niederkauerte und überlegte, ob ich nicht nach Hause gehen sollte, kam er aus der Dunkelheit angeschlichen.

»Du bist doch gekommen.« Ich lächelte entgegen meiner Absicht.

»Natürlich.«

»Was willst du denn machen?«

»Machen?«

»Na ja, wir können hier rumhängen oder runter zum Strand laufen oder – ins Hotel sollte ich besser nicht gehen, weil –«

»Ach nee«, sagte er. »Komm, lass uns spazieren gehen.«

Er nahm meine Hand. Sie wand sich eine Sekunde trocken in der seinen und lag dann still. Ich bekam wildes Herzklopfen und konnte nicht reden. Er sagte nichts. Er führte mich, oder wir führten einander (alles schien plötzlich klar zwischen uns) den besonders gewundenen Pfad in Richtung *chemins de la plage* entlang, zum Ausgangspunkt dieser Wege unterhalb des Swimmingpools. Durch ein rundes Fenster – wie das Auge eines Zyklops – im Fundament des Pools konnte man auf das wogende erleuchtete Wasser sehen. Vielleicht eineinhalb Meter über uns lümmelten und schnatterten die anderen herum; Phrasen und ganze Sätze wehten zu uns herunter – Marie-Jos Lachen, Thierrys Stimme, die gelegentlich in penetrantes Piepsen umkippte.

Von einer in den Felsen gehauenen Plattform aus konnten wir die Küste und weiter vorn das Meer erkennen – es war der gleiche Blick wie oben, nur wurde er auf dieser niedrigeren Ebene

von den Spitzen der wogenden Bäume durchbrochen. Das Bullauge in unserem Rücken hielt mit uns Ausschau.
»Wir können ihnen heimlich zuhören«, sagte Thibaud und fuhr sanft mit den Fingernägeln über meine Handfläche. »Lass uns hier eine Weile sitzen bleiben. Mal sehen, ob sie sich wundern, wo ich bleibe, ob sie eine Vermutung haben.« Wir kicherten aufgeregt über die Möglichkeit, beim gemeinsamen Lauschen entdeckt zu werden. Die Stimmen, das rauschende Auf und Ab der See, mein Blut, das stumme Spiel unserer Finger: Ich lauschte, wie immer.
Wenig später beugte er sich zu mir herüber, murmelte »Darf ich?« und küsste meinen Nacken. Danach wurden die Zeit oder die anderen oder meine Eltern belanglos: Zu unmittelbar und alles andere vergessen machend war seine Zunge, die in mein Ohr und über meine Augenlider und in meinen Mund wanderte (wie eine Katze, fand ich, die ihre Jungen putzt). Es war eine neuartige und erregende Form von Intimität für mich; ich war völlig gegenwärtig, und gleichzeitig stand ich daneben und war in der Lage, genau das Gefühl seines kälter werdenden und trocknenden Speichels an meiner Wange, seines leicht rauen Kinns wahrzunehmen, seine sich überraschend hart anfühlenden Locken, seinen zitronenartigen Duft, und selbst als ich seine Umarmungen mit Leidenschaft erwiderte, war ich besorgt, dass meine Küsse zu bemüht, zu passiv oder zu feucht sein könnten. Zu dem Zeitpunkt, als wir die anderen zum Beckenrand stapfen hörten, lagen wir flach auf der Plattform – ich unter ihm. Mein T-Shirt war hochgeschoben, um seinen geschickten Fingern besseren Zugang zu verschaffen, und ein paar scharfe Kieselsteine bohrten sich in meinen Rücken. Die Nähe unserer Freunde beunruhigte mich, und ich versuchte mich aufzusetzen; aber Thibaud ging darüber hinweg und brachte mich erst mit der

Hand über meinem Mund und dann mit seinen Lippen auf den meinen zum Schweigen. Wir fummelten uns ungeschickt weiter voran, aber mich störten jetzt die Geräusche über unseren Körpern. Wir konnten das Schlurfen der Füße hören und wie die anderen ihre Kleider über die Brüstung oben warfen. Wir konnten hören, wie sie flüsterten (hörten sie nicht womöglich auch uns?), dann die Kaskade von Wasserspritzern, als sie einer nach dem andern ins Becken sprangen, mit dem routinierten Timing von Showgirls. Ein paar Tropfen spritzten durch die Fugen der Pooleinfassung und regneten auf uns nieder.

Thibaud ließ sich nicht abschrecken. Da ich fürchtete, einer von ihnen könnte unter Wasser zum Bullauge schwimmen, um einen Blick auf die Landschaft zu erhaschen (ein weiteres Spiel, dessen wir nie müde wurden), und bekäme stattdessen womöglich unsere verschlungenen Körper zu Gesicht, trat ich für einen Ortswechsel ein und fand, wir sollten weiter zum Meer hinunter gehen und uns für andere unsichtbar ins Unterholz verdrücken. Aber Thibaud, der mit den Knöpfen meiner Hose beschäftigt war, wollte nichts davon wissen.

»Die hören uns, wenn wir gehen«, zischte er. Um dann, während seine Hand von meinem Bauchnabel abwärts glitt, sanfter hinzuzufügen: »Darf ich?«

»Ich weiß nicht.«

»Was?«

»Na ja, ob …«

»Hast du noch nie …?«

»Das ist es nicht«, sagte ich, obwohl das zumindest zum Teil der Fall war.

»Hast du schon andere Jungs rangelassen?«

»Na ja, ich …« Ich hatte das Gefühl, die richtige Antwort lag irgendwo zwischen Kräutchen Rührmichnichtan und Luder,

zwischen »ja« und »nein«. Ehrlichkeit führte nicht weiter. »Das werde ich dir gerade erzählen. Du musst es schon selbst herausfinden«, sagte ich.
»Also darf ich? Weitermachen?«
»Pscht.« Die anderen kletterten aus dem Wasser und ließen es dabei unangenehm auf uns herabtröpfeln, während sie laut lachten und sich über Laure lustig machten, deren Kleider Thierry in einer Geste der Liebe (arme Cécile) ins tiefe Wasser geworfen hatte. Thibaud wertete mein Schweigen raffiniert als Zustimmung: Unaufgefordert ließ er seine Hand in mein Höschen gleiten und grub nun unbeholfen die Finger in die Falten meines Geschlechts, ein Manöver, das er damit verband, mir den Mund mit seiner unermüdlichen Zunge zu stopfen.
»Das ist doch schön, oder?«, murmelte er mir ins Ohr, während sein Finger wie eine Schnecke in mich hineinkroch. »Es tut dir doch nicht Leid?«
Sein Hüftknochen drückte an meinem Oberschenkel. Seine Finger fühlten sich an einer so warmen Stelle kalt an, als würde ich einer Untersuchung, einem medizinischen Test unterzogen; vielleicht war ja aber auch nur die Hand dieses Jungen an dieser Stelle so ungewohnt – war ungewohnt, dass ich, dass wir so dalagen. Es war weder unangenehm noch besonders erregend. So fühlt sich das also an, dachte ich. Da ich aber vor allem Angst hatte, entdeckt zu werden, gab ich keinen Ton von mir.
Aufgeschreckt wurden wir zunächst vom Knall des Gewehrs. Ein massiver, krachender, explosionsartiger Schlag. Später erfuhren wir, dass die Kugel das hölzerne Geländer direkt über uns durchschlagen hatte.
Auf diese Ausgangsdetonation hin erfolgte wildes Geschrei und vielstimmiges Geheul. Ich hörte meine Großmutter kreischen: »Ach du lieber Himmel, ach du lieber Himmel, Jacques!«, und

dann Céciles Stimme, die nur an ihrem scharfen Tonfall erkennbar war, der die Schreie der anderen überlagerte: »Oh, Scheiße, Scheiße, Scheiße.« Von meinem Großvater war gar nichts zu hören. Seine Wut hatte sich vollkommen in dem Gewehrknall konzentriert; sie äußerte sich in nichts anderem.

Thibaud war von mir runter, und ich kämpfte, noch immer ganz kribbelig und aufgewühlt, mit meiner Jeans. »Gott im Himmel«, sagte er, und obwohl niemand in unsere Richtung horchte, bedeutete ich ihm mit einer Geste, still zu sein. »Was ist denn da passiert?«

Später schämte ich mich, dass ich nicht zu meinen Freunden gegangen war. Ich konnte es nicht. Mir drohte von allen Seiten Unheil. Von meinen Eltern, falls ich entdeckt würde, von meinen Freunden wegen der Verbindung zu einem Attentäter. Thibaud türmte, versprach mir allerdings noch zuvor, mich nicht zu verraten. Es war unglaublich, wie die schwarze See vor mir funkelte, sich unaufhörlich hob und senkte, und ich lag neben dem Bullauge auf der Lauer und lauschte.

»Er ist verrückt. Vollkommen verrückt.«

»Dafür wird er bezahlen.«

»Da kannst du Gift drauf nehmen.«

»O Gott, Cécile, was ist?«

»Ich bin verwundet – am Arm.« Thierry unter Tränen –, »ich blute.«

»Schaut euch um Himmels willen mal Céciles Rücken an!«

»Machst du Witze? Siehst du irgendwas?«

»Jemand muss einen Krankenwagen holen. Ruft die Polizei an!«

»Kannst du gehen? Ich denke, sie kann gehen.«

»Gerade mal so.«

»Ruft die verdammte Polizei an. Mörder. Ich hole meine Mutter.«

»Wo ist er wohl hin?«
»Wo kann er schon hin? Die kriegen ihn. Wir haben ihn alle gesehen. Herrgottsack.«
»Der ist völlig durchgeknallt. Dafür geht er ins Gefängnis.«
»Ich blute.«
»Das ist bloß ein Kratzer, Thierry. Cécile, kannst du gehen? Wo sind deine Kleider? Wo sind meine Kleider? Wir können sie doch nicht nackt hier wegbringen.«
»Wir sollten sie nirgends hinbringen. Warte auf den Krankenwagen.«
»Red doch keinen Unsinn. Das ist doch verrückt. Ich kann einfach nicht glauben, was hier passiert.«
»Sollen wir ihr das Blut abwaschen?«
»Im Swimmingpool? Spinn doch nicht. Cécile, Cécile, Schätzchen, sprich mit mir. Kannst du bis nach vorne zur Auffahrt gehen, zum Krankenwagen?«
»Wer sagt es ihren Eltern?«
»Zum Teufel mit ihren Eltern. Wo sind sie überhaupt?«
»Im Hotel, du Blödmann. Hör auf zu plappern.«
»Ich denke, ich gehe besser auch ins Krankenhaus.«
»Wie auch immer – weißt du, ich kann es nicht glauben. Mein Gott.«
Und dann war Marie-Jos Mutter zu hören, außer Atem, fast hysterisch, und dicht dahinter waren andere Stimmen, von Männern und von Frauen, die riesige Taschenlampen hin und her schwenkten, und über mir wurde es taghell, als sie Céciles blutüberströmten Rücken unter dem Lichtkegel inspizierten.
»Da ist kein Schussloch. Die Kugel steckt nicht in ihr«, sagte ein Mann, der Vater von irgendjemandem. »Holt um Himmels willen ihre Eltern.«
Ich schlich mich, die Wege umgehend, davon, tauchte beim

Geräusch von Schritten im Unterholz unter und saß hinter einem Oleanderbusch versteckt neben dem Tor, als der Krankenwagen blinkend und mit Tatütata vorbeiraste. Als ich auf der Straße war, rannte ich. Ich rannte den knappen Kilometer, als wäre ich unsichtbar, als wären ich oder sie gar nicht da, als hätte ich Schuld. Thibauds Speichel schmeckte inzwischen wie Blut in meinem Mund, und eine Stimme dröhnte bei jedem Schritt in meinem Kopf: »Es ist nicht passiert. Es ist nicht passiert. Das ist nie geschehen. Es ist nichts vorgefallen.«
Und als ich durch die Tür und die Treppe hoch war, kroch ich als Erstes unter die Bettdecke und weinte, und dann stand ich auf, zog mich aus und ging in mein Badezimmer und putzte mir, ohne Wasser laufen zu lassen, wütend die Zähne (es ist nicht passiert, es ist nicht passiert), und ich streifte mein Nachthemd über und lag, den sinkenden Mond anstarrend, im Bett, wünschte mir alles ungeschehen und stellte mich schlafend. Aber der Zitronenduft von Thibauds Haut war auf der meinen; und als mich meine Mutter am nächsten Morgen weckte (sanft, ganz sanft, so schlecht standen die Dinge), wusste ich, dass alles wahr war.

Teil 2

I

Das Hotel Bellevue, das Haus meines Großvaters, war auf Felsen gebaut. Es war nicht immer da gewesen, war ihm nicht in seiner eiscremefarbenen Pracht übergeben worden, mitsamt den aus dem Fels gehauenen Pfaden und der sorgfältigen Bepflanzung, dem Panoramablick aufs Meer. Mein Großvater hatte das Land in den späten fünfziger Jahren gekauft, als längst erwachsener und gegen den Misserfolg ankämpfender Mann. Es war damals ein schäbiges Gelände gewesen, die kahle Spitze einer Klippe an einem wenig gefragten Teil der Küste, auf dem es nur eine Kaserne mit einem Fort in der Nähe gab sowie ein paar vereinzelte Villen, die ein Stück weiter die Straße hinunter hinter Zypressen versteckt lagen.

Auch er war damals, zumindest behauptete er das später, nichts gewesen, an der Schwelle des mittleren Alters, ein Mann, dessen frühe Hoffnungen enttäuscht und untergraben worden waren – durch seine Mutter, den Krieg und dann durch seine Frau und die Kinder. Als er oben auf der Klippe stand und sich hier sein Hotel vorstellte, schlug er ein Kapitel mit tausend Enttäuschungen zu und kehrte dem Land, das er liebte, den Rücken. (Das ist natürlich nur eine Redensart, denn er wählte den Platz für sich und seine Zukunft so, dass er seiner Vergangenheit ins Gesicht blickte: Wäre sein Sehvermögen gottähnlich gewesen, hätte er von seinem Hotel aus über das brausende Mittelmeer schauen können, und wenn sein Auge dann wieder Land gesehen hätte, wäre dies die Küste gewesen, die er erst vor kurzer Zeit hinter sich gelassen hatte und wo sein Sohn [mein Vater], seine Tochter, seine Frau und seine Verwandten geblieben waren. Es wäre Algerien gewesen – ja wäre es immer noch, wenn jemand von uns so weit sehen könnte.)

Der Vater meines Großvaters war Bäcker, seine Mutter Lehrerin, und beide waren auf dem entfernten Stück Land geboren worden, das damals erst seit kurzem zu Frankreich gehörte. Auch mein Großvater war dort geboren, im Jahre 1917, als jüngstes von vier Kindern, obwohl man mir viele Jahre nur von dreien erzählt hatte. In Blida – einer Stadt, die ich mir lange schmutzig und verlassen vorgestellt hatte, dabei war sie in Wahrheit berühmt für ihre Pracht – wuchs er weitgehend vaterlos heran, da sein vierschrötiger Vater, von einer Herzattacke niedergestreckt, mitten ins Mehl gefallen war; der kleine Jacques war gerade neun. Meine Großmutter erblickte nur einen Katzensprung von dort, aber einen ganzen Kulturkreis entfernt, als Tochter eines in Algier lebenden Staatsbeamten mit einigermaßen angenehmem Einkommen und seiner eleganten französischen Frau das Licht der Welt. Und mein Vater: Als er seinen ersten Atemzug tat, zu einer Zeit, als der Zweite Weltkrieg in den letzten Zügen lag (ja, das Mutterland Frankreich erhielt gerade seine Freiheit wieder), hatte er von beiden Seiten her Afrika im Blut. Der Boden, auf dem er laufen lernte, war Frankreich und doch nicht Frankreich, und er wuchs in dem Glauben auf, dieses Land würde immer sein Zuhause sein.

Mein Großvater verlor diesen Glauben, nicht so früh, aber doch früher als viele. Er redete nie darüber, warum das so gewesen war, auf welche Weise ihn der Zweifel beschlichen und sich in ihm breit gemacht hatte, bis er zu der Gewissheit geworden war, dass das Schicksal anders aussehen würde; aber die Geschichte gibt ihm Recht. Im Frühjahr 1958 überquerte er das Meer in Richtung Marseille, um nach einem Stück Land Ausschau zu halten, nahm Urlaub von seinem Posten als stellvertretender Manager des St. Joseph Hotels, das auf der Spitze einer anderen Klippe über der Bucht von Algier gelegen war; und er tat dies unmittelbar nach diesen grauenvollen Ereignissen, die seither als Schlacht um diese Stadt bezeichnet werden. Er erzählte seiner Familie nichts von seinem Plan, ging aber davon aus, dass sie ihn mit der Zeit verstehen würden, wenn auch nur deshalb, weil sie Zeugen der Gewalt geworden waren, weil die Tochter einer ihrer Freundinnen – einer kräftigen Matrone mit Zuckerwattefrisur, mit der meine Großmutter regelmäßig Bridge spielte – ihre schlanken Beine verloren hatte, als die Bombe im Casino hochging (eben jene Bombe, die dem unglückseligen und unzutreffend benannten Bandleader Lucky Starway den Bauch aufriss), und noch Monate später in einem Krankenhausbett lag und sich die Zukunft in der metallenen Umklammerung eines Rollstuhls vorzustellen versuchte.

Das Unterfangen, das ausschließlich auf geborgtem Geld fußte und bei dem ein wohlhabender Studienfreund meines Großvaters als stiller Teilhaber fungierte, brauchte einige Zeit; und der Bau des Gebäudes – das für damalige Standards stilvoll war, ein früher Vorläufer dieser modernen Terrassenbauten, die mittlerweile die Küstengegend zwischen Monte Carlo und Marseille überzogen haben – brauchte noch sehr viel länger – drei Jahre, während derer mein Großvater zwischen der Kolonie und der *métropole* pendelte. 1961 verabschiedete er sich von seinem Job in der vor sich hin siechenden Bastion der algerischen *hôtellerie.* (Die Angestellten des St. Josephs waren angeblich alle nach Schweizer Schule ausgebildet worden; aber das war immer schon eine Lüge gewesen, und zu diesem späten Zeitpunkt in der kurzen Geschichte der französischen Kolonie konnte kein Versprechen von Schweizer Service noch Touristen an diese unsichere

Küste locken. Es wimmelte zwar von Journalisten aus aller Welt in der angsterfüllten Stadt, aber diese suchten sich einfachere Unterkünfte, da ihnen die Menge von Stärke in der Bettwäsche gleichgültig war. Nur ein Häufchen seltsamer Amerikaner, von ihrer Kleidung und ihrem ernsten Auftreten her wie Mormonen aussehend, trappelten durch die grabesstillen Korridore und gingen ihren Geschäften in gedämpftem Ton nach.) Er, meine Großmutter und meine Tante Marie ließen sich im Angestelltentrakt des neuen Hotels nieder, in dem eigens entworfenen Penthouse – in eben dem –, von dem aus sie zusehen konnten, wie an den großen Plan meines Großvaters letzte Hand angelegt wurde.

Mein Vater, Alexandre, ging nicht zusammen mit seinen Eltern fort. Aus dem bloßen Grund, weil sein Vater so entschieden hatte, weigerte er sich damals einzusehen, dass er sie vielleicht doch besser begleitete. Das war nicht der Beginn seiner Rebellion: Diese hatte viel früher begonnen, und selbst aus der Perspektive eines Kindes konnte ich die Spuren davon in den fortgesetzten unterschwelligen Kämpfen zwischen Vater und Sohn wahrnehmen. Mein Großvater hatte meinen Vater von Anfang an nicht gewollt, diesen Erstgeborenen, der seiner Freiheit und dem glänzenden Erfolg im Wege stand, von dem der noch junge Jacques träumte, jetzt da der Krieg gerade zu Ende ging. Und wenn er später auch seine Meinung änderte und Anspruch auf seinen Erben erhob und ihn an seine Brust zu drücken versuchte (eine reine Spekulation meinerseits – wer hätte in unserer Familie je über solche Dinge geredet?), so war es dann zu spät. Und das Herz meines Vaters war, was seine Eltern betraf, wie das des kleinen Jungen bei Hans Christian Andersen zu Eis erstarrt.

Mein Vater, mit sechzehn offenkundig ein *beau garçon*, der sich die jungen Algerierinnen aussuchen konnte, die ihm mit den

Wimpern zuklimperten, und der nebenbei wie ein Wilder für seine Prüfungen büffelte, lehnte die Unterbrechung – nein das Ende – seines bisherigen Lebens ab. Er küsste seine Mutter und seine jüngere Schwester, die er mit der Grausamkeit der Jugend »La Bête« nannte, und drückte seinem Vater fest die Hand; dann machte er auf dem Absatz kehrt und ging nach Hause zu seiner Großmutter mütterlicherseits (ihre französische Eleganz war mittlerweile längst verwelkt, und die alte Frau war, wie eine zum Katholizismus Konvertierte, afrikanischer geworden als ihre Nachkommenschaft. Es wäre schwieriger gewesen, sie zu verpflanzen als die Statue der schwarzen Madonna in Notre Dame d'Afrique), in deren gütiger Obhut er blieb bis zum Ende, bis zu ihrem Ende, was mehr oder weniger zur selben Zeit war.

Ein neuer Mann in dem neuen Land, versuchte Jacques LaBasse, mein Großvater, in fünf Jahren das zuwege zu bringen, wofür andere zehn brauchten. Trotz unerwarteter Widrigkeiten, die er hinnehmen musste, entschied er, dass die zweite Hälfte seines Lebens die kümmerliche erste wettmachen würde. Es war sein Wunsch, ja er fühlte sich dazu berufen, das Drei-Sterne-Hotel Bellevue nicht nur zum Werk eines einzelnen Mannes zu machen, sondern zu dem einer ganzen Dynastie; die Leute – alle Leute: die Ortsansässigen, die Touristen, selbst die, die sich nie an die Mittelmeerküste wagten – sollten glauben, dass das Hotel immer dort gewesen war und stets dort sein würde, ein Hafen der Ruhe und der Ordnung für die *bonne bourgeoisie* Frankreichs. Und bis zu einem gewissen Punkt hatte er Erfolg.

In dem Sommer, als ich vierzehn war, hatte das Hotel mehr als fünfundzwanzigmal den Jahreszyklus mitgemacht, und seine dreiundfünfzig Zimmer hatten sich mit der Regelmäßigkeit von Gezeiten gefüllt und geleert, wobei jedes neue Kleid der Natur eine andere Klientel brachte: Briten und ältere Leute in der

Nebensaison, während der Mimosenblüte oder wenn die Herbstwinde tobten; elegante Pariser und ihre lärmenden Kinder während der Sommerhitze, ein paar Exzentriker, häufig allein reisend, und Witwen in den Wintermonaten. Jeder Juli brachte für eine Woche, vierzehn Tage oder einen ganzen Monat, je nachdem, wie tief sie in die Tasche greifen konnten, altbekannte Familien zurück. Viele der Kinder, mit denen ich im Sommer spielte, schien ich seit ewigen Zeiten zu kennen, obwohl die Schar, ähnlich einer Amöbe, mal größer wurde, mal kleiner, und sich veränderte. Ein paar kamen bereits so lange ins Bellevue, dass sie in eben dem Pool Schwimmen gelernt hatten und zum ersten Mal von Seeigeln am Felsstrand unten gepikst worden waren und die geheimen Verstecke auf dem Gelände so gut kannten wie ich. Sie waren schon da gewesen, als der Parkplatz hinter den Tennisplätzen – der mindestens fünf Jahre lang gepflastert wurde – noch ein Grasspielplatz mit Schaukeln und Rutschen war und die kartoffelgesichtige *patronne* des Papierladens unten an der Straße noch mit der einen Hand Süßigkeiten verteilte, während sie mit der anderen ihren dreibeinigen, irre blickenden Chihuahua Milou umklammert hielt. Vor mehr als drei Jahren hatte dann ein gelber *deux chevaux* den Hund überfahren, was wie eine Ewigkeit her schien.

2

Die Motive meines Großvaters waren der Familie in vieler Hinsicht unklar. Er war stets von denen, die ihn liebten, als eigensinniger, folglich sehr intelligenter Mann angesehen worden, ein Mann, der jähzornig war und an dem verborgene Dämonen nagten. (Nicht dass die Familienstruktur eine Enthüllung erlaubte: Seine Rätselhaftigkeit war seine Macht, und sie waren alle nur zu gern bereit, sie ihm zu lassen.) Familiengeschichten, die um ihn herumgesponnen wurden, machten ihn lebendig, Geschichten, die meine Großmutter mit ehrfurchtsvoller Nachsicht erzählte oder die meine Mutter hohnlächelnd wiederholte. (Mein Vater redete nie über seinen Vater, außer im Präsens. Wie in: »Papa braucht mich heute noch bis spät« oder »Papa hat nicht gut geschlafen«. Ich fragte mich manchmal, ob er die Geschichten überhaupt kannte oder ob er es sich zur Aufgabe gemacht hatte, sie nicht wissen zu wollen.) Ich, das Enkelkind, musste mir aus diesen Anekdoten das Wesentliche über diesen Mann zusammensuchen, der selbst so meilenweit von ihnen entfernt war. Seltsam war für mich damals, dass zwei Frauen dieselbe Geschichte erzählen und daraus so ungeheuer unterschiedliche Schlüsse ziehen konnten.

In eben diesem Sommer, nur etwa einen Monat vor der Schießerei, hatte meine Großmutter eine solche Geschichte zum Besten gegeben – eine neue, die zu hören ich mit meinen vierzehn Jahren gerade alt genug war. Als ich sie meiner Mutter wieder erzählte, führte diese sie ganz anders und weniger freundlich zu Ende, und beide Versionen gingen mir nun im Kopf herum, als ob sie eine Erklärung für den in sich zusammengefallenen unrasierten Mann bieten würden, der sich gefügig am Morgen nach der Schießerei auf der Polizeistation meldete.

An besagtem Mittag stand für meine Großmutter unser Essen, das wir beide allein einnahmen, ganz im Zeichen der Vergangenheit meines Großvaters, während er selbst mit dickbäuchigen Geschäftspartnern im Hotelrestaurant aß, an knoblauchgefüllten Oliven herumlutschte und sie mit Rosé herunterspülte. Gewöhnlich nicht sentimental, war sie verträumt und wurde ganz weich, wenn sie an die Jugend ihres Goldschatzes dachte. Ich würde gerne sagen, dass ich zu der Zeit ganz in ihrem Bann war, so wie als kleineres Kind (»Erzähl weiter, Grand-mère, erzähl weiter!«), aber ich zappelte auf meinem Stuhl herum, drehte meine Serviette hin und her und ließ meine Augen nicht von dem türkisfarbenen Fleck hinter dem Fenster. Begierig wartete ich darauf, wieder meine Freunde zu treffen.

Ich hörte dennoch zu, genauer, als ich das damals gewöhnlich tat, denn meine Großmutter versetzte mir zunächst einmal einen Schock.

»Dein Großvater«, sagte sie, »war nicht das jüngste von drei Kindern. Ich denke, du bist alt genug, dies jetzt zu erfahren.«

Ich kicherte. Die Bemerkung kam mir so widersinnig vor. Ihr Blick war grimmig, und sie hatte Flecken auf der Haut.

»Dein Großvater war der jüngste von Vieren. Sein Bruder, Yves, war der Älteste, und Paulette, von der du sicher gehört hast –«

»Ja, natürlich.«

»War ihm altersmäßig am nächsten. Aber sie hatten noch eine Schwester. Estelle.«

»Estelle?«

»Sie war ein ganzes Stück älter als dein Vater –«

»Großvater.«

»Ja. Und sie verschwand, als er neun Jahre alt war.«

Es ging in der Geschichte nicht um Estelles Verschwinden, sondern um ein Wiedersehen, das Wiedersehen der beiden viele Jahre später, als mein Großvater in Paris studierte.

»Er war hinbestellt worden«, erklärte meine Großmutter. »Anders hätte er sie nie gefunden, nie finden können. Er hat auch nie nach ihr gesucht. Er war natürlich im Bilde gewesen, dass sie und Paulette einander schrieben, heimliche Briefe, von denen ihre

Mutter nichts wusste, das immer. Aber daheim – und Paulette, Yves und ihre Maman – war so weit entfernt von dem Leben, das er vor kurzem begonnen hatte, und Estelle war noch weiter entfernt, nur ein schwaches Zucken im Gedächtnis.«
An diesem Nachmittag, erzählte sie mir, einem feuchten Nachmittag im November, an dem die Stimmung durch den bleischweren Nieselregen, durch den sich Paris auszeichnet, noch trübsinniger war als sonst, hatte er es abgelehnt, zusammen mit seinen Studienkameraden deren samstägliche Runde durch die Cafés zu drehen, und war in die entgegengesetzte Richtung davongegangen, zum Jardin du Luxembourg.
Seine Gedanken waren erfüllt von zu Hause, aber er dachte nicht an Paulette oder Yves oder Maman, nicht an das überfüllte kleine Haus in Blida, dem er mit Freuden entkommen war. Nein, es war das schimmernde Licht Algiers, das vor seinen Augen erstrahlte: die hell leuchtenden weißen Gebäude, die sich hinter dem Hafen den Berg hinaufzogen, das azurblaue Glitzern der Bucht, die Treppen, die Stufenwege, die sich zum Himmel hinaufwanden, und die nach Jasmin und Passionsblumen duftenden Pfade im Jardin Marengo, über denen die Blätter der Bananenstauden hingen – all diese Plätze, die in den rosigen Schein der ersten Liebe getaucht waren.
»Ich war seine erste richtige Liebe«, fuhr meine Großmutter fort, auf den verschwommenen Horizont und das Meer blickend. »Jedenfalls hat er das immer gesagt. Und ich wurde seine Frau. Er schien jung, als wir uns das erste Mal trafen – er ist drei Jahre jünger als ich, wie du weißt. Ich war Erzieherin in einem kleinen Kindergarten in der Stadt. Er war zu Besuch bei Verwandten dort. Ich hatte unter anderem deren Tochter in meiner Obhut, die Tochter dieser Verwandten, und er, der sich gerade auf sein Spezialexamen an der Universität vorbereitete, hatte sich an

einem Nachmittag angeboten, sie abzuholen. Das weißt du. Das habe ich dir schon erzählt.«

Danach wurde sein Spaziergang zum Kindergarten zu einer täglichen Unterbrechung seiner Studien und die winzige Hand des Kindes in der seinen zu einem täglichen Vergnügen. Es war ebenfalls ein Vergnügen, sich mit der Erzieherin des kleinen Mädchens zu unterhalten und zu versuchen, mit seinem Witz ihre Aufmerksamkeit auf sich zu ziehen. Meine Großmutter war hingerissen, wie hätte es auch anders sein sollen? Er sah so gut aus, war dunkel und leidenschaftlich, und sie konnte auf der Stelle erkennen, dass sein Verstand enorm stark war, wie ein Sturm. Sie wusste, dass er seine Prüfungen schaffen würde, obwohl er behauptete, sich dessen nicht sicher zu sein.

Schließlich gingen sie, zwei junge Menschen, gemeinsam am frühen Abend spazieren und lernten die Windungen und Anhöhen der Stadt kennen, und nun lag ihre Hand in der seinen, nicht die des kleinen Mädchens. Als er nach Blida zurückkehrte, schrieben sie sich täglich; und als er an seiner *grande école* in Paris angenommen wurde, wurde der Triumph durch den Kummer, ja fast Schmerz der beiden getrübt, dass ihre gemeinsame Zukunft dadurch hinausgeschoben würde.

Sie trennten sich am Kai, er trockenen Auges, hoffnungsvoll und gespannt auf Frankreich. Seine Briefe in diesem ersten Herbst waren nur erfüllt von der Sehnsucht nach ihr, sagte meine Großmutter, und diese Sehnsucht nährte er mit all seinem Heimweh nach ihrem geliebten Heimatland. Paris war nicht düster, redete er sich ein, weil es eine nördliche Stadt war, in der selten die Sonne schien, sondern weil Monique nicht hier war. (Später würde er feststellen, dass die Stadt düster war, einfach weil sie düster war, dass im Winter die Tage so kurz waren wie ein Niesen, dass jedoch im Juni, wenn sich die Dämmerung golden dahinzog, fast

bis um elf, diese Stadt ebenfalls ihre Pracht entfaltete, Liebe hin oder her.)
An besagtem Samstag herrschte im Park nicht der übliche Lärm von Kindern, Eltern und Liebespaaren. Das Plätschern der Brunnen ließ sich nicht von dem des Regens unterscheiden, und Jacques stand eine Weile da und sah den Tropfen zu, wie sie über die Oberfläche des Teichs hüpften. Die vom Wasser schweren Bäume hingen durch, die Äste schwankten im Wind, und die Blätter waren wächsern. Bauchige Bänke kauerten auf den Kieswegen und ließen Tränen tropfen, als hätte man sie einsam und verwaist zurückgelassen.
Er schwelgte in melancholischen Gedanken. In Algier, dachte er, würde Monique jetzt zu Hause bei ihrer Mutter sein, vielleicht in dem Samtlehnstuhl am Fenster versunken und über eine Stickerei oder ein Buch gebeugt. (»Ich hatte ihm nicht lange davor von Proust geschrieben«, erklärte meine Großmutter, »den ich gerade entdeckt hatte und dessen berückende Sätze ich über alles liebte. Auf meinen Brief hin war er zu den Antiquaren am Flussufer geeilt und hatte eine eselsohrige vierbändige Ausgabe erstanden. Jeden Abend las er im Bett ein Dutzend Seiten und hatte das Gefühl, sie mit mir zusammen zu lesen. Mir ging es genauso. In Gilberte, in Albertine, auch wenn sie ganz anders als seine Liebste waren, fand er mein Gesicht und meine Augen wieder, die Farbe des Mittelmeeres, wie er zu sagen pflegte.«)
Und las sie wirklich? Wahrscheinlich, während die fahle orangefarbene Katze in den Sofakissen gegenüber schnarchte und die Mutter sich in Strümpfen auf dem hohen, schiffartigen Bett im Schlafzimmer ausgestreckt hatte. Später, wenn die Sonne niedriger stand, gingen Monique und ihre Mutter vielleicht Arm in Arm spazieren; oder sie bekamen Besuch von Cousins und Tanten, um sich einen Nachmittag lang bei süßem arabischen

Gebäck zu unterhalten. Er stellte sich vor, wie sie sich unruhig von dem Geschnatter abwandte, um auf dem Balkon auf und ab zu gehen, dann wieder stehen blieb und, das Kinn in die Hand gestützt, zum Hafen hinaus in Richtung Frankreich blickte.
Als er an seinem Haus ankam, war er völlig überrascht, als ihm die Concierge lächelnd ein Telegramm überreichte.
»Vielleicht eine kleine Freundin?«, fragte sie augenzwinkernd. »Passen Sie aber auf, dass Sie sie nicht mit hierher bringen. Dies ist ein anständiges Haus.« Sie schlug ihm leicht mit ihrem Staubtuch auf die Schulter und kicherte, bevor sie sich hinter ihre gardinenbehangene Glastür zu dem stark knisternden Radio und ihrem im Unterhemd herumlaufenden Mann zurückzog.
Er hatte keine Idee, wer ihm direkt aus Paris schreiben sollte, und fürchtete, dass der Brief schlechte Nachrichten enthalten könnte: Er hatte sich letztendlich um seine Mutter oder seine Geschwister keine Gedanken gemacht. Er hatte vergessen, dass sein vier Jahre alter Neffe krank war, eine traurige Angelegenheit, über die ihn seine Mutter in ihrem letzten Brief informiert hatte: »Der arme kleine Henri«, hatte sie geschrieben, »wird von einem furchtbaren Fieber geschüttelt. Der Arzt war hier, und wir wickeln den Jungen in kalte Tücher, die sich sofort aufheizen und die wir dann gleich wieder wechseln; aber dieses Fieber scheint nicht abzuklingen. Alles hängt von den nächsten paar Tagen ab und dem Willen Gottes. Einen erstgeborenen Sohn zu verlieren ist eine Tragödie, wie ich selbst nur zu gut weiß. Yves und seine Frau machen sich große Sorgen und können nicht schlafen; wir beten alle, und ich weiß, dass du mit uns betest.«
Aber dann überlegte er, dass es in Paris niemanden gab, der im Fall des Falles über einen fernen Tod hätte informiert sein können, so es eine solche Neuigkeit gegeben hätte. Abgesehen von

seinen Kommilitonen, die ihm niemals etwas per Post übermitteln ließen, kannte er nur wenige Leute dort.
Die kunstvolle Handschrift war ihm nicht vertraut. Als er einen Blick auf die Unterschrift warf, war ihm nicht klar, dass es die seiner Schwester war: Estelle war ein Name, der im Haushalt der Familie LaBasse so lange nicht mehr ausgesprochen worden war, dass sie für ihn eigentlich tot war. Erst als er zu der Anrede zurückkehrte – »*Mon cher frère*« –, begriff er plötzlich. Er nahm den Brief und sank nach hinten auf die Bettkante. Später konnte er nicht mehr sagen, ob er wirklich vor Schreck aufgeschrien oder ob er den Mund vorsichtshalber mit der Hand bedeckt hatte.
»Mein lieber Bruder«, stand dort schnörkelig geschrieben, »wie lang ist es her? Welche Erinnerungen magst du noch an mich haben? Ich sehe dich nur als kleinen Jungen in kurzen Hosen vor mir. Aber das Schicksal hat uns beide nach Paris geführt, und so hoffe ich, dass wir uns wieder treffen. Ich bin noch nicht lange hier, bin erst vor kurzem aus Nizza angekommen; Montag reise ich nach London ab, um dann nach Amerika weiterzufahren. Bitte komm heute Abend um acht Uhr zu meinem Hotel, Zimmer 426, Ritz, Place Vendôme. Du siehst, das Leben hat mich nicht allzu schlecht behandelt. Es gibt eine Menge zu erzählen, und wir haben nur wenig Zeit. Bitte enttäusche mich nicht. Deine dich liebende Schwester Estelle.«

3

Jacques hatte sie nahezu elf Jahre lang nicht gesehen. Kurz nach dem Tod ihres Vaters, als Jacques neun war und sich seine intellektuelle Frühreife eben abzuzeichnen begann, hatte Estelle die

Flucht ergriffen. Sieben Jahre älter als er, war sie das zweite überlebende Kind ihrer Eltern und wie Jacques ihrem ältesten Bruder Yves vom Temperament her überhaupt nicht ähnlich. Paulette, die zu der Zeit dreizehn war, also altersmäßig zwischen Estelle und Jacques, vergötterte ihre Schwester und hatte sich geweigert, den Kontakt zu ihr abzubrechen. Estelle war all das, was Paulette nicht war, was bei dem jüngeren, farbloseren Mädchen Groll hätte hervorrufen können, stattdessen jedoch in ihr ein ehernes Gefühl der Loyalität, ja des Stolzes geweckt hatte. Paulette war nicht besonders intelligent, aber sie war von Estelles Genialität überzeugt. Obwohl sie wie alle aus der LaBasse-Familie eine gottesfürchtige Person war, verurteilte sie dennoch nicht Estelles Entgleisungen; sie betete nur für ihre Schwester, zündete Kerzen für sie an und freute sich aufgrund eines netten kleinen geheimen Abkommens zwischen Paulette und der örtlichen Postmeisterin über ihre gelegentlichen Briefe.

Jacques hatte von diesen Briefen gewusst und in seinen jugendlichen Streitereien mit Paulette mehrfach damit gedroht, ihrer Mutter das Geheimnis zu verraten. Aber er hatte nie einen gelesen und daher auch keinerlei Vorstellung, was Estelle in all den vielen Jahren getrieben oder wo sie gelebt hatte. Als er sich zum Gehen fertig machte, kam es ihm plötzlich ungewöhnlich vor, dass er, was seine Schwester betraf, so wenig Neugier entwickelt hatte und dass er, nachdem sie aus ihrer aller Leben verschwunden war und die Tränenströme seiner Mutter versiegt waren, ihr Verschwinden wie das seines Vaters als unwiderrufliches Schicksal hingenommen hatte.

Nun, da er sein Gesicht in dem fleckigen Spiegel der Kommode betrachtete, begann er zu überlegen. Er war dunkelhaarig, hatte die Locken seiner älteren Schwester jedoch als hell in Erinnerung, in der Farbe des Strandes. Ihr plötzliches Auflachen fiel ihm wieder ein, die Art und Weise, wie sie ihn in der Luft herumgewirbelt hatte, als er klein war, die leicht gezackten Ränder ihrer Vorderzähne.

Obwohl sie für ein Mädchen groß gewachsen war, hatte Estelle wie Jacques die zarten Knochen ihrer Großmutter geerbt, und sie stand häufig in der Küche, das Hackmesser oder den Kochlöffel in der Hand, und besah sich ihre ausgestreckten Handgelenke oder Fußknöchel. »Man sieht mir die Bäuerin nicht an, oder?«, fragte sie dann gespielt übertrieben. Und Paulette, die kräftige Gelenke hatte wie ihr Vater, lächelte nachsichtig und antwortete: »Du bist wie eine Königin, *chérie*. Eine Königin. Geboren für Paläste und Männer von Stand.«

Der kleine Jacques schwirrte während solcher Gespräche rein und raus, gefangen in seinen Ritter- und Kriegsspielen. Estelle schnappte ihn sich manchmal, wenn er vorbeilief, indem sie ihm den schlanken braunen Arm um die Taille schlang oder ihn mit der Hand an der Schulter packte. Dann drehte sie ihn zu Paulette herum und sagte: »Er ist wie ich. Wir sind die untergeschobenen Kinder, siehst du das nicht?«

Dann war sie, plötzlich wie ihr Lachen, verschwunden. Nach der Schule – es war Frühsommer und bereits brüllend heiß – war er mit seinem Freund Didier spielen gegangen. Sie zogen auf die Lichtung mit den Maulbeer- und Olivenbäumen unweit des islamischen Heiligengrabes, wo sie niemand vermutete, und verbrachten den Nachmittag damit, Gräben in ein Stück freies Gelände zu ziehen, für ihre imaginären Armeen ausgeklügelte Festungen zu errichten und in der Erde mit Stöcken die Invasionsstrategien arabischer Horden zu zeichnen. Haut, Schuhe und Hände waren dreckverschmiert; aber erst als die Jungen beschlossen, diese Schlacht auch zu spielen, und die als Schwerter dienenden Stöcke aufnahmen, entdeckte Jacques – er hatte sich entweder an einem der Silberdornbüsche verhakt, inmitten derer sie spielten, oder war durch eine geschickte Parade von Didier zu Fall gebracht worden – ein Loch in seinem Hosenboden, einen doppelten Riss, der einen Fetzen Stoff wie die Zunge eines Hundes herabbaumeln ließ und seine weiße Unterhose freilegte. Bei Einbruch der Dunkelheit trottete er nach Hause, um dort in Ungnade empfangen zu werden: Seine Maman versohlte ihm das nackte Hinterteil mit der flachen, schwieligen Hand, schloss ihn vom Abendessen aus und verbannte ihn in das Dachzimmer, das er mit Yves teilte. Dort weinte Jacques sich in einen frühen, hungrigen Schlaf.

In der Aufregung über seine Missetat hatte Jacques nicht bemerkt, dass Estelle nicht da war. Da das Haus nach wie vor überfüllt war – zu der Zeit lebte ihre Tante Christine bei ihnen, eine verhutzelte Gestalt von über achtzig Jahren, die mit Maman das Ehebett teilte –, wirkte es ohne Estelle nicht leerer. Und er schrieb die erhobenen Stimmen unten, die er durch die Bettdecke vernahm, der Enttäuschung seiner Mutter und seines Bruders über seine eigene Unartigkeit zu. Aber als er am nächsten Morgen vor dem Morgengrauen aufwachte, stellte er fest, dass Yves, ein heftiger Schnarcher, nicht in seinem schmalen Bett unter dem Fenster lag und dass die Räume unter ihm eigenartig still waren. Es überlief ihn eiskalt, die typische Angst eines Kindes, verlassen worden zu sein: Er rannte jammernd, zwei Stufen auf einmal nehmend, nackt die schmale Treppe hinunter, die Vorstellung im Kopf, seine Familie habe sich in der Nacht ohne ihn in ein anderes Leben davongemacht. Der kürzliche Tod seines Vaters war letztlich sehr plötzlich gewesen: Monsieur LaBasse, ein breiter, kräftiger Bär von einem Mann, war eines Morgens bei Sonnenaufgang die Straße hinabgeschlendert, wie jeden Tag außer sonntags, seine Schürze über dem Arm, um dann in einer

Kiste auf einem Wagen nach Hause zu kommen, die dicken Hände über der Brust gekreuzt und die Gesichtszüge für immer versteinert.

Yves saß zusammengesunken auf einem Stuhl neben der Feuerstelle in der Küche; sein bärtiges Gesicht war so grau wie die tote Asche zu seinen Füßen, und er hatte die Augen geschlossen. Er schnarchte nicht. Der kleine Junge schüttelte seinen Bruder wortlos, ängstlich, das seltsame Schweigen zu brechen, und es schien lange zu dauern, bis der Ältere, reflexartig mit einem Fuß über den gefliesten Fußboden zuckend, hochfuhr.

»Ist sie da?«, sagte er nur.

»Maman? Wo ist Maman? Wo sind denn alle? Was ist los?«

Yves rieb sich die trüben Augen und blinzelte den kleinen Jacques an, der in seiner Nacktheit zitternd auf und ab hüpfte.

»Du bist auf«, sagte er.

»Es ist Morgen. Kannst du das nicht sehen? Wo sind denn alle? Was ist denn passiert?«

»Frag mich nicht, *mon petit.*«

»Ist Maman krank? Ist sie tot, wie Papa? Wo ist sie?«

»Sie schläft jetzt. Mach dir keine Sorgen.«

»Aber – wir müssen sie wecken, wir müssen –« Jacques kam ins Stottern. Selbst als sein Vater gestorben war, hatte man nicht den Eindruck eines so überwältigenden Durcheinanders gehabt: Alles war am nächsten Tag weitergegangen, Kaffee war gekocht worden, seine Mutter hatte Jacques die Haare gekämmt, vielleicht sogar liebevoller als sonst. »Warum schläfst du hier?«

Yves stand jetzt, schob sich die Ärmel hoch und zog die Hosen zurecht. Er wurde wieder er selbst. »Es war eine lange Nacht, *petit.* Ich bin erst vor ein paar Stunden nach Hause gekommen. Wir haben gehofft, wenigstens noch ein paar Neuigkeiten zu erhalten.«

»Neuigkeiten? Wovon?«
Yves legte die Hand auf die Schulter seines kleinen Bruders. »Estelle hat uns verlassen«, sagte er ruhig und blickte Jacques fest ins Gesicht.
»Du meinst, sie ist gestorben?«
»Nein … ich will damit sagen, sie ist fort. Aber sie wird bald zurück sein, das verspreche ich dir.«
»Wo ist sie denn hin?« Jacques' Stimme klang trotzig. Er war ärgerlich, obwohl er sich nicht sicher war, worauf oder auf wen: Seine Welt war kein Spiel, so trieb man keine Späße mit ihm.
»Wir wissen es nicht.«
»Was meinst du damit, ihr wisst es nicht? Wo ist sie hin?«
»Sie wird bald zurück sein, versprochen.«
Das war alles, was ihm sein Bruder sagte, und dass Jacques nicht mit ihrer Maman darüber reden solle. Paulette tauchte wenig später aus dem Mädchenzimmer auf, ihre Wangen von den Tränen aufgedunsen, die Lippen geschwollen, und sie bereitete sich schweigend ihr Frühstück zu. Seine Maman sah Jacques an diesem Tag erst nach der Schule wieder, als er ranzenschwingend in die Küche polterte. Sie saß in ihrer schwarzen Witwentracht auf dem harten Stuhl an der Feuerstelle, die Augen seltsam klein und ausdruckslos. Sie weinte die ganzen nächsten Wochen über, zu den seltsamsten Zeiten: nicht nur in der Messe, sondern auf dem Markt, beim Anblick von Orangen und einmal, als sie den Nachbarskindern beim Fußballspielen auf der Straße zusah. Sie sprach den Namen ihrer Tochter nie mehr aus, zumindest nicht vor Jacques: Sie erwähnte Estelle nur einmal, als er in Hörweite war: »Das Mädchen ist tot«, sagte sie. »In diesem Leben ist sie tot, und ich trauere um sie, als wäre sie gestorben.«
Weggang und Tod blieben darauf in der Vorstellung des kleinen Jacques für immer eins. Aber so wie er den rauchigen süßlichen

Duft der Hemden seines Vaters vergaß, vergaß er auch die zierlichen Hand- und Fußgelenke seiner Schwester und die Art und Weise, wie sie ihn auf sein Bett drückte und ihn kitzelte, bis er vor Lachen weinte. Er hatte Didier zum Spielen und um Entdeckungen zu machen: Er brütete nicht über Vergangenes nach.

Über Paulette brachte er ein bisschen in Erfahrung: Er wusste, dass Estelle nicht allein davongelaufen war und dass darin aus irgendeinem Grund die noch größere Schande für seine Mutter lag. Sie war mit einem Soldaten fortgegangen, einem bürstenhaarigen jungen Mann aus der *métropole*. Eine Zeit lang blieben sie in Algier: Von dort erhielt Paulette auch ihren ersten dünnen Brief. Es fiel Jacques allerdings erst all die Jahre später in Paris auf, dass Estelle Algier genauso wie er in der frühsommerlichen Exaltiertheit der Liebe entdeckt hatte, dass sie über die Rue Michelet getrippelt war und Wein in den Cafés getrunken hatte, so wie er, und dass sie wahrscheinlich wie er in dem Gefühl gelebt hatte, sie und ihr *jules* seien die Ersten, die dies taten. Ohne Zweifel war sie mit ihrem Geliebten am Strand entlanggebummelt, war in den Bains Padavoni schwimmen gegangen, hatte abends im Casino oben an der Klippe getanzt (einer Leidenschaft, der er sich allerdings nie hingegeben hatte), und war, wie er erst vor kürzerer Zeit mit seiner Liebsten, atemlos kichernd Straßenbahnen nachgerannt. Ein paar Monate später – er wusste nicht wie viele – war sie ihrem Geliebten nach Frankreich gefolgt, und dort, in einem damals für ihren jüngeren Bruder unvorstellbaren Land, war sie wirklich verschwunden.

4

Pünktlich um acht fand sich Jacques am Eingang des Hotels ein. Er war noch nie in einer so großen Lobby gewesen (vielleicht war er überhaupt noch nie in einer Hotellobby gewesen). Und dieser Eindruck veränderte sein Leben für alle Zeit. Die Kronleuchter verströmten ihr Licht bis hinaus auf den Platz, wo Frauen in Pelzmänteln und Männer in Abendanzügen umhergingen und schwarze Limousinen auf dem schimmernden Kopfsteinpflaster hielten. Eine uniformierte Bruderschaft bewachte mit ernster Miene die Türen, ihre Hände steckten in Lederhandschuhen, die Jacques – dessen Hände rau waren von dem langen Marsch – insgeheim begehrte. Er kam sich wie ein Tölpel vor mit seinem durchnässten Hut, dessen Form bereits bei früherem Regen gelitten hatte, und seinen quietschnassen Schuhen. Er blickte zu Boden und schlüpfte hinter drei in Nerz gehüllten Damen hinein, die ihm mit der Duftwolke, die sie hinter sich herzogen, einen gewissen Schutz zu verleihen schien. Als er an der Marmorrezeption stand und darauf wartete, dass man ihn ansprach, kamen ihm die Zimmerschlüssel an der Wand vor ihm wie wahre Schätze vor, schwer und glänzend. Der Orientteppich unter seinen Füßen, der schwere Duft der Zigarre, der von dem Mann neben ihm herüberwehte, der strenge Blick des argwöhnischen Hotelangestellten, all das signalisierte Jacques, dass er dieses Ortes nicht würdig war. Er hatte sich noch nie so gefühlt, war daran gewöhnt, dass Verstand zählte und Fleiß sich auszahlte. Obwohl er in bescheidenen Verhältnissen geboren war, war er dennoch immer der Ansicht gewesen, dass seine Herkunft angesichts seiner brillanten Zukunft nichts bedeutete. Jetzt wünschte er sich zum ersten Mal, sichtbare Bedeutung in der Welt des Geldes zu besitzen.

Aber nachdem er Zimmer 426 antelefoniert hatte, lächelte der Mann an der Rezeption, zumindest fast, und führte ihn zum Aufzug. Jacques hielt das Lächeln für freundlich und kam erst viel später auf den Gedanken, dass es vielleicht gehässig gemeint war, auf die Tugend seiner Schwester anspielen sollte. Der Aufzugführer schlug mit seinen Affenarmen das Gitter zu und nannte Jacques »m'sieur«. Im vierten Stock machte ein Zimmermädchen in makelloser Schürze die Andeutung eines hastigen Knicks in seine Richtung.
Wie groß die Tür war, auf die in zarten Schnörkeln die Nummer 426 gemalt war. Wie groß alle Türen des breiten, ruhigen Korridors waren. Der Anstrich hatte die Farbe frischer Sahne, und die Leisten waren golden. Goldene Leisten. Wie konnte ihre Maman von solcher Pracht nichts wissen wollen? Und wie hätte Jacques ihr nicht erliegen sollen, bevor sich noch die Tür zum Leben seiner Schwester – dreimal hatte er in einer Mischung aus Zögern und Bestimmtheit daran geklopft – geöffnet hatte?
Die Frau, die ihn begrüßte, war ihm zunächst fremd: Sie sah wie jeder andere weibliche Hotelgast aus: groß, schlank und teuer, ihr Körper wiegte sich in der Haltung, die damals als modern galt. Ihr Hals war mit Smaragden geschmückt, ihre blonden Locken waren ölig an die Stirn geklebt, ihr herzförmiges Gesicht zeigte Spuren von Puder und Rouge. Ihre Lippen glänzten karminrot, und ihre grünen Augen waren kalt wie Glas. Aber als sie lächelte, erkannte Jacques sie an den Zähnen.
Sie nahm seine Hand und führte ihn ins Zimmer. Ihre glatten, ringlosen Finger fühlten sich kühl an seinem Handgelenk an. »Lass dich anschauen, mein geliebter Junge.« Sie drehte sich theatralisch um, die dünne gelbe Seide ihres Kleides herumwirbelnd, und die verschlungene Perlenstickerei glänzte im Licht. »Ich hätte dich überall erkannt.«

»Wirklich?«
Sie hielt sein Kinn, drehte sein Gesicht hin und her. »Sicher. Du siehst aus wie Grand-mère. Du siehst aus – wie ich. Dunkelhaarig natürlich; aber wir sind Zwillinge. Hättest du mich nicht wieder erkannt?«
»Ich bin mir nicht sicher. Vielleicht.«
Estelle lachte. »Nun«, sagte sie und wirbelte wieder herum, »was trinkst du? Nicht schlecht für eine Ausreißerin aus Blida, was?«
»Geboren für Paläste und Männer von Stand. Und das hier.«
»Und das.«
Das Zimmer war in der Tat großartig, ein Salon, in dem zart grünblaue Sofas standen und antike Toilettentische mit geschwungenen Beinen gedämpft von Lampen beleuchtet wurden. Durch eine halb geöffnete Tür konnte er einen Blick auf ihr Bett erhaschen, ein verschwommenes rundes pilzförmiges Gebilde aus Daunendecken und Kissen. Die Luft war durchtränkt vom Duft der Treibhauslilien – sie standen in einem riesigen Strauß auf dem marmornen Kaminsims, und die gelben Stempel ragten nass aus den hängenden weißen Köpfen.
»Champagner?« Sie nahm seinen Mantel. »Möchtest du dich setzen?«
Jacques nahm auf einem der Sofas Platz und sah sich um. Sah überallhin, nur nicht zu seiner Schwester, deren Schönheit und Geplapper ihn verstörte. Er war bislang solchen Frauen noch nicht begegnet, die voller Grazie waren, aber ohne Kinderstube, elegant, aber irgendwie nicht ganz natürlich. Das leichte Flattern von Estelles Wimpern, ihre abrupten Sätze wertete er als Nervosität über seine Anwesenheit; sie hatte die Angewohnheit, mit den Smaragden in der Vertiefung am Schlüsselbein herumzuspielen, und selbst das bezauberte ihn. Er hatte Angst, dass er sich in sie verlieben könnte, falls er sie zu lange ansah.

»So, dir geht es also gut.« Ihm fiel nicht ein, womit er sonst hätte beginnen sollen, und Estelle, die nach wie vor mitten im Zimmer stand, schien sich damit zufrieden zu geben, ihn einfach kokett anzusehen und dann ihre Lippen zu einem wissenden Kichern zu öffnen.

»Musst du da noch fragen? Kannst du das nicht sehen?« Sie vollführte einen graziösen kleinen Tanz, den Kelch mit dem goldenen Champagner als Partner, und sang auf Englisch, während sie um die Sofas herumwirbelte: »*I'm sitting on top of the world, just rolling along, just rolling along …*« Sie hielt inne, lachte und trank. Jacques betrachtete verstohlen ihren langen weißen Hals. »So bin ich also. Das kannst du ihnen allen erzählen. Ich gehe nach Amerika. Ich heirate einen Amerikaner.«

Sie leerte ihr Glas und setzte sich neben ihn. Sie nahm seine zitternden Hände in die ihren und beugte sich zu ihm hinüber: Wie das Zimmer roch auch sie nach Lilien. »Aber wie geht es dir?«, fragte sie. »Und Paulette? Ist sie verliebt? Wie trägt sie ihr Haar? Arbeitet sie noch immer in dem Bekleidungsgeschäft – wie lange schon? Drei Jahre? – Und Yves? – Er ist verheiratet, stimmt's? Ist er dick, wie Papa? Und seine Frau? Und wie« – sie sah auf seine ruinierten Schuhe herab – »wie geht's Maman?«

Jacques blieb eine Stunde: Estelle hatte nur eine Stunde Zeit, bis ihr Verlobter – der Amerikaner – zurück sein und sie zum Abendessen ausführen würde. Als die Zeit für Jacques' Abschied näher rückte, wurde Estelle immer aufgeregter, schritt im Zimmer auf und ab, blieb vor dem Spiegel stehen, um ihr Haar zu ordnen oder den Ausschnitt des Kleides zurechtzuziehen. Als die Uhr auf dem Kaminsims neun schlug, hielt sie Jacques seinen Mantel hin, küsste ihn und lächelte »tapfer«. Mit diesem Wort beschrieb er jedenfalls später ihr Lächeln, wenn er von diesem Ereignis berichtete.

Jacques schlüpfte aus dem Hotel hinaus in die kühle Novemberluft und ging ohne Abendessen in seine Wohnung zurück, berauscht von dem Schluck Champagner und dem Parfum seiner Schwester. Als er am nächsten Morgen von der Messe zurückkehrte, hatte der Abend bereits etwas Imaginäres bekommen. Später würde sich Jacques nicht mehr daran erinnern, worüber sie geredet hatten, was er damals über den Verlauf und die Zukunft ihres Lebens erfahren hatte und was erst später. Er erinnerte sich nur noch, dass sie sich anmutig bewegte und dass ihre gezackten Zähne ihr noch immer das Aussehen einer Zwölfjährigen verliehen, wenn sie lachte. Er würde stets die eleganten Bewegungen ihrer Handgelenke im Gedächtnis behalten – die sie schon in ihrer Jugend in der Küche in Blida gemacht, aber dann in der vornehmen Suite im Ritz zur Vollendung gebracht hatte – und ihre nachdrückliche, fast verzweifelte Vorfreude auf Amerika.

Er kam nicht auf die Idee, dass ihr begieriger Blick auf die Zukunft mit ihren Schwierigkeiten in der Vergangenheit zu tun hatte oder dass die Nervosität, die er seiner Anwesenheit zuschrieb, von dem Bemühen, dem konstanten Bemühen herrührte, einfach das zu sein, was sie geworden war. Er konnte sie sich nirgendwo anders vorstellen als in Zimmer 426 des Ritz an der Place Vendôme, ein hübsches, herausgeputztes und verhätscheltes Geschöpf, mit Perlen und Juwelen behangen: In seiner Vorstellung tanzte sie stets ihren graziösen Walzer. Jahrelang war ihr Lied das einzige englische, das er kannte, und er bewahrte es sich für Momente höchsten Glücks: »*I'm sitting on top of the world, just rolling along …*«

»Und ich glaube«, sagte meine Großmutter, »monatelang bin nicht ich mit ihm Hand in Hand durch seine Träume von Algier gewandelt, sondern Estelle, deren große Augen ihn amüsiert anblickten und deren Stimme ›für immer‹ in sein schlafendes Ohr flüsterte. Er dachte an mich und hörte Estelle, fühlte ihre kühlen Finger an seinem Handgelenk, die ihn an Orte höchsten Glücks führten …«

»Er sah seine Schwester nie wieder«, schloss meine Großmutter. »Sie fuhr nach Amerika und verschwand. Blieb lange verschollen. Als daher deine Mutter in unser Leben trat, war er nicht so bestürzt wie ich. Ihm schien das so etwas wie Gerechtigkeit. Dein Großvater ist ein geduldiger Mann, auch wenn du das vielleicht anders siehst, und ein Mann mit einem langen Gedächtnis. Er hat die Erinnerung an diesen Abend sein ganzes Leben bewahrt, wie einen Edelstein in seiner Hand.«

5

Die Geschichte erschien mir filmreif, und ich stellte mir meine verschwundene Großtante wie Greta Garbo vor und meinen Großvater, wie er auf das Ritz zuging und es betrat, aus flimmerndem Schwarzweiß in eine Welt aus Technicolor eintauchte, um dann wieder zurückzugleiten, als der phantastische Abend vorüber war.

Ich trat hinaus in meinen eigenen bunten Nachmittag, erfüllt von diesen Bildern und fasziniert von der Vorstellung möglicher unbekannter amerikanischer Cousins und Cousinen (dabei war ich damals selbst mit denen, die ich kannte, den Kindern der Schwester meiner Mutter, nur mäßig vertraut), hütete mich aber davor, meinen Freunden davon zu erzählen. Mein Großvater ließ sich für Marie-José oder Cécile nicht jung und gut aussehend zaubern: Sie hätten nur gespottet.

Also wartete ich und erzählte die Geschichte meiner Mutter, in der Erwartung, sie würde sich ebenso freuen wie ich: noch mehr Amerikaner unter uns, mehr von uns unter den Amerikanern – irgendetwas in der Art. Eine Vergangenheit, die sich wie ein Kaninchenbau in unerforschte Gänge verzweigte und alles Mögliche hervorbringen konnte.

Meine Mutter hörte mir zu, war jedoch nicht begeistert. Als ich fertig war, ließ sie Etiennes Handgelenk los und legte ihre Hand träge in ihren Schoß. Wir saßen im Innenhof, im Schatten des frühen Abends, und die Zikaden übertönten mit ihrem Gezirpe den fernen Verkehrslärm.

»Und das ist alles, was sie dir erzählt hat?« Die Stimme meiner Mutter war voller Verachtung. »Glaub es, wenn du willst. Auf diese Weise erzählt, ist es eine hübsche Geschichte.«

»Was meinst du damit?«

»Nichts.« Sie stand da, fummelte an Etiennes Gurten herum und kitzelte ihn von hinten unter den Armen. Er gluckste mit vor Freude geöffnetem Mund und zuckte träge mit ausgestreckten Armen. Sie wischte ihm eine Fliege vom Gesicht. »Der junge Mann hier wird bald sein Abendessen haben wollen«, sagte sie und trat mit einer unbewussten, geübten Bewegung gegen die Bremse des Rollstuhls.

Ich bekam die Version meiner Mutter nur durch unablässiges Bitten und Betteln heraus. Unsere Verhandlungen wurden durch die Rückkehr meines Vaters und das Abendessen unterbrochen: Erst als wir danach aufräumten, während die Geschirrspülmaschine in trägem Rhythmus lief und mein Vater im Wohnzimmer in seinem Sessel hing und sich in dröhnender Lautstärke *Aida* anhörte, gab meine Mutter nach.

»Wenn du es unbedingt wissen willst«, sagte sie endlich – natürlich wollte ich es unbedingt wissen, allein schon wegen ihrer

Verachtung gegenüber meiner Starlet-Tante. Anders wäre es gar nicht möglich gewesen.
Meiner Mutter zufolge, die dies, wie sie behauptete, von meinem Vater wusste, hatte mein Großvater Estelle noch ein weiteres Mal gesehen, viel später, in den fünfziger Jahren, als sie tot war. Der Amerikaner, der sie nach New York mitgenommen hatte, hatte sie verlassen. Nicht länger *on top of the world,* suchte Estelle, deren Schönheit langsam verblasste und deren Visum nahezu abgelaufen war, während Europa allmählich auf einen Krieg zutrieb, verzweifelt jemanden zum Heiraten. Sie fand schließlich einen bescheidenen Witwer aus den ärmlicheren Gebieten New Jerseys, der Büroangestellter war oder Versicherungsverkäufer. Nach einer hastigen und wenig feierlichen Zeremonie zog sie in sein mit Schindeln gedecktes Haus in eine Provinzstadt, kümmerte sich um ihren handtuchgroßen Rasen und zog seine drei Kinder groß, die ihr, als sie älter waren, deutlich machten, dass sie sie nicht mochten, was auf Gegenseitigkeit beruhte. Sie hatte nicht einmal etwas für den Witwer übrig, obwohl er wahrscheinlich kein übler Kerl war, und sie hatte auch nichts für die Schwielen und Kälteblasen übrig, von denen ihre zarten Hände und Füße gezeichnet waren. Schließlich, so sagte meine Mutter, kratzte Estelle, nachdem der Krieg über Europa hinweggetobt war, das wenige Geld zusammen, das sie auftreiben konnte, und floh. Nicht nach Paris, das *après guerre* fürchterlich trostlos war – auch nicht nach Blida oder Algier, wohin ihre Schwester Paulette, die damals, noch immer (und für immer) unverheiratet, als Geschäftsführerin eines eleganten Schuhgeschäfts tätig war, sie zu kommen drängte. Estelle mied diese Stadt, weil dort ihre unversöhnliche Mutter über die LaBasse-Familie herrschte und es zu spät war dafür, noch etwas zu ändern –, und sie fasste daher Tanger ins Auge.

Was sie tat, um sich in den paar Jahren, die ihr noch vergönnt waren, ihren Lebensunterhalt in Marokko zu verdienen, wusste meine Mutter nicht genau. Sicher war jedoch, dass Estelle ihr Leben in tiefer Armut beendete, ungeliebt und allein, ohne noch einmal von ihrer Familie besucht worden zu sein. Sie starb an einer Krebserkrankung, aber wahrscheinlich war ihre Seele – ihre versponnene Tänzerinnennatur, die sie in den dreißiger Jahren die Flure der großen Hotels und Restaurants hatte entlangwirbeln lassen – schon lange tot.

»Dein Großvater«, sagte meine Mutter, »wusste seit 1948 genau, wo sie war und in welchem Zustand sie sich befand. Und hat er irgendwas unternommen? Auch nur einen Finger krumm gemacht?«

Ich wartete.

»Ha. Du weißt, dass er das nicht getan hat. Sie waren zu ängstlich – diese braven Christen –, dass diese bemitleidenswerte geschiedene, gefallene Frau die Moral ihrer Goldkinder verderben könnte.«

»Papas?«

»Genau. Man könnte meinen, die arme Frau habe an Lepra gelitten, so wie sie ihr aus dem Weg gegangen sind.«

»Aber du hast doch gesagt, Großvater hat sie noch einmal gesehen.«

»Bei der Beerdigung. Der Beerdigung! Sie war tot. Ob die Mittel der LaBasse-Familie für einen Grabstein gereicht haben oder nicht, weiß ich nicht. Da müsstest du deinen Vater fragen. Womöglich haben sie ihr nicht einmal eine dauerhafte Grabstelle gekauft, verdammt noch mal. Nicht dass das jetzt noch eine Rolle spielt, aber sie liegt, oder ihre Knochen, ganz allein auf dem Friedhof in Tanger. Oder man hat sie längst ausgegraben und ins Meer geworfen, um für jemand anderen Platz zu schaffen.

Niemand ist jemals dorthin gefahren, um auch nur eine Blume auf ihr Grab zu legen.«

»Verstehe.«

»Es ist nicht – nein, das ist es nicht. Nicht das, was am Ende war, sondern dass sie nichts getan haben, als sie am Leben war. Sie taten so, als würde sie nicht existieren.«

»Woher weißt du das?«

»Dein Vater hat mir das gesagt. Er hat zum ersten Mal von ihr gehört, als sie beerdigt wurde – er muss ein bisschen jünger gewesen sein als du jetzt, vielleicht neun oder so, und sein Vater fliegt kurz nach Marokko rüber. ›Ich habe gar nicht gewusst, dass reisen so effektiv sein kann‹, sagte er bei seiner Rückkehr. ›Es ist überhaupt nicht weit. Wir sollten im Urlaub hinfahren.‹ Oder irgendwas dieser Art. Irgend so etwas hat er gesagt.«

Wir waren schon lange mit dem Aufräumen fertig und unterhielten uns neben dem Herd stehend, sie mit dem Rücken an den Kühlschrank gepresst. Wir hörten meinen Vater durch den Korridor und das Esszimmer gehen.

»Du redest nicht mit ihm darüber, ja? Es regt ihn nur auf. Vielleicht wenn du älter bist, oder wenn – ich weiß nicht.«

»Was macht ihr beiden denn da?«, fragte mein Vater von der Tür her. »Hör zu, *chérie*, ich sollte besser noch mal ins Hotel zurückgehen – ich muss ein paar Papiere durchsehen –, es macht dir doch nichts aus, oder?«

»Natürlich nicht. Ganz wie du willst.« Aber meiner Mutter stand erneut helle Panik im Gesicht, und ihre Finger flatterten über die blanke Küchentheke auf der Suche nach imaginären Krümeln. Ich gab ihnen beiden einen Kuss, und da mein Vater mir nicht anbot, mich mitzunehmen, zog ich zu Fuß los, um mich mit meinen Freunden zu treffen.

6

Ich konnte nicht entscheiden, ob mein Großvater sentimental war oder herzlos. Ich konnte nicht feststellen, welche Version die richtige war. Ich konnte mir den romantischen jungen Jacques in Paris vorstellen und Jacques, den rechtschaffenen Katholiken und Vater, der seine Familie beschützte, und ich konnte sogar den sorglosen kleinen Jungen sehen, der in den Straßen von Blida herumtollte: aber ich konnte diese Bilder nicht zu einer einzigen Person zusammensetzen, zu meinem Großvater. Und aus dem gleichen Grunde konnte ich einen knappen Monat später auch nicht sagen, was ich in den Tagen nach der Schießerei empfand. Sollte ich ihn hassen – sein Vergehen war ein gemeines Verbrechen aus Wut und Gleichgültigkeit, das sicherste Zeichen für ein kaltes Herz –, oder musste ich ihn lieben und Mitleid für ihn empfinden, einen gebrochenen, kranken Mann, dessen Innerstes einen kurzen Moment lang von selbstzerstörerischem Wahnsinn erfasst worden war? Abwechselnd trieben mich diese beiden völlig gegensätzlichen Meinungen um; ich zog nie in Betracht, dass beide stimmen könnten. Es ging darum, sich für eine Seite zu entscheiden und entsprechend Partei zu ergreifen.

Meine Familie und meine Freunde trafen diese Entscheidung für mich. In der ersten Zeit nach dem »Vorfall im Bellevue«, als die Lokalzeitung darüber berichtete (mit einem verschwommenen, zehn Jahre alten Schnappschuss meines Großvaters auf der Titelseite, in einer Aufmachung aus den späten siebziger Jahren, mit bis zum Boden reichenden Hosenaufschlägen und einer gestreiften Krawatte, die dick war wie ein Fisch), geriet mein Alltag durcheinander. Der des Bellevue ebenfalls, was vielleicht noch schlimmer war.

Nachdem man sie vierundzwanzig Stunden später aus dem

Krankenhaus entlassen hatte – ihr Rücken sah aus wie eine kompliziert Landkarte aus Stichen und Pflastern und gelegentlichen Splittern, die zu entfernen die Ärzte nicht die Geduld gehabt hatten –, war Cécile von ihren wutentbrannten Eltern abgeholt und nach Paris zurückgebracht worden; zuvor hatten sie jedoch noch bei der *préfecture* gehalten und Anzeige erstattet, um auf diese Weise ihre Rückkehr und eine Gerichtsverhandlung sicherzustellen. Die Kugel, die in der hölzernen Brüstung am Schwimmbeckenrand steckte, wurde von einem Polizeiexperten entfernt, weshalb einen Tag lang nicht geschwommen werden konnte und wegen des flatternden Absperrungsbandes mein gewohnter Tummelplatz ein Wallfahrtsort für neugierige Leute aus dem Ort wurde. Laure reiste ebenfalls überstürzt ab, und ihr Vater bezahlte die Rechnung erst, nachdem er dem Angestellten an der Rezeption einen bösen Brief überreicht hatte. Thierrys Vater – hin und her gerissen, wie es schien, zwischen Entsetzen über die Tat seines Arbeitgebers und Belustigung darüber, dass man sein grässliches Kind, das einen ordentlichen Schock erlitten hatte, im Wesentlichen aber unverletzt geblieben war, zum ersten Mal seit Jahren dazu gebracht hatte, die Klappe zu halten – war kurz davor zu kündigen, bis mein Vater sich mit ihm unter zwanglosem Geplauder über die Veränderungen im Geschäft bei einer Flasche Scotch und möglicherweise auch einem offenen Scheckbuch zusammensetzte. Thierrys Vater blieb, und damit auch Thierry.

Tatsächlich ging von den Angestellten niemand: Die Saison war schon zu weit fortgeschritten, um sich noch nach neuer Arbeit umzusehen, und mein Vater legte plötzlich ein Respekt einflößendes Auftreten an den Tag, das ihm niemand zugetraut hatte. Er rief die Angestellten direkt am Tag danach zusammen und beruhigte sie; er sprach von seinem Vater mit respektvollem

Bedauern, als ob der alte Mann verwundet worden wäre, ein tapferer General, durch eine unvorhergesehene und tragische Verletzung zum Rückzug gezwungen. Meine Mutter zeigte entgegen meinen Erwartungen keine hämische Freude, sondern stand zu ihren Schwiegereltern und zog sich stundenlang mit meiner Großmutter, deren Augen trocken blieben, und Tante Marie, die aus Genua eingeflogen war, in unser Wohnzimmer zurück, um die Strategie zu besprechen, wie man am besten bösartigem Gerede Einhalt gebieten und den Namen der Familie reinwaschen könnte. Selbst Etienne schien die erhöhte Spannung, die in der Luft lag, zu spüren, wenn sie bei ihm auch keine traurigen Grimassen auslöste, sondern in den eigentümlichsten Momenten Salven gespenstischen Gelächters – wenn er gebadet wurde oder wenn die Sonne unterging und meine Mutter, wie eine Wahnsinnige rauchend, in den Fluren des Hauses auf und ab ging, das für ihn gebaut worden war.

Das Bellevue hatte jedoch einen Knacks abbekommen. In dieser, der belebtesten Saison, liefen ihm die Gäste davon. Nicht alle, aber genügend, um die Brauen zu runzeln und die Anzahl der Zimmermädchen zu reduzieren. Gegen den Willen des eigenen Vaters kämpfte mein Vater gegen die Stornierungen an, indem er zum ersten Mal in der Geschichte des Hotels deutsche Pauschalreisende akzeptierte, eine Gruppe gleich aussehender, rowdyhafter Paare, die zwischen vierzig und Anfang fünfzig waren und deren blasse, unfreundliche Kinder das Gelände, vor allem den Pool, für ihre teutonischen Spiele in Beschlag nahmen, einander gutturale Laute zuriefen und – ich denke, das hatte auch immer für uns gegolten – ein allgemeines Ärgernis waren. Sie schwammen jedoch nicht nachts: Mein Vater hatte angeordnet, dass die Glühbirnen der Unterwasserlampen entfernt wurden, und an jedem Zugang zum Poolbereich ein hässliches Schild aufgestellt, das die Schwimmzeiten auf die Zeit zwischen Tagesanbruch und acht Uhr abends beschränkte.

7

Nicht dass mir diese ganzen Veränderungen viel ausgemacht hätten. Seit meinem ersten Erwachen nach der Tat hatte ich eine Phobie gegen den Ort des Verbrechens entwickelt. Ich brachte es nicht fertig, meinen Vater zum Hotel hinauf zu begleiten, und als sich mein Großvater, nachdem er zunächst verhaftet und dann gegen Kaution wieder freigelassen worden war, für unbestimmte Zeit zum »Ausruhen« in eines der freien Schlafzimmer zurückzog, das in der Nähe von meinem weiter hinten auf dem Flur lag (man fürchtete, dass seine Anwesenheit im Bellevue – wie die eines Gespenstes – schlecht fürs Geschäft wäre), fühlte ich mich nur noch schuldbeladener.

Am ersten Tag wartete ich – naiv, wie ich später fand – darauf, dass Marie-José mich anrief oder vorbeikam. Sie war meine beste Freundin. Sie wusste nicht, dass ich sozusagen unter ihren Füßen gelegen und gelauscht hatte, während sich über mir das Drama abspielte; sie würde, folgerte ich daraus, mir gern als Erste erzählen, wie es wirklich gewesen war, was sie alle gedacht und gefühlt hatten. Sie würde darüber lachen. Wir würden lachen, gemein und entsetzt. Sie würde mich auf ihre Seite bringen wollen, auf die der Schwimmer, Céciles Seite, wohin ich gehörte.

Sie rief nicht an.

In dieser Nacht konnte ich nicht schlafen; mir ging auf, dass Marie-Jo sich meiner nicht sicher war; dass sie, eben weil sie nicht wusste, dass ich da gewesen war, dachte, ich würde vielleicht die

LaBasse-Version der Ereignisse glauben, und daher bestimmt auf meinen Anruf wartete. Ich sprang am nächsten Morgen früh aus dem Bett, weil ich die Sache unbedingt klären und ausbügeln wollte. Ich wählte – nicht ohne Bangigkeit – direkt um halb neun ihre Nummer; wahrscheinlich würde sich meine schöne Freundin jetzt katzengleich in den Laken strecken und nach dem pinkfarbenen Telefon neben ihrem Bett greifen. Aber es klingelte nur einmal, und ich hatte Marie-Jos Mutter an der Strippe.
»Oh, Sagesse, natürlich. Tut mir Leid, sie ist nicht da.«
»Nicht da?«
»Ein frühes Tennisspiel mit ihrem Vater. Ja. Ich sag ihr, dass du angerufen hast.«
Ich wusste sofort, dass es eine Lüge war. Und als ich bei Einbruch der Dunkelheit noch einmal anrief, denn um die Zeit herum trennte sich unsere Bande stets, um nach Hause zu gehen, informierte mich dieselbe blecherne Erwachsenenstimme: »Ich weiß nicht, wo sie ist. Tut mir Leid.«
Ich wartete wieder anderthalb Tage – während derer ich mich meinem Bedürfnis nach Meer hingab wie einer Droge und mit dem Bus zum öffentlichen Strand fuhr. Dort schwamm ich allein inmitten der lärmenden Gruppen von Kindern und verbarg mich, wenn ich glaubte, jemanden von der Schule zu sehen. Mit einem noch mieseren Gefühl schleppte ich mich dann nach Hause – um es noch einmal gegen Mittag zu versuchen. Marie-Jo hob selbst ab.
»Ach, du bist's.«
»Ich hab schon ein paar Mal angerufen – vielleicht hat dir's deine Mutter nicht erzählt.«
»Doch, ich weiß.«
»Geht's dir gut?«
»Ich denke. Ja, doch.«

»Ich kann das Hotel wirklich nicht sehen, aber ich habe das Gefühl – na ja, es gibt so viel zu bereden. Mein Großvater, weißt du – es ist verrückt.«

»Ja.«

»Wie sieht es denn so bei euch drüben aus?«

»Hör mal, Sagesse, ich hab jetzt wirklich keine Zeit. Mittagessen, weißt du? Ich ruf dich zurück, okay?«

Was sie nicht tat. Ich erfuhr schließlich – ausgerechnet von Thibaud –, dass Marie-Jo als Zeugin gegen meinen Großvater vor Gericht aussagen würde. Und dass sie und ihre Mutter daher beschlossen hatten, dass es besser sei, wenn sie nicht mit mir über das Ereignis spräche, wenn sie am besten gar nicht mit mir spräche.

Es scheint eine Kleinigkeit zu sein, wenn man dies jetzt schildert. Aber für mein vierzehn Jahre altes Selbst war es ein erster Verlust, ein ungeahnter Treuebruch, eine radikale Umkehrung meines Alltags. Marie-Jo war nicht woanders hingegangen, sie hatte sich nur von mir abgewandt. Ich wusste, dass ihre Unternehmungen nur einen geringfügig anderen Bogen beschrieben als vorher, dass aber diese geringe Abweichung unsere Schritte mit brutaler Absolutheit voneinander trennte. Ich vermisste ihre warme Haut, ihr Lachen, ihre anzüglichen Zwischenbemerkungen, den muffigen Geruch des Teppichs in ihrem Zimmer. Ich hätte öffentlich meinen Großvater denunziert – der so still war mit seinen Beruhigungsmitteln, in dem Zimmer hinten im Flur las und betete, der nicht mehr aufs Meer schauen konnte und stiller war als Etienne, so still, als wäre er gar nicht da –, um mein Leben und Marie-Jo zurückzubekommen. Aber sie hatten für mich entschieden, auf welche Seite ich gehörte – er durch seine Anwesenheit und sie genau durch das Gegenteil.

Lange Zeit hungerte ich buchstäblich nach ihrer Gesellschaft:

Ich fühlte, wie mein Verlangen regelrecht Kalorien verbrannte, mir ein Loch in den Magen fraß und an den Magenwänden kratzte. Aber ein derartiger Entzug hat seine Grenzen: Wir sind nicht für dauerhaftes und unerwartetes Leid geschaffen, so wenig, wie wir Überraschung oder gar Enttäuschung aushalten können. Als menschliche Wesen bilden wir Narben. Und Marie-Jo erschien auf diese Weise am Ende so weit entfernt, so wenig fassbar wie alle andern auch. Als sie viel später versuchte, unsere Freundschaft wieder aufleben zu lassen, konnte ich keine Gefühle mehr für sie aufbringen. Das war mir eine bleibende Lehre, was meine Wankelmütigkeit und meine Einsamkeit anging. Mit der Zeit war es für mich nur noch eine Frage, wie die Übergänge von einem Stadium ins andere zu verfeinern, die Sache angenehmer, weniger schmerzlich zu gestalten war.

Thibaud stellte sich wider Erwarten als mein Retter heraus. Er rief noch am selben Nachmittag an, nach dem Mittagessen. Von unserem früheren Kreis war er der einzige, der mir die Hand hinstreckte beziehungsweise ein Wort an mich richtete. Unsere Fummelei unterhalb des Swimmingpools einte uns nun, in gewisser Weise vielleicht noch stärker als die körperliche Umarmung selbst. Oder eventuell war es bei ihm auch schlicht die Macht der Begierde eines heranwachsenden Jungen.

Die Mittagsmahlzeiten im Hause meiner Eltern waren nun mit einem Mal viel schrecklicher als die von mir verabscheuten im Hotel. Meine Mutter und meine Großmutter schaufelten schweigend das Essen in sich hinein und blickten gelegentlich bedeutungsvoll zur Zimmerdecke, wo irgendwo oben mein Großvater sein Essen von einem Tablett aß; und meine pausbäckige, dümmliche Tante Marie steuerte mit wabbelndem Doppel- und Dreifachkinn und winterlich rosigen Wangen Kommentare bei, die schlimmer waren, als wenn sie zwischen den Bissen nichts gesagt hätte. »Etienne ist jetzt so ein großer Junge«, konnte sie sagen und meinen ausgemergelten Bruder mit seinem schweren Kopf falsch anlächeln. »Wie groß oder lang – oder was immer ist er? Du verfolgst das doch, denke ich.« Oder: »Ich habe mit den Jungs gesprochen« – ihren habgierigen Söhnen Marc, Jean-Paul und Pierre, die drei, fünf und sechs Jahre jünger waren als ich und bei ihrem Vater zu Hause geblieben waren –, »und Jean-Paul will unbedingt, dass ich dir von seiner Glühwürmchensammlung erzähle, Maman. Er vergrößert sie täglich und wollte dir ein Glas voll schicken, aber ich habe ihm gesagt, dass die Tierchen wahrscheinlich auf dem Postweg sterben würden.«

»Allerdings.« Meine Großmutter kam mit ihrer Tochter schwer zurecht. Marie war der Liebling meines Großvaters, aber meine Großmutter zog Alexandre vor.

Die ganze Zeit schwebte mein Großvater über der Mahlzeit, der nur mit gedämpfter Stimme oder nach einem Stottern oder einer nervösen Pause erwähnt wurde. Außer von Marie, die – hol sie der Teufel – sich so benahm, als sei nichts geschehen, und »Papa« regelmäßig bei ihrem wahllosen Geplapper erwähnte. Mein eigener Vater nahm an diesen Mittagessen nicht teil: mit seiner lebhaften Art hätte er sie vielleicht erträglicher gemacht. Während der »Vorfall« so auf allen anderen lastete, dass jede unserer Bewegungen wie im Zeitrafferverfahren wirkte, war mein Vater seither von Eifer erfüllt, ja sein Überschwang wirbelte seine kräftige Gestalt durch die Tage und Nächte, trieb ihn in Sitzungen, zu Inspektionen und Kontrollgängen, in die Stadt hinein und wieder heraus, und sein schnittiger BMW ließ oft erst den Kies unserer Einfahrt hochspritzen, wenn wir alle schon im Bett lagen. Er hatte sein Erbe angetreten – wer weiß für wie lange, aber immerhin –, und seine stets ausladenden Gesten waren jetzt entschlossen. In einem dunklen und unerwähnten Winkel seiner selbst war er seinem Vater zum ersten Mal in seinem Leben dankbar. Schuss hin oder her, es war irgendwie Zeit. Dieser Enthusiasmus war jedoch nicht ansteckend und musste vor dem sich grämenden Weibervolk verborgen werden, das nur die Reputation der LaBasse-Familie in Gefahr und die Glorie des Bellevue bedroht sah, ganz zu schweigen von meinem geistergleichen Großvater, der sich weigerte, seine Demütigung zu überwinden. Meine Großmutter musste ihn damals in den ersten Tagen dazu zwingen, sich anzuziehen und zu rasieren. Nachdem er die Waffe abgefeuert hatte, hatte er einfach mit allem aufgehört, so wie Tiere in zufrierendem Wasser lange vor ihrem Tod erstarren und nur noch gelegentlich ganz schwache Lebenszeichen von sich geben, die man stärken und wiederbeleben oder die man auch völlig erlöschen lassen kann.

Niemand von uns – nicht einmal meine früher rebellische Mutter – hätte meinen Großvater einfach zugrunde gehen lassen. Ohne seine bestimmende Anwesenheit war unser Leben gar nicht vorstellbar, das nur aus ihn umkreisenden Atomen bestanden hatte. Wir befanden uns in einem Aufruhr komplexer Gefühle, gewiss, aber wenn jemand seine ganze Energie dem Hass weiht, ist es eine Tragödie, wenn der Gegenstand des Hasses nicht mehr da ist. Und nicht einmal meine Mutter hasste meinen Großvater uneingeschränkt.

8

In dieser ersten Woche wurden die Mittagessen und die Nachmittage von Mal zu Mal langsamer und quälender, sodass ich gern auf Thibauds Anruf einging, auch wenn mich unser Stelldichein und seine Person in Verlegenheit brachten. Er meinte, wir könnten uns im Hotel treffen, doch das lehnte ich ab. Ich schlug stattdessen ein Café in der Stadt hinter dem Hauptpostamt vor, in der Nähe des Pornokinos. Dorthin würde niemand, den ich kannte, jemals kommen.

»Wie Kriminelle, die verfolgt werden?«, witzelte er.

»Genau so«, sagte ich. »Du weißt nicht, wie das ist.«

Wir trafen uns um vier Uhr, zu einer Zeit, in der in der Stadt noch Ruhe herrschte, die Angestellten in den Büros waren und die Sommergäste am Strand. Im Café fiel Thibaud mit seinen glänzenden schwarzen Locken unter den wenigen unscheinbaren Männern und den aufgetakelten dicklichen Frauen auf. Wie mein Vater schien er durch den Ärger in noch besserer Verfassung und noch heiterer Stimmung zu sein.

»Diesmal hat's dein Großvater wirklich überzogen«, sagte er, während er einen kleinen Espressolöffel um seinen Daumen bog. »Darüber lässt sich einfach nicht hinwegsehen.«

»Ich denke auch. Freut mich, dass du's von der humorvollen Seite nimmst.«

»Wie sieht's denn bei dir zu Hause aus?«

Ich erzählte es ihm, so kurz und bündig wie möglich, da ich nicht darüber reden oder daran denken wollte. »Mein Bruder findet es lustig«, sagte ich. »Wie du. Er hat es besser aufgenommen als alle andern.«

»In gewisser Weise ist es ja auch lustig.«

»Nicht für Cécile. Nicht für das Hotel. Oder meinen Großvater.«

»Denkst du, er muss ins Gefängnis?«
Ich zuckte die Schultern. »Erzähl du doch mal. Ich bin doch diejenige, die unter Quarantäne steht. Was sagen die Leute denn so? Hängt ihr immer noch alle zusammen herum? Haben deine Eltern irgendwas gesagt?«
»Meine Mutter war natürlich entsetzt. Sie war der Ansicht, wir sollten sofort abfahren. Aber dann fühlte sie sich schon ein wenig besser, als ich ihr erzählte, dass ich nicht dort war.«
»Hah.«
»Na ja, plötzlich war es das Problem von jemand anderem. Und sie mag ihr Zimmer und den gewohnten Ablauf hier und ihre Masseuse und all das, und ich denke, mein Vater hat sie überzeugt. Er sagte, er wisse nicht, ob wir so kurzfristig eine andere Unterkunft finden könnten, auf jeden Fall nicht für diesen Preis, sodass wir vielleicht besser direkt nach Hause fahren sollten, wenn es ihr so nahe gehe. Was, wie sie befand, dann doch nicht der Fall war. Sie nannte Cécile sogar ›diese unverschämte Göre, deren Mutter beim Bridge mogelt‹. Also bleiben wir noch zehn Tage.«
»Deinem Vater hat es nichts ausgemacht?«
»Er hat gesagt, es sei langsam an der Zeit gewesen. Er konnte nicht verstehen, warum man uns nicht schon früher untersagt hat, den Swimmingpool zu belagern. Das war ein Fehler des Managements, sagte er, und dies sei nur die zwangsläufige Konsequenz gewesen. Dann fügte er hinzu, dass wir ihm oft das nachmittägliche Schwimmen verdorben hätten, und sagte, im Scherz, weißt du, dass er vielleicht dasselbe getan hätte, wenn er nur eine Kanone zur Hand gehabt hätte. Er hat ziemlich lustig reagiert. Um ehrlich zu sein, die Sache ist ihm scheißegal.«
»Gott sei Dank wenigstens einer.«

»Aber er hat nach dir gefragt. Er hat gesagt, dass es hart für dich sein müsse.«
»Woher weiß er überhaupt von meiner Existenz? Hast du ihm was davon erzählt, dass …«
»Nein, nein. Aber er ist kein Idiot.«
»Und die anderen?«
»Die Hälfte der Leute sind abgereist. Bumm. Einfach so. Das Hotel ist seltsam ruhig, nur dein Vater schwirrt die ganze Zeit überall herum und schüttelt Hände und demonstriert Freundlichkeit. Es ist seltsam.«
»Wem sagst du das? Aber, sag mal, Thierry oder Marie-Jo – was ist mit denen?«
»Es ist komisch, weißt du. Ich denke, die treffen sich immer noch irgendwo, aber sie laden mich nicht dazu ein. Vermutlich gehöre ich nicht zu ihrem Schießscheibenclub. Gestern bin ich Thierry begegnet, er hat den Arm bandagiert – das ist nichts, wirklich –, und er war so weit ganz freundlich, aber irgendwie verschlossen. Er sagte, er könne nicht schwimmen, bis sein Arm verheilt sei, und nicht Tennis spielen, und dass er jetzt die Zeit nutze, was für die Schule zu tun. Aber er hatte es eilig, irgendwo hinzukommen, und als ich sagte: ›Bist du heute Abend am Baum?‹, sah er mich an, als sei ich verrückt. Die anderen aus deiner Clique, die das ganze Jahr hier sind, habe ich nicht gesehen. Der Rest von uns, die übrig gebliebenen Gäste, wir schwimmen jetzt allein wie die Erwachsenen und verziehen uns dann in unsere jeweilige Ecke. Es ist jetzt ganz anders hier. Mir macht das nicht besonders viel aus. Die meisten sind Idioten. Aber dich wollte ich sehen.«
»Und Marie-Jo?«
»Keine Spur von ihr. Aber nach dem, was Thierry gesagt hat, habe ich das Gefühl, dass sie militant ist.«

»Was meinst du genau damit?«
»Er hat irgendwas von einer Eingabe erzählt. Sie will verhindern, dass dein Großvater das Hotel weiter leitet.«
»Aber er leitet das Hotel nicht. Ich bezweifle, dass er es je wieder tun wird. Und wahrscheinlich geht er sowieso ins Gefängnis. Das ist doch verrückt.«
»Auf diese Weise ist sie beschäftigt. Ich würde mir deswegen keine Gedanken machen. Hast du nicht mit ihr geredet?«
»Sie hat einfach den Hörer aufgelegt. Seit der Nacht habe ich überhaupt keinen mehr gesehen.«
»Nur mich, was?«
Ich versuchte, so auszusehen, als sei ich darüber glücklich. »Und heute Abend?«, sagte ich.
Thibaud runzelte die Brauen. »Ja?«
»Ach nichts.«
»Wollen wir spazieren gehen? Es ist schaurig hier.«
Wir schlenderten durch die staubigen Straßen zum Hafen hinab. Er legte den Arm um mich, fuhr mit den Fingern in den Bund meiner Jeans und fummelte so lange unten an meinem T-Shirt herum, bis er meine Haut fand, die er beim Gehen leicht streichelte. Es war eine Koordinationsleistung, so als würde man gleichzeitig den Kopf tätscheln und über den Bauch streichen. Mir war zu heiß, so an ihn gedrängt, und ich fand jeden Schritt, gezwungenermaßen im Gleichmarsch, sehr mühsam, aber ich rückte nicht von ihm ab. Ich konnte es mir nicht leisten.
Am Kai spuckten die Fähren und Ausflugsboote in großer Zahl Menschen aus und nahmen wieder welche auf: alte Frauen mit Sonnenhüten und Bastkörben, Familien in kurzen Hosen und Sonnenbrillen, ein paar zerknautscht und gequält aussehende Geschäftsleute, die früh heimkehrten. An den Anlegeplätzen schwappten die Boote in der Dünung, und über das

Pflaster stolzierten Möwen, die gelegentlich stehen blieben, um auf einen Krümel oder heruntergefallene *frites* einzupicken. Es war böig, und der Wind war nur ein weiteres Geräusch in all dem Lärm und ließ die T-Shirts auf den Ständern und die kleinen Schwimmtiere, die zum Verkauf vor den Geschäften auslagen, flattern. Ein paar Marinesoldaten paradierten in Uniform vorbei. Die Kellner in den Cafés standen mit überkreuzten Armen in der gleichen Haltung da und beäugten mit stumpfer Miene das Geschehen. Das Kinderkarussell am Ende des Piers gab eine fürchterliche Klimpermusik von sich, während es die wenigen kleinen Kunden sanft im Kreis drehte – auf Pferden, in Autos oder Miniaturfliegern, die im Takt zur Musik surrend etwa einen halben Meter hoch und runter und wieder hoch stiegen – während die Eltern, meistens Mütter, zusahen und winkten. Der Himmel war knallblau und das ölige Hafenwasser, an dessen Rand Schaum und Abfall herumschwammen, undurchdringlich schwarz.

Wir bummelten wie die anderen sommerlichen Paare herum, so wie unlängst an dem Abend am Strand. Damals hatte ich darüber gestaunt, wie ähnlich wir den anderen waren; jetzt verfolgte mich das Gefühl, ganz anders zu sein. Ich war die Enkelin eines Beinahe-Mörders. Wenn nicht alle, so hatten doch die meisten Leute um uns herum sein Bild in der Zeitung gesehen und über das Verbrechen gelesen. Ich hatte die Vorstellung, sie würden sich nach mir umdrehen und auf mich zeigen, mir Dinge zurufen und mir hinterherlaufen, die große, ungleiche Menge vereint im Hass. Aber als ich zu Thibaud hinüberschielte, lachte der breit in die Sonne, und er beugte sich zu mir herunter und küsste mich auf die Lippen, als wäre ich jemand anderes.

9

Zehn Tage lang tat ich mit Thibaud so, als sei ich tatsächlich jemand anderes. Kein Kind aus der LaBasse-Familie, nicht gefangen in der raunenden Beklommenheit meines Elternhauses. Meine Eltern, so schien es, waren zu sehr damit beschäftigt, unser Leben nicht völlig auseinander fallen zu lassen, als dass sie sich meinetwegen Gedanken gemacht hätten. Meine Großmutter und meine Tante – die nur fünf Tage blieb, bis sie wieder zu ihrer insektenbegeisterten Brut und deren langweiligem Vater nach Genf zurückkehrte – versuchten die ganze Zeit, meinen Großvater aus seiner düsteren Stimmung zu reißen, und selbst mein Bruder wurde weggeschoben und gänzlich der Obhut seiner Krankenschwester übergeben, die er nicht ausstehen konnte: Er protestierte lauthals und wachte nachts auf, um jämmerlich wie ein Fuchs in dem Zimmer neben mir zu heulen. Ich hielt ihn dann im Arm und sang ihm vor, bis er mit kleinen saugenden Geräuschen und feucht an der Stirn klebenden Haaren wieder einschlief.

Thibaud und ich saßen an den Nachmittagen in den fast völlig leeren klimatisierten Kinos, hielten uns an den feuchten Händen und küssten uns; oder wir nahmen die Fähre über die Bucht, gingen am Ufer entlang und taten so, als seien wir in einem anderen Land. An einem Tag mieteten wir uns am Strand ein kleines Segelboot und fuhren damit durch große und kleine Buchten, aber in dem Boot stand schneller Wasser, als ich es wieder rausschöpfen konnte, und gleich zu Beginn bekam ich von dem störrischen Mast einen kräftigen Schlag auf den Hinterkopf, und unsere Picknicksandwiches fielen in das Salzwasser zu unseren Füßen und lösten sich darin auf. Auf dem Heimweg kam Wind auf, und wir gerieten immer dichter an einen vor Anker liegenden Flug-

zeugträger, dessen Dollborde urinartige Wasserfälle absonderten und dessen Matrosen wie winzige Käfer über Deck rannten. Thibaud fand das lustig, während ich schreckliche Angst hatte, bis ich schließlich mit meiner verzweifelten Schöpferei aufhörte und mich am Heck unseres kleinen Schiffchens niederkauerte, um zu weinen, während er uns – nicht ohne Schwierigkeiten – zurück in den Hafen manövrierte.
Als wir wieder am Strand waren, gab ich mich völlig meinem Elend hin, was Thibaud zunächst mit Erstaunen und dann mit Verlegenheit und Irritation registrierte.
»Wir sind wieder sicher gelandet«, sagte er. »Es war doch lustig. Allerdings sterbe ich vor Hunger. Du nicht?«
»Aber es ist das alles. Einfach alles. Dieser Tag ist wie alles andere. Alles ist schlecht.«
Ich verbarg den Kopf zwischen den Knien, am ganzen Körper voller Sand und Salz; eine Weile vergoss ich salzige Tränen und wartete darauf, dass er mir wie schon so oft seinen verschwitzten Arm um die Schulter legen würde, besitzergreifend und nicht nur angenehm, aber dennoch ersehnt. Aber es erfolgte keine Berührung, und als ich, im Nachmittagslicht blinzelnd, aufblickte, war Thibaud gegangen.
Ich hörte schlagartig auf zu weinen, zum einen aus Ärger und zum anderen, weil ich wusste, dass nichts dämlicher aussah als ein einsames Mädchen bei hellem Tageslicht an einem öffentlichen Ort mit völlig durchweichtem Gesicht. Ich wusste nicht, was ich tun sollte, und hatte nicht die Kraft, mich zu bewegen, und obwohl ich wütend war, schien es mir ebenfalls logisch, dass auch Thibaud mich, unansehnlich, ausgestoßen, zottelhaarig, wie ich war, verließ – bis er wieder am Strand auftauchte, er hatte eine mit *chantilly* bestrichene Waffel im Mund und eine zweite, in Wachspapier gewickelte, für mich in der Hand.

Thibaud war listig und beharrlich und ich entgegenkommend, und wir schafften es, uns auch ein paar Mal abends im Schatten des Forts zwischen dem Hotel und meinem Zuhause zu treffen, für eine Stunde oder zwei, die ich meiner gemarterten Familie unter dürftigen Vorwänden abluchste. Wir kletterten über Zäune in Villengärten, deren Besitzer nicht da waren, und lagen dort zwischen den Bäumen, in nächtlicher Umarmung, ich stets wachsam, dass mir die Jeans nicht über die Hüften rutschte, egal wie oft seine Finger hineingriffen, um in mich einzudringen. Und ich griff dann schließlich immer nach Thibauds Handgelenk und drehte das leuchtende Zifferblatt seiner Uhr himmelwärts, um angesichts der Uhrzeit in übertriebenem Schrecken nach Luft zu schnappen. Er hätte diese gestohlenen Umarmungen endlos fortsetzen können. Ich stellte ebenfalls fest, dass die Zeit im Rhythmus unserer Küsse mit unheimlicher Geschwindigkeit davonzueilen schien. Ich fragte mich nie, ob ich es genoss: Es war mein Geschenk für Thibaud, der Preis, den ich für seine Gesellschaft zahlte. Aber ich genoss es tatsächlich. Ich sehnte mich danach, selbst wenn es mich ängstigte und mir manchmal lästig war, so wie ich mich nach dem festen Druck sehnte, mit dem sein Arm mich umfasste; und jedes Mal, wenn wir abends auseinander gingen, war mir, als fiele ich, als fiele ich von mir weg an einen Platz, an dem ich überhaupt nicht existierte. Auf dem Heimweg zählte ich die Tage, die uns noch blieben, und während sie zusammenschrumpften, wurde ich mir eines Gefühls bewusst, das wie Schwindel war, eines Geräusches in meinem Kopf, das sich wie der peitschende Wind anhörte. Ich wusste nicht, was ich tun sollte, wenn er weg war, und vor mir lagen noch fünf schulfreie Wochen.

Während jener Tage, die mit Verzweiflung getränkt waren und so präzise begrenzt wie ein Bild in einem Rahmen, weil wir wussten – weil ich wusste –, dass sie sehr bald vorbei sein würden, dass dies Fiktion war, nicht das richtige Leben, während jener Tage schob ich meine Familie an den Rand meines Gesichtskreises, sodass sie nur noch verschwommene, schwebende Figuren waren, die nichts mit mir zu tun hatten; und ich bildete mir ein, dass sie mit mir dasselbe machten. Aber sie waren Eltern und ich ein Kind, und obwohl sie nach außen hin nichts zu erkennen gegeben hatten, waren sie längst dabei, einen Weg für mich festzulegen.

10

Am Sonntag vor Thibauds Abreise kehrte meine Familie, nachdem sie die Woche zuvor davon Abstand genommen hatte, zu ihren religiösen Gewohnheiten zurück: Wir gingen zur Messe. Meine Mutter überredete sogar meinen Vater mitzugehen, und wir nahmen meine Großmutter mit. Mein Großvater blieb in seinem Zimmer bei uns zu Hause, um sich einen Gottesdienst im Fernsehen anzusehen (seine einzige Verbindung mit der Welt zu dieser Zeit), und er duldete es, dass Etienne zu ihm herein neben seinen Stuhl gerollt wurde.

Ich fürchtete mich vor dem Ausflug: dem tapferen Lächeln, der verhaltenen Neugier und Gehässigkeit der anderen Gemeindemitglieder, der liebevollen Teilnahme des Priesters, der die Finger meiner Großmutter in seine fleischigen Hände nahm und sie auf die Stirn küsste, wozu er den Satz flüsterte: »Gott stellt uns auf die Probe. Er prüft unseren Glauben.«

Ich, die ich gewöhnlich gern zur Kirche ging – ein oder zwei Jahre zuvor hatte ich einen ganzen Winter lang ernsthaft darüber nachgedacht, ob ich vielleicht eine Berufung hätte –, hasste jede Sekunde dieses Sonntags. Es störte mich nicht, dass Gott – der in meinen Augen gütig war – von unseren Schwierigkeiten wusste, oder auch der Priester – den ich wegen seiner klebrigen Glatze nicht leiden konnte; aber dass er dort, auf den Kirchenstufen, über diese Schwierigkeiten redete, dass jeder um uns herum davon wusste (ja, da vorne war Thierry und haute durch die Seitentür ab, um nicht mit mir sprechen zu müssen), dass sie während ihrer dreigängigen Mittagessen über uns diskutierten oder am Telefon (»Alle waren da außer *ihm*. Aber der traut sich natürlich nicht, was?«), dass sie uns alle mit mitleidsvoll gerunzelten Augenbrauen musterten (»Überheblich wie immer, die alte Hexe. Man würde doch denken, das bringt sie ein wenig auf den Teppich – aber nein!«). Meine Mutter hasste das auch, da war ich mir sicher: Ihr Gesicht war zu einer ängstlichen Maske erstarrt, die ihr allerdings einen eher angewiderten Ausdruck verlieh. Ihre Stirn und ihr Kinn waren durchs Make-up hindurch schweißnass, und sie tupfte sie wiederholt mit einem spitzenumrandeten Taschentuch ab.

Wir standen es dennoch durch und flüchteten uns (mit gemächlichen, ungezwungenen Schritten, damit es nicht nach Flucht aussah) in die klimatisierte Abgeschlossenheit des Autos meines Vaters.

»War doch nicht so schlimm, oder?«, sagte mein Vater mit süßlicher Stimme und streckte den Arm aus, um die Hand seiner Mutter zu tätscheln.

»Furchtbar«, zischte meine Mutter mir leise auf dem Rücksitz zu.

»Nächste Woche sorge ich dafür, dass Jacques mitkommt«, sagte meine Großmutter. »Wir müssen das hinter uns bringen. Er muss gesehen werden. Er ist schließlich kein Verbrecher.«

Nein? Ich sah fragend meine Mutter an. Sie runzelte die Stirn.

»Nur wenn Papa dazu bereit ist«, sagte mein Vater mit seiner neu gefundenen Autorität, während er sanft den Wagen auf dem Weg zurücksetzte und kurz anhielt, um einem Paar vor der Kirche lächelnd zuzunicken. »Es wird alles wieder gut werden. Die Dinge werden sich beruhigen.«
»Ich mache mir um deinen Vater Sorgen, nicht um die da«, antwortete meine Großmutter höhnisch. »Diese Leute haben – mit wenigen Ausnahmen – nie auch nur das Geringste für uns getan. Ihm muss klar werden, dass es auf sie nicht ankommt.«
»Sicher weiß er das«, sagte meine Mutter und wischte sich unsichtbaren Schmutz von der Bluse. »Was ihm zu schaffen macht, sind sicherlich nicht die anderen Leute, sondern dass er etwas getan hat, von dem er nie gedacht hätte, dass er es tun könnte. Sich selbst ins Gesicht zu sehen, das ist das Problem. Oder?«
Einen Moment lang sagten weder mein Vater noch meine Großmutter etwas, und dann bemerkte mein Vater, als wäre es ein Scherz: »Aber ist es nicht immer so im Leben, dass man über unliebsame Wahrheiten stolpert? Man muss einfach wieder rauf aufs Pferd.«
»Man kann ihm keine Schuld geben«, warf meine Großmutter ein. »Er war sehr müde. Überarbeitet. Das ist alles.«
»Und jetzt Mittagessen?«, fragte mein Vater.
Wir fuhren zwanzig Minuten ins Landesinnere zu einem burgengekrönten Dorf auf einem Hügel. Im Restaurant dort saßen Fremde an den Tischen unter den roten Sonnenschirmen: Wir hatten für eine Weile genug vom Altvertrauten. Während des Essens teilten mir meine Eltern mit, was für einen Plan sie für mich hatten.
»Es sind noch fünf Wochen, bis die Schule wieder beginnt«, sagte mein Vater und spielte mit seinem Besteck.
»Ich weiß.«

»Und unser Leben hat … eine Störung erfahren. Deins auch. Du spielst im Moment nicht mit deinen Freunden –«

»Wir ›spielen‹ nicht. Ich bin nicht fünf Jahre alt.«

»Du gehst nicht ins Hotel«, sagte mein Vater und sah mich an. »Du treibst dich in der Stadt herum. Und dieser Bursche, in den du so verliebt bist, reist bald ab.«

»Gott sei Dank«, sagte meine Mutter. Meine Großmutter, die den Mund verächtlich verzogen hatte, starrte auf ihre Melone.

»Was ich sagen will, ist –« Meine Mutter war plötzlich bemüht, mich auf ihrer Seite zu halten. »Du bist zu jung für – Bindungen. Ich weiß, dass es dich hart getroffen hat, aber –«

»Nicht härter als dich.«

»Was deine Mutter dir zu sagen versucht, ist, dass wir der Ansicht sind, es täte dir vielleicht gut, wenn du eine Weile von hier weg wärst. Bis die Dinge sich beruhigt haben.«

Ich verzog das Gesicht. »Ferienlager, Mama? Machst du jetzt endlich, was du immer schon wolltest, und schickst mich in ein Ferienlager?«

»Wie wär's mit den Staaten?«, sagte mein Vater. »Würde dir das nicht Spaß machen?«

»Ja?«

»Ich habe mit deiner Tante Eleanor gesprochen«, sagte meine Mutter, »und sie hat dann den Vorschlag gemacht.«

»Tante Eleanor? O Gott.«

»Sagesse.« (Mein Vater)

»Tut mir Leid. Es geht … es geht gar nicht so sehr um sie. Vielmehr um Becky und Rachel, das ist alles.«

»Du hast sie fünf Jahre lang nicht gesehen.« (Meine Mutter)

»Ich habe genug gesehen, um zu wissen, dass ich sie nicht mag.«

»Die Menschen ändern sich«, sagte meine Mutter.

»Richtig!«, sagte meine Großmutter, die bis hierhin nicht gesprochen hatte. »Deine Eltern denken, es wäre gut für dich. Ein paar Wochen lang. Und dann wird das Leben wieder normal verlaufen und alles ist wieder in Ordnung.« Sie schnitt mit Entschiedenheit ein Stück Honigmelone ab, spießte es zusammen mit einem Stück Schinken auf und führte es mit ihrer einzigartigen Akkuratesse zum Mund. Und es sah so aus, als gäbe es nichts weiter zu sagen.

II

Ich hätte kämpfen können. Wie mein Vater damals in Algier, als er kaum älter war als ich, mit seinem Vater, ich hätte mich vor ihm aufpflanzen, heulen und nein sagen können. Aber ich sah keinen Grund. Man bot mir eine Fluchtmöglichkeit an. Und wenn ich zurückkäme – versprachen sie –, würde alles wieder normal sein.

An dem Morgen, an dem Thibaud abreisen sollte, trafen wir uns am Fort und spazierten um den unteren Schutzwall herum. Wir konnten hören, wie die Rekruten hinter und über uns in Formation exerzierten. Wir lehnten uns an die taillenhohe Steinmauer und blickten aufs Meer hinaus. Der verhängnisvolle Flugzeugträger – natürlich ein amerikanischer – lag immer noch am Eingang zum Hafen, im Morgendunst waren die winzigen Matrosen jedoch nicht zu sehen. Thibaud legte die Arme um mich, und ich hatte das Gefühl, als würde ich durch die Luft schweben, über den exerzierenden Soldaten, und das Paar beobachten, das wir abgaben. Eine Trikolore flatterte unregelmäßig im Wind. Unsere Worte klangen wie auswendig gelernte Verse.

»Du besuchst mich im Herbst in Paris«, sagte er. Ich lächelte.

»Und wir kommen nächsten Sommer wieder.« Ich glaubte unter den gegebenen Umständen nicht an den nächsten Sommer. »Vielleicht kann ich meine Eltern dazu kriegen, Weihnachten hier runterzufahren. Vielleicht kann ich auch allein kommen.« Ich fingerte an den Knöpfen seines kornblumenblauen Hemdes herum. Er war viel zu fein angezogen für die Heimfahrt auf der Autobahn.

»Schreibst du mir aus den Staaten?«

»Na klar.«

»Ich liebe dich, weißt du.«

Ich sah ihn an, konnte nicht glauben, dass er das wirklich gesagt hatte. Ich empfand einen unbändigen Drang zu kichern. Ich wusste, dass eine Antwort fällig war, ich es aber nicht über mich bringen würde, solche Worte zu formulieren. »Ich dich auch«, sagte ich.

Er küsste mich: Ich liebte seinen Geruch, die Linie seines Rückens unter den Kleidern, ich liebte die leichte, weiche Unebenheit seiner Jungenhaut. Aber ich hätte keineswegs mit Gewissheit sagen können, dass ich *ihn* liebte.

»Ich werde dich vermissen.«

»Ich dich auch.«

Wir küssten uns erneut; unsere Zungen tanzten im Tunnel unserer vereinten Münder. Über uns pfiff jemand anerkennend.

»Ich geh jetzt lieber«, sagte Thibaud. Er hielt sein Handgelenk mit der anderen Hand hoch und sah auf die Uhr. Meine Geste.

»Ja, das solltest du besser tun.«

»Weißt du, es wird alles gut.«

»Klar.«

Als wir uns trennten, gab er mir einen Briefumschlag, auf dem in seiner spitzen Schrift und unterstrichen mein Name stand.

»Mach ihn erst im Flugzeug auf.«

»Aber das sind noch Tage bis dahin.«
»Oh, na ja, wie auch immer. Aber erst später. Viel später.«
»Ist es ein Brief?«
»Was sonst?«
»Ich warte.«

12

Ich legte den Umschlag zusammen mit meinem Ticket und meinem Pass und den Reiseschecks, die ich von meinem Vater bekam, auf den geheiligten Stapel der absolut notwendigsten Dinge. Ich überlegte in den dahinschwindenden Tagen zu Hause immer wieder, was wohl in dem Brief stehen mochte. Ich erzählte Etienne, während ich seinen Rollstuhl zum Spazierengehen die Auffahrt hinunter- und in die Welt hinausschob (ich hatte dies früher öfter getan; in der Nebensaison, wenn die Rufe der anderen draußen weniger verlockend waren), was Thibaud meiner Vorstellung nach zu Papier gebracht haben könnte. Ich hatte noch nie zuvor einen Liebesbrief erhalten. Vielleicht, so sagte ich meinem gefesselten Bruder, würden diese Zeilen ein Loblied auf meine Arme und Beine singen, auf mein schimmerndes Haar, den Schwung meiner Lippen. Vielleicht gestand mir Thibaud, wie weit seine Leidenschaft in die Vergangenheit zurückreichte (»Ich habe dich aus der Ferne geliebt, seit ich vor Jahren zum ersten Mal das Bellevue betreten habe«) oder auf die Zukunft ausgerichtet war (»Wir werden heiraten. Kannst du auf mich warten? Bist du dir so sicher wie ich? Du musst es sein!«). Da ich mir in nichts sicher war, sehnte ich mich, ja verlangte ich nach der beruhigenden Gewissheit von Thibauds Gefühlen. Diese

Gewissheit konnte mich – obwohl sie in ihrer Substanz nach wie vor nur imaginär war – stolz machen: Ich hatte einen Freund, der mich trotz oder wegen meiner schrecklichen Familie oder im Vergleich mit ihr liebte.
Ich wollte nicht, dass Etienne eifersüchtig war (ich konnte ihm nicht versprechen, dass *ihn* die »Liebe« wie ein Flugzeug jemals aus dem Einflussbereich unserer Familie heraustragen würde), aber es kümmerte mich nicht genügend, als dass ich ihm nichts erzählt hätte; beziehungsweise glaubte ich trotz all meiner Beteuerungen nicht fest genug an die Existenz seines sich abschottenden Verstandes und nahm wie alle an, dass er nichts kapierte.
Was auch immer ich in Thibauds versiegelten Brief hineindachte, es diente der Selbsterfahrung. Meine Reaktion auf sein Ständchen – meine Reaktion darauf würde mir deutlich machen, wer ich war oder wo und wie meine eigenen Gefühle Thibaud gegenüber aussahen (ich vermisste ihn ziemlich, aber Marie-Jo ebenfalls, vielleicht noch mehr), und deshalb befühlte und küsste ich das cremefarbene Papier jeden Abend, bevor ich ins Bett ging, sodass der Umschlag, als ich zu meiner großen Reise aufbrach, nicht länger steif in meiner neuen Handtasche steckte und die Tinte leicht verschmiert von meinen feuchten Liebkosungen war.

13

Ich war offiziell eine ohne Begleitung reisende Minderjährige, jedoch alt genug, um gegen das demütigende Plastikschild zu protestieren, das diese Tatsache verkündete. Ich flog von Nizza nach Paris, ganz zappelig angesichts des Fluges und der Meilen, die sich zwischen mir und allem, was ich kannte, auftaten. Ich beobachtete, wie das Meer und dann die Berge unter uns verschwanden, als das Flugzeug im Kreis zurück über das Land flog und Kurs nach Norden nahm. Die Stewardess kümmerte sich wie versprochen besonders um mich, und ihr gemaltes Lächeln war außergewöhnlich breit, als sie mir Orangensaft und eine kleine Tüte mit Nüssen anbot. Ich kam mir wie mein Bruder vor, untauglich für diese Welt, und wehrte mich, indem ich mich weigerte zu lächeln. Ich tat, als würde ich lesen, stellte mich schlafend.

Während ich mit von Druckerschwärze und Kartoffelchips schmierigen Fingern in einem der musikerfüllten Satellitengehäuse in Roissy auf meinen Flug nach Boston wartete, den muffigen Gummigeruch der Flugzeuge bereits auf der Haut und in den Kleidern, spielte ich mit Thibauds Briefumschlag herum. Ich spielte mit dem Gedanken, ihn anzurufen (er war hier, in Paris!), und kramte nach einer Münze und seiner Telefonnummer. Doch dann, beim Gedanken an seine Mutter mit den auberginefarbenen Haaren (wer sonst würde um drei Uhr nachmittags zu Hause sein), schlurfte ich zu meinem Sitz zurück.

Erst in der allgemeinen Anonymität der Boeing 747, während neben mir auf dem Sitz eine Mutter und ihr Kind kämpften und das Flugzeug zwischen vorbeitreibenden Wölkchen nach oben stieß – erst dann, bevor die grinsende Stewardess (natürlich eine neue) und ihr Getränkewagen sich mir wieder in gequälter Dienstbeflissenheit nähern konnten, bevor meine Beine mangels Bewegung eingeschlafen waren und bevor mein unterdrückter Ärger über das Baby, die Mutter, die Stewardess, den schrecklichen Film, der bald gezeigt würde, das Plastiktablett mit dem Plastikessen, meine Eltern, meine verhätschelten amerikanischen Cousinen und ihre grauenhaft fröhliche Mutter, also bevor mein Ärger über all das, was hinter mir lag und was noch auf

mich zukommen würde, und die unbequeme Rolle, die ich symbolisch dabei spielte, sich Luft machen und mir Thibauds Brief völlig vermiesen würde –, erst da schien es schließlich der richtige Moment zu sein, ihn zu öffnen.
Mein Zeigefinger fuhr unter das gummierte Dreieck, meine Fingerkuppe suchte nach der Spur von Thibauds Zunge und brach die mit seiner Spucke zusammengeklebte Versiegelung auf. Es war einfach. Der stabile Umschlag zerriss nicht. Das einzelne quadratische Blatt Millimeterpapier, das zusammengefaltet darin lag, war dünn und glatt. Es schien weniger substantiell als das übertriebene Futter des Umschlags. Das Kind neben mir, das von dem Geraschel ganz fasziniert war, streckte eine klebrige Faust aus, und ich fuhr zurück und drückte mich samt Thibauds knisterndem Blatt in die Ecke meines Sitzes neben dem Gang. Die Stewardess stieß mit dem Hintern gegen meinen Ellbogen: Sie schob ihren schrecklichen Wagen in den vorderen Teil der Kabine. Ich hätte es besser wissen und Thibauds Brief nicht gerade jetzt lesen sollen. Der Moment, der mögliche Moment war vorbei. Aber entschlossen faltete ich das Blatt, dem ich so erwartungsvoll entgegengefiebert hatte, auseinander.
Vier Worte. *»Je t'aime, Sagesse.«* Das war alles. Ich drehte das Papier um, suchte nach mehr Tinte, aber da war nichts. Er hatte nicht einmal unterschrieben. Ich hatte Antworten erwartet: Ich bekam keine. Ich stopfte das Blatt zurück in die Hülle, ohne zu bemerken – beziehungsweise war es da bereits zu spät –, dass ich laut redete: »Das kann man sich doch an den Arsch schmieren«, sagte ich. Die Stewardess, die Mutter und das Kind fuhren entgeistert zurück.
»Orangensaft bitte«, sagte ich.

Teil 3

I

Die angeheiratete Großtante meines Großvaters, Tata Christine, reiste immer allein. Sie war keine glamouröse Abenteuerin, die mit wehenden Chiffonschals von einem abgelegenen Palast zum anderen eilte, sondern eine kleine, untersetzte Frau mit hervortretenden Adern an den Unterarmen und O-Beinen, die sie unter einem voluminösen schwarzen Kleid versteckte, immer demselben schwarzen Kleid, das sie trug, bis es fadenscheinig war und die Säume sich lösten. Dann zählte sie genau die Münzen in ihrem Geldbeutel ab, kaufte exakt die Stofflänge, die für ein gleiches schwarzes Gewand notwendig war, und ließ das Kleid noch einmal nähen.

Auf den beiden Fotografien, die ich von ihr kenne, sind ihre Hände beherrscht über der Brust gefaltet, und ihr zu einem unsichtbaren Knoten zusammengebundenes Haar ist auf der Mitte des Kopfes mit militärischer Präzision gescheitelt. Zu der Zeit, als die Fotos gemacht wurden – mein Großvater war damals ein Junge –, hatte sie nicht viele Haare, und ihre stahlfarbenen Strähnen wurden von einem breiten Scheitel getrennt, der wie eine Pipeline über ihren Kopf führte. Sie lächelt nicht, aber die geringe Zahl von Zähnen, die ihr im Alter noch geblieben war, ist erkennbar an ihrem gekräuselten Mund, der ihr ein freundliches Aussehen verleiht, als würde sie gegen ihren Willen doch lächeln.

Sie muss einmal jung gewesen sein, leichtfüßig, in bauschendem Musselin und mit Locken, und sie dürfte mit den Arbeitern und Fassbindern in ihrem bretonischen Geburtsort geschäkert und gekichert haben. Sie war ein kleines Mädchen gewesen wie jede andere und auch eine junge Frau, aber sie war dann schon so lange alt und allein, so entschieden alt und allein, dass es mir unmöglich ist, sie mir anders vorzustellen.

Frankreich erhob 1830 Anspruch auf Algerien, und ungefähr seit 1845 – dem Jahr von Tata Christines Geburt – wurde dieses von *colons* besiedelt, aber die ganze Jugend meiner Tante hindurch war es eine Wüste mit wilden Tieren und heftigen Fieberkrankheiten, eine sagenhafte dunkle Küste, an der die Chancen für ein schnelles Ableben fast jede andere Aussicht überwogen. Wäre ich Tata Christine gewesen, hätte ich einfach nein gesagt, wenn mein neuer Ehemann – Charles, ein Polizist mit einer wunderbaren Anstellung – vorgeschlagen hätte auszuwandern. Oder vielleicht auch nicht: Vielleicht waren da gar kein Musselin, keine Locken und Flirts gewesen. Vielleicht hatte die verschwommene Kontur Afrikas etwas Strahlenderes an sich als die gewohnten Bäume, Täler und Pfade ihrer Kindheit.

Mein Ururgroßvater, Auguste, war der Mann mit der Idee. Er war Charles' älterer Bruder, ein dunkelhäutiger Fassbinder, dessen bretonische Zukunft auf die Eisenrollen und die Stapel mit Holzplanken ausgerichtet war, die es einzuweichen und in Form zu hämmern galt. Als er hörte, dass Land vergeben wurde – ein Stück für jeden willigen Bauern –, ließ er sein Werkzeug fallen, zog seine Lederschürze aus und versuchte wie ein Missionar weitere Leute zu bekehren, bis seine eigene verwirrte Ehefrau Anne sowie sein Bruder und die junge Christine, die kaum zwanzig war, einwilligten, mit ihm zu kommen.

Ihre Reise war nicht – wie die meine – lediglich eine Angelegenheit von sieben Stunden, grässlichen Kindern und schlecht funktionierenden Kopfhörern. Die vier Erwachsenen machten sich zusammen mit Augustes und Annes ersten beiden Kindern, von denen eines noch gestillt wurde, zu Fuß auf den Weg nach Marseille; ihr Geschirr, die Bettwäsche und die von zu Hause geretteten Schätze waren einem Paar traurig dreinblickender Esel aufgebürdet. Die kleine Gesellschaft schlief unter freiem Himmel oder in Ställen, die ihnen großzügige Bauern zur Verfügung gestellt hatten. Sie hatten nicht viel zu essen, zogen sich Blasen zu, eilten weiter. In Marseille drängten sie sich auf ein klappriges Schiff, eng eingekeilt in eine Masse hoffnungsvoller Reisender, und sie mussten sich während der gesamten Überfahrt übergeben.

Dann fanden sie sich dem erbarmungslosen Licht Afrikas ausgesetzt. Ihre Parzellen waren im Winter morastig, im Sommer staubig, und es gab eine Menge rachelustiger Tiere – vom Moskito bis zum Schakal –, die ihren langjährigen Aufenthaltsort nicht hergeben wollten. Auch die einheimische Bevölkerung huschte, in ihre abweisenden Gewänder gehüllt, in Sichtweite vorbei und blickte die Neuankömmlinge voller Zorn und Verachtung an. Damals herrschte noch immer Krieg zwischen der französischen Armee und aufständischen algerischen Volksgruppen, Gewalt und Feindseligkeit wurden gesät, und die bitterste Frucht dieser Saat würde erst sehr viel später aufgehen. Die *colons* schlossen sich in umzäunten Siedlungen zusammen, verriegelten ihre Türen vor dem Land und fürchteten sich vor dem Morgengrauen des neuen Tages.

Ich denke, damals hörte Tata Christine auf, jung zu sein. Aber vielleicht auch nicht. Letztendlich überlebten, mit Ausnahme von Annes Säugling, alle das erste Jahr. Sie lernten, wie man das Land bebaute, indem sie es einfach taten, und genauso lernten sie schießen. Sie machten Fehler. Falls sie schon vorher gebetet hatten, beteten sie jetzt noch weit häufiger, ihre Unterredungen mit Gott waren ungezwungen, beharrlich und unentbehrlich. Sie bauten sich so etwas wie ein Leben auf. Mein Urgroßvater wurde geboren und zwei Schwestern, für das Leben der jüngeren gab Anne das ihre hin. Christine half allen auf die Welt, obwohl Gott ihr kein eigenes Kind gönnte, und auf diese Weise fand sie ihre Berufung: Sie wurde Hebamme, eine *sage-femme*.

Charles starb mit zweiundvierzig. Er hätte irgendwie sterben können, auf einem Patrouillengang durch die Straßen und Bars seiner Heimatstadt, aber was ihn das Leben kostete, war Malaria, ein spezifisch afrikanisches Leiden. Christine, ganze achtunddreißig Jahre alt, nähte ihr erstes schwarzes Kleid, zog es an (nun war sie mit Sicherheit alt) und verließ den Hof; das Land überließ sie Auguste, seiner zweiten Frau und deren Schar magerer Kinder.

Das war 1883, und Christine begann ihre Reisen. Zurück, zu Fuß und zu Pferde, zur Küste. Zurück, auf einem leereren Schiff, nach Marseille, und die Zeit zurückdrehend auf den Straßen ihrer Jugend zu dem Ort, von dem aus sie damals aufgebrochen war. Hatte Frankreich sich verändert oder sie? Sicherlich beide. Die Winter waren zu kalt. Sie vermisste den Glanz dunkler Haut, den Geruch köstlicher Gewürze. Sie zankte sich mit ihrem Bruder, in dessen Haus sie leben musste. Es wurden nicht genügend Babys geboren, um sie zu beschäftigen, und die wenigen, die es gab, fielen in die wartenden Hände älterer, bekannterer Hebammen. Als ihre eigene Schwägerin eine andere Frau als Geburtshelferin für ihr Kind rufen ließ, machte Christine – einen grauen Wollschal um ihr schwarzes Kleid, immer noch das erste – auf dem Absatz kehrt und ging zurück, wieder zurück. Sie war ganze eineinhalb Jahre in Frankreich gewesen.

Sie ließ sich in einer Hütte nieder, in einem Dorf, das nicht weit – etwa eine Tagesreise – von dem entfernt war, wo sie früher gewohnt hatte, nahe genug, um Auguste und seine Familie zu besuchen, aber weit genug entfernt, um sich dem tyrannischen Zugriff des Patriarchen zu entziehen. Sie genoss die wieder entdeckten Düfte Afrikas, die Farben des Himmels und der Erde. Sie liebte das Licht. Sie übte die gutturalen Laute der Landessprache. Für koloniale Verhältnisse war sie eine erfahrene, sachverständige Frau, und ihr Wissen war gefragt, wie es in Frankreich nie der Fall hätte sein können: Christine heilte mysteriöse Fiebererkrankungen, beruhigte rebellische Mägen, sie wusste, wie man den *schkoumoun* abwehrte und die Geburt von Söhnen förderte.

Sie war eine Mutter, eine Großmutter für die neu angekommenen jungen Frauen aus Frankreich, aber auch als Geburtshelferin in den Bergen, bei den Nomaden und Gebirgsstämmen, gefragt. Es kam vor, dass nachts ein vermummter Mann an ihre Tür klopfte, seine Füße ganz rissig von dem weiten Weg, und Christine auf seinem Esel mit zu sich in eine bei den Franzosen nicht auf Karten verzeichnete Siedlung zurücknahm, wo eine Araberin oder Berberin – nur noch aus Bauch bestehend in einer Hütte oder einem Zelt oder auf einem Laken in einer Höhle liegend – aus tiefster Kehle keuchte und schrie und auf Tata Christine und die Erlösung wartete. Zwei Tage, manchmal drei hintereinander, verschwand Christine im Unterholz: Sie redete über diese Ausflüge nicht mit ihren französischen Landsleuten, aber diese wussten davon. Manchmal hörten sie das Klopfen an der Tür oder das Satteln der Tiere im Morgengrauen. Mit Sicherheit sahen sie die Lebensmittel, die hinterher in Tata Christines Regalen auftauchten: die mit Honig gebackenen Kuchen und die Gläser mit Oliven, durch die sie immer etwas füllig blieb. Während des Weltkrieges (dem Ersten) waren Essen und Männer Mangelware; aber die Leute in den Bergen vergaßen sie nicht. Selbst wenn keine Babys auf die Welt zu bringen waren, die

Speisekammer meiner Ururgroßtante war mit Geschenken gefüllt. Bündel wurden wie Waisenkinder auf ihre Schwelle gelegt, während sie schlief: ein Krug Öl, ein Korb mit Eiern, drei dicke Orangen.
Als sie schließlich in das Haus meines Großvaters zog – dessen Vater, dem Christine auf die Welt geholfen hatte, erst vor kurzem in die Ewigkeit abberufen worden war –, kam sie angeblich, um der Frau ihres Neffen zu helfen. Aber die Reise nach Blida war ihre letzte: Mit einem kleinen Schrankkoffer und ihrem abgetragenen schwarzen Kleid (zu der Zeit war sie wirklich uralt) kam sie in das Haus meines Großvaters, um zu sterben. Das war etwas, das Einzige, das man in den Armen der Familie tat. Sie, die Hunderte, wenn nicht Tausende von Söhnen und Töchtern hatte, deren Farben und Schicksale so vielfältig und unterschiedlich waren wie die Landschaft, schleppte sich in das Haus der LaBasses und beschloss dort ihr Leben. Sie wurde neben ihrem Neffen begraben, die Perlen eines Rosenkranzes in der Hand und die Hände – wie auf der Fotografie – in beherrschter Haltung über der Brust gefaltet.

2

Ich fuhr natürlich nicht zu Tante Eleanor, um dort zu sterben. Mein Leben fing gerade erst an, eine Tatsache, die ich niemals vergessen konnte, da sie mir oft von Tante Eleanor wiederholt wurde, die zu leidenschaftlichen, spontanen Umarmungen neigte: »Häschen, es wird alles in Ordnung kommen. Lass den Kopf nicht hängen. Dein Leben fängt gerade erst an, und es wird großartig werden.« Meine Mutter war zart und Tante Eleanor kräftig, eine athletische Frau Mitte vierzig mit einem muskulösen Kinn und einem Helm aus rotbraunem Haar. Ihre Gesichtszüge waren denen meiner Mutter nicht unähnlich, aber sie waren anders, hatten eine amerikanische Form. Ihre Augen blitzten offener. Sie bevorzugte Jeans oder Shorts am Wochenende. Von der Arbeit kam sie in pinkfarbenen Turnschuhen und Sportsocken zum maßgeschneiderten Kleid nach Hause – eine fast parodistische Beleidigung für mein europäisches Teenagerauge. Sie bleichte ihren flaumigen Oberlippenbart lieber, als ihn mit Wachs zu entfernen, Unvollkommenheit machte ihr überhaupt nichts aus.

Vom Moment der Landung meines Flugzeugs am Logan Airport war Amerika nicht länger mein Land. Es war in meiner Vorstellung etwas Leuchtendes gewesen, der imaginäre Ort meiner Zukunft, so wie Algerien der imaginäre Ort meiner Vergangenheit war. Aber Algerien schimmerte starr, für immer unerreichbar, während Amerika – was ich davon in diesem Sommer sah – auf mich einstürmte und einfach so war, wie es ist.

Sie warteten alle vier auf der anderen Seite der Rauchglastüren, sahen zu mir her, winkten und fletschten die Meisterleistungen der Kieferorthopädie (die kleine Rachel war noch in Behandlung und ihr Mund glitzernd verdrahtet). Sie nahmen mich in ihre Mitte und griffen sich mein Gepäck: Ich umklammerte meine Handtasche, als Rachel beinahe mit Gewalt versuchte, sie zu nehmen. Ron, Eleanors Mann, küsste mich auf beide Wangen (»Schließlich bist du Französin«, witzelte er mit seiner nasalen hohen Stimme), und ich bekam zweimal seinen Bart in den Mund. Er war ein großer Mann und stark behaart, wie mein Vater, aber irgendwie ungepflegt.

Es war Abend, aber noch immer heiß, und der Kombi holperte durch die Schlaglöcher, als wir uns auf den Highway hinausschlängelten. Durch das halb offene Fenster blies es wie aus einem Backofen, und ich drehte die Nase in den Luftstrom; es roch noch immer nach Flugzeug, und ich blickte auf das Gebüsch und die Wrackteile, die endlose Kette der Autoscheinwerfer, die sich im Staub verloren. Ich starrte viele Meilen lang auf die Welt außerhalb des Autos, während Becky und Rachel verstohlen mich ansahen. Mir war zum Weinen zumute.

»Es ist solch eine Freude für uns, stimmt's nicht, Mädels? Es wäre natürlich wunderbar gewesen, wenn deine Mutter und dein Vater auch hätten mitkommen können, aber sie haben zurzeit ja so viel zu tun, deshalb … aber nächstes Mal, was Mädels?«

Becky boxte ihre Schwester aus Jux und Tollerei in den Oberschenkel, obwohl sie eigentlich für solche Quälereien zu alt war.

»Mama«, jammerte Rachel.

Nachdem wir den Highway verlassen hatten, fuhr Ron zu einer Tankstelle. Hier endlich war der Geruch vertraut, und das Geräusch der Pumpe. Die Straße dahinter sah groß aus. Zwischen uns und dem Horizont lag nichts, das nicht von Menschen gemacht war: ein langer Streifen Geschäfte, Asphalt, Neon.

»Ziemlich weiter Weg so ganz alleine, nicht wahr? Wir hatten schon Angst, dass wir dich verpassen könnten oder dich nicht wieder erkennen würden, aber du hast dich überhaupt nicht verändert. Stimmt's?«

»Ich erinnere mich nicht«, sagte Rachel. Becky sagte gar nichts. Sie sah mich nur an, meine Kleidung und meine Haare und die Gänsehaut, die ich durch den Wind auf den Armen hatte.

»Ist doch so, Ron?«, fragte Eleanor, als er sich wieder in seinen Sitz schwang und sich die Hände an seiner Jeans abwischte. Mein Vater trug nie Jeans. »Sagesse hat sich doch nicht verändert?«

»Du siehst ganz aus wie deine Mutter«, stimmte er zu und lachte, obwohl ich nicht wusste, warum.

Sie bezogen sich auf mich als Neunjährige. Wir waren damals im Frühling nach einer kurzen Reise nach Washington, D. C., und New York bei ihnen zu Besuch gewesen. Ohne meinen Bruder. Eleanor hatte Etienne nicht mehr gesehen, seit sie uns in Frankreich besucht hatte, als er drei war. Die Cousinen hatten ihn noch nie gesehen, waren nicht alt genug, sich zu erinnern. Becky sah mich an, so schien es mir, um zu sehen, ob mein retardierter verkrüppelter Bruder und sein Rollstuhl in meiner Person wahrnehmbar waren. Oder vielleicht auch mein fast zum Mörder gewordener Großvater. Ich hatte keine Ahnung, ob sie von dem »Vorfall« wusste, dem ich meinen Aufenthalt hier verdankte. Vielleicht schaute sie einfach so. Ich fühlte mich unbehaglich jung unter all diesen Leuten, und ihre Stimmen gingen mir auf die Nerven; ich hatte aber das Gefühl, älter als Becky zu sein, obwohl sie die Ältere von uns beiden war.

Ich erinnere mich noch an den ersten, den einzigen Besuch. Ich hatte damals eine schokoladenbraune, in New York gekaufte Wildlederjacke an. Ich trug sie die ganze Zeit über, da mir aufgefallen war, dass Becky ein Auge darauf geworfen hatte. Sie wollte Eindruck schinden und spielte Aufnahmen von Bruce Springsteen und Tears for Fears. Sie behauptete beharrlich, die Franzosen könnten keine Rockmusik machen, und ich sagte ihr darauf, dass sie keine Ahnung habe. Sie amüsierte sich über meinen Akzent, dabei war ich der Ansicht, gar keinen zu haben. Sie versuche nur, mir eins reinzuwürgen, sagte meine Mutter, weil sie unsicher sei. Beckys Zimmer war mit einer Laura-Ashley-Tapete tapeziert gewesen, auf der es nur so von Blümchen wimmelte. Ich war gezwungen worden, mit ihr zusammen zu schlafen, ausgestreckt unter einer Steppdecke, die der ihren glich, in einem Doppelbett, erdrückt von ihrer Musik und ihrer Plüschtiersammlung. Ich hatte Becky gehasst. Aber sie sah jetzt anders aus:

beruhigend mürrisch. Ich musterte sie, etwas unauffälliger als sie mich, von oben bis unten. Sie war fast sechzehn. Sie hatte drei Ohrstecker im linken Ohr, und ich konnte Patschuli und Zigarettenrauch in ihren Kleidern riechen.

Ich war alt genug – oder man war der Ansicht, dass ich genügend Kummer hatte –, um ein eigenes Zimmer zu verdienen. Die Robertsons lebten in einem bilderbuchartigen weißen Fachwerkhaus, das ein Stück von der Straße zurückgesetzt in einem südlichen Vorort von Boston lag. Es war ein großes Haus, aber nicht so groß wie die benachbarten, die dichter als die anderen Häuser an der Straße standen.

»Unseres ist das Original«, erklärte Eleanor. »Das Land wurde erst später verkauft, um die andern zu bauen. Ich stelle mir unser Haus gerne allein und umgeben von Bäumen vor, wie es am Anfang war.«

Es war immer noch von Bäumen umgeben. Überall war Grün, üppiges, wucherndes Grün. Der Himmel war wegen des grünen Baldachins fast nicht zu sehen. Ich vermisste die widerborstigen dürren Bäume von zu Hause mit ihren krummen Stämmen und krüppeligen Ästen. Die Fruchtbarkeit in der Umgebung der Robertsons schien schamlos.

Mein Zimmer allerdings war wundervoll. Ich hatte ein hohes altes Doppelbett mit kugelverzierten Pfosten an den Ecken und straffen weißen Laken. Es gab einen Kleiderschrank und eine passende Kommode – die man, wie ich lernte, *highboy* nannte (»Das Schlafzimmer deiner Großmutter«, verkündete Eleanor; ich vergaß manchmal, dass meine Mutter auch Eltern gehabt hatte und dass diese gestorben waren). Der Fußboden war glänzend und knarrte, und der Ohrensessel in der Ecke schien ganz behutsam darauf zu stehen. Das große Fenster – das natürlich auf eine Gruppe von Bäumen hinausging, durch die, wenn sich die Äste bewegten, ein Licht vom Haus nebenan herüberschimmerte – klapperte in dem Rahmen. Eleanor hatte einen Strauß Gänseblümchen in ein Glas gestellt und mir neben die Lampe mit Fransenschirm ein Exemplar der Zeitschrift *Seventeen* ans Bett gelegt.

»Ich hoffe, du wirst dich hier zu Hause fühlen«, sagte sie. »Wir möchten, dass du dich richtig wohl fühlst. Wir haben nur wenige Regeln: Rücksichtnahme auf die anderen, Hilfe, wenn man darum gebeten wird, und den Sinn für Humor zu behalten.«

Becky tauchte hinter ihrer Mutter in der Türöffnung auf, und Eleanors humanistische Litanei ließ sie die Augen verdrehen. »Mama«, sagte sie, »bleib auf dem Teppich.« Sie nahm die Hände von den Hüften. »Dad will wissen, ob Sagesse zu Abend essen möchte oder ob sie zu müde ist.«

»Mir geht's gut«, sagte ich.

»Das heißt?« Becky verschränkte die Arme über den Brüsten. Sie war beeindruckend mürrisch.

»Ja, ich esse gerne mit euch zu Abend.«

Becky machte kehrt und ging. Ihre Mutter seufzte. »Ich bin sicher, dass du nicht so zu deiner Mutter bist. Wir machen das alle durch, aber es kann manchmal hart sein. Komm, ich zeig dir das Badezimmer. Du teilst es dir mit den Mädchen.«

In dieser ersten Nacht wachte ich vor dem Morgengrauen von Etiennes Weinen auf, einem hohlen und klagenden Laut. In Wahrheit war es eine rollige Katze irgendwo draußen vor dem Fenster. Zunächst wusste ich nicht, wo ich war, und die Kugeln oben an den Bettpfosten sahen im Dunkeln bedrohlich aus. Abgesehen von dem Gejammer war es völlig still. Ich stieg aus dem Bett und ging auf Zehenspitzen den Flur hinunter zur Toilette. Alle Türen waren verschlossen. Ich pinkelte, und der Urinstrahl war peinlich laut zu hören. Ich hatte Angst, die Wasserspülung würde alle aufwecken, und starrte eine ganze Weile in die Schüssel, bevor ich den Mut hatte zu drücken. Ich hatte das Gefühl, als lausche selbst das Haus. Zurück im Bett, schlief ich lange nicht ein. Ich fühlte mich aufgebläht. Ich lag da und wartete auf Eindringlinge. Erst als ich meine Tante und meinen Onkel draußen herumhantieren hörte, war ich in der Lage, loszulassen, da mein Schlaf nun bewacht wurde. Ich träumte von den sicheren blassen Umrissen meines Schlafzimmers.

3

Das Leben bei den Robertsons war anders, als ich es gewohnt war: Tante Eleanor ging ins Büro (sie arbeitete als Familienanwältin in einem Glashochhaus in der Stadt, wickelte bittere Scheidungen ab und stritt sich um das Sorgerecht), bevor ich morgens aufstand; Onkel Ron, der Professor an einem der örtlichen Colleges war, einem kleinen, nicht berühmten, an dem er Sportgeschichte lehrte, ein Fach, von dessen Existenz ich bislang nichts gewusst hatte, hatte Sommerferien, und so hielt er mit seinen plumpen, trägen Bewegungen und dem dünnen, hartnäckigen Lachen den Haushalt in Gang. Er fuhr Rachel jeden Morgen zu ihrem Tenniscamp, wo sie die heißesten Stunden des Tages in einer Reihe mit anderen privilegierten Kindern damit verbrachte, mit dem Aplomb einer Balletttänzerin Grundschläge zu trainieren; und er holte sie jeden Nachmittag um vier wieder ab. Er packte auch ihre Lunchtüten – Thunfischsalat oder Salami und Käse zwischen kräftigen Scheiben Vollkornbrot, einen gewachsten Apfel und zwei Kekse in einer Plastiktüte –, Essen, das sie verachtete und meistens wieder nach Hause schmuggelte, um es (mit Ausnahme der Kekse) unberührt in den Mülleimer fallen zu lassen. Manchmal, wenn sie Angst hatte, dass sie erwischt und dazu gezwungen werden könnte, die schlappen, aber gewaltigen Sandwiches zu verdrücken, stopfte sie diese ein oder zwei Tage unter ihr Bett und wartete auf den zweimal wöchentlich vorbeifahrenden Müllwagen. Sie faulten dann unterm Bett vor sich hin und verbreiteten in Rachels Zimmer ihren Duft so verlässlich und aggressiv wie die Raumsprays, die den Toiletten der Robertsons ihren antiseptischen Geruch verliehen.

Aber Rachel war mit elf in einem Alter, in dem man ihr nichts Schlimmes zutraute, und ihre übel riechende Hamsteraktion blieb unbemerkt. Ron und Eleanor konzentrierten ihr Interesse (in dieser Familie drückte sich Unzufriedenheit in liebendem Interesse aus) vielmehr auf Becky – und die weigerte sich häufig, überhaupt etwas zu essen; sie stolzierte herum, umkreiste ihre Familie mit ängstlichem Hochmut und verbrachte mehrere Tage mit dem Versuch herauszubekommen, ob ich dazugehörte (und deshalb zu verachten war) oder nicht, wie ein Hund, der am Hosenbein eines Fremden schnüffelt.

Becky hatte zu Beginn des Sommers etwas gehabt, was sich meine Mutter immer für mich gewünscht hatte: einen Ferienjob. Da sie an der Schwelle zu ihrem Junior Year an der High School stand, war dies beruflich notwendig, erklärte mir Eleanor an meinem zweiten Abend dort, als sie nach der Arbeit in ihrem Kleid und den Turnschuhen um die Blumenbeete sauste und Unkraut zupfte, während ich hinter ihr her trottete und einen Plastiksack aufhielt. (Wir hatten natürlich auch einen Garten, aber meine Mutter hatte dafür einen der Gärtner vom Hotel. »Dreck«, sagte sie gern, »interessiert mich nicht.«) Wenn Becky sich einen Platz an einer anständigen Universität sichern wollte, was sie hofften (und stillschweigend verlangten), war es nötig, dass sie den Beweis antreten konnte, ihre Sommer nicht vergeudet zu haben, dass sie entweder etwas verdient oder etwas gelernt hatte, möglichst beides.

Becky hatte den idealen Job für ein Mädchen ihres Alters gehabt, sagte Eleanor. Sie war ihr bei der Suche behilflich gewesen. Becky hatte einer Frau namens Laetitia geholfen, einer finanziell unabhängigen Dame, die es – Kind der sechziger Jahre, das sie war – als ihre Mission ansah (sie war als Ärztin ausgebildet), den armen Teufeln im schlimmsten Viertel Bostons Essen und medizinische Versorgung zukommen zu lassen, ohne sich ein Urteil über sie anzumaßen. Laetitia handelte aus eigener Initiative; sie hielt nichts von staatlichen Programmen. Sie stellte über einhundert Essenspakete am Tag zusammen und lieferte sie an die Obdachlosen und Kranken (viele, viele Salamibrote – ich stellte sie mir übereinander gestapelt vor, ein nicht essbarer Berg), und einmal in der Woche fuhr sie ihren Lastwagen zu einer bestimmten Ecke, wo sie sich um den Husten und die Wunden derselben Leute kümmerte und – »Erzähl nichts«, warnte Eleanor – kostenlose Nadeln an die Junkies verteilte, obwohl das damals verboten war.

»Sie ist so eine imponierende Frau«, sagte Eleanor und fuchtelte mit dem Gartenschlauch herum. »Sie leistet bemerkenswerte Arbeit. Aber versuch das mal Becky zu sagen. Becky« – sie zog in offizieller Empörung die Nase kraus – »hat nur zwei Wochen durchgehalten. Jedem das seine, denke ich. Aber ich weiß nicht, wie sie unter diesen Umständen aufs College kommen will.«

Becky würde mir später anvertrauen, dass sie die Arbeit abwechselnd langweilig und Furcht einflößend gefunden hatte. Sie beschmierte entweder Laibe von Supermarktbrot mit Hellmann's Mayonnaise, einem milchigen, klebrigen Zeug, das ihr unter den Fingernägeln und in den Haaren klebte, oder nahm ihren ganzen

Mut zusammen, um sich den zuckenden, hohläugigen Lumpenbündeln zu nähern, für die Laetitia sorgte, und ihnen das Essen aufzudrängen. Ich hätte so eine Arbeit auch nicht machen können; ich verstand nicht, wie Eleanor und Ron dies von Becky erwarten konnten. Becky erzählte mir, dass auch Laetitia selbst beängstigend war: knochig, mit struppigem, nach Seetang riechendem Haar (sie ernährte sich makrobiotisch), schien sie an Armen und Hals in winzigen Schuppen Haut abzustoßen. Zu den seltsamsten Zeiten fiel sie in Schlaf – im Lastwagen, mitten im Viertel –, sodass Becky sich fragte, ob ihre Arbeitgeberin tot war oder im Koma lag, ob sie sie wecken oder die nervöse Menge, die am Bürgersteig draußen aufgereiht stand, wegschicken sollte. Und vor allem, sagte Becky, konnte sie die Nadeln nicht ertragen. Die verursachten ihr eine Gänsehaut.
Becky hatte den Job aufgegeben, ohne ihren Eltern davon zu erzählen. Mehrere Tage verließ sie noch jeden Morgen das Haus, als ginge sie zu Laetitia nach Back Bay, setzte sich aber nur in die Parkanlage, um dort, als sei sie selbst eine Obdachlose, darauf zu warten, dass der Tag vorüberging. Die Sache flog auf, und Eleanor sagte darüber: »Wir waren nur traurig, dass sie nicht das Gefühl hatte, sich uns anvertrauen zu können. Wir sind auf ihrer Seite, weißt du.« Und Becky: »Sie haben höllisch getobt. Besonders Mom.«

4

Mir wurde in diesen ersten Tagen bewusst, wie bemerkenswert inexistent ich war. Ich redete nicht viel (die Flutwelle aus amerikanischem Englisch ermüdete mich, und meine ganze Energie war davon in Anspruch genommen, den anderen zu folgen), ich hatte sowieso das Gefühl, meine Persönlichkeit nicht vermitteln zu können. Ich konnte auf Englisch keine Witze machen, zumindest nicht, ohne sie mir zurechtzulegen, bevor ich sprach, wodurch sie aufhörten, witzig zu sein, und ich keine Lust mehr hatte, sie von mir zu geben. So ging es mir mit den meisten Äußerungen, die mehr als ein oder zwei Sätze lang waren: Ich wollte auf keinen Fall Fehler machen, denn meine Identität als Amerikanerin stand auf dem Spiel. Ich beschränkte mich daher auf Fragen und bestärkende Antworten, die idiomatisch leicht nachzuahmen waren: »Cool« und »stark« und »Das ist doch nicht dein Ernst!«.

Aber da sie mich nicht kannten, bemerkten meine Cousinen das nicht. Sie hielten mich vielleicht für reserviert oder schwermütig oder dachten, ich hätte Heimweh (was ich oft verspürte, aber sie fragten mich nicht nach Zuhause), und jede von den beiden sah mich so, wie sie mich haben wollte. Ich wirkte plötzlich aus jedem Winkel anders und war frei. Sie schienen sich nicht einmal an Etienne zu erinnern, oder sie hielten es für besser, nicht über ihn zu reden, und zum ersten Mal hatte ich das Gefühl, dieser Teil meiner selbst sei gestrichen. Ich war von jeglicher Verantwortung entbunden, und das gefiel mir.

Für Eleanor hatte ich die Rolle der heranwachsenden Tochter, um die man beneidet wurde, die des friedfertigen Mädchens, das Becky hätte sein sollen und Rachel, mit Glück, einmal sein würde: alt genug für eine anständige Unterhaltung und doch folgsam. Meine Mutter hatte eindeutig nicht erwähnt, dass auch ich schwierig war. Die Schwestern standen einander nicht sehr nahe. Eleanor vermutete, dass ich selbstzufrieden war, so selbstzufrieden wie sie und meine Mutter in ihrer Mittelstandskindheit, mit der diese ihrem Eindruck nach nie gebrochen hatte.

»Ich verstehe nicht, wie sie es aushält, nicht zu arbeiten«, sagte sie einmal und blickte mich fest an, als müsste ich eine Antwort darauf haben. »Aber ich denke, sie lebt jetzt in einer anderen Kultur. Wahrscheinlich passt die zu ihr.« Sie machte eine Pause. »Es war nicht einfach für mich. Aber ich bin ein wenig älter, und ich hatte die sechziger Jahre auf meiner Seite. Deine Mutter hatte einfach nie das Interesse. Ich war die Verrückte in der Familie. Mom und Dad waren begeistert, als sie zum ersten Mal nach Frankreich ging. Weniger begeistert natürlich, dass sie sich in das Land und dann in deinen Vater verliebte. Französisch war ihr Hauptfach. Sie war ein richtiges Twinset-und-Perlen-Mädchen. Sie ging gern auf ein Mädchencollege. Ich hatte nicht die Wahl, sie wenige Jahre später schon. Die Dinge änderten sich damals so schnell. Wir sind einfach sehr verschieden, Liebes, das ist alles. Ich war immer eine Kämpfernatur. Das muss man im Leben auch sein, Sagesse.«

Für Ron war mein Schweigen Koketterie: »Da geht sie wieder und spricht mit den Augen«, sagte er immer. »Lauter als mit tausend Worten.« Er war ein rauer Bursche, allerdings nicht wirklich überzeugend, eine freundliche Seele im Körper eines Footballers, der seine Angst, ausgelacht zu werden, damit kaschierte, dass er ständig selbst über Dinge lachte, die alles andere als lustig waren. Ich kam zu diesem Schluss erst viel später: zu der Zeit machte er mich lediglich nervös, und ich tat alles, um nicht mit ihm alleine zu bleiben. Aber ich denke, auch er, der sich seiner Frau in allem fügte, hatte den Eindruck gewonnen, dass ich ein »braves Mädchen« war, konservativer und verlässlicher als Becky und zurückhaltender als die überschwängliche Rachel. Und dass man mich mit meinem Kummer in Ruhe lassen sollte, wenn ich das wollte.

Rachel hielt mich für exotisch. Anfangs wollte sie mir dauernd

Dinge zeigen, mich in ihren Freundeskreis aufnehmen. Sie bestaunte meine Kleider und meine kleine Make-up-Tasche (»Dein Lippenstift ist von Chanel? Wow! Kann ich ihn ausprobieren?«) und hätte mich gern als ältere Schwester gehabt, die ihr altersmäßig noch nahe genug war, um sich für das zu interessieren, was sie tat, und nicht darüber hinwegzusehen. Sie nannte mich »Gesso« und dann »Gesso, der Gecko«, und da ich mich nicht traute, meine Verärgerung unbefangen zu zeigen, ließ ich sie gewähren, was ihr zu glauben erlaubte, ich sei jemand, mit dem man seine Späße treiben und dem man vertrauen konnte, und sie schenkte mir deshalb ihre Gunst.

Becky war sich da nicht so sicher. Wir wurden am Ende durch ein Missverständnis Freundinnen. Ich war nun drei oder vier Tage da, und obwohl die Familie mir schon mit Herzlichkeit gegenübertrat, war ich allein und langweilte mich. Becky, die nun bereits seit einigen Wochen ohne Job war, ging es ebenso, aber sie hielt ihr Kommen und Gehen vor mir geheim. Sie hatte Freunde, mit denen sie stundenlang verschwand. Ich schlief viel und verbrachte die Nachmittage auf einer Decke unter einem der riesigen Bäume, las *Jane Eyre* auf Englisch und schrieb imaginäre Briefe an Marie-Jo und Thibaud, Verlautbarungen, die mich mein Stolz nie zu Papier bringen geschweige denn abschicken lassen würde. Einmal versuchte ich, das Haus vom Garten aus zu skizzieren, und gab das Projekt dann angewidert auf.

5

Als Becky mit ihrem in der Sonne glänzenden, lose flatternden rötlichen Haar über den Rasen schlenderte, tat ich so, als läse ich Janes fürchterliche Erfahrungen in der Schule in Lowood, und ließ meine Augen über die Absätze gleiten, als wären dort eine Menge Schnörkel zu sehen. Becky trug einen ärmellosen Pullover, und ihr Hals und ihre Schultern waren mit Sommersprossen übersät. Ihre Brüste, die kleiner waren als meine, bewegten sich kaum beim Gehen. Sie ließ sich wenige Meter von mir ins Gras fallen und wandte ihr Gesicht dem Nachmittagslicht zu. Es war gegen vier, und Ron war losgefahren, um Rachel abzuholen und fürs Abendessen einzukaufen. (»Möchtest du mitkommen? Dir ansehen, was Star Market Spannendes zu bieten hat?«, fragte er mit nasaler, lachender Stimme von der Küchentür aus. »Dachte ich mir schon. Muss ein gutes Buch sein!«)
Als Becky etwas sagte, waren ihre Worte nicht an mich, sondern an die Schäfchenwolken gerichtet.
»Wie bitte?«
»Ich sagte: ›Rauchst du manchmal einen?‹«
Ich fand die Frage komisch und fasste sie als Anspielung aufs Zigarettenrauchen auf, was in der Anti-Tabak-Welt der Robertsons bereits ein mehr als verbotenes Vergnügen war.
»Zu Hause ständig«, sagte ich und stellte dann klar: »Ich meine natürlich nicht wirklich zu Hause, sondern mit meinen Freunden.«
»Gut.« Sie zog aus der hinteren Hosentasche ihrer abgeschnittenen Jeans ein Plastiktütchen und ein kleines Stück Stein hervor, das ich nicht sofort als Pfeife identifizierte. »Dad ist frühestens in einer Stunde zurück. Wir haben massenhaft Zeit.«
Mit übertriebener Konzentration fischte sie mit den Finger-

spitzen etwas aus ihrem Plastiktütchen heraus und stopfte es in den Kopf der winzigen Pfeife. Sie hatte auch ein Feuerzeug, obwohl ich nicht sah, aus welcher Tasche sie es hervorholte.

»Das ist großartig. Braucht nicht lang, bis es wirkt.«

Wie bei Thibauds Frage unterhalb vom Swimmingpool wusste ich, dass es eine angemessene Antwort gab, die nichts mit Ehrlichkeit zu tun hatte. Diesmal konnte ich mir glücklicherweise vorstellen, wie diese Antwort lauten sollte. »Cool«, sagte ich.

Ich musste noch zweieinhalb Wochen hier verbringen, und in diesem Moment hatte ich die Wahl: Ich konnte diese Zeit mit Jane Eyre oder mit Becky verleben. Becky war zumindest lebendig.

Ich sah ihr zu, wie sie den Rauch einzog und wie eine Taucherin in den Lungen hielt, und als ich an die Reihe kam, machte ich es ihr nach. Ich würgte oder hustete nicht, und ich verzichtete darauf, mich über das Brennen in meiner Kehle zu beklagen, das letztendlich nicht schlimmer war als bei einer filterlosen Gitane. Drei- oder viermal wiederholten wir diese kleine Zeremonie und reichten die Pfeife mit aufgeblähten Backen und tränenden Augen hin und her. Die Wirkung schien bei mir nicht groß zu sein, jedenfalls spürte ich nichts. Ich lachte vielleicht bereitwilliger; aber diese Bereitwilligkeit konnte auch mit der Erwartung zusammenhängen, dass Lachen ein Effekt von Marihuana war. Becky jedoch hatte sich verwandelt – nicht in ein berauschtes Monster, sondern in eine mögliche Freundin, nachsichtig und beglückend.

»Gott«, sagte sie, »das Zeug ist großartig. Hier brauchst du das wirklich, weißt du? Ich weiß nicht, wie deine Familie ist, aber meine – grrr!« Sie riss theatralisch an ihren Haaren und ließ sich nach hinten gleiten, flach auf den Rasen. »Ist der Himmel nicht unglaublich? Langweilst du dich nicht auch so? Ist mein Vater nicht lächerlich?«

Ich lachte, legte mich ebenfalls zurück und konnte das kaum vernehmbare Rauschen der Grashalme hören. Die Erde roch wie Pennys. »Der Himmel ist unglaublich«, stimmte ich ihr zu. Es ging kein Wind, aber hoch über uns rasten die Wolken dahin, die ungleichmäßige und lustige Formen hatten.

»Manchmal möchte ich einfach nur fallen«, sagte sie. »Du fragst dich, ob es jemals besser wird, weißt du? Ich sage mir, ich gebe mir noch bis zum College – bis ich von diesen Typen hier weg bin –, und wenn's dann nicht irgendwie besser wird, dann bumm.«

»Bumm?«

»Dann bring ich mich um, ist doch klar. Ich meine, der Tod kann nicht schlimmer sein, und vielleicht ist er ja richtig cool, wer weiß?«

»Wenn er schrecklich ist, sitzt du fest. Du kannst nicht zurück.«

»Vielleicht. Ich denke zurzeit über Reinkarnation nach, ob ich daran glauben soll oder nicht.«

»Und, tust du's?«

»Ich habe mich noch nicht entschieden. Es wäre nicht so übel, eine Pflanze, ein Pferd, ein Hai oder irgend so was zu sein. Mensch zu sein ist Mist. Wir sind für allen Scheiß verantwortlich. Die Generation unserer Eltern hat den Planeten vergiftet, und wahrscheinlich sterben wir ja sowieso alle bald.«

»So was wie Tschernobyl.«

»O mein Gott, und Pestizide und all diese Dinge. Ich habe eine Sendung im Fernsehen gesehen, was die mit den Obst- und Gemüsepflanzen und dem ganzen Zeug machen. Und wir essen das dann. Ich werde nie Kinder haben.«

Nach einer Minute sagte sie: »Willst du welche?«

»Ich weiß nicht. Ich habe nie darüber nachgedacht.«
»Mit all der Scheiße um uns herum kommen sie vielleicht deformiert oder so zur Welt.«
»Vielleicht.« Ich setzte mich auf und dachte an Etienne. Und sie tat das plötzlich auch.
»O Himmel. Tut mir Leid. Ich wollte damit nicht sagen – Ich habe mir nichts gedacht.«
»Ist schon okay. Er wird jedenfalls nie Kinder haben.«
»Nein.«
»Es ist bei seiner Geburt passiert, weißt du. Er war eigentlich nicht so.«
Sie saß jetzt ebenfalls. »Wie ist das so?«
Ich rupfte am Gras, ohne sie anzusehen. »Was meinst du damit?«
»Na ja, er redet nicht, stimmt's? Das sagt jedenfalls Mama. Also, ich meine, wie kommst du –«
»Ich weiß nicht. Er war immer da. Ich denke nicht, ich meine, er ist nicht – er ist einfach ein Teil von mir oder von uns, weißt du?«
Sie dachte schweigend darüber nach.
»Und er ist glücklich. Er freut sich immer, wenn er mich sieht. Er lacht viel.«
»Gut.« Sie stand auf. »Vielleicht wäre es gar nicht so übel, wie er wieder geboren zu werden. Glücklich, und, na ja, er kann auch nichts Falsches tun, stimmt's?«
»Ich werde lieber gar nicht wieder geboren. Ich komme lieber in den Himmel.«
»Ja. Wollen wir das nicht alle?«
Wir hörten, wie der Wagen hielt und die Türen schlugen.
»Scheiße. Scheiße!« Becky stopfte sich das Plastiktütchen und die Pfeife in die Hose. Sie rannte unbeholfen quer über den Ra-

sen, ein Zipfel der Plastiktüte flatterte hinter ihr. »Schnell, lass uns hochgehen, bevor sie reinkommen. Kannst du nicht schon Rachel hören – ›Ihr riecht aber komisch‹. Mein Gott! Wir gehen in dein Zimmer, dann zwingen sie uns nicht, runterzukommen.« Ich ließ Jane Eyre, die mit den Seiten raschelte, unter dem Baum zurück.

Als wir in meinem Zimmer waren und die Tür hinter uns geschlossen hatten, lachten wir so heftig, dass ich mich auf den Boden setzen musste.

»Hör auf«, keuchte Becky. »Hör auf, oder ich mach mir in die Hose.« Und dann: »O mein Gott, ich kann nicht, ich geh –«

Sie riss die Tür auf und rannte den Flur hinunter.

»Hallo?« Rons Stimme orgelte die Treppe rauf. »Seid ihr Mädels da oben?«

»Wir kommen gleich runter.«

»Nicht nötig. Ich wollte nur sichergehen. Macht, wozu ihr Lust habt.«

Als Becky zurückkam, roch sie nach Seife. Sie legte sich auf mein Bett, verkehrt herum, mit den Füßen auf meinem Kopfkissen. Sie war jetzt verträumt. Ich wollte mit ihrem Haar spielen, das fächerförmig über das Laken gebreitet war, aber ich kannte sie nicht gut genug. Ich vermisste Marie-Jo, aber unsere Freundschaft schien weit weg, wie ein Roman, den ich vor langer Zeit gelesen hatte.

»Hast du einen Freund bei dir zu Hause?« Beckys Augen waren geschlossen.

»Ich weiß nicht. So was Ähnliches.«

»Liebst du ihn?«

Ich dachte an Thibauds Brief, der jetzt zerknüllt unten in meiner Tasche lag. Mehrmals hatte ich ihn gegen meinen Willen herausgenommen und noch einmal gelesen, jedes Mal in der

Hoffnung, da stünde mehr und seine Handschrift würde nicht so kindlich aussehen.

»Ich denke, ich bin zu jung, um verliebt zu sein«, sagte ich, und während ich das sagte, merkte ich, dass ich wie meine Mutter redete.

»Julia war so alt wie du. Du weißt schon, Romeo und Julia.«

»Ja, gut … und du? Bist du verliebt?«

»Nö. Mein Plan –«, sie verschränkte die Hände hinter dem Kopf und hob ihn ein wenig, um mich anzusehen, »– ist es, eine Menge verrückter Affären mit Jungs zu haben, die mich weit mehr lieben als ich sie.« Sie legte sich wieder hin. »Ich möchte gern vergöttert werden. Bis dahin versuche ich, die Hürden zu nehmen.«

»Soll heißen?«

»Ich denke, es ist Zeit, meine Jungfräulichkeit zu verlieren. Ich meine, hast du schon?«

»Nein.«

»Das hatte ich auch nicht vermutet. Ich bin ziemlich gut im Erkennen. Aber cool bei dir ist: du bist Ausländerin, und daher ist es schwieriger zu erraten. Bei dir springt einem die Jungfrau nicht so ins Gesicht.«

»Wie kannst du das wissen?«

»Kann ich einfach. Ich wirke nicht wie eine Jungfrau, denke ich. Ich versuche jedenfalls, nicht so zu wirken. Aber vielleicht spüren es die Jungs trotzdem. Die Sache ist die, die Jungs wollen es nicht mit einer Jungfrau tun, wenn es sich nicht um eine ernsthafte Beziehung handelt. Da ich aber keinen festen Freund möchte, sondern einfach meine Jungfräulichkeit verlieren will, muss ich so tun, als hätte ich es schon gemacht.«

»Wie machst du denn das?«

Sie zuckte die Schultern. »Ich tue einfach so, als sei das keine große Sache.«

»Aber können sie, ich meine, sind sie nicht in der Lage, es zu merken?«
»Nicht unbedingt, denke ich. Und wenn, dann erst, wenn's bereits zu spät ist, also macht es nichts.«
»Vermutlich.«
»Willst du denn nicht?«
»Ich weiß nicht.«
»Ich wette, dein Freund will es.«
»Wahrscheinlich.«
»Du könntest es hier in Amerika tun, und dann brauchst du mit ihm viel weniger Angst zu haben.«
Die Logik schien irgendwie brüchig. Ich muss skeptisch geguckt haben, denn Becky wurde ärgerlich und verfiel wieder in ihr altes schroffes Verhalten.
»Wie dem auch sei, denk drüber nach. Ich geh mich jetzt duschen.«
Nachdem sie gegangen war, lag ich auf meinem Bett, den Kopf an der Stelle, an der ihre Füße einen Abdruck hinterlassen hatten. Ich dachte nach. Ich hatte Angst vor Sex, aber vielleicht hatte sie Recht, und das Ganze war nur etwas, was einfach getan werden musste. Was sie über mich gesagt hatte, verwirrte mich. Dass man es bei mir schwer sagen konnte. In diesem Zeitraum von drei Wochen war alles egal: Ich war niemand Besonderes, also konnte ich sein, wer ich wollte. Ich konnte, wenn mir danach war, Sex haben. Oder so tun, als hätte ich schon welchen gehabt, auch wenn dies gar nicht stimmte. Es wäre mir lieber gewesen, ich hätte ihr nicht erzählt, dass Thibaud und ich nicht miteinander geschlafen hatten: Aber ich konnte ja trotzdem lügen. Ich könnte ihr erzählen, dass ich gelogen hätte, und sie würde es nie genau wissen. Mein Ich schien wie eine Hand voll Puzzleteile, die man in die Luft geworfen hatte: Es stand mir

frei, sie zu einem beliebigen Muster zusammenzusetzen, ganz wie ich wollte, indem ich neue Teile hinzufügte und alte wegnahm, und wenn mir das Ergebnis nicht gefiel, konnte ich das Puzzle einfach neu legen. Ich stellte mir vor, wie meine Gliedmaßen und mein Torso und mein Kopf losgelöst an einem Himmel voll schwebender Glieder, Körper und Köpfe herumsegelten und wie sie dann in verschiedenen Kombinationen zur Erde fielen und verschiedene Mädchen formten, die alle ich waren. Das war aufregend, und mein Herz schlug schneller bei dem Gedanken und hämmerte schwer in meiner Brust.
»Was macht 'n ihr?«
Das war Rachel, nach wie vor in Tenniskleidung. Ihr dunkles Haar begann sich aus dem Pferdeschwanz zu lösen. »Ich dachte, Becky wäre auch da.«
»War sie auch.«
»Und ihr beide seid jetzt Freundinnen?« Rachel ging vorsichtig um mich herum und nahm irgendwelche Dinge hoch, um sie dann wieder hinzulegen: ein T-Shirt, einen französischen Kriminalroman, meine Haarbürste. Sie zupfte ganze Haarknäuel aus der Bürste. »Stimmt's?«
»Was?«
»Ihr seid jetzt Freundinnen.«
»Vielleicht.«
»Aber du bist immer noch der Gecko, richtig?«
»Richtig.«
»Du verlierst eine Menge Haare. Du weißt schon, in der Bürste.«
»Kann sein.«
»Heißt das, du kommst am Ende nicht mit zu der Séance morgen Abend?«
Rachel hatte mich für den nächsten Abend zu einer Séance bei ihrer Freundin Elsa, fünf Häuser weiter unten, eingeladen. Im

Keller, nach dem Abendessen. Eine Horde kichernder elfjähriger Tennisspielerinnen.
»Natürlich komm ich mit. Ich glaube allerdings nicht an so ein Zeug.«
»Das macht nichts. Solange du mitgehst. Wir wollen den Geist von Elsas Großmutter heraufbeschwören. Das wird supercool.«
»Großartig.«
»Du kannst einen französischen Geist heraufbeschwören, wenn du willst.«
»Vielleicht.« Ich hatte niemanden heraufzubeschwören. Der Geist eines Landes lässt sich schwerer herbeizitieren. Ich war zu alt für Séancen, und ich dachte, Rachel sei es wahrscheinlich auch, aber sie war ganz scharf darauf.
»Ich denke, ich mache noch ein Schläfchen vor dem Abendessen«, sagte ich. »Weckst du mich?«
»Aber sicher!«

6

Während des Abendessens, einer betont zivilisierten Angelegenheit am Esszimmertisch, war Rachel aufgefordert worden, über ihre Fortschritte beim Tennisspielen zu berichten – eine Aufgabe, die sie genoss, da sie ihr die Möglichkeit bot, ihre nicht unerheblichen erzählerischen Talente auszuspielen. Da rief meine Mutter an. Es war nach sieben in Boston, also zu Hause morgens um eins.
»Ist alles in Ordnung?«
»Ja natürlich, mein Schatz. Du hast mir nur gefehlt, das ist alles.«
Plötzlich war jetzt Französisch unsere Sprache, wenn wir uns

vertraulich unterhalten wollten. Ich war am Apparat in der Küche, und die Robertsons rannten ständig rein und raus und um mich herum, räumten den Tisch ab und klapperten an der Spüle.

»Wie geht's dir? Ist dort alles okay? Deine Cousinen sind nicht so übel, oder?«

»Sie sind in Ordnung. Warum bist du noch so spät auf? Wo ist Papa?«

»Oh, der hat neuerdings so viel zu tun. Er kommt sicher bald nach Hause. Vielleicht schläft er aber auch im Hotel. Ich habe noch gelesen und gedacht, warum nicht?«

»Und die anderen?«

»Es geht allen gut. Dein Bruder schläft natürlich. Er vermisst dich auch. Ich überrasche ihn dabei, wie er zur Tür guckt, um zu sehen, ob du kommst. Er versteht es nicht.«

Ich fragte mich, ob Etienne wirklich bemerkt hatte, dass ich weg war. Ich hoffte, er bekam gar nicht mit, wie langsam die Zeit verstrich: Man hatte mir erzählt, dass Hunde kein Gefühl für Zeit haben, vielleicht hatte er es auch nicht.

»Und dein Großvater ist nach Hause zurückgekehrt, das ist ein gutes Zeichen. Deine Großmutter hat ihn gestern geholt. Ich denke, er wird aus der Sache herauskommen. Die Antidepressiva brauchen eine Weile, bis sie wirken, aber jetzt wird alles gut laufen.«

»Fühlst du dich einsam?«

»Ein wenig, vielleicht. Wir vermissen dich. Aber du, du amüsierst dich?«

»Bestens.« Mir fiel nichts ein, was ich hätte sagen können. »Irgendwann fahren wir nach Cape Cod. Alle sind sehr nett. Möchtest du mit Tante Eleanor sprechen?«

»Ist gut, wir haben schon miteinander geredet.«

»Und jetzt ist sowieso Abendessenszeit.«

»Dann geh mal besser. Ich wollte nur wissen, wie's euch geht. Sei brav, mein Schatz. Wir haben dich furchtbar lieb.«
Als ich später wieder oben war, machte ich mir Sorgen um meine Mutter. Ich konnte mir nicht vorstellen, was sie nachts um eins alleine tat oder warum mein Vater nicht zu Hause war. Ich fragte mich, was sie so machte – abgesehen davon, dass sie sich um Etienne kümmerte, aber für ihn gab es die Krankenschwester –, wenn ich nicht da war. Ihr Leben schien plötzlich wenig überzeugend, ein Fehler, leer und hohl. Sie stammte aus diesem zweckmäßigen, riesigen und so amerikanischen Haus: Das war ihr Zuhause gewesen. Was fühlte sie nun, dort in Frankreich? Als ob sie die Puzzleteile ihres Lebens aus Jux und Tollerei hochgeworfen hätte und daraufhin die zu Boden gepurzelten Stücke nicht mehr zusammenpassten. Und dann saß sie da (mit mir, mit Etienne), und es gab keinen weiteren Wurf mehr, keine weitere Chance. Ich versuchte mir zu überlegen, wie ich mich fühlen würde, wenn mir jemand sagte, das sei es gewesen und ich müsse jetzt für immer bei den Robertsons bleiben. Ich würde Tag für Tag so tun müssen, als würde das Sinn machen, und dann hoffen, dass ich durch die Macht der Gewohnheit einfach vergäße, dass das gar nicht stimmte. Aber ich würde immer einsam sein, so einsam wie meine Mutter. Ich würde immer etwas vortäuschen.
Dann dachte ich über meinen Vater und meine Großeltern nach. Über das Hotel Bellevue, das für sie Mittel war, sich Realität zu erzwingen, das Bollwerk gegen die Absurdität. Vielleicht war mein Großvater es nur leid gewesen, immer etwas vorzutäuschen. Vielleicht war das Ganze so einfach.
Viel später erfuhr ich ein wenig über naturwissenschaftliche Ideen. Ich lernte, dass die Wissenschaftler im achtzehnten Jahrhundert, in einem plötzlichen Auflodern von Rigorismus, es

zum ersten Mal für notwendig erachteten, den Bau des weiblichen Skeletts zu studieren. Sie hatten jahrelang männliche Knochen untersucht, aber dann kam ihnen in den Sinn, dass die spezifischen Gebrechen der Frauen spezieller Aufmerksamkeit bedurften und dass die Geheimnisse des schönen Geschlechts in der Beschaffenheit seiner Knochen lagen. Diese Schlussfolgerungen revolutionierten nicht nur das medizinische, sondern auch das gesellschaftliche Verständnis. Die Frau, so erklärten die Wissenschaftler Scharen von deutschen Medizinstudenten, deren Augen sämtlich auf das munter am Pult baumelnde weibliche Skelett gerichtet waren, die Frau hat ein kleineres Gehirn und breitere Hüften. Ihr Körperbau ist mehr zum Boden hin ausgerichtet, und die große, in ihrem Unterleib klaffende Höhle, ist das Zentrum ihrer Seele. Eine Frau ist eine Mutter, ein vom Mann völlig getrenntes Geschöpf, mit einer eindeutigen, wissenschaftlich belegten Rolle. Sie ist der gute Geist zu Hause, sagten sie, und andere nach ihnen meinten: Es liegt an ihren Knochen.

Allerdings erwähnten die Wissenschaftler nicht, ja hatten es vielleicht selbst vergessen, dass die Frau, auf der die Analyse des weiblichen Wesens basierte, nicht aus einem Stück war. Ihre Hände, ihr Kopf und ihre Rippen waren nicht zusammen geboren worden. Die Knochen stammten von verschiedenen Frauen und waren mit Draht zusammengefügt worden. Die Wissenschaftler hatten die einzelnen Stücke in die Luft geworfen, und das war dabei herausgekommen. Und es gab keine weiteren Würfe, keine weiteren Versuche mehr. Die Frauen mussten sich mit IHR herumschlagen, auch wenn sie gar nicht wirklich existierte. Es brachte mich auf die Frage: Wie viel ist nur vorgetäuscht?

7

Die Séance war auch nur gespielt, aber das machte Rachel und ihren Freunden große Freude. Becky konnte es nicht glauben, dass ich zugestimmt hatte, mitzugehen.

»Das ist doch nicht dein Ernst! Willst du nicht lieber stattdessen mit uns in die Stadt kommen? Ich gehe mit ein paar Leuten ins Kino.«

»Was seht ihr euch denn an?«

»Weiß ich noch nicht. Aber spielt das eine Rolle? Alles ist besser als eine Séance mit einer Horde kleiner Kinder.«

Aber ich hatte es versprochen, also ging ich. Rachel hielt meine Hand, als wir die Straße hinab zu Elsas Haus schlenderten. Am liebsten wäre sie gehüpft; ihr Pferdeschwanz wippte auf und ab. Es war ein goldener Sommerabend, und wir gingen durch das sanfte Lüftchen, während Becky in die Gegenrichtung bergab stolzierte, um sich mit ihren Freunden am Trolleybus zu treffen, der sie zur U-Bahn bringen würde, mit der sie dann in die Stadt kämen.

Elsa war ein zwölfjähriges magersüchtiges Mädchen mit hervortretenden blauen Adern. Ihr Gesicht war gerötet, und wenn sie sprach oder lachte, ja selbst wenn sie atmete, konnte ich genau das Arbeiten ihrer Gelenke und Muskeln hinter den eingefallenen Wangen erkennen. Sie hatte eine unbändige, schauerliche Energie. Elsas Eltern winkten freundlich aus dem Wohnzimmer, als wir vorbeigingen: Sie ließen sich offensichtlich von ihrer Tochter nicht aus der Fassung bringen, obwohl sie wie ein Geist aussah, der gut und gern in einer ihrer Séancen hätte heraufbeschworen worden sein können.

Wir waren weder die Ersten noch die Letzten, die eintrafen, und alle – außer mir noch etwa sechs Mädchen, von denen ich einige mit Rachel auf der Straße hatte spielen sehen, und ein einzelner, zarter Junge namens Sam – wurden in den Keller geleitet, in ein geräumiges, aber verlottertes Spielzimmer. Die Möbel – ein durchhängendes braunkariertes Sofa, ein paar Stühle mit geraden Rückenlehnen, ein bedrohlich wirkender Schwarzweiß-Fernseher, der auf einen Wagen montiert war – waren an die Wand gerückt worden. Elsa flitzte herum, zog die Vorhänge vor den hochliegenden Fensterspalten zu, um die erforderliche Dunkelheit zu schaffen, und hängte einen roten Schal über den Schirm der Stehlampe in der Ecke.

»Muss es nicht vollkommen dunkel sein, damit die Geister kommen?«, fragte ein pummeliges Mädchen, dessen T-Shirt eng wie eine Wurstpelle saß und das zu Rechthaberei zu neigen schien. »Meine Mutter sagt, das geht nicht.«

»Aber anders klappt's nicht.«

Eine hektische Debatte brach aus, und die Mädchen schienen sich automatisch in zwei Lager zu spalten und sich hinter die dünne Elsa oder ihre fette Rivalin zu stellen, die Nan hieß. Der Junge, Sam, saß auf einem der hölzernen Stühle, schaute auf den dunklen Bildschirm und summte vor sich hin. Ich ließ Rachel im Kampfgetümmel zurück, setzte mich hinter ihn.

»Bist du nicht das französische Mädchen?«, fragte Sam. Er hatte sehr große, dunkle Augen und den Körperbau eines schwächlichen Spatzen. »Rachels Cousine.«

»Richtig.«

»Cool.« Er dachte einen Moment lang nach. »Wie bist du denn hierher geraten?«

»Ich habe es Rachel versprochen.« Ich verdrehte die Augen.

»Verstehe. Ich hab's Elsa versprochen. Aber es ist derartig doof. Sie machen es schon den ganzen Sommer über, und es ist nichts als Scheiße. Elsa hält das für erwachsen.«

»Du bist der einzige Junge.«
»Ach ja?«
»Macht dir das nichts aus?«
»Nö, ich meine, das hier schon, es ist so doof –.« Er deutete auf die Kampfhühner. »Aber ich bin an Mädchen gewöhnt. Mit ihnen ist es einfacher.«
Wir verfielen erneut in Schweigen und sahen auf den leeren Bildschirm.
Schließlich setzten wir uns alle im Schneidersitz in einen Kreis und hielten uns an den Händen. Elsa hob mit einer für ihr Alter sehr kratzigen Stimme an: »Alle kon-zen-trie-ren sich. Schließt die Augen. Wir vertiefen uns jetzt zusammen. Immer tiefer … tiefer … Oh, Geister, wir bitten euch, unserem Treffen beizuwohnen, das Wort an uns zu richten und uns zu zeigen, dass ihr hier seid.«
Jemand kicherte. Elsas Stimme fiel wieder in ihren gewohnten Tonfall zurück. »Wer war das? Wenn du nicht ernst sein kannst, geh nach Hause. Zisch einfach ab. Es reicht nämlich schon einer, um alles zu verderben.«
»Komm Elsa, nimm's locker.«
»Warum sollte ich? Du wolltest kommen. Möchtest du mit Geistern reden oder nicht? Ich möchte mit meiner Großmutter sprechen, die letztes Jahr gestorben ist. Ich möchte wissen, wie es ihr geht. Das ist eine ernste Angelegenheit.«
Rachel, die rechts von mir saß, drückte mir die Hand. »Alles in Ordnung?«
Ich nickte.
Elsa begann erneut mit ihrem tiefen Singsang. Ich blickte mich in der Gruppe um, alle Gesichter waren in rotes Licht getaucht, die Augen, bis auf die von Sam, geschlossen. Ich hatte den Eindruck, dass er mir zuzwinkerte. Becky, dachte ich, würde jetzt im

Kino sein. Meine Eltern daheim waren im Bett. Ich konnte mir nicht vorstellen, wo Thibaud sich wohl befinden oder was er tun mochte. Ich dachte daran, mich abzusetzen, ließ dann aber meine Hände, die auf jeder Seite feucht umklammert wurden, wo sie waren.

Elsa bellte ihre Großmutter an: »Anna«, rief sie. Wenn es eine Geisterwelt gab, dachte ich, musste es dort von Annas wimmeln. Wie sollte die richtige wissen, dass sie sich melden sollte? Ich konnte Elsas Eltern oben herumlaufen hören. Ich konnte nicht sagen, ob ich meine eigenen Eltern vermisste. Ich war mir nicht sicher, wie meine Gefühle überhaupt aussahen: Mein ganzes Leben vor den Robertsons schien verschwommen und weit entfernt zu sein, es waren Bilder, die von Dunkelheit eingefasst wurden. Ich fühlte mich, als sei ich in eine Erdspalte gestürzt und würde nun dort auf einer Felsenbank festhängen, ohne zurückzukönnen – und vor mir nur der Abgrund. Ich fühlte mich, als würde ich lauschen und warten, dass ich gerettet würde, gerade so wie die Mädchen um mich herum lauschten und auf die Geister warteten. Ich wusste nicht, wen ich rufen konnte: jeder Geist, der mich retten können würde, wäre ein unbekannter. Tata Christine vielleicht, in ihrem schwarzen Kleid? Oder meine Großtante Estelle? Aber deren Geister, falls sie existierten, waren in Afrika und nicht in irgendeinem Keller in Boston. Elsas Großmutter lag praktischerweise auf dem örtlichen Friedhof: Sie hatte es nicht weit.

Elsa behauptete, von ihr heimgesucht worden zu sein, und Rachel gab artig mit krächzender Altweiberstimme ein paar liebevolle Worte von sich (»Ich habe hier meinen Frieden. Ich liebe dich, Elsa. Sei nett zu deiner Mutter«). Später beteuerte sie, sie habe diese Worte nicht nachgeahmt, sondern sie seien unbewusst aus ihr hervorgesprudelt. Aber Elsas Großmutter war

Deutsche gewesen und hatte ihren Akzent offenbar mit ins Grab genommen, und die Stimme, die durch Rachel sprach, war eindeutig amerikanisch. Die kleinen Mädchen – mit Ausnahme der standhaften Nan – wollten so vieles glauben. Rachel würde mit Sicherheit nicht eine Sekunde lang Zweifel zulassen. Aber ich wusste: Wenn Geister im Zimmer gewesen wären, hätte sicher einer mit mir gesprochen. Sogar Elsas Großmutter hätte ihrer Enkelin gesagt, sie solle mehr essen.

Nach »Anna« gab es unter der Führung verschiedener Mädchen zwei weitere Versuche. Aber die Geduld erschöpfte sich, und es wurde mitten in der Séance dauernd geflüstert und gekichert.

»Ich geh nach Hause«, sagte Nan trotzig. »Das ist doch doof.«

»Warte«, rief Rachel. »Willst du nicht bei der Levitation dabei sein?«

Vielleicht, dachte ich später, hatte sie mich deswegen eingeladen. Ich war größer als alle anderen und wog auch mehr, wenn man von Nan absah, die in ihrer ganzen Üppigkeit eine zweifelhafte Kandidatin fürs Hochheben war. Ich musste mich rücklings mitten auf den Boden legen, und alle Mädchen und Sam kauerten kniend über mir und hatten jeder je zwei Finger einer Hand unter meinen Körper gezwängt. Wie der den Liliputanern ausgelieferte Gulliver versuchte ich kurz und erfolglos meine Belagerer zu beobachten, ohne den Kopf zu heben. Ich bin, befand ich, eine tote Masse: es war eher angenehm. Becky hatte womöglich Recht, was den Tod anging.

Jetzt war lautes Summen zu hören, wie von Bienen, und ich stellte fest, dass sie mit ihren Klein-Mädchen-Stimmen (selbst Sam hatte eine Klein-Mädchen-Stimme) ganz schnell »leicht wie eine Feder und steif wie ein Brett, leicht wie eine Feder und steif wie ein Brett, leicht wie eine Feder und steif wie ein Brett« sangen. Ich fühlte, wie ich langsam und schwankend abhob. Ich schloss die Augen. Sie hoben mich hoch, das stimmte, aber so leicht, dass ich kaum ihre Finger spürte. Ich wurde leicht geschaukelt und gestreckt, als ich an beiden Seiten vom Boden gehoben wurde, aber niemand stieß oder knuffte mich. Ich konnte fühlen, wie sich der Zwischenraum unter meinem Nacken mit Luft füllte, und mein Rückgrat begann zu kribbeln, so, wie es kribbelte, wenn ich ehrfürchtig vor den riesigen Gewölben von Chartres oder Notre Dame stand. Es war das Gefühl von körperlicher Entspannung und Erregung, das ich stets mit Gott assoziiert hatte.

Es hielt nicht lange an. Sie ließen mich mit einem heftigen Plumps fallen. Aber in den paar Sekunden, in denen die Stimmen wie in einem Bienenstock geschwirrt hatten, war ich wirklich nach oben gestiegen. Alles in allem tat es mir nicht Leid, hier gewesen zu sein. Ihre Hände hatten mich getragen, nicht die eines Geistes; aber es hatte sich zumindest nicht angefühlt, als hätte man etwas vortäuschen wollen.

8

Als wir dann nach Cape Cod fuhren, hatte ich mich ziemlich an die Robertsons gewöhnt. Ich konnte ihr Leben nicht mit dem zu Hause vergleichen, versuchte es aber doch. Ich machte eine Liste:

1. Ron kocht.
2. Keine Hausangestellten.
3. Keine Vorschriften.
4. Kein Gott.

5. Eleanor weint nie.
6. Die Bäume.
7. Ich bin unsichtbar.

Ich setzte Etienne nicht mit auf die Liste, oder besser seine Abwesenheit, aber ich nahm eine zunehmend anklagende Haltung ein: Mir schien, dass er für eine Menge verantwortlich war. Mein Großvater ebenfalls. Etienne und mein Großvater waren die Gründe, weshalb wir Hausangestellte hatten und Vorschriften und – soweit ich wusste – Gott. Beide waren die Quelle mancher Tränen meiner Mutter, obwohl fast alles sie zum Weinen bringen konnte. (Hinzu kam natürlich das zusätzliche Problem, dass meine Eltern nicht miteinander klarkamen, aber damals sah ich das noch nicht, und folglich zog ich es nicht in Betracht.) Und der Grund für meine unerwünschte Sichtbarkeit war teilweise, das erkannte ich an, dass ich dort zu Hause war, aber auch, dass durch das Bemühen, dem Schandfleck, der mein Bruder war, auszuweichen, aller Augen auf mich gerichtet waren.
Ich beschloss, dass ich Amerika liebte, und redete mir ein, dass ich immer gewusst hatte, es würde so sein. Mir gefiel, dass es reine Zukunft war, dass das, was zu meiner Vergangenheit (meiner Gegenwart) gehörte, mir nicht bis hierhin folgen konnte. (Was bedeutete Algerien für die Robertsons? Oder auch das Bellevue?) Als ich zu Becky einen engeren Draht bekam, schwand die Vorstellung, dass das amerikanische Leben nur in der Einbildung existierte.
Eleanor und Ron betrachteten meinen Bund mit ihrer Ältesten mit widersprüchlichen Gefühlen, aber ich war – in ihren Augen – ein braves Mädchen, und sie verließen sich darauf, dass mein Einfluss siegen würde. Darüber hinaus konnten sie sehen, dass ich aufblühte.

»Es ist schön, dich lachen zu hören«, sagte Eleanor eines Abends zu mir. Sie hatte in ihrem Bürokleid die Hecke an der Veranda geschnitten und dann innegehalten, um Becky, Rachel und mir zuzusehen, wie wir einer fluoreszierenden Frisbeescheibe hinterherjagten und uns inmitten der Wolken von Mücken vor Lachen auf dem Rasen kringelten. »Du warst so ein ruhiges Ding, als du ankamst. Und Becky und Rachel habe ich seit Ewigkeiten nicht zusammen spielen sehen.« Sie umarmte mich in ihrer spontanen, temperamentvollen und kraftvollen Art.

Das Marihuanarauchen war wesentlich für meine Freundschaft mit Becky. Das und das Trinken von Alkohol, was ich bislang nur in bescheidener, zivilisierter Weise beim Abendessen am Tisch meiner Eltern getan hatte. Aber Becky und ihre Freunde tranken unter Vordächern, in Schlafzimmern oder nach Einbruch der Dunkelheit auf dem Friedhof und verkrochen sich hinter Grabsteinen oder im Schatten kleinerer Mausoleen, um den Suchscheinwerfern der patrouillierenden Polizeiwagen zu entgehen. Sie tranken still und heimlich und zielbewusst alles, was sie in die Finger bekommen konnten, in ekelhaften Kombinationen – Wermut und 7up, Scotch und Orangensaft, billigen Gin mit Sodawasser –, oder sie kippten aus gedrungenen Flaschen starke süße Liköre in sich hinein: Pfefferminzschnaps, Bailey's Irish Cream, ein übel riechendes, klebriges grünes Getränk, das angeblich nach Melone schmecken sollte.

Ich gewöhnte mich an diesen heimlichen Konsum und war stolz darauf, so beeindruckend viel bechern zu können und dennoch nüchtern zu erscheinen, in der Lage zu sein, ohne sichtbares Schwanken in die Robertsonsche Küche zu schneien und eine plausible Unterhaltung mit Ron und Eleanor zu führen. Ich verbarg meine Fahne, indem ich plötzlich im Kühlschrank herumwühlte oder an der Spüle stehend ein Glas Leitungswasser

nach dem anderen trank. Becky hielt mich für »unglaublich cool«.
Sogar sie fand die Aussicht auf ein verlängertes Wochenende auf Cape Cod aufregend. Das war das wichtigste Ereignis im Jahr, das Bellevue der Robertsons: vier Tage an der rauen Atlantikküste, um in den kühlen Wellen zu planschen, als Gäste einer anderen Familie, den Spongs. Die Frau, Amity, war eine Freundin von Eleanor aus Collegetagen. Amity, die in direkter Linie von den Pilgervätern abstammte, hatte gut geheiratet: Chuck Spong war Investmentbanker und Sohn eines Investmentbankers, der wiederum Sohn des Gründers der Bank war, ein Geschlecht, das sich ebenso sehr durch Intelligenz wie durch gute Erziehung hervortat, zumindest aber mit einem scharfen Blick für die Börsenkurse, sodass sie, als ich sie zum ersten Mal traf, wie ein Luftkissenboot auf einem dicken Polster aus finanziellen Sicherheiten schwebten, das mit den Jahren nur noch anschwoll und sie geräuschlos in das Reich der außergewöhnlich (aber diskret) Reichen führte.
Amity war, im Gegensatz zu Eleanor, nie genötigt gewesen, ein Kostüm anzuziehen und sich ins Gewühl der Großstadt zu stürzen, eine Freiheit, die sie mit meiner Mutter teilte, die für Amity jedoch das glückliche, wohlige Gefühl bedeutete, am Leben zu sein.
Sie malte, und gelegentlich verkaufte sie ihre Bilder, Szenen eines sorgenfreien Lebens, die in fast jedem Zimmer ihres Sommerhauses hingen: ein Krug mit Lilien an einem offenen Fenster mit der sich kräuselnden See im Hintergrund; ein in breiten Pinselstrichen gemaltes gesichtsloses Paar in Poloshirts und Sonnenhüten, das im Abendlicht auf einem Rasen sitzt und perlmuttfarbene Cocktailgläser in der Hand hält; einige Segelboote, die munter neben einem kleinen Mädchen, dessen Badeanzug

und Eimer im selben lebhaften Kirschrot gehalten sind, am Pier auf dem Wasser schaukeln. Amity hatte keine dunkle Seite, und Eleanor kämpfte gegen die ihre an; das verband sie.
Amity hatte vier aufgeweckte Kinder im Alter von einundzwanzig bis zehn. Drei von ihnen waren altersmäßig dicht beieinander, und das vierte, Isaac, war ein verhätschelter Nachkömmling. Bei den drei älteren interessierten wir uns nicht so sehr für Lily und Charlotte, die mit ihren einundzwanzig und neunzehn Jahren bereits weit im Erwachsenendasein verfangen waren, sondern mehr für den siebzehnjährigen Chad, einen ruhigen Jungen mit schläfrigem Blick und wirrem schmutzig-blondem Haar, der seinem kleinen Bruder gegenüber auf eine Weise nachsichtig war, wie Becky dies Rachel gegenüber nahezu nie fertig brachte.
Das Haus der Spongs, das völlig aus Holz und Glas bestand, lag unmittelbar hinter dem meilenlangen Sandstrand versteckt und war dicht von Bäumen umgeben, die dem salzigen Wind widerstanden hatten und mich endlich an zu Hause erinnerten. Auch im Haus gab es überall Salz und Sand, in den Spalten zwischen den Dielenbrettern, in den Fensterrahmen, im Flor der verstreut liegenden kleinen Teppiche. Die Spongs wirkten trotz all ihres Reichtums nicht verwöhnt: Sie schienen überhaupt irgendwie entspannter zu sein als Ron und Eleanor. Ihre Räume waren von Frieden durchweht, wie nach einem langen Aufatmen. Allerdings nur, wenn niemand da war.
An dem Abend, an dem wir ankamen und aus dem stickigen Kombi stürzten, der uns unter Beckys und Rachels Gezanke, Rons eigenartigem Gelächter und Eleanors fröhlichen Kommentaren von Boston hierher gebracht hatte, brodelte das Haus vor geschäftiger Erwartung. Isaac und Chad deckten den langen Tisch auf der Sonnenterrasse (von der aus das lange nicht mehr

erblickte Meer stückweise durch die Bäume hindurch zu sehen war); Amity und ihre Töchter tanzten gelassen herum und bereiteten das Abendessen vor, ohne dass ihre Gesichter vom heißen Ofen gerötet gewesen wären. Chuck begrüßte uns an der Tür, zusammen mit Anchor, seinem schwarzen Labrador, dessen kräftiger Schwanz uns der Reihe nach kleine Hiebe versetzte, während er aufgeregt um unsere von der Fahrt erschöpfte Gruppe herumsprang.

Chuck war wie Ron rau, aber herzlich; anders als dieser war er jedoch irgendwie glaubhaft, adrett in seinem kurzärmligen Karohemd und auf konservative Weise gut aussehend. Sein blondes Haar glich dem seines Sohnes, war aber gepflegt und gefällig gebändigt.

»Sie sind da!«, schrie Isaac mit unerklärlicher Fröhlichkeit und rannte, nur mit der Badehose bekleidet, quer durchs Wohnzimmer und zwischen den niedrigen pfirsichfarbenen Möbeln hindurch, um, plötzlich schüchtern geworden, am Ellbogen seines Vaters Halt zu machen. Wir waren unverzüglich umringt und wurden umarmt und liebevoll begrüßt. Ich wurde mit strahlendem Gesicht vorgestellt (»Was für eine Freude, Sagesse, wir haben schon so viel von dir gehört. Und was für ein wunderschöner Name. Und was für ein hübsches Kleid!«). Meine Mundwinkel waren entzündet, und mein Teenager-Ich war sich kritisch des Schweißfilms bewusst, den die Autofahrt auf meiner Nase und meinem Kinn hinterlassen hatte.

Wir wurden in unsere Zimmer geführt, Becky, Rachel und ich im Erdgeschoss in einen großen quadratischen Raum, dessen eine Wand aus Fenstern bestand. Zwei gleiche Betten und ein Rollbett waren für uns hergerichtet. Isaac und Chad schliefen im angrenzenden Zimmer, und unsere Fenster gingen wie die ihren auf eine gemeinsame Veranda hinaus, von der aus Stufen zu einem Trampelpfad Richtung Strand führten. Lily und Charlotte teilten sich ein größeres Zimmer auf der anderen Seite des Flurs. Daneben war ein Spielzimmer, in dem neben einem Durcheinander von Schlägern und Netzen und Schwimmwesten ausrangiertes Spielzeug begraben lag. Die Erwachsenen residierten zwei Etagen höher, auf der anderen, abgeschiedenen Seite des Hauses.

»Du gehst in das kleine Bett«, sagte Becky zu Rachel, »du bist die Kleinste.«

Rachel beschwerte sich nicht. Sie öffnete die Tür zu der Veranda und ging hinaus, um an das Fenster der Jungen zu klopfen.

»Ike«, sagte sie, »mach auf. Lass uns mit Anchor runter zum Strand gehen und Frisbee spielen!«

»Es gibt gleich Abendessen«, rief Becky.

Rachel streckte ihren Kopf wieder zu uns herein.

»Schwirr ab. Wenn sie sagen, dass wir zum Strand können, dann ist es okay. Du kannst mich hier nicht herumkommandieren.«

»Wie findest du's hier?«, fragte mich Becky und hopste auf der Bettkante herum. »Cool, was?«

Ich stimmte ihr zu.

»Wir können kommen und gehen, wie wir wollen, und sie kümmern sich nicht drum. Das ist super.« Sie seufzte. »Ich wollte, wir hätten ein Haus wie dieses.«

»Zu Hause in Frankreich wohnen wir am Meer«, sagte ich. »Nicht ganz so nah wie hier, aber nah.«

Becky schien das nicht zu interessieren. Sie wühlte in ihrem Koffer und zog einen Badeanzug heraus. »Wenn ich doch nur Mama dazu gebracht hätte, mir einen neuen zu kaufen«, sagte sie. »In dem seh ich aus wie die Hindenburg.«

»Ach was.« Der Badeanzug war hellblau, mit einem kleinen gelben Blumenmuster. »Ich finde, die Farbe steht dir.«

»Ich will einen Bikini, weißt du? Irgendwas, mit dem man bemerkt wird, das sexy ist. Oder auch eine andere Farbe. Mama würde mir nie Schwarz erlauben.«
Ich hatte zwei Badeanzüge in meiner Tasche: einen geblümten Bikini und einen schwarzen Einteiler. »Du kannst dir einen von mir ausleihen, wenn du willst.«
»Als ob der mir passen würde«, schnaubte Becky.
»Da bin ich mir aber sicher.«
Sie seufzte erneut. »Was hältst du von ihnen? Ehrlich?«
»Sie scheinen nett zu sein.«
»Die Eltern, ja. Mama wird durch sie auch gleich netter. Sie ist so damit beschäftigt zu beweisen, dass wir so wohlangepasst sind wie sie, dass sie aufhört, so rumzuspinnen. Mehr oder weniger. Aber was ist mit ihnen? Du weißt schon?«
»Ich habe noch nicht viel von ihnen mitbekommen. Sie scheinen alle sehr freundlich zu sein. Und das blonde Mädchen – welche ist das noch mal?«
»Lily.«
»Sie ist wunderschön, wie ein Model.«
Becky zog die Nase hoch. »Sieht so aus. Sie sind auf dem College, die beiden. Mich behandeln sie, als sei ich etwa zwölf. Meistens jedenfalls. Aber wie ist es mit Chad?«
»Macht auch einen netten Eindruck.«
»Du findest ihn also süß?«
»Ja, sicher. Ich denke schon.«
»Vielleicht solltest du mit ihm schlafen, findest du nicht?«
»Was?«
»Das erste Mal. Wie wir besprochen haben, weißt du noch? Er hat wirklich hübsche Arme und tolle Haare, findest du nicht? Und, weißt du, er würde sich nie über dich oder sonst was lustig machen.«

»Warum schläfst du nicht mit ihm? Ich kenne ihn doch gar nicht. Und du bist so scharf drauf.«
»Na ja, gut.« Sie wandte sich wieder ihrem Badeanzug zu. »Dieses Ding ist ein Sack. Ich hasse es.«

9

Ich hätte gleich darauf kommen müssen, dass Chad Beckys Thibaud war. Dass sie sich jahrelang nach ihm verzehrt und ihre Spielchen gespielt hatte, in der Hoffnung, dass er es bemerken würde. Ich bin sicher: Wenn ich uns heute aus der Ferne sehen würde, würde ich es sofort bemerken. Am Strand, bei den Mahlzeiten, an den Nachmittagen, die wir damit verbrachten, durch die Straßen der nächstgelegenen Stadt zu bummeln (zusammen mit der Hälfte der wohlhabenden Jugend Amerikas, wie es schien, und vielen ihrer Eltern), alberte sie herum und machte mich auf Chad aufmerksam und ihn auf mich; das war ihre Art, sich zu gestatten, mit ihm zu reden, und mir klarzumachen, wie toll er war; aber ich nahm sie beim Wort und flirtete, so gut ich konnte, mit diesem sommersprossigen, jugendlichen Vertreter amerikanischer Männlichkeit, der vor seinem Abschlussjahr in St. Paul's stand und dem anschließenden Besuch eines renommierten Colleges (zufälligerweise Princeton), von dem die Spongs nicht nur, wie Ron und Eleanor, hofften, dass es ihr Kind besuchen würde; sie wussten es. Die Schritte von dort in die Unabhängigkeit waren in Wahrheit Schritte in dasselbe angenehme Gefängnis wie das seines Vaters: das begehrte Wirtschaftsexamen, die Familienfirma, die vorzeitige Einkleidung (graue Anzüge und Hosenträger), wobei er die apollinischen Locken so geschoren hätte, dass hinter dem beruhigenden Eindruck finanzieller Vertrauenswürdigkeit noch ein Anflug von Heißblütigkeit zu ahnen sein würde. Aber all das lag in der Zukunft, einer Zukunft, die so unstreitig war, dass Chad mit siebzehn keinerlei Sorgen hatte und seine trägen Bewegungen nur so von selbstverständlichen Ansprüchen strotzten. Er konnte es sich leisten, großzügig zu sein und geduldig gegenüber allen um ihn herum, von seinem Vater angefangen bis zu dem kleinen Ike, den Robertsons und mir.

Für Chad war ich auf eine Weise neu, wie Becky dies einfach nicht sein konnte. Er konnte wie ich die befreiende Irrelevanz meines Daseins spüren (mit mir musste man es nicht länger aushalten, mit mir musste man nicht leben; ich war da, würde es aber bald nicht mehr sein; ich war etwas anderes), und ich denke, ohne mir schmeicheln zu wollen, er fand mich attraktiv. Am Samstagabend, unserem dritten Abend, als wir alle zusammen unten am Strand grillten und – Junge und Alte – im Anschluss an die sandigen Schweinekoteletts und schwarz gewordene Maiskolben mit einer Gitarre um das Feuer herum saßen (es war exakt wie in einem amerikanischen Film; ich hätte es nicht besser planen können), bot er mir, und nicht Becky, sein Sweatshirt gegen die nächtliche Brise an und wollte mir weiter hinten am Strand, wo völlige Dunkelheit herrschte, die Sternbilder zeigen: den Gürtel des Orions, den Kleinen und den Großen Wagen, das W der Kassiopeia, die Plejaden mit ihrem Nebel aus winzigen blinkenden Punkten.

Wir verließen die Feuerstelle nur für ein paar Minuten und gingen nicht weiter als dreihundert Meter, aber es langte, um selbst Rachel auf die Idee zu bringen, dass da etwas im Gange war.

»Magst du ihn wirklich?«, fragte sie später im Bett mit an die Brust hochgezogenen Knien und glänzenden Augen. »Willst du mit ihm gehen?«

»Wir fahren Montag wieder, Dummchen«, sagte ich. »Er hat mir nur die Sterne gezeigt.«
»Ja, klar«, sagte Becky von ihrem Bett an der gegenüberliegenden Wand. »Sicher. Du verarschst die Leute ganz schön, Sagesse.«
»Was?«
»Du verarschst die Männer. Du führst sie an der Nase herum.«
»Tu ich nicht.«
»Pfff. Erst tust du so, als würde dich alles eiskalt lassen, und dann machst du ein Riesentheater um ihn.« Sie klapperte in sarkastischer Nachahmung mit den Wimpern und nahm einen starken französischen Akzent an: »Oh, oui, Chad. Ja, bitte, Chad, bring misch weg von 'ier un zeig mir die Sterne.«
Rachel johlte.
»Das ist einfach gemein. Du weißt, dass das nicht fair ist.«
»Oh, die kleine französische Liebling ist traurisch. Armes Mädschen.«
»Komm, Becky, sei nicht so … lass es sein.«
Beckys Lächeln war nicht unbedingt freundlich. Ihre Sommersprossen sahen wie Flecken aus.
»Also«, sagte sie, »ich denke nur, wenn du hier das unschuldige französische Mädchen spielst, dann solltest du wissen, dass das hier Amerika ist, und hier heißt es hopp oder topp. Du kannst nicht rumlaufen und die Jungs anmachen und sie dann nicht ranlassen.«
»Du machst wegen nichts ein Riesenfass auf. Was sollte ich denn tun, sagen, dass ich die Sterne nicht sehen wollte?«
»Ich wollte sie auch sehen«, sagte Rachel.
»Da siehst du's«, sagte Becky, »du hättest fragen können, ob irgendjemand anderes mitwollte. Dann wäre er nicht auf falsche Ideen gekommen. Und du hättest sein Sweatshirt nicht zu nehmen brauchen.«

»Mir war kalt. Und ich hab es ihm zurückgegeben.«
»Oh, das arme Mädschen 'at gefroren. Armes Mädschen.«
»Ich versteh nicht, warum du deswegen so sauer bist. Das ist doch keine große Sache. Mit Sicherheit nicht, oder?«
»Doch. Denn Chad ist ein wirklich netter Junge.«
»Das weiß ich.«
»Und ich weiß, dass er in dich verschossen ist.«
»Das ist er, Sagesse«, sagte Rachel. »Das kann man wirklich sehen.«
»Und ich will nicht, dass man ihm wehtut. Das ist alles.«
»Kinder, Kinder, wir fahren übermorgen wieder.«
»Morgen genau genommen«, sagte Rachel. »Es ist nach Mitternacht.«
»Wie auch immer. Aber das spielt keine Rolle. Das ist der Punkt für mich.«
»Was ist mit der Party morgen Abend?«, fragte Becky.
»Heute Abend«, korrigierte Rachel.
»Was ist damit?«
»Na ja.« Becky glitt unter die Decke und drehte das Gesicht zur Wand.
»Du bist nicht wirklich böse auf mich, oder?«
»Natürlich nicht«, sagte Rachel und stand auf, um das Licht zu löschen. »Schade, dass Anchor nicht hier mit uns schläft.«
»Widerlich«, sagte Becky laut hörbar in ihr Kissen. »Du bist total widerlich, Rach. Anchor stinkt. Und er versucht ständig, dir das Gesicht abzulecken.«
»Ich liebe ihn.«
»Du bist total widerlich.«
Ich lachte über die beiden und hatte das Gefühl, dass man mir vergeben hatte.

10

Wie der Besuch der Robertsons war auch die Party am nächsten Abend ein besonderes Ereignis. Gleichzeitig Grill- und Cocktailparty, versammelte sie die Sommerfrischler (zumindest die bedeutenden unter ihnen) und verstreute sie wieder am Strand, im Haus und auf den verschiedenen Terrassen. Es war eine Party für jedes Alter. Das Haar der Leute war noch feucht vom Meer und ihre sommerliche Kleidung seltsam frisch gebügelt. Eleanor zufolge waren Senatoren unter uns und tonangebende Politiker und sogar ein oder zwei Schriftsteller, obwohl mir keiner der Namen, die sie erwähnte, etwas sagte. Ron, das konnte ich spüren, machte die Party nervös: Sein Lachen hörte kaum noch auf, war fast beängstigend, und immer wenn er irgendwo allein stand, sackten seine Gesichtszüge zusammen und strahlten tiefste Einsamkeit aus. Er unterließ es sogar, sich behutsam am Bart zu zupfen, wie er es gewöhnlich gern tat, wenn er Nachdenklichkeit signalisieren wollte.
Es gab weißhaarige und kahlköpfige Männer und wetter- und nicht wettergegerbte Frauen, Frauen, die zurecht-, und solche, die nicht zurechtgemacht waren, und alle lachten inbrünstig, und alle streckten die Hand aus, um Amity Spongs orangegelben Gazeärmel leicht zu streifen, wenn sie sich mit der Absicht zu ihnen gesellte – ganz die perfekte Gastgeberin –, die Einsamen zu retten: die Ehemänner und -frauen, die sich selbst überlassen waren, die bebrillten, gelehrt aussehenden Männer, deren Haltung allein schon den Tod jeder Konversation vermittelte, und zwar so entschieden, als stände es in Neonbuchstaben über ihren Köpfen geschrieben. Auch junge Paare waren da, Ende zwanzig oder dreißig; sie waren vor allem mit ihren Kindern beschäftigt – viele davon blond und alle unter sieben oder so. Die Frauen

aus diesem Kreis brachten es zuwege, gleichermaßen bezaubernd und erschöpft zu wirken; ihre Krähenfüße waren ein Zeichen mütterlicher Schönheit, und ihre Toleranz gegenüber ihren klammernden, um sich schlagenden und heulenden Kleinkindern war grenzenlos.

Und ich erfuhr noch mehr über die abgehobene Welt der Spongs. Ich unterhielt mich eine Weile mit einer kräftigen, sommersprossigen jungen Frau, die Abby hieß. Während sie ihre quadratische Gestalt mit Canapés vollstopfte – die sie samt Platte quasi beschlagnahmt hatte, um ihren privaten Konsum zu sichern – und sich gelegentlich die Finger leckte und ihre Gin Tonics leerte, als seien sie Wasser, versicherte sie mir, ihr ganzes Leben habe sich geändert, seit es ihr im vergangenen Winter mit nur sechzehn Jahren gelungen sei, in den Kreis derer vorzustoßen, die sich auf den Cocktailpartys der Erwachsenen in Boston, auf dem Cape und gelegentlich auch in so fernen Gegenden wie den Hamptons trafen. Ich wusste nicht, was oder wo die Hamptons waren, und stellte sie mir noch lange später als extrem elegantes Paar vor, das seinen Wohnsitz in den ländlichen Gefilden von Massachusetts hatte und bei dem eingeladen zu werden als das Nonplusultra der Bostoner Gesellschaft galt.

Ich ertrug Abby so lange, wie ich konnte, wobei mir die Nähe zur Bowle einen wohligen Ausgleich für ihre Gesellschaft verschaffte, und als ich Abby dann entkam, um mich auf die Suche nach Becky zu begeben, waren die Party und ihre Gäste in rosarotes Licht getaucht, lag etwas Mildes, Weiches über ihnen, das nicht nur dem Zwielicht zuzuschreiben war, sondern auch meinen vom Alkohol warmen Gliedern.

Ich ging lächelnd, das Glas in der Hand, von Gruppe zu Gruppe, an Ron vorbei, der schon eine Zeit lang keine seiner Töchter gesehen hatte, vorbei an Amity Spong, die mich zum Strand

hinuntergeleitete. Dort wurde ich kurz von Eleanor abgefangen, die mich unbedingt einem Französischprofessor aus Harvard vorstellen wollte, mit dem sie sich unterhielt, aber sie ließ mich nahezu sofort wieder gehen, als klar wurde, dass weder er – der faktisch ein Kind vor sich hatte – noch ich – die einen Lehrer sah – den Willen aufbringen konnten, uns über Frankreich zu unterhalten, diesen übertriebenen, verschwommenen Mythos Frankreich, der für uns beide zu viel unterschiedliche Dinge bedeutete; und abgesehen davon, hatten wir nichts gemein.
Becky fand ich ein Stück weiter hinten am Strand, am Rand der Bäume; sie saß mit überkreuzten Beinen da, ihr hochgerutschtes blaues Baumwollkleid breitete sich wie ein kleiner Teich um sie aus. Sie wurde von mehreren Teenagern umringt, die ich nicht kannte, und als ich näher kam, roch ich den mittlerweile vertrauten süßsauren Duft von Marihuanarauch. Erst als ich mich neben ihr niedersinken ließ, stellte ich fest, dass ich mich zwischen sie und Chad gesetzt hatte: Er hatte mir den Rücken zugedreht gehabt, und ich hatte ihn in der dunklen Clubjacke nicht erkannt.
»Hey.« Er legte mir den Arm um den Rücken und eine bereits halb gelehrte gemopste Flasche Bourbon in den Schoß. »Wir haben uns schon gefragt, wo du steckst. Ich hab Becky gesagt, sie solle dich suchen gehen, weil du sonst den ganzen Spaß verpasst –«
»Und ich hab ihm gesagt, er soll dich selber suchen.« Beckys Wangen waren flammendrot, und ihre Ringellocken hingen ihr ins Gesicht. Ihre Lippen waren feucht. Sie machte einen ziemlich aufgelösten Eindruck.
»Hattet ihr schon ein paar?«, fragte ich. »Dann muss ich wohl aufholen.«
»Na, dann los.« Chads Hand, die noch immer die Flasche auf meinem Schoß hielt, wackelte damit hin und her. »Trink.«

Die Unterhaltung in der Gruppe war schleppend. Mehrere Gesprächsstränge, bei denen es um unerlaubten Alkohol- und Drogenkonsum ging und die anschließenden Auseinandersetzungen mit den Eltern, schienen sich zu überschneiden und aus den verschiedensten Richtungen bei mir zusammenzulaufen; es war jedoch zu mühsam zu folgen. Ich nahm einen kräftigen Schluck aus der Flasche und wollte sie Becky weiterreichen.

»Noch mal. Du musst aufholen. Trink das Doppelte.«

Ich trank erneut. »Was ist mit deinen Eltern?«, fragte ich.

»Die kümmert das nicht«, sagte Chad, auf den Joint konzentriert, der hinter der Flasche im Kreis herumgereicht wurde. »Sie machen ihr Ding und wir unseres. Ganz ruhig.«

»Ja, Sagesse, ganz ruhig.« Becky, die mir die Flasche gab, klang bitter wie in der vergangenen Nacht. »Sie sind ja nicht deine Eltern. Also bleib cool. ›Isch 'abe solsche Angst, dass misch meine Eltern womöglisch bestrafen.‹ Du kannst nichts Falsches tun, also amüsier dich einfach. Lass dir's mit Chad gut gehen.« Sie blinzelte mir übertrieben zu.

Was folgte, betrachte ich immer noch als eine amerikanische Initiation. Mit meinem vertrauten – meinem früheren – Kreis am Pool des Bellevue hätte das nie passieren können. Hätte ich die Wahl gehabt, ich hätte lieber zu Becky gehalten, als wegen Chad ihre Freundschaft zu verlieren, denn an ihm war ich in meiner Vorstellung nur vorübergehend und oberflächlich interessiert; aber ich konnte das nicht klarmachen, wie wir da dicht zusammengedrängt am Meer saßen, und dabei auch noch das Mädchen bleiben, das ich nach Beckys Ansicht war und das ich sein wollte: cool, gleichgültig und selbstsüchtig. Chad legte seine Hand auf mein Knie, um mich darauf aufmerksam zu machen, dass die Flasche wieder vorbeikam; Becky war eifersüchtig. Ich drehte mich anfangs zu ihr hin, nicht zu ihm, und bekam mit,

dass ihre Gesichtszüge verzerrt waren, ihre Augen zusammengekniffen.
Ich hätte vielleicht aufstehen und weiterschlendern sollen, zurück zu Eleanor und ihrem Französischprofessor gehen, oder selbst zu der grässlichen Abby. Ich hätte Rachel und Isaac aufspüren können, das sichere Ufer der Kindheit. Aber es war unmöglich. Ich hoffte noch immer, meine Freundschaft zu Becky beweisen zu können, zu zeigen, dass ich keine Flasche war oder jemand, der die Leute verarschte. Also blieb ich mit schiefem Lächeln am Rand der Gruppe sitzen, nur auf den Rhythmus der kreisenden Flasche konzentriert (als sie leer war, tauchte auf wundersame Weise eine zweite auf und wanderte, wenn auch langsamer, rund und wieder rund) und ihren Trabanten, die leuchtende Marihuana-Glut, die sich gleichfalls wieder erneuerte und weiter kreiste.
Es wurde Nacht. Kein Erwachsener verirrte sich zu unserem Ende des Strands. Die Geräusche der kleineren Kinder wurden schwächer und hörten auf. Die Party schrumpfte zusammen, aber wir merkten es nicht. Ein Jugendlicher stand auf und ging, und seine Schritte knirschten leise im Sand, als er sich entfernte. Jemand meinte, eine Fledermaus in den Bäumen gesehen zu haben. Es gab viel Gelächter. Ich glaubte, drei Leute auf der anderen Seite des Kreises Spanisch sprechen zu hören.
»Warum Spanisch?«, fragte ich Chad, aber der antwortete nicht oder schien mich nicht zu verstehen. Er legte den Arm um meine Schulter. »Ist dir kalt? Möchtest du meine Jacke?«
Ich schüttelte den Kopf. Er zog den Arm nicht wieder weg.
Ich wusste nicht – es war jetzt alles so verschwommen –, wie ich den Arm wieder loswerden sollte, und stellte mir seltsamerweise vor, Thibauds Umarmung zu spüren. Becky hatte mir mittlerweile den Rücken zugekehrt. Später, als ich wieder guckte,

schien mir, dass sie gegangen war, bis ich feststellte, dass sich lediglich ihr Äußeres verwandelt hatte: Sie war in die Klubjacke eines anderen Jungen gehüllt und hatte einen anderen Arm um sich. Wieder gingen zwei, sodass wir nur noch fünf waren: Chad, ich, Becky und ihr Verehrer und ein nicht sehr großer, dunkelhäutiger Junge, der offenbar »Pop« genannt wurde und aus dessen persönlichem Vorratslager die Flaschen und Zigaretten zu fließen schienen. Mir war ganz schwummrig, ich fühlte mich bleischwer und vor Angst ganz aufgewühlt und schwindlig. Die Stimmen der anderen waren für mich inzwischen so unverständlich geworden wie der Chor der Laubfrösche.

»Ich denke, ich gehe besser ins Bett«, sagte ich. »Ich fühle mich nicht besonders gut.« In Frankreich, dachte ich, daheim, wäre das nie passiert. »Ich möchte nach Hause«, sagte ich. Ich versuchte, das Gewicht von Chads Arm von meinem Rücken abzuschütteln, aber selbst als er den Arm wegzog, blieb der Druck. Ich stand da, und die Wellen, die noch kurz zuvor so sanft gewesen waren, donnerten in meinen Ohren.

»Ich bring dich.« Chad fasste mich am Ellbogen.

»Ja, bring sie«, hörte ich Becky sagen, obwohl ich Becky wirklich nirgends sehen konnte. Am Strand waren keine Erwachsenen mehr, die mein Stolpern hätten mitbekommen können. Der Sand drang in meine Sandalen und piekte mich bei jedem wackeligen Schritt in die Füße. Der Abend war kühl, aber ich schwitzte dennoch und war in jeder Körperfalte unangenehm feucht.

»Es ist nicht mehr weit«, drängte Chads geisterhafte Stimme dicht an meinem Ohr. Er stützte mich mit der Hand am Ellbogen – als ob, dachte ich in meiner sich drehenden, maulwurfsblinden Welt, mich solch eine höfliche Geste aufrecht halten könnte.

»Alles in Ordnung«, log ich.
»Ich habe nicht den Eindruck.«
»Nein, wirklich.«
»Komm, ich helf dir. Ich hol dir Wasser. Wir sind fast da.«
Die Luft zwischen den Pinien duftete süß. Es hätte mir gut tun müssen. Wir waren nun nahe dem Haus: Ich konnte gedämpft die letzten späten Gäste hören, gelegentlich durch ein trompetendes Lachen (Rons?) unterbrochen. Ich konnte Bewegungen von Schatten sehen und das Aufglimmen einer einzelnen Zigarette, Köpfe, die sich gegen den tiefblauen Himmel abhoben; und die Terrasse, auf der alle standen, ragte auf wie ein Schiffsbug.
Wie ein Schiffsbug auf hoher See. Sie bewegten sich auf und ab. Ich rang nach Luft. Ich sah erneut zu Boden, inzwischen nur noch Schritte vom offenen Fenster meines Zimmers entfernt. Aber es war zu spät: Mein revoltierender Schädel hatte eine empörte Revolte in meinem Inneren ausgelöst.
»Ich glaube –«
»Oh, Scheiße, Sagesse –«
»Ich kann nichts dagegen machen.«
»Schaffst du's nicht mehr bis zum Klo?« Chads Stimme war kleinlaut, aber insistierend.
»Ich glaube nicht –«
Die hohe See in mir löste sich. Oder besser sie ergoss sich aus mir über die Treppen der Veranda und über Chads Hosen und das Piniennadelbett des Weges, ein röhrendes triumphierendes Erbrechen, das meine tiefe Niederlage signalisierte.
Sie konnten es oben nicht überhört haben. Die »Verantwortlichen« – die Eltern – konnten nicht, selbst wenn sie dies vielleicht gern gewollt hätten, so tun, als hätten sie nichts mitbekommen. Ich konnte fühlen, wie Chad in seinen bespritzten Leinenhosen

schwankte und über Flucht nachdachte, als der Bourbon und die Rückstände der Bowle ruckartig und in kurzen heftigen Schüben wieder aus meiner Speiseröhre herausschossen. Aber Chad war ein Spong, und er blieb an Ort und Stelle. Seine Hand hatte lediglich für einen Moment meinen Ellbogen losgelassen, und als ich mich dann aufgerichtet und den Mund geschlossen und mit wunder Kehle geschluckt hatte, führte er mich die Stufen hinauf und durch mein Zimmer ins Bad mit dem fürchterlichen, blassgelben Licht, und dort rubbelte er mich und seine eigenen beschmutzten Hosen mit nassen Lappen ab und gab mir gläserweise Wasser zu trinken.

II

Dort entdeckten uns Amity Spong und Eleanor, die beschwipsten Gesichter missbilligend und besorgt verzogen und dann voller Entsetzen beim Anblick ihres kleinen ausländischen Gastes, dieses Mädchens, das kalkweiß und klatschnass vom kalten Wasser auf Knien neben der Toilettenschüssel zitterte, falls noch einmal etwas hochkäme.

Es war Eleanor, die mich dann mit geblähten Nüstern auszog und badete, mein Nachthemd holte und hinter mir stand, während ich mir die Zähne putzte; die angesichts meiner Tränen ein wenig sanfter wurde und meinen bebenden Körper mit einer ihrer kühleren Umarmungen bedachte, bevor sie mich, geläutert wie ich nun war, ins Bett brachte.

Ron – der arme Ron – war, wie ich später erfuhr, den Strand entlanggeschickt worden, um Becky aus den Armen ihres neuen Beaus zu reißen, während Chad, der nicht geflohen war, als

Junge ohne viel Federlesens weggeschickt wurde und gesagt bekam, dass man sich morgen mit ihm – mit uns – befassen würde, damit Amity Spong mit dem stets freundlichen Chuck an ihrer Seite ihr alljährliches Fest erfolgreich mit der gewohnten Selbstsicherheit zu Ende bringen konnte.
Als Ron seine Tochter fand, war Pop gegangen, was nicht nur Vorteile hatte. Zwar waren mit ihm alle Spuren von Drogen verschwunden, nachdem sich die Pot-Wolke bereits lange im Seewind aufgelöst hatte, aber in seiner Abwesenheit war es dem anderen Jungen gelungen, das Oberteil von Beckys blauem Kleid aufzuknöpfen, und Ron, der arme Ron, überraschte den jungen Mann, wie er wie ein kleines Baby nuckelnd an Beckys kleiner Brust hing, während sie, seine Erstgeborene, wie eine Leiche neben drei leeren Marker's-Mark-Flaschen lag, die Haare im Mund und ihre rechte Brustwarze im Mund von jemand anderem. Es war ein Schock für ihren Vater, ein Schock, und seine unvermeidliche Antwort – dieses nervöse Gelächter – erwies sich als ungeeignet und eigenartig beängstigend. »Ich dachte«, sagte Becky später, am Morgen, bevor sich die Gewitterwolke entlud und sie mir erneut den Rücken zudrehte, »so, wie er lachte, dass er mich, dass er uns beide womöglich umbringen würde.«
Was er nicht tat. Der junge Mann, der nicht annähernd so galant war wie Chad, oder nur nicht so leicht zu erkennen, machte auf dem Absatz kehrt und raste vom Haus weg den Strand entlang in die andere Richtung; er überließ es Becky, die kaum nüchterner war als ich, sich wieder anständig zuzuknöpfen und im Gefolge der massigen und wütenden Gestalt ihres Vaters zurückzuwanken.
Rachel, die mit Isaac im Zimmer der Jungs Monopoly gespielt hatte, war mittlerweile aufgetaucht, um mich zu begaffen, wie ich zusammengekrümmt und elend in meinem Bett lag, und in

der Folge auch Becky, der sie in einer kassandraartigen Litanei zuraunte: »Diesmal hast du's wirklich geschafft. Du kannst dich wirklich auf was gefasst machen. Mann, du sitzt tief in der Tinte«, bis schließlich Becky ihr Kissen mit einem »Halt dein beschissenes Maul!«, nach ihrer kleinen Schwester warf und das Gesicht zur Wand drehte.

12

Wenn man vierzehn ist – oder fünfzehn oder sechzehn –, erscheint einem nichts von all dem am Morgen danach überhaupt möglich. Solche Momente der Ungläubigkeit, die so entscheidend zur Jugend gehören, sind im späteren Leben für Vorfälle von Furcht einflößender Bedeutung reserviert, sagen wir Mord, böswilliges Verlassen oder Geburt. Aber die unglaubliche, donnernde, grausame Welle der Absurdität, der Schrei des »Wie kann es sein?« explodiert mit vierzehn nicht weniger heftig wegen ganz trivialer Dinge. Damals schien die Tatsache, dass man auf die Stufen des Spongschen Landhauses gekotzt hatte, so gravierend, wie wenn man betrunken ein Kind überfahren oder von oben mit einem Gewehr in eine kichernde Menge geschossen hätte.

Sagt man locker, dass einem das unwirklich vorkommt, dann hat man die Komplexität des Zustands nicht erfasst: Was vorher war, schwebt wie ein Traum in der Luft, und was noch kommen soll, ist unvorstellbar. Die Zukunft erstreckt sich weit bis zum Horizont, aber zwischen dem Jetzt und dem Morgen hat sich ein Abgrund geöffnet, über den man sich keine mögliche Brücke vorstellen kann. Zum zweiten Mal hatte ich nun einen solchen

Bruch erlebt, und ich war bereits dabei zu lernen, dass solche Momente, in denen alles, was feststand, plötzlich unzusammenhängend ist, vielleicht realer sind als andere: Mit jedem Ticken der Uhr merkt man, wie die Zeit verstreicht, das Licht ist heller, die Umrisse der Gegenstände sind qualvoll deutlich. Und unter die Furcht und Bestürzung mischt sich eine unbestreitbare, verlockende Hoffnung, eine unvoreingenommene Neugier: Irgendetwas Unvorhergesehenes muss passieren; der Mittag wird kommen, der Abend, der nächste Tag; diese Brücke von hier nach da muss gebaut und überquert werden, und wenn ich mich auf der anderen Seite umdrehe, dann wird sich der Abgrund geschlossen haben, als hätte es ihn nie gegeben.

Unsere »Gerichtsverhandlungen«, genauer gesagt unsere Verurteilungen, erfolgten einzeln und nicht öffentlich. Dieser Prozess, der nach einem verdächtig ruhigen Frühstück stattfand, ging in aller Eile über die Bühne: Unsere Gruppe würde unmittelbar nach dem Mittagessen abreisen, und keiner der Erwachsenen wollte sich die letzte gemeinsame Mahlzeit von unseren Vergehen vermiesen lassen. Ich weiß nicht, was Chuck Spong zu Chad gesagt hat, noch was Chad erleiden musste. Als Becky ihn, er war wieder nüchtern und missgelaunt, fragte, welchen Preis er für seinen Anteil an unserer Schande zu zahlen hätte, zuckte Chad nur die Schultern und sagte: »Mach dir keine Sorgen, ich werd's überleben.«

Was Becky und mich betraf, so erging es mir weit besser. Eleanor durchmaß unser Mädchen-Schlafzimmer der Länge nach, vom Fenster bis zur Türe, wobei sich der Weg am Rollbett in der Mitte des Raumes gabelte, sodass sie praktisch ein mandelförmiges Oval beschrieb, das, wie ich damals dachte, die Form eines riesigen, alles sehenden Auges hatte.

»Ich bin äußerst enttäuscht über dein Verhalten, Sagesse«,

begann sie, ganz wie ich erwartet hatte. »Und, offen gesagt, beunruhigt. Es ist immer schwieriger, ein Kind zu disziplinieren, das nicht das eigene ist. Ich habe viel darüber nachgedacht.« Sie machte eine Pause und zog eine Augenbraue hoch, um mich darunter mit ihrem blinzelnden, schwerlidrigen Auge anzuschauen. »Ich habe kaum geschlafen. Es gibt verschiedene Möglichkeiten. Du könntest sagen, dass es mir nicht zusteht, dich zu bestrafen. Ich könnte deine Eltern anrufen und ihnen die Situation erklären und ihnen die Sache überlassen.« Sie machte wieder eine Pause, um in aller Ruhe zu beobachten, welch verheerenden Effekt ihre Worte auf meine Gesichtsfarbe und meinen Atem hatte. »Was ich im Grunde genommen vorziehen würde.«

»Tante Eleanor. Ich –«

»Erlaube mir bitte, Sagesse, dass ich alles sage, was ich zu sagen habe. So viel Rücksicht muss sein. Rücksicht ist, wie du weißt, ein wesentlicher Grundsatz unserer Familie.«

»Ja, Tante Eleanor.«

»Ich würde das vorziehen. Aber ich weiß auch, dass deine Eltern eine äußerst schwierige Zeit durchmachen. Ich bin gezwungen, mich zu fragen – schließlich weiß ich, dass du ein gutes Kind bist und dass wir Freundinnen sind, das stimmt doch, oder? –, ob die Probleme zu Hause und deine Unfähigkeit, dich ihnen gerade jetzt zu stellen, nicht dazu beigetragen haben – na ja, ob wir nicht mildernde Umstände in Betracht ziehen müssen. Sag mir, Sagesse, machst du das zu Hause auch?«

»Was?«

»Trinken. Dich betrinken.«

»Das hab ich nie – nein.«

»Das hab ich auch nicht geglaubt.« Eleanor schien zutiefst nachdenklich. Sie hörte auf umherzugehen und strich sich mit den Zeigefingern die Falten ihrer Shorts glatt, als würde sie über ihren Bauch nachsinnen. »Ich kann das nicht einfach so durchgehen lassen. Aber vor allem bin ich enttäuscht. Dass du nicht das Gefühl hattest, mit mir darüber sprechen zu können. Dass du nicht die Stärke hattest oder dich nicht sicher genug gefühlt hast, um deine Gefühle zuzugeben. Dass dies der einzige Weg für dich war, deinen Problemen zu entfliehen.« Sie setzte sich neben mich aufs Bett und legte ihren muskulösen Arm um mich. »Ich kann mir nicht helfen, ich denke in gewisser Weise sind Ron und ich schuldig. Ich habe versucht, dir in diesen letzten Wochen eine sichere, gesunde Umgebung zu schaffen, und das war eindeutig nicht genug. Und nun sind es nur noch wenige Tage bis zu deiner Rückkehr. Es tut mir daher Leid. Und ich möchte, dass du weißt: Du kannst mit mir reden. Über alles. Zu jeder Zeit.« Sie lächelte und entblößte dicht vor meinem Auge einen spitzen, gelblichen Backenzahn.

Ich war so verblüfft, dass ich der abrupten Kehrtwendung ihrer Strafpredigt, die sich in eine Entschuldigung verwandelt zu haben schien, nicht folgen konnte. »Es tut mir Leid«, sagte ich. »So Leid. Ich wollte euch nicht das Wochenende verderben. Ihr wart so wundervoll zu mir, so nett, und ich habe mich sehr schlecht benommen. Ich weiß nicht, wie es passiert ist. Ich –«

»Wenn Becky nicht –«

»Es ist nicht Beckys Schuld. Wirklich nicht. Es ist meine, ich bin ganz allein –«

Eleanor stand auf und ging erneut hin und her. »Darüber brauchen wir uns nicht zu unterhalten. Becky ist mein Kind, ich kenne sie besser als du. Ich weiß genau, was passiert ist. Belassen wir's dabei.«

»Bitte gib ihr nicht die Schuld für etwas, das ich getan habe.«

Eleanors Absätze klapperten gereizt. »Ich rede in ein oder zwei Minuten mit Becky, und dann befasse ich mich mit ihr. Hier geht es um dich. Ich bin froh, dass es dir Leid tut. Ich wusste, dass dies der Fall sein würde.« Sie blieb am Fenster stehen und blickte hinunter zum Strand. »Wir sind uns beide einig, dass es eine Strafe geben muss, ja?«

»Natürlich.«

»Also, du bist zu Hause bis zu deiner Abreise fürs abendliche Geschirrspülen und das Saubermachen im Bad zuständig.« Ich wartete; da musste noch mehr kommen. »In Ordnung? Sind wir uns einig?«

Ich nickte.

»Das ist alles. Jetzt kannst du gehen. Schick Becky herein. Und sag Rachel, sie soll aufhören, an der Tür zu lauschen.«

»Ja, natürlich. Tante Eleanor – du wirst also nicht – tut mir Leid – meinen Eltern …?«

»Die können jetzt keine zusätzliche Aufregung gebrauchen, meinst du nicht auch?«

»Danke, Tante Eleanor.«

Sie schloss die Augen, als sei sie erschöpft. »Ich würde dir gern durch all das hindurchhelfen«, sagte sie. »Ron und ich würden es gern versuchen. Ja?«

Rachel zufolge, die lauschte, stieß Becky bei ihrer Mutter nicht auf so viel geduldiges Verständnis. Eleanor tobte, schluchzte und verhängte willkürliche, gemeine Strafen: Hausarrest, keine Nachspeise, kein Besuch von Freunden. Becky, so informierte mich Rachel, war »oberstocksauer«. Wohl zwangsläufig gab sie mir die Schuld, sie nannte mich Rachel gegenüber eine »alte Fotze« und sagte, sie würde nicht mehr mit mir reden.

»Mach dir darüber nicht zu viel Gedanken«, sagte Rachel und warf sich, in unbewusster Nachahmung ihrer Mutter, gegen meine Brust. »Für mich bist du noch immer der Gecko.«

13

Ich hatte nicht gedacht, dass ich ungeduldig auf meine Heimkehr warten würde. Ich dachte, ich hätte in meinem sich wandelnden amerikanischen Selbst eine unerschöpfte Kraft gefunden: Aber meine Verfassung hing leider von der Sicht anderer Menschen ab. Becky war nicht bereit, mir zu vergeben. Während der Tage, die mir in Boston blieben, wich sie mir aus, versteckte sich und ging wieder ihrer geheimen Wege, als wäre ich eine fette Spinne oder eine doppelzüngige Spionin ihrer Eltern und hätte mich nur mangelhaft als ihre Gefährtin verkleidet. Es gab keine weiteren Friedhofsnächte mehr, keine kichernden Unterhaltungen zwischen den Bäumen oder auf meinem Bett. Rachel lud mich zu einer abschließenden Séance ein, aber ich lehnte ab.

Auch die Besorgnis meiner Tante war keine Erleichterung für mich. Mir wurde nun klar, dass sie die ganze Zeit über, als ich geglaubt hatte, ich käme ihr wie ein Bilderbuchmädchen vor, etwas Krankhaftes in mir gesehen, mich für eine sprachlose wabbelige Masse voller Neurosen und Verdrängungen gehalten hatte, die sie mit ihrem Psychogebabbel wieder zu etwas Stabilerem hatte formen wollen. Sie hatte mich wie meinen Bruder gesehen. Ich fand das unerträglich und zweifelte an mir. Vielleicht sprang einem bei mir nicht die Jungfrau ins Gesicht, wie Becky mir versichert hatte; aber strahlte ich stattdessen, so deutlich wie Unterwasserobjekte für Sonargeräte, für diejenigen, die in der Lage waren, sie wahrzunehmen, Wellen von Kummer und seelischem Schaden aus? Und wenn dies so war, wie konnte ich diese Wellen stoppen? Und falls es nicht möglich war, wie ging ich mit meinem neu entdeckten Hass auf Tante Eleanor um, die durch ihre Spinnereien die Wellen erst geschaffen hatte?

Plötzlich lockten das Bellevue und der zuverlässige Blick meiner

Eltern. In diesen letzten fünf Nächten träumte ich wiederholt von zu Hause. Es war vielleicht unvermeidlich – der Rhythmus eines jeglichen solchen Ausflugs in die Freiheit, der zuerst wild ist und dann aber auch wieder zu Ende geht –, aber ich war auch traurig. Ich hatte meinen Traum von Amerika verloren, indem ich hergekommen war, und auch meine Jungfräulichkeit – wenn nicht im technischen Sinne, dann doch in einem anderen. Wusste ich damals, dass ich wiederkommen würde, noch einmal von vorne beginnen, mir ein neues Selbst formen würde, wie ich es getan habe? Ich glaube nicht. Damals war eine Woche noch lang, ein Jahr unvorstellbar, die Spanne meiner Zukunft unsichtbar. Ich wusste nicht, was ich bereits in mir herumtrug noch was ich noch zu erdulden haben würde.

14

Nun, fast zehn Jahre später, nach so vielen amerikanischen Jahren, sehe ich dieses Land noch immer wie alle Einwanderer: Hier, in meinem winzigen Apartment am Riverside Drive, oder wenn ich in der Bibliothek sitze oder unten in der Stadt in den Cafés und Nightclubs, werde ich erfunden und immer wieder erfunden. Ich treffe auf Leute, die mich nach meinem leichten Akzent fragen oder warum ich gelegentlich so innehalte, wenn ich etwas sage, und sie sind mit meiner Antwort zufrieden, wie immer diese auch ausfällt. Ich kann je nach Laune wie eine Ausländerin wirken oder wie eine Einheimische, exotisch oder vollkommen unsichtbar. Ich bin für verschiedene Freunde Amerikanerin oder Französin oder eine glaubhafte Mischung von beiden Seiten des Atlantiks, und für die meisten von ihnen weckt mein

Hintergrund nur verschwommene Erinnerungen daran, wie sie in ihrer Jugend mit Lehrern oder Eltern Notre Dame besucht haben oder an glühend heißen Augustnachmittagen in Autos oder Mini-Vans durch das Loiretal gefahren sind. An meiner Geschichte ist nichts Greifbares, und das meiste erzähle ich nicht. Selbst die Robertsons sind im Dunkeln verborgen, ein Fleck in meinem Leben, von dem niemand weiß außer Chad Spong, der mittlerweile das Haar genauso trägt wie sein Vater. Mit Chad esse ich gelegentlich in teuren Restaurants mit Leinentischtüchern und Silberbesteck zu Mittag oder zu Abend, und er übernimmt diskret die Rechnung.

Ich wache noch immer im Morgengrauen auf, wenn der von Osten kommende Lichtstrahl für einen Moment auf den Boden meines Studios fällt (den Rest des Tages über ist das Zimmer dunkel, und wegen der Apartments gegenüber kann man nicht einmal sehen, welche Jahreszeit es ist), und ich denke sehnsüchtig an zu Hause, nur um mich dann, wenn ich blinzelnd zu mir komme, daran zu erinnern, dass es, wie so manch ein Zuhause, so, wie es damals war, nur für mich existiert und unerreichbar ist.

Teil 4

I

Mein Vater liebte sein Heimatland. Dessen bin ich mir sicher. Als in jenen letzten wahnsinnigen Wochen im Juni 1962 rauchende Busse und Tieflader von weither aus den Bergen nach Algier strömten, zum Bersten voll mit weißen Flüchtlingen und den Erinnerungsstücken von Generationen, und holpernd, hupend und nach Diesel stinkend den Weg in Richtung des chaotischen Basars einschlugen, zu dem der Hafen geworden war, blieb er zu Hause. Er hielt die Fensterläden geschlossen und behauptete, solange es möglich war, dass alles gut werden würde. Er war ein Junge von siebzehn Jahren, und er hing an seiner Welt: Seine Eltern hatten ein Jahr zuvor das Meer in Richtung Frankreich überquert, um neu zu beginnen, und ihren jugendlich eigensinnigen Sohn in der Obhut seiner Großmutter gelassen. Er hatte nicht gehen wollen, und sie auch nicht. Und beide wollten es noch immer nicht.

Gegen Ende hielt der junge Alexandre krampfhaft nach irgendwelchen Anzeichen von Stabilität Ausschau, so schwach sie auch waren. Hatte de Gaulle nicht einmal, an jenem berühmten Tag in Mostaganem, versprochen, dass Algerien ein Teil Frankreichs sei und dies auch immer bleiben werde? Und würde er sich bei den französischen Einwohnern des Landes nicht allem zum Trotz irgendwie an dieses Versprechen gebunden fühlen? Hatte nicht der Nachbar unten erst vor acht Monaten ein Restaurant in der Rue Bab Azoun aufgemacht, und warf es nicht allnächtlich die tanzenden Schatten der sich unterhaltenden Leute auf den Platz?

Das waren zumindest die Sätze, mit denen er die alte Frau besänftigte. Sie, im letzten Stadium ihrer Krebserkrankung ans Bett gefesselt, beharrte darauf, dass der Wind und die Bougainvillea französisch waren und dies auch bleiben würden, sie konnte nicht zugeben, dass bereits alles vorbei und das Land verloren war. Er hörte Radio und blendete die Berichte über die Gemetzel aus, die in den Nachrichten hervorgehoben wurden. Stattdessen legte er die alten Platten mit den bombastischen Stücken von Debussy und Mendelssohn auf, für die seine Großmutter bis zum Schluss eine Vorliebe hatte. Die stechende Sonne war aus der Wohnung ausgesperrt, auf deren schweren Möbeln aus dem 19. Jahrhundert (der Rahmen der Kindheit seiner Mutter) sich in diesem letzten Monat ein Staubfilm gebildet hatte, seit die *bonne*, Widad, nicht mehr kam; sie hatte sich unter Tränen nach achtjähriger Dienstzeit damit entschuldigt, dass es für sie und ihre Familie nicht länger sicher sei: zu viele Leichen von Muslimen lagen, von Fliegen umschwärmt, in den Straßen.

Eine seltsame Normalität bestand weiter: In ordentlicher Kleidung klopfte morgens und abends der Doktor an die Tür, um den sich verschlechternden Zustand seiner Patientin zu überprüfen, den Blutdruck zu messen und das Morphium zu dosieren. Und eine Krankenschwester, eine schweigsame junge Nonne in gestärktem Weiß, ging an den Nachmittagen mit leisen Schritten in der Wohnung umher, sodass Alexandre, wenn er wollte, ausgehen konnte. Zweimal in der Woche, sonntags und donnerstags, riefen seine Eltern aus der neuen Heimat an, wobei sie durch ihre Besorgnis und die knackende Leitung gleichermaßen schlecht zu verstehen waren. Seine Mutter bot ihm an zu kommen und wollte sich auch wirklich auf den Weg machen (schließlich war es ihre Mutter, die im Sterben lag), aber Alexandre erklärte immer wieder, mit den hohlen Versicherungen, die er auch später im Leben gebrauchen würde, das sei nicht nötig. Sie, besorgt und gleichzeitig willens, ihm Glauben zu schenken, glaubte ihm.

Nachts lag er wach, alleine in der höhlenartigen Dunkelheit, und wartete nur auf den Tod und die Abreise, beides kam ihm jedoch so unwahrscheinlich vor, dass er schließlich nur noch Furcht empfand. Er lauschte, bis kurz vor dem Morgengrauen die Straßengeräusche wieder einsetzten und er durch das Rattern der Fahrzeuge oder das ungleichmäßige Klacken der Schritte auf dem Pflaster draußen aus dem Halbschlaf gerissen wurde. Er malte sich Überfälle aus und Plünderungen, blitzende Messer und Flammenwände, eine mentale Brandstiftung, die sich durch die dumpfe Ruhe, in der er und die Hülle seiner Großmutter die Stunden verbrachten, nur noch steigerte.

Er las ihr vor und kochte für sie, obwohl sie nur wenig mehr als klare Brühe und einen gelegentlichen Brocken Brot zu sich nahm. Alexandre schlürfte seinen Morgenkaffee allein; mit übereinander geschlagenen Beinen saß er auf der Terrasse und beobachtete die Bewegungen der Stadt, den stoßweisen Ansturm auf den Hafen, den falschen Schein vertrauter Ruhe. Täglich gab es in Algier weniger Freunde, die ihm versichern konnten, dass das Leben weitergehe, und obwohl sie nur nach Frankreich zogen, waren diese Leute für seine Bedürfnisse so gut wie tot. Wenn er durch die Straßen ging, konnte er kaum glauben, dass er noch in diesem Frühling hier mit seinen Kameraden entlangspaziert war und sie sich gegenseitig mit den Aktentaschen geschlagen hatten; dass er trotz der *plastiquages*, der Anschläge mit Plastikbomben, und des allgegenwärtigen Brandgeruchs vor allem damit beschäftigt war, ein hübsches Mädchen gegen das andere auszuspielen, wobei er, sexuell gesprochen, so weit ging, wie es möglich war, ohne allzu viel zu riskieren. Jeder hatte gewusst, was passieren würde (die Friedensvereinbarungen mit der FLN waren im März unterzeichnet worden, nach vielen Jahren des Kampfes), aber man hatte gedacht – nein, mehr als gedacht, darauf beharrt –, im gewohnten Trott weitermachen zu können.

Zugegebenermaßen hatte sich dieser Trott für einige verändert. Mein Vater hatte einen Cousin, der zur OAS, also zur Geheimarmee, gegangen war, ein Junge von einundzwanzig Jahren, mit dem er in seiner Kindheit gespielt hatte, der nun Terrorist war und immer wieder in den Randgebieten der Stadt auftauchte, um, nach Ansicht von Alexandre und seinen Freunden, die Hysterie anzuheizen und die Dinge zu verschlimmern. Die OAS war für die Leichen aus beiden Lagern verantwortlich, oder für die meisten von ihnen. Manche Leute unterstützten die OAS heimlich und skandierten mit ihren Autohupen oder Töpfen und Pfannen das »Al-gé-rie fran-çaise«; aber die Leute selbst wurden geächtet und waren nicht willkommen.

Noch Anfang Juni war dieser Cousin, Jean, unangekündigt nach Einbruch der Dunkelheit an der Wohnung erschienen. Sein Klopfen erschreckte meinen Vater, der davon überzeugt war, dass nun doch diese arabischen Mörder an die Tür schlugen, aber das Auftauchen von Jean war kaum angenehmer. Angeblich kam der junge Mann, um der Sterbenden die letzte Ehre zu erweisen, aber in der Küche forderte er meinen Vater mit leisem Zischen erneut auf, sich ihm anzuschließen, um bis zum letzten Mann und zur letzten Bombe zu kämpfen.

»Und Grand-mère?«, fragte Alexandre. »Soll ich sie allein lassen?«

»Und ihr Grab?«, konterte sein Cousin. »Willst du das einfach verlassen und dies« – er deutete um sich –, »dein Leben, einfach aufgeben, als wäre es nichts? Los, Mann, du hast doch keine Wahl.«

Nachdem er damit keinen Erfolg hatte, versuchte Jean einen anderen Weg. »Und die *métropole*? Glaubst du, die haben dort mehr Lust auf uns als du auf sie?«

Alexandre zögerte. Aber er sagte ein letztes Mal nein, und nachdem er dem jungen Mann erlaubt hatte, die schlummernde Großmutter zu küssen, scheuchte er ihn zur Tür hinaus und zurück zu seiner grimmigen Organisation.

Es war unvermeidlich, dass sich die Veränderungen auch auf meinen Vater auswirkten. Seine vorübergehende Ruhe – das Leben eines Mannes im letzten Lebensdrittel, nicht im ersten – ging dahin. Die Universitätsbibliothek brannte bis auf die Grundmauern nieder, und mit ihr schwanden seine letzten Hoffnungen. Dann, am Montag darauf, verlor seine Großmutter das Bewusstsein, eine Entwicklung, die den jungen Alexandre zu dem höchst ungewöhnlichen Schritt nötigte, seine Eltern anzurufen. Seine Mutter schluchzte in das Meer aus Luft, das zwischen ihnen lag, während sein Vater ihm Namen von Freunden vorschlug, die vielleicht helfen könnten, die jedoch, wie Alexandre wusste, längst alle weg waren.

An diesem Abend zog der Doktor, als er seinen Besuch machte, meinen Vater beiseite. »Es ist nur noch eine Frage von Tagen«, sagte er ihm. »Zweien, vielleicht dreien. Ich werde versuchen vorbeizuschauen, wenn ich kann. Aber meine Frau und meine Kinder reisen am Mittwoch ab, und ich selbst fliege noch vor dem Wochenende. Vorher muss ich mich noch um eine Menge kümmern. Ich kann jetzt nur noch irgendwann den Tod bestätigen, und das kann die Schwester genauso oder sogar besser. Sie wird den Priester holen. Du musst jetzt Pläne für dich machen. Es ist nicht mehr viel Zeit.«

»Ich kann sie nicht allein lassen.«
»Willst du sie hier beerdigen oder mit nach Frankreich nehmen?«
Diese Alternativen waren meinem Vater bis zu diesem Moment gar nicht klar gewesen: Er war zu jung, zu wenig mit Todesritualen vertraut. Er hatte vergessen, dass da eine Leiche sein würde. Aber die Antwort schien klar: »Sie kommt natürlich mit. Wegen meiner Mutter und der Beerdigung.«
Der Doktor klickte mehrfach mit seinem Kugelschreiber. »Bist du sicher, dass du das so willst?«
»Absolut.« Meinem Vater war bewusst, dass seine Großmutter, die Algerien zu ihrer Heimat gemacht hatte, dieses, selbst im Sarg, nur ungern verlassen würde; aber er wusste auch, dass sie vor allem Französin war und ein Algerien, das nicht länger französisch, nicht länger katholisch war, keine Ruhestätte für sie darstellte.
»Angesichts der Umstände wäre es sicher einfacher –«
»Es ist der Wunsch meiner Familie.«
»Warst du unten am Hafen? Hast du gesehen, was da los ist?«
Alexandre machte eine wegwerfende Handbewegung.
»Hast du schon eine Schiffspassage gebucht?«
»Ich kümmere mich darum. Das mach ich.«
»Hilft dir niemand dabei?«
»Ich bekomme das schon hin.«
Der Doktor zuckte die Achseln. »Ich versuche vorbeizukommen. Ich will mal sehen, was ich tun kann.«
In dieser Nacht blieb die Schwester. Sie saß in dem Lichtkegel, den die Lampe warf, neben dem Bett der alten Frau und strickte, das Gebetbuch lag offen auf ihrem Schoß. Alexandre saß auf der anderen Seite, im Dunkeln. Er hielt die Hände seiner Großmutter und fuhr mit den Fingerspitzen über ihre furchigen Nägel:

Noch vor zwei Monaten hatten diese kurzen dicken Finger Kartoffeln geschält, ihm das Haar zerzaust und mit den krakeligen Überresten einer einstmals eleganten Handschrift Einkaufszettel geschrieben. Schließlich wurde mein Vater auf dem Stuhl mit der harten Rückenlehne, vom Klappern der Stricknadeln und dem Bewusstsein, dass das Warten fast vorüber war, in den Schlaf gewiegt. Er schlief besser als seit Wochen. Auch seine Großmutter schien friedlicher; sie schnarchte leise.

Am Morgen kam statt des Doktors der Priester vorbei, ein großer Mann mit dem düsteren Gesicht eines El-Greco-Porträts. Er nahm die letzte Ölung vor. Der knochige Mann, dessen haarige Zehen in unziemlicher Weise in Sandalen steckten, umarmte Alexandre, flüsterte der Schwester noch etwas zu und ging.

Die Nonne blieb, und das machte Alexandre deutlich, dass seine Großmutter jeden Moment sterben konnte. Die jüngere Frau ruhte sich eine Stunde lang auf dem Sofa im Wohnzimmer aus, ihre Schuhe hatte sie fein säuberlich darunter gestellt, und als sie, überhaupt nicht zerknittert, aufwachte, ordnete sie so flink und geschickt die Kissen, als ob sie nie dort gelegen hätte. Alexandre brachte ihr Kaffee.

»Müssen Sie noch irgendwo anders hin?«, fragte er.

»Nein.«

»Und haben Sie keine Pläne? Wollen Sie nicht auch weg, wie der Doktor?«

»Gott ist es gleichgültig, wer dieses Land regiert«, sagte sie. »Ich gehe nirgendwohin. Aber du musst jetzt nach Hause, zu deiner Familie nach Frankreich. Kümmere dich heute früh darum.«

»Hier ist mein Zuhause«, sagte mein Vater.

Die Nonne schüttelte mit einem leichten Lächeln den Kopf.

2

Alexandre machte sich auf den Weg. In der Nähe des Hafens wurden die Straßen immer verstopfter. Der gepflasterte Bereich hinter den Toren war voller Menschen, die schreiend zwischen ihrem Gepäck und den zurückgelassenen Möbeln der bereits Abgereisten durcheinander rannten. Er ging an einem Kühlschrank vorbei, einem Berg beschlagener Überseekoffer, einem ramponierten Kleiderschrank. Einige Familien waren offenkundig schon seit Tagen da, ihre Hemden und Blusen waren schmutzig, die Männer unrasiert, und die Frauen hatten fettige und ungekämmte Haare. Sie verströmten den säuerlichen Geruch von Menschen, die in der Hitze reisen, und dieser Geruch vermischte sich überall mit dem Gestank der Abwässer. Andere, die erst seit kürzerem warteten, stapelten ihre Habseligkeiten zu ordentlichen Pyramiden auf und gaben ihren Kindern aus Einkaufsnetzen kalte Würstchen und Brot zu essen. Eine junge Mutter stillte ihr Kind, und ihre fleckige Brust quoll aus ihrer schlichten geblümten Hemdbluse. Ein paar Schritte weiter schwankte unsicher ein dicker Mann, fächelte sich mit einer Zeitung, ein schlaffes Taschentuch auf seinem kahlen Schädel, die Ärmel hochgerollt, sodass der schlimme Sonnenbrand auf seinen Fleischerarmen zu sehen war. Die älteren Leute saßen verwirrt und mit verweinten Augen auf ihren Koffern und umklammerten sinnlose Gegenstände: eine Bratpfanne, eine Kaminuhr. Ein verlassener Kanarienvogel zwitscherte in seinem reich verzierten Käfig, der allein auf einem Poller stand. Die Kinder, für die diese Szenerie ein Abenteuer war, zogen plündernd in Rudeln umher, ärgerten die Kleinen und drangsalierten die angebundenen Hunde, sodass sich in das Rufen und Schreien der Leute verschiedenartiges Bellen kleiner und großer Kläffer mischte.

Mehrere rotgesichtige Matrosen in lässiger Uniform drängten sich durchs Getümmel in Richtung eines Büros am Ende des Piers.
Alexandre drängte sich hinter sie und ließ sich von ihnen mitziehen. Er beneidete sie um ihre Größe und ihre Lässigkeit. Sie waren vom Mutterland und hatten nichts mit der Menge zu tun. Ihre Aufgabe war es, das Schiff zu bemannen, das die Flüchtlinge abtransportieren sollte; anschließend würden sie vielleicht in Marseille bleiben, vielleicht aber auch zurückkehren, wieder und wieder, bis all das weiße Strandgut entlang der Küste Algeriens weggeschafft war. Es hätte genauso gut Vieh sein können, was sie da transportierten. Sie sahen nicht wie Alexandre Plackerei, Bindungen und Tod in den durchgescheuerten Säcken und den verschnürten Kisten oder den gefurchten Gesichtszügen der Bauern und Hausfrauen; sie sahen nur Fracht. Und im Gegensatz zur Reden schwingenden, mit Papieren wedelnden Menge, die dicht gedrängt um das Büro des Hafenmeisters herumstand, wussten sie, dass sie auf dem Schiff sein würden, wenn es aus dem Hafen auslief.
Sie gelangten ohne Schwierigkeiten in das Büro, aber die Hand eines noch kräftigeren Matrosen hielt alle anderen zurück und verschloss vor ihnen, auch vor meinem Vater, die Tür. Ungläubig stand er in dem Gedränge.
»Aber ich möchte eine Überfahrt buchen«, sagte er laut zu der gewaltigen Brust des Mannes vor ihm.
»Das wollten wir alle, Kleiner. Warte, bis du an der Reihe bist«, sagte eine Frau an seiner Schulter. »Ich habe schon drei Schiffe ohne mich abfahren sehen, das vierte verpasse ich nicht.«
»Meine Großmutter liegt im Sterben.«
»Dann braucht sie keinen Platz mehr, oder?«
Mein Vater drehte sich von der Frau mit der schrillen Stimme

weg. Er drängte sich wie alle anderen gegen die anwachsende Menschenmenge.
Ein fülliger Beamter kam aus dem Gebäude und befingerte eine Liste. Er stieg auf einen umgedrehten Eimer und räusperte sich.
»Das Schiff, das heute Nachmittag ausläuft, ist völlig ausgebucht. Nur Passagiere, die durch das Zentralbüro Tickets für speziell dieses Schiff erworben haben, werden an Bord gelassen. Wenn um 15 Uhr 30 irgendwelche Kojen nicht belegt sein sollten, stehen sie für die Ersten in der Reihe zur Verfügung. Wir nehmen nicht mehr mit, als Sie selbst an Bord tragen können. Wir können keine Möbel unterbringen. Bitte bleiben Sie ruhig. Morgen laufen zwei weitere Schiffe aus, aber ich muss Sie warnen, auch diese sind ausgebucht.«
Die Menge erhob ein lautstarkes Protestgeschrei.
»Meine Großmutter – ein Sarg –«
Der Beamte war nahe genug, um meinem Vater in die Augen schauen zu können. »Ein Sarg würde als Möbelstück betrachtet. Särge sind nicht zugelassen.«
(Wie lustig hätte solch ein Veto unter anderen Umständen gewirkt: »Keine Särge zugelassen – kannst du dir das vorstellen?«, sagte meine Mutter mit schuldbewusstem Kichern zu mir. »Das ist lächerlich.« Aber mein Vater war nie in der Lage gewesen, die Sache leicht zu nehmen.)
»Und was ist mit mir?«
»Haben Sie ein Ticket?«
»Nein.«
»Dann rate ich Ihnen, entweder wie alle andern hier zu bleiben und auf einen Stehplatz zu warten – was mehrere Tage dauern kann –, oder in das Buchungsbüro in der Stadt zu gehen und sich eine Fahrkarte zu kaufen.«
»Für wann?«

»Woher soll ich das wissen? Sie sehen doch, wie viele Menschen hier sind.« Er blickte das gebügelte Hemd meines Vaters an, sein ordentlich gekämmtes Haar. »Kennen Sie nicht jemanden, der Ihnen helfen könnte? Das wäre der beste Weg.«
Alexandre ging zurück durch die Stadt. Bis auf Jean waren seine Verwandten nicht in Algier. Seine engsten Freunde waren seit einem Monat oder mehr weg. Seine letzte Freundin war zu einem dreimonatigen Englischkurs nach Kent gefahren, und jetzt wusste er, dass sie niemals zurückkehren würde. Es widerstrebte ihm, seinen Vater anzurufen und um Hilfe zu bitten, aber er entschied sich dazu, als er vor dem Ticketbüro in der Stadt eine Schlange sah, die zwei Straßenblöcke lang war. Er machte einen Umweg, um am Restaurant seines Nachbarn vorbeizugehen: Die offenen Fenster und das geschäftige Treiben würden ihn beruhigen, beschloss er.
Es konnte ihn nicht beruhigen. Zahlreiche Briefe bedeckten die Matte hinter der Tür. Eine hastig auf das Glas geschriebene Notiz verkündete, dass das Lokal bis auf weiteres geschlossen sei. Die Tische waren gedeckt, die Servietten neben jedem Teller zu blumenförmigen Tüten gefaltet, die bereits schlaff und trostlos aussahen. Alexandre presste die Nase an die Scheibe und konnte auf dem Tresen im hinteren Teil des Restaurants ein Durcheinander von Flaschen sehen: Likör-, Wein-, leere Flaschen. Mein Vater setzte sich auf die Bordsteinkante, starrte auf seine Schuhe und fing an zu weinen.
Monsieur Gambetta, der Nachbar, vor dessen Lokal mein Vater verzweifelt kauerte, ein speckig glänzender, kugelrunder Mann Ende vierzig, tauchte schlüsselrasselnd auf. Ein Zusammentreffen, das für meinen Vater ein glücklicher Umstand war. Gambetta wartete auf einen Scheck und dachte, er sei vielleicht in sein Restaurant gebracht worden. Er erkannte den jungen Alexandre,

und als er von dessen Schwierigkeiten erfuhr, bot er eine Lösung an. Da sie gute Beziehungen hatten, war es seiner Frau und ihm nicht nur gelungen, sich Tickets zu sichern, sondern sogar eine ganze Kabine für die Überfahrt in achtundvierzig Stunden. Es gäbe keinen Grund, sagte er, warum Alexandre, falls es ihm nichts ausmache, auf dem Boden zu schlafen, nicht den Platz mit ihnen teilen sollte.

»Es ist sehr hart, dass du in solchen Zeiten den Tod deiner Großmutter erleben musst«, sagte er und legte mitfühlend einen Arm um die Schulter des Jungen. »Wir sind glücklich, das unsere tun zu können, angesichts der Tragödien, die wir erleben.«

»Aber, Monsieur«, sagte Alexandre, »meine Großmutter ist noch nicht tot. Es stimmt, sie liegt im Sterben – sie sagen, es kann jeden Moment so weit sein –, aber noch lebt sie.«

»Und du willst sie nicht allein lassen?«

»Das kann ich mir nicht vorstellen – Nein. Ich denke, nach dem, was der Doktor gesagt hat –«

»Warten wir's ab, und dann sehen wir weiter.«

»Der Priester war heute Morgen da.«

Beide waren sie verlegen. Alexandre hatte nicht das Gefühl, das Thema Sarg anschneiden zu können. Er dachte darüber nach und kam auf die Idee, dass der Sarg vielleicht auf dem Boden der Kabine stehen und er oben drauf, auf seiner Großmutter, schlafen könnte. Aber er erwähnte es nicht.

»Ich bin Ihnen so dankbar«, sagte er.

»Keine Ursache. Wir können ausmachen, wann wir uns an besagtem Morgen treffen. Wir können zusammen zum Hafen gehen, falls …«

»Ich bin Ihnen so dankbar. Vielleicht können meine Eltern nach unserer Ankunft –«

»Mach dir keine Gedanken.«

Von diesem Moment an verbrachte mein Vater seine Stunden damit, um das Ableben seiner Großmutter zu beten. Er saß im Dunklen auf dem harten Stuhl, gegenüber von der gelassen strickenden Schwester auf der anderen Seite des Bettes, und horchte gespannt auf das Todesröcheln. Es war unwahrscheinlich, dass die alte Frau die Augen noch einmal öffnen würde: Alles, was sie noch tun musste, war, den Dingen ihren Lauf zu lassen. Er flüsterte ihr ins Ohr, als die Schwester das Zimmer verließ: »Es ist in Ordnung, Grand-mère. Gott wartet auf dich. Und Großvater ebenfalls und deine Schwestern und das Paradies. Lass los, Grand-mère.«
Aber seine Großmutter bot wie ihre Mitkolonisten dem Schicksal zäh und hartnäckig die Stirn. Ihre Zeit war die Verlaufsform des Präsens, und sie klammerte sich mit dem ganzen blinden Willen eines Maulwurfs daran. »Ich bin dabei zu sterben«, »Sie ist dabei zu sterben«, »Unser Land ist dabei zu sterben«: Das Tempus wird mit einer Trotzigkeit aufrechterhalten, die für diejenigen unverständlich ist, die sich einfach mit der Vergangenheit abfinden.
Vierundzwanzig Stunden vergingen, in denen Alexandre nicht schlief; er aß auch nichts, nicht einmal als ihm die Schwester Suppe brachte. Er war zusammen mit der alten Frau an den Lauf der Dinge gekettet, saß in dem Abgrund zwischen Vergangenheit und Zukunft fest.
Die Schwester, die von Gambettas Angebot wusste, beruhigte ihn: »Sie wird sterben. Sie wird rechtzeitig sterben. Es ist Gottes Wille. Hab Vertrauen.« Aber er konnte ihr nicht glauben. Er wusste nicht mehr, was Vertrauen bedeutete. Hatte er nicht de Gaulles Versprechen vertraut? Hatte er nicht an Gambettas Restaurant geglaubt?
Am Abend des nächsten Tages schickte die stets praktisch

denkende Schwester einen widerstrebenden Alexandre los. Er sollte das Undenkbare tun: zum Leichenbestatter gehen und den Sarg für seine Großmutter in Auftrag geben. Sie riet ihm, keine Kosten zu scheuen: »Wenn du zahlst, haben die ihn am Morgen fertig. Zahl ihnen genügend, und sie arbeiten die Nacht durch.«

»Sie liegt im Sterben, aber sie ist noch nicht – Wie kann ich, wo sie noch ...?«

»Weil du das musst. Und weil sie tot sein wird.«

Als er jedoch weit nach Einbruch der Dunkelheit zurückkehrte (ohne die goldene Uhr seines Großvaters, mit der er den dunkelhäutigen Tischler hatte bestechen müssen, und noch fester entschlossen, den Sarg nach Frankreich mitzunehmen, denn der Leichenbestatter hatte ihn darüber informiert, dass es lange Warteschlangen für die Beerdigungen gab und die Toten im Leichenschauhaus vermoderten), atmete seine Großmutter ruhig. Sie hatte sich kaum gerührt. Die Nonne hatte einen neuen Wollknäuel angefangen: abgesehen davon hatte sich nichts verändert.

Sie wachten eine weitere Nacht bei ihr, obwohl mein Vater mehrfach erschöpft den Kopf auf die Brust sinken ließ und einschlief. Jedes Mal, wenn er hochschreckte, hatte er die Hoffnung, dass – Aber nein, sie lebte immer noch.

Um neun Uhr – der Morgen war glühend heiß, und die Luft stand –, kam Monsieur Gambetta an die Tür. »Wir gehen jetzt«, sagte er. »Wegen der vielen Leute unten am Hafen. Du hast sie sicher gesehen.«

»Natürlich.«

»Immer noch nicht?« Gambetta deutete verlegen mit dem Kopf in Richtung Schlafzimmer.

»Noch nicht.«

»Um zwei, mein Sohn. Du hast höchstens noch Zeit bis um

zwei. Danach gehen wir an Bord, und ohne uns werden sie dich nicht aufs Schiff lassen. Hast du gehört, dass sie der Witwe Turot letzte Nacht die Kehle durchgeschnitten haben? In ihrer Wohnung. Keine drei Straßen von hier. Schwer zu sagen, wen man dafür verantwortlich machen soll. Es ist Zeit, mein Junge. Am Hafen, vor zwei Uhr. Wir sind so nah an der Gangway wie möglich, in dem Abschnitt, wo die Leute mit Fahrkarten stehen. Kopf hoch.«

Mein Vater fasste sich daraufhin ein Herz und packte. Er lief durch die Wohnung, nahm Silberbesteck aus Schubladen und Bilder von den Wänden. Er nahm das sepiafarbene Hochzeitsfoto seiner Großeltern aus dem Rahmen und faltete es zweimal zusammen, sodass es in seine Hosentasche passte. Er nahm seine Hemden aus der Kommode und legte sie aufs Bett, nur um sie dann wieder wegzuräumen. Er steckte sich in jeden Socken drei silberne Kaffeelöffel, die sich zunächst kühl an den Knöcheln anfühlten. Er zog einen von seiner Großmutter bestickten Kissenüberzug ab und stopfte diesen zusammen mit einer Garnitur Unterwäsche in einen Segeltuchsack. Er packte ein kleines, gerahmtes Aquarell dazu, das die Bucht von Algier zeigte und, solange er denken konnte, bei seiner Großmutter an der Wand gehangen hatte, ein lichterfülltes, heiteres Bild, das Anfang des Jahrhunderts in glücklicheren Zeiten gemalt worden war. Im Vordergrund des Gemäldes blinkte das Wasser, die Bewohner der Stadt spazierten an der Seeseite entlang, und oben auf den Hügeln funkelten die Häuser, unbefleckt von Staub oder Blut.

Er nahm das Fotoalbum seiner Großmutter, wog es in den Händen und ließ es auf dem Sofa liegen; dann kehrte er zu dem Album zurück, um ein paar Erinnerungsbilder auszusuchen und herauszulösen. Er versuchte sich vorzustellen, welche seine Eltern wohl am liebsten haben wollten, und bei manchen Fotos riss er dabei die Ecken ein. Schließlich hatte er eine Hand voll für die Tasche zusammen. Ab und zu schlüpfte er in das Zimmer seiner Großmutter: Die Nonne blickte dann hoch und schüttelte den Kopf, und Alexandre streifte erneut rastlos durch die Wohnung. Um halb elf hämmerte es an der Tür. Auf dem Treppenabsatz stand schwitzend der Sargmacher, an dessen Handgelenk Alexandres Uhr glänzte.

»Er ist unten auf dem Lastwagen. Hilf ihn mir hochtragen – ich habe niemand dabei. Ich kann das nicht alleine machen.«

Sie brauchten fast eine halbe Stunde, bis sie die unhandliche Kiste drei Stockwerke hochgewuchtet hatten. Alexandre war schweißgebadet und musste sich auf jeder Etage ausruhen. Er wusste wenig über Särge, aber ihm war klar, dass dieser hier wahnsinnig groß war, lang genug für einen Mann von einem Meter achtzig, und außerdem breit.

»Er ist riesig«, keuchte er auf halbem Wege. »So schwer.«

»Du hast mir nicht gesagt, wie groß sie war. Ich konnte kein Risiko eingehen. Und das Holz, das ich zur Hand hatte, war dick. Da hilft nichts. Besser zu groß als zu klein. Sie wird eine ganze Weile darin liegen. Dann soll sie es auch bequem haben.«

Als sie schließlich die Wohnung erreicht hatten, stellten sie den Sarg mit aufgeklapptem Deckel auf dem Boden im Wohnzimmer neben dem Sofa ab.

»Wo ist denn die Tote?«, fragte der Schreiner und wischte sich mit seinem glänzenden haarigen Arm über das glänzende haarlose Gesicht.

»Sie ist nicht – einen Augenblick, bitte.«

Mein Vater ging zur Tür des Zimmers seiner Großmutter. Die Nonne hatte das Strickzeug beiseite gelegt und war über dic alte Frau gebeugt; mit der einen Hand hielt sie deren Kopf, mit der anderen klopfte sie das Kissen auf. Als Alexandre das Zimmer betrat, legte die Nonne den Schädel seiner Großmutter sanft auf das aufgeschüttelte Daunenbett. Die Schwester, die lange so gelassen gewesen war, wirkte nun erregt, ihr weiches Gesicht war gerötet und mit Schweißperlen überzogen.

»Ich wollte, dass sie hübsch daliegt. Sie ist von uns gegangen, die Arme. Als du auf der Treppe warst. Sie ist jetzt bereit, mit dir zu gehen.«

»Aber wann?«

»Wie gesagt, vor ein oder zwei Minuten, als du im Treppenhaus warst. Sie hat nicht gelitten. Der Herr ist gnädig.«

Mein Vater hatte keine Zeit zu weinen oder sich über den tadellosen Zeitplan seiner Großmutter zu wundern. Nachdem ihm eine Stehlampe, eine Suppenterrine und ein silberner Kerzenhalter versprochen worden war, ließ sich der Schreiner dazu überreden, Alexandre und seine Großmutter zum Hafen zu transportieren. Sie machten aus dem Laken, auf dem sie lag, ein Tragetuch und trugen sie, noch warm und im Nachthemd, ins Wohnzimmer und legten sie in die viel zu große Kiste. Einsam und winzig lag sie dort. Die Nonne folgte ihnen unauffällig, sie betete leise.

»Sie wird herumrutschen. Sie ist noch nicht steif genug«, sagte der Mann. »Gibt's nicht irgendwas, womit wir sie festmachen können?«

Es war Alexandres Idee, die Sofakissen zu benutzen, die mit ihrem verschossenen grünen Samt inzwischen zu nichts anderem mehr nutze waren. Der Mann stopfte sie rund um den Körper, ein Kissen drückte er an die Füße der Großmutter, und zwei schob er flach an die Seiten. Unter ihren Kopf legten sie das Kissen, das im Bett gewesen war und schwach nach Krankheit und ihrem Parfüm roch.

»So wird es gehen.«

Der Mann erlaubte Alexandre, dass er sich über den Sarg beugte, um seine Großmutter ein letztes Mal zu küssen und ihr die Hände auf der Brust zu falten (diese furchigen Fingernägel!), dann schlug er den Deckel zu und schob die glänzenden Riegel an ihren Platz.
Voll war der Sarg sogar noch schwerer, aber für Alexandre eine kostbare Last. Er gab Acht beim Hinuntergehen. Da er sich nicht so recht vorstellen konnte, dass seine Großmutter nicht zusammenzuckte, wenn sie irgendwo anstießen, gab er sich große Mühe, nirgendwo entlangzuschrammen, wenn sie um eine Ecke bogen, und den Sarg nicht fallen zu lassen. Als die Großmutter sicher auf dem Lastwagen gelandet war, gingen die beiden noch ein letztes Mal zur Wohnung zurück. Die Nonne hatte ihre Sachen zusammengepackt und war im Begriff, zum Krankenhaus zurückzugehen. Alexandre nahm seinen Seesack und warf als Letztes eine Strickjacke seiner Großmutter hinein und das kleine Kruzifix aus Zedernholz, das über ihrem Bett gehangen hatte. Der Mann schulterte seine Lampe, klemmte sich die Terrine unter den Arm und bat die Nonne, den Kerzenhalter zu nehmen. Die drei verließen gemeinsam die Wohnung, ohne sich noch die Mühe zu machen, die Tür abzuschließen.
Die Nonne lehnte es ab, mit ihnen zu fahren; sie zog es vor, das erste Mal seit Tagen wieder durch die stickigen Straßen zu laufen. Sie umarmte meinen Vater und segnete ihn. »Du hast richtig gehandelt«, sagte sie. »Deine Eltern werden stolz auf dich sein.«

3

Es war fast ein Uhr, als sie den Hafen erreichten. Der Lastwagen konnte nicht einmal bis zu den Toren fahren, weil sich die Massen an der Rampe hinunter zum Pier dicht drängten. Ein paar Händler, mit mehr Interesse am Geld als an der Politik, hatten sich am Kai entlang aufgestellt, um die Abreisenden mit Speisen und Getränken zu versorgen, und sie verkauften Obst, Eiscreme und Pommes frites in gewachsten Tüten zu inflationären Preisen.

Meine Urgroßmutter abzuladen war eins, zum hinteren Ende des Piers durchzukommen, das für Fahrkarteninhaber reserviert war, etwas anderes. Leute rempelten meinen Vater und den Sargmacher an; manche schlugen auf die Kiste; Kinder rannten darunter hindurch. Die älteren Männer und Frauen traten zurück, um die beiden passieren zu lassen, und ein paar davon bekreuzigten sich verstohlen. Der Mann vom Beerdigungsunternehmen rauchte beim Schleppen und stieß den Qualm aus einem Mundwinkel hervor, während sich die Zigarette mit seinem Atem hob und senkte. Wenn er sie zu Ende geraucht hatte, spuckte er die glimmende Kippe mit einem ruckartigen Anheben des Kinns ins Getümmel.

Der Matrose an der Absperrung war glücklicherweise jung und hatte offenbar von dem Erlass gegen Särge keine Kenntnis erhalten: Er hob das Tor, ohne zu fragen, für sie hoch, als Alexandre Monsieur Gambetta erspähte und dieser winkte und rief: »Er gehört zu uns. Lassen Sie ihn durch.«

Die Leute mit Fahrkarten waren ruhig, und auf ihrer Seite des Piers herrschte vergleichsweise wenig Durcheinander. Sie warteten in dem vor Hitze flimmernden Schatten des glänzenden Schiffes, der *El Djezair*; wie Kinderspielzeug baumelten die mit

Segeltuch abgedeckten Rettungsboote an Deck des Passagierdampfers. Die Luft war salziger auf dieser Seite, weniger von fauligen Schwaden durchzogen. Alexandre, der Sargmacher und ihre Last erreichten unbehindert Gambettas Kofferstapel. Kaum hatten sie abgeladen, grüßte der Mann kurz und sagte: »Alles Gute. Vielleicht sehen wir uns da drüben mal«, und war verschwunden.

Die Gambettas standen mehr als überrascht da. Madame Gambettas Kirschmund klappte auf, und ihre Finger flogen zu ihrer Frisur, als ob ihr Haarknoten sich vor Schreck lösen könnte.

»Was ist das? Was ist das?«, zeterte Gambetta.

»Meine Familie – ein Begräbnis – sie muss mit mir nach Frankreich.«

»Ach ja, oh, natürlich, aber, mein Junge, ich sehe nicht, wie –«

»Ich dachte, wir könnten sie auf den Boden stellen. Ich schlafe dann oben drauf. Sie wird Ihnen wirklich nicht im Weg sein. Es ist nicht so weit. Es tut mir Leid, aber Sie müssen verstehen –«

»Ach so. O ja, natürlich, aber ich – also nein, ich verstehe.« Monsieur Gambetta sank auf seinen Koffer zurück, das Gesicht resigniert in Falten gelegt. »Nein, in Ordnung. Natürlich. Wir kriegen das schon hin. Ist sie, ähm, anständig – ich meine, diese Kiste –.« Er zog an seinem fleischigen Ohrläppchen. »Es ist nur, es ist sehr heiß, weißt du?«

»Es ist ein richtiger Sarg. Sehr stabil.«

»Ja, das kann ich sehen. Er kommt mir extrem groß vor.«

»Der Tischler hatte nicht die Maße.«

»Verstehe.«

Madame Gambetta tat einen Schritt nach vorn und flüsterte hinter ihrem Leinentaschentuch hervor: »Bist du absolut sicher, dass sie nicht riechen wird? Ich bin sehr empfindlich. Ich kann nichts dafür. Ich werde dann krank.«

»Aber sie ist doch gerade erst von uns gegangen. Und der Sarg ist sehr solide.«
»Solange sie nicht riecht.«
Wie ich die armen Gambettas bedaure, deren Freundlichkeit mit einer Leiche belohnt wurde. Aber sie ließen den Jungen an dieser Stelle nicht im Stich – wie hätten sie das gekonnt? –, er war noch zu jung, um in solche Dinge verwickelt zu sein. Er hätte an der Esplanade herumflirten sollen, gut aussehend wie er war, statt gebeugt und zerknittert vor ihnen zu stehen, die Last des Todes auf seinen Schultern.
»Wir haben alle einen harten Weg vor uns«, sagte Gambetta. »Aber wir gehen ihn gemeinsam.«
»Und unser Heiland wird uns führen«, sagte Madame und bekreuzigte sich. Wenig später, als sie glaubte, dass mein Vater abgelenkt war, blickte sie ihren Mann mit rollenden Augen an und zischte: *»Quel cauchemar!«* Was für ein Albtraum.
Aber der Herr zeigte Erbarmen mit den Gambettas. Als der Moment kam, um an Bord zu gehen, wurde Monsieur beschworen, für meine Urgroßmutter zu kämpfen, und das tat er auch. »Ich habe für die Kabine bezahlt, und ich kann hineinstellen, was ich will. Ich könnte ein Pferd oder eine Waschmaschine transportieren, wenn ich wollte. Der Platz gehört mir. Nun seien Sie dem Jungen behilflich und erweisen Sie der Toten ein wenig Respekt.«
Madame stand, ganz würdevolle Trauer, an der Seite und schüttelte den Kopf. »Stellen Sie sich vor«, murmelte sie einer Gruppe Mitreisender zu. »Der Junge hat diesen schmerzlichen Verlust erlitten, und jetzt wollen sie ihm ein richtiges Begräbnis verwehren. Als wäre es nicht schon schändlich genug, dass sie unser Heimatland verkaufen.«
Es kam zu einem kleinen Aufruhr – hatten diese Leute nicht

alles verloren? Konnten sie zulassen, dass ihnen noch mehr genommen wurde? –, und dieser bewirkte, dass schließlich zwei Matrosen, auf deren eindrucksvollen Muskelpaketen die schwere Last zu schweben schien, den Sarg die Landungsbrücke hochhievten. Die Gambettas und Alexandre folgten ihnen, allesamt mit Lederkoffern beladen, die mit *bibelots,* Nippsachen, aus der Gambettaschen Wohnung voll gestopft waren.
Die Gruppe überquerte das Deck und stand dann eine ganze Zeit lang da und kam nicht weiter, während die Verstorbene und ihr Gehäuse die enge Treppe ins untere Stockwerk manövriert wurden, wo sich die Kabine der Gambettas befand. Dort war der graue Korridor sehr eng, und der Sarg kam nur noch vorwärts, wenn er auf die Seite gekippt wurde.
»Seien Sie vorsichtig«, bat Alexandre eindringlich und stellte sich seine zwischen die Samtkissen gepresste Großmutter vor.
»Zeigen Sie ein wenig Respekt«, mahnte Gambetta erneut.
Aber als sie die Kabinentür erreichten, war sofort klar, dass dort nicht genügend Platz war, um den Sarg zu drehen.
»Wir kriegen ihn nicht rein«, sagte der vordere Matrose. »Da ist kein Platz. Der Winkel ist zu spitz. Der Gang ist zu eng. Wir bekommen ihn nicht rum.«
»Versucht es, Mann. Ihr habt's ja nicht mal probiert«, sagte Gambetta. Madame schüttelte den Kopf, ob im Einvernehmen mit dem Matrosen oder mit ihrem Mann, war nicht klar.
Sie versuchten es. Versuchten es eine Viertelstunde lang. Sie stellten den Sarg hoch, sie schoben ihn scharrend über den Boden; sie rissen und zogen an ihm, ihr Atem schäumte in der Hitze. Selbst die starken Männer ermatteten unter dem fürchterlichen Gewicht der Kiste. Und der Matrose hatte Recht: Meine Urgroßmutter würde nicht, konnte nicht die Kabine der Gambettas teilen.

»Was nun?«, fragte mein Vater, dessen Beine durch den endlosen Gefühlsaufruhr wie Pudding waren.
»In der Tat, was machen wir?«, fragte Gambetta.
Der Maat wurde gerufen und dann der Kapitän. Durch die vielen Menschen auf dem Gang wurde es stickig, und Madame, die ein enges Korsett trug, drohte ohnmächtig zu werden. Alexandre fächelte ihr eifrig mit dem Stoß Familienfotos aus seiner Tasche zu, aber sie verursachten nur einen leichten Hauch.
Der Kapitän, ein zierlicher Mann mit einem pedantisch gestutzten Schnurrbart und schiefen Zähnen, stand ein paar Minuten lang schweigend da, die Arme über der mit Messingknöpfen besetzten Brust.
»Ich habe einen Vorschlag«, sagte er schließlich zu Monsieur Gambetta, wobei er sich dabei auf Zehenspitzen stellte, als wolle er ein Geheimnis mit ihm teilen.
»Dieser junge Mann ist der nächste Anverwandte«, sagte Gambetta. »Unterbreiten Sie ihm Ihren Vorschlag.«
»Grundsätzlich«, sagte der Kapitän und drehte sich zu Alexandre um, »sind Särge nicht erlaubt. Nicht in diesen Zeiten, in denen wir jedes Fleckchen für die Passagiere brauchen. Särge zählen als Möbel, wissen Sie.«
»Aber meine Großmutter –«
Der Kapitän hob eine Hand, um meinen Vater zum Schweigen zu bringen. »Lassen Sie mich ausreden, junger Mann. Ich habe Verständnis für Ihre Schwierigkeiten und wollte daher zum Besten aller Beteiligten ein Seebegräbnis vorschlagen.«
»Also – wirklich!«, sagte Gambetta.
»Wie vortrefflich«, hauchte Madame, die langsam wieder Farbe bekam. »Das ist eine Lösung.«
»Ich denke – ich nehme an – was für eine Wahl habe ich?«, fragte mein Vater, der sich mittlerweile so unwohl fühlte, dass er seinen

improvisierten Fächer in die eigene Richtung hielt und heftig damit wedelte.
»Keine«, sagte der Kapitän. »Wenn Sie heute fahren wollen.«
Und auf diese Weise fand meine Urgroßmutter ihre letzte Ruhe in der Hafeneinfahrt der Bucht von Algier. Das Schiff (dessen Decks sich unter den Passagieren bogen, deren winkende Arme wie ein Heer von Würmern aussahen), hatte kaum Fahrt aufgenommen, da stand der Kapitän bereits am Heck, neben sich vier Matrosen mit ernstem Gesicht, die den Sarg hochhielten (einer von ihnen hatte ein fliehendes Kinn, sodass sein Mund unabsichtlich aufzuklappen schien). Und dann las er mit einem silbernen Megaphon die Gebete für die Tote. Mein Vater stand ebenfalls an der Reling, und als er sich über den Sarg beugte, um ihn zu küssen, hinterließen seine herabfallenden Tränen Flecken auf dem rohen Holz.
Die Menge am Ufer konnte das Begräbnis ebenfalls sehen, oder zumindest glaubte mein Vater dies, da sie ruhiger zu werden schien und sich über die in der strahlenden Nachmittagssonne daliegende Bucht plötzlich Schweigen breitete. Als der Sarg mit einem leisen Platschen ins ölige Mittelmeer glitt und versank, stand die menschliche Schiffsfracht regungslos und mit großen Augen da: voller Trauer über die Toten, die sie zurückließen und an die diese Frau sie erinnerte, und über den eigenen Tod, der irgendwann kommen würde, und über den strahlend weißen Glanz ihrer Stadt, die für sie verloren war wie Atlantis. Dort drüben flimmerte sie so nah auf den Hügeln, für immer dahin.

4

Ich, die ich das damals noch konnte, fuhr also nach Hause. Als mein Vater meine Tasche aus dem Kofferraum des BMWs holte und sie auf den weißen Kies stellte und Etienne im Eingang in seinem Rollstuhl herumzappelte, dass die Gurte quietschten, und meine Mutter, die ihn gerade die Rampe zu mir herunterschieben wollte, kurz innehielt, um einen leichten Luftsprung zu machen und sich mit ihrer zierlichen Hand in einer Geste mädchenhafter Freude vor den offenen Mund zu schlagen; als sich mir die Härchen auf der Haut unter der trockenen, salzigen, brennenden Brise, die das Ende des Sommers andeutete, aufstellten und die Schritte von mir und meinem Vater, der den Arm um mich gelegt hatte, auf den schimmernden Steinen wie in arktischem Schnee knirschten, während wir den Abstand zwischen uns und meiner Mutter und meinem Bruder verringerten, bis wir sie erreicht hatten, und das Surren der Insekten zu verstummen und die Luft zu stocken schien – da war mir, als sei ich nach Hause gekommen, um dort Ruhe und völlige Sicherheit zu finden. Aber diese sonnengesprenkelte Wiedervereinigung auf unserer Auffahrt war nur eine scheinbare Amnestie.

Mein Großvater war natürlich ins Bellevue und zu seiner Frau zurückgekehrt, die ihn, gekämmt und im Anzug, mit beflissener Sorge trotzig durch den nächsten und übernächsten Tag schleifen würde; und so gehörte unser Haus – mein Haus, das, in dem ich, seit ich etwa fünf war, lebte und das für den Rollstuhl gebaut worden war, den mein Bruder damals noch gar nicht hatte; daher vielleicht mehr sein Haus als meins – wieder uns oder mir oder ihm. Aber die Schatten dieser ersten Woche und der bevorstehenden Verhandlung zogen durch die Gänge, so gegenwärtig wie Gespenster oder Mäuse, die in den Mauern oder unseren

Köpfen umhergeisterten, unregelmäßig zwar, doch niemals ganz verschwunden.
In meiner Abwesenheit war meine Mutter, obwohl sie kein überflüssiges Fleisch zu verlieren hatte, noch schmaler geworden, sodass ihr die eleganten Blusen seltsam um die Schultern schlackerten und ihre Sehnen hervortraten. Mein Vater, als hätte er sich auf Kosten seiner Frau gemästet, war auseinander gegangen, und der Kragen scheuerte an seinem wulstigen, ausrasierten Stiernacken. Das Wohnzimmer machte einen weißeren, das Licht einen grelleren Eindruck, und meine Schritte dröhnten lauter auf dem Marmorboden, als ich es in Erinnerung hatte; es klang wie im Krankenhaus. Nur Etienne war gleich geblieben; er griff nach meinem Haar – jedenfalls versuchte er es – und meinem T-Shirt und bemühte sich, etwas von meinem Keksgeruch aus dem Flugzeug zu erhaschen.
»Du bist gewachsen«, sagte meine Mutter.
»Das glaube ich nicht.«
»Dann bist du dünner geworden.«
»In Amerika? Keine Chance. Du bist diejenige –«
»Red keinen Unsinn.«
»Deine Mutter ist wie ein Vogel. Ich warte darauf, dass sie wegfliegt.«
»Oh, Alexandre!«
Er legte die Arme um uns beide. »Ich bin froh, dass ich meine beiden hübschen Frauen wieder bei mir habe, wo sie hingehören.«
Wir, Frau und Tochter, wanden uns aus seiner Umarmung. Es beschämt mich, wenn ich daran zurückdenke, aber es war so.
»Du bist so heiß«, beschwerte sich meine Mutter und machte sich von ihm los. »Du strahlst Hitze aus.«
»Einen Kuss?«, rief er hinter ihr her, während sie in Richtung Küche ging.

»Nicht jetzt.«
»Warum nicht?«
Ihre Stimme war durch Türen und um Ecken herum nur noch leise, aber deutlich wahrnehmbar. »Ich will nicht.«
»Du wirst doch aber deinen armen Vater nicht zurückweisen, oder?«
Ich sagte nichts und ließ seine feuchte Umarmung über mich ergehen. Es war mein erster Abend zu Hause, und ich sah keinen Grund, ihn zu verderben.

5

Dieser Moment draußen vor dem Haus steht mir in der Erinnerung so klar vor Augen, als hätte er Stunden gedauert, während die darauf folgenden Wochen, selbst Monate, nur noch als unentwirrbares Durcheinander aufscheinen. Und all dies ist durchzogen vom Geruch feuchter Erde und dumpfem Regengeprassel. Das Wetter in jenem Herbst war schlecht für die Moral, schlecht für die Einnahmen des Bellevue, da die Briten und andere Nordländer sich entschieden hatten, zu Hause, in ihrer eigenen Feuchtigkeit zu bleiben, statt für das Vorrecht, unsere genießen zu dürfen, zu bezahlen. Selbst in meinem noch fast kindlichen Kokon bekam ich mit, wie über die globalen Wirtschaftsprobleme getuschelt wurde: Begriffe wie »Rezession«, »Flaute«, »Gürtel enger schnallen« drangen bis in die Unterhaltungen auf dem Schulhof vor. In diesen Monaten vor Weihnachten fiel die Berliner Mauer, und das Fernsehen trug das feuchtfröhliche Freudengeschrei der Deutschen durch unser Wohnzimmer. Die Zeitungen regten an, alle Kriege sollten zu einem Ende geführt, die in unserem Jahrhundert lange vergessenen Vorstellungen von Fortschritt – hin zu einer besseren, von besseren Menschen bewohnten Welt – vielleicht vom Staub befreit und nochmals untersucht werden. Im selben Atemzug wurde vorgebracht, dass die Rezession, die wir jetzt erlebten, vielleicht von Dauer und einfach die Strafe für eine anhaltende Epoche des Überflusses sein könnte.

Aber in unserem Leben läuteten diese folgenschweren Ereignisse und die daran anschließenden Prophezeiungen nur wie ferne Glocken. Das Meer war schieferfarben, und unsere Tage, die kürzer und dunkler wurden, gestalteten sich um das bevorstehende Gerichtsverfahren gegen meinen Großvater herum. Es stand unausgesprochen und unvorstellbar drohend zwischen uns, und wenn wir zufällig damit konfrontiert wurden, dann fuhren wir sofort erschrocken zurück:

»Weihnachten? Na ja, das hängt davon ab. Wir wollen mal sehen.« So meine Mutter zu mir.

»Eine Dinnerparty zu unserem Jubiläum? Nicht vorher. Ich denke, wir warten besser.« So Papa zu meiner Mutter.

»Nicht im November. Keine Gäste im November. Du weißt, dass wir da nicht können.« So ich weiß nicht wer zu wem.

In den letzten Tagen vor Schulbeginn ging ich überhaupt nicht zum Hotel.

Ich erinnere mich nicht, meine Großeltern gesehen zu haben, obwohl ich sie getroffen haben muss. Ich schämte mich für meinen Großvater und war mir sicher, dass auch er sich vor mir schämte. Es war letztlich mein Leben, das durch den Fehler, den er begangen hatte, am meisten berührt war, jedenfalls dachte ich das, als mir Marie-José wieder zu fehlen begann und es mir vor der Schule grauste. Niemand erwähnte, dass auch er Freunde und Ansehen verloren hatte; oder dass dies auch für meine Eltern

galt; oder dass Großvater womöglich tatsächlich ins Gefängnis musste.
Ich weiß, dass mir der Großeinkauf verweigert wurde, den wir gewöhnlich vor dem Beginn des neuen Schuljahres unternahmen. Meine Mutter erlaubte mir einen Pullover – aus schwarzgrauer Angorawolle mit Rollkragen –, den ich selbst in dem bläulichen Licht des Warenhauses aussuchte und streichelte und dann ungestört in meinem Zimmer an meine Wange hielt und den ich dann nach diesem scheußlichen Herbst nie wieder trug, weil ich irgendwie das Gefühl hatte, dass er die ganzen Widerwärtigkeiten aufgesaugt hatte und mich hässlich machte; oder hässlicher, denn das war eine Zeit, in der mein Äußeres übertrieben wichtig für mich zu werden begann und jeder Blick in den Spiegel eine Enttäuschung für meine Eitelkeit war – und das war alles. Wir könnten uns in solch unsicheren Zeiten nicht mehr leisten, erklärte meine Mutter. Vielleicht später, wenn die Kosten für »all das« klarer seien.
»Denk dran, chickadee«, flüsterte sie eines Abends auf Englisch neben meinem Bett, »dein Leben ist nicht wirklich schwierig, es ist nur eine Zeit lang ein wenig schwieriger. Bis jetzt haben wir einfach Glück gehabt. Das ist alles. Du wirst wieder glücklich sein.«
In meinem Ärger kam ich zu dem Ergebnis, dass ihnen das gefiel, dass das Unglück sie stark machte: meine Mutter war zu Haut und Knochen geschrumpft, mein Vater versank im Fleisch, aber beide gingen reiner daraus hervor, waren viel mehr sie selbst. Sie schienen in diesen Monaten wieder zusammenzufinden. Das nächtliche Murmeln ihrer Stimmen war zwar selten, aber es schwoll nahezu nie mehr zu zornigen Wogen an oder schlug in Wut um, wie ich es lange gewöhnt gewesen war. Ich wertete dies schließlich als gutes Zeichen (auf welch seltsame

Weise wir die Rätsel des Alltags deuten), auch wenn ich die Vorzeichen für unseren Haushalt wie die der weiteren Welt insgesamt für gemischt hielt.
Vierzehn ist nach Ansicht der Stoiker das Alter, in dem die Vernunft in dem jungen Verstand heranreift, so natürlich wie die jungen Triebe im Frühling; aber da die Vernunft sich mit dem Gefühlsinstinkt vermischt – zumindest taten die beiden dies in meinem Falle –, bringen sie zweifellos seltsame Formen hervor. Was ist letztlich Vernunft, wenn nicht ein Mittel, uns durch das Dickicht unserer Begierde zu leiten? Wir suchen nach Hoffnung, wo wir können, und wenn wir keine entdecken, erfinden wir sie.

6

Natürlich ging ich zur Schule; aber die Schule hatte sich für mich verändert. Ich fuhr mit demselben Bus zu demselben düsteren grauen Backsteingebäude. Die Schule wurde auch immer noch durch eine abschreckende Mauer und ein Eisentor vor der Straße geschützt; der Hof hatte noch sein Kopfsteinpflaster, und in den Pausen ertönte dort das Geschrei der Jugendlichen; die Gänge rochen noch immer nach Schimmel und Desinfektionsmittel, und dieselbe schielende Araberin schrubbte sie nachmittags ununterbrochen. Ich kam in die *troisième,* und meine Schultasche war durch eine Palette von Schulfächern angeschwollen, wie es nie wieder der Fall sein würde – Geographie und Latein, Philosophie, Physik und Literatur. Bald würde ich wählen können und meine Studien konzentrieren, aber erst galt es am Ende des Jahres Prüfungen abzulegen.

Ich hatte es so erwartet, genauso wie ich wusste, dass Marie-José in einem anderen Klassenzimmer auf einem anderen Flur war und dass sich unsere Wege, wenn ich vorsichtig genug war, nicht zu kreuzen brauchten. Was war dann anders? Ich war es. Oder sie waren es – die anderen Schüler, meine Freunde. Ich weiß nicht, ob sie sich Zettelchen zuschoben und über mich flüsterten oder ob sie das nur in meiner Vorstellung taten: das machte wenig Unterschied. Ich war in den Unterhaltungen kurz angebunden, erfand Aktivitäten und Verabredungen; ich glitt an rauchenden, schwatzenden Schülertrauben in der Vorhalle und an der Bushaltestelle vorbei. Ich bin nicht sicher, ob ich Einladungen ausschlug, bevor keine mehr kamen, oder ob es von Anfang an keine auszuschlagen gab. Damals nahm ich Letzteres an. Selbst die Freunde, die zu mir zu halten versuchten, waren mir zuwider, sie vielleicht sogar am meisten, da ich fürchtete, dass sie nur dumm glotzen, sich Einladungen zu mir nach Hause verschaffen und uns dort ausspionieren wollten oder dass sie mich hinters Bellevue locken würden, um zu fragen: »War es hier?«, »Stand er an dieser Stelle?« Oder schlimmer: »Ist dein Großvater daheim? Können wir nicht vielleicht zu ihm gehen? Hat er sich verändert?«

Diese Ängste erinnerten mich an jene, unter denen ich als kleines Mädchen gelitten hatte, als die Schule und der brutale Umgang dort noch neu für mich waren. Naiv, wie ich damals war, brachte man mir das Fürchten bei. Mit fünf oder sechs hatte ich wie die anderen Kinder kleine Mädchen zum Spielen oder zum Nachmittagskaffee in unseren Garten hinter dem Haus eingeladen, um dann an einem milden Nachmittag festzustellen, dass meine kleinen Spielkameradinnen wenig Interesse am Fangenspielen oder an meinen Scharen von hübsch gekleideten Puppen hatten. Stattdessen umkreisten sie meinen reglosen Bruder – sie hatten ihn damals zum ersten Mal gesehen –, der in einem mit Madrasleinen ausgeschlagenen, speziell für ihn entworfenen Korb auf den Schieferplatten des Innenhofes lag; mit seinen drei oder vier Jahren war er so unbeweglich wie ein Säugling und blinzelte friedlich zu den schwankenden Ästen und dem einladenden Blau des Himmels hinauf.

»Was stimmt nicht mit ihm? Warum bewegt er sich nicht?«

»Er ist so groß. Der ist doch kein Baby mehr.«

»Wusstest du nicht, dass er wie ein Tier ist? Das hat mir meine Mutter gesagt. Sie hat gesagt, dass Sagesse einen Bruder hat, der nicht mehr ist als ein Hund.«

»Was isst er? Können wir ihn füttern?«

»Er ist wie eine Puppe.«

»Aber schrecklich. Voller Sabber.«

»Wird er niemals reden?«

»Was stimmt nicht mit ihm? Das ist ja grässlich.«

»Er hat gefurzt!« Die Schar wich, künstlich nach Luft ringend, zurück und hielt sich die Nase zu.

»Isst er auch Dreck?«

»Ich weiß nicht«, sagte ich verzweifelt, wickelte mir den Stoff meines Kleides um die Finger und starrte wie mein Bruder zum Himmel.

»Das wollen wir sehen. Das probieren wir mal aus.« Sie war ein pummeliges Mädchen mit gelbbraunen Locken und die Anführerin. Delphine. In der Pause hatte ich gesehen, wie sie sich auf die Brust einer Mitschülerin gesetzt, heftig an den Haaren ihres Opfers gezogen und ihre Knie in die Rippen des anderen Mädchens gestoßen hatte. Ich hatte Angst vor ihr und fragte mich, warum ich sie – und auch noch freiwillig – zum Spielen zu mir nach Hause eingeladen hatte.

Die anderen drei Mädchen befolgten schreiend und kreischend

ihre Befehle, ihre kleinen Fäuste um verfilzte Grasbüschel, grauen Schmutz und Kieselsteine geballt. Sie fielen über meinen Bruder her, der selbstvergessen den Spatzen zugurgelte, und ich konnte nur daneben stehen und mein bereits über die Unterhose hochgezogenes Kleid vor Schreck noch weiter zusammendrehen. Ich brachte keinen Ton über die Lippen – als wäre mir der Mund mit Staub und Asche zugestopft –, und ich war mir nicht einmal mehr sicher, ob ich atmete, da alles in mir erstarrt war. Ich wusste nicht, ob ich ihn retten sollte und ob ich dazu überhaupt in der Lage war.

Meine Großmutter (warum war sie überhaupt da?) verscheuchte sie wie die Hühner: Sie war plötzlich gottähnlich bei uns aufgetaucht, jagte die Mädchen weg, wischte das schmutzige Gesicht meines Bruders ab und steckte ihm ihre Finger samt Diamantring und allem in den Mund, um irgendwelche Steine herauszufischen. Sie nahm ihn auf den Arm, als sei er ein ganz normales Kind, sein seidiges Haar an ihrem Busen, und ging. Sie ließ mich mit meinen Gästen alleine zurück, die, allerdings nur einen Moment lang, zusammengekauert Krokodilstränen vergossen. Delphine schlug vor, wir sollten als nächstes Verkleiden spielen, und das taten wir dann auch: Ich latschte pflichtschuldigst nach oben, um die Kleiderkiste zu holen, und dann behängten wir den Garten und uns mit den knallbunten Minikleidern meiner Mutter, bis nacheinander die anderen Mütter – alle ganz bezaubernd – kamen, um ihre Töchter abzuholen.

Aber ich bewegte mich an diesem Nachmittag wie auf Eis, mir war bewusst, dass ich, wie ein Kind im Märchen, Unheil in mein Haus gelassen hatte. Unheil, das ich nicht kontrollieren konnte; und verwirrt überlegte ich, ob mein Bruder ich war, ob all meine Versprechungen ihm gegenüber uns zu einem Wesen gemacht hatten oder ob ich mich von den anderen nicht unterschied und

meine Hände voller Schmutz waren. Ich hatte den anderen Mädchen schließlich nicht Einhalt geboten.
Meine Eltern bestraften mich nicht für die Vorkommnisse an diesem Nachmittag, auch meine Großmutter nicht. Aber viele Jahre lang lud ich keine Kinder mehr zu mir nach Hause ein. Ich ging zu ihnen, oder wir spielten unter dem Vorwand, dass wir dort mehr Platz für unsere Spiele hätten, auf dem Gelände des Bellevue. Zohra bereitete unseren Nachmittagstee in der Küche meiner Großmutter zu, die, abgesehen von einer gelegentlich herumtanzenden Wespe, sicher war und keine Geheimnisse enthielt, die man enthüllen konnte …
Als ich älter wurde, sparte ich mir meine seltenen Einladungen genauso auf wie später meine Nacktheit: den Anblick meines Bruders behielt ich mir wie einen Test für diejenigen vor, die ich am meisten liebte, und mit der Zeit fiel mehr als eine durch. Erst wenn meine Freundin Etienne angenommen hatte wie mich, erlaubte ich, dass über seine herumfuchtelnden Arme oder seine zuckende Zunge gekichert oder ein Witzchen gemacht wurde: derlei Späße – und zusammen mit Marie-Jo hatte ich eine Menge gemacht – bewahrte ich tief in mir, dort, wo ich vereint in einer Person sowohl wie mein Bruder als auch wie alle anderen war.

7

Ein Blick auf meinen kriminellen Großvater war jedoch kein Geschenk, das ich machen wollte; und ich hielt mich für alt genug, alle daran zu hindern, Fragen zu stellen. Meine amerikanischen Streifzüge mit den Cousinen hatten mich gelehrt, dass es Leute gab, die so alt waren wie ich oder ein klein wenig älter, die mich aufgrund ihrer eigenen unmittelbaren Interessen fraglos akzeptierten, solange ich meine eigenen Interessen äußerlich den ihren anpassen konnte. Soll heißen, ich schaffte es, genau die Potraucher ausfindig zu machen, die ich noch wenig mehr als einen Monat zuvor zusammen mit anderen aus meiner Schule bereitwillig verachtet hatte. Unsere kleine Stadt war nicht Boston: Die Clique, der ich mich zuwandte, war kleiner und aus elterlicher Sicht noch weniger ersprießlich als Beckys Freunde, nicht zuletzt weil der Anführer, ein schlaksiger, kahl geschorener Jugendlicher, Araber war, der Sohn algerischer Einwanderer, die ein Geschäft mit nordafrikanischen Süßigkeiten hatten – Berge von fliegenbedeckten schmutzig-roten Orangenkuchen und fettigen, zuckergetränkten Donuts hinter beschmiertem Glas; die Art von Laden, an dem meine Mutter mit hochgerecktem Kinn und angehaltenem Atem vorbeieilte – in einer schäbigen Seitenstraße des Marktes. Sami, dessen Name ich für pseudo-amerikanisch gehalten hatte, weil ich nicht wusste, dass er für einen Muslim so geläufig war wie John oder Peter, hatte den Ruf, mit Haschisch zu dealen. Er pflegte diesen auch durchaus: Seine Bewegungen waren ruckartig und verstohlen, und er trug seine Büchertasche, als handele es sich um Schmuggelware. Seine Jeans hingen wie die eines amerikanischen Rappers in Falten von seinen knochigen Hüften und kennzeichneten ihn als Rebellen. Seine Freundin, ein fülliges Mädchen mit dem sperrigen Namen Lahouria, die jedoch einfach »Lahou« genannt wurde, war mit mir zusammen im Geschichtsunterricht. Sie war schokoladenhäutig und üppig und arbeitete daran, sich einen aggressiven Schmollmund zuzulegen, dabei war sie von Natur aus so wirbelig wie ihr herabwallendes Haar, eine Flut sorgfältig geölter Locken, die an fließendes Wasser erinnerten, obwohl sie sich überhaupt nicht bewegten.

Zu Samis und Lahous engen Freunden zählte auch ein spitzgesichtiger Junge mit Sommersprossen, den wir alle Jacquot nannten und der dafür bekannt war, dass er im Bus, oder wenn im Unterricht Filme gezeigt wurden, seine Finger über die Oberschenkel der Mädchen gleiten ließ; und Frédéric, der das Jahr zuvor oberflächlich mit meiner eigenen – meiner ehemaligen – Clique zu tun gehabt hatte, als Marie-Jo ihm kurzzeitig ihre Aufmerksamkeit geschenkt hatte. Er war der Sohn einer bekannten verwitweten Apothekerin und daher für das Bellevue fast akzeptabel. Jetzt hieß es jedoch von ihm, er würde seiner Mutter Pillen aus dem Giftschrank klauen und sie, neu verpackt in Sandwichtüten, nach dem Unterricht auf dem Schulhof verkaufen.
Ihn sprach ich während der Anfangswochen des Halbjahres an. Es war Mittagspause, und er hatte drei Straßen von der Schule entfernt vor einem plötzlichen Platzregen Schutz unter der Markise einer Buchhandlung gesucht. Ich kroch im Schaufenster zwischen den Regalen mit Schreibartikeln herum, um die Stunde rumzukriegen, und tat so, als interessiere ich mich für Hefter und Umschläge, als ich seinen zitternden Rücken erspähte.
»Lange her«, sagte ich laut neben ihm, um durch den Regen und den vorbeisausenden Verkehr hindurch gehört zu werden.
»Hey.« Er brauchte eine Minute. »Sagesse, stimmt's?«
»Ja.«
»Marie-Jos Freundin?«
»Na ja, frühere Freundin.«
»Ach, mit dir redet sie auch nicht mehr? Sie ist ein selten dämliches Miststück. Ich wette, ich weiß, warum.«
Ich zuckte die Schultern. Ich wollte nicht, dass er es zur Sprache brachte. Er unterließ es auch.
»Bist du in Lahous Klasse?«
»Ja.«

»Ponty ist ein Drachen, soviel ich gehört habe.« Das war der Geschichtslehrer.
»Er ist in Ordnung, wenn du mit ihm umgehen kannst.«
»Dann kann sie das nicht. Er macht ihr eine Menge Kummer, stimmt's?«
»Ich denke.«
»Gehst du zurück?«
»Ich muss. In zehn Minuten habe ich Literaturunterricht.« Wir schauten auf den Regenvorhang; ich sah auf den dunklen Flaum über seiner Lippe.
»Sollen wir rennen?«
Ich kicherte. »Falls du keine bessere Idee hast.«
Als wir mit am Leib klebenden Kleidern und auf dem Linoleum quatschenden Schuhen wieder in der Schule waren, hingen wir noch einen Moment lang an der Treppe herum.
»Wir sollten mal zusammen einen Kaffee trinken«, sagte er und kramte eine durchweichte Zigarette aus seiner Jackentasche.
»Wenn du versprichst, nicht über Marie-Jo zu reden.«
»Kein Problem. Vielleicht zusammen mit Lahou?«
»Warum nicht?«
»Du siehst so aus, als könntest du's brauchen, mal zu lachen.«
»Oder mal einen Joint zu rauchen.«
»Du?«
»Warum nicht?«, rief ich von der Treppe über die Schulter herab. Ich ließ meine Bemerkung beiläufig erscheinen, oder versuchte es zumindest. Ich ließ es so aussehen, als stünde ich auch nicht ganz allein da. Aber das war die Sache mit Samis Clique: sie waren alle in dieselbe Betrügerei verwickelt, und jeder von ihnen wäre ohne die anderen allein gewesen. Ich bezweifle, dass Frédéric sich hatte täuschen lassen; aber es machte ihm auch nichts aus.

Auf diese Weise kam ich rasch in ihre Gruppe. Ich suchte damals offensichtlich nach einem neuen Platz für mich.
Ich wurde natürlich dank Frédéric in ihren Kreis aufgenommen; er war das Bindeglied; er konnte sich für mich verbürgen. Bei diesem ersten Essen in einer Imbissbude mit schmutzigem Fußboden war Lahou argwöhnisch, was mich und meinen guten Willen betraf.
»Wie willst du wissen, wie das ist?«, fragte sie und leckte sich das Ketchup von einem Finger mit pflaumenblau lackiertem Nagel. »Ponty hat's nicht auf dich abgesehen. Du bist sein Liebling, Herrgott noch mal!«
»Er ist ganz einfach im Umgang, wenn du ihn richtig zu nehmen weißt.«
»Und wie soll das gehen? Soll ich noch mal zur Welt kommen, weiß und reich?«
»Ich zeig's dir, wenn du willst.«
»Klar.« Sie schüttelte den Kopf und schnaubte. »Ich glaub's erst, wenn's so weit ist.«
Lahou war noch mehr als Marie-Jo eine Männer-Frau. Nicht nur Sami sprang um sie herum, sondern auch Jacquot und Frédéric, und sie behandelten sie anders, wie eine Orchidee. Tatsächlich verkörperte sie für sie – mit ihrem mit Drahtbügel und Lycra angehobenen Busen und ihrem mit Farbe perfektionierten stupsnasigen Gesicht – Sex. Sie und mich verband außer Ponty nichts, und nun Frédéric und eventuell das Marihuana, was den Umgang ein wenig erleichtern würde; aber das war alles, und als wir da in den orangefarbenen Plastiksesseln im Flunch saßen und uns gegenseitig abschätzten, wussten wir das auch.
Sie war, wie ich erfahren würde, das Kind einer französischen Mutter und eines tunesischen Vaters. Er war abgehauen und sie eine Xanthippe. Lahous älterer Bruder war ein bekennender

Muslim geworden und dafür bekannt, dass er seiner Schwester Ohrfeigen verpasste und sie eine Hure nannte. Sie hatte drei jüngere Schwestern, die sie glühend verteidigte. Ich ging nie zu ihr nach Hause, und sie erzählte mir nie solche Dinge: sie sickerten irgendwie zu mir durch, wahrscheinlich durch Frédéric, und dass ich davon wusste, machte mich seltsam stolz auf Lahou. Da sie das nicht ahnte, hatten wir weiterhin jedoch nichts anderes zu erörtern als die Jungs und ihr Verhalten.

Sami war launisch und sein düsteres Familienleben Anlass für unvorhersehbare Schwankungen zwischen Rüpelhaftigkeit und finsterem Schweigen. Er war eitel und fand seine habichtartigen Gesichtszüge verführerisch: Er gab sich große Mühe, sich Koteletten wachsen zu lassen, und rasierte sie dann wieder ab; danach ließ er sich einen dünnen Spitzbart stehen, der für Reibereien zwischen ihm und seiner Freundin sorgte (»Sieht total aus wie Schamhaar!«, behauptete Lahou beharrlich), und um seine Liebe zu beweisen, nahm er auch diesen nach einer gewissen Zeit wieder ab. Er hatte spitze Finger, die verblüffend beweglich waren und mich an Spinnenbeine erinnerten, und einen ausgesprochen süßen Geruch nach Zimt und Rauch. Er war ein Schauspieler, seine Rolle teils amerikanischer Gangster, teils verwegener Franzose. Diese Rolle führte dazu, dass er in einem Laden eine teure Uhr zu Lahous Geburtstag entwendete – eine Geste, die mich gleichermaßen rührte und entsetzte. Er war auch der Ansicht, keine Hausaufgaben zu machen sei eine revolutionäre Haltung und nicht schlichte Dummheit. Er liebte Geld und zog gern einen Stapel Banknoten aus seiner tiefen Tasche, um ihn offen und wiederholt zu zählen, während sich um ihn herum seine Freunde unterhielten. Einmal, als ihm besonders nach Protzen war, rollte er sich aus einem Fünfhundertfrancschein einen Joint, und keiner seiner Anhänger hatte den Mut ihm zu sagen, dass sie das absurd fanden. Ich sah ihn nur zweimal aus seiner Rolle fallen, und was darunter zum Vorschein kam, wirkte armselig und ängstlich.

Jacquot war das Gegenteil von Sami: sein Narr. Er sah immer komisch aus und hatte bereits früh den Part des Clowns übernommen, und zu der Zeit, in der ich ihn kennen lernte, war diese Rolle zu einem schlecht sitzenden Gewand geworden, in dem er gefangen war. Er wollte, wie ich entdecken sollte, die Mädchen gar nicht betatschen; hoffnungslos und hündisch wollte er von ihnen geliebt und berührt werden, und ihm fiel nichts Besseres ein als diese monströse Selbstparodie, die garantiert zum Scheitern verurteilt war. Er rauchte, um seine Unbeholfenheit zu vergessen, und wurde dann häufig ganz ernsthaft, und seine grindigen Wangen glühten, wenn er sich Pläne ausdachte, wie man das Hungerproblem in der Welt beenden oder eine Regierung zu Fall bringen könnte, oder über die Freundschaft oder das Schicksal redete, während er sich immer inbrünstiger über seine ölige Haarlocke auf der Stirn wischte und nur innehielt, um an seinen überraschend weißen Zähnen zu saugen.

»Und noch was –« schrie er dann häufig in einer unbesonnenen Parade gegen Sami oder Frédéric –, »ich habe gerade daran gedacht …«

Sie wussten Jacquot, den Philosophen, nicht zu würdigen, und Sami neigte dazu, seinen Freund am Nacken zu packen oder ihm keineswegs nur scherzhaft einen Klaps zu versetzen und zu zischen: »Klappe. Hörst du mich? Halts Maul!«

Aber ich mochte ihn und er mich. Und er fing an, wie es bei der beschränkten Größe seines Bekanntenkreises vielleicht unvermeidlich war, mich mit kleinen Geschenken zu verfolgen (einem Schokoladenriegel, einem Füllfederhalter), und zeigte alle Anzeichen einer kindlichen, wie immer vergeblichen Vernarrtheit.

In dieser Gesellschaft, in der ich mich skeptisch bewegte, war wohl Frédéric am ehesten ein Freund. Die anderen waren so weit von meiner Welt und meinen Möglichkeiten entfernt, dass ihr Treiben, so wie das Beckys, mich weder einzuschließen noch zu betreffen schien. Ihre gemeinsamen Aktivitäten waren wie ein Fernsehprogramm, das ich, wenn auch ehrfürchtig, verfolgte, und ich empfand für sie die distanzierte Zuneigung, die man für fiktive Charaktere hat. Mir war bewusst, dass sich unser Leben nur kurz überschnitt, und ich war der Ansicht, dass ich dadurch sicher war. Dasselbe wie für mich galt für Frédéric, obwohl wir nie darüber redeten. Wie ich, und anders als sie ging er nach der Schule in ein geräumiges Zuhause mit Blick auf das Wasser und änderte seine Haltung und seinen Tonfall, sobald er durch die Tür trat. Er wusste, dass er seine Prüfungen schaffen und auf die Universität gehen würde – er hatte vor, Jura zu studieren – und dass sein Ausflug in die »Szene« nur eine Form von jugendlicher Rebellion war, die für ihn, wenn auch nicht für seine dünnlippige Mutter, akzeptabel war.

Ich traf sie mehrmals und fand, dass sie angegriffen wirkte, aber auf angenehme Art, wie eine abgenutzte Decke; sie war politisch liberal – sie stammte aus der 68er-Generation, wie auch mein Vater, wobei dies für ihn nur rein zeitlich und in keinem anderen Sinne galt – und hatte daher gesellschaftlich wenig mit meinen Eltern zu tun; aber in einer Stadt dieser Größe trafen sie sich natürlich, und die Distanz zwischen ihnen war daher rein theoretisch. Frédéric und ich kamen, um es freiheraus zu sagen, aus derselben sozialen Klasse, mit den gleichen Umgangsformen und ähnlichen Unzufriedenheiten; und als ich ihn mit der Zeit näher kennen lernte, stellte ich fest, dass sein Ruf als Dealer auf einem einzigen Vorfall beruhte, als er – als Mutprobe – seiner Mutter eine kleine Menge Temazepam gestohlen hatte, sowie von seiner Verbindung mit Sami, Lahou und Jacquot, die sich meine früheren Freunde nicht anders erklären konnten.

Zweifellos begannen auch über mich Gerüchte zu kursieren: Die Blicke, die man mir nachwarf, wenn ich mit meinem neuen Kreis unterwegs war, waren unübersehbar. Gelegentlich ging ich an der Seite von Lahou oder Frédéric an Marie-Jo vorbei und sah, wie sie zu reden aufhörte und mich anstarrte, um dann umso hitziger das Gespräch wieder aufzunehmen, mit dem Kopf in meine Richtung zu weisen und mir heimlich einen viel sagenden Blick nachzuschicken. Ich sagte mir, dass sie sicher ungeniert über mich geredet hatte, aber wenigstens hatte sie jetzt anderen Gesprächsstoff, wenigstens brauchte ich mir nicht mehr vorzustellen, sie rede ständig über die Nacht am Swimmingpool.

Vielleicht dachte sie, ich ginge jetzt mit Frédéric – hätte ich mich selbst aus der Ferne beobachtet, wäre mir das auch plausibel erschienen. Er war groß und nicht unattraktiv, obwohl seine Ohren zu sehr abstanden. Er hatte ein tiefes Lachen, dessen Klang ihm ganz offensichtlich gefiel, da er es gerne ein wenig in die Länge zog, mehr, als natürlich gewesen wäre. Er war schlau, wenn auch nicht so schlau, wie er annahm, und auf anziehende Weise leichtsinnig, und die Stadt und ihre Menschen gingen ihm fürchterlich auf den Geist.

»Ich habe mir meine Freunde ausgesucht«, sagte er einmal, als er mich zum Bus begleitete, nachdem wir einen Nachmittag lang Münzen in einen Spielautomaten geworfen hatten, »weil alle anderen Idioten sind. Sie sind so verdammt langweilig und finden alles einfach wunderbar. Sie richten sich in ihrem mickrigen Leben ein und werden genau wie ihre Eltern, fahren einmal im Jahr nach Paris und denken, das sei cool und man könne sich was darauf einbilden. Scheiß drauf.«

»Und Sami ist anders? Oder Lahou?«

»Du durchschaust überhaupt nichts, was? Bei denen bewegt sich was, Mädel. Die haben schon so viele Fragen gestellt und so viel Prügel dafür kassiert, dass sie, was immer jetzt noch passiert, den anderen gegenüber einen Vorsprung haben.«
»Nicht, wenn sie die Schule nicht beenden.«
»Meinst du, eine Universitätsausbildung ist alles? Meinst du, sie würde ihr Leben verändern? Es gibt sowieso für niemanden Arbeit, Schätzchen. Wer braucht das also?«
»Wem machst du hier was vor?«
»Du bist so spießig, Sagesse. Du unterscheidest dich durch nichts von den anderen.«
»Und du?«
Er zuckte die Schultern.
»Du fährst also mit dem Motorrad zu deinen Jura-Seminaren. Das macht dich so besonders?«
»Ich will in dieser Stadt nicht verrotten. Und Sami ebenfalls nicht.«
Ich schwieg und fragte mich, ob er glaubte, was er sagte.
»Nur noch zwei Jahre«, fuhr er fort, »und ich bin weg.«
»Du Glücklicher.«
Ich ging nicht mit ihm. Ich kann nicht behaupten, dass ich es nicht erwogen hätte (der gute Thibaud, dem ich nie geschrieben hatte, schien nicht mehr in Betracht zu kommen; ich erschauerte, wenn ich daran dachte, was er von meinem jetzigen Leben gehalten hätte), aber Frédéric war nicht interessiert. Er behauptete, nur auf ältere und dunkelhäutige Frauen zu stehen, was ich für einen Vorwand hielt. Ich hatte ihn im Verdacht, zumindest ein wenig in Lahou verliebt zu sein, aber diese Zuneigung würde ihn wohl für eine Weile zur Enthaltsamkeit zwingen.

8

Es war so um die Zeit dieser Unterhaltung herum, dass Marie-Jo mit einem jungen Soldaten aus der Kaserne im Bett erwischt wurde. Ich erfuhr es beim Abendessen von meinen Eltern.
»Was ist denn das für eine Geschichte mit deiner Freundin?«, fragte mein Vater, während er sich löffelweise Rahmspinat auf den Teller häufte.
»Wem?« Ich hatte meine neue Clique zu Hause nicht erwähnt, da ich Angst hatte, das Missfallen meiner Eltern zu erregen, und mir irgendwie auch sicher war, dass diese Freundschaft nicht von Dauer war.
»Marie-José.«
»Ach, die.« Ich rümpfte die Nase.
»Dazu hast du allen Grund. Ich kann nicht sagen, dass es mir unter diesen Umständen Leid tut, dass sich eure Wege getrennt haben.«
Ich dachte, er meinte die Gerichtsverhandlung, obwohl es mir seltsam vorkam, dass er so fröhlich darauf zu sprechen kam, und konzentrierte mich darauf, mein Fleisch zu schneiden.
»Seltsames Benehmen.«
»Was?«
»Na die Geschichte mit dem Soldaten.«
Mein Vater amüsierte sich wie sonst was – er hatte stets einen derben Sinn für Humor –, aber meine Mutter rutschte auf ihrem Stuhl herum, und als er die Fakten nur ein wenig genauer darlegte, unterbrach sie ihn – »Alexandre, lass das!« –, auf eine Weise, die ihn zum Schweigen brachte. Aber während des ganzen Essens lachte er weiter in sich hinein und ließ sich, wie auch sonst in diesen seltsamen Monaten des Arbeitseifers und der Besessenheit, nicht einschüchtern.

Später, als all das vorüber war, staunte ich über den Schwung und das Tempo meines Vaters, die unruhige Allgegenwart seines dicken Körpers; und noch später fingen wir an, es als eine Art Verrücktheit anzusehen, ein Vorzeichen. Ich habe keine Fotos aus diesem Herbst, aber wenn ich welche hätte, würde mein Vater auf allen mit weit geöffnetem Mund gewaltig grinsen, und seine schimmernde Mundhöhle wäre das einzig Dunkle auf dem Bild und der Hinweis darauf, dass sein Grinsen zu breit war, um von Dauer zu sein.

Die Details über Marie-Jos Vergehen trug ich in der Schule zusammen: »Er war auf ihr und in ihr drin«; »sie kennt ihn erst seit kurzem«; »ihre Mutter hat gewartet, bis er angezogen war, und ihn dann vor die Tür gesetzt.« Ich war hocherfreut über Marie-Jos Missgeschick und verzieh meiner Mutter sogar das steife kleine Aufklärungsgespräch, das sie mir daraufhin unbedingt aufdrängen musste.

Meine Mutter war zu der Zeit viel allein. Wenn mein Vater seinen großen neuen Verantwortlichkeiten nachkam, bewegte sie sich auf für mich geheimnisvollen Pfaden. Sie ging häufig aus, aber ich wusste nicht, wohin: Sie machte keine Einkäufe, denn wir gaben uns große Mühe, Geld zu sparen; noch feierte sie irgendwelche Gelage, weil ihr Temperament und die damalige Stimmung dies nicht zuließen. Manchmal, das wusste ich, war sie bei meinen Großeltern, und manchmal stürzte sie sich auch in ihre karitative Arbeit (sie saß im Ausschuss eines Obdachlosenheims und fand in den damaligen Tagen sogar größeren Trost als sonst in diesen Menschen, die noch weniger als wir vom Glück begünstigt waren). Ich weiß auch, dass sie genauso regelmäßig, wie sie zum Frisör ging oder sich die Nägel maniküren ließ, allein in der Kirche betete. Dies war eine alte Gewohnheit, und oft, wenn ich merkte, dass sie nicht zu Hause war, stellte ich sie mir in ihrer Kirchenbank vor, die Augen auf die Jungfrau Maria gerichtet und die Nase voller Weihrauch.

An den Nachmittagen, an denen meine Freunde früher auseinander gingen, oder wenn ich es nicht länger aushielt, müßig neben ihnen herumzuhängen, fand ich bei meiner Rückkehr ein leeres Haus vor. Niemand war da außer Etienne und seiner Krankenschwester Magda, die mit hochgelegten Füßen auf dem weißen Sofa herumlungerte und stundenlang Herz-Schmerz-Zeitschriften durchblätterte (*Wahre Liebe, Wilde Leidenschaft*) und sich die Fingernägel säuberte, während sie nur ganz gelegentlich ein Auge auf meinen dösenden Bruder warf. Allein durchstreifte ich dann die Gänge, wirbelte die regungslose Luft auf, probierte im Schlafzimmer meiner Eltern Parfums aus, testete die Matratzen in den nicht benutzten Schlafzimmern, glitt träge hin und her und landete schließlich in meinem eigenen Zimmer, wo ich bei geschlossener Tür auf dem Bett lag. Mit der Zeit fühlte ich mich in dieser Stille sicher, die jedoch, wie sich herausstellte, verhängnisvoll war.

Aber was meine Mutter anbetraf, so vertraute sie sich mir nicht mehr an, wie sie das sonst immer getan hatte. Sie wurde immer nur noch knochiger und schluckte lieber die Worte hinunter als ihre Mahlzeiten. Sie sprach im Flüsterton mit Etienne, der sie nicht verstehen konnte, und mit mir nahezu überhaupt nicht mehr. Obwohl ich so tat, als mache mir das nichts aus, vermisste ich ihre von Wohlgerüchen begleiteten Plaudereien in der Küche oder neben meinem Bett, die mir immer wichtiger waren, je seltener sie wurden. Als meine Mutter in der Folge der Enthüllungen über Marie-Jo zu mir ins Zimmer kam – ich war bereits im Bett –, war das Aufklärungsgespräch für mich ein Ereignis; es kam mir fast so vor, als strecke sie mir die Hand hin.

»Ich muss dir nichts über die Risiken erzählen«, sagte Mama und strich meine Bettdecke mit ihrer manikürten Hand glatt. Die Diamanten an ihrem Ring warfen schillernde Lichtreflexe an die Wand.

»Nein.«

»Es ist so anders als zu den Zeiten, als ich ein Mädchen war. Es ist eine gefährliche Angelegenheit. In vielerlei Hinsicht. Nicht nur körperlich, sondern auch seelisch. Das zumindest hat sich nicht verändert. Man muss reif dafür sein. Und das seid ihr noch nicht, ihr seid noch zu jung. Deine Freundin –«

»Sie ist nicht meine Freundin.« Ich zog mir die Decke bis über das Kinn und legte mich hin. Nur noch meine Nase und mein Mund schauten hervor.

»Wie auch immer. Sie riskiert ihr Leben, noch bevor es richtig begonnen hat. Ich hoffe, wir haben dich so erzogen, dass du nicht so dumm bist.«

Ich setzte mich wieder auf. »Mach dir keine Sorgen, Maman.«

»Ihr seid alle noch Kinder. Und moralisch –«

»Ich weiß.«

»Vertrauen ist so wichtig. Du bist noch nicht alt genug, um dir darüber im Klaren zu sein.«

Ich antwortete nicht. Glauben und Vertrauen spielten, soviel ich sehen konnte, nur eine geringe Rolle im Leben von uns allen, obwohl wir allwöchentlich zur Messe pilgerten.

»Ich vertraue dir«, sagte sie. »Ich weiß, dass du mich nicht enttäuschen würdest.«

Sie warf mir, während sie dies sagte, einen Blick zu, der mir deutlich machte, dass sie keinerlei Vertrauen in mich hatte. Oder vielleicht war dies auch nur die Interpretation meines schlechten Gewissens. Ich verbrachte meine Zeit damit, mir die Fähigkeit anzueignen, wie man im familiären Bereich unsichtbar wird – eine heimische Version der Lektionen, die ich in Amerika

gelernt hatte –, und prüfende Blicke waren zunehmend ungewohnt für mich.
In einem versteckten Winkel meiner selbst beneidete ich tatsächlich Marie-Jo um ihre Demütigung. Nachdem man sie erwischt hatte, war sie von den Anstrengungen befreit, die Grenzen austesten zu müssen. Ich wusste, dass sie unter Hausarrest stand, dass sie abends nicht mehr ausgehen durfte, dass ihre Mutter Familienwochenenden und Theaterfahrten organisierte, um ihre Tochter in Schach zu halten; und während wir in der Schule alle übereinstimmten, dass dies wirklich eine grausame Bestrafung war (welcher Teenager verbringt schon gerne seine Zeit mit den Eltern?), sehnte ich mich heimlich danach, in ähnlicher Weise loszulassen, alles gesagt zu bekommen und beschützt zu werden, so wie mein Bruder trotz aller Vorkommnisse beschützt wurde.

9

Was war – kann ich ehrlich sein?, frage ich mich – mein Bruder in all diesem Durcheinander für mich? Ein Sack, eine Hülse, ein Dieb, ich selbst, Klugheit, eine Brücke aus der grauenhaften Einsamkeit des Lebens und deren schrecklichstes Sinnbild. Er allein war entschieden er selbst und wurde nicht von den wirbelnden Strömen der damaligen Zeit mitgerissen, und doch wusste allein er, wie dieses Selbst aussah, falls ihm überhaupt Wissen gegeben war. Und nur er wurde durch unser Bemühen vor den Tagesereignissen geschützt, und das auch nur eine Zeit lang. Er ekelte mich an (wenn es jetzt darum geht, ehrlich zu sein, dann will ich eingestehen, dass dies schon immer so war):

sein Speichel, die Röte seines Mundes, seine durchscheinende Haut, die palmwedelähnlichen Finger, sein verbogenes Rückgrat, das sich wabbelig unter der Haut entlangschlängelte. Und seine Gerüche und Ausdünstungen nach Pisse, Scheiße und Schweiß, die wir ein Leben lang zu kaschieren und verbergen suchten, und dann aber auch der süße, milchige Babyduft direkt an seinem Hals – der Geruch nach Zuhause. Ich tobte und verbarg meine Wut; Etienne war alles und nichts. Er war, so sagte ich mir manchmal, ein Überrest aus der Vergangenheit, während ich symbolisierte, was sein würde. Aber wir waren gleich, und ihm konnte man sich nicht entziehen, und wie sollte ich ihn deswegen nicht lieben? Er allein behielt jedes Geheimnis; er allein bewahrt noch immer alle Geheimnisse.

Und wenn ich in dieses Haus kam und es mir leer erschien, obwohl er da war, dann rührte das daher, weil es, wenn ich neben ihm stand – wie soll ich es beschreiben? –, so war, als wäre ich allein im Raum. Aber das ist nicht richtig: Es war, als ob ich, und mehr als ich, den Raum in Anspruch nahm, etwas Überflüssiges, das jedoch nicht überflüssig war. Wörter können nicht fassen, was Etienne war und ist, sie können ihm keine feste Form geben. Er bewegte sich jenseits von ihnen, aber immer *dort:* wenn »zu Hause« für mich einen Namen hatte, dann den seinen. Und nun, da wir nicht mehr länger unter einem Dach leben, nun da ich seinen Duft nur noch gelegentlich verspüre, tief hinten in der Kehle, bedeutet Etienne in der Zeit zwischen Schlaf und Wachen (oder bei den seltenen Gelegenheiten, wenn ich ihn in seinem eisgrünen Zimmer auf der anderen Seite des Ozeans besuche, und dann auch nur als Hauch hinter dem klebrigen rosafarbenen Schwall von Desinfektionsmitteln) immer noch zu Hause für mich, zu Hause mit all den verlorenen Möglichkeiten.

Für all das hier um mich herum, meine Bücher und das kunterbunte lärmende Wunder der vor sich hin bröckelnden Stadt, gilt dies nicht. Ich konnte mit meinem Bruder nicht leben und ich selbst sein, und ich war zwangsläufig nur zu bereit, ihm, wenn es an der Zeit war, zu entfliehen (wie sich herausstellen würde, waren wir das auf unsere Art alle). Aber wenn ich sterbe, möchte ich neben Etienne begraben werden.

10

Ich könnte sagen, und es sah nach außen hin vielleicht auch so aus, dass Glauben und Vertrauen nur eine kleine Rolle in unserem Leben spielten: aber das wäre nicht richtig. Selbst mit vierzehn war mir sehr wohl bewusst – als ich meine unzerreißbare Leine dehnte und mich auf das Wagnis der Ungläubigkeit einließ –, dass die Bande des Glaubens, religiöser und anderer Natur, die geringsten Tätigkeiten in unserem Haushalt bestimmten. Ich hätte über Beichte und Kommunion oder über die stille Zwiesprache meiner Mutter mit den Heiligen spotten können, und wir eigensinnigen und im Niedergang befindlichen LaBasses gaben uns wahrscheinlich alle unseren dunkelsten Trieben hin; und doch fühlten wir uns fest mit unserem Glauben verbunden, fühlten die Blutsbande, die nur für wenige Hunderttausende so eng waren wie für uns, nämlich für jene, die wie wir Exilierte aus dem französischen Algerien waren.
Ich stellte derlei Dinge nicht infrage. Selbst als ich mit meinem kleinen Fuß in der typischen Rebellion einer Halbwüchsigen aufstampfte, war dies eine Geste, die vom Wehklagen der längst Geschlagenen begleitet war. Die Logik meiner Erziehung war unanfechtbar: Wir waren Katholiken, wir waren Franzosen, wir

waren Algerier. Und uns, ganz besonders uns, den Europäern aus Nordafrika, war als ein persönliches Erbe, ja Geschenk, die Doktrin der Erbsünde zu Eigen.

Der heilige Augustinus ist Algeriens bedeutendster Sohn, der am höchsten gepriesene Abkömmling des Landes. In ihm ist alles vereint, was wir sind, und er ist unser dauerhaftes Vermächtnis. Im vierten Jahrhundert als halber Berber in Tagaste geboren (im »Land der Jujuben«, arabisch *bled el-Aneb*), ein Junge, der Nachtigallen fing und zu seinem Vergnügen Birnen von den Bäumen stahl, wurde er dann als Christ ein harter und Furcht erregender Mann. Aber er blieb dabei menschlich: Er offenbarte seine Sünden – bekannte sie –, um Vergebung zu finden. Er warf das harte Licht Afrikas auf seine Religion, auf das Hier und Jetzt, eine allgegenwärtige Wirklichkeit von Schuld und Sühne; aber er lebte für ein entsprechendes Jenseits, die Vollkommenheit dort; und die von meiner Familie erträumte Vollkommenheit im Jenseits, die sich stets an vergangenen Zeiten orientierte oder jenseits des Möglichen lag, war nur ein Spiegel seiner Vorstellungen.

Manche behaupten sicher, Albert Camus, ein Gottloser in seinem gottlosen Jahrhundert, habe dem sündigen Bekenner einen algerischen Rivalen entgegengestellt, aber Camus' stoische Anschauungen von Humanismus und Gerechtigkeit, von einer moralischen Haltung angesichts unserer sterblichen Nichtigkeit, seine hoffnungsvolle Suche nach Frieden unter den Menschen –, sie sind im Vergleich dazu nur ein naives und ängstliches Zucken, an jeder Stelle überschattet von Augustinus' mächtigem, zornigen, alles-sehenden göttlichen Wesen, das sogar in der Lage ist, die Heuchler auszusondern. (Wer sonst würde die falschen Gläubigen als eine Gruppe betrachten, die es verdiente, dass man das Wort an sie richtete? Der heilige Augustinus war ein großer Zyniker.) Augustinus' scharfer Blick ist stets auf die Stadt Gottes gerichtet, dieses goldene Gemeinwesen, das ewig in einer unerreichbaren Zeit schimmert, wie mein Bruder, wie ein für immer französisches Algerien.

Aber bei aller Menschlichkeit des heiligen Augustinus, seiner sinnenfreudigen sündigen Jugend, seinem beruhigenden Verständnis für unsere Vergehen und seiner vehementen und innigen Liebe zu seiner Mutter (ein kulturelles Charakteristikum der *pieds-noirs*, wenn man unseren Historikern glaubt, zusammen mit *soubressade* und Siesta), trotz all dieser Dinge, die unsere Herzen für ihn einnehmen, ist sein wichtigstes Vermächtnis natürlich diese Doktrin, die uns bindet und verdammt und uns auferlegt, für Adams und Evas Sünde zu bezahlen. Und genau genommen auch für die von Augustinus. In der Familie LaBasse wussten wir dies alle von der Wiege an – alle außer Etienne, denke ich, der womöglich als die Verkörperung dieser Sünde angesehen wurde –, und als die Zeit der Gerichtsverhandlung meines Großvaters näher rückte, war diese Doktrin die Voraussetzung unserer Gebete und die unausgesprochene Angst in unseren Unterhaltungen. Lebten wir doch alle, Generation für Generation, in der Erbsünde – nein, wir suhlten uns in ihr, endlos strafbar, unsicher und zitternd vor Zweifeln, ob wir denn Gnade finden würden.

Wir blickten uns um und sahen nur Anlass für Reue und Qual, selbst wenn andere fröhlicher Stimmung waren. Zum ersten Mal wurde mein Blick bei Tisch von den Bildern hinter dem Kopf meines Vaters angezogen: Dort an der Wand des Esszimmers und in Gold gerahmt, hingen verschlungene burmesische Darstellungen des Höllenfeuers, die meine Eltern sich in glücklicheren Tagen gekauft hatten. Farbenfroh und oberflächlich gefällig waren die Bilder gleichzeitig der Stoff von Albträumen: bleiche, froschgesichtige Männer und Frauen, die mit glühenden Schürhaken in Fässern mit kochendem Öl gerührt und gewendet wurden. Eine Frau wurde genötigt, mit einer bleifarbenen Eisenspitze Unzucht zu treiben, während hinter ihr Dämonen tanzten. Und die Dämonen selbst: purpurrot und aufgebläht, mit Reißzähnen, heraushängender, verdrehter Zunge und spinnwebartigen scharlachroten Flügeln am Rücken. Um sie herum wogte eine brennende See, geschmolzenes Rotgold und eigentlich schön. Wie hatte ich jahrelang nur den Goldglanz sehen können? Und wie war es möglich, dass ich nicht alles wahrgenommen hatte, was da wie ein Omen auf mich herabstarrte?

Im November fiel die Berliner Mauer, ein von den Fernsehsendern übertragenes Fest fackeltragender, begeisterter, ekstatischer junger Menschen. In der Dunkelheit auf dem Bildschirm, den Flammen, unterschieden sich die blassen Gesichter und die Bilder nicht sehr von denen, vor denen ich unglücklicherweise kurz zuvor gegessen hatte. Und mein Vater warf nur einen kurzen Blick auf den Fernsehapparat und sagte: »Auch dafür wird ein Preis zu zahlen sein.«

Meine Mutter, die einen Brief von Eleanor bekommen hatte, verkündete, dass Becky von ihren Eltern gedroht wurde, sie in ihrem Abschlussjahr auf die öffentliche High-School zu schicken, wenn sich ihre Noten nicht besserten, und sie fügte in schmerzlichem Tonfall und einer ungewohnten Brutalität hinzu: »Tja, damit kappen sie ihr die Zukunft. Eleanor könnte dem Mädchen genauso gut die Beine absägen.«

Mich interessierten damals mehr Beckys Vergehen: »Was hat sie denn genau getan?« – »Das schreibt Eleanor nicht. Das habe ich dir doch gesagt. Sie hatte stets Probleme mit Becky. Ich habe immer gedacht, sie wollte eigentlich nie Mutter sein. Nicht damals jedenfalls, und daher kommt das.« Aber wenn ich zurückblicke, fällt mir auf, welch bedrohliche düstere Stimmung meine Eltern geballt auf die restliche Welt übertrugen, sicherlich in der Hoffnung, dass die Schuld meines Großvaters – seine ganz besondere Sünde, die auch die ihre war – im Dunkeln bleiben würde.

II

Die Verhandlung rückte langsam näher. Natürlich versuchte ich dies monatelang heftig zu ignorieren. Ich streunte daher bereitwillig in Straßen und Gassen mit Freunden herum, deren Gesellschaft mir schon im Dezember zunehmend langweiliger wurde, und heuchelte Interesse für ihre billigen Vergnügungen. (Obwohl diese nüchterne Betrachtungsweise in gewissem Maße retrospektiv ist: Zu der Zeit wäre es mir, obwohl ich mich für machiavellistisch hielt, nie in den Sinn gekommen, dass ich einfach hätte weglaufen können, dass ich sie wie ein Polizeispitzel für meine eigenen Zwecke nutzte. Aus der amerikanischen Perspektive wirke ich in diesen Monaten wie ein Mitglied des *Witness Protection Program*, umgeben von einer seltsamen Mischung von Menschen, die einzig einer effektiven Tarnung wegen ausgewählt worden waren, denen ich jedoch in gewisser Weise auch nicht entkommen konnte.)
Bei näherem Hinsehen hätte ich aber die Vorbereitungen bemerkt, die unter dem eigenen Dach stattfanden. Zunächst einmal wurde das Familienabendessen erneut aufgenommen. Mein Vater tauchte eines Abends wieder bei Tisch auf, und dann Abend für Abend; es folgte die Unterhaltung über Marie-José, mein Erlebnis mit den Bildern hinter seinem Kopf. Eine Zeit lang war mein Vater in diesem Herbst, wie zuvor mein Groß-

vater, völlig unberechenbar gewesen, der Geist der abendlichen Tafel. Was sich lange Zeit als Tendenz abgezeichnet hatte, war zu einem festen Verhaltensmuster geworden: Sein Platz, stets oder meistens gedeckt, blieb häufig unbesetzt, und das Gedeck wurde nach einem hastigen Telefongespräch abgetragen, wenn mein Bruder, meine Mutter und ich bereits vor der Suppe saßen. Da meine Mutter kein Interesse am Essen hatte und mein Bruder gewöhnlich vorher von Magda gefüttert worden war, verabscheute ich solche vaterlosen Abende; als einzige Esserin kam ich mir wie ein gieriger Pandabär vor oder ein wohlgenährtes dickbäuchiges Schwein, das ein Schauessen veranstaltete.
So fiel mir die Wiederkehr meines Vaters auf, und ich war dankbar und gleichermaßen erfreut, dass er gelegentlich auch nach dem Abendessen blieb, mit einem Scotch und einem Buch in seinem Arbeitszimmer oben oder sogar ein- oder zweimal zusammen mit meiner Mutter im Wohnzimmer. Aber mir kam nie der Gedanke, dass dieses Zusammensein alles andere als spontan war. Tatsächlich rüsteten sich meine Eltern für das Ereignis. Mein Vater – der, wenn man seine Hochstimmung bedachte, mehr denn je aus dem Familienmausoleum hinausgestrebt haben muss, geschäftig, umtriebig und ungestüm, wie er war – opferte seine Bedürfnisse meiner Mutter zuliebe, um sie zu beruhigen und ihr, indem er einen ganzen Monat den alten Rhythmus wiederherstellte und so tat, als habe sich nichts verändert, das sichere Gefühl zu geben, dass das Leben weitergehen würde.
Die Autoausflüge meines Bruders wurden eingestellt, und er wurde nur noch kurz ein paar Straßen um das Haus geschoben, da meine Mutter – so erzählte sie mir später – eines Morgens mit der Überzeugung aufgewacht war, dass die Presse, auf der Suche nach weiteren Möglichkeiten, das Haus LaBasse zu diffamieren, sich (so wie Zohra mich seinetwegen im übertragenen Sinne als

gezeichnet und bemitleidenswert ansah) auf den armen, glupschäugigen, unschuldigen und wehrlosen Etienne als das Sinnbild unseres Elends stürzen und sein Foto auf die Titelseite oder hinten in Farbe auf die Schlussseite knallen würde. (Tatsächlich belästigte uns den ganzen Prozess hindurch kein einziger Paparazzo, obwohl auf der Seite drei des Lokalteils ein Schnappschuss von meinen Großeltern erschien, wie sie das Gerichtsgebäude am ersten Tag betraten, ein Foto, auf dem meine Großmutter die Augenbrauen unmutig über der Furcht erregenden Nase zusammengezogen hatte und in ihrem unter dem Lodenmantel aufgeblähten Körper eine viel männlichere und robustere Figur abgab als ihr schmächtiger Ehemann, mein Großvater, dessen weißer Haarkranz flaumig war wie der eines Kükens und dessen Augen sich feucht und traurig über die weichen Wangen senkten.)
Sie – meine Eltern – sahen Pressewirbel, Stress und Ängste voraus, sogar bei ihrem schwachsinnigen Sohn, und lösten aus diesem Vorgefühl heraus mit Sicherheit all das aus, mit Ausnahme von Ersterem; aber es war bemerkenswert, dass sie sich solche Sorgen machten, denn das Urteil stand nie außer Zweifel, hatte doch mein Großvater, selbst im depressiven Zustand äußerst ehrenwert, vor, sich zu seiner Tat zu bekennen.
Dies war absolut nicht im Sinne meiner Großmutter. Einige Tage vor dem Ereignis saß sie eines Samstagnachmittags auf dem Sofa in unserem Wohnzimmer, in einen scharlachroten Pullover gehüllt, der sie wie ein großer Blutfleck auf dem weißen Damast aussehen ließ, und weinte. Ich verbarg meine Faszination hinter dem Geographietext vor meiner Nase und warf ihr aus der Ecke, in der ich saß, einen Blick zu.
Meine Mutter hatte wie gesagt nah ans Wasser gebaut, und es war ein vertrauter Anblick für mich, dass ihr Tränen in die

Augen traten und über die Wangen rannen. Aber meine Großmutter hatte noch nie offen in meiner Gegenwart geweint.
»Ach, Carol«, murmelte sie mehrfach und drehte ihre Teeserviette hin und her, »diese Schande! Ich dachte, ich könnte ihn überzeugen, es nicht zu tun; er hat nicht einmal zugehört. Es liegt vielleicht an den Tabletten, die er bekommt, oder an sonst etwas – an diesem Anwalt, Rom –, ich konnte ihn von Anfang an nicht leiden. Er scheint zu denken – und Jacques glaubt ihm offenbar –, dass dies der einzige Weg ist.«
»Erklär es mir noch einmal.«
»Das Einzige, was sich zu seiner Verteidigung vorbringen ließe, ist, dass er nicht im Vollbesitz seiner geistigen Kräfte war, Unzurechnungsfähigkeit, was auch immer. Das heißt, sich nicht schuldig zu bekennen. Wenn man an all diese schrecklichen Kinder denkt, die bereit sind aufzustehen und mit dem Finger auf ihn zu zeigen. Und wir müssen auch ihren Anblick ertragen. Dieser widerliche Junge, der nie wächst, der Sohn von unserem Buchhalter – er spuckt uns praktisch ins Gesicht, wenn wir an ihm vorübergehen. Er war so ein wohlerzogener kleiner Junge. Ich verstehe nicht, warum Alexandre seine Eltern nicht rausgeschmissen hat; ich verstehe es wirklich nicht.«
»Aber keiner von ihnen ist doch sechzehn, oder? Sie können aussagen, aber nicht als Zeugen auftreten – hast du mir das nicht vor Monaten gesagt?«
»Diese kleine Schlampe, Marie-José Dérain, hatte gerade Geburtstag. Sie ist sechzehn. Und die aus Paris, das Mädchen, das getroffen wurde. Sie auch.«
Meine Mutter stand auf, um ihr wieder Tee einzugießen. Sie benutzte das Silberservice, ein Geschenk meiner Großeltern. Etienne versuchte nach der kegelförmigen Kanne zu greifen, die im Lampenlicht glänzte.

»Ruhig, mein Schatz, ruhig«, sagte meine Großmutter und schlug ihm leicht mit ihrer zusammengeknüllten Serviette auf die trockene Stirn.
»Das ist alles eine Belastung für meinen armen Liebling«, sagte meine Mutter.
Ich schnaubte ärgerlich auf – wie konnte sie das wissen? –, jedoch nicht so laut, dass sie es hören konnten.
»Ist es das nicht für uns alle?«, seufzte meine Großmutter. »Wie du siehst, gibt es mildernde Umstände, von denen Rom jedoch behauptet, sie würden als geringfügig bewertet, und dass es Erfolg versprechender sei, wenn Jacques freimütig seine Schuld bekennen würde.«
»Aber –«
»Als wäre das nicht im Interesse dieser kleinen Pariserin, die nach Blut schreit …«
»Das hast du gesagt.«
»Aber, meine Liebe, das Schlimmste von allem – was ich nicht verkrafte – ist –« Hier eierte die Stimme meiner Großmutter wie auf einer welligen Schallplatte, und ich stellte mich nicht länger lesend. »Sie stecken ihn vielleicht – er muss vielleicht – ins Gefängnis.«
Das letzte Wort kam mit einem lang gezogenen Wimmern über ihre Lippen, und es war, als würden sich die Tränen in einem einzigen Schwall über ihr Gesicht ergießen, das, völlig nass, wie die Teekanne das Licht der Lampe reflektierte.
»Ich weiß, meine Liebe, ich weiß.« Meine Mutter – war es möglich? – setzte sich neben ihre schreckliche Schwiegermutter und nahm diese in den Arm, vergrub ihr Gesicht im gepuderten Hals der älteren Frau und murmelte besänftigende Gemeinplätze. Es hörte sich an wie »sch, sch, sch«. Etienne fand diesen Anblick so aufregend, dass er hin und her schaukelte.

»Es bringt ihn noch um«, krächzte meine Großmutter. »Das ist gut möglich.«
»Das wird es schon nicht. Und es wird auch nichts passieren, mach dir keine Sorgen. Er wird eine Geldstrafe bekommen. Ein Mann wie er? Sie werden ihm nur eine Geldstrafe auferlegen. Die Ungewissheit macht es so schwierig für uns«, sagte meine Mutter, die noch immer den Körper meiner Großmutter umklammerte, den Kopf jedoch zurückgeworfen hatte. Sie ähnelte einem glühenden Verehrer, aber auch einer Kobra, die gleich zum Biss ansetzt.
»Er ist schuldig wie die Sünde. Er sollte ins Gefängnis«, brummelte ich auf meinem Stuhl. Ich dachte nicht, dass man mich hören würde, aber meine Mutter beugte sich noch weiter zurück und warf mir einen finsteren Blick zu.
»Was hast du gesagt?«
»Nichts. Wirklich. Nichts.«
Mit starrem Gesicht und geballten Fäusten fuhr sie hoch, stieß dabei die Teetasse meiner Großmutter um, und ein brauner Strahl ergoss sich schwungvoll über die weiße Lehne des Sofas. Etienne wippte in heller Aufregung in seinem Stuhl und fing an zu krähen.
»Komm«, bot ich an und war in einem Satz auf den Füßen, »ich fahr ihn in die Küche und bringe einen Schwamm.«
Als sich die Aufregung wieder gelegt hatte, war das Sofa nass und das Gesicht meiner Großmutter trocken, und über meinen Verrat wurde in gegenseitigem stummen Einvernehmen hinweggesehen.
Ich zog mich in mein Zimmer zurück, damit sie für sich allein jammern konnten. Ich lag bäuchlings auf mein Bett gefläzt, mein Kopf baumelte an der Seite herab, sodass sich das Blut darin staute und ich das Gefühl hatte, er würde gleich platzen, und ich

sehnte mich nach einer Freundin, mit der ich telefonieren könnte und die das Ganze wie einen Spaß aussehen lassen würde. Stattdessen schrieb ich endlich an Thibaud: einen langen, weitschweifigen Brief, in dem ich über die Lage der Dinge log und darüber, wie es mir ging und was ich so trieb. Ich schrieb, dass ich ständig an ihn denken würde und nicht verstünde, warum er auf meinen Brief aus Amerika vor Monaten niemals geantwortet habe. Am nächsten Tag, einem Sonntag, steckte ich den Umschlag ein, bevor ich noch Zeit hatte, länger darüber nachzudenken. In Wahrheit konnte ich nicht glauben, dass es Thibaud überhaupt noch gab, so unwirklich kam mir alles – mein ganzes früheres Leben – damals vor. Der Brief war für mich zu der Zeit wie ein Tagebucheintrag, und nicht mehr.

12

Der Prozess begann an einem Mittwoch, dem Mittwoch nach diesem beunruhigenden Samstagnachmittag. Ich hatte nur vormittags Unterricht, aber man schlug mir nicht vor, meine Eltern und Großeltern zum Gerichtsgebäude zu begleiten. Ich war zu jung und sollte, soweit möglich, wie Etienne verschont werden.

Meine Eltern sollten meine Großeltern abholen und waren daher früh fertig; es war noch dunkel und das Morgengrauen nur ein blutiger Fleck über dem schwarzen Meer. Meine Mutter trug ein Marinekostüm, einen Hermès-Schal mit Pfauenmuster und eine kleine Handtasche mit einer großen vergoldeten Schließe. Sie sah eher wie eine Schauspielerin aus den vierziger Jahren aus als wie die Schwiegertochter eines echten Verbrechers. Ich entdeckte an ihren dunklen Strümpfen eine kleine Laufmasche, die unter ihrem Rock hinten an ihrem linken Oberschenkel hervorkam; aber ich sagte es ihr nicht. Teures Parfum umwogte sie. Mein Vater sah weniger dramatisch aus, aber ebenso geschniegelt: Er schlich hinter seiner Frau her, bullig in seinem gebügelten grauen Wollanzug, eine glitzernde Nadel in der Krawatte, seine noch immer gebräunten Wangen glatt in ihrer Fleischigkeit, die grauen Locken pomadisiert und gekämmt. An der Tür machte er, während ich noch immer im Nachthemd herumtrödelte, einen Spaß und streckte mir die Zunge heraus: Ich war überrascht, wie tiefrosa, frisch und gesund sie aussah. Ein Prozess, so schien es, war wie eine Cocktailparty: Wenn man nur gut genug gekleidet war, brauchte man sich über das, was man sagte, keine Sorgen zu machen.

Ich sollte zu Hause bleiben, den Unterricht ausfallen lassen und den Tag mit Hausaufgaben verbringen, so wollten es ihre und auch meine Pläne. Das Haus war keineswegs leer: Außer Etienne und seiner Krankenschwester war Fadéla, die Haushälterin, da und schrubbte bereits auf Knien den Boden im Hausflur.

Ich hatte auf dem Schreibtisch in meinem Zimmer einen Stapel Bücher über Camus und Sartre aus der Bücherei für mein Literaturprojekt liegen. Alles, was ich bei meinen bisherigen Studien zusammengetragen hatte, war, dass Camus und Sartre anfangs Freunde gewesen waren, dann jedoch nicht mehr; dass sie sich nicht als philosophische Gefährten betrachteten und dass Camus, ein *pied-noir* wie mein Vater und meine Großeltern und, im weiteren Sinne, ich, aufgrund der Probleme seines – unseres – Landes in Schwierigkeiten geraten war und seine Freunde verloren hatte. Ich hatte gelernt, dass er politisch links war, anders als meine Verwandten und die meisten Algerier, die stolz auf ihn waren, ihm jedoch mit Argwohn gegenüberstanden. Aber so wie er seine Landsleute dadurch enttäuschte, konnte er auch, was Algerien anging, seine Gefährten niemals befriedigen, niemals genügend fortschrittlich sein, da sein Hauptziel darin bestanden hatte, am Land seines Herzens und seiner Kindheit festzuhalten, während das Ziel der Linken Dekolonisation, Gerechtigkeit und Zukunft gewesen war. Oder, wie es mein Großvater sah und zweifellos auch mein Vater, obwohl er dies nie sagte, das Programm der Linken – und de Gaulles – war ein umfassender Verrat der edleren Prinzipien Frankreichs und ein Verrat an uns, ihrem Volk, und darüber hinaus auch an den *harkis*, die ebenfalls ihr Volk waren. Und schließlich an Algerien. »Und wen«, würde der alte Mann heute sagen, wenn er könnte, die aufgeschlagene Zeitung mit den neuesten Gräueltaten der Nation vor sich, ein trauriges Lächeln auf den Lippen und wie ein Wahnsinniger mit den Brauen zuckend, »wen überrascht das? Mich nicht!« Unbekümmert war meine Familie lange der Ansicht gewesen, Camus habe Glück gehabt, aus dem Leben geschieden zu sein, bevor es auch mit seinem Heimatland zu Ende ging.

Ich wollte wirklich gerne einen Aufsatz darüber schreiben, wie man sich fühlte, wenn man in eine Ecke gedrängt war, wo, egal, was man tat, alles falsch war, niemand einem vertraute und man auch nicht die Wahrheit sagen konnte, weil es keine gab. Camus wusste das, und ich auf meine bescheidene Weise wusste es auch. Wir alle bei uns zu Hause wussten es, aber wir redeten nicht darüber, und ich würde auch nicht darüber schreiben: Die Aufgabe bestand darin, Sartres Existentialismus mit dem von Camus zu vergleichen. Mein Lehrer interessierte sich nicht für deren Leben oder dafür, was meine Angehörigen darüber dachten. Ich hatte *Der Fremde* und *Der Ekel* vor mir, und auf dem Boden lagen noch weitere Bücher der beiden Männer, Bücher, die ich schwierig zu lesen fand und nicht verstand.

Ich weiß nicht, warum ich dachte, ich könne den Ausgang der Gerichtsverhandlung beeinflussen, wenn ich daran teilnähme – so wie ich als Kind geglaubt hatte, ich könne durch meine simple Anwesenheit irgendwie dafür sorgen, dass meiner Familie nichts zustieß, und daher auf unzähligen langweiligen Spazier- und Besorgungsgängen mitgetrottet war, nur um über das fortgesetzte Wohlergehen meiner Mutter, meines Bruders oder meines Vaters zu wachen. Oder ertrug ich einfach nicht mehr länger das fahle graue Licht an meinem Fenster (die Sonne verschwand nach ihrem spektakulären Erwachen schnell hinter dem allzu vertrauten Wolkenschleier) und die einschläfernden Sätze von Frankreichs großen Männern?

Ich rief Frédéric an, der noch im Bett lag, und schlug ihm vor, als Zuschauer zur Gerichtsverhandlung meines Großvaters zu gehen. Ich hatte es all die Wochen zuvor vermieden, dieses Ereignis auch nur zu erwähnen, aber Frédéric äußerte keine Überraschung über meinen Gesinnungswandel.

»Ist die jetzt?«

»Ja, sie beginnt heute Morgen. Sie hat schon begonnen.«

»Und wir können da einfach so reinmarschieren?«

»Ich bin mir nicht sicher. Aber ich gehöre doch zur Familie, oder?«

»Aber du bist ein Kind.«

»Ich weiß nicht, wen ich bei dieser ganzen Sache mehr hasse, meinen Großvater oder Marie-José.«

»Mit Sicherheit diese blöde Schlampe.«

»Wieso das?«

»Der Opa ist alt. Und er gehört zur Familie.«

»So?«

»Na ja.«

Einen Moment lang herrschte Schweigen.

»Du möchtest, dass ich mit dir dorthin gehe, ja?«
»Bist du nicht neugierig?«
»Klar, aber … Gibt es da Geschworene und all das andere Drumherum?«
»Ich denke nicht. Meine Eltern haben sich vor einiger Zeit viel darüber unterhalten, weißt du, welche Art von Gericht es wohl sein würde. Aber Cécile ist nicht verletzt worden, nicht wirklich, also ist es nicht so ernst.«
»Und du sagst, er bekennt sich schuldig?«
»Ja. Meine Großmutter ist davon nicht angetan.«
»Was gibt's denn dann zu sehen?«
»Was meinst du damit?«
»Es gibt keine Show wegen Unzurechnungsfähigkeit, keine Überraschungen, nichts Lustiges … die Richter stellen ihm ein paar Fragen und …«
»Marie-José macht ihre Aussage.«
»Ich weiß. Die ganze Schule weiß es. Sie tut so, als habe sie die Starrolle in einem großen Film oder so.«
Ich schniefte. Mir war nicht klar gewesen, dass alle Bescheid wussten, und Frédéric war nicht so ein guter Freund gewesen, dass er es mir erzählt hätte.
»Hör mal, wäre es nicht lustiger, wir würden uns zusammen mit Sami und Lahou am Nachmittag unten in der Stadt einen Film reinziehen? Bis zum Mittagessen könntest du schon einen Teil deiner Arbeit erledigt haben, und dann –«
»Ja, danke, Fred. Schon gut.«

13

Ich beschloss, alleine zu gehen. Bewusst meine Eltern nachahmend, warf ich mich in Schale. Ich flocht mein Haar zu einem einzelnen dicken Zopf, zog einen grauen Rock an und eine cremefarbene Bluse meiner Mutter. Ich wollte so erwachsen wie möglich aussehen. Ich trug einen Regenmantel, der meiner Mutter gehörte, aber da ich größer war als sie, reichte er mir kaum bis zu den Knien. Wie sie legte ich einen Seidenschal um. Ich fand, dass eine Sonnenbrille meiner Mutter am besten geeignet war, meine Jugend zu kaschieren, überlegte mir dann jedoch, dass die Brille an einem so trüben Tag nur Aufmerksamkeit erregen würde.
Ich rief Fadéla – die irgendwo in einem unsichtbaren Bereich des Hauses ackerte – nur kurz etwas zu, als ich aus dem Haus schlüpfte, und nahm den Bus Richtung Stadt; während der Fahrt versuchte ich herauszufinden, ob mich die anderen Fahrgäste anstarrten.
Auf dem Weg zum Gericht wunderte ich mich darüber, dass ich dieselben Straßen mit Thibaud entlanggeschlendert war, als der Asphalt in der Hitze geflimmert und die Stadt vor sich hin gedöst hatte; dass ich später, an nasskalten Tagen, um dieselben Ecken hinter meiner Clique hergeschlurft war; und dass ich jetzt, fast verkleidet, wieder hier war. Was machte aus diesen drei Mädchen – so unterschiedlich in ihrem Benehmen und ihren Absichten und gefühlsmäßig so weit voneinander entfernt –, was machte aus uns dreien ein und dieselbe Person? Wie konnte ich noch dasselbe Mädchen sein, das ich nur einen Sommer zuvor in Boston oder am Cape Cod gewesen war? Woher wusste ich, dass ich es war; aber im Ernst, wie konnte jemand anders sich dessen sicher sein? Wenn man nun Eleanor eine falsche Nichte geschickt hätte – wie hätte sie das je erkennen können?

Als ich die Stufen des Gerichtsgebäudes hinauf- und durch die hässlichen Portale hindurchging und die rußigen Schnörkel und Arabesken französischer Verwaltungsarchitektur draußen gegen die renovierten und überall mit Leuchtstoffröhren versehenen und auf reine Effizienz ausgerichteten Innenräume mit Linoleumböden und schwarzen Wartebänken aus Plastik eintauschte – als ich also vom erhabenen Äußeren des achtzehnten Jahrhunderts in diese zeitgenössische Trostlosigkeit hineinging, da dachte ich, wer wohl das hier, von innen und von außen fotografiert, als dasselbe Gebäude identifizieren könnte. Ich machte mir über die Schuldigen Gedanken, die hier schon entlanggegangen waren: die Betrüger, Diebe und Mörder. Das Bombenlegertrio von letztem Sommer wäre diese Stufen hinaufgestiegen, hätte es den Anschlag auf andere überlebt: neben den beiden Jungen auch die umgängliche siebzehnjährige Kassiererin, die für ihre Mutter eine Fremde war. Aber vor allem dachte ich an die Naziverbrecher, diese einzelnen Männer im Alter meines Großvaters und älter, die erst so spät vor Gericht kamen. Paul Touvier vor allem, der Anfang des Jahres verhaftet und angeklagt worden war; aber es hatte im Lande, solange ich mich erinnern kann, viel Aufhebens und Lärm um diese paar Leute gegeben, unsere Verkörperungen des Bösen; in den Zeitungen wurden sie als grausam aussehende junge Rohlinge gezeigt und neben diesen Fotos dann als alte Männer mit Brille und fleckiger Haut, in Tweedjackets oder gemusterten Pullovern, ein angstvolles Zucken im Gesicht, ihre Züge breiter und anders proportioniert und so verwüstet, dass sie völlig verändert aussahen. Ich fragte mich, ob wirklich irgendjemand so sicher sein konnte, sie zu verurteilen. Ihre Opfer, die Überlebenden, zeigten mit den Fingern auf sie und schrien: »Er ist es, er ist es!«; aber wie konnten sie das so genau wissen – bei dem veränderten Äußeren, der fleckigen, runzligen Haut, dem geschwundenen Haar, der zittrigen Stimme, der zu einem Fragezeichen verkrümmten Figur? Und an das Innere, die schwarze Seele, kam man nicht heran. Man wusste nichts über sie. So wie bei Oberst Chabert oder Martin Guerre – man musste sich anhand nur weniger Anhaltspunkte entscheiden (eines Blickes, eines zitternden Kinns), ob man der Ansicht war oder nicht, auf die eine Identität setzen oder die andere, auf die richtige oder die falsche, auf den Schurken oder das Opfer. Ich überlegte, ob am Ende nicht lediglich eine Wahl getroffen wurde.

Und bedeutete dies, fragte ich mich, während ich die Aushänge überflog, um den Gerichtsraum meines Großvaters zu finden (so unauffällig wie möglich, mit dem Rücken zu der hennagefärbten Empfangsdame, sodass sie lediglich meinen Zopf und meinen Regenmantel sehen konnte: Ich wollte nicht als Kind erkannt werden, weder als sein Enkelkind noch als Minderjährige, die man ohne viel Federlesens wieder nach Hause schicken würde), bedeutete dies also, dass es mir unter sorgfältig ausgewählten Bedingungen, fern dieser Stadt, in der meine Lebensumstände im Allgemeinen bekannt waren, vielleicht möglich sein würde, erfolgreich neu erfunden zu werden, dass ich vorgeben könnte, irgendjemand zu sein, von irgendwoher, und dass man mir glauben würde? Die Vorstellung, nicht für ewig als Sagesse leben zu müssen, als der jüngste weibliche Spross der LaBasse-Familie und die ältere Schwester eines sabbernden Mutanten, schien herrlich.

Das war zugegebenermaßen eine simple, allgemeine Erkenntnis – in New York, wo ich von Gleichgesinnten umgeben bin, betrachte ich sie mittlerweile als typisch amerikanisch –, aber obwohl mir der Gedanke bereits in Boston im Kopf herumgespukt war, fand ich ihn nie so einleuchtend wie in dem von Sandwich-

duft erfüllten Korridor des Palais de Justice. Wenn ich entschied, dass die drei Sagesses, die in den letzten Monaten vor diesem Gebäude spazieren gegangen waren, nicht dasselbe Mädchen waren, mit wem sollte man sich dann streiten?
Wenn dies so war, hielt ich mir selbst entgegen, wenn man mehrere jeweils unterschiedliche Personen war, dann konnte mein Großvater unmöglich belangt werden: der passive, schwächliche Typ, der er geworden war, mit der stets ängstlich hochgezogenen Augenbraue, stand in keiner Beziehung zu dem wütend Tobenden, der auf den Abzug gedrückt hatte. Aber dieses spätere Selbst hatte bereits immer in dem früheren gewohnt, und die beiden waren, obwohl verschieden, untrennbar. Und während wir, seine Familie, ihn vielleicht nicht wieder erkannten, sah die Gesellschaft – Cécile, Marie-Jo und sogar der Rechtsanwalt, Rom – das Äußere meines Großvaters und kam überein, dass er derselbe Mann war, dieselbe Kleidung trug, dieselbe Frau hatte und dasselbe Gebiss und unbestreitbar auch ein und derselbe blieb, wie verändert er auch in seinem Verhalten oder von seinem Temperament her erscheinen mochte.
Aber was war, überlegte ich, wenn er alles vergessen hatte? Konnte jemand, der unter Amnesie litt, für etwas verantwortlich sein, das er in einer früheren Inkarnation getan hatte? Was uns unser Leben hindurch zusammenhielt, dachte ich, war das Gedächtnis, so rissig und brüchig es auch sein mochte. Und wäre mein Großvater ohne Erinnerung – falls wir, seine Familie ihn für uns in Anspruch nähmen, er uns jedoch nicht kennen würde – nach wie vor schuldig? Wo waren die Grenzen der Identität? Wann konnten wir endlich erleichtert aufhören, dieselbe Person zu sein, eine Person, für die wir uns nicht freiwillig entschieden hatten? Oder, fragte ich mich, als ich mir den Schal meiner Mutter am Nacken zurechtzog und die schwere Schwingtür zu dem

Verhandlungszimmer meines Großvaters mit dem flauen Gefühl aufzog, dass sich meine klugen Gedanken im Kreise gedreht hatten und für die Katz waren, war es eine primitive und unabwendbare Angelegenheit des Fleisches?
Der Raum war hell und fahl, groß, aber nicht so höhlenartig, wie ich ihn mir vorgestellt hatte. Er hatte keine Fenster und war mit einem struppigen schmutzig-braunen Teppich ausgelegt. Am hinteren Ende führten, leicht erhöht an einem holzgetäfelten Tisch, zwei Männer und eine Frau den Vorsitz: die Richter, ernste, aber unauffällige Menschen im Alter meiner Eltern. Ein Gerichtsreporter, ein junger Mann mit borstigen hellen Haaren und länglichem Kopf, tippte auf der linken Seite in seine Maschine. Ich ließ den Blick über die Rücken zwischen mir und den Justizbeamten gleiten und entdeckte das Trio, das meine Familie war, dankbar dafür, dass sie sich nicht umwandten. Cécile allerdings drehte sich um; sie verrenkte sich fast den Hals, runzelte die Stirn und wandte sich dann wieder in Richtung der Stimmen; rechts und links von ihr befanden sich die leicht geneigten glatten Köpfe ihrer Eltern.
Die erste Stimme gehörte der Richterin. Sie hatte eine Frage gestellt, die ich aber nicht gehört hatte. Nach kurzem, nachhaltigem Schweigen antwortete eine Stimme, die ich kannte, kleinlauter als gewöhnlich, aber besonnen und klar: die Stimme meines Großvaters. Ich wandte den Kopf und entdeckte ihn rechts von meinem Gesichtsfeld am anderen Ende des Raums. Er war an dem charakteristischen Armschwung zu erkennen, mit dem er sich das Haar zurückstrich.
Ich blickte zu ihm hin und hörte seine Stimme, aber nicht, was er sagte, und spürte in genau dem Moment eine Hand auf meinem Oberarm. Ein Polizeibeamter in Uniform flüsterte mir etwas ins Ohr. Er versuchte nicht, mich von der Stelle zu zerren. Ich nahm

sein eiförmiges, glänzendes Gesicht und die bläulichen Stoppeln an seinem Kinn wahr; plötzlich schien ich mit Taubheit geschlagen zu sein; ich wusste nicht, ob ich mich setzen, hinausgehen oder mich ausweisen sollte.

»Es ist mein Großvater«, flüsterte ich zurück. Ich versuchte, ganz still zu sein, weil ich nicht wollte, dass meine Eltern irgendwelche Unruhe mitbekämen oder mich bemerkten. Der Beamte sagte irgendetwas anderes. Die ganze Zeit über hob und senkte sich die Stimme meines Großvaters mit der trägen Beharrlichkeit einer Wespe, die im August an einer Fensterscheibe herumsurrt. Ich blickte nach hinten zu ihm, und er sah, wie durch Telepathie, zur Tür und zu mir hinüber, und unsere Blicke trafen sich. Seine Augen, traurig wie die eines Bassets, blickten mich über die gesamte helle Distanz des Raumes an, und seine Stimme stockte; und mich durchfuhr es wie ein Pfeil, ein physischer Schmerz, als ich die Traurigkeit und den Schrecken in seinen Augen sah, wie verlassen die geschrumpfte Gestalt in dem dunklen Anzug war, allein auf dem Ozean des braunen Teppichs; und ich wusste, dass der Blick, den wir wechselten, ein Blick qualvollen Erkennens war: Wir sahen und erkannten einander. Unser Blut war dasselbe Blut, und das hier, dieser Moment schrecklicher Gemeinsamkeit, war der Grund, warum niemand seinem eigenen Ich entfliehen konnte. Er war mein Großvater und würde es immer sein, und ich empfand ein schreckliches Mitleid mit ihm, das Liebe war. Und als der Polizeibeamte nun an meinem Arm zog, lächelte ich, ein brüchiges und zweifellos tränenvolles Lächeln, aber eines, das meinem Großvater vermitteln sollte, dass ich ihm nach all diesen Monaten vergeben hatte und dass ich verstand und akzeptierte, was soeben zwischen uns passiert war.

Ich weiß nicht, ob er mein Lächeln sah, denn wegen der Tränen, die mir in die Augen schossen, blinzelte ich, und der Beamte öffnete die Tür (offenbar wollte er doch, dass ich den Raum verließ), und ich befreite mich aus seinem Griff und ging zurück in die Halle, wo ich plötzlich wieder richtig hören konnte – das Telefon an der Anmeldung und die nasale Begrüßung der hennagefärbten Frau; das Schlurfen und Klappern der Schritte im nahe gelegenen Treppenhaus, Fetzen eines Gesprächs zwischen einer Anwältin und ihrer Mandantin, die an mir vorbeifegten (»Ich bin wirklich nicht der Meinung, dass Sie das sagen sollten. Und bewahren Sie vor allem die Ruhe«) –, die Schultern hochzog und auf die Straße hinausging.

Teil 5

I

Die Verhandlung dauerte noch anderthalb Tage. Mein Großvater erwähnte meinen Eltern gegenüber nicht, dass er mich gesehen hatte, und er schnitt auch mir gegenüber das Thema nicht an. Dies ließ mich über die Sommernacht damals nachdenken, die Nacht des Verbrechens; und ich war nun überzeugt, dass mein Großvater mich aus einem Gespür heraus auch gesehen hatte. Diese heimliche Nacht mit ihrem kühlen Duft nach grünen Blättern und mit Thibauds Zitronengeruch, dem Schotter im Rücken und dem rauschenden Meer – ich hatte das Gefühl, als habe mich mein Großvater dort erkannt und als teilten wir uns in gewisser Weise die Schuld und den Verrat dieser Nacht. Wenn ich ihm seine Sünde vergeben konnte, vielleicht konnte er auch mich von der meinen freisprechen. Das wäre unser gemeinsames Geheimnis.

Während ich diesen Gedanken nachhing, fühlte ich erneut wie einen Strom die Wärme zwischen uns und gab mich meiner Sorge um meinen Großvater und sein Schicksal hin. Ich hatte, nachdem ich wieder zu Hause war, das Mittagessen ausgelassen, mich umgezogen und aufs Bett gelegt, um vor dem Abendessen meine Philosophiebücher zu lesen, war dann jedoch über ihnen eingedöst, weil sie zu schwierig waren, und ich fragte mich nun fast, ob der morgendliche Ausflug nicht nur ein lebhafter Tagtraum gewesen war. Meine Mutter kehrte gegen sechs alleine zurück und sagte, mein Vater sei zusammen mit seinen Eltern ins Bellevue gefahren, um sich um ein paar geschäftliche Dinge zu kümmern.

»Wie ist es gelaufen?«

»Gut – denke ich. Wer weiß das schon? Dein Vater war jedenfalls der Ansicht, es sei gut gelaufen. Dein Großvater hat seine Aussage gemacht, und das Verfahren hat eine Menge Zeit gekostet. Dann haben sie mit den Zeugen begonnen – zunächst mit dem Mädchen aus Paris und dann ihren Eltern –«

»Die waren doch gar nicht dabei. Was wissen die schon?«

Meine Mutter schaute mich überrascht an. »Das ist so üblich. Sie haben über das Hotel geredet und deine Gruppe von Freunden, die Art, wie ihr immer zusammengehängt habt –«

»Sie sind nicht meine Freunde.«

Meine Mutter zuckte die Schultern. »Morgen geht's weiter. Marie-José ist morgen dran, denke ich.«

»Hm.«

»Dein armer Großvater. Ich weiß, ich hatte meine guten und meine schlechten Zeiten mit ihm, aber wenn du ihn hättest sehen können, wie er da –«

»Ich weiß.«

»Nicht wirklich. Du kannst es dir nicht vorstellen. Das hat ihn zu einem gebrochenen Mann gemacht. Und wenn du darüber nachdenkst, was er für ein Leben gehabt und was er schon alles auf die Beine gestellt hat und noch immer leistet … und dann das …« Sie seufzte. »Das ist doch nichts für einen Mann in seinem Alter.«

»Glaubst du nicht, dass er ins Gefängnis geschickt wird?«

»Was weiß ich, *poupette*? Ich hoffe nicht.«

»Grand-mère denkt, es bringt ihn noch um.«

»Hoffen wir, dass es nicht dazu kommt. Ich hoffe es wirklich. Das Seltsame ist …«

»Was?«

»Nichts.«

»Was ist seltsam?«

»Nichts. Es geht nur um deinen Vater.«
»Was ist mit ihm?«
»Nichts Besonderes.«
»Maman –«
»Ich habe nur den Eindruck – es ist total merkwürdig –, dass ihm das recht wäre.«
»Was wäre ihm recht?«
»Das Gefängnis.«
Ich dachte einen Moment lang darüber nach. »Das ist doch lächerlich.«
»Oh, ich meine damit nicht, dass er es zugeben würde. Er weiß es vielleicht nicht einmal. Und vielleicht irre ich mich ja auch.«
»Vielleicht.«
»Nur redet er über alles so, als stünde das mit dem Gefängnis bereits fest. Nicht deinen Großeltern gegenüber – ich meine nicht mit ihnen. Aber wenn wir beide uns unterhalten.«
»Er versucht vielleicht, sich auf das Schlimmste einzustellen, meinst du nicht? Ich mach das immer so – ich rede mir zum Beispiel ein, dass ich einen Test nicht bestanden habe, selbst wenn ich mir ziemlich sicher bin, dass das nicht stimmt, nur um –«
»Das denke ich nicht. Er spricht davon, frei zu sein, frei, das Hotel nach eigenen Vorstellungen zu führen, solche Dinge. Befreit zu sein, wenn alles vorbei ist.«
»Glaubst du nicht, dass wir uns alle befreit fühlen, wenn es vorbei ist?«
»Aber wenn es vorbei ist und sein Vater dann im Gefängnis sitzt. Siehst du nicht den Unterschied?«
»Du bildest dir das ein, Maman. Ich bin auf den alten Knaben ganz schön sauer – er hat mich zur Außenseiterin gemacht, und ich habe meine beste Freundin verloren –, und ich will nicht, dass er ins Gefängnis kommt.«

»Nein?«
»Vielleicht wollte ich das erst. Aber jetzt nicht mehr. Ich schwöre es.«
Meine Mutter tätschelte mir mit einer seltsam mütterlichen Geste die Wange. »Freut mich zu hören. Nun erzähl mal, was hast du denn zusammen mit Etienne heute so getrieben?«

2

Vielleicht, so denke ich inzwischen, hatte meine Mutter Recht, was die Wünsche meines Vaters betraf, und vielleicht hatte mein Vater irgendwelche überzeugenden Mittel gefunden, diese Wünsche der Gesetzesmacht zu übermitteln. Denn zu Beginn der darauf folgenden Woche, als alle sich zur Urteilsverkündung versammelten, wurde mein Großvater zu sieben Monaten Gefängnis der untersten Sicherheitsstufe verurteilt. Meine Großmutter fiel wirkungsvoll im Gerichtssaal in Ohnmacht, und mein Vater musste sie stützen, aber mein Großvater ließ nur den Kopf hängen, faltete die Hände und wartete darauf, abgeführt zu werden. Ich erfuhr diese Einzelheiten aus der Zeitung, nicht zu Hause, sondern in der Schule, wo Lahou mir vor der Mathestunde mit schwesterlicher Umarmung ein Exemplar zuschob. Jetzt, da ich so eindeutig beschützt werden musste, hatte sie immer ein Lächeln für mich übrig; ihre letzten Zweifel waren durch meine öffentliche Schande gewichen.
Die Zeitung hatte erneut das Foto meines Großvaters benutzt, das auf den Treppen des Gerichtsgebäudes aufgenommen worden war, aber sie hatten meine Großmutter herausgeschnitten. Er schielte mit gekrümmten Schultern zur Seite, so wie ich ihn

auf der Anklagebank gesehen hatte, klein, zerbrechlich und einsam.

»Was passiert denn jetzt?«, fragte ich meinen Vater an diesem Abend. Bei uns zu Hause herrschte eine seltsam liebevolle Stimmung, und die Sorgen um den Großvater manifestierten sich in unseren gedämpften Stimmen und dem Bemühen, nett zueinander zu sein und uns gegenseitig zu beruhigen.

Mein Vater streckte die Arme nach mir aus, weit geöffnet, als wolle er mich umarmen, und sagte, was sie seit Monaten alle sagten und was ich mittlerweile gelernt hatte, nicht zu glauben: »Mach dir keine Sorgen, mein Engel. Alles wird gut.«

»Großmutter sagt, das bringt ihn noch um.«

»Unsinn. Ich habe das Gebäude gesehen. Es ist fast wie ein Sanatorium. Er wird weg sein, als wäre er auf einer Reise, für so kurze Zeit, dass du kaum bemerken wirst, dass er fort ist. Er wird vor dem Ende des Schuljahres wieder zu Hause sein.«

»Aber das Hotel –«

»Ich leite das Bellevue, und zwar schon seit Monaten. Und das würde ich auch unabhängig davon tun. Dein Großvater wird langsam alt – er ist über siebzig, weißt du. Es ist an der Zeit, dass er sich zurückzieht. Er hat es verdient, dass er sich ausruht. Das wäre alles nicht passiert, wenn er ein wenig früher gelernt hätte, sich zu schonen. Er war nur übermüdet. Betrachte es als eine Kur.«

»Ein Gefängnis ist kein Urlaub. Stimmt's, Maman?«

Meine Mutter versuchte zu lächeln. »Es nützt nichts und hilft niemandem, sich zu wünschen, dass die Dinge anders lägen«, sagte sie. »Wir müssen uns fragen, was wir als Nächstes tun sollen, was Gott von uns erwartet.«

»Und was wäre das?«

»Zum einen müssen wir versuchen, deiner Großmutter zu helfen. Für sie ist es besonders hart.«

»Sie ist eine starke Frau, eine bemerkenswerte Frau«, sagte mein Vater. »Sie wird schon klarkommen. Wahrscheinlich wird sie uns sogar helfen. Sie war doch immer diejenige, die alle zusammengehalten hat.«
Meine Mutter warf meinem Vater einen seltsamen Blick zu, als ob er ein Geheimnis erzählen würde, von dem ich nichts erfahren sollte. Ich dachte später in meinem Zimmer darüber nach, und mir fiel ein, dass es immer meine Großmutter war, die von früher erzählte und eine Geschichte aus dem Leben der LaBasses webte, und dass mein Vater zumindest in dieser Hinsicht Recht hatte. Und es war meine Mutter, die meistens diese Geschichten nach ihrem Gusto auseinander gedröselt und neu zusammengesetzt hatte, sodass sie eine andere, dunklere Bedeutung bekamen. Es schien jedoch so, als habe sich meine Mutter in diesen Wochen zwischen dem Verbrechen und der Bestrafung verändert, als habe sie sich mit ihrer Schwiegermutter verbündet und würde jetzt die Geschichten meiner Großmutter sogar noch engmaschiger weben. Auf diese Weise würden sich die beiden Frauen gemeinsam besonders bemühen, die Familie zusammenzuhalten.
Der Dreh- und Angelpunkt jedoch, um den herum unsere kleine Familie kreiste, verlagerte sich. Mein Großvater war lange mystifiziert worden – was seinen Scharfsinn betraf, seinen schwierigen Charakter, seine Entschlossenheit –, und nun hatte er sich mit diesem Urteil in einen Mythos aufgelöst. (Meinem Vater mögen die sieben Monate vielleicht wie ein Wimpernschlag vorgekommen sein, aber für mich waren sie damals noch eine unendliche Abfolge von Tagen, nicht zuletzt deshalb, weil man mir zu verstehen gegeben hatte, dass ich meinen Großvater während dieser Zeit nicht besuchen sollte: Er wollte mich im Gefängnis nicht sehen.) An seine Stelle trat nun mein Vater, dick und

verunsichert, und nun würden die Frauen um ihn herum ihr Garn spinnen müssen. Wie eine verpuppte Raupe würde auch er unter ihren seidigen Fäden verschwinden, um verwandelt wieder aufzutauchen: nicht länger mein glückloser Vater, der alle rasend machte, würde er der edle Spross, der Patriarch des Hauses La-Basse werden und der Herr ihres kleinen Königreichs oben auf den Klippen, dem Bellevue. In diesem Licht betrachtet ergab die glatte Speckschicht, die er sich zugelegt hatte, einen Sinn: Er hatte sich auf die so lange erwartete Verwandlung vorbereitet, und obwohl er sie nur passiv erfahren würde, musste er doch wollen, dass sie in Gang kam. Was ist ein Held, wenn nicht ein Mann, über den Geschichten erzählt werden? Bisher hatte mein Vater keinen Heroismus gekannt; aber meine Mutter und meine Großmutter würden dies ändern. Geschichten entstehen letztlich auch durch das, was weggelassen wird.

Später am Abend hörte ich, wie sich meine Eltern unten in der Diele unterhielten. Ihre Stimmen hallten von den Marmorwänden wider. Meine Mutter setzte meinem Vater auseinander, dass er Marie-Jos Mutter feuern sollte und Thierrys Vater gleich mit.

»Du kannst dir nicht vorstellen, wie das für deine Mutter ist. Und jetzt – jetzt freuen sie sich bestimmt hämisch. Ehrlich, Alex –«

Mein Vater wollte nichts davon wissen. »Hier geht es ums Geschäft, Carol, und nicht um einen Popularitätswettbewerb.« Er plapperte seinem Vater wie ein Papagei nach: »Maman wird darüber hinwegkommen. Sie vertraut auf mein Urteil – warum kannst du das nicht?«

»Vielleicht weil ich mit dir zusammenlebe. Ich kenne dich zu gut.«

Die Stimme meines Vaters wurde tiefer und ruhiger, diese Stimme hatte er, wenn er wütend war und versuchte, sich dies nicht anmerken zu lassen, sie hatten sie beide, wenn sie sich stritten und nicht wollten, dass ihre Kinder das mitbekamen. (Wer wusste letztendlich, was Etienne verstehen konnte? Zornausbrüche brachten ihn zum Schreien – oder aber auch zum Lachen.) Sie zogen sich in Richtung Wohnzimmer zurück, sodass ich nur noch das abwechselnde An- und Abschwellen ihrer Stimmen hören konnte. Ich ging wieder ins Bett, legte mich auf den Bauch und steckte den Kopf unter das Kissen.

3

Das Weihnachtsfest, ein paar Wochen später, verlief gedämpft. Meine Großmutter verbrachte es bei uns und blieb über Nacht in dem Zimmer, das mein Großvater bewohnt hatte. Wir sahen uns lieber den Papst im Fernsehen an, als zur Messe zu gehen, und der Gottesdienst schien ewig zu dauern. Meine Mutter saß ganz vorne auf ihrem Stuhl, als würden die Fernsehstrahlen Rettung bringen; mein Vater sank allerdings wie Etienne mit offenem Mund in den Schlaf und gab kleine gurgelnde Schnarcher von sich.

Auch Etiennes *fête* am nächsten Tag verlief ruhig und im engsten Familienkreis, obwohl es ein Ereignis war, das sonst mit besonderer Verve gefeiert wurde, damit mein Bruder, falls er in einer versteckten Ecke seines Ichs Überlegungen anstellen konnte (wir lebten so, als könnte er das, in einer Art Pascalschem Denkspiel), sich nicht übergangen fühlte. Seine Geschenke – die wir abwechselnd für ihn öffneten – waren bescheiden und praktisch: ein paar Hemden, eine neue karierte Wolldecke für die Knie. Nur meine Großmutter, die ihm einen eleganten Filzhut mit

einer blauen und einer grünen Feder schenkte (»er ist schließlich ein junger Mann«) und eine italienische Glaslampe, die wie ein schimmernder bläulich-violetter Edelstein aufleuchtete (»zum Schlafengehen, für angenehme Träume«), versuchte die Nüchternheit des Tages zu durchkreuzen. Und mein Vater, der die Lampe an- und ausknipste, sagte bemüht locker: »Ich denke immer, es ist besser, man träumt überhaupt nicht. Ich vermute, Etienne hat dieses Privileg.«
An Silvester – das ein neues Jahrzehnt einläutete und, wie ich fand, eigentlich mit Feuerwerk und Tanz hätte begangen werden müssen – blieben meine Eltern, die alle Einladungen abgelehnt hatten, zu Hause; sie starrten auf die Uhr, als käme der Jüngste Tag, und schickten Sohn und Tochter, nachdem sie uns allen (auch Etienne) zu Ehren der kommenden Stunde einen Fingerhut voll Veuve Cliquot eingegossen hatten, beide ins Bett. Ich blickte von meinem Fensterbrett aus ins neue Jahr, beobachtete das ferne Funkeln der Lichter in der Stadt und bildete mir ein, in weiter Ferne die Jubelrufe der Menschenmenge zu vernehmen.
Das Jahr zuvor hatte es eine Party im Restaurant des Bellevue gegeben (für solche Festivitäten war mein Vater zuständig), und Marie-Jo und ich hatten zusammen Walzer getanzt, sie in einem aufreizenden Paillettenkleid und ich in mädchenhaftem Samt, und wir hatten Luftschlangen um Etienne gewickelt, bis er ganz von den bunten Bändern gefesselt war, die er liebte. Noch Tage später zupften wir Papierfetzchen aus den Speichen und Ritzen seines Rollstuhls.
»Nächstes Jahr«, hatte Marie-Jo gesagt, »kriegen wir meinen Bruder dazu, dass er uns zu einer Fete an die Uni einlädt« – ihr Bruder war fünf Jahre älter, nicht mehr zu Hause und studierte Wirtschaftswissenschaften in Marseille –, »das wird heiß.« Ich hätte gerne gewusst, ob sie jetzt dort war, in einem Kleid, das

noch kürzer und knapper war als das vom letzten Jahr, oder ob sie in ihrem rosafarbenen Schlafzimmer hockte, ganz alleine wie ich. Ich fragte mich, ob sie sich an das Versprechen erinnerte, und war traurig.

4

Weit weg in Paris dachte wenigstens Thibaud an mich: Er schickte einen Brief in seiner spitzen Schrift, der in einer Karte lag. Die Karte faltete sich zu drei hochformatigen Bildern auseinander, die jeweils ein Paar mit Airbrush-Technik aufgetragene obszön volle Lippen darstellten. Auf dem mittleren Bild war eine unanständig rosafarbene Zunge herausgestreckt, die spitz und glänzend, als wäre sie tatsächlich nass, auf dem unteren Fleischwulst lag. Thibauds Brief hatte nichts entsprechend Intimes, tatsächlich war er fast formell und irgendwie altmodisch. Er habe sich gefreut, von mir zu hören, würde oft an mich denken und sei froh, dass es mir trotz des Schlamassels mit meinem Großvater gut gehe.
»Schließlich«, schrieb er, »hast du nichts Verkehrtes getan. Wir waren ja nicht einmal dabei (haha). Aber mal im Ernst, das sind seine Probleme und nicht deine, und ich bin froh, dass du das verstanden hast. Es tut mir Leid, dass wir nicht früher voneinander gehört haben. Ich weiß nicht, was mit deinem Brief aus Amerika passiert sein kann (vielleicht ist ihr Postsystem so schlecht wie das italienische?) – aber jetzt haben wir ja wieder Verbindung.« Er schrieb nicht, ob er noch immer dasselbe für mich empfand, aber er sagte, dass er den Sommer nicht erwarten könne, dass er mächtig arbeitete (»Nur noch ein Jahr bis zum

Abitur!«) und dass er überlege, ob er sich nicht, wenn alles gut liefe, auf eine *grande école* vorbereiten und auf lange Sicht die ENA, die Nationale Verwaltungshochschule, anstreben sollte. Er würde gerne etwas über den Prozess erfahren, schrieb er. Ich schnüffelte an dem Brief, ob ich Thibaud riechen konnte.
Ich antwortete ihm sofort und log noch etwas mehr, indem ich schrieb, dass die Gefängnisstrafe meines Großvaters im Grunde wie eine Kur sei und dass es uns allen gut gehe. Ich wollte ihm Bekenntnisse seiner Sehnsucht entlocken, obwohl ich nicht wusste, ob mir derlei Gefühle überhaupt recht waren. Ich schrieb, dass ich seine Fingerspitzen auf meinem Bauch vermissen (»et cetera«) und noch immer seine Küsse spüren würde und dass ich gerne wüsste, inwiefern er sich noch an mich erinnerte – »an meinen Körper«, schrieb ich, was mir deutlich genug zu sein schien. Ich machte mir nicht länger Gedanken wegen Thibauds lilahaariger Mutter oder wegen Thibaud selbst, ob er womöglich lachen würde, wenn er mich ausgezogen sähe. Ich spielte eine Rolle – einen Drachen, einen Vamp –, und er war – wie ein Häftling (in den Vereinigten Staaten schreiben viele Frauen Liebesbriefe an Häftlinge, wie ich inzwischen weiß; ein Impuls, der für mich absolut Sinn macht, solange die Haftstrafen der Sträflinge lebenslänglich sind) – in sicherer Entfernung, so fern, als existierte er nur in meiner Vorstellung.

5

Mitte Januar wurde Sami für eine Woche von der Schule suspendiert. Das Vergehen, das man ihm vorwarf, war nicht Drogendealerei, obwohl das gut hätte sein können, sondern Unbotmäßigkeit. Er hatte die Fäuste gegen die Mathelehrerin erhoben und ihr damit gedroht, herauszufinden, wo sie wohne, und sie zu vermöbeln, nachdem sie ihm eines Tages nach dem Unterricht angekündigt hatte, er werde nicht nur durchfallen, falls er sein Verhalten nicht ändere, sondern auch ernsthafte Schwierigkeiten mit dem Direktor bekommen. Ihre Drohung wurde als Folge der seinen unverzüglich umgesetzt, und obwohl er so tat, als mache ihm das nichts aus, konnte ich doch sehen – sogar seine geliebte Lahou konnte es sehen –, dass er Angst hatte. Der Direktor, ein stämmiger, bärtiger Mann, hatte die Ärmel hochgekrempelt und sich mit seinem schweren Körper am Schreibtisch aufgestützt, sodass er drohend vor dem dürren Sami auf seinem rosafarbenen Plastikstuhl aufragte, und dann gesagt: »Merk dir eins, du kleiner Idiot: Jeglicher Ärger, den du glaubst, in dieser Schule machen zu können, ist nichts im Vergleich zu dem, den wir dir machen können. Schon ich allein bin in der Lage, verdammt noch mal, dir so viel Ärger zu machen, dass du für die nächsten Jahre bis zum Hals in der Scheiße steckst. Glaub nicht, dass wir dich nicht kennen, denn wir wissen genau, wer und was du bist. Und du kannst dich darauf verlassen, dass ich Wort halte.«

Sami war sich offenbar nicht darüber im Klaren, dass man es ihm als Feigheit auslegen könnte, dass er eine Frau bedroht hatte. Ich sagte dies später zu Lahou, die ihr Haar nach hinten warf und heftig schnaubte: »Sami ist kein Feigling.«

»Das habe ich auch nicht gesagt«, erwiderte ich, obwohl ich so dachte. »Ich habe nur gesagt, dass es so wirken könnte.«

»Er hat Recht, weißt du. Was ihm passiert ist, das ist Rassismus, purer, schlichter Rassismus.« Sie starrte mich an. »Und sag jetzt nichts. Du hast nämlich keinen blassen Schimmer.«

»Wahrscheinlich«, sagte ich, und das stimmte. Aber ich hatte

weiterhin das Zucken von Samis Kiefer vor Augen, als er uns im Café erzählte, was vorgefallen war, und das Zucken seines Knies in dem faltigen Jeansstoff. Mir kam es feige vor. »Hört er denn jetzt mit der Dealerei auf?«
»Ich weiß nicht. Er wird sie eine Weile sein lassen.«
»Was ist mit deinen Leuten?«
»Was meinst du damit?«
»Na ja, wenn deine Mutter herausfindet, dass Sami suspendiert ist –«
»Was wahrscheinlich der Fall sein wird.«
»Gibt es dann keine Probleme?«
»Kann sein. Ich weiß nicht. Ja, vielleicht.« Lahou schien zusammenzuschrumpfen, etwas von ihrem Glanz zu verlieren. Sogar ihr Haar schien schlapp herunterzuhängen. »Du hast keinen blassen Schimmer.«
Und obwohl das kein Grund war und auch keine Entschuldigung, war dies doch, wie ich später herausfand, als ich versuchte, meinen Fehler zu begreifen, die Ursache, warum sie zu mir nach Hause kamen. Lahou war damals nett zu mir und meine Freundin; und vielleicht hatte ich gedacht, ich müsse die Kluft zwischen uns, meine Unfähigkeit, sie zu verstehen, dadurch kompensieren, dass ich mich offenbarte.
Es war ein Donnerstag, und Sami war bereits ein paar Tage vom Unterricht suspendiert. Während der Mittagspause stand er vor dem Café herum und blickte argwöhnisch und hohlwangig in die kräftige Wintersonne. Jacquot hüpfte wie ein hässlicher Hanswurst in seinem Schatten auf und ab, die Hände in den Hosentaschen. Frédéric, Lahou und ich kamen zusammen vom Schulhof: Frédéric scharwenzelte eifrig um Lahou herum, riss ständig Witze und streckte wiederholt die Hand aus, als wolle er ihren Arm oder ihre Schulter berühren, besann sich dann jedoch eines

Besseren und zog sie wieder zurück. Lahou ging vorsichtig auf den Flirt ein, mit dem Körper und den Augen, nicht jedoch mit der Stimme, aber zunehmend zurückhaltender, als wir uns den andern beiden näherten, da sie sich, wie eine Pflanze der Sonne, wieder ihrem Liebsten zuwandte.
Wir saßen zu fünft um den Tisch herum und warteten darauf, was Sami tun würde. Er hatte den Tanz zwischen meinen beiden Gefährten verfolgt und warf Frédéric einen düsteren Blick zu. Lahou nahm Samis Hand und streichelte sie beruhigend. »Alles in Ordnung?«
»Als würde dich das einen Scheiß interessieren.«
»Ach komm, Sami –«, begann ich.
Der finster dreinblickende Kellner knallte einen sauberen Aschenbecher zwischen uns und nahm die Bestellung auf. Er kannte uns, wusste, dass wir wenig bestellten, kein Trinkgeld gaben und lange blieben.
»Was ist denn das hier?«, fragte Jacquot beunruhigt, aber lächelnd, »ein Kaffeekränzchen für Miesepeter?«
»Genau«, sagte Fred und bot reihum Zigaretten an. »Bravo. Endlich haben wir einen Namen.«
Schweigen. Wir konnten alle Lahous Finger sehen, wie sie die Knochen und Venen von Samis Hand nachzeichneten, hin und her, als würde sie beruhigend eine Katze kraulen.
»Wie sieht's zu Hause aus?«, fragte Frédéric. »Wie nehmen sie es auf?«
»Bist du bescheuert? Ich hab's ihnen nicht erzählt.«
»Was hast du heute früh gemacht?«, fragte Lahou.
»Mich rumgetrieben.«
»Wo?«
»Halt so in der Gegend.« Ich konnte mir nicht vorstellen, was das bedeutete.

»Also draußen, stimmt's?«
»Vielleicht.«
»Ich wusste es. Deine Hände sind so kalt. Als wärst du schon die ganze Nacht draußen gewesen.«
»Und heute Nachmittag?«, fragte Frédéric, der den Inhalt seiner Streichholzschachtel auf den Tisch geleert hatte und die Hölzchen nun in geometrischen Formen anordnete. »Was ist da angesagt?«
»Du nicht«, sagte Sami und funkelte seinen Rivalen aus zusammengekniffenen Augen an. »Definitiv nicht.«
»Nein. Ich bin im Geschichtsunterricht. Du hast also vermutlich Recht.«
»Sieht so aus, als bräuchte der Meister ein bisschen was zu lachen«, sagte Jacquot. »Vielleicht eine schnelle Runde Ladendiebstahl? Oder ein paar Autos knacken?«
»Halt's Maul.«
Unser Kaffee kam, und Sami starrte in seine Tasse. Er tat mir Leid.
»Wir könnten zu mir nach Hause«, bot ich an.
»Was?« Fred sah mich an, als sei ich übergeschnappt.
»Heute ist doch Donnerstag? Meine Mutter ist Donnerstagnachmittag immer weg. Unter Garantie.« Diese Gewissheit existierte erst seit kurzem; sie ging mit meiner Großmutter zweimal in der Woche, dienstags und donnerstags, meinen Großvater besuchen.
»Du wohnst oben auf dem Hügel, stimmt's?«, fragte Sami.
»Sie ist doch Fräulein Oberreich. Natürlich wohnt sie da«, sagte Jacquot und sah mich mit einem Lächeln an, das mich nervös machte.
»Kinder, ich weiß nicht, was ihr machen wollt, aber ich muss einen Test schreiben. Sagesses Haus ist mir keine schlechte Note

in Geschichte wert.« Frédéric steckte die Hölzchen eines nach dem anderen wieder in die Schachtel zurück. »Und wer ist denn hier von der Schule suspendiert? Doch nur einer von uns, oder?«
»Meinst du das ernst?« Lahous Augen waren weit aufgerissen, ihr Schmollmund bildete ein *O*.
»Klar – ich meine – ich –« Ich machte mir bereits Gedanken und wollte eigentlich meinen Vorschlag wieder zurücknehmen. »Meine Mutter ist um fünf wieder zu Hause, ich weiß nicht …«
»Bis dahin sind es doch noch Stunden.«
»Ein paar.«
»Ihr braucht eine Weile, bis ihr da seid«, sagte Frédéric. »Das solltet ihr euch überlegen.«
»Ja, das stimmt. Wir müssten den Bus nehmen –« Er versuchte, mir aus der Sache herauszuhelfen, und ich griff nach dem Strohhalm. »Vielleicht ist das heute doch keine so gute Idee.«
Sami sah auf seine Uhr. »Es ist noch nicht mal halb zwei. Da ist noch massenhaft Zeit. Ein Blick von den Hügeln runter, eine Hausbesichtigung, ein lehrreicher Nachmittag.«
»Und wärmer als draußen rumzulaufen«, sagte Jacquot. »Es ist nämlich ganz schön frisch.«
»Prima. Gehen wir.« Sami rief den Kellner, um zu zahlen.
»Diese Woche ist es schwierig für uns, mal irgendwo allein zu sein«, flüsterte mir Lahou im Hinausgehen zu. »Ich bin dir wirklich dankbar.«
Frédéric legte mit einer schroffen, gekünstelten Geste den Arm um Samis Schulter. »Nichts klauen, mein Guter«, sagte er mit albernem korsischen Akzent, als würde dies die Bemerkung passender machen. »Bring unsere liebe Sagesse nicht in Schwierigkeiten.«
»Leck mich am Arsch!« Sami wand sich aus dem Griff des Freundes. Frédéric winkte flüchtig und verschwand.

6

Die anderen waren nun bester Laune. Die Aussicht auf eine Eskapade hatte sie aufgeheitert. Aber ich war in Panik. Was hatte ich getan? Was würden wir vorfinden? Wussten sie von Etienne (aber natürlich)? Würde seine Krankenschwester mich bei meinen Eltern verpfeifen? Wäre Fadéla noch da – wie peinlich für alle – oder zu der Zeit, wenn wir ankämen, schon weg? Könnte Magda, könnte Fadéla mit irgendetwas bestochen werden, damit sie schwiegen? Würde mein Bruder irgendeine Möglichkeit finden, meiner Mutter zu verraten, was vorgefallen war? Und was würde überhaupt vorfallen? Und wenn sich nun Sami oder Jacquot, überwältigt von dem relativen Reichtum meiner Eltern, entschließen würden, ein Schmuckstück zu klauen, weil sie sicher waren, dass es niemand vermisste. Nein, ich dachte schon wie meine Mutter, die jedes Mal, wenn ein Aushilfsbabysitter oder eine Aushilfskrankenschwester im Haus waren, die silbernen Löffel zählte.

Ich war mir sicher, dass der Busfahrer uns im Rückspiegel betrachtete und sich unsere Gesichter einprägte, speziell die dunkelhäutigen, die zu Teenagern gehörten, die um diese Zeit nicht am Nachmittag den Hügel hinauffahren sollten. Welchen Grund, stellte ich mir seine Überlegungen vor, hatten braunhäutige und *derart* gekleidete Jugendliche überhaupt, um zu irgendeiner Zeit auf den Hügel hinaufzufahren? Dort gab es, malte ich mir aus, würde er später, die Mütze in der Hand, vor dem Wachtmeister auf der Polizeistation aussagen, dort gab es nichts für sie. Und was wäre, dachte ich ängstlich, als wir aus dem Bus stiegen und die drei, wenig präsentabel, mir unter lautstarkem Gejohle und gegenseitigem Geschubse wie blinde Gänse die breite Allee entlang- und dann in meine ruhige Straße hinein folgten, wo es keine Bürgersteige gab und wir mitten auf dem Asphalt gingen, was wäre, wenn das Auto meiner Mutter kaputt war oder meine Großmutter sich nicht wohl gefühlt hatte oder sie den Besuch bereits zu einer früheren Tageszeit gemacht hatten? Was wäre, wenn ich die Tür öffnen und beide Frauen beim Tee vorfinden würde, die kegelförmige Silberkanne zwischen ihnen auf dem Couchtisch? Was wäre wenn, was wäre wenn …

Aber zu meiner Erleichterung stand das Auto meiner Mutter nicht in der Einfahrt. Ich ließ die anderen warten und sah in der Garage nach.

»Wow.« Nachdem er durch den Vorgarten gehüpft war und in gespieltem Verzücken an den Mimosen gerochen hatte, pflanzte Jacquot sich breitbeinig auf dem weißen Kies auf und warf den Kopf zurück. »Das ist ja ein richtiges Schloss. Ich kann's gar nicht erwarten, es von innen zu sehen.«

»Jacquot –« Lahou runzelte die Brauen.

»Willst du mich heiraten, mein Schätzchen? Willst du, mein Mäuschen?« Er küsste mich mit viel Tamtam auf den Nacken, unter dem Kragen. Seine feuchten Lippen hinterließen eine kalte Schleimspur auf meiner Haut.

»Iiih. Du bist ekelhaft.«

»Jacquot –« Diesmal war es Sami. Der andere Junge kam wie ein Hund bei Fuß.

Ich stand auf der Türschwelle und kramte nach meinem Schlüssel. Ich wollte ihn nicht finden. Ich malte mir aus, dass ich mich mit umgestülpten Hosentaschen zu dem Trio umdrehen und sagen würde: »Tut mir Leid, ich habe meinen Schlüssel verloren, wir können nicht –« Aber der Schlüssel glitt in meine Hand, und stattdessen begann ich: »Also Leute, ich wollte nur sagen, wisst ihr, ich habe einen Bruder, und der – wisst ihr das von meinem Bruder?«

Jacquot machte einen Spastiker nach.
»Jacquot!« Lahou schüttelte angewidert den Kopf. Sie lächelte mich an. »Alles klar, hörst du.«
»Na ja, und er hat eine Krankenschwester, und die läuft vielleicht auch irgendwo rum, also – na ja, wenn ihr leise reinkommen könntet. Ich schau mal nach. Ich will ihr keinen Schrecken einjagen oder so.«
»Klar.« Lahou nickte ernst. »Mach, was du für nötig hältst.«
Sami seufzte auf. Jacquot legte einen Finger auf seine Lippen.
»Hör auf, mir auf den Geist zu gehen«, sagte Lahou zu ihm. »Oder verpiss dich.«
Die schwere Eingangstür, die beim Aufdrücken Widerstand leistete, öffnete sich quietschend. Dahinter war alles ruhig und still. Mit leichtem Schlurfen folgten die drei mir in die marmorne Eingangshalle. Jacquot ging auf Zehenspitzen zu der Venusskulptur, küsste sie übertrieben auf die Lippen und rieb mit der Hand ihren steinernen Schritt. Er tat verzückt. Ich bedeutete ihnen, an Ort und Stelle zu bleiben, und lief ins Wohnzimmer, wo Ruhe herrschte, und durch die Schwingtür in die Küche, wo mir ununterbrochen die Herduhr grün zublinkte und die falsche Uhrzeit anzeigte.
»Hallo?«, rief ich leise. Die Zimmer der Krankenschwester waren hinter der Küche, kein Laut drang aus ihrer Tür. »Etienne? Magda? Ich bin's.« Ich wartete und klopfte leicht.
»Alle sind weg«, sagte ich mit nahezu normaler Stimme. Ich konnte es kaum glauben, dass das Haus uns gehörte. »Magda muss mit Etienne weggegangen sein. Nach draußen, wisst ihr.«
»Es ist frisch draußen«, sagte Jacquot. »Hoffentlich haben sie sich warm angezogen.«
Ich führte sie ins Wohnzimmer. Lahou ließ sich in einen Lehnsessel plumpsen, ihre Schultasche lag neben ihren Füßen.

»Es ist wunderbar hier. Mir gefällt's.«
»Ich glaube, uns allen«, sagte Sami. Er ging an den Wänden entlang, und seine Hände glitten spinnenartig darüber, ohne irgendetwas zu berühren. Er kam zum Fenster. »Darf ich?«, fragte er ungewöhnlich höflich und deutete auf das Rollo.
»Klar.«
Jacquot pfiff, als der Garten sichtbar wurde, seine sanfte, sorgfältig gepflegte Böschung.
»Wir können rausgehen«, sagte ich. »Den Blick hat man vom Garten oder von oben, nicht von hier.«
Ich schloss die Türen auf und führte sie zu der Stelle, von der aus der Hafen, die Stadt und ein Stückchen Meer zu sehen waren. Das Wasser glitzerte zwischen den Bäumen. Es erinnerte mich plötzlich an Amerika. »Das ist nichts im Vergleich zum Hotel. Von dort ist der Blick wirklich wundervoll.«
»Blicke sind was für alte Leute«, spottete Jacquot. »Du hast keinen Swimmingpool.«
»Im Hotel.«
»Ich glaube, Frédéric hat einen Pool.«
»Ich glaube nicht. Sie wohnen am Strand.«
»Warst du schon mal da?«
Ich war schon dort gewesen, log aber und schüttelte den Kopf.
»Na ja, dann.«
Ich insistierte nicht. Allmählich entspannte ich mich ein wenig. Es war fast halb drei, und wenn Magda und Etienne heimkämen, würde ich einfach sagen, wir hätten früher Schluss gehabt. Das ginge. »Wollt ihr was zu trinken?«
»Hast du Whisky?«
»Orangenlimo oder Cola. Mein Gott, Jacquot, du weißt einfach nicht, wann du aufhören musst.«
Sami blieb im Garten, als wir in die Küche gingen.

»Vielleicht besser, wenn wir nicht drinnen rauchen, was?«, gab er zu bedenken. Seine Rücksichtnahme rührte mich. Er flüsterte Lahou etwas zu.
»Das Klo?«, fragte Jacquot. Ich geleitete ihn zu der geblümelten Toilette im Flur und hoffte, er würde nicht auf den Boden pinkeln. Ich nahm mir vor, später nachzuschauen, ob er hinterher die Klobrille wieder heruntergeklappt hatte.
Lahou half mir, Gläser und kleine Colaflaschen auf ein Tablett zu stellen. Meine Mutter kaufte immer nur die kleinen Flaschen, weil das Getränk in den angebrochenen großen leicht schal wurde. Ich achtete darauf, dass wir die Senfgläser nahmen, damit es nichts ausmachte, falls sie zerbrachen.
»Wir brauchen was zu essen«, sagte ich. »Worauf habt ihr Lust? Schokolade, Brot und Marmelade?«
»Ist mir egal«, sagte Lahou. »Ich bin eigentlich nicht hungrig.«
»Aber wir haben mittags nichts gegessen.«
Sie machte eine leicht wegwerfende Handbewegung, als sei dies eine Binsenweisheit.
»Mir wird ganz komisch, wenn ich eine Mahlzeit auslasse«, erzählte ich ihr. »Aufgedreht, ein wenig schwindelig, aber so, als würde ich gleich umkippen, verstehst du?«
»Na so was.«
Ich suchte im Schrank nach der Marmelade. »Es ist auch noch etwas Nutella da.«
»Sagesse –«
Ich hielt inne.
»Was?«
»Ich weiß, es kommt dir vielleicht seltsam vor, aber was ich dir im Café gesagt habe –«
»Ja?«
»Na ja, ich würde einfach gerne wissen, ob Sami und ich viel-

leicht – ob es da eventuell ein Plätzchen gibt, wo wir allein sein könnten. Nur ein Weilchen.« Sie war verlegen und zwirbelte eine Haarlocke um ihren Finger. Jetzt dämmerte mir endlich (ich hatte mich gefragt, was passieren würde; jetzt wusste ich es), dass Sami und Lahou davon träumten, im Haus meiner Eltern mitten am Nachmittag miteinander zu schlafen. Ich stellte das Tablett auf dem Küchentresen ab, hantierte nervös mit den Gläsern herum, sah Lahou aber nicht an.
»Ich weiß nicht – ich meine, ich bin mir nicht sicher, ob das wirklich so, ähh, cool ist.«
»Wir bringen auch nichts durcheinander oder so. Ich meine, ihr müsst in so einem großen Haus doch ein Gästezimmer haben.«
»Natürlich haben wir das. Aber –«
»Du weißt nicht, wie das ist, Sagesse.«
Ich dachte an Thibaud und die verlassenen Villengärten neben dem Fort mit den wispernden Ästen und den Sternen über uns und der taufeuchten Erde unter uns. »Doch, ich weiß es.«
»Das kann nicht sein. Denn dann würdest du nicht nein sagen.«
»Es kommt mir hier nicht richtig vor. Verstehst du?«
»Wieso?«
»Ich weiß nicht.« Wir blickten einander an. »Außerdem müsste ich dann hier mit Jacquot rumhängen, stimmt's? Nein danke.«
»Sami wird mit ihm geredet haben. Er nervt dich nicht, das verspreche ich dir. Sind wir nicht Freundinnen?«
»Sicher, aber –«
»Tu's für mich, bitte. Sag einfach ja.«
»In Ordnung.«
Lahou machte einen kleinen Sprung und küsste mich auf beide Wangen. Sie roch nach Vanille. »Wir tun auch was für dich. Ich revanchiere mich. Ich danke dir so.«

»Versprich mir nur, dass du den Bettüberwurf nicht zurückschlägst.«
»Versprochen.«
»Und du legst ein Handtuch oder irgendwas unter. Ich gebe dir eins.«
»Was auch immer.«
»Ich denke, das geht.«
»Es wird nichts passieren. Ich verspreche es. Du weißt, dass du mir vertrauen kannst.«
»Aber nicht Sami.«
»Er macht, was ich ihm sage. Er ist wie ein Lämmlein.«
Ich nahm das Tablett und ging zur Tür.
»Noch eins.«
»Ja?«
»Wäre es wohl möglich, dass ich vorher unter die Dusche gehe?«
»Unter die Dusche?«
»Um mich zu waschen.«
»Sag bloß.« Ich stellte das Tablett wieder ab.
»Du brauchst mir nur zu zeigen, wo ich hin soll, und dann könnte Sami in ein paar Minuten zu mir raufkommen.«
Es schien ziemlich zwecklos zu protestieren.
Lahou hatte eindeutig alles im Bus geplant, oder sogar im Café, kaum dass mir die Einladung herausgerutscht war. »Na, dann komm.«
Oben im ersten Stock waren alle Türen im Flur geschlossen, ein Zeichen, dass Fadéla die einzelnen Räume sauber gemacht hatte. »Das ist mein Zimmer«, deutete ich mit dem Finger auf die Tür. »Und dies das Zimmer von Etienne. Geh nicht bis hinten durch. Da ist das Zimmer meiner Eltern.« Ich flüsterte, weil mir bewusst war, dass ich hier bei einer absolut falschen Sache mitmachte und nicht einmal die Wände dies erfahren sollten. »Ihr

könnt hier rein.« Ich deutete auf die Tür des Zimmers, in dem sich kürzlich mein Großvater aufgehalten hatte, eine Ironie, die mir nicht entging. Ich nahm ein flauschiges violettes Badetuch, eins für den Strand, aus dem Wäscheschrank. Man würde, dachte ich, keine Haare oder Flecken darauf sehen, und es wurde als meins angesehen, zumindest im Sommer.

»Hier ist das Badezimmer.«

»Was ist da hinten?« Lahou blickte zum anderen Ende des Flurs.

»Noch ein Zimmer. Das Arbeitszimmer meines Vaters. Ich gehe nie ungebeten hinein. Versprichst du mir, dass du's auch nicht tust?«

»Natürlich geh ich da nicht rein. Hübsches Badezimmer.« Sie sprang zum Spiegel und blickte sich zähnefletschend an. »Ich würde gerne hier wohnen.«

»Ja. Ich bin die Einzige, die das Bad hier benutzt, also mach dir keine Sorgen, du könntest was durcheinander bringen oder so.«

»Ich danke dir. Wirklich.«

Ich schloss die Tür hinter ihr. Alle Türen waren zu. Ich ging nach unten zurück, um den Jungs die Getränke und den kleinen Imbiss zu bringen.

Sami und Jacquot waren im Wohnzimmer, Jacquot beugte sich über die Stereoanlage.

»Lass sie in Ruhe, ja? Sie gehört meinem Vater.«

»Bang und Olufsen. Wahnsinn.« Er ließ die Hand über einen der frei stehenden Lautsprecher gleiten. »Die sind unglaublich. Der Sound muss irre sein. Und dabei sind sie so schmal!«

»Lass die Sachen in Ruhe, Jacquot.« Sami drehte sich nicht um. Er stand, eingezwängt zwischen dem rosafarbenen Samt-Zweisitzer und der Wand, auf so einer schmalen Stelle, dass er sich schwankend fast bis zu den Lautsprechern zurücklehnen musste. Seine Aufmerksamkeit war auf das Aquarell der Bucht von

Algier konzentriert, das mein Vater aus der Wohnung seiner Großmutter gerettet hatte.
Das Gemälde war nicht groß, etwa dreißig mal dreißig Zentimeter, und hing in seinem schmalen dunkelblauen Rahmen schlicht an der Wand. Umgeben von Stichen und Drucken und erdrückt von großen, in Gold gerahmten Ölbildern – ausdrucksvollen abstrakten Kunstwerken, knalligen Farbspritzern, für die mein Vater eine Vorliebe hatte –, wartete es, kaum wahrgenommen, wie ein halb geschlossenes Auge. Aber Sami war sofort davon angezogen worden, von der unauffälligen Platzierung und dann, unmittelbar darauf, von dem azurblauen Meer im Vordergrund mit den ungleichmäßigen weißen Schaumkronen, in die sich der Sandsteinfinger des Hafens und drei ausgelassen schaukelnde lang gestreckte Boote schoben, die mit gehisster Trikolore vor Anker lagen. Hinter der Bucht erstreckte sich der weiße Hügel der Stadt, tausend deutlich sichtbare Terrassen und Dächer, die zum sonnenbeschienenen Himmel aufstiegen, europäisch verschnörkelt und bunt zusammengewürfelt im arabischen Viertel; alle Umrisse schienen mit einem Pinselhaar nachgezogen zu sein; dazwischen gab es verstreut zarte kleine Palmen, Zypressen und andere Bäume in unterschiedlichen Grüntönen und breite, braune Straßen, die wie Äste aussahen. Man konnte nahe am Meer auf einem von Feigenbäumen umgebenen großen Platz eine berittene Statue erkennen: den Herzog von Orléans auf der Place du Gouvernement, den Blick, wie es der französische Nationalstolz verlangte, dem zu erobernden Landesinneren zugewandt. Winzige Menschen in Djellabas und viktorianischen Gewändern standen grüppchen- und paarweise am Ufer, sie waren zu klein, um Gesichter oder Hände zu haben, aber sie wirkten fröhlich – sie konnten nur fröhlich sein angesichts dieses tiefblauen Paradieses, das eine warme, salzige Brise zu verströmen

schien und mit ihr den imaginären Hauch von Jasmin und Bougainvillea.
»Kommt deine Familie von da?«
»Mhm.« Ich war verlegen, als würde ich eine Reihe von Sünden beichten, die wir gegen Sami und seine Familie begangen hatten. »Das ist lange her.«
»Ich dachte, ihr wärt Amerikaner«, warf Jacquot ein. »Das erzählt man wenigstens in der Schule.«
»Nur meine Mutter. Die Familie meines Vaters kommt von da.« Ich deutete auf das Bild.
Sami zwängte sich aus der schmalen Lücke. »Das wusste ich nicht.« Seine habichtartigen Gesichtszüge verrieten nichts.
»Vermutlich liest du dann keine Zeitung. Es stand alles in den Artikeln über meinen Großvater. Bei der Sache mit dem Prozess, weißt du.«
»Also wählt dein alter Herr die Nationale Front.«
»Was?«
»Stimmt er für Le Pen?«
»Sei nicht albern.« Ich spürte, wie meine Wangen brannten. Mein Großvater hatte gesagt, dass er dies nicht täte, aber er hatte auch gesagt, dass er es verstehen würde. Er glaubte an das Algerien von einst – nicht an das, nach dem sich Camus sehnte, diesen utopischen, unmöglichen Staat, sondern das irdische Land, das er zurückgelassen hatte und in dem Menschen und Rassen ihren Platz kannten. Dort sah er tatsächlich das friedvolle Paradies des Aquarells vor uns: ein Algerien, das nie realer gewesen war als der Traum, das So-hätte-es-sein-Können, in meiner Vorstellung ein Land, in dem Sami und ich die afrikanischen Straßen als Freunde hätten entlangschlendern können. Meine Großmutter sagte Dinge wie: »Es gibt solche Araber und solche Araber.« Als Kind hatte ich mich gefragt, was sie damit meinte;

als ich dann in meinem Wohnzimmer stand, wusste ich, dass sie damit Zohra und Fadéla auf der einen Seite meinte und Sami auf der anderen. Sie war auch berüchtigt für Aussprüche wie: »Sie wollten uns nicht in ihrem Land, und wir wollen sie nicht in unserem.« So viel zum Thema Utopien. Ich war verlegen und erschrocken.

»Das ist keine alberne Frage«, sagte Sami. »Erinnerst du dich an den Bombenanschlag im Sommer? Der zeigt, dass es noch immer aktuell ist. Jeder weiß, dass es Leute wie deine Familie sind, die –«

»Nicht meine Familie.«

»Dann Leute wie deine Familie, die –«

Von oben kam ein Geräusch, ein Schrei.

»Warte einen Augenblick.« Ich rannte ins Treppenhaus hinaus. »Alles in Ordnung?«

Lahou war bereits zur Hälfte die Treppen herunter, nackt bis auf das lilafarbene Handtuch, das ihre Haut wie die einer Königin schimmern ließ oder die der marmornen Venus. Lahous Haar war an den Spitzen nass und ergoss sich lose über ihre Schultern. Ihr Mund stand offen. Sie hielt das Handtuch mit der einen Hand über dem Busen zusammengerafft, während sie mit der anderen wild herumgestikulierte.

»Da ist ein Mann. Oben, ein Mann.«

»Wo?«

»Im Flur – im Badezimmer. Er kam ins Badezimmer.«

»Sagesse?« Es war mein Vater. »Bist du das, Sagesse?«

»Scheiße. Oh, Scheiße. Mein Papa. Geh hier rein.« Ich öffnete die Tür zu Etiennes Aufzug und sah darin zu meiner Überraschung Etienne. Er schien geschlafen zu haben, aber sein Kopf klappte nach oben, und er gab ein glückliches Gurgeln von sich, als er mich erblickte. »Geh hier rein.«

Schaudernd und zitternd und mit Gänsehaut auf den samtigen Armen verschwand Lahou in dem winzigen Gehäuse.
»Ihr Jungs«, zischte ich in Richtung Wohnzimmer, »geht in den Garten oder sonst wohin. Versteckt euch. Das ist mein Vater.«
»Warum sollte es ihm was ausmachen?«, fragte Sami.
»Tut es einfach. Bitte!« Ich rannte zur Treppe. »Papa? Bist du das, Papa?«
Die bullige Gestalt meines Vaters tauchte in der Eingangshalle auf. Sein Haar war auf einer Seite zerdrückt, und seine Augen traten aus den Höhlen hervor. Seine Halsschlagader klopfte wild. Sein Hemd hing, nur halb zugeknöpft, über die Hose, und die Locken auf seiner Brust glänzten. Er war barfuß, und seine von schwarzem Haar bedeckten Füße waren weiß. Sein Gürtel war offen.
»Was machst du hier?«, fragte er gepresst, als würde ihm die Kehle zugedrückt. »Und wer war die kleine Araberin?«
»Eine Freundin. Nur eine Freundin.« Ich nahm hinter der zerknitterten Schulter meines Vaters einen Lichtspalt wahr. Eine Tür im Flur war offen. Es war die Tür zum Gästezimmer, das ich Lahou angeboten hatte, zu dem Zimmer, in dem mein Großvater geschlafen hatte.
»Du müsstest in der Schule sein.«
»Sie ist heute früher aus.«
»Nein, ist sie nicht. Schnapp dir das Mädchen und geh zurück.«
»Papa, warum ist Etienne im Aufzug?«
Mein Vater holte tief Luft und hielt an sich. Er sah genauso aus wie ich, wenn ich wusste, dass ich in Schwierigkeiten war: nicht direkt schuldbewusst, eher trotzig.
»Verschwinde einfach von hier. Schnapp dir das Mädchen und verschwinde.«
»Sie muss sich erst anziehen.«

Mein Vater machte eine wegwerfende Handbewegung. »*Pfft.*«
Ich flitzte ins Badezimmer, um Lahous Kleider zu holen. Das T-Shirt verströmte ihren billigen, süßen Geruch. Mein Vater bewegte sich nicht, als ich an ihm vorbeiging. Als ich eine widerhallende Stufe nach der anderen hinunterging, konnte ich hören, wie er an beiden Händen mit den Knöcheln knackte.

Lahou zog sich vor Etienne im Aufzug an, während ich die Tür aufhielt, damit sie Licht hatte. Sie musste sich verrenken und winden, damit er ihr nicht an den Bauch fasste. Etienne liebte Haut, und die von Lahou war besonders verführerisch. Sie versuchte, nicht das Gesicht zu verziehen, aber er und ich, wir sahen es beide, und sie, verlegen und erschrocken wie ich Minuten zuvor, bekam es mit.

Ich überlegte, ob ich meinen Bruder ins Wohnzimmer rollen sollte, bevor wir gingen, aber ich wusste nicht, warum er im Aufzug gelandet war. Ich wollte nicht in noch mehr Schwierigkeiten geraten und schloss deshalb die Tür und ließ ihn stehen.

Den ganzen Nachmittag über musste ich an meinen so lange im Dunkeln eingezwängten Bruder denken. Fürchtete er sich? Vielleicht gefiel es ihm sogar. Er hatte keinen Ton von sich gegeben.

Die Jungs waren schon vor uns über die Gartenmauer gesprungen, und wir trafen sie an der Bushaltestelle.

»Tut mir Leid«, sagte ich. »Das war wirklich gespenstisch.«

Keiner von ihnen sagte etwas. Sie dachten nicht mehr über den Vorfall nach und kamen auch nicht noch einmal darauf zu sprechen. Ich hatte den Eindruck, dass solche unvorhergesehenen und surrealen Momente in ihrem Leben nichts Außergewöhnliches waren und von ihnen einfach hingenommen wurden, ohne dass sie sich dessen bewusst waren. Sami interessierte die Enthüllung meines *pied-noir*-Hintergrundes weit mehr, und ich dachte, dass dies sich womöglich als das nachteiligste Ereignis des Nachmittags herausstellen würde.

7

Kurzfristig gesehen hatte ich Recht. Sami verhielt sich mir gegenüber kühler, und auf sein Geheiß hin auch Jacquot. Sami zumindest hatte revolutionäre Ziele, und wenn ich nicht deutlicher bereit war, mein Erbe und alles, was damit zusammenhing, zu verleugnen, hatte ich neben ihm nichts zu suchen. Nicht dass ich ein ausgemachter Feind war; dafür schämte ich mich zu offensichtlich; ich konnte einfach kein Freund sein. Es war, als hätte ich die Sicherheitsüberprüfung für einen Regierungsposten nicht bestanden. Lahou war weniger nachtragend: Sie betrachtete unsere Verbindung als eine Angelegenheit weiblichen Vertrauens, auf die die größere Weltpolitik keinen Einfluss hatte; und sie hatte meinen Bruder gesehen und ihn abstoßend gefunden; sie fühlte sich daher schuldig, was sich auf ganz rührende Weise in entsprechender Loyalität zeigte. Aber dennoch sah sie mich mit ihrem männlichen Gefolge im Schlepptau immer weniger.
Frédéric kümmerte dies nicht. Er hatte die ganze Zeit über gewusst, von welchem Schlag die LaBasse-Familie war, kulturell gesehen, wenn nicht politisch. Wir kamen aus einer vergleichbaren Gesellschaft. Aber er war ein junger Mann, der viel auf Äußeres gab, und er tat nach beiden Seiten schön – Samis und meiner –, erklärte sich aber für keine. Ich meinerseits war Fred sogar für einige seiner verschiedenen Deckmäntelchen nützlich; nur hatte ich nicht mehr die geringste Chance, in seinem speziel-

len Kreis wirklich cool zu sein, nachdem Sami den Stab über mich gebrochen hatte.

Diese Auswirkungen der nachmittäglichen Ereignisse ergaben wegen der sich ständig verändernden Machtverhältnisse auf dem Schulhof wenigstens einen Sinn für mich. Ich konnte mich ihnen beugen und mich entsprechend verhalten, da mir die Regeln, obwohl obskur und ungeschrieben, über viele Jahre hinweg in der Gesellschaft meiner Altersgenossen eingetrichtert worden waren. Obendrein kam mir nach der Katastrophe mit Marie-Jo das Abbröckeln dieser Freundschaft freundlich, ja fast liebevoll vor; dies waren angeblich meine Freunde; wir würden jetzt weniger energisch vorgeben, befreundet zu sein; und irgendwann würden wir vielleicht ohne Groll einfach aufhören, das vorzugeben. Und es wäre in Ordnung.

Zu Hause war die Sache anders. Als ich an diesem Abend nach Sonnenuntergang heimkehrte, war Magda dabei, Etienne in der Küche zu füttern, und meine Mutter, die eine Schürze trug, unterhielt sich am Telefon, während sie in irgendeinem nach Wein riechenden Eintopf auf dem Herd rührte. Mein Vater war nicht da, und zum ersten Mal seit langem tauchte er nicht zum Abendessen auf. Jemand hatte die Gläser und die ungeöffneten Colaflaschen weggeschafft und das Tablett weggeräumt.

Als wir uns hinsetzten, erfüllte das heitere – allzu heitere – Geplapper meiner Mutter das Esszimmer: »Und dein Großvater hat uns gebeten, ihm die Werke von Balzac zu bringen – er hat schon immer Balzac gemocht und will ihn wieder lesen. Und es hat sich herausgestellt, dass er Zeitschriften bekommen darf, sodass wir überlegt haben, ein paar Sachen zu abonnieren …«

Noch seltsamer war, dass mein Vater, raubeinig und unbekümmert, wie eine wohltuende Brise in unseren Abend einbrach, während wir das Geschirr in die Spülmaschine räumten. Ich wartete darauf, dass er verlegen war, ein Eingeständnis machte, wie geringfügig dieses auch immer sein mochte: ein langer Blick, ein forcierter Witz, der scharfe Geruch von Angst oder Furcht. Ich versuchte, eine Anspielung zu machen (»Wie war dein Tag, Papa?«), aber mein gut gelaunter Vater, begabter Schauspieler, der er war, guckte nur groß und verriet keinerlei Regung.

Als ich vierzehn war, sahen mir beide, mein Großvater und mein Vater, meine Geheimnisse an und behielten sie für sich. Wie erwachsen fühlte ich mich, dass ich in die fortschreitende Familienverschwörung des verabredeten Stillschweigens mit einbezogen wurde: Wer konnte sich sicher sein, was sonst jemand wusste oder nicht? Aber während ich tief in meinem Inneren, womöglich unzutreffend, glaubte, das wahre Gesicht meines Großvaters und das Band zwischen uns in der einsamen Gestalt im Gerichtszimmer erkannt zu haben, war mir bewusst, dass ich, als ich meinen Vater an diesem Nachmittag wie zum ersten Mal gesehen hatte, nicht wusste, was ich da erblickt hatte. Zu viele Scherben lagen scharfkantig und nicht zusammenpassend durcheinander: der derangierte Zustand des Mannes, die erstickte Stimme, das Licht hinter ihm auf dem Teppich; und mein Bruder in der Ecke seines kalten und unendlich dunklen, speziell für ihn angefertigten Käfigs.

Eine einzige zusätzliche Scherbe hätte vielleicht das Ganze für mich zusammengesetzt; das war später auch der Fall, sodass ich mich jetzt an den Vorfall erinnere, als hätte ich die Person gesehen. Es kann gut Magda selbst gewesen sein, mit ihren vollen slawischen Lippen und ihren Mandelaugen; sie blieb danach nicht mehr lange bei Etienne. Oder mein Vater hatte Magda vielleicht einfach ins Kino geschickt oder ins Warenhaus und eine Frau eingeschmuggelt, ein Mädchen, irgendjemand. Möglicherweise sogar Marie-Jo. Ich habe sie nie gesehen, aber in meiner Erinnerung gehe ich nun hinter meinem Vater zu dem Streifen Sonnenlicht und nehme mit liebevollem Blick, der von ihm sein könnte, die Wölbung ihrer Alabasterschulter und die Umrisse ihres Hinterns unter der Bettdecke wahr. Sie selbst – ihre Gesichtszüge, oder ihr Wesen – spielen keine Rolle; sie bringt nur Ordnung in die Geschichte und kann daher nicht ausgelassen werden.

Weit wichtiger für das Verständnis, das ich für meinen Vater aufbringen konnte oder nicht aufzubringen vermochte, sind Etienne und dessen Stunden im Aufzug. Wie viele Stunden? Wie lange? Aber darüber muss notgedrungen hinweggegangen werden, da niemand existiert, der darüber berichten könnte, und es nichts zu sagen gibt. Und für mein Verständnis für mich selbst ist die Tatsache wichtig, dass ich Etienne dort gelassen habe und die Tür wieder vor ihm zugeschlagen habe.

Teil 6

I

Von den Algeriern, egal welcher Epoche und Couleur, wird gern angenommen, dass sie das Leben lieben. Eine aus dem dritten Jahrhundert stammende Inschrift in Timgad, im Süden, verkündet: »Die Jagd, die Bäder, Spiel und Lachen: das ist das Leben für mich!« Es ist sicherlich ein Mythos unter den *pied-noirs*, dass die sonnendurchflutete und vor Lebensfreude sprühende Kultur auf Glückseligkeit gründete. Aber ihre Stimmen – diese klangvollen Stimmen von Augustinus und Camus – erzählen uns über die Jahrhunderte hinweg eine andere Wahrheit. Beide Männer stellten sich die Frage, der eine vor Gott und der andere allein auf seiner düsteren Ebene, ob das Leben lebenswert sei; und beide sagten darauf mit einer Verzweiflung und einem Trotz »ja«, die nur aus einem »Nein« heraus geboren sein konnten. Das strikte Selbstmordverbot des Katholizismus rührt von Augustinus her. Er drohte als Erster damit, der ewige Lohn würde denjenigen vorenthalten, die durch eigene Hand den Tod gefunden hätten. »Das fünfte Gebot untersagt auch den Selbstmord.« Aber diese sorgfältig ausgearbeitete Logik, eine subtile Synthese von Geboten für sich selbst und für den Nächsten, war nur deshalb notwendig, weil er die Versuchung sah. Er, dessen einstige ausgelassene Ausschweifungen bei seiner Rückkehr von Mailand nach Algerien zu Jahren von Verlust und Aufruhr führten, der lernte, dass das irdische Leben zum großen Teil aus Erdulden bestand, schrieb im Alter: »Denn schon in seinen Anfängen bezeugt das irdische Leben, wenn es mit seinen unzähligen schweren Übeln überhaupt noch den Namen Leben verdient, dass das gesamte Geschlecht der Sterblichen gestraft worden ist.« Daraus leitet sich sein Glauben an die Erbsünde ab: Schließlich können wir nicht ohne Ursache bestraft werden. Das Leben, diese Strafe, muss aus einem einzigen Grunde bis zu seinem natürlichen Ende ertragen werden: Gottes wegen.

Für Camus, der so viel später an Afrikas Nordküste in seine Fußstapfen trat, wurde aus Augustinus' Bösem das Absurde; wo sich Gottes sicheres Gestade abgezeichnet hatte, tat sich nun der schwankende Abgrund der Leere auf. Bei den sinnlosen Sisyphusarbeiten, die seinen Mitmenschen auferlegt waren, konnte der Gesang des Suizids nur verlockend sein. Aber erneut sagte Camus nein. Nicht Gottes, sondern der Menschen wegen. Gegen die einlullende Melodie der Flucht, des Eskapismus, predigte er Auflehnung und Leidenschaft.

Beide hielten stand, erhoben ihre Stimme lauter dagegen als fast alle anderen, sicher weil der Gesang der Sirenen so laut, so heiter in ihren Ohren ertönte. Auch ich kann ihn hören. Noch lauter erklang er in den Ohren meines Vaters, der von beiden Seiten der Familie Afrika im Blut hatte und dem nichts anderes übrig blieb, als ohne Revolte in einem fremden Land ohne Leidenschaft zu leben. Und wenn Augustinus und Camus mit unterschiedlichen Waffen der Versuchung widerstehen konnten, dann weil sie sich ihr stellten, ihr direkt ins liebliche Gesicht blickten und hineinspuckten. Mein Vater gab nicht zu, dass es diese Klänge gab, bis er zweifellos nicht einmal mehr wusste, dass er sie hörte. Mit geschlossenen Augen sang er mit: *»Indem wir uns in Sehnsucht nach ihr verzehren, sind wir schon dort; wir haben unsere Hoffnung schon wie einen Anker an diese Küste geworfen … Ich singe das Lied des Dort, nicht des Hier, denn ich singe mit meinem Herzen, nicht mit meinen Lippen.«*

2

Meine Eltern hatten sich an einem Abend im April 1971 kennen gelernt, an einem überfüllten Tisch im Café Les Deux Garçons am Cours Mirabeau in Aix-en-Provence; die Bäume schlugen aus, und Lichtsprenkel fielen durch die Platanen. Meine Mutter, die schüchterne Carol, trug ein purpurrotes Kaschmir-Twinset, das ihre helle, sommersprossige Haut hervorhob, und ihr dunkles glänzendes Haar unterschied sie von den anderen Mädchen, drei amerikanischen Mitstudentinnen, blonden Amazonen nach den lokalen Maßstäben, mit edlen kleinen Nasen und großen Zähnen. Mein Vater, der mit Guy, dem Verehrer von einem dieser Mädchen, Lili, befreundet war – beide, die junge Frau und der junge Mann sind mittlerweile aus dem Bekanntenkreis verschwunden und in unserer Familiengeschichte fast gesichtslose Wesen –, hatte sie offenbar zufällig getroffen, ein Tagesausflügler aus dem richtigen Leben an der Küste, der mit dem eigenen Auto gekommen und in die Collegegruppe geraten war, wie unter Nymphen auf einer Lichtung. Sein graubrauner Regenmantel war britisch, und er hatte den Kragen hochgestellt; seine Schuhe glänzten. Sein Kinn zeigte am Ende des Tages schimmernde Bartstoppeln, was seinen südländischen Charme nur erhöhte. Meine jungen künftigen Eltern sahen – mit Ausnahme des kurzen karierten Rockes meiner Mutter, an dem sie, obwohl sie saß, aus Anstandsgründen regelmäßig zog – nicht nach ihrer Epoche aus. Sie waren unberührt von dem revolutionären, offenen Geist der damaligen Zeit, etwas Gemeinsames, das sie sofort beim anderen wahrnahmen.

»Ich dachte, Sie wären Französin«, war der erste vollständige Satz, den mein Vater zu meiner Mutter sagte, ein Kompliment – denn als solches wertete sie es, nachdem sie monatelang eben

diesen Schein zu erwecken versucht hatte –, das sie lächeln und verschämt zu Boden blicken ließ.
Sie war seit September in Aix, im Zuge eines überteuerten so genannten Austauschprogramms, das von ihrem katholischen Mädchencollege gefördert wurde, und obwohl alles Französische sie begeisterte (bei ihrer Heimkehr bestand die junge Carol Eleanor zufolge darauf, ihren Kaffee – mit heißer Milch, wenn's recht ist – mangels einer übergroßen Tasse aus einer Cornflakes-Schale zu schlürfen), hatte sie die meiste Zeit in Gesellschaft ihrer Landsleute verbracht, umgeben vom Geschnatter junger Frauen aus anderen amerikanischen Institutionen, von denen viele reicher und nahezu alle weltlicher gesinnt waren als sie.
Carol war das zurückhaltende Mädchen, die Vertraute ihrer unerschrockenen Freundinnen; die anderen Mädchen, die Coco, Sally und Lili hießen, erzählten ihr von ihren Eroberungen, obwohl sie wussten, dass sie im Stillen entsetzt war, und das war zumindest ein Teil des Vergnügens von Coco, Sally oder Lili. »Bettgeflüster«, sagten sie, »ist die beste Art und Weise, eine Sprache zu lernen.« Meine Mutter lächelte dann gewöhnlich. »Du solltest es ausprobieren, Carol«, fügten sie hinzu; und sie wurde rot. Sie war ihrer eigenen Darstellung nach eine fleißige, jedoch unauffällige Studentin. Sie fand sich selbst gewöhnlich und fett, weil ihr Platz in der Hierarchie der College-Studentinnen dies zu erfordern schien. Tatsächlich war sie keines von beidem. Sie fühlte sich nur sicherer, wenn sie so eingestuft wurde.
Unsichtbarkeit ist für meine Mutter immer lebenswichtig gewesen; sie ist ihr Deckmantel, verleiht ihr Sicherheit. War es Flaubert, der gesagt hat, dass »nicht zu sein wie der Nachbar alles ist«? Aber für Carol traf das Gegenteil zu. Ich bin mir sicher, dass ein Teil der Anziehungskraft meines Vaters – ein derart gut

aussehender Mann, ein dunkler Typ, mit so hübschen, klaren Augen und nicht dem Anflug seiner späteren Körperfülle – in dem durch und durch Französischen seines Auftretens lag: die Art, wie er die Hände bewegte, die Selbstsicherheit, mit der er für ihre Freundinnen das Feuerzeug anknipste; die Tatsache, dass er ein Feuerzeug hatte, obwohl er nicht rauchte.

Carol war auf der Stelle von ihm hingerissen. Typischerweise dachte sie nicht daran, ihre Freundin oder Guy, den mittlerweile aus den Augen verlorenen Freund, genauer über Alexandre LaBasse geschweige denn über seine Vergangenheit auszufragen. Stattdessen machte sie sich darüber Gedanken, was er wohl von ihr dachte. Endlich war sie nun an der Reihe, um diese bekannte und unbarmherzige Litanei, die unzählige Male von den in Nachthemden steckenden jungen Mädchen nach Mitternacht im Schlafsaal heruntergebetet worden war, von sich zu geben und beruhigt zu werden: »Hattest du den Eindruck, dass er mich bemerkt hat? Wirklich? Na ja, vielleicht, als er den Witz gemacht hat. Und ist er noch nicht vergeben? Bist du dir da ganz sicher? Und wie alt ist er? Meine Güte. Was sagt Guy über ihn? Vielleicht zieht er ja Blonde vor? Habe ich fett ausgesehen? Bist du sicher? Mein Hintern in diesem Rock – wenn ich gewusst hätte, dass ich ihm begegnen würde, hätte ich niemals diesen Rock angezogen. Meinst du, ich habe eine Chance bei ihm?« Sie versäumte damals und auch später zu fragen: »Wer ist er?«, weil sie ihn einfach und irrtümlicherweise für die Inkarnation Frankreichs hielt, eine Art männliche Marianne. Aber wer hätte ihr auch etwas anderes erzählen können?

Was meinen Vater betrifft, so taucht er auf diesem staubigen, blütengesäumten Boulevard neben Guy auf, fährt sich mit der Hand durchs Haar, lächelt sein schläfriges Halblächeln, versperrt den Mädchen den Blick auf die Straße und steht damit

gleichzeitig dem Abendlicht im Weg, ein Rätsel im Gegenlicht – und ich kann bis zum heutigen Tage nicht sagen, wieso er dort ist.
Als Kind akzeptiert man die Geschichten der Eltern als Wahrheit, jede Geschichte ist eine glänzende Perle, an einem langen Faden an die andere geknüpft: das gegenseitige Kennenlernen, die Zeit des Umeinander-Werbens, die Eheschließung sind nur ein hastiges Vorspiel zu dem entscheidenden Ereignis der eigenen Geburt. Ihr Leben ist nur eine methodische Erklärung für die eigene Existenz. Es scheint nicht möglich und absolut nicht plausibel, dass sie gar nicht an mich gedacht oder dass ihr Dasein unabhängig vom anderen oder ihrem künftigen Nachwuchs eine Bedeutung gehabt hatte. Ich fand es erstaunlich, dass Carol und Alexandre sich jemals für Protagonisten in irgendeiner Geschichte halten konnten, da ihre offensichtliche Bestimmung doch nur darin bestand, Nebenrollen in meiner eigenen Geschichte zu übernehmen. Erst später dämmerte mir, dass die Anekdoten und der Rhythmus, in dem sie erzählt werden, vertraut wie alle Gutenachtgeschichten und ebenso irreal, eine sorgfältige Zusammenfassung der Jahre sind, in denen Carol und Alexandre Morgen für Morgen, erst getrennt und dann gemeinsam, erwacht waren und dann Tage vor sich hatten, die genauso mit ängstlichem Vorgefühl, Staunen und Verzweiflung erfüllt waren wie die meinen. Und wenn diese so unerforschlichen Tage erst einmal existieren, und sei es nur als Wunschvorstellung, dann fesseln sie die Gedanken, und mit ihnen kommt die Erkenntnis, dass sie stets nur indirekt und ungenau wahrgenommen werden können (obwohl ich weiß, dass das Deux Garçons »ihr« Café blieb und die den Boulevard entlangschlendernde Primadonna mit dem Pudel ihr Privatwitz): dass sie anderen gehören – Carol also und Alexandre – und niemals mir. Dennoch sind

sie auch meine Geschichten, mein Blut, und ihr Gewicht, ob ich die Geschichten nun kenne oder nicht, lastet auf mir.
Als mein Vater also auf dem Boulevard stand, bereits von der schüchternen Amerikanerin geliebt, die er, wie er sagen wird, von Anfang an ins Herz geschlossen hatte (trotz all dem, was kam, hielten sie die Fiktion der Liebe auf den ersten Blick aufrecht, und er, mehr noch als sie, für die dies ziemlich wahrscheinlich sogar zutraf, bestand darauf), da war er sechsundzwanzig, fast siebenundzwanzig, alt im Vergleich zu den amerikanischen Mädchen, steinalt im Strom der Studenten, der sich durch die Straßen von Aix ergoss. Er hatte ein Auto, einen stotternden, gebrauchten Renault 4, aber ein Auto – und eine Anstellung, deren Bedeutung sich übertreiben ließ, im Hotel seines Vaters.
Nach der Universität hatte er, dunkel gekleidet, an der Rezeption begonnen, damit Jacques erleben konnte, wie sein Sohn gedemütigt wurde, oder damit Alexandre das Geschäft von Grund auf kennen lernte – je nachdem, ob man meine Mutter oder meine Großmutter reden hörte –, und nach der Unterbrechung durch seinen unspektakulären Militärdienst rückte er an einen Schreibtisch in einem verglasten Bereich im Verwaltungsbüro des Hotels vor, wo er sich mit anderen Mademoiselle Marceau teilte, die Sekretärin, die damals, in der Zeit, als meine Eltern sich kennen gelernt hatten, in einer rundlichen Weise attraktiv gewesen sein musste, die jedoch, als ich sie kennen lernte, eulenartig und aufgeplustert war und scheinbar ständig missmutig unter ihren dicken Brauen hervorlugte.
Zu Beginn war mein Vater kein idealer Angestellter: Er fand, dass ihm als Sohn seines Vaters Respekt zustand, und war zunehmend angesäuert, dass dieser ihm nicht erwiesen wurde. Er las morgens Zeitungen und verdrückte sich am Nachmittag. Da

gab es junge Damen, mit denen man essen ging, entweder im Landesinneren in der Frühlingsbrise picknickte oder die Küstenstraßen zu am Meer gelegenen Restaurants entlangfegte. Der Ausflug nach Aix muss so ein unentschuldigtes Fernbleiben von der Arbeit gewesen sein, und nachdem die Liebe erblühte, kann Alexandres zunehmende Abwesenheit für seinen unnachgiebigen Vater nur noch offensichtlicher geworden sein. Zu der Zeit war es seine Mutter (damals war sie noch nicht so imposant, sondern eine gut aussehende, schlanke Frau, und sie hatte nicht ständig die missbilligende Falte zwischen den Augenbrauen, die mir als kleines Mädchen solche Angst machte), die ihn verteidigte. Nur ihre Interventionen hielten Jacques davon ab, seinen Erben hinauszuwerfen und gegen einen eifrigen Jungtürken auszutauschen.

Mein Vater, der sich seinem Vater als Junge mit dem Wunsch, in Algerien zu bleiben, widersetzt und dabei eine Niederlage erlitten hatte, widersetzte sich ihm nicht noch einmal, jedenfalls nicht offen. Es war wohl wichtig, einem Pfad zu folgen, der für die Welt den Anschein hatte, frei gewählt zu sein; aber im Einflussbereich meines Großvaters gab es keine Wahl. Jacques hatte das Bellevue für eine Dynastie gebaut; rückblickend muss es so ausgesehen haben, als habe er seinen störrischen Sohn in eben dieser Absicht gezeugt. Meine Tante, »La Bête«, taugte überhaupt nicht fürs Geschäft, sie hatte nur ein hervorragendes katholisches Verlangen nach Familie und fürchtete sich vor den wechselhaften Launen ihres Vaters (obwohl sie sein Liebling war und in seinen Augen nichts Falsches tun konnte). Mit neunzehn heiratete sie, folgte ihrem *bon-bourgeois*-Ehemann nach Genf und versank dort in Glück oder Elend, wovon ihre Verwandten glücklicherweise nichts erfuhren. Auch das war das Geschick, das mein Großvater für seine Tochter im Auge gehabt hatte:

Sie war versorgt, ihr Haus war groß und angenehm ausgestattet, ihre Söhne waren gesund, und ihr Mann hatte eine einträgliche Stellung.

Aber nun zu meinem Vater, Alexandre: Als ich klein war, schienen mir die mageren Fakten über die Zeit nach seiner Überfahrt ausreichend: Universität, Armee, Bellevue bildeten eine klare, zwangsläufige Linie und füllten mit Leichtigkeit die neun Jahre, bevor er im liebevollen Glorienschein meiner Vorstellung für meine Geschichte wieder bedeutsam wurde. Carol schienen sie auch zu genügen, denn sie wunderte sich nie über seine Entscheidungen, über die Schraubzwinge, die ihren Liebsten, dann ihren Liebhaber und schließlich ihren Mann in dem gläsernen Büro im Bellevue oben auf der Klippe über dem Mittelmeer festhielt. In den folgenden Jahren lernte sie, über Jacques LaBasse zu fluchen, aber stets mit dem verzogenen Gesicht, mit dem man auf das Schicksal oder einen unnachgiebigen Gott flucht. Bei all ihrem Gejammer glaubte sie niemals wirklich, dass sie weggehen würden – irgendwo anders hin, um etwas anderes zu machen. Und dann, nach meiner Geburt und noch eindeutiger nach Etiennes, wurden die Auseinandersetzungen zu einer reinen Scheindiskussion.

Mein Vater und seine Eltern hatten ihre Gründe. Meine Großmutter konnte anfangs nicht sehen, was Alexandre an Carol fand, obwohl sie zumindest für die Religion meiner Mutter dankbar war. Aber Alexandre hatte, als er an dem Tisch der Amazonen stand und sich meine winzige Mutter heraussuchte, vielleicht zunächst die große Herausforderung der Verführung gesehen, ein Reiz, der ihm schon lange vertraut war: Er wusste bestimmt, dass die sich im Stillen putzende und hoffende Carol keine der Schliche ihrer Freundinnen beherrschte; mit Becky gesprochen, sprang einem bei meiner Mutter »die Jungfrau ins

Gesicht«: selbst ich kann das auf den Fotos jener Zeit in ihrem Blick feststellen. Wenn man junge Männer kennt, könnte es sogar mit einer Wette zwischen Guy und seinem Freund begonnen haben: »Kriegst du die mit den zusammengepressten Knien ins Bett, kriegst du sie rum? Nicht mal jemand, der so erfahren ist wie du, kann die hier knacken!« Und mein Vater, der sich seiner Sache absolut sicher war, sagte: »Du wirst schon sehen.«
Fairerweise will ich zugeben, dass ihr Zusammentreffen vielleicht unschuldiger war, dass mein übersättigter Vater vielleicht durch den Charme der zurückhaltenden jungen Carol ins Schwanken gekommen war und sich bemühte, hinter ihrem schüchternen Lächeln die Zukunft zu sehen, eine Zukunft, die er so sicher nicht erwartet hatte. Ungeachtet seiner ursprünglichen Beweggründe beschloss er schnell, dass Carol seine Rettung war. Vielleicht war es gleich beim ersten Mal, als sie bei einem *diabolo menthe* zusammensaßen und die Vorübergehenden beobachteten, darunter auch ihre Dame mit dem Pudel; oder an dem Nachmittag, an dem er sie nach Marseille zu ihrer ersten Bouillabaisse fuhr und sie schließlich ein Paar frivole, mit Muscheln verzierte Sandalen kaufte, die beim Gehen klapperten; und ganz gewiss zu der Zeit, als er sie zum sonntäglichen Mittagessen mit ins Bellevue nahm und sie den Nachmittag damit verbrachten, über die *chemins de la plage* zu wandern, den Duft von Zedern, Staub und Meer in der Nase, den ich später immer für mein Eigentum hielt. Sie war für ihn all das, was Amerika für mich war, bevor ich dorthin kam: eine schimmernde Idee ohne Geschichte, ohne Kontext. Im Gegensatz zu all den Mädchen an der Küstenstraße wusste sie nichts von seinen Liebeleien und reagierte nicht argwöhnisch auf sein unbekümmertes Lächeln. Noch wichtiger war, dass sie sich nicht für Politik interessierte; sie hatte offenbar nur eine verschwommene Vorstellung von der

damaligen Kontroverse in ihrem Heimatland und bedauerte sowohl die jungen Wehrpflichtigen in Vietnam wie auch die rebellischen Kriegsgegner zu Hause – »Das ist einfach alles so traurig«, sagte sie mit großem Ernst, und dabei fiel ihr eine weiche schwarze Locke über das tränenfeuchte Auge. Und von Algerien und den Wunden, die es quer durch Frankreich gerissen hatte, wusste sie so wenig, als läge der Konflikt Jahrhunderte zurück. Sie ergriff nicht nur nicht Partei, sie wusste gar nicht, wie die Parteien aussahen, sodass durch die Heirat mit meinem Vater für sie (wie später für mich) entschieden wurde, auf welcher Seite sie sich befand. Als sie nach Boston zurückgekehrt hörte, wie Eleanor bei der Erwähnung dieses »schmutzigen Folterkrieges« kreischte, war Carol bereits verlobt, und es war ihr gleichgültig. Alexandre war Franzose, Eleanor war es nicht, und Carol sagte dasselbe zu ihrer Schwester wie Lahou zu mir: »Du hast keinen blassen Schimmer.«

Meine Mutter war gar nicht so uninteressiert, sie war einfach naiv: Was mein Vater ihr zu erzählen entschied, glaubte sie. Seine Mutter und selbst sein Vater – der, wenn er auch tyrannisch war, so doch ehrlich erschien – verliehen Alexandres Autobiographie Glaubwürdigkeit. Carol, die nicht französisch genug war, die nicht kochen konnte und die, wie ihre angehende Schwiegermutter ihr mitteilte, keinen Sinn für Stil hatte, war mehr damit beschäftigt, die Anerkennung ihrer künftigen Familie zu gewinnen. Diese betrachtete alles Amerikanische von oben herab (selbst ihren Katholizismus hielt man für minderwertig und lax); Carol hätte es nie gewagt, die Welt ihrer angeheirateten Familie und deren unfehlbaren Rhythmus infrage zu stellen.

Meine Großmutter erklärte nur schlicht, nachdem alles vorbei war, dass sie meiner Mutter nichts erzählt hätten, weil sie nie gefragt habe.

»Mein liebes Mädchen«, sagte sie vor mir zu Carol, »es schien einfach nie von Belang. Das war früher. Alexandre hatte einfach ein neues Kapitel begonnen, wir alle haben damals ein neues Kapitel begonnen.« Und sie fuhr fort: »Weißt du, wir hatten damit gerechnet, dass deine Eltern uns Fragen stellten. Aber das haben sie nie getan.«

3

Zeit hatten sie, aber keine Gelegenheit. Die Eltern meiner Mutter kenne ich nur von Fotos: meinen Großvater Merlin, ein schlanker Bankmanager mit Brille und an den Schädel geklebtem Haar, das so glänzte, als sei es lackiert, ein Mann, der gerne mit den Händen arbeitete, der am Wochenende gekachelte Kaffeetische baute und seinen Gemüsegarten in geordneten Reihen absteckte und den nicht sein Krebs umgebracht hatte, sondern die erste, giftige Dosis seiner Chemotherapie; und seine scharfäugige Ehefrau Vi, die rund war wie ein Laib Brot und, das habe ich mir immer vorgestellt, nach Hefe roch, Röllchen an den Armen hatte wie Kuchenteig und eine Sammlung steifer Hüte für den sonntäglichen Kirchgang; sie überlebte ihren Mann nur um ein Jahr und starb an einem gebrochenen Genick, nachdem sie die Kellertreppe hinuntergestürzt war; laut Tante Eleanor war sie zu geizig gewesen, das Licht einzuschalten, als sie als Dank für die Hilfe eines Nachbarn beim Unkrautjäten in Merlins Zucchinibeet ein Glas ihrer berühmten Tomatenpickles holen wollte. Sie hatten für beide Töchter ehrgeizige Pläne, nachdem sie ihren erstgeborenen und einzigen Sohn mit drei Jahren durch Gehirnhautentzündung verloren hatten. Aber ihr Ehrgeiz

reichte nur bis in das ein paar Autostunden entfernte Boston. Ihre Welt war klein. (Wie seltsam und auch typisch, dass die widerspenstige Eleanor das Leben wählen sollte, das sich die Eltern für sie wünschten, während Carol – das Ebenbild ihrer Mutter als junges Mädchen – aus ihrem Gesichtskreis verschwinden und in ein Land ziehen sollte, das sie sich kaum vorstellen konnten.)
Als Carol für den Sommer und ihr Abschlussjahr am College aus Frankreich zurückkehrte, bebte Vis Mieder bei der Ankündigung der Tochter – Liebe, Verlobung, ein Franzose – und drängte den umgänglichen Merlin, dem Mädchen eine Standpauke zu halten.
»Das ist nichts als Schwärmerei, Vi«, versicherte ihr ihr Ehemann. »Als ich etwa in Carols Alter war, mochte ich ein Mädchen, das ich in Florida kennen gelernt hatte. Aber sie liebte die feuchte Hitze, von der ich Ausschlag bekam. Das hätte nie funktionieren können. Ich kam nach Hause, nachdem ich mich wieder beruhigt hatte, und traf dich. Die Richtige für mich.«
»Merlin, wir reden hier von Frankreich, nicht von Florida.«
»Sch –, Bubbles« – das war sein Kosename für sie, obwohl weder meine Mutter noch Eleanor sie als besonders übersprudelnd in Erinnerung haben –, »Carol ist jetzt zu Hause. Sie muss noch ein Jahr aufs College gehen. Das ist eine lange Zeit. Das geht vorüber.«
»Sieh dir Eleanor und ihre Verrücktheit an. Ist die vorübergegangen?«
»Sie wird vorübergehen, Liebling. Es ist alles Gottes Wille.«
Was Carols Zukunft betraf, so stimmte Gott nicht mit Merlin und Vi überein, und meine Mutter auch nicht. Es war ihnen nicht klar gewesen, dass sich hinter Carols zurückhaltendem Wesen so viel Sturheit verbarg, und Vi, die nicht mit Populärpsychologie vertraut war, kam es nicht in den Sinn, dass sie mit

ihrer eigenen Unnachgiebigkeit den Willen ihrer Tochter nur noch verstärkte.
Im September hatte Merlin auf die Bitte seiner Frau hin an Jacques LaBasse geschrieben (auf Englisch, der einzigen Sprache, die er konnte), um sich zu erkundigen, wie Alexandres Familie zu der Verbindung stand. Jacques schrieb zurück (ebenfalls auf Englisch, einen gestelzten Brief, den er mit dem Wörterbuch in der Hand verfasst hatte) und erläuterte die familiären Umstände, das Bellevue und Alexandres glänzende Aussichten. Er merkte an, dass das Schicksal unberechenbar sei und die Jugend dickköpfig – bombastische Worte, die ihn Merlin sogar eher sympathisch machten, Vi jedoch in Zornestränen ausbrechen ließen.
»*Er* ist keine Hilfe. Mein Gott, können wir denn gar nichts machen?«
»Sieht so aus«, sagte Merlin. »Solange sie glücklich ist. Wir haben sie richtig erzogen.«
Nicht ganz richtig, wie es schien. Am Thanksgiving-Tag brach Carol zu einer einwöchigen Reise nach Frankreich und zu ihrem Verlobten auf, mit einem perlmuttfarbenen Shantung-Seidenkleid im Gepäck und der festen Absicht zu heiraten. Pläne wurden schon den ganzen Herbst über geschmiedet. Der kleine, aber elegante Empfang fand im Hotelrestaurant und draußen auf der Terrasse statt, da das Wetter für die Jahreszeit ungewöhnlich warm war.
Carol teilte Jacques und Monique mit, dass ihre Eltern es sich nicht leisten könnten zu kommen, jedoch ihren Segen schickten; ihre Eltern stellte sie vor vollendete Tatsachen. Sie kam, wie geplant, nach Hause, jedoch nur, um ihre Sachen zusammenzupacken und den Versuch zu unternehmen, in den wenigen Wochen ihre aufgeregte Mutter zu trösten (»Sie sind katholisch,

Mom. Es ist so schön dort. Komm hin, und sieh es dir selbst an.«).

Merlin war zumindest dafür dankbar, dass Carol rechtzeitig das College verlassen hatte und ihm so die Studiengebühren fürs Frühjahr ersparte. »Solange du glücklich bist«, sagte er; und seiner Frau gegenüber bemerkte er: »Sie ist aufgeblüht wie noch nie zuvor. Es muss richtig sein. Wir wollen ja nicht, dass sie als graues Mäuschen endet, das zu Hause hängen bleibt.«

»Du wirst es bedauern«, sagte Vi zum Abschied. »Das ist nicht deine Welt. Das Leben ist nicht nur äußerer Schein, glaub mir. Noch bevor du die Koffer richtig ausgepackt hast, kommst du schon wieder weinend nach Hause.«

»Die Typen da sind anders, was?«, sagte Eleanor, als sie übers Wochenende nach Hause kam. »Wie sieht's mit der Frauenbewegung aus? Wahrscheinlich lausig, wie immer bei Katholiken.«

Merlin und Vi schafften es nie, nach Frankreich zu fahren. Merlins Krebs wurde im Spätfrühling festgestellt, und im Juni war er tot. Vi wollte nicht alleine reisen. »Wer hütet die Katzen?«, war ihre stetige Entschuldigung, auf die Carol keine passende Antwort hatte.

4

Bei ihrer Ankunft im Bellevue war meine Mutter, die nun in einer kleinen Wohnung im Erdgeschoss des Wohntraktes lebte, begeistert – von den verschiedenen Farben des Meeres, des Himmels, von der geschichtsträchtigen Aura und dem Glamour der Pariser Gäste im Restaurant. Es machte ihr nichts aus, dass sie den Collegeabschluss nicht gemacht hatte, und sie nahm

kaum wahr, dass sie, wie ihr von Eleanor zu verstehen gegeben worden war, lediglich das Dach des einen Patriarchen gegen das eines anderen eingetauscht hatte. Sie fand Jacques reserviert, er interessierte sich offenbar nicht für sie, war zu beschäftigt mit seinem kleinen Imperium, um mehr zu tun, als gelegentlich ihren Scheitel anzulächeln oder ihr praktische Fragen in diesem vereinfachten, formalen Französisch zu stellen, das er gegenüber den portugiesischen Arbeitern anschlug. Monique wollte mehr von ihr: Sie nötigte meine Mutter, sich lange Nachmittage an ihren polierten Esstisch zu setzen, um ihr Unterricht zu erteilen, nicht nur in der Sprache, sondern auch in den Sitten ihrer neuen Heimat. »Wir legen während der Mahlzeiten nicht die Hände in den Schoß. Wir halten sie klar sichtbar auf dem Tisch. Das ist sehr viel schicklicher. Wir kippen den Suppenteller nicht zur Seite – wie seltsam das aussieht, wenn du das machst, als würdest du fischen! Und es ist weit besser, die Suppe auf die eigene Kleidung zu schütten als auf die Tischdecke der Gastgeberin. Womöglich hat sie sie selbst gestickt oder sie gehörte zu ihrer Aussteuer!«
Meine junge Mutter nahm in ihrer Drei-Zimmer-Wohnung Verschönerungen vor, nur um daraufhin mit Monique aneinander zu geraten – oder vielmehr mit Madame LaBasse: Carol war damals nicht aufgefordert worden und auch nicht später, ihre Schwiegereltern mit dem Vornamen anzureden, und war daher nach meiner Geburt dankbar gewesen, durch mich zu *grand-mère* übergehen zu können. »Maman« brachte sie einfach nicht über die Lippen – angesichts von Moniques traditionellen Vorstellungen, die sich bis in die vier Wände der Neuvermählten erstreckten: »Du kannst ins Badezimmer keinen Teppich legen, liebes Kind – was denkst du dir denn? Das ist absolut unhygienisch. Und ich finde, du solltest wirklich lieber diesen Bettüber-

wurf nehmen als den mit dem Blumenmuster, den du dir angesehen hast. Er ist viel geschmackvoller, ein Geschenk, du musst es annehmen.«

Wie Carol sich bemühte! Sie wollte doch zu dieser neuen alten Welt gehören. Sie hatte sich vom Friseur meiner Großmutter die Haare schneiden lassen und stapelte auf ihren Badezimmerregalen die Kosmetika, die ihr die ältere Frau empfahl. Sie lernte unter der Anleitung seiner Mutter die Lieblingsgerichte meines Vaters zu kochen, bereitete Gemüse ungewohnt salzig zu und versuchte, blutigem Fleisch etwas abzugewinnen. Ihr wurde beigebracht, die dünnsten und dürrsten Bohnen auf dem Markt zu kaufen und nicht das knackige, kräftige Gemüse zu nehmen, das einem ins Auge stach; man prägte ihr ein, dass Alexandre seine Tomaten noch fast grün mochte und seine Weintrauben geschält. Sie fand nie Geschmack an der nach Gras schmeckenden Milch und hörte auf, Milch zu trinken. In der LaBasse-Familie, brachte man meiner Mutter bei, trugen die Frauen keine Ohrringe; das war vulgär. Sie trugen auch keine Ringe außer dem Verlobungsdiamanten. Carol lernte, während der Mittagsruhe ruhig zu lesen oder aber auf einen Spaziergang aus dem Haus zu schlüpfen; aber sie konnte sich nicht dazu bringen, in der Hitze des Tages zu schlafen.

Sie konnte nicht sagen, ob sie ihre Schwiegermutter, diese herrische Kreatur, liebte oder verachtete, und da sie niemanden hatte, mit dem sie sich darüber unterhalten konnte – Lili, Sally und Coco waren längst verschwunden und hatten ihre Erinnerungen an das Ausland zusammen mit ihren Lehrbüchern und den als Souvenir mitgebrachten provenzalischen Tischtüchern weggepackt –, dachte sie nicht länger darüber nach: Sie war von der älteren Frau abhängig, ihrer einzigen Hoffnung, wenn es darum ging, Französin zu werden. Erst zu spät stellte sie fest, dass die Rezepte und Redensarten, die sie sich so eifrig angeeignet hatte, bis sie fest ihr französisches Selbst bildeten, überkommene Nebensächlichkeiten eines algerischen Lebens waren, das es nicht mehr gab oder vielmehr nur noch in Haushalten wie ihrem eigenen, und zwar als Ergebnis virtuoser, umfassender Nachahmung.

Manchmal wunderte sie sich, sogar in diesen frühen Tagen, über den schnellen Entschluss, den sie da gefällt hatte, sehnte sich nach dem schnatternden, näselnden Klang ihrer Muttersprache und den trägen Nachmittagen, wenn sie und Eleanor die nackten Beine hatten baumeln lassen und auf der Veranda des elterlichen Hauses *Mademoiselle* durchgeblättert hatten oder über den Asphalt gerannt waren, um durch den unkrautumwucherten Bach unten am Ende ihrer Straße zu waten. Sie sehnte sich nach dem Fernsehen, wie sie es gekannt hatte, und summte veraltete Jingles vor sich hin oder sang den Text allein in ihrem Wohnzimmer. Sie vermisste vor allem die Leichtigkeit, sagte sich jedoch, dass schwierige Freuden auch ihre Vorzüge hatten, und wenn sie sich, salzig vor Schweiß, voller Wonne mit meinem Vater im Ehebett wälzte, versicherte sie sich, dass sich die Opfer lohnten. Abgesehen davon konnte sie noch immer die quiekende Stimme ihrer Mutter hören, die ihr prophezeit hatte, dass es ihr schlecht gehen würde (»du kommst weinend nach Hause«), und beschloss, alles zu tun, um die engstirnige Vi zu widerlegen.

Als Vi starb, wandelte sich die Sehnsucht meiner Mutter: Das schindelgedeckte Haus, und damit die knarrenden und quietschenden Geräusche ihrer Jugend, wurde (von der tüchtigen Eleanor) zusammen mit fast dem gesamten Inhalt verkauft, und es gab nichts mehr, wohin Carol hätte zurückgehen können. Jetzt wurde sie unglücklich und fing an, zunächst zaghaft, über ihren Schwiegervater, ihre Schwiegermutter und Frankreich zu schimpfen. Ihre Wohnung, der im Winter kalte Badezimmerboden, die tröpfelnden Wasserhähne schienen sie zu erdrücken. Alexandres Eltern wohnten drei Stockwerke über ihnen auf der anderen Seite des Gebäudes, aber wenn meine Mutter über sich Fußtritte hörte, hatte sie die Vorstellung, es wären die ihrer Schwiegereltern. Sie stellte fest, dass das Tor des Bellevue um Mitternacht geschlossen wurde, und verglich das Leben, das sie führten, mit dem von Tieren im Zoo. Um Initiative zu zeigen, versuchte sie sich mit den Hotelgästen anzufreunden, jungen Frauen wie sie, von denen einige noch mit ihren Eltern reisten; mit einem mittelalten englischen Ehepaar, das kam, um Seite an Seite auf dem Innenhof Aquarelle zu malen; einem Trio junger Italiener, die ihr den Hof machten und den Zorn ihres Mannes hervorriefen – aber alle blieben nur für eine Weile und kehrten dann wieder in ihr jeweiliges Leben zurück, das stets wesentlich realer erschien als ihr eigenes.

Mein Vater war in dieser Anfangszeit nicht blind gegenüber den Kümmernissen meiner Mutter, aber aufgrund seiner Erziehung glaubte er, dass eine Frau sich leicht und dankbar dem Leben ihres Mannes anpassen würde und dass dies Liebe sei; und er beobachtete, kostete und bewunderte alles, was Carol von Monique lernte (»Das Gratin war köstlich – ganz wie das von *Maman*«, lobte er sie in höchsten Worten), worin in seinen Augen sein Anteil an dem Vertrag bestand. Er liebte sie oft und leidenschaftlich. Mit der Zeit würde sie sich beruhigen, dachte er.

Für Carol war es dann eine Erleichterung, als sie mit mir schwanger war. Es war zweifellos für sie das Richtige, und sie gehörte, für eine Weile ohne Vorbehalte, auf jeden Fall aber für alle Zeiten auf eine Weise zur Familie, wie dies vorher nicht der Fall gewesen war. Mein Großvater nahm von ihr Notiz: Er bot ihr Stühle an und hielt ihr Türen auf, beteuerte, sie sähe strahlend aus, und ein seltenes Lächeln erhellte in ihrer Gegenwart sein sonst düsteres Gesicht. Der Ton meiner Großmutter wurde weicher, sie kritisierte nicht mehr, sondern gab Ratschläge, und ihr »meine Liebe« meinte eine Zeit lang genau das, was die beiden Worte ausdrückten. Alexandre war zärtlich und überglücklich. Er streichelte ihren Bauch und massierte ihr Kreuz, brachte ihr mittags wie ein emsiger Spatz Leckereien aus der Hotelküche. Er stürzte sich in die Arbeit und wollte, dass seine Freude auf dem gesamten Territorium des Bellevue zu spüren war: Er ließ zu meinen Ehren ein großes Lavendelbeet anlegen und wartete ungeduldig darauf, dass die Bienen darüber ausschwärmten; er pflanzte als Zeichen der fruchtbaren Verbindung mit seiner Frau zwei Orangenbäume. Die Gärten blühten unter seiner Aufsicht so schön, dass mein Großvater ihm auch noch das Hotel-Catering übertrug: Alexandre plante die Hochzeiten anderer Leute mit einem Enthusiasmus, als ginge es um seine eigene, und nahm aus freien Stücken die Werbung für das Hotel in die Hand, auf regionaler Ebene, und mit der Zeit im ganzen Land. Es begann die Zeit der Vorträge, Sitzungen und Abendessen. Er wollte, dass jeder an seiner übergroßen Freude teilhatte, erfuhr, dass die Zukunft herrlich sein würde. Es war ein früher und nicht lange andauernder Ausdruck jenes Überschwangs, den er viel später und viel länger an den Tag legte, als mein Großvater im Gefängnis war. Damals zeigte sich, jedenfalls in den Augen meiner Mutter, zum ersten Mal dieser Kreislauf von Euphorie und Erschöpfung, der das Leben meines Vaters bestimmte, die großen Sinuskurven seiner Seele.

Das hätte sie wissen sollen, oder sie hätte auf den Gedanken kommen müssen zu fragen. Aber Carol war ebenfalls völlig von ihrer Schwangerschaft absorbiert, den neuen Gerüchen und Gefühlen, ihrer Angst vor der Entbindung (nicht zuletzt weil man ihr die Anweisungen auf Französisch geben würde) und den Vorbereitungen für mein bevorstehendes Leben. Das Bettzeug und die winzigen blau- oder gelbgerippten Kleidungsstücke erschienen ihr so unendlich niedlich, so französisch, und sie stöberte in Büchern und Zeitschriften nach eleganten französischen Namen, schrie überrascht bei der Erwähnung unbekannter Heiliger auf und verfolgte deren Geschichte, nur um dann allzu oft ihr Martyrium Unheil verkündend und blutig zu finden (Marie, was mein erster Name ist, nach meiner Tante und der Gottesmutter selbst, war nicht schwer zu finden; aber Sagesse, ein Phantasiename, auf den sie von allein kamen und den sie wohlklingend fanden; und vielleicht nahmen sie fälschlicherweise auch an, ich sei das Kind ihrer *sagesse*, ihrer Vernunft). Sie fand, dass ihr der Enthusiasmus meines Vaters gebührte, eine Entschädigung war für ihr Leiden. Sie stellte keine Fragen, nicht einmal als sie vor Morgengrauen aufwachte und sah, wie er pudelnackt durch die Wohnung lief; oder wie er im Dunkeln sanft lächelnd über ihr stand. Einmal saß er die ganze Nacht an dem gesprenkelten Resopaltisch in der Küche und kritzelte Pläne für ihre, für unsere Zukunft, die er jedoch nicht preisgab. Sie kam verschlafen zu ihm mit ihrem riesigen Bauch, der marmorn unter ihrem dünnen Morgenmantel schimmerte.

»Was in Gottes Namen tust du da?«, fragte sie. Er blickte nur für einen Moment hoch und streckte eine Hand aus, um mich zu streicheln: »Unser Leben retten, meine Liebe. Ich bin dabei, unser Leben zu retten.« Und er zwinkerte ihr zu. »Zurück ins Bett! Du brauchst deinen Schlaf.« Das stimmte, und so ging sie, und als sie ihn am Morgen frisch und munter vorfand, bildete sie sich ein, dass alles nur ein Traum gewesen war.

Und dann war ich da – was hätte es da noch zu fragen gegeben? Carols Tage – und Nächte – waren, wie ihre geschwollenen

Brüste mit Milch bis oben hin angefüllt, und jeder Zahn von mir, jeder Schritt, jedes Gebrabbel wurde festgehalten. Ihrer beider Bedürfnisse wurden geringer angesichts der meinen. Ich war die Hauptperson geworden. Und dann, gar nicht so viel später, war da Etienne: Er warf schwer atmend eine Menge Fragen auf, aber die Frage nach dem Verlauf der Jugend meines Vaters zählte nicht dazu. Die Zukunft schwand für meine Eltern, für beide, so unbemerkt dahin, wie ein Schmugglerboot aus der kleinen Bucht unterhalb ihres Fensters verschwand, und die Erstarrung meines Vaters angesichts seines kleinen Jungen schien nur ein Spiegelbild von der meiner Mutter zu sein. Jetzt saßen sie wahrhaftig fest. Aber allmählich hob Alexandre wieder den Kopf und begann mit Jacques' Erlaubnis und dessen Geld die Villa zu bauen, die ein Monument für Etiennes unvollkommene (mehr als vollkommene) Zukunft sein sollte, die stets mit der ihren verwoben sein würde (dieser kleine Junge würde niemals groß werden und wegziehen), und auch ein Zuhause für unsere Familie.
Auf diese Art und Weise wurde die Frage ständig vermieden. Carol wusste – das war eine Perle in der Familiengeschichte, die wiederholt aufpoliert wurde – von Alexandres Abreise aus Algier, dem Seebegräbnis seiner Großmutter, der Wohnung, die sie verloren hatten (für die sie fast dreißig Jahre später, erst als ich vierzehn war, in eben den Monaten, die ich beschrieben habe, eine kleine Entschädigung erhielten), und den verlorenen Erbstücken, welche die wenigen zerknickten Fotos und vereinzelten Löffel so wertvoll machten. Aber was war bei seiner Ankunft in Marseille gewesen?

5

Seine Eltern und seine Schwester empfingen Alexandre am Hafen und versuchten, den Gambettas das Geld für die Überfahrt zurückzugeben, aber das stets edelmütige Paar lehnte ab. Alles, was mein Großvater ihnen anbieten konnte, war, sie zum Bahnhof zu fahren und ihnen zum Abschied zu winken, als sie in den Zug stiegen, der sie den langen Weg nach Toulouse und zu Madame Gambettas Neffen bringen würde (ein bescheidenes Geschenk, aber eines das es angesichts ihres Gepäcks notwendig machte, dass Monique, ihre Tochter und der müde Alexandre noch eine Stunde im selbst damals heruntergekommenen Hafen blieben, eine Stunde, während der meine sonst so zurückhaltende Großmutter ihren Sohn nicht losließ, die Nase in sein muffiges Hemd vergraben, als wäre er alles, was an die Welt und die Mutter, die sie verloren hatte, erinnerte). Und dann? Dann fuhr die Familie LaBasse schweigend über die sich an der Küste entlangwindenden Straßen nach Hause ins Bellevue. Alexandre saß schlafend hinter seinem Vater, der ihn von Zeit zu Zeit im Rückspiegel anblickte, verblüfft und bestürzt den Kopf schüttelnd.

Alexandre war in diesem Frühling und Frühsommer so brutal aus der Bahn geworfen worden, dass er sich nicht auf das Abitur hatte vorbereiten können. Als er dann in Frankreich war, den Sommer vor sich, wurde ihm die mangelnde Vorbereitung bewusst, und er schrieb sich für den Herbst noch einmal für das Abschlussjahr auf der Schule ein. Aber es waren noch Monate bis zum September – Monate, in denen er entweder hätte lernen können oder mit Freunden in den Alpen wandern (seine jüngere Schwester sollte im August in die Schweiz gehen – bereits damals, obwohl sie ihren künftigen Mann noch nicht getroffen hatte, zog es sie dorthin); er hätte sogar seine frühere Freizeitbeschäftigung wieder aufnehmen und an den Stränden nach Mädchen suchen können (so wie ein angehender Naturforscher Käfer und Fossilien aufspürt), um mit ihnen den Sonnenuntergang zu betrachten. Aber er behauptete nur kurz und bündig, nicht mehr an Gesellschaft gewöhnt zu sein, und verbrachte die Vormittage schlafend und die schwülen Nachmittage in seinem Zimmer, ohne zu lesen oder auch nur ein Puzzle zu legen; er saß nur auf der Bettkante, angespannt, so als würde er einen Anruf erwarten, den Kopf leicht dem Tosen der Brandung zugeneigt. Sein Vater wurde ungeduldig, wies ihm Aufgaben auf dem Grundstück zu. Das Hotel war noch neu, und es gab viel zu tun: Wege mussten gepflastert werden und Lampen installiert, Steine vom Buschland entfernt und Blumen gesät werden. Alexandre erwies sich als nutzlose Verstärkung: Er log lieber und sagte, er sei zur Arbeit gegangen, wenn er stattdessen zur Landspitze und dem Fischerdorf weiter unten gebummelt war, oder er tauchte spät auf, wenn die Sonne schon brannte, und lungerte zwischen den bezahlten Arbeitern herum, störte mehr, als dass er half.

»Er ist stinkfaul. Das ist die pure Trägheit. Wir haben da ein Blut saugendes Monster großgezogen«, kochte Jacques angesichts seines Sohns. »Sieh ihn dir an. Er ist sogar zu schlapp zum Blinzeln. Blinzel, du Idiot. Blinzel!«

Seine Mutter sagte nichts, während ihr Mann dem Jungen die Hölle heiß machte, aber später, nach der Schlafenszeit, schlüpfte sie mit einer dampfenden Tasse Eisenkrauttee in sein Zimmer (»das tut so gut, trink!«) und saß bei ihm, die Geduld in Person, und wartete auf Erklärungen, bis er sein Gesicht zur Wand drehte, ohne den mittlerweile erkalteten Tee angerührt zu haben, und nur »Gute Nacht, Maman« sagte.

Alexandre weinte nicht (was nur gut war, sein Vater hätte ihm sonst eine runtergehauen), noch sagte er etwas. Er war störrisch und rückte mit nichts heraus. Er hatte nicht einmal Lust, seine Schwester zu quälen, die ihn permanent vergeblich reizte und schließlich ihrer Mutter anvertraute: »Er muss in einer ganz schlechten Verfassung sein. Er ist total vertrottelt. Es ist schon fast beängstigend.«

»Er hat Heimweh«, sagte Monique zu Jacques. »Wir können uns den Zusammensturz gar nicht vorstellen, den er erlebt hat. Er braucht Zeit.«

»Quatsch. Er hat Heimweh, schön. Er braucht etwas zu tun. Seine Zukunft ist hier. Das ist jetzt sein Zuhause. Warum lernt er nicht? Er liest nicht einmal, verdammt noch mal. Das hier ist Frankreich; er ist Franzose. Er muss nach vorne schauen.«

»Du weißt, dass das nicht so einfach ist.« Auch Monique vermisste das gewohnte Leben in Algier, die Nachmittage mit Freunden, die nun von der Normandie bis in die Pyrenäen verstreut waren. Sie hatte das Gefühl, ihren Sohn zu verstehen. »Neu anzufangen ist nicht immer leicht.«

»Natürlich nicht. Man muss arbeiten. Und diese Schlafmütze kennt nicht einmal die Bedeutung des Wortes.«

Monique stritt nicht mit ihrem Mann. Das hatte sie nie getan; das war eine Frage der Erziehung und des Prinzips. Sie sagte ruhig: »Ich denke, du urteilst zu hart über ihn, Liebster.«

»Und ich denke, du verziehst ihn. Durch und durch.«

Alexandre wusste eigentlich nicht, was er mit seinem neuen Leben anfangen sollte. Während seiner Jugend in Algier, als er unter dem Joch seines Vaters gelitten hatte, hatte er sich vorgestellt, ein beliebter lokaler Geschäftsmann, vielleicht ein Restaurantbesitzer wie Gambetta zu werden. Er hatte sich ein aufregendes Leben mit nicht allzu viel Arbeit ausgemalt, bei dem er genießen konnte, was die Stadt an Quellen des Vergnügens zu bieten hatte: eine elegante Ehefrau, ein oder zwei dunkelhäutige Geliebte,

geruhsame Wochenenden in der kühleren Bergluft, Abenddämmerungen unter Mandel- und Brustbeerenbäumen, während kleine Kinder – seine oder die anderer Leute – im Staub herumrannten. Er hatte nicht praktisch gedacht; seine Ambitionen waren nicht über seine Geburtsstadt hinausgegangen. Als seine Eltern und seine Schwester nach Frankreich aufgebrochen waren, hatte er ihre Abreise vor allem als Befreiung von der Nörgelei seines Vaters empfunden, als Erlösung von den Vorträgen, wie wichtig eine praktische mathematische Ausbildung sei, und von den aufgezwungenen Stunden, in denen er über Rechenprobleme gebeugt dagesessen hatte, die ihn so wenig interessierten und für ihn so unverständlich waren wie Sanskritzeichen.
In Frankreich war Alexandre sowohl im wörtlichen wie auch im übertragenen Sinne *dépaysé*, aus seiner Heimat herausgerissen: Nur das Mittelmeer und die knorrigen Pinien waren ihm vertraut. Sein Vater hatte hier eine mit Toren versperrte Anlage errichtet, die für die Familie und deren Zuhause stehen sollte. Jacques' Ambitionen für seinen Sohn hatten gerade in dem Moment konkrete Formen angenommen, als sich Alexandres eigene Vorstellungen, die stets verschwommener gewesen waren, in Luft auflösten; mein Vater, der nie zur Eigeninitiative ermutigt worden war, fühlte sich blockiert und erdrückt. Jenseits der Hoteltore hätten genauso gut Miami oder Sansibar liegen können: Er wollte es nicht wissen. Aber im Hause seines Vaters konnte er auch nicht atmen. Er begann in diesem Sommer unter Asthmaanfällen zu leiden. (»Allergien«, befand seine Mutter. »Ist es Jasmin? Ist es Lavendel? Ist es Milch?«) Er redete wenig und merkte im August, dass er die meisten Worte nicht mehr herausbekam: Er konnte einfach nicht sprechen. Auch das Essen wurde ein Hindernis. Sein Adamsapfel schien ein dicker, faseriger Kloß zu sein, um den herum nur gelegentlich etwas Wasser rutschte.

In seinen Träumen – hellen, leidenschaftlichen Träumen, an denen er sich so lange festklammerte wie möglich, waren sie doch so viel lebendiger als die Stunden, in denen er wach war – ging er, hohl und leblos, den gewohnten Weg von der Wohnung seiner Großmutter zum Hafen. Er spürte das bittere, rußige Kratzen im Hals, ging jedes Mal schneller, mit hallenden Schritten, er suchte mit zuckenden Augen die Straßen und Fenster nach Scharfschützen ab, und sein Herz dröhnte dumpf wie ein Gong. In den Träumen wusste er, dass das letzte Schiff abgefahren und er zurückgelassen worden war, dass ihn jedoch etwas Wesentliches erwartete, wenn er den Hafen nur rechtzeitig und lebend erreichte. Manchmal krachten Schüsse, und er duckte sich zitternd in eine Einfahrt oder warf sich unter ein Auto; manchmal schaffte er es bis zur Place du Gouvernement mit ihren Feigenbäumen und dem unerschütterlich dahinreitenden Herzog von Orléans (beinahe bis dorthin!), nur um den Platz voll junger Moslems zu finden, die schrien, gestikulierten und ihm, an seinen Kleidern zerrend, nachhetzten; manchmal stieß er auf ein Auto oder ein Fahrrad, das sein Vorankommen hätte beschleunigen können, um dann festzustellen, dass der Motor kaputt oder die Reifen platt waren. Niemals, wie verzweifelt er sich auch vorwärts kämpfte und wie sehr er nur halbbewusst den Traum zu verlängern suchte, nie gelangte er bis zum Hafen und dem geheimnisvollen Versprechen.
Alexandre dachte nicht daran wegzulaufen; wohin hätte er gehen sollen? Meistens wollte er nicht aufwachen, da ihn ja nur ein Gewirr von Laken und die Strafpredigten seines Vaters erwarteten. Er wollte überhaupt nicht mehr da sein.
Im September folgte Alexandre, von seiner Mutter wie eine Puppe angezogen, seiner Schwester in die Stadt hinunter ins Gymnasium – eben dem mit dem uneben gepflasterten Schulhof und

zweifellos derselben schielenden Hausmeisterin, die zu meiner Zeit noch die Gänge schrubbte. Er wurde immer magerer (ich kann es mir nur schwer vorstellen, aber es ist wahr), und er fummelte an seinen Ärmelaufschlägen herum. Er drückte sich hinten ins Klassenzimmer und drehte unbewusst den Kopf zum Licht des Fensters. Das französische Gebrabbel des Lehrers klang fremd in seinen Ohren; sein rutschiger Füllhalter glitt ihm aus den Fingern, und er machte sich keine Notizen.
Hätte er nicht so gut ausgesehen, wäre er seinen Mitschülern, wenn nicht gar den Lehrern vielleicht nicht besonders aufgefallen. Aber die Mädchen flirteten mit ihm, was für die Jungen ein Grund war, ihn anzugreifen. Sobald er nur den Mund aufmachte, mokierten sie sich über seinen Akzent, sie machten sich über seine Kleidung lustig, beschimpften ihn als Irren, Rassisten, Afrikaner. Sie verfluchten seine Herkunft und seine Anwesenheit. Sie plapperten die politischen Meinungen ihrer Eltern nach und diskutierten um ihn herum den Algerienkrieg, als ginge es um eine Flasche Bier. Er sagte nichts, was sie nur noch mehr aufbrachte. Er erzählte seinen Eltern oder seinen Lehrern nichts; und seine Schwester, die seine täglichen Misshandlungen mitbekam, blieb stumm wie ein Fisch und versuchte, versteckt in ihrer Gruppe von Freundinnen, sich von diesem Paria zu distanzieren.
»Bis zu diesem Sommer haben wir nicht einmal zusammengewohnt«, vertraute sie denen an, die ihr zuhörten, »und als er ankam, hatte er sich vollkommen verändert. Es ist so, als hätte ich ihn nie gekannt. Er macht mir Angst. Er isst nicht.«
Dann, während einer Mittagspause in der Ruhe des Winters, erhob sich Alexandre zornig wie ein aus der Versteinerung befreiter Geist und schlug auf einen seiner Peiniger ein. Er brach dem Jungen die Nase und verletzte dessen Trommelfell, während die

halbe Schule in einem Halbkreis in respektvoller Entfernung zusah, auch Marie. Bevor der Direktor von seinem Mittagsschläfchen in den Hof gestolpert kam, war mein Vater geflohen: Seine Jacke und seine Schultasche lagen am Tor, und sein Hemd war vorne voller Blutflecken.

Er verschwand und ging nicht nach Hause. Er war weder im Bus noch in den Straßen unten in der Stadt gesehen worden. Die Nacht brach herein, und es gab weiterhin kein Lebenszeichen von ihm. Der Morgen dämmerte, und sein Bett war leer. Jacques tobte. Marie verkroch sich; Monique überlegte die notwendigen Maßnahmen und sorgte sich. Die Suche wurde aufgenommen. Der Bahnhof wurde überprüft und die Marinekasernen. Eine Gruppe Polizisten durchkämmte den Berghang hinter der Stadt und das Weideland. Selbst mein Großvater unterbrach am zweiten Tag seine Ausbrüche, um zu beten. Meine Großmutter schlug Alexandres Bettdecke zurück und ließ seine Nachttischlampe brennen. Sie hatte geglaubt, ihn zu verstehen, aber sie konnte sich jetzt nicht in ihn hineinversetzen. Sie waren gefangen, zwei Nächte und drei Tage – eine verhältnismäßig kurze Zeit –, so wie Alexandre im Zimmer seiner Großmutter gefangen gewesen war, in dem Moment zwischen der Vergangenheit und dem Rest ihres Lebens.

Ein Fischer in dem Dörfchen unterhalb des Bellevue fand ihn am dritten Tag vor Einbruch der Dunkelheit, nur halb bei Bewusstsein kauerte er zitternd in einer verlassenen Hütte am Ende der einzelnen Häuserreihe, die unmittelbar am Felsen und den hochschlagenden Winterwellen lag. Der Fischer hatte auf Geheiß seiner Frau nicht nach meinem Vater, sondern nach seiner herumirrenden Katze gesucht, einem dicken, orangefarbenen Tier, die, kurz vor dem Werfen, das Haus auf der Suche nach einem ungestörten Plätzchen verlassen hatte.

Zunächst hatte der Fischer geglaubt, mein Vater sei tot. Es würgte den Mann bei dem starken Gestank nach Urin und Erbrochenem. Er sah den in der Ecke zusammengesunkenen Jungen, und selbst im Zwielicht konnte er das Blut auf dessen weißem Hemd erkennen. Und dann hörte er, zwischen dem Rauschen der Wellen, den rauen Atem meines Vaters und erblickte die umgekippten Flaschen um ihn herum auf dem staubigen Boden.

Irgendwie hatte sich mein Vater irgendwo sowohl Schlaftabletten als auch Weinbrand besorgt (war dies geplant? Hatte er die Tabletten monatelang gehortet? Waren sie so alt, dass sie noch von seiner Großmutter stammen konnten, und hatte er sie, für den Fall, dass er sie brauchte, zu den Schätzen in seinen Segeltuchsack gleiten lassen? Und der Weinbrand? Weder zum damaligen Zeitpunkt noch später gab irgendein Ladenbesitzer zu, ihn, einen wild blickenden, blutbefleckten Jungen, gesehen geschweige denn ihm den Trunk des Vergessens verkauft zu haben), und er hatte versucht, seinem Leben ein Ende zu setzen. Auf inkompetente Weise, wie sich herausstellte, aber mit größerer Entschlossenheit, als dies sein Vater erwartet hätte. Obwohl Alexandre nie wirklich in Gefahr war, an dieser Vergiftung zu sterben, hatte er sich doch in diesen zweiundsiebzig Stunden eine eindrucksvolle Lungenentzündung zugezogen, wegen seines geschwächten Zustands, aber auch weil er in der kalten Seeluft nur halb bekleidet gewesen war. Schweißgebadet und glühend wurde er wie eine Leiche zur Straße hoch in einen Krankenwagen geschleppt. Er starb fast, nicht direkt durch eigene Hand, aber mit Sicherheit durch eigene Absicht.

Die Rekonvaleszenz ging langsam vonstatten: Mein Vater hatte eine Reise von einem neuen, noch ferneren Ort zu machen. Als er ankam, war er ein anderer junger Mann, wieder mehr der

Junge, der er gewesen war, bevor seine Probleme begannen, aber doch nicht mehr ganz der Junge, der er im Hause seiner Eltern in Algier gewesen war. Es gab einen Unterschied: Er tat, was man ihm sagte. Er schien die tyrannische Lenkung durch seinen Vater zu begrüßen, und falls er nur so tat, so verbarg er seine wahren Gefühle gut. Es war, als hätte der Brandy oder das Bilgewasser alle Wünsche aus ihm herausgeschwemmt, sodass deren Platz jetzt durch Wünsche anderer Leute auf- und ausgefüllt werden konnte. Nein, das stimmt nicht ganz: Sein Verlangen nach den Mädchen war wieder da, seine Don-Juan-Natur. In seiner wankelmütigen und quecksilbrigen Art verkörperte er einen emsigen Schüler für die junge Bibliothekarin, einen schmeichlerischen Halunken für die zynische Kellnerin und eine männliche Marianne für meine Mutter.

Alexandre wartete den nächsten Sommer ab und kehrte dann im darauf folgenden Herbst auf dasselbe Gymnasium zurück, um ein drittes Mal sein Abschlussjahr zu beginnen. Schüler, die sich an den Vorfall des vergangenen Winters erinnerten, brachten den umgänglichen muskulösen Jungen nicht mit seinem griesgrämigen Vorgänger in Einklang und gelangten irgendwie zu der Annahme, dass dieser Alexandre LaBasse, dieser flatterhafte Charmeur, buchstäblich ein neuer Schüler war. So ging sein Leben wieder seinen Gang: Er arbeitete für die Schule, wenn auch nicht allzu hart; er verabredete sich; er scherzte und trieb Schabernack; er machte seine Prüfungen und ging dann für ein paar Jahre auf die örtliche Universität, wo alles genauso weiterlief. Sein seelisches Tief wurde niemals mehr von seinen Eltern erwähnt, sie sprachen nur untereinander darüber. Carol fragte nicht und erfuhr daher erst etwas, als es bereits zu spät war.

6

Im Frühjahr 1991, einen knappen Monat vor meinem sechzehnten Geburtstag und nicht lange nach Ostern, nach zwanzigjährigem gemeinsamen Leben meiner Eltern, an einem strahlenden späten Morgen im April, als die ausschlagenden hellgrünen Blätter an den Ästen tanzten und im Hafen vor dem Frühstück blubbernd zum Luftschnappen ein U-Boot auftauchte (ich erinnere mich noch deutlich: mein Vater stand in taunassen Espadrillos auf dem Rasen, hielt ein Fernglas in der Hand und zählte die Seeleute, die aus ihrer Luke sprangen, dankbar, Land vor Augen zu haben), küsste uns mein Vater, in gestärktem gestreiften Hemd, einen nach dem anderen, feuchter als sonst, sodass ich mir einen Klecks Spucke von der Backe wischte, und ließ hinter sich leise die Tür ins Schloss fallen. Es war früh, vor allem, da sein kürzlich entwickelter Enthusiasmus für das Bellevue wieder nachgelassen hatte und er oft beim Frühstück sitzen blieb – Toast und noch mehr Toast mit Bergen von Marmelade –, bis ich mich auf den Schulweg gemacht hatte.

»So früh?«, fragte ich meine Mutter.

Sie stand zerstreut im Morgenmantel an der Spüle und spielte mit den Troddeln ihres Gürtels. »Er sagt, er hat einen Haufen Termine.« Sie runzelte die Stirn. »Das sagt er.«

»Dann hat er sie wahrscheinlich auch.«

»Sicher.«

»Bridgetag heute?« Es war ein Donnerstag, der Tag, an dem sich in jenem Jahr meine Mutter und meine Großmutter mit einer dritten Samariterin trafen und die kranke Titine besuchten, eine seit kurzem ans Haus gebundene Freundin von fast sechzig Jahren mit einer schweren, chronischen Atemwegserkrankung, die sich einmal die Woche zitternd und keuchend durch einen artigen Robber spielte, bevor sie ihre Gäste mit eisgekühltem Portwein und den berühmten Käsestangen ihrer Haushälterin verwöhnte.

»Selbstverständlich. Beeil dich aber jetzt, sonst kommst du zu spät.«

Der Tag war wie jeder andere für mich. Ich war, wie vor mir mein Vater, eine rehabilitierte Schülerin; aber im Gegensatz zu ihm arbeitete ich hart und wollte es weit bringen. Meine Freundschaften aus dem vergangenen Jahr hatten sich ohne Feindschaft auf ein höfliches gegenseitiges Hallo reduziert (mit Ausnahme von Frédéric, mit dem ich immer noch plauderte und der mich manchmal auf dem Rücksitz seines Motorrollers nach Hause fuhr), und ich hatte zwei eifrige Zwillingsschwestern aufgegabelt, schlaksig und bebrillt, die erst vor kurzem in die Stadt gezogen waren und mit denen ich mich am ruhigen Rand meiner Schulgemeinschaft aufhielt. An jenem Apriltag schlenderte ich nach der Schule mit Aline und Ariane zur Bibliothek – so wie jetzt jeden Tag und wie ich es achtzehn Monate zuvor meiner Mutter gegenüber vorgegeben hatte – und vertiefte mich bis nach sechs in die Französische Revolution. Ich würde gerne behaupten, ich hätte eine Vorahnung gehabt, ein Gedanke habe mich kurz durchzuckt oder meine Brust habe sich sogar unerwartet verkrampft; aber wenn ich dies täte, würde ich lügen. Der Tag, mein Tag, war mit Ausnahme des U-Bootes, das ich kurz erspäht hatte, und eines schuppigen Ausschlages, der auf den Unterarmen der Zwillinge wieder aufgetaucht war, nicht ungewöhnlich, Letzteres die vereinte dermatologische Protestreaktion auf die Belastung durch eine bevorstehende Klassenarbeit.

Ich hatte das Polizeiauto verpasst, das um fünf Uhr unauffällig ohne Blaulicht aufgetaucht war und das wiederkommen sollte, um meine Mutter mitzunehmen. Aber meine Großeltern waren

bei ihr und meinem Bruder im Wohnzimmer, und als ich sah, wie der Rücken meines Großvaters gekrümmt war, als ich die ominöse Ruhe wahrnahm, die bei meinem Eintreten herrschte, wusste ich, dass irgendetwas passiert war, irgendetwas Schwerwiegendes: Alle drehten sich um, mein Bruder zeigte gurgelnd auf mich und starrte mich an, als sei ich ein Gespenst; sie hatten meine Schritte im Flur nicht gehört, obwohl keiner von ihnen sprach, und niemand hatte daran gedacht, das Licht anzumachen, obwohl das Innere des Raumes staubdüster war; meine Mutter versuchte zu schreien, schien dazu jedoch nicht in der Lage; sie stürzte unbeholfen auf mich zu und, obwohl ich größer war als sie, versuchte sie mit seltsamer Kraft – ich erinnere mich an den Druck ihrer Arme, deren Entschlossenheit – mein Gesicht an ihren Busen zu drücken, sich selbst größer zu machen, groß genug, um dem Anlass gewachsen zu sein.
Es herrschte keine Hysterie, nur finstere Stille bestimmte den Moment, das Fehlen jeglicher Äußerung. Hierfür gab es keine Worte, keine Tränen, keine Tobsuchtsanfälle. Wir waren einfach bestürzt. Hatte ich nicht und hatte nicht meine Mutter in den vergangenen Monaten meinen Vater verflucht und mehr als einmal die nicht wieder gutzumachenden Worte »Ich wollte, du wärest tot« ausgesprochen? Man muss mit seinen Wünschen vorsichtig sein; mein erster Gedanke war (und ich hatte ihn später wieder und wieder, manchmal überfällt er mich sogar noch heute), dass mein Wille ihn getötet hatte, dass es meine Schuld war (und ebenso die meiner Mutter: dass wir schuldig waren, wie Mutter und Tochter in *Der Vater* von Strindberg). Oder vielleicht war es das Werk meines Großvaters oder sogar das meiner Großmutter, die ihn mit ihrer antiseptischen Liebe ertränkte, die so kalt war wie Konservierungs-Alkohol. Oder sollen wir, wie wir es mit allem tun könnten (er würde die Schuld auf sich

nehmen, sich nicht wehren können und sogar noch lächeln), es Etienne anlasten?
Was wussten wir, ohne darüber zu reden, über ihn, über uns? Was offenbarte die Tatsache, dass keiner von uns, als wir erfuhren, dass Alexandre LaBasse sich das Leben genommen hatte (mit einer anderen Waffe, einer kleineren; und woher hatte er sie? Das bleibt ein Rätsel wie der Brandy und die Tabletten Jahre zuvor), aufschrie: »Nein, das ist nicht möglich. Nicht er!«?

7

Mein Vater hatte keine frühen Termine gehabt. Er hatte an diesem Tag überhaupt keine Termine. Er hatte am Abend zuvor Mademoiselle Marceau, die bei seinen Betrügereien immer mit ihm unter einer Decke gesteckt hatte, eine Notiz hinterlassen und sie gebeten, sein Mittagessen mit dem Direktor des örtlichen Fremdenverkehrsamtes abzusagen; gleichzeitig hatte er sie daran erinnert, die Vorstellungsgespräche mit den potentiellen Restaurantchefs an die Catering-Managerin zu delegieren (»Für die Vorauswahl langt sie«, hatte er geschrieben). Mademoiselle Marceau vermutete, wie sie dies immer tat, dass irgendetwas »dazwischengekommen war«, womit sie irgendein junges Flittchen meinte, das den Wunsch verspürte, St. Tropez vor der Hochsaison zu besuchen. Wie ein Zerberus bewachte sie das leere Büro meines Vaters und bog Nachfragen ab, sodass niemand wusste, dass er nicht dort war, wo er eigentlich hätte sein sollen. Meine Mutter hatte zur Mittagszeit angerufen, nur um zu erfahren, dass mein Vater »außer Haus« sei; und meine Großmutter, die am Nachmittag mit einer Vase voller Flieder von ihrem

Dachgarten zu seinem Büro kam, wurde informiert, dass Monsieur LaBasse länger als erwartet am anderen Ende der Stadt festgehalten worden sei.
Er verließ uns gegen halb acht; noch vor Ablauf einer Stunde war er dem Leichenbeschauer zufolge tot. Von unserem Haus fuhr er aus der Stadt, vorbei an den Toren des Bellevue, fuhr immer weiter, das Fenster heruntergelassen und das Verdeck im warmen Wind geöffnet, sodass es wie ein Segel im Wind flatterte; sicher streichelten einzelne Sonnenstrahlen seine Stirn und seinen Hinterkopf. Er fuhr durch den morgendlichen Verkehr der abgelegenen Dörfer, vorbei an Reihen von Gewächshäusern, in denen die Winterblumen gezüchtet werden. Er fuhr. Im Kassettendeck war Klaviermusik von Debussy eingelegt, als er gefunden wurde. Allerdings lief sie nicht. Ich stelle mir vor, dass seine letzte Fahrt von dem beruhigenden sanften Perlen dieser Musik begleitet war, die seine Großmutter so geliebt hatte.
Er lenkte den Wagen auf den schmalen Pfad, der zu dem Pinienwäldchen auf der dritten Landzunge hinter der Stadt führte. Zweifellos hatte er hier bei vielen anderen Gelegenheiten in jüngerer Zeit gepicknickt; es war eine Idylle für Liebende. Er stellte den Motor ab; sein geliebter BMW zeigte zum Meer, die Nase zwischen zwei gewaltigen ausgebleichten Baumstämmen, die Räder auf einem weichen Bett aus getrockneten Nadeln vom vorigen Jahr. Mein Vater stieg aus dem Auto, kletterte auf die Felsen und setzte sich – an seinem Hosenboden war Staub, als man ihn untersuchte –, blickte auf das wirbelnde Wasser, das die Steine weiter unten umspielte und an ihnen nagte, wobei vielleicht sogar die Gischt bis zu seinen Händen oder dem weißen entblößten Fleisch zwischen seinen Socken und den Aufschlägen des glatten Wollstoffs spritzte. Er hatte einen Rosenkranz in der Tasche, zog ihn heraus und ließ die Perlen durch die Finger

gleiten, die Perlen seiner Lebensgeschichte, wobei er den Daumennagel in die Zwischenräume schob, die Perlen befühlte und versuchte, die Lücken so zu dehnen, dass sie breit genug für einen Finger waren, aber es gelang ihm nicht. Er saß nicht lange dort (das war gar nicht möglich, wenn der Leichenbeschauer Recht hatte); er befand sich nicht länger in dem gähnenden Abgrund des Nachdenkens. Er wusste, was er tat. Aber er wollte, dass sein letzter Blick auf sein geliebtes Meer fiel, dass seine Nase als Letztes den süßen trockenen Wohlgeruch der Pinien aufnahm, und er wollte sich an das Salz auf seinen Wangen erinnern, daran, wie die Seebrise unter seine Kleidung kroch, um seine behaarte Haut zu kitzeln.
Er kehrte zum Auto zurück. Mein Vater war penibel: Er machte die Tür hinter sich zu. Er schloss das Handschuhfach auf, nahm die Pistole heraus, schloss es wieder zu und steckte den Schlüssel ins Zündschloss. Er sah noch einmal zum Wasser, vernahm das Rauschen der Wellen und das Flattern des Schiebedaches über seinem Kopf. Er nahm das leise Brummen eines in der Ferne dahintuckernden Motorbootes wahr, das näher kam. Er sah in den Rückspiegel, um sicher zu sein, dass außer ihm niemand in dem Wäldchen war. Sein Jackett lag ordentlich gefaltet auf dem Rücksitz. Er lockerte nicht den Schlips; er zog die Socken hoch, damit sie an seinen toten Knöcheln keine Falten warfen. Er nahm die Waffe, eine 38er: Silbern schwebte sie zwischen ihm und dem Panorama vor ihm, zwischen ihm und seiner unsichtbaren Heimat auf der anderen, der südlichen Seite des Meeres, direkt gen Süden, jener Heimat, die nur in der Vorvergangenheit lebte, in der Zeit, als es noch eine Zukunft gegeben hatte. Und er drückte ab.

Teil 7

I

Aber das war später. Über ein Jahr später. Und in den ersten Monaten des neuen Jahrzehnts, Anfang 1990, als mein Großvater im Gefängnis und mein Vater beschwingt und voller Hoffnung von dem kurzen erregenden Gefühl erfüllt war, ein richtiges Leben im Hier und Jetzt zu führen, hätte dies niemand vermutet oder für möglich gehalten.

Nach jenem Tag mit Lahou, Sami und Jacquot und dem eigentümlichen Zusammentreffen mit meinem Vater, das ich zunächst nicht völlig verstand, änderten sich die Aspekte meines Lebens (unseres Lebens) erneut, wie bei einem Kaleidoskop, das eine göttliche Hand geschüttelt hatte. Ich war wieder allein, mein Briefwechsel mit Thibaud, in dem ich ihm nicht existierende Freunde und Partys beschrieb, hielt mich aufrecht. Thibaud lobte mich, weil ich mich so tapfer hielt, und drängte darauf, dass ich mir bei all den Vergnügen Zeit für meine Schularbeiten nahm: Er selbst, versicherte er mir, lerne nur noch. Im Übrigen kann jeder Geschichten erfinden: Ich erfuhr später, dass er so etwa ab Oktober in eine leidenschaftliche Liebesgeschichte mit dem dänischen Au-pair-Mädchen verwickelt war, das sich um die Kinder seiner Cousine kümmerte. Sie war neunzehn, um einiges älter als er, und ihr Haar so hell und fein wie Seidenfäden. Als ich davon hörte, stellte ich mir vor, dass ihr Kopf von emsig spinnenden Raupen wimmelte. Außerdem hatte er sein Herz an *Sciences Po* gehängt, und das würde womöglich ein bis zwei zusätzliche Vorbereitungsjahre in Anspruch nehmen, was es aber wert war. Sein Vater war *Polytechnicien*, aber Thibaud konnte

Naturwissenschaften nicht ausstehen, vor allem, weil er da nicht den Eindruck erwecken konnte, gut zu sein. All das teilte er mir mit (schließlich auch das mit der Freundin, jedoch erst, als er mir enthüllte, er werde im Sommer nicht mit seinen Eltern reisen, mich also nicht sehen, da er in Richtung Norwegen und Dänemark unterwegs sei, und zwar nicht allein). Gleichzeitig ermunterte er mich, hinter die Mauern, die mein kleines Leben umgaben, zu blicken; dafür war ich ihm dankbar und bin es noch immer. Weit entfernt in Paris hielt er mir die folgenden Monate hindurch die Hand, und obwohl unser Briefwechsel von Lügen durchsetzt war, machte er mir doch Mut und vermittelte eine Nachsicht, wie man sie nur in echter Freundschaft findet.

Direkter Gesellschaft beraubt, wurde ich jedoch zunehmend schwerfälliger: Ich hatte das Gefühl, mein Körper zittere wie eine gestrandete Qualle, deren Ränder verschwammen und die unfähig zur Fortbewegung war. Ich schleppte mich zur Schule und wieder nach Hause; ich weinte, kleine salzige Bächlein, vor der Fernsehwerbung für Joghurt und Sonnenschutzmittel. Ich fing an, Zeitung zu lesen – nicht das lokale Blatt, das für mich durch die Porträtierung meiner Familie befleckt war, sondern *Le Figaro* und manchmal, als intellektuelle Übung, *Le Monde* (es war anstrengend, es mit solch einer Masse fortlaufender Buchstaben aufzunehmen), die ich während der Mittagszeit an meinem Schreibpult studierte und dem Hausmeister daließ, wenn ich nach Hause ging.

Nach Hause: Dieser Januarnachmittag hatte diesen Ort auch noch zusätzlich für mich besudelt. Ich lernte durch meine Lektüre, dass nicht nur Sami, sondern große Teile der breiten Öffentlichkeit die politische Einstellung meines Großvaters verabscheuungswürdig fanden, aber auch, was ich instinktiv irgendwie

gewusst hatte, dass sie unsere Vergangenheit ebenfalls fürchterlich fanden, ein heimtückisches Gift im Aquarium der französischen Ehre. Als Frankreichs Fleisch gewordener Irrtum waren die *pieds-noirs* und mit ihnen die *harkis* allein schon durch ihre Existenz schuldig. In der Geschichte der Nation war die Familie meines Vaters ein unangenehmes Sinnbild, mit dem man nicht nur den brutalen, nicht offiziell erklärten Krieg ihres Heimatlandes verband, sondern mit einer dunklen historischen Schande auch die Kollaborateure von Vichy und, noch weiter zurückliegend, die hässlichen Exzesse der Dreyfus-Affäre.
Der heilige Augustinus und Camus waren wahrscheinlich Algeriens berühmteste Abkömmlinge, aber der lautstärkste Fürsprecher der ehemaligen Kolonisten in der letzten Zeit war überhaupt kein Algerier; es war Jean-Marie Le Pen, dessen Schweinsäuglein und zu einem dünnen Strich zusammengezogener Mund regelmäßig finster von den Zeitungsseiten in die Welt starrten. Das war die politische Stimme der Leute vom Schlage meines Großvaters – und zwangsläufig auch meines Vaters –, das bittere Grummeln derer, die für den Katholizismus und ein nostalgisches Ideal Frankreichs kämpften, für ein reines Frankreich, das mich wegen meiner amerikanischen Mutter als »Ausländerin« abstempelte (mein *Pied-noir*-Vater war andererseits nur für die große Mehrheit ein Fremder). Meine Familie glaubte an ein Land, das nichts von ihnen allen wissen wollte und es vorgezogen hätte, sie wären einen glorreichen Märtyrertod in Algerien gestorben, an den man mit dem einen oder anderen geschnörkelten Denkmal an Großstadtkreuzungen hätte erinnern können, um sie dann auf bequeme Weise zu vergessen.
Da ich dem Clan meines Vaters misstrauisch gegenüberstand, versuchte ich meine Mutter darüber zu befragen, was damals geschehen war und wo meine Familie stand.

»Das ist so kompliziert, Schätzchen«, sagte sie. »Und so traurig für alle Betroffenen. Die meisten Leute – wie deine Großeltern und dein Vater – waren einfach Leute, die dort ihr Leben lebten. Sie haben nicht darum gebeten, in diesen Schlamassel hineingeboren zu werden, und kamen hierher, um ›das Blatt zu wenden‹ – so drückt es jedenfalls dein Großvater aus. Sie beschweren sich darüber – wenn du mich fragst, zu Recht –, wie sie behandelt wurden. Und sie haben ihr Zuhause verloren. Aber du kannst nicht in der Vergangenheit leben; du musst mit den Karten spielen, die man dir ausgeteilt hat. Letztlich sind Menschen einfach Menschen.«

»Warum hassen sie dann die Araber? Sie sind auch Menschen.«

»Unsinn. Sie hassen die Araber nicht. Zuerst einmal lieben sie Zohra und Fadéla ebenfalls. Außerdem ist es kompliziert. Ich kann jetzt nicht anfangen, das ganz nachzuvollziehen oder es zu erklären. Sie sind, wie sie sind.«

»Aber das muss nicht so sein. Wir haben alle die Wahl. Wir können uns dafür entscheiden, anders zu sein.«

»Du sprichst wie Tante Eleanor. Und vielleicht habe ich das auch geglaubt, als ich jung war. Als ich hierher kam. Aber manchmal hat man keine große Wahl.«

»Das glaubst du doch nicht wirklich.«

»Kannst du es dir aussuchen, nicht eingeschnappt zu sein? Hast du die Wahl, ob du schön bist oder brillant? Kann Etienne es sich aussuchen, ob er gehen kann?«

»Du hast in vielen Dingen die Wahl. Ich könnte mich zum Beispiel dazu entschließen, Buddhistin zu werden.«

»Das könntest du.«

»Oder ich könnte zum Islam übertreten. Oder ich bin Atheistin, das wäre auch eine Wahl.«

»Es müsste mehr sein als eine einfache Wahl, mein Schatz, oder es würde überhaupt nichts bedeuten. Das wäre wie bei der Freundin, die ich mal hatte und die sich die Kirche, in der sie heiratete, nur deswegen ausgesucht hatte, weil sie die bunten Glasfenster mochte.«

»Worauf willst du hinaus?«

»Wir suchen uns nicht aus, was wir glauben, oder wir glauben es nicht. Das will ich damit sagen. Und wenn wir es tun, halten wir uns selbst zum Narren.«

»Gut, in dem Fall glaube ich dir nicht.«

»Das ist deine Sache. Jetzt hilf mir bei diesem Teig, ja? Vielleicht kannst du tropfenweise die Milch zugießen, während ich weiterrühre …«

2

Vielleicht hatte meine Mutter dann keine Wahl, als sie den Glauben an meinen Vater verlor. Jahrelang hatte sie seine Verspätungen, sein gelegentliches Verschwinden von der Bildfläche bewusst übersehen. Vielleicht hatte ihr Magda kurz vor ihrem Weggang etwas geflüstert. Vielleicht glaubten meine Eltern, ihr wirkliches Leben würde, nachdem mein Großvater aus dem Verkehr gezogen war, endlich beginnen; und ein Verhalten, das im Zwielicht des Vorgeblichen unsichtbar geblieben war, wurde nun auf eklatante Weise offenkundig. Vielleicht war mein leichtsinniger Vater so nachlässig, dass er mit Lippenstift am Kragen oder Ohrringen in seiner Tasche nach Hause kam. Falls sie ihm vorher immer geglaubt hatte (sicher hatte sie sich entschieden, ihm zu glauben, oder?), änderte sich jetzt etwas. Vielleicht hatte sie ihn gesehen; vielleicht hatte ihn eine der Damen, mit denen

sie sich traf, gesehen. Es spielt keine Rolle; ihrer Meinung nach war es keine freie Wahl.
In einer windigen Märznacht, mehrere Monate nach dem Vorfall mit Lahou und den Jungs, als ich wieder zu dem Glauben zurückgekehrt war, meine Familie in all ihrer Schrecklichkeit sei meine einzige Sicherheit – mein Vater war an diesem Abend dem Essen ferngeblieben und zu der Zeit, als ich ins Bett ging, noch nicht aufgetaucht –, wurde ich zu später Stunde vom Schreien meiner Mutter geweckt. Es klang so wenig nach ihr, dass ich zunächst dachte, es müsse Etienne sein, den ein fürchterlicher Anfall heimgesucht habe. Ich sprang unter der Decke hervor und in den Flur; aber Etienne schnarchte in seinem Bett. Die Geräusche, die mich so beunruhigten, kamen aus dem Wohnzimmer. Mein nächster Gedanke war, dass meine Mutter, während sie las, von einem Einbrecher überfallen worden war – womöglich hatte Sami eine Gang zusammengetrommelt, um das Haus meiner Eltern auszurauben? –, und ich überlegte oben auf der Treppe hin und her, ob ich mich ins Zimmer meiner Eltern schleichen und die Polizei rufen sollte. Dann hörte ich die Stimme meines Vaters, ein sonores Dröhnen: Ich konnte mir vorstellen, wie er versuchte, sie zu umarmen, ihren Ausbruch in seinen Armen zu ersticken, ihr Schluchzen abzumildern; und sie sträubte sich, wild um sich schlagend wie ein verzweifelter Nachtfalter. Mein Vater klang gelassen, aber ich wusste es besser. Er war nach dem gleichen Muster angelegt wie ein Sommergewitter: langsames Heraufziehen der Wolken, Dunkelwerden des Himmels, gespenstische Stille, Grünwerden der Landschaft und unheilvolles Rauschen; und dann der Ausbruch, erwartet, aber doch jedes Mal eine Überraschung in dem gleich bleibenden Ingrimm. Und nach einer gewissen Zeit zieht das Gewitter weiter, es donnert nur noch in Abständen, und dann herrscht wieder

Ruhe, und nichts deutet darauf hin, dass irgendetwas stattgefunden hat.
Ich saß einen Moment zögernd auf der obersten Stufe und horchte – mit vorgerecktem Kinn und an meinen Haarspitzen lutschend, das Nachthemd hatte ich mir über die Knie gezogen und unter meine eisigen Zehen geklemmt – in der Beichtvaterpose meiner Kindheit, die ich angenommen hatte, wenn sie sich nachts über die Tyrannei meines Großvaters oder die Einmischungen meiner Großmutter, die Gleichgültigkeit meines Vaters und die Frustration meiner Mutter gestritten hatten, über die Betreuung von Etienne oder darüber, wie ich meine Ferien verbringen sollte, oder manchmal auch über grässliche Dinnerpartys, die mein Vater arrangiert hatte, oder über Geld für Reparaturen im Haushalt oder die Unfähigkeit des Gärtners – was auch immer, wirklich über alles und ständig; es waren Scheinangriffe und quälende Kämpfe, die die Tatsache der grundsätzlichen Unvereinbarkeit ihrer Charaktere, die schreckliche Einsamkeit meiner Mutter und die Schwäche meines Vaters verschleierten.
Dieser Streit klang jedoch anders. Das schrille Wehklagen meiner Mutter hörte nicht auf, und es erfolgte kein Donnerschlag vonseiten meines Vaters. Mein Vater war nicht auf der Siegesstraße. Er versuchte gar nicht zu siegen. Ich hörte aus dem Sturzbach, der aus meiner Mutter heraussprudelte, einzelne Worte heraus: »Demütigung« und »Lügen«, »die Würde eines Rammlers«. Ich zitterte. Ich hörte zu, wie die Stimme meiner Mutter sich um eine Oktave senkte, wieder anschwoll, nicht nachließ. Ich erwog, die Treppe hinunterzutrippeln und mir Tränen über die Wangen rinnen zu lassen, wie ich es gemacht hatte, als ich klein war: Das hatte sie immer dazu gebracht innezuhalten und sich mir zuzuwenden, der kleinen, zerbrechlichen Kreatur, die

sie geschaffen hatten, und ihre Streitigkeiten beizulegen. Mein Vater trug mich dann zurück in mein Zimmer, oder meine Mutter geleitete mich an der Hand nach oben, und einer von ihnen packte mich ins Bett und streichelte mir übers Haar, bis ich in heimlichem Stolz über das von mir Erreichte in den Schlaf sank. Ich hatte nicht den Eindruck, dass ich jetzt willkommen gewesen wäre; ich war zu alt, und ich wusste zu viel. Womöglich würden sie ihren Zorn gegen mich richten, aber selbst das wäre besser gewesen, als was jetzt passierte; aber genauso gut hätten sie einfach tief Luft holen, mich wegschicken und weiterstreiten können. Ich zögerte, knetete meine Zehen, um sie zu wärmen, blies in den Ausschnitt meines Nachthemdes, um meine kalten Brustwarzen zu beruhigen, und schlich auf Zehenspitzen zurück in mein kaltes Bett.

3

Am nächsten Morgen hatte mein Vater, noch bevor ich aufgestanden war, das Haus verlassen. Meine Mutter, die eindrucksvoll schlecht gelaunt war, blickte ihre Kinder aus verquollenen Lidern an und erteilte Etiennes neuer Krankenschwester, einer harmlosen fülligen Frau mit dicken Brillengläsern und einer Hakennase, schroff Anweisungen.

»Alles in Ordnung, Maman?«

»Frühstücke, bitte«, antwortete sie auf Englisch.

»Wir reden darüber, wenn ich nach Hause komme, ja?« Ich wusste nicht, worüber, tat aber so, als wisse ich es, und meine Mutter zuckte zusammen.

»Das sehen wir«, sagte sie. »Das sehen wir.«

Ich weiß nicht, ob es falsch war von ihr, es mir zu erzählen. Ich bin mir sicher, dass sie es eigentlich nicht wollte; aber sie dachte, ich hätte die Wahrheit erraten, und außerdem hatte sie niemand anderen, mit dem sie darüber hätte sprechen können. Wer die Loyalität ihrer Schwiegermutter hatte, konnte leicht vermutet werden; und die alte Dame hatte schon genügend Sorgen. Und obwohl meine Mutter Freundinnen hatte, Damen von vergleichbarem Ansehen in der Stadt, wollte sie nicht hören, dass sie alles längst wussten, noch deren Indiskretion riskieren: »Wir haben schon genügend schmutzige Wäsche gehabt, das reicht für ein ganzes Leben«, sagte sie.

An diesem Nachmittag nahm sie mich mit in den Supermarkt – jenen, in dem das Bombenleger-Mädchen einmal gearbeitet hatte – und stapelte den Wagen mit tiefgefrorenen Fertiggerichten und Dosensuppen voll (etwas, was es gewöhnlich nicht bei uns gab, wofür sie sich jedoch entschieden hatte, wie sie mich informierte, damit mein Vater sich selbst etwas zubereiten konnte, wenn er spät nach Hause kam), und danach dirigierte sie uns in einen nahe gelegenen *salon de thé,* der mit imitierten Gaslampen und eingetopften Feigenbäumen dekoriert war. Dort nötigte sie mir eine Cremeschnitte auf und bestellte für sich selbst nur einen Kamillentee, starrte freudlos in die urinähnliche Flüssigkeit und nippte übertrieben geziert daran. Sie hatte den Tag über offenbar weiter geweint, da ihre Augen noch immer tränenverquollen waren – im Supermarkt hatte sie die Sonnenbrille aufbehalten – und unwillkürlich in den Ecken überzulaufen schienen.

»Dein Vater hält sich Geliebte«, verkündete sie. »Ständig.«

Ich schluckte. »Du meinst, er hat eine Freundin?«

»Nicht direkt. Nein. Damit könnte man leichter umgehen.«

»Was denn dann?« Ich versuchte erwachsen zu wirken, die Rolle der Vertrauten zu spielen. Da ich sie nicht anstarren wollte, wandte ich meine Aufmerksamkeit meinem Kuchen zu und zerlegte ihn mit der Gabel in seine tausend Schichten. Spontan kam mir das Bild von Marie-José in den Sinn, wie sie mit ihrem Rekruten im Bett lag.

»Die Spanne, in der er jemandem seine Aufmerksamkeit schenkt, ist kurz. Es gibt eine ganze Schar.«

»Seit wann?«

Sie blinzelte. »Darauf sind wir nicht näher zu sprechen gekommen. Vielleicht schon immer.«

»Woher weißt du es?«

»Woher ich es weiß? Was spielt das für eine Rolle? Wer sie sind, ist auch egal. Ich will keine genaue Buchführung. Es ist nur – speziell im Moment – wo alle Augen auf uns gerichtet sind, wegen der Sache mit deinem Großvater – ich weiß nicht –, es ist so egoistisch.«

»Was willst du denn tun?«

Sie sah mich an und wischte einen Tropfen von ihren Wimpern. Es kam keine Antwort.

»Na ja, willst du ihn verlassen oder was?«

Ihre Kinnlade klappte herunter, und ihr Gesicht drückte Überraschung aus. Offenbar war ihr diese Überlegung noch nicht in den Sinn gekommen. »Ihn verlassen? Wofür? Und du und dein Bruder – ich denke nicht.«

»Aber wenn du es nicht kannst – wird er dann aufhören?«

»Er streitet nichts ab, verspricht nichts. ›Ich bin, wie ich bin‹, sagt er. ›Es liegt an dir.‹ An mir – als hätte ich mir irgendetwas in diesem Leben schon aussuchen können. Als ob seine Familie mir nicht alles vom ersten Tag an diktiert hätte. Das ist Unsinn.«

»Liebst du ihn?« Ein Teil von mir wollte lachen, weil wir so über meinen Vater sprachen, über das Unwirkliche unseres Gesprächs, das so falsch war wie das Dekor um uns herum.

»Was genau heißt das? Und welche Bedeutung hat es?«
»Liebt er dich?«
»Das sagt er. Er könne nicht ohne mich leben. Wie immer.«
»Maman, hör zu. Wenn nichts von Bedeutung ist oder irgendetwas heißt, was macht es dann für einen Unterschied? Du musst entscheiden, was deiner Ansicht nach das Richtige ist.« Mein Kuchen lag zerstückelt auf meinem Teller, streifig von der gelben Vanillesauce, ungenießbar.
»Da gibt es nichts zu entscheiden, Schätzchen.«
»Warum erzählst du es mir dann?«
»Weil ich es jemandem erzählen muss. Damit ich nicht aufwache und mich frage, ob ich mir das Ganze eingebildet habe. Und ich dachte, du wüsstest es bereits.«
»Wegen diesem Nachmittag?«
»Welchem Nachmittag?«
Da es zu spät war, einen Rückzieher zu machen, erzählte ich, was an diesem Januarnachmittag im Haus geschehen war und was nun plötzlich Sinn ergab (ich fragte mich, wieso es mir nicht früher klar geworden war).
Und sie, die offenbar nicht auf die Idee gekommen war, dass ihr Ehemann sich in ihrem eigenen Haus »Geliebte halten« könnte, löste sich in Tränen auf. Sie sprudelten nur so aus ihren aufgequollenen Tränensäcken, in denen sie gelauert haben mussten. Sie setzte sich wieder ihre Sonnenbrille auf, die auf ihren schmierig-feuchten, knochigen Wangen auflag, aber sie konnte nicht das Zittern ihrer Schultern verbergen, während sie weinte. Ich musste an Becky denken, wie sie im sonnenbeschienenen Garten von Ron und Eleanor fröhlich verkündet hatte, dass sie sich umbringen würde, wenn das Leben nicht besser liefe, und mir zog sich in plötzlicher Angst die Brust zusammen, dass ich dies, wenn ich an der Stelle meiner Mutter wäre, nach

so vielen Jahren des Bemühens als die einzige Lösung ansehen könnte.
»Du machst doch keine Dummheiten, oder?«, fragte ich sie auf der Rückfahrt im Auto.
Sie hielt ihre trüben Augen auf die Straße geheftet. »Du kennst mich, mein Schatz. Natürlich mache ich das nicht.«

4

Von da an hatte ich vor der abendlichen Heimkehr meines Vaters Angst und war angeekelt von der zivilisierten Fassade, die meine Eltern aufrechterhielten, ob meinet- oder Etiennes wegen, war nie klar. Sie berührten sich nicht – aber das war nicht neu. Sie waren stets höflich; ihre Gespräche hatten etwas von einem weichen, hüpfenden Gummiball, waren genauso substanzlos. In der folgenden Zeit wurden die seelische Verfassung meines Großvaters und seine Aktivitäten im Gefängnis ein Lieblingsthema, über das man sich unterhielt, da es so erfreulich neutral war. Und nachts wartete ich stets auf ihre Zornesausbrüche in der Ferne. Manchmal ließ ich mich auf der Treppe nieder und wünschte sie mir herbei. Aber meine Eltern schienen sich nichts zu sagen zu haben, und ich hörte nur leise die Stereoanlage, aufgeregte Sonaten und ruhige Kammermusik, die durch das stille Haus klangen.
Mein Vater konsultierte verunsichert seine Mutter. Diese wiederum kam, um meine Mutter zu beschwichtigen, ihr zu versichern, dass sie nicht allein sei. Sie bemühte sich, sie zu überzeugen, dass das, was sie da so spät erfahren hatte, ebenso zu der Tradition der LaBasses gehörte wie *aubergines au gratin* und teppichlose Badezimmer.

»Männer haben Bedürfnisse«, informierte sie ihre leidgeprüfte Schwiegertochter, »die nichts mit Liebe zu tun haben. Alexandre verehrt dich, dein Glück und das der Kinder liegt ihm absolut am Herzen. Er empfindet große Zuneigung für euch. Er wird immer zu dir nach Hause zurückkehren. Und darüber hinaus gibt es Kompromisse. Wir alle machen Kompromisse.«

Beim Anblick des weiterhin versteinerten Gesichtes meiner Mutter wurde meine Großmutter noch mitteilsamer. »Ich weiß genau, wie du dich fühlst. Genauer, als dir klar ist. Das ist eine Phase, das verspreche ich dir. Bevor Jacques hierher kam, bevor er das Hotel hatte – ein hochintelligenter junger Mann, da wurde er unter Wert behandelt, nicht genügend herausgefordert. In solchen Situationen suchen Männer – was? – Trost, so könntest du es nennen, den Beweis, etwas wert zu sein. Sie sind wirklich wie Kinder: unersättlich. Du solltest dankbar sein; das hält ihn davon ab, ständig dich zu bedrängen, und lässt dir Zeit für deine eigenen Betätigungen.«

Und weiter: »Mein liebes Kind, das ist kaum etwas Neues. Ich dachte immer, du seiest im Bilde, du wüsstest, wie die Dinge liegen. Siehst du nicht, dass du nach wie vor die Macht hast, so wie schon immer? Was ist denn wirklich anders im Vergleich zu vor einem Jahr – außer diesem winzigen unbedeutenden Stück Wissen, das du am besten wieder vergessen würdest?«

»Alles ist anders als vor einem Jahr«, antwortete meine Mutter.

Meine Großmutter versuchte es noch einmal: »Es ist unsere Aufgabe als Ehefrauen und Mütter, die Familie zusammenzuhalten. Du weißt das. Deshalb hast du auch Etienne zu Hause behalten, obwohl das nicht immer leicht war. Ich könnte dir erzählen, dass ich weit Schlimmeres durchgemacht habe. Und wir haben überlebt. Und mehr als überlebt.«

Meine Mutter zog skeptisch eine Augenbraue hoch und überlegte, was meine Großmutter wohl unter Überleben verstand, wenn ihr Ehemann wegen Körperverletzung im Gefängnis saß; gleichzeitig fragte sie sich, was meine Großmutter als noch schlimmer betrachten könnte als die Kümmernisse, von denen meine Mutter heimgesucht war. Meine Großmutter seufzte, sank in die Sofakissen zurück, schloss die Augen (um nach innen zu sehen? Um überhaupt nichts zu sehen?), und erzählte es ihr.

5

In der Zeit unmittelbar nach dem Zweiten Weltkrieg war mein Großvater ein rastloser junger Mann. Nicht wegen irgendeiner Neigung zu Dienstleistungen hatte es ihn ins Hotelgewerbe verschlagen, sondern vielmehr weil sich in den Jahren 1944 und 1945, als Nordafrika bereits befreit war, Frankreich jedoch noch nicht, nach der Entlassung aus dem Kriegsdienst herausstellte, dass ein ehemaliger Kriegskamerad – tatsächlich der Führer seiner Einheit – der Sohn des Managers vom glamourösen Hotel St. Joseph war, einer maurischen Phantasie oben auf den Felsen und lange Herberge der illustersten Besucher Algiers. Jacques war ehrgeizig und intelligent; aber die zerstörerischen Vorgänge in der übrigen Welt hatten in sein Leben eingegriffen, ihn von seiner strategischen Karriereplanung abgebracht. Abgesehen davon hätten alle Pläne, groß herauszukommen, wahrscheinlich die Kräfte Frankreichs involviert, und diese Kräfte waren, als er Mitte zwanzig war, anderweitig engagiert. Als man ihm die Anstellung im Hotel anbot, rief ihm das seine glamouröse Schwester Estelle in Erinnerung, seine Vorkriegsträume von Glanz und Glorie.

1948, mit einunddreißig, hatte er dann, im mittleren Management des St. Joseph tätig, etwas von einem Dandy an sich, körperlich zwar schmächtig, aber mit eindrucksvoll ergrauenden Schläfen. Sein dunkles Haar wich aus seinem breitgeformten Gesicht und verlieh seiner Erscheinung eine männliche Würde, die sie vorher nicht gehabt hatte. Er war enorm tüchtig und in den ruhigen Fluren des Hotels bekannt für seine jähzornigen Ausbrüche bei der geringsten Unzulänglichkeit. Ein unordentlicher Kragen, ein nicht abgewischter Beistelltisch, eine welkende Rose in dem riesigen Strauß in der Lobby – all dies reichte schon, um eine Tirade auszulösen. Aber er war achtsam und gründlich: Er stellte den Schuldigen und bestrafte nur diesen Untergebenen. Er lobte, wo Lob angebracht war, wenn auch bärbeißig, und legte seinen Vorgesetzten gegenüber ein fast schmerzlich respektvolles Benehmen an den Tag, als wolle er sagen: »Ich bin bereit, mich meinerseits bestrafen zu lassen, sollte ich es verdienen.« Dennoch, seine Beförderung ließ auf sich warten. Die höheren Dienstgrade, beklagte er sich bei seiner Frau, waren besetzt von alten Zauseln in Dauerstellungen, Männern mit dicken Hintern in bequemen Sesseln, die untätig Pfeife rauchten, Männern, die nur daran dachten, das Hotel auszubeuten, als wären sie selbst Gäste, und so weitermachen würden, bis sie in den Ruhestand gingen. Er regte sich auf; zu Hause tobte er; er betete, dass man seine Talente erkennen und er entsprechend seiner vollen Leistungsfähigkeit eingesetzt würde.

Und er machte sich wegen des Geldes Sorgen: Sein Salär war schmal, und die Bedürfnisse seiner jungen Familie waren groß. Er sah seinen Sohn an, ein kräftiges Kind mit drallen Gliedern und einem Übermaß an Energie. Er registrierte voller Widerwillen die Unordnung, die dieser Junge machte – bunte Klötze lagen in der Wohnung verstreut; bei den Mahlzeiten spuckte der kleine Kerl in seinem Hochstuhl täglich, wie mit Absicht, seine Milch über den Teppich. Er war wütend auf das Kind, das zu früh gekommen war, und das Hemmnis, das dieses gefräßige Baby darstellte. Er war auch wütend auf die Schwellung unter Moniques Schürze, die Marie sein würde, ein weiterer Mund, den es zu füttern galt, ein weiteres Bündel, das nachts schreien würde und das ihn bereits jetzt, da es noch gar nicht atmete, um die Aufmerksamkeit seiner Frau und die Privilegien des ehelichen Bettes brachte.

»Kannst du dir vorstellen«, sagte meine Großmutter zu meiner Mutter, »wie frustriert er war? Ein so viel versprechender Mann mit dieser Charakterstärke, von allen Seiten eingeengt?«

Meine Mutter war still.

»Offen gesagt konnte ich es mir nicht vorstellen. Ich wusste es nicht«, fuhr meine Großmutter fort. »Wie auch? Dies war alles, was ich je gewollt hatte – nicht Geld oder Luxus, sondern einen Ehemann, den ich liebte und respektierte und der, auch wenn sein Aufstieg langsam war, allgemein Respekt genoss. Er sammelte in der Kirche die Kollekte, weißt du, er war das jüngste Mitglied der Gemeinde, das dies machen durfte. Unsere Wohnung war klein, gewiss, aber wir standen erst am Anfang, und ich glaubte an ihn, so wie wir beide an unser wunderschönes Land glaubten, wo es an sich schon eine Freude war, im rosa Licht der Dämmerung Hand in Hand durch die Straßen zu bummeln. Unsere Liebe hatte für mich auch mit diesem Ort zu tun und all dem, was wir womöglich aus ihm und uns dort machen konnten. Ich war zum zweiten Mal schwanger und hatte meinen geliebten kleinen Jungen an meiner Seite, und ich schwelgte in den Möglichkeiten. Ich glaubte an die Zukunft, während Jacques – er tat es natürlich auch, aber er hatte auch ein Gefühl für die Zeit, die wie der Wind war, und für die Jahre, die bereits verloren waren;

und jeden Tag steckte er tief im Tag selbst, seinen Ärgernissen und Enttäuschungen. Es ist schwierig, unter solchen Beschränkungen großartig zu sein.«

Die Lippen meiner Mutter zuckten bei diesem wohl bekannten Postulat der Größe meines Großvaters, das lange ein Hemmnis für ihre eigenen Lebensverhältnisse und die ihres Mannes gewesen war.

»Abgesehen davon hatte ich Hilfe. Ich war nicht allein, so wie er. In dieser Welt hatten wir selbst in den bescheidensten Haushalten Hilfe. Khalida war ein junges Mädchen, eine Berberin aus der Kabylei, so hellhäutig, dass du sie nicht für eine Einheimische gehalten hättest, sommersprossig, mit rötlichem Haar und einem breiten, unsymmetrischen Lächeln. Einer ihrer oberen Schneidezähne war tot, aber sie war dennoch hübsch. Fast war sie selbst noch ein Kind, nicht mehr als neunzehn Jahre alt, wobei sie noch jünger aussah. Sie war die Älteste in einer großen Familie und sehr gut im Umgang mit Kindern. Alexandre liebte sie. Ein paar seiner ersten Wörter waren arabisch, Wörter, die sie ihm beibrachte: *jameel*, was hübsch bedeutet, und *shamsa*, die Sonne, und die Farben und Zahlen. Er konnte zuerst auf Arabisch zählen. Sie war sehr reinlich und eine gute Köchin, und es ist nicht übertrieben, wenn ich sage, dass wir Freundinnen waren. Wir unterhielten uns über unsere Familien – ich wusste alles über ihren nächstjüngeren Bruder und seine Lehre in der Gerberei, und ich wusste, welche Hoffnungen sie in ihren kleinsten Bruder setzte, der etwa sieben war und so gescheit. Sie hoffte, dass er zu gegebener Zeit ein Stipendium für das Lycée Bugeaud bekommen würde, und ich bestärkte sie in ihrer Hoffnung. Die Leute denken, wir seien alle Rassisten gewesen, aber das stimmt gar nicht. Ich wollte, dass sie es schaffte, und kaufte ihr Schulbücher für das Kind.«

Meine Großmutter machte eine Pause. Ihre Augen waren noch immer geschlossen und ihre Augenbrauen gerunzelt. »Du weißt, wie es ist, eine junge Mutter zu sein. Ich hatte Freundinnen, viele, und natürlich Verwandtschaft, aber ich war oft zu Hause und in der Küche. Sie kochte dann, und ich saß mit meinem Flickzeug da oder strickte etwas für Marie, und wir unterhielten uns. Wir verbrachten eine Menge Zeit zusammen. Ich vertraute ihr. Daher war es ein Schock – nicht lange nach Maries Geburt, ich war noch abgespannt, sonst hätte ich es früher bemerkt –, aber ich war selber vergesslich, und Khalidas plötzliche Kopflosigkeit schien ein Teil von dem zu sein, was mit mir passierte. Sie blickte entschuldigend, wenn sie Salz statt Zucker in den Pudding tat oder einen Flügel von meinem geliebten Porzellanvogel abbrach, aber sie sagte nichts, sah nur erschreckt aus mit ihren großen runden Augen, die nach Art der Orientalen immer mit Kajal umrandet waren. Aber schließlich konnte sie es nicht mehr verbergen, nicht einmal mit dem Faltenwurf ihres Gewandes, es war eine deutliche Wölbung zu sehen. Ich stellte sie zur Rede, und sie war in der Tat schwanger. Als ich sie danach fragte, wer der Vater sei – sie war nicht verheiratet, obwohl viele einheimische Mädchen ihres Alters dies waren –, verschloss sich ihr Gesicht. Es schnappte einfach zu wie eine Auster. Klapp. Es ging mich nichts an, also bedrängte ich sie nicht, aber mir war sehr wohl bewusst, welche Schande das für sie in ihrer Gemeinschaft, ihrer Familie bedeutete, also behielt ich sie. Welcher Mensch mit einem christlichen Gewissen hätte das nicht getan? Es war, wenn ich das so sagen darf, ein Akt der Nächstenliebe – manch ein Arbeitgeber hätte ihr sicher die Tür gewiesen, weil es ein schlechtes Bild auf ihre Moral warf, oder nicht? Gar nicht davon zu reden, dass sie, je mehr die Monate voranschritten, immer weniger tun konnte – keine Fenster

putzen, keine Möbel rücken, die Böden nicht ordentlich wischen und so weiter.
Es war letztendlich Jacques, der mir sagte – ich war vollkommen ausgelaugt, da ich alles selbst machen musste –, wir sollten sie auszahlen und durch eine andere ersetzen, vielleicht sogar eine jüngere Schwester von ihr, um weiterhin der Familie zu helfen, aber …« Meine Großmutter starrte meine Mutter an. »Du weißt, was jetzt kommt«, sagte ihr Gesichtsausdruck, und dann schloss sie erneut die Augen, als würden sie schmerzen. »Ich versuchte es. Es war ein furchtbarer Tag. Alexandre war in einer sehr ungezogenen Phase; er hatte versucht, Marie während des Mittagsschlafes in ihrem Bettchen zu ersticken. Und der Abfluss an der Küchenspüle war verstopft; Khalida stand nur eine Viertelstunde lang da und starrte in das schaumbedeckte Spülwasser, gab keinen Ton von sich, machte nichts, und ich sagte – immerhin so freundlich, wie ich konnte –, ›Mein liebes Mädchen, wir wissen beide, dass es so nicht weitergehen kann‹. Sie sah mich so düster an. Schrecklich. Mit dem *schkoumoun*. Dem bösen Blick. Und ich sagte: ›Wir wollen dir helfen, soweit wir können, da du ganz augenscheinlich in Schwierigkeiten bist, aber es ergibt keinen Sinn, wenn wir weiter so tun, als könntest du hier arbeiten, denn du kannst es nicht. Du musst jetzt nach Hause zu deiner Familie gehen und warten, bis das Kind geboren ist. Und dann können wir dir vielleicht dabei helfen, eine neue Stellung zu finden, irgendwo bei Freunden, netten Leuten.‹
Sie stemmte die Füße in den Boden, verschränkte die Arme über dem Bauch, der damals schon groß war. Bei ihr saß alles hoch und vorne, und der Rest ihres Körpers war weiterhin mager, und ihre Glieder glichen dünnen gefleckten Schläuchen. Eine kleine Frau, aber ein so furchtbarer Ausdruck. ›Sie können mich nicht gehen lassen‹, sagte sie. ›Mein liebes Mädchen, ich verstehe

deine Sorgen, und wir werden dir etwas Geld geben, damit du über die Runden kommst –‹ ›Nein, nein‹, sagte sie, ›Sie verstehen nicht.‹ Das war der Moment, als ich – na ja, du kannst es dir denken.«

»Jacques«, flüsterte meine Mutter.

Meine Großmutter holte tief Atem. »Es war ein schrecklicher Tag. Der schlimmste – fast der schlimmste – in meinem Leben. Mein Glaube war so erschüttert. Aber Gott lässt uns nicht im Stich, nicht einmal in unserer dunkelsten Stunde.«

»Was ist aus ihr geworden? Bei ihren Leuten war sie doch wegen des Kindes sicher eine Ausgestoßene? Töten sie nicht sogar Frauen deswegen?«

»Soweit ich weiß, ist ihr zumindest die Steinigung erspart geblieben. Ich weiß nicht, wie sie gelebt hat, das interessiert mich auch nicht. Sie verschwand aus meinem Leben. Das war es, was für mich zählte: Sie verschwand. Alexandre weinte eine Woche lang: ›Wo ist meine Khalida? Ich will meine Khalida haben.‹ Und dann vergaß er sie, wie das kleine Kinder eben tun.«

»Und du?«

»Er musste sich um die Sache kümmern. Er redete mit ihr, bezahlte sie. Soweit ich weiß, zahlte er auch weiterhin an sie. Jacques denkt sehr moralisch; er kennt seine Pflicht. Ich wollte nichts davon wissen. Ich hatte die Schlampe aus meiner Küche, aus meiner Wohnung, und damit war die Angelegenheit für mich erledigt. Ich sah sie nie wieder, und er, so sagte er mir, ebenfalls nicht. Ich glaube ihm. Und falls er es doch tat, will ich es nicht wissen. Ich musste meine Familie schützen, und das tat ich. Und wir haben es überlebt. Mehr als überlebt. Und so wird es bei dir auch sein.«

»Und das Kind?«

»Ein Junge, soweit ich weiß. Ein gesunder kleiner Junge.«

»Aber das hier ist anders«, begann meine Mutter und rutschte sich auf ihrem Stuhl vor. »Alexandre ist anders.«

»Er hat sich, soweit wir wissen, keine unehelichen Kinder aufgehalst. Wenigstens hierfür können wir der Frauenbewegung dankbar sein, wenn für nichts anderes. Und er stellt keinen arabischen Dienstmädchen nach. Sei dankbar, mein Kind. Der Rest hängt von dir ab.«

»Und ich soll so leben, als hätte es keine Bedeutung?«

»Sei nicht so amerikanisch. Du weißt es besser. Lebe so, als bedeute dir deine Familie mehr – deine Kinder, deine Sicherheit. Und das ist doch auch der Fall.«

»Aber wie kann ich ihm je wieder vertrauen?«

»Das musst du mit dem lieben Gott ausmachen. Das ist dein Problem. Für die restliche Welt bedeutet es nicht das Geringste. Du bist die Frau meines Sohnes und wirst es in den Augen der Kirche bleiben bis zu deinem Tod.«

6

Meine Mutter brauchte nicht meine Großmutter, um dies zu wissen: Sie war sowieso dieser Ansicht, trotz der herrschenden Zeit, trotz der aktuellen Scheidungsrate und der Aufregung, die sie bei der flüchtigen Aussicht auf Freiheit verspürte. Da war ich, und noch unabänderlicher war da Etienne, und so sehr sie meinen Bruder liebte, solange er lebte, würde sie nie frei sein. Es war in der Tat eine Frage der Überzeugung, wenn auch nicht in Carols Augen; und obwohl sie nun eine andere Vorstellung von ihrer Ehe hatte, der momentane äußere Rahmen änderte sich für sie nur leicht. Nun hatte sie endlich eine Entschuldigung dafür, dass sie so unglücklich war – es lag nicht daran, dass ihre Familie so weit weg war, oder an ihrem Sohn, der nichts dafür konnte, sondern an ihrem Mann. Es war fast eine Erleichterung für sie, und sie machte davon Gebrauch.

Und ich? Einmal mehr war bereits entschieden, auf welche Seite ich gehörte – im *salon de thé*, zwischen den eingetopften Feigenbäumen –, bevor ich noch wusste, dass es eine Entscheidung zu treffen gab. Erst Jahre später fragte ich mich, wie es wohl war, mein Vater zu sein, erfüllt von Selbstverachtung, jemand, der die Welt als Versager sah: Er war in einem gescheiterten Land geboren, ein mediokrer Geschäftsmann, der versuchte, in die Fußstapfen seines Vaters zu treten, ein unzulänglicher Ehemann, der Vater eines Sohnes, der niemals erwachsen werden würde, jemand, der stets und immer wieder den Moment der Eroberung suchte, um seiner Geschichte und sich in unbeschwertem Höhenflug eine gestohlene Stunde lang zu entkommen. Aber mit fast fünfzehn konnte ich ihm wegen all dem, was ich wusste, nicht in die Augen sehen; und da ich ihm nicht in die Augen sah, konnte ich dort auch nicht das Flackern seiner verwundeten Seele sehen. Er war für mich kein Mensch mit all seinen verletzlichen Seiten; er war mein Vater, der meine Mutter betrogen hatte und mich und selbst Etienne; seine Böswilligkeit verschleierte er nur unzureichend mit seinem fröhlichen Lächeln und den vorsätzlichen Zärtlichkeiten.

Meine Mutter hatte nichts Falsches getan; meine Mutter war allein und ohne Unterstützung. So sah sie es, und ich, die es mit ihren Augen sah, gelangte auch zu dieser Ansicht, und wenn Etienne ein entsprechendes Bewusstsein gehabt hätte, hätte er sich ebenfalls mit uns verbündet. Wir waren ein einsames Trio, so schien es, das kein richtiges Leben hatte, während mein Vater sich davonmachte und ein separates Leben gönnte, ein Leben ohne uns, trotz uns, was unverzeihlich war. Was er sagte, bedeutete nichts – meine Mutter und ich glaubten ihm so wenig, dass wir kaum hinhörten oder die Worte nur registrierten, um sie unter die Lupe zu nehmen und auseinander zu dröseln, ihre scheinbare Bedeutung wegzufegen wie eine Hand voll zerrissenes Garn. »Ich habe bis spät zu tun.« »Ich habe eine Verabredung.« »Ich mache auf dem Heimweg nur auf einen kurzen Drink mit Pierre Halt.« Wir glaubten nichts davon, obwohl wir unverbindlich nickten. Wir beobachteten ihn wie einen Säufer, der behauptet, sich gebessert zu haben, schnupperten an seinem Nacken nach Eau de Cologne, brummten stirnrunzelnd, wenn er sich nachhaltig um seine äußere Erscheinung kümmerte, und kämpften täglich gegen den Impuls, seine Brieftasche nach irgendwelchen Hinweisen auf seine Aufenthaltsorte zu durchwühlen.

Er dagegen, hin- und hergerissen zwischen undurchdringlicher Freundlichkeit und schmallippiger Wut, war, als er merkte, dass er abgeschätzt und gerichtet wurde, erneut zum Scheitern verurteilt. Wenn er nach der Messe noch mit einer Frau aus der Gemeinde redete, musterte ich diese missfällig von oben bis unten, weil sie sicher zu seinem Harem zählte. Wenn er sich in der Stadt nach einem jungen Mädchen umdrehte, auf die schmale Linie ihres Rückens blickte, wertete ich dies als Lüsternheit. Ich wollte nicht, dass er mich anfasste, und fühlte mich beschmutzt, wenn ich ihn berührte: Beim abendlichen Gute-Nacht-Sagen hielt ich ihm meine kalte Wange hin und hauchte einen Kuss neben die seine. Da meine Mutter ihm gegenüber schweigsam blieb und die Abende zwar spannungsgeladen waren, jedoch ohne Auseinandersetzungen verliefen, fing ich von mir aus über alles Mögliche Streit an – über Politik, meine Kleidung, die Hausaufgaben, irgendwelche Sondererlaubnisse (mit denen ich in diesem einsamen Sommer wenig anfangen konnte), oder wie lange ich fernsehen durfte – über alles, nur nicht darüber, worum es wirklich ging, das Misstrauen, das aus einem Wissen entstanden war, von dem er nicht wusste, dass ich es besaß.

7

Wenn er zum Abendessen da war, starrte ich auf seine seelenruhigen, vom Essen dicken, vollen Backen und hinter ihm auf die burmesischen Höllenqualen. Ich versuchte ihn in das Bild hineinzudenken, ihm die Bestrafung aufzuzwingen, die ihm zustand. Einmal presste ich, während ich diesen Wünschen nachhing, die Augen zusammen und murmelte meinen Zauberspruch. Offenbar verharrte ich eine Weile in dieser theatralischen Haltung, denn mein Vater unterbrach das dumpfe Geplauder meiner Mutter und fragte mit tiefer, schwerer Stimme, die für mich damals ärgerlich klang, jedoch vielleicht einfach Besorgnis ausdrückte: »Sagesse? Ist dir schlecht?«
»Nicht schlechter als sonst.«
»Hast du irgendetwas Schlechtes gegessen? Ist es Migräne? Vielleicht bist du wie deine Großmutter anfällig für Migräne?«
Ich hatte die Augen jetzt geöffnet, und der Raum flimmerte leicht vor mir. Ich zischte: »Ich bin nicht wie Großmutter. Ich bin nicht wie die Familie LaBasse. Es ist keine Migräne.«
»Was ist es dann?« Mein Vater legte Messer und Gabel hin. »Irgendetwas stimmt doch nicht, denn es gibt keine andere Entschuldigung für solch ein ungewöhnliches Benehmen.«
Meine Mutter seufzte. Sie wandte sich Etienne zu, der in ihrer Nähe saß, und strich ihm über das glänzende Haar.

»Es geht dich nichts an«, sagte ich mit nervöser Furcht, weil ich gleich eine Lüge finden musste.
»Sprich nicht in diesem Ton mit mir«, sagte er. »Wie sehr du deine Eltern hasst, ist deine Sache, aber solange du unter meinem Dach lebst, erweist du uns bitte Respekt.«
»Ich hasse meine Eltern nicht«, antwortete ich und sah dabei meine Mutter an, die ich damit freisprach.
»Was soll das heißen?«
»Warum brauchst du uns denn keinen Respekt zu erweisen, wenn dir Respekt so viel bedeutet?«
Mein Vater holte tief Luft. Er schien sich von seinem Stuhl zu erheben. »Was ist mit dir los? Glaubst du, du kannst mit mir reden, als wäre ich einer deiner kleinen Freunde?«
»Lass sie«, sagte meine Mutter. »Ignorier es einfach, Alex.«
»Ich ignoriere das nicht. Abend für Abend, Tag für Tag benimmt sich dieses Gör, als ob wir der letzte Dreck wären, einzig da, um ihr ihre Vergnügen zu finanzieren und sie nicht zu stören – als wären wir nichts –«
»Übertreib's nicht!«, warnte meine Mutter.
»Sei still, Carol. Ich habe ihr eine höfliche Frage gestellt, weil sie mit einem so verzerrten Gesicht dasitzt, als müsse sie sich gleich übergeben, und will nur wissen, warum – und dann das? Dann werde ich so behandelt?«
»Sag deinem Vater doch einfach, was los ist, Liebes. Du fühlst dich nicht gut, stimmt's?«
Ich blickte sie an.
Sie hatte ihre Hand um Etiennes Genick verkrampft, und er, mein Bruder, riss die Augen weit auf. Das Weiße in ihnen, wie das Weiße von Spiegeleiern, reflektierte das Licht. Er neigte dazu, die Zähne zu fletschen und gellend zu schreien, was so durchdringend klang wie eine Alarmglocke. Meine Mutter sah

mich flehentlich an. Wenn Etienne die Fassung verlor, würde der Abend in Hysterie umkippen.
Ich bastelte meine Lüge zusammen. Sie kam wie ein Geschenk.
»Du würdest es doch nicht verstehen, und du willst es auch nicht wissen.«
»Ich habe dich gefragt. Also versuch's.« Mein Vater stand nun und warf herausfordernd die Serviette auf den Tisch. Er richtete drohend seine massige Gestalt auf. »Los. Was ist es?«
»Ich habe Blutungen«, zischte ich. »Ich habe meine Periode und blute wie ein angestochenes Schwein und habe Krämpfe, als würden mir hundert Messer in den Bauch gestoßen. Es bringt mich um. Du machst dir keine Vorstellung.«
Betroffen setzte sich mein Vater wieder. Er wich meinem Blick aus.
»Bist du nun zufrieden? Wolltest du das wirklich wissen? War das nötig?«
»Jetzt ist es genug, Sagesse«, murmelte meine Mutter, die ihre Hand wieder in ihren Schoß zurückgelegt hatte. »Glaubst du nicht, du würdest dich besser fühlen, wenn du dich hinlegtest?«
»In Ordnung.« Ich schob meinen Stuhl zurück und nahm meinen Teller, um ihn in die Küche zu tragen. »Ich gehe.«
»Tut mir Leid, mein Schatz.« Mein Vater war verlegen. Menstruationsblutungen brachte er nicht mit mir in Verbindung; er hielt mich noch immer, so wie ich Etienne, für ein Kind. Er ließ den Kopf hängen, und sein Abendessen machte ihm keinen Spaß mehr.
»Schon gut. Das geht vorbei.« Ich fühlte mich schuldig, weil ich log, obwohl mich meine Mutter darum gebeten hatte. Es tat mir Leid wegen der vereitelten Versuche meines Vaters, auf mich zuzugehen. Aber die Vorwürfe, die ich machen wollte, die Galle, die ich zurückhielt, lagen als bitterer Belag auf meiner Zunge.

8

Ich litt auch in meiner Haut: In jenem Frühjahr 1990 war mein Rücken plötzlich von Furunkeln übersät, schmerzenden Eiterbeulen unter meiner Bluse, die meine Mutter der Pubertät und der Schokolade zuschrieb, die aber, das wusste ich, durch die zitternde Selbstbeherrschung meiner Eltern hervorgerufen waren, durch die Heimlichtuerei, die in der Luft lag. Während meine Altersgenossinnen ihre Haut in knappen Sommerkleidern entblößten, bedeckte ich mich mit immer mehr Kleidungsschichten. Mein Rücken klebte vor Schweiß und entzündete sich durch den Kontakt mit dem Stoff. Ich litt an Angstanfällen, heftigem Herzklopfen und Atemnot, die mich ohne Warnung in Geschäften oder im Bus überfielen – mehr als einmal musste ich aussteigen und den restlichen Weg, die Hand auf der keuchenden Brust, zu Fuß zurücklegen, sodass ich oft zu spät kam. Ich quälte mich beim Essen: Alles schmeckte kreidig und fade. Und ich konnte nicht schlafen. Ich lag wach und lauschte Nacht für Nacht, hoffte darauf, meine Eltern streiten zu hören. Hoffte, irgendetwas zu hören, fürchtete nicht die Stille, sondern ihre Unterbrechung, wobei ich mir sicher war, dass, selbst wenn das Schlimmste eintreten würde, dies immer noch besser wäre als das hier, diese furchtbare Vorahnung.
Mein Geburtstag Anfang Juni kam und verstrich. Ich lehnte jede Feier ab, versteckte mich in meinem Zimmer, während meine Mutter den Kuchen mit Zuckerguss glasierte, und weigerte mich, zu dem Berg von Geschenken herauszukommen, der mir wie eine fette Heuchelei erschien. Das wiederum versetzte meinen Vater in Wut, er hatte irgendetwas abgesagt, um zu Hause zu sein, angeblich eine geschäftliche Verabredung, obwohl sein heftiger Zorn mich eines Besseren belehrte – er stand vor meiner

Tür, rüttelte an der Klinke und brüllte: »In meinem Haus gibt es keine verschlossenen Türen.« Zwischen Rotz und Tränen bellte ich zurück: »Außer deiner, stimmt's?« Er schrie: »Was soll das heißen? Was für ein Ton ist das? Mach sofort die Tür auf und erklär es mir!«
Ich verkroch mich wie ein Hund unter meinem Bett und wartete, bis er sich entfernte. Meine Mutter stellte mir auf einem Tablett Milch und ein Sandwich hin, was es immer gegeben hatte, wenn ich als Kind krank war oder Stubenarrest hatte, und auf meinem Fenstersims sitzend, kaute ich, nachdem alle schlafen gegangen waren, auf dem trockenen Brot herum, das mein Geburtstagsabendessen darstellte, fluchte auf mein Eingesperrtsein, und in dem sicheren Gefühl, Becky endlich zu verstehen, starrte ich hinaus auf die blinkenden Lichter der Stadt und das schwarze Wasser und flüsterte mir bewusst theatralisch zu: »Ich habe nichts, wofür es sich zu leben lohnt. Nichts. Ich könnte genauso gut tot sein.«
Ich versuchte zu beten, mein früheres Vertrauen in die Kirche neu zu beleben, aber Gott verweigerte mir jegliches Zeichen, und sein Mittelsmann, der Priester, leierte Predigten herunter, die für mich so hohl waren wie die Ausflüchte meines Vaters. Ich konnte ihnen nicht zuhören. Thibauds Briefe aus Paris, etwa alle vierzehn Tage, waren mein Trost, und wenn ich meine unehrlichen Antworten zusammenbastelte, hatte ich das Gefühl, doch irgendwo, für irgendwen unbefleckt weiterzuleben. Wenn ich nachts wach war, stellte ich mir wieder vor, in Thibauds Armen zu liegen, dabei wusste ich, dass dies eine vergebliche Sehnsucht war. Ich konnte nichts finden, worauf ich mich freuen konnte; nicht einmal in meiner Phantasie fand sich ein Deus ex Machina, und ich sah keinen Weg zurück in mein früheres Leben (ich konnte mich kaum daran erinnern, wie es ausgesehen hatte).

9

Ich verachtete meinen Bruder wie auch mich: Ich musste mich dazu zwingen, seinen zarten Kopf zu streicheln, fuhr boshaft die zerbrechliche Linie seines Brustbeines entlang und dachte daran, es zu zerdrücken – ohne ihn könnte meine Mutter meinen Vater verlassen, mich mitnehmen, um in Amerika ein neues Leben zu beginnen und dieses hier einfach aufgeben –, wie ein Auto, dessen Räder im Straßengraben durchdrehen. Und doch: Etiennes flaches Hecheln nach Luft, sein breites Lächeln und seine ausgeprägte Fröhlichkeit waren es, die uns in unserer entsetzlichen Widersprüchlichkeit zusammenhielten. Als sei er sich seiner alleinigen Verantwortung bewusst, legte Etienne mächtig an Länge zu und streckte seine gummiartigen Glieder um gut zehn Zentimeter in gerade mal vier Monaten, sodass er aus sämtlichen Nähten platzte. Seine Beine krümmten sich in den Fußstützen; seine Gurte mussten alle gelockert werden. Meine Mutter, die von diesem Wachstum geschockt war, fragte die neue Krankenschwester, was sie ihm zu essen gebe, das dieses Alice-im-Wunderland-Verhalten hervorrufe, während mein Vater es gar nicht zu bemerken schien.

Wie in meiner Kindheit spielte ich Doktor und befühlte die Gliedmaßen meines Bruders, während er im Bett lag, um zu sehen, ob die Knochen sich tief unter der Oberfläche von den Gelenken getrennt hatten. Im Verlauf solch einer methodischen Untersuchung – von den Fingerknöcheln, den Handgelenken, den Ellbogen, zu den Schultern hoch und den knochigen Torso mit den bewegungslosen rosigen Brustwarzen hinab – stieß ich auf eine Erektion meines Bruders, eine ansehnliche Wölbung unter der Bettdecke; und es dämmerte mir, dass mein lammfrommer Etienne in seinem ruhigen und angeblich sicheren

Kokon mir selbst da gefolgt und in die Pubertät geraten war, diese finstere Falle, von der ich nicht sagen konnte, wie man ihr wieder entrann. Auch er war menschlich, nicht mehr und nicht weniger als die anderen; und mit einem eher neugierigen Gefühl umschloss ich die Ausbuchtung in dem weißen Laken mit den Fingern – ein kleiner Halloweengeist, ein verkleideter Lausejunge – und rieb, bis mein Bruder, so gut er konnte, den Rücken durchbog und das Laken feucht wurde. Erst dann nahm ich meine Hand wieder weg, nichts als das schwache Zittern spürend, mit dem er sich entspannte; und erst im Bett stellte ich mir die Frage, ob ich etwas Falsches getan hatte, als ich ihm diesen kleinen Gefallen erwiesen hatte.

Falsch daran, so wie ich es sah, war nicht das Inzestuöse – obwohl ich wusste, dass nach den allgemein in der Welt geltenden moralischen Grundsätzen solch eine Handlung einer Schwester bei ihrem Bruder nicht entschuldigt werden konnte –, sondern falsch war, Etienne Möglichkeiten bewusst gemacht zu haben, die jenseits seines Verständnisses lagen, in der bitteren und nutzlosen Bejahung seiner Menschlichkeit. Als Kind war er die Fehlerlosigkeit in Person, der willige Hüter all dessen, was wir selbst nicht akzeptieren konnten, aber dennoch frei von jedem Makel, blind für die Sünde; aber als Mann würde er einem tieferen Konflikt und größerer Verzweiflung ausgesetzt sein, als ich sie je erfahren könnte, und allein in einer Welt, wo ihn niemand hören würde.

Worte, so bedeutungslos sie auch klingen mögen und so falsch wir sie vielleicht interpretieren, sind die einzigen Waffen, die uns in die Hand gegeben sind, mit deren Hilfe wir das unkartierte Terrain zwischen unseren Seelen überwinden können. Ohne sie, ja selbst ohne Wissen – von dem Leben draußen, von dem Versagen eben dieser Wörter – hatte mein Bruder Glückseligkeit gekannt. Ich hatte sie oft in seinem Gesicht gesehen. Er lebte wie Freitag vor Robinson Crusoe, allein in seinem Paradies oder seiner Hölle, aber ohne zu wissen, dass es eines von beiden war – und nun, mit diesem Aufstöhnen und dieser Erleichterung, hatte ihm sein Körper Verlangen signalisiert und war erhört worden, und wie auch immer mein Bruder Erfahrungen registrierte, er musste mitbekommen haben, dass es so gewesen war, und würde es, was viel schlimmer war, wissen, wenn künftig nicht darauf reagiert wurde. Nachdem er nur einen Moment unter seinen Laken nicht allein gewesen war, würde er nun für immer wissen, was es bedeutete, allein zu sein, was auch ich zugegebenermaßen gerade im Begriff war zu lernen; allerdings hatte ich wenigstens das Polster der Sprache. Falsch an meinem Handeln war, erkannte ich, meinem Bruder ein Bewusstsein für sein Gefängnis verliehen zu haben, das er vorher nie gehabt hatte; seine Glückseligkeit korrumpiert zu haben. Und mir war klar, dass ich sowohl meine Tat geheim halten würde (mehr der allgemein geltenden Sitten wegen denn aus eigenem Entsetzen) und dass ich es nie wieder tun würde, und das war das schlimmste Eingeständnis.

Ich fühlte mich zur selben Zeit deswegen weniger allein, war ich mir doch jetzt sicher, dass mein Bruder nun wusste, was Verlust bedeutete; dass wir hierin, wie auch in allem sonst, verbunden waren (obwohl ich bei all dem anderen nicht wissen konnte, was ihm bewusst war). Jahre später frage ich mich, ob mein Vater genau das empfand, wenn er Frauen verführte, dieses Elend, das durch ein seltsames Vergnügen gemildert wurde: ein flüchtiges Gefühl, noch einmal zu beginnen, nicht allein zu sein, eine gemeinsame Sünde zu begehen und sich dadurch Erleichterung zu verschaffen. Wie Etienne, wie jeder erlebte mein Vater in dem Moment, in dem er sein Paradies genoss, auch schon, dass es für

ihn verloren war. Die Sehnsucht ist die bittersüße Frucht des Augenblicks, sie war die gefährliche Frucht, von der sich mein Vater ernährte und lange Zeit auch ich.
Und was war das Gegenteil von Sehnsucht? Diese Kernfrage versuchte ich zu ergründen, und darüber denke ich noch immer nach; es ist die Antwort auf die Frage, ob das Leben lebenswert ist. Durch seinen Selbstmord verwarf mein Vater jede Antwort oder jedenfalls mit Sicherheit jede für ihn auf dieser Erde akzeptable Antwort. Mit solch einem Akt wird der Schleier zerrissen und die Bühne hinter dem Vorhang in ihrer Nacktheit sichtbar: Wir leben »als ob«, als ob wir wüssten, warum, als ob es Sinn machte, als ob wir, indem wir auf diese Weise leben, die Frage und das »als ob« selbst bannen könnten; wir sprechen und handeln, als ob unsere Worte verstanden werden könnten. Und solch ein Moment wie der Tod meines Vaters enthüllt einmal mehr, wie dünn der Vorhang ist, wie unwirklich – obwohl Schweiß, Blut und Sex sicher so real sind wie der Tod. Losgelöst von unserer Umgebung müssen wir uns die Frage stellen oder uns ganz dem »als ob« hingeben, als wäre nichts wirklicher als das.

10

Aber noch war mein Vater nicht tot. Naiv, wie ich war, stellte ich mir in diesem Frühling und frühen Sommer häufig den Tod vor: seinen, den meiner Mutter oder Etiennes oder meinen – stets als eine Möglichkeit, uns vorwärtszutreiben, weg von dieser Stelle, an der wir feststeckten. Den Tod meines Vaters wünschte ich mir wirklich. Das war es, worauf ich in der Stille der Nacht wartete: auf den Schrei meiner Mutter und ihren Angriff, vielleicht mit hocherhobenem Küchenmesser, und das überraschte Aufgrunzen meines Vaters. Ich malte es mir aus: seine aus den Höhlen quellenden Augen, seinen zusammenbrechenden Körper, aus dem alle Luft entwich wie bei einem Ballon. In meiner Vorstellung gab es kein Blut, keine Zeit danach. Nach solch einer unruhigen Nacht lief mein Vater wieder munter umher, aber er war ein anderer, seine Energie war auf uns gerichtet und nicht von uns weg. Ich kannte keinen Tod: Nichts ist so wirklich wie der Tod, für mich war er es jedoch nicht. Dennoch konnte ich die Furcht vor dem Tod oder die Sehnsucht danach nicht abschütteln: Ich entwickelte eine Aversion gegen Messer und Scheren, Tabletten und Autos. Ich konnte nicht schlafen, teilweise aus Angst, dass ich im Schlummer hochfahren und diesen Mann, diesen treulosen Vater in seinem Bett abschlachten würde. Und als wollte ich diesen Wunsch kompensieren, entwickelte ich tagsüber eine derartige Angst um die Sicherheit meiner Eltern und machte mir sowohl Gedanken darüber, dass mein Vater stürzen, von einem Lastwagen plattgefahren werden oder eine Herzattacke erleiden könnte, wie auch darüber, dass seine Entschuldigungen sicher Lügen waren. Die ganze Welt schien ein Labyrinth aus Zerrspiegeln zu sein, in dem ich alleine umherwanderte und unablässig voller Panik nach dem Ausgang suchte, der mich in mein wirkliches Leben zurückbringen würde, wo die Menschen Substanz hatten, taten, was sie sagten, und ganz sie selbst waren.

Aber ich konnte zunächst nicht sehen, woher dieser Wandel kommen sollte. Meine Eltern schienen beide nicht gewillt, ihn einzuleiten. Sie hatten sich auf ihre Art tapfer einem Leben ohne meinen Großvater gefügt und neigten auch jetzt dazu, einfach weiterzumachen, zu leben, als ob – als ob! – die Nacht ihres stürmischen Streits nie stattgefunden hätte. Meine Mutter befolgte den Rat ihrer Schwiegermutter und beschloss, das, was sie nicht wissen wollte, auszuradieren; und mein Vater, der bereits lange so gelebt hatte, als sei dies möglich – indem er zwischen getrennten Leben hin und her glitt und sich einredete, sie alle unter Kontrolle zu haben –, war nur allzu sehr daran interessiert, so weiterzumachen. Niemand wollte darüber reden, über nichts von alldem; es schien, als habe sich niemandes Leben geändert, nur meins, und das auch nur, weil ich die Geschichten nicht so zu verdrehen vermochte, dass ich selber darin mitspielen konnte. Die Aufstellung meiner Familie auf der Bühne war nicht meine Sache; man teilte mir meine Rolle einfach zu, wie man das bei Kindern immer macht.

Aber bald, so machte ich mir klar, würde der Puppenspieler auftauchen, die Untätigkeit beenden und die Fäden wieder in die Hand nehmen. Der Gefängnisaufenthalt meines Großvaters ging seinem Ende zu. Er hatte sich in Balzac vertieft, mit Hilfe von Sprachkassetten Spanisch gelernt, über die Zukunft der Europäischen Union und deren Auswirkungen auf das Hotelgewerbe nachgedacht. Er war meiner Großmutter zufolge bereit, sich in ein gesundes Rentnerdasein zurückzuziehen. Aber die LaBasse-Haushalte bebten beunruhigt, und ich begann ungeduldig den Tag der Rückkehr zu erwarten. Mein Großvater war nicht Lear, er hatte nicht freiwillig auf seinen Thron verzichtet; dieser war durch äußere Umstände und durch meinen Vater usurpiert worden. Sicher würde Jacques ihn zurückfordern, sicher – so entschied ich – würde er die Ordnung wiederherstellen.

Teil 8

I

An dem Nachmittag vor der Entlassung meines Großvaters war der Horizont dunstig und die Luft drückend. Mein Vater flog nach Paris zu einem zweitägigen Branchentreffen. Dies sei, versicherte er lächelnd meiner Mutter, eine entscheidende Zusammenkunft, eine Messe, bei der seine sonnengebräunte und freudestrahlende Anwesenheit unentbehrlich sei. Er sei gezwungen – um den Ruhm des Bellevue zu mehren –, dafür seinen glühenden Wunsch zu opfern, bei der Familie zu sein.

»Aber dein Vater –«

»Weiß es, versteht es und stimmt mir zu. Er würde dasselbe tun. Sieh mal, ich habe ihn vor drei Tagen gesehen und sehe ihn in drei Tagen wieder. Mit dem einzigen Unterschied, dass der dann zu Hause ist. Er macht kein Getue darum, glaub mir. Er möchte die ganze Sache lieber hinter sich bringen, und ich empfinde es genauso wie er.«

»Aber hättest du nicht jemand anderen schicken können, ich weiß nicht –«

»Wenn du möchtest, dass eine Aufgabe richtig erledigt wird, dann übernimm sie selbst, sagen wir immer. Das ist nichts Großartiges. Entspann dich. Ich werde mich doch nicht auf der Spielwiese irgendwelcher Hedonisten suhlen, sondern ich fahre in eine riesige Halle, die nach Socken riecht, um dort mit dicken Reisebüroagenten mit schütterem Haar und billigen Anzügen über Geschäftliches zu reden. Ich bedaure es sehr, aber es lohnt sich.«

»Wie du meinst.«

Meine Mutter und ich fuhren ihn zum Flughafen, die Gesichter schlaff in der noch nicht wieder gewohnten Hitze, die Haut voller Schweißperlen in diesem ersten, von Benzingestank erfüllten Sommersmog.

Er sprang hinaus auf den Bordstein, frisch und füllig, sein blaues Sportjackett mit Hahnentrittmuster ein leuchtender Farbfleck auf dem ausgeblichenen Gehweg. Er trat fast auf einen kleinen, mit Schleifen geschmückten Terrier, der grimmig an seinen Knöcheln kläffte, und musste seine Verabschiedung unterbrechen, um sich bei der Besitzerin des Hundes zu entschuldigen, einer gelifteten straffwangigen Lady mit einer Wolke aus platinblondem Haar und einem ausladenden, hypergebräunten faltigen Dekolleté, die fest in einem dunkelrosa Korsett steckte und schwer mit Gold behängt war. Der Platz vor dem Flughafen war voll mit solchen Frauen; manche hatten verhutzelte Ehemänner im Schlepptau, die Ledertaschen umklammert hielten, andere kommandierten missmutige Gepäckträger herum oder bezahlte Reisebegleiterinnen, junge Damen mit zusammengepressten Lippen und gebürsteten Augenbrauen, deren permanent geringschätzigen und überraschten Gesichtsausdruck ihre Arbeitgeberinnen offenbar den Verwüstungen der Zeit wieder abzuringen versuchten.

»Jede von ihnen ein potentieller Gast.« Mein Vater zwinkerte. »Oder die Freundin eines potentiellen Gastes. Ich will mal sehen, ob ich mich an eine von ihnen im Flugzeug ranmachen kann.«

»Warum versuchst du nicht mal, den Impuls zu unterdrücken?«, murmelte ich, aber meine Bemerkung wurde von einem startenden Flugzeug überdröhnt.

Meine Mutter verzog die Mundwinkel zu einem gezwungenen Lächeln. »Tu, was für das Hotel gut ist«, sagte sie. »Und vergiss nicht, was gut für die Familie ist.«

»Natürlich.« Aber der Tonfall meines Vaters, der sich vom Ärger seiner Frau hatte anstecken lassen, war nicht länger munter. »Trinkt ein Glas auf Papa. Ich hoffe, er ist nicht zu müde.«
»Müde?«, sagte ich. »Er ruht sich doch seit sechs Monaten aus.« Ich sagte das bewusst ungezogen, aber meine Eltern entschieden sich zu lachen, locker und fast natürlich, als wären wir letztlich doch eine normale Familie.
»Pass auf deine Mutter auf.« Mein Vater winkte ausladend. Weder sie noch ich waren aus dem Auto gestiegen, um ihm einen Abschiedskuss zu geben, und erst als er sich zwischen den alten Damen und den Schiebetüren hindurchgezwängt hatte, rührte ich mich, um nun seinen Platz auf dem Beifahrersitz einzunehmen.
»So, eine Plage sind wir für ein paar Tage los«, sagte meine Mutter.
»Glaubst du, er hat eine Freundin in Paris?«
»Ich habe beschlossen, nicht darüber nachzudenken. Er reist dienstlich dorthin.«
»Ja, aber du hast doch gesagt, dass –«
»Wir richten unsere Augen auf das, was wir sehen können, in Ordnung?«
»Das ist doch scheinheilig.«
»Das ist realistisch. Und in dieser Welt muss man realistisch sein. Dein Großvater kehrt morgen nach Hause zurück, und das Letzte, was er gebrauchen kann, ist, sich über den Zustand der Ehe seines Sohnes Gedanken machen zu müssen.«
»Verlässt du ihn deshalb nicht?«
»Was?«
»Weil du Angst vor Grand-mère und Grand-père hast?«
»Red keinen Unsinn. Ich verlasse ihn nicht, weil ich –« Sie fädelte sich in den Verkehr ein und schwieg, während sie in die Zufahrt zur Hauptstraße einbog.

»Warum dann?«
»Geh mir nicht auf den Geist, Sagesse. Dafür gibt es tausend Gründe. Und ich habe deinen Vater für gute und für schlechte Zeiten geheiratet –«
»Aber du küsst ihn nicht einmal. Schon seit Ewigkeiten nicht mehr. Und das ist schon lange so, war schon so davor.«
»Was weißt du schon darüber? Red nicht von Dingen, von denen du nichts verstehst. Ehrlich, ich –«
»Tu dies nicht, tu das nicht. Du bist genauso schlimm wie er. Ich hasse euch beide. Ich hasse das alles.«
Meine Mutter seufzte. Ihr Gesicht war im Profil wie ein Skelett, die Haut zum Zerreißen über den Vertiefungen gespannt. Aber obwohl sie so mager war, konnte ich sehen, dass ihr Kinn unten ein wenig wabbelig war und dass sich auch ihr Nacken leicht zu krümmen begann. »Bitte. Genug jetzt. Das ist mein Leben. Auch deines, aber nicht für immer. Du bist jung. Bald bist du frei, das zu tun, was du möchtest. Du kommst aus alldem heraus.«
»Nicht bald genug.«
»Meinst du, ich weiß nicht mehr, wie es in deinem Alter ist? Man vergisst, dass die Zeit vorbeigeht –«
»Das ist es nicht. Man fragt sich nur, ob man es so lange überlebt.«
»Klar tut man das. Sag dir nur einfach, dass alles lediglich eine Frage der Zeit ist.«
»Marie-Jo hat das immer gesagt.«
»Das stimmt auch.«
»Nicht für dich.«
»Ach nein?«
»Ich meine, du bewegst dich nirgendwohin. Du bist bereits angekommen. Es sei denn, du entscheidest dich, die Dinge zu verändern.«

»Vielen Dank. Das ist eine nette Art, mein Leben zu sehen. Aus und vorbei.«
»Das habe ich nicht gesagt, Maman. Du bist auch noch jung. Wenn man sich so die Welt ansieht. Eine Menge Menschen beginnen in deinem Alter noch mal von vorn, stimmt's nicht?«
»Ich weiß nicht, mein Schatz. Aber das ist mein Leben, und ich gehe damit um, so gut ich eben kann. Vor manchen Dingen kann man nicht weglaufen.« Ich wusste, dass sie damit nicht mich meinte oder meinen Vater oder gar meine Großeltern. »Ich denke, Gott weiß, was er vorhat«, sagte sie.
»Ich nicht. Ich denke das überhaupt nicht.«

2

Am nächsten Morgen hatte sich der Dunst wie zur Feier des Tages aufgelöst, und der Mistral – dieser Wind, der so zu dieser Gegend gehört, dass er wie ein Hausgott ist, der häufig und liebevoll namentlich erwähnt wird – wehte stürmisch, peitschte das Wasser zu weißen Schaumkronen auf und rüttelte an den Fenstern. Meine Mutter und meine Großmutter wollten meinen Großvater abholen, während ich in der Schule war, und nach dem Unterricht sollte ich nicht nach Hause gehen, sondern ins Bellevue, in die Wohnung meiner Großeltern, wo sie zusammen mit Etienne warten würden. Ihm zu Ehren hatte Titine, die kranke Freundin (damals war sie noch nicht ans Haus gefesselt), ihre Haushälterin eine *mouna* backen lassen, den traditionellen algerischen Osterkuchen (obwohl Ostern lange vorbei war); Zohra war gebeten worden, länger zu bleiben, um auf ihren heimgekehrten Dienstherrn anzustoßen. Verschiedene andere

treue Freunde – alte Leute, die so alt waren, dass sie aus Algerien stammten – waren eingeladen worden, am Abend vorbeizukommen, eine bescheidene Party, um die Rückkehr meines Großvaters von seiner Zwangskur zu feiern.
Ohne dass ich es wollte, machte ich den ganzen Tag an meinem Geschenk herum, ich dachte nur an den Abend, war kaum in der Lage, mich zu konzentrieren. Ich musste immer wieder an das vermeintlich letzte Mal (obwohl es das nicht war) denken, als ich ihn gesehen hatte, auf der Anklagebank, bei dem ich aber auch zum ersten Mal das Gefühl gehabt hatte, ihn wirklich zu sehen, als Mensch; als wir einander angesehen hatten und ich mich erkannt gefühlt und gleichzeitig das Gefühl gehabt hatte, ihn zu kennen. Zum ersten Mal verstand ich den Familienmythos oder fühlte mich zumindest miteinbezogen. Wie meine Großmutter und meine Mutter (obwohl sie das nie bewusst zugegeben hätte) glaubte ich daran, dass mein Großvater uns, selbst jetzt, irgendwie retten, unsere Familie zusammenschweißen und von dem Abgrund wegziehen konnte. Meine Mutter und meine Großmutter hatten Raum geschaffen und Mythen entworfen für seinen Schüler, meinen Vater, damit er den Platz des alten Mannes einnahm; und doch lag die Macht bei dem Patriarchen.
Ich war den größten Teil des Jahres nicht mehr im Hotel gewesen. Es lag nur knapp einen Kilometer von unserem Haus entfernt, und doch hatte ich ihm den Rücken gekehrt, als würde es nicht existieren. Ich näherte mich den eisernen Toren wie ein beklommener Gast, mit schwerem Schritt und zugeschnürter Kehle. Die Palmen, die den Kiesweg säumten, sahen höher aus, ihre ananasartigen Stämme haariger, als ich sie in Erinnerung hatte. Die Büsche mit den wachsartigen Blättern waren ebenfalls üppig gewachsen und streckten die Zweige aus, um mich am Ellbogen zu kitzeln. Es knackte und raschelte im Gelände – eine

Katze schlich durchs Unterholz –, aber ich traf keinen Menschen. An der Gabelung der Auffahrt ging ich, nachdem ich mutwillig einen dahinkrabbelnden Käfer zertreten hatte, lieber rechts die schmalere Straße entlang, die sich in den Wald schlängelte, und dann von hinten zum Wohntrakt, als mich auf den Weg direkt zum Hotel hoch zu wagen und zu riskieren, Marie-Jo in der Nähe des Tennisplatzes zu treffen. Ich lief schnell, atemlos, weil der Weg so steil war, aber auch vor Angst, und ich war dankbar für die Hintertreppe, die vom Angestelltenparkplatz zur Wohnung meiner Großeltern führte. Ich musste nicht den Swimmingpool sehen, den gepflasterten Platz oberhalb davon, die alte Platane – und doch war ich neugierig. Im letzten Moment huschte ich über einen ungenutzten Pfad hinter einem Bambusstand, eine Abkürzung, die wir bei unseren lange zurückliegenden Räuber-und-Gendarm-Spielen genommen hatten; ich drückte mich dicht an der Waschbetonmauer des Personalgebäudes entlang, machte mir dabei den Rücken staubig und verfing mich gelegentlich mit der Schultasche in den Kletterpflanzen, bis ich an einem bekannten Versteck herauskam (das immer noch benutzt wurde: drei Kaugummi-Staniolpapiere schimmerten zu meinen Füßen), einem Loch hinter einer breiten Reihe von Lorbeerbüschen, von dem aus ich zu meinem alten Tummelplatz spähen konnte, ohne gesehen zu werden.
Ein junges Paar saß müßig in der Platane, rittlings, wie auf einer Rakete, und sah aufs Meer hinaus. Ich konnte nur ihre Rücken sehen, das lange schwarze Haar der Frau und den muskulösen Arm des Mannes, der den schlankeren, blasseren der Frau streichelte. Ich kannte die Leute nicht; Marie-Jo war nirgends in Sicht. Am Rande meines Gesichtsfelds beschnitt ein Gärtner mit flacher Mütze in dem Beet links von ihnen die Blumen und pfiff immer mal wieder durch die Zähne. Unter dem Paar glit-

zerte das gekräuselte Wasser, bis hin zum Horizont. Das war eine fremde Idylle; sie gehörte nun anderen Leuten. Ich sagte mir, dass ich hier nichts zu befürchten hatte; sie kannten weder mich noch meine Beziehung zu diesem Ort. Und doch brachte ich es nicht fertig, mich aus dem Gebüsch heraus ins offene Gelände zu bewegen, und ich konnte mir nicht vorstellen, entschlossen auf die Vordertür des Gebäudes zuzugehen. Stattdessen trat ich den Rückzug ins Blätterwerk und Wurzelgeflecht an und ging langsam die restlichen Stufen zum Hintereingang des Gebäudes hoch.

Ich ging lieber zu Fuß zum Penthouse hinauf, als den Aufzug zu nehmen, und drückte mich im Dunkeln auf den Absätzen zwischen jedem Stockwerk herum, um sicherzugehen, dass niemand aus einer der anderen Wohnungen kam oder ging. Ich hörte durch die Wände hindurch, wie Thierrys Mutter jemanden aus der Küche rief; ich meinte, das Geräusch von Schritten hinter der Doppeltür von Marie-Jos Wohnung zu vernehmen; neben der Tür flackerte einladend der Klingelknopf im Halblicht, und ich nahm die nächsten Stufen zwei auf einmal, um außer Reichweite zu gelangen. Als ich bei meinen Großeltern klingelte, schwitzte ich überall, die Bluse klebte mir unangenehm am Rücken und den Pickeln, und ein Tropfen rann mir die Spalte zwischen den Pobacken herunter. Ich hatte gerade noch Zeit, mir den Schweiß von der Oberlippe zu wischen, bevor Zohra die Tür öffnete und bei meinem Anblick freudig juchzte.

»Mein großes Mädchen«, schrie sie, umschlang meine Taille und streckte mir ihre braune Wange zum Begrüßungskuss entgegen. »Wie hoch gewachsen du bist! Und wie dick du wirst! Dies ist ein Tag zum Jubeln; all meine Lieben sind wieder zu Hause!«

»Sind alle da?«

»Nur dein lieber Vater fehlt. Aber er hat schon angerufen. Komm rein, komm rein!« Sie packte mich mit ihren dünnen Fingern fest am Oberarm und zog mich über die Türschwelle.
»Meinst du, ich kann mich noch waschen, bevor ich guten Tag sage?«
»Natürlich kannst du ins Bad, ja! Du möchtest hübsch und sauber sein für deinen Großvater, mein kleines Küken. Mein armes Mädchen, direkt von der Schule. Komm!« Sie begleitete mich zum Badezimmer und folgte mir hinein. »Das rote Handtuch – du nimmst das rote Handtuch, ja?«
»Mach ich.«
»Und die kleine Seife! Die für die Gäste! Die andere gehört deinem Großvater – sie ist ganz neu, extra für seine Heimkehr.«
»Klar.«
Sie stand da und beobachtete mich, wie ich zum Waschbecken ging, offenbar nicht geneigt, hinauszugehen. Ich konnte die Stimme meiner Großmutter im Wohnzimmer hören.
»Die Freundin, Titine, ist schon da, mit einem Sauerstoffbehälter, stell dir vor. Dein Bruder ist ebenfalls hier – auch schon so ein großer Junge.«
»Das ist er allerdings. Denkst du – würde es dir etwas ausmachen, wenn ich die Tür schließe?«
»Nein, nein. Ich geh schon.« Sie stand noch immer da. Und während sie die Tür zuzog und, sich wie ein Höfling verbeugend, hinausging, flüsterte sie mit vor Rührung glänzenden Augen: »Es ist so traurig im Wohnzimmer. Alle sind verletzt. Ich bin so froh, dass du jetzt da bist – ein kräftiges, gesundes Mädchen.«
Ich zog meine Bluse aus und inspizierte meinen klebrigen Rücken im Spiegel. Das Badezimmer roch vertraut nach Meerluft und Lavendelseife. Die kleinen, mit Jalousien versehenen Fenster hoch oben waren halb geöffnet und ließen das Nachmittags-

licht herein und gelegentlich eine scharfe Mistralbö. Ich wusch mich am Becken, seifte meinen Rücken ein, so gut ich konnte, und rubbelte ihn fest mit dem rauen Handtuch ab, das alt war und hart wie eine Scheuerbürste. Als ich unbesonnen meine Hand über einen meiner abgeschrubbten Pickel gleiten ließ, begann der Eiter herauszulaufen; ich drückte ihn mit den Fingern aus, bis es blutete. Meine Bluse war weiß; ich konnte sie nicht wieder anziehen, bis ich die Blutung gestillt hatte. Ich durchwühlte die Schränke nach einem Pflaster, fand aber nur eine Packung Gaze und Klebeband, woraus ich einen Verband fabrizierte. Mehrere Versuche waren nötig und mehr als ein Streifen Klebeband, bis ich sicher war, dass die Kompresse ordentlich festsaß. Der wulstige Verband fühlte sich wie ein kleiner Höcker an. Ich dachte an Céciles Rücken, ein Dorf aus solchen Verbänden in der Landschaft ihrer zerschossenen Haut.
Ich zog mich vorsichtig wieder an. Es war unangenehm, die Bluse wieder überzustreifen, die stellenweise noch feucht war. Ich war gerade dabei, mir die Haare zu kämmen, um sie dann wieder zu flechten, als meine Mutter klopfte.
»Ist alles in Ordnung?«
»Ich komme.«
»Was dauert denn so lange?«
»Nichts.«
»Dein Großvater macht sich schon Gedanken, wo du bleibst.«
Ich fühlte angesichts dieser rituellen Ergebenheit Verärgerung in mir aufsteigen. »Sag ihm, ich bin auf dem Klo.«
»Kein Grund, giftig zu sein, Sagesse. Verbring nicht den ganzen Tag da drin.«
Ich räusperte mich. »Ich bin gleich da.«
Ich hörte sie mit klickenden Absätzen durch den Flur zurückgehen und versuchte erfolglos, herauszuhören, wie verärgert sie

war. Ich flocht meinen Zopf fertig, fummelte an meinem Pony herum und wartete. Ich saß auf der Toilette und ließ ein wenig Urin in die Schüssel tropfen, um meine Behauptung zu bestätigen; ich spülte, wusch mir erneut die Hände und übte, während ich dies tat, mein Lächeln ein. Ich wischte den Waschtisch mit dem roten Handtuch ab, faltete es zusammen und hängte es über die Badewanne.

Dann wagte ich mich auf den Flur hinaus und ging vorbei am Esszimmer (von dem aus ich den Pool sehen konnte, in dem sich keine Schwimmer befanden, mit Ausnahme eines Mädchens in geblümter Badehose, das strampelnd ein gelbes Brett vorwärts bewegte, während seine Mutter auf der Terrasse lag – ungefähr da, wo der Schuss eingeschlagen hatte – und es beobachtete) ins Wohnzimmer, in dem eine Menge Leute saßen.

Zohra, die auf einem Puff unmittelbar neben dem Türbogen hockte, schoss hoch, sprang auf mich zu und umarmte mich mit einer übertriebenen Pantomime, als ob sie dies nicht schon vorhin getan hätte. »Hier ist sie, das müde Schulmädchen! Schönes Kind!« Sie hüpfte koboldartig um mich herum und strahlte eine Überschwänglichkeit aus, die nicht nur mich nervte, sondern – ich spürte es, ohne hinzusehen – auch die anderen.

»Gib deinem Großvater einen Kuss – hier ist er!« Zohra schob mich zu ihm hin, als ob ich ihn womöglich nicht erkannt hätte, was nicht völlig abwegig war: Hätte er nicht im Sessel meines Großvaters gesessen und wäre er neben meinem Bruder nicht die einzige männliche Person im Raum gewesen, hätte ich ihn vielleicht übersehen.

Er war nie ein großer Mann gewesen, aber nun war er, selbst im Sitzen, geschrumpft. Er saß auf dem Sessel wie ein Liliputanerkönig auf einem zu groß geratenen Thron, als ob seine Füße nicht ganz bis zum Boden reichten, und seine wie kleine Pfoten gespreizten Hände umklammerten die Armlehnen, als ob die allein ihn stützten und davor bewahrten zu versinken. Er war nicht nur (zumindest für mich) kleiner geworden, sondern auch dicker – durch das Gefängnisessen, die zweimal pro Woche von meiner Großmutter mitgebrachten Kuchen und Süßigkeiten oder seine Antidepressiva –, und sein früher ovales Gesicht war nun kreisrund, ein pausbäckiges, gutmütiges Gesicht, in dem die Augen glanzlos wie Lakritzbonbons in ihren Höhlen saßen. Sein flaumiges, spärliches Haar, das früher grau gewesen war, war nun weiß, ein matter Kranz über seinen breitlappigen Ohren. Er wollte sich erheben, aber die Mühe war beträchtlich – wie ein kleiner Junge, der von einem hohen Stuhl krabbelt, nur ohne die Vitalität eines kleinen Jungen –, und ich trat zu ihm, um ihn zu küssen. Ein seifiger Geruch ging von ihm aus. Seine Kleider – die, die in seinem Wandschrank gehangen hatten, während er weg war – spannten, als gehörten sie jemand anderem, am Hals saßen sie zu stramm und am Bauch klafften sie leicht auseinander. Sein Gürtel, stellte ich fest, war ein Loch vor dem früheren, ausgeleierten und eingekerbten festgeschnallt. Ich sah in seine Lakritzaugen, wünschte mir noch einmal den Blitz des Erkennens herbei, den feurigen Glanz. Seine Augenlider, langsam wie bei einer Eidechse, schlossen sich einmal, zweimal, als wolle er das verschwommene Gefühl von seinen Augäpfeln waschen, als versuche er vergeblich, aus dem Dunst aufzutauchen. Er tätschelte meine Wange – »Du hast mir gefehlt, meine Kleine« –, und aus seinem Mund entwich eine Wolke säuerlichen Altmänneratems.

»Du hast mir auch gefehlt.«

Das einzige Zeichen, dass er es war (aber wer? Der Mann, den ich quer über einen Raum hinweg zu sehen geglaubt hatte? Der Mann, den ich als Heranwachsende gefürchtet und um den ich einen Bogen gemacht hatte? Der Mann aus den Familiengeschichten?), kam von seiner papierartigen Hand, die er, als ich mich zu ihm herunterbeugte, über der meinen faltete, um diese fast verzweifelt festzuhalten, als ich mich wieder aufrichtete, sodass ich mich umdrehte und neben seinem Sessel niederkauerte; meine Finger waren nach wie vor seine Gefangenen.

Ich lächelte (als hätte ich es geübt) den Versammelten zu. In einer Reihe saßen rechts von meinem Großvater auf dem Sofa meine Mutter, die sogar noch breiter lächelte als ich, eine imposante etwa fünfzig Jahre alte Frau, die ich nicht kannte, mit breiten vorspringenden Augenbrauen und dunklen Augen, großen, im Schoß gefalteten Händen und schwarzen, käferähnlichen Ohrringen, die mich an die unglückselige Kreatur erinnerten, die ich kurz zuvor auf dem Weg zertreten hatte. Neben ihr zitterte Titine, schmächtig und durch ihr Leiden vorzeitig verrunzelt, und ihr spitzes Kinn zuckte wie eine untarierte Tachonadel. Auf einem Wagen stand vor ihr in Kniehöhe der Sauerstoffbehälter, der mit Plastikschläuchen versehen war, um im Bedarfsfall sofort eingesetzt werden zu können.

Links von mir präsidierte meine Großmutter in ihrem Gobelinstuhl und hielt mit ihrer Linken Etiennes Hand. Hinter ihm kauerte Zohra, die fast nicht zu sehen war. Unsere Plätze waren in U-Form angeordnet; der Armsessel unmittelbar gegenüber von meinem Großvater, der den Kreis geschlossen hätte, blieb unbesetzt, als würde er auf meinen Vater warten. Es war dessen gewohnter Platz.

»Ist das nicht ein schöner Tag?«, sagte meine Großmutter.

»In der Tat«, murmelten unisono Titine und die unbekannte Dame, die, wie ich folgerte, die Witwe Darty sein musste, Titines Busenfreundin und die spätere vierte Frau beim Bridge.

»Wir haben gerade deinem Großvater erzählt«, sagte diese Frau mit einer tiefen Stimme zu mir, »dass die Blumen zu Ehren seiner Heimkehr in voller Blüte stehen.«

»Und der – Mistral bläst«, fügte Titine, einer schwachen Brise vergleichbar, mit ihrem leichten Zittern hinzu, wobei sie mitten im Satz eine Pause machte.

»Äh?« Mein Großvater versuchte sich in seinem Sessel vorzubeugen. (So, dachte ich, das Gehör haben sie ihm auch genommen.)

»Der Mistral«, wiederholte meine Mutter laut. »Er bläst für dich.«

Wie aufs Stichwort fegte der Wind ums Haus und brachte die Geranien auf der Veranda zum Tanzen.

»Der gute Wind«, sagte mein Großvater. »Wir könnten mehr davon gebrauchen. Ich habe ihn vermisst in diesen letzten Monaten.«

»Ihre Wohnung ist so wundervoll«, posaunte Madame Darty, die, wie ich feststellte, wenn die Aufmerksamkeit nicht auf sie gerichtet war, die Einrichtung des Zimmers taxierte. »Was für ein Blick!«

»Sie waren noch nie hier?«, fragte ich.

Sie schüttelte den Kopf. »Aber zu diesem besonderen Anlass bin ich nun eingeladen.«

Meine Großmutter lächelte. »Wir sollten die *mouna* anschneiden, Titine, die du großzügigerweise mitgebracht hast.« Sie nickte Zohra zu, die sich wortlos in die Küche zurückzog, um das gute Stück zu holen sowie Teller und Servietten. »Ein Genuss aus unserem alten Leben, den wir auch so vermissen.«

Die Damen seufzten; mein Großvater runzelte die Stirn. Anschließend war es still, was meinen Bruder dazu brachte, herumzuzappeln und seine Art von Worten anzubieten. Meine Großmutter und Madame Darty sprachen gleichzeitig; Letztere blickte nervös auf Etienne und dann sofort wieder weg, als sei es unhöflich, seine Anwesenheit zur Kenntnis zu nehmen.

»Natürlich bekommst du auch einen Kuchen, *chéri*«, sagte meine Großmutter, »mit einem schönen Glas Milch.«

»Für mich sind Sie so etwas wie ein Held«, schrie Madame Darty in Richtung meines Großvaters. »Ich hätte das Gleiche getan wie Sie, da bin ich mir sicher. Die jungen Leute heutzutage – ich kann Ihnen sagen –, neulich habe ich eine Freundin besucht, die Witwe ist wie ich, aber ohne finanzielle Mittel. Sie lebt in einem Teil der Stadt, in den ich gewöhnlich nicht gehen würde –«

»Ah –«, hauchte Titine. Es war unklar, ob sie etwas zu der Unterhaltung beitragen wollte oder nur nach Luft schnappte. Madame Darty zog es vor, Titine zu ignorieren.

»Und mein Auto ist nicht neu, aber es ist ein hübsches Auto. Also, kein Mercedes, aber ein netter Wagen. Und als ich ihn gerade abschließen wollte – er war auf der Straße geparkt, im vollen Tageslicht –, kam eine Gruppe von Teenagern angeschlendert. Es waren – ich sage es ungern, aber natürlich war es so – Araber.« Sie sagte dies in einem seltsamen Flüsterton und warf dabei einen Blick zur Tür, um sicherzugehen, dass Zohra nicht da war. »Und einer der Jugendlichen beschimpfte mich, und sie umkreisten das Auto, als ich wegging. Ich sah, wie einer von ihnen gegen die Reifen trat. Ich hatte Angst, etwas zu sagen, fürchtete um mein Leben.«

»Und um Ihr Auto«, sagte meine Mutter mit übertriebener Anteilnahme. Madame Darty nickte ernst.

»Wurde es gestohlen?«, fragte mein Großvater. »Oder mutwillig zerstört?«

»Gott sei Dank nein. Aber diese Kinder machen sich ein Vergnügen daraus, uns zu terrorisieren. Es ist erschreckend.«

»Sie haben keinen Respekt«, keuchte Titine.

Mein Bruder gluckste. Madame Darty strengte sich sichtbar an, nicht zu ihm hinzusehen.

»Aber die arme Madame Darty«, sagte meine Mutter zu meinem Großvater, »hat noch Schlimmeres erlebt als das. Erst letzte Woche.«

»Ach ja?«

»O ja, bei mir ist eingebrochen worden.« Sie schüttelte den Kopf. »Ich gehe oft am Nachmittag aus – wenn jemand das Gebäude beobachtet, bekommt er das mit und –«

Zohra kam herein, in der einen Hand auf einer Platte den Kuchen und einen Stapel Teller in der anderen. Sie stellte sie auf dem Kaffeetisch vor ihrer Herrin ab.

»Vielleicht will Titine das Anschneiden übernehmen?«

Titine schüttelte ihren Kopf deutlicher, als er es von selbst tat.

»Bitte.«

»Tee, denke ich, Zohra. Und Milch für Etienne. Und eine Coca-Cola?« Mein Großvater nickte. »Eine Coca-Cola für Monsieur.«

Meine Großmutter schnitt die *mouna* in Scheiben – eine aufgemöbelte Brioche, mehr Brot als Kuchen, mit einem hart gekochten Ei in der Mitte, das aussah wie eine nicht explodierte Bombe –, und ich half beim Verteilen, wobei ich die Gelegenheit nutzte, den leeren Stuhl meines Vaters für mich in Anspruch zu nehmen.

Währenddessen setzte Madame Darty ihre Wehklage fort. Sie war nach Hause gekommen und hatte sich nichts dabei gedacht, dass die Tür nicht verriegelt war – »außer ›Was bin ich dumm‹, wie man eben so sagt, wissen Sie« –, und Gedanken hatte sie sich erst gemacht, als sie Zugluft verspürte und feststellte, dass die Balkontür halb offen stand. Das Wohnzimmer war in Ordnung, da gab es nichts; aber dann ging sie ins Schlafzimmer und »*Mon Dieu!* Mir wird jetzt noch ganz schwindelig!«: Die

Schubladen waren aufgerissen, und überall lagen Kleider auf dem Boden.

»Ich hatte den Dieb überrascht, wissen Sie, bevor er die ganze Wohnung durchwühlen konnte. Aber meine Ringe! Meine Ketten!« Sie rief die Polizei, die feststellte, dass der Dieb über den Balkon eingedrungen war, nachdem er die leer stehende Nachbarwohnung aufgebrochen hatte. (»Köstlicher Kuchen, Titine«, murmelte meine Großmutter, ein vergeblicher Versuch, Madame Dartys Redefluss zu unterbrechen.) »Und meine Nachbarn waren erst drei Wochen zuvor weggezogen. Aber er wusste das. Der Dieb wusste das!«

Ihre größten Enthüllungen bewahrte sie sich für zuletzt auf. »Man nimmt an, dass sich der Dieb auf einem der Treppenabsätze versteckt gehalten hat, als ich vorbeiging – können Sie sich das vorstellen? Im Dunkeln, wie eine Küchenschabe.« Und dann: »Der Polizist sagte, seiner Meinung nach sei das eine Frau gewesen. Und in dem Moment, als er das sagte, dachte ich ›Ja, das stimmt‹, denn sie ist direkt in mein Schlafzimmer zu den wertvollen, persönlichen Dingen gegangen. Hat keinen einzigen Blick ins Wohnzimmer geworfen. Kein Interesse an dem Silberservice. Nein, sie war auf meinen Lebensnerv aus, da, wo es am meisten wehtut.«

Alle hatten den Mund voller *mouna* und machten bedauernde Geräusche. Nur Madame Darty hatte ihre Portion nicht angerührt. »Ich warte nur auf den Tee, meine Liebe«, sagte sie und tätschelte Titines Knie. »Ich bin sicher, die *mouna* schmeckt köstlich; sie sieht nur ein bisschen trocken aus. Aber jedenfalls« – fuhr sie an die restliche Gesellschaft gewandt fort – »erzählte mir dann der Polizist, dass es da eine Bande gibt – eine Bande herumvagabundierender nigerianischer Frauen, die überall in der Stadt in Häuser und Wohnungen einbrechen.«

»Eine Bande?«, fragte ich.
»Das hat er gesagt.«
»Aber woher weiß er das, wenn sie noch nicht gefasst worden sind?«
»Er hat das gesagt.«
»Aber wie konnte er wissen, wie viele sie sind und ob sie aus Nigeria, Italien, England oder gar Frankreich stammen? Ich meine, wenn man sie noch gar nicht gefasst hat.«
Meine Mutter warf mir einen warnenden Blick zu.
Madame Darty senkte die dunklen Augenbrauen und sprach mit strenger Stimme: »Ich denke, wir müssen darauf vertrauen, dass die Polizei ihr Geschäft versteht.«
»In der Tat«, sagte meine Großmutter, die ihren Teller beiseite gestellt hatte und nun Etienne so diskret wie möglich mit zerkrümelten Bissen fütterte. Zohra kam mit einem Tablett herein und gab als Erstes meinem Großvater seine Coca-Cola. Er schien gedöst zu haben, während Madame Darty erzählte, und setzte sich nun auf und wischte die Reste der *mouna* von seinem Hemd. Er schlürfte gierig seine Cola, ohne darauf zu warten, bis der Tee eingegossen war.
»Es beunruhigt einen doch furchtbar«, bemerkte meine Mutter vage. »Diese Kriminalität.«
»Und heutzutage nicht nur das«, fügte meine Großmutter hinzu.
»Und dann nehmen sie auch noch die falschen Leute fest«, sagte Madame Darty und lächelte meinen Großvater breit an. Er blickte tief in sein Glas, als wäre er überrascht, es leer zu finden, und nahm keine Notiz von ihr.
»Zohra«, flüsterte meine Großmutter, »noch etwas zu trinken für Monsieur.«
Zohra sprang wieder von ihrem Sitzkissen hoch und nahm sein

Glas. »Er ist sehr durstig«, gab sie mir im Hinausgehen tonlos zu verstehen.

Der Tee war getrunken, und die Höflichkeiten waren ausgetauscht. Madame Darty schien ihre Kraft aufgebraucht zu haben und gestattete nun Titine, über ihre Gesundheit zu jammern (»Der Frühling ist sehr schlecht für meine Lungen, wegen der Pollen. Aber verglichen mit der schrecklichen Hitze im Sommer und der Windstille ...«). Nach einer Weile setzte sich die größere Frau gerade auf, streckte ihren fülligen Busen vor und verkündete: »Ich denke, ich sollte Titine jetzt nach Hause bringen. Sie wollen sich sicher ausruhen, bevor die anderen Gäste kommen.«

»Sie können auch gerne bleiben«, bot meine Großmutter an. »Es sind nur ein paar alte Freunde.«

Titine zitterte erschreckt. »O nein, das halte ich nicht durch. Ich bekomme dann keine Luft. Abends ist es viel schlechter. Abgesehen davon fährt mich Jeanne, und du willst doch vor der Dunkelheit zu Hause sein, stimmt's nicht, meine Liebe?«

Madame Darty zuckte erschaudernd zusammen. »Ich finde es jetzt gruselig im Treppenhaus. Wenn ich an die Diebin denke, die sich da versteckt hat. Ich frage mich, ob ich jemals darüber hinwegkommen werde.«

Der Abschied der Damen gestaltete sich umständlich. Zohra mühte sich damit ab, den Sauerstoffbehälter hochzuheben. »Er ist auf Rädern, meine Liebe, rollen Sie ihn doch einfach – rollen Sie ihn den Gang entlang«, gab Madame Darty in schulmeisterlichem Ton von sich, als hätte sie ein Kind vor sich, während sie mit ihrer massigen Gestalt um Titine herumflatterte, die leider Gottes keine Räder hatte und unsicher von einem Möbelstück zum nächsten wankte und mit ihren klauenähnlichen Fingern jede verfügbare Stütze ergriff. Zohra wurde gebeten, einen Stuhl auf den Treppenabsatz zu stellen, damit Titine im Sitzen auf

den Aufzug warten konnte. Meine Großmutter und meine Mutter überwachten das Ganze von hinten, gaben Ratschläge und machten Scherze, während der kleine Konvoi sich vorwärts bewegte.
»Soll Sagesse mit Ihnen zum Auto hinuntergehen? Kann sie irgendwie helfen?«, fragte meine Mutter.
Madame Darty musterte mich von oben bis unten. »Ich denke, wir kommen klar. Aber danke.«
Als sie im Aufzug verfrachtet waren, gingen wir ins Wohnzimmer zurück, wo mein Bruder und mein Großvater zu dösen schienen.
»Räumen wir die Teller ab, Zohra«, drängte meine Großmutter. »Leise.«
»Lieb von Titine, *mouna* mitgebracht zu haben«, sagte meine Mutter.
»Ja, wirklich. Vielleicht möchtest du sie mitnehmen? Ich habe mir nie viel daraus gemacht, obwohl ich hübsche Erinnerungen daran habe. Als ich ein kleines Mädchen war, trugen alle Frauen ihre Kuchen zum Bäcker, um sie dort im Ofen zu backen. Eine ganze Schar von Frauen paradierte am Morgen vor Ostern oder Pfingsten die Straße entlang, jede hatte ein weißes Tuch über ihrem Backblech. All diese hübschen weißen, makellosen Tücher, die so liebevoll getragen wurden. Man wetteiferte darum, weißt du, wessen *mouna* die beste war. Ich mag mehr die Idee, die dahintersteht, als das Zeug selbst. Und Jacques – er mag lieber jeden Tag seinen Rum-Baba.«
»Vielleicht würde Zohra gerne die *mouna* haben«, schlug ich vor.
»Vielleicht.« Meine Großmutter hatte augenscheinlich nicht daran gedacht. »Obwohl ich glaube, dass sie in der Regel klebrige Kuchen lieber mögen.«
Mein Großvater öffnete die Augen und sah erschreckt aus.

»Schläfrig, *chéri*? Möchtest du dich hinlegen?« Sie drehte sich zu meiner Mutter um. »Da wir ein Leben lang einen Mittagsschlaf gemacht haben, fühlen wir uns ohne absolut schlapp.«
Meine Mutter lächelte. Sie stand hinter Etiennes Rollstuhl und schaukelte ihn leise, als wolle sie den Jungen in den Schlaf wiegen; stattdessen weckte sie ihn jedoch auf. Seine grauen Augen rollten wie bei einem Vogel in seinem schief hängenden Kopf und suchten nach der Ursache für diese Bewegung. Meine Mutter streichelte seinen Kopf und massierte ihm den Nacken.
»Gro«, sagte er. »Groooh.«
»Kann der nächste Trupp nicht abbestellt werden?«, fragte mein Großvater und bemühte sich, in seinem Sessel hochzurutschen.
»Ich glaube nicht – ich dachte – weißt du – tut mir Leid, *chéri*.« Meine Großmutter sah wirklich betroffen aus. »Das ist ein furchtbares Missverständnis. Ich weiß nicht, was ich jetzt tun soll –«
»Es ist schon in Ordnung.« Er hievte sich auf die Füße, ein kleiner Mann. Er fuhr sich über den haarlosen Kopf und ließ die Hand auf seinem Schädel liegen wie eine Decke. »Ich geh ins Schlafzimmer und lese eine Weile. Wahrscheinlich kann ich nicht schlafen – es ist zu spät. Aber mal sehen, wie ich mich fühle, ob ich dann zu der Party rauskomme oder nicht.«
»Wie du willst. Natürlich, wie du willst.« Meine Großmutter, die ein gesellschaftliches Desaster vorhersah, wurde abwechselnd dunkelrot und kalkweiß. »Ich hätte sie nie eingeladen – aber wir haben darüber geredet, erinner dich doch, und du hast gesagt –«
»Ich weiß, was ich gesagt habe. Aber ich bin müde.« Mein Großvater winselte. Das hatte ich bei ihm noch nie zuvor erlebt und mir auch nicht vorstellen können, dass er dies tun würde. »Ich hör ja dann die Türklingel«, sagte er. »Es kann sein, dass ich

komme, aber rechne nicht auf mich. Sag einfach, ich sei sehr müde. Das entspricht der Wahrheit.«

Aber du hast dich doch sechs Monate ausgeruht, dachte ich erneut, aber ich sagte es nicht. Meine Mutter und meine Großmutter sahen ihm mit großen Augen nach, wie er durch den Flur ging. Zohra neben mir schüttelte den Kopf. »Schrecklich. Es ist schrecklich, was sie ihm angetan haben«, murmelte sie.

»Gut, gut. Wir sehen besser zu, dass hier aufgeräumt wird.« Meine Großmutter stellte die Teller zusammen und steuerte auf die Küche zu. »Irgendwie kommen wir schon durch den Abend, meine Lieben. Es ist nichts, verglichen mit dem, was wir hinter uns haben.«

3

Mein Großvater tauchte nur kurz lächelnd auf; er sah wie aus dem Ei gepellt aus und trug Jackett und Schlips. Er wartete, bis die Party zur Hälfte vorbei war, und machte dann in dem hell erleuchteten Raum die Runde, küsste die Frauen und schüttelte den Männern die Hand.

»Sie sehen sehr gut aus«, beglückwünschten ihn die Damen nacheinander.

»Oh, danke. Aber der Schein trügt. In Wirklichkeit bin ich sehr müde. Wenn Sie mich jetzt entschuldigen wollen …«, und weiter zur nächsten. Nach der Begrüßungsrunde wurde ein Toast ausgesprochen, eine Ehrenbezeigung, bei der mein Großvater errötete – seine Ohren verfärbten sich stellenweise rosa – und die Zähne bleckte. Er dankte der versammelten Gesellschaft, den ehrbaren Matronen in ihren wehenden Gewändern und den

Männern in den schmucken Blazern: »Es ist eine Ehre für mich, dass Sie alle hier sind, und wundervoll für mich, zu Hause zu sein. Aber ich bin leider sehr müde. Wenn Sie mich nun entschuldigen wollen –«, und er zog sich zurück.

Nachdem der letzte Gast gegangen war, fand meine Großmutter ihren Mann an ihrem Toilettentisch; er las, die Unterarme zwischen ihren Lippenstiften und Parfümflaschen aufgestützt, in einem Buch mit spanischen Verben und murmelte die fremden Wörter vor sich hin.

»Bist du dafür nicht zu müde, mein Liebling?«, fragte sie leicht vorwurfsvoll, mehr traute sie sich nicht bei ihm.

»Das verlangt eine andere Art von Energie«, sagte er. »Die Energie der Einsamkeit, die ich nun im Überfluss habe.«

Meine Großmutter wandte sich ab und begann ganz leise zu weinen, aber er war so in den Konjunktiv vertieft, dass er es nicht mitbekam.

Zohra half meiner Mutter und mir mit dem Rollstuhl und dabei, Etienne auf den Beifahrersitz zu hieven. Als Gegenleistung fuhren wir sie nach Hause zu ihrem lachsfarbenen Sozialwohnungsblock am anderen Ende der Stadt, der eng zwischen einem Dutzend anderer solcher Gebäude mit türkisfarbenem oder kanariengelbem Anstrich stand. Wir setzten sie an einer Ampelkreuzung ab, in einer verschwommenen Pfütze aus Neonlicht, und sahen ihr nach, wie sie, klein und krummbeinig und mit schaukelndem Gang, im Schatten verschwand, eine weiße Plastiktüte mit den Resten der *mouna* baumelte an ihrem Arm.

4

Mein Vater kehrte in überschwänglicher Laune aus Paris zurück. Ich nahm an, dass ihm irgendeine Liebelei Auftrieb gegeben hatte, obwohl er nur davon schwärmte, wie produktiv die Tagung gewesen war, von seinen Unterhaltungen mit der Elite der Reisefachleute (»nur die der obersten Kategorie – das Bellevue ist oberste Kategorie, habe ich ihnen gesagt. Wir haben bald den vierten Stern«) und dem hervorragenden Platz seines Hauses innerhalb der Konkurrenz (»Bertrand aus Carqueiranne war dort, und er war absolut grün vor Neid, wie die Jungs in Scharen auf *mich* zuströmten«), und die Besorgnis meiner Mutter beiseite wischte, dass sein Vater so entkräftet sei.
»Unsinn«, sagte er. »Darf ein Mann sich nicht mal abgespannt fühlen? Denk daran, wie aufwühlend das alles ist – das belastet sehr. Er wird im Handumdrehen wieder der Alte sein. Es ist nur ein kleines Anpassungsproblem, sonst nichts. Hat er irgendwas zum Hotel gesagt, wie es aussieht? Wir sind bereits Anfang Juli ausgebucht – das ist gut. Besser als letztes Jahr.«
»Ich erinnere mich nicht, dass er irgendetwas gesagt hätte«, antwortete meine Mutter. »Aber wir sind gar nicht dazu gekommen – er hat weder im Büro noch sonst wo Halt gemacht.«
»Nein.« Mein Vater spitzte die Lippen. »Natürlich nicht. Das sind jetzt nicht mehr seine Probleme. Der Glückliche hat's gut. Aber ich denke, er wird sich freuen – speziell, wenn man die momentane Wirtschaftslage bedenkt. Die Zeiten sind schlecht, weißt du. Pariseau, da drüben bei Cassis, macht dicht, sagt er. Er ist der Ansicht, dass die Rezession diesmal von Dauer sein wird. Aber er ist kein Geschäftsmann, das ist das Problem. Ein Geschäftsmann kann es sich nicht erlauben, pessimistisch zu sein.«

Meine Mutter warf meinem Vater einen Blick zu. »Ganz richtig«, sagte sie.

Was meinen Großvater anbelangte, so hatte mein Vater, bis zu einem gewissen Grade Recht. Eine Menge von dem, was typisch für ihn war – oder von dem, was wir für typisch für ihn hielten –, kam mit der Zeit zurück. Er unterzog meinen Vater einem strengen Verhör über den finanziellen Zustand des Bellevue; seiner Frau und seinen Bediensteten gegenüber war er weniger gleichgültig, sondern zunehmend streitsüchtig. Er kommentierte, diskutierte und kritisierte selbst minimale Veränderungen, die mein Vater während seiner Abwesenheit vorgenommen hatte. Wenn ich erwartet hatte, er würde besonderes Interesse an meinem Wohlergehen erkennen lassen, hatte ich mich getäuscht: Er schien zwischen einer eigenen Vorstellungswelt und der Geschäftswelt von Zahlen hin und her zu schweben, gab seinem Sohn kleinliche Ratschläge zum Management, beobachtete mit Adleraugen die Trends auf dem Markt, war jedoch nicht in der Lage, auch nur im Geringsten wahrzunehmen, was zu Hause um ihn herum passierte, und sah weder die chinesische Lackvase mit Anemonen auf dem Abendessenstisch noch wie sehr Etienne gewachsen war, noch meinen neuen Haarschnitt. (Direkt nach dem Ende des Schuljahres hatte ich mir das Haar kinnlang schneiden lassen, als Zeichen meines Unglücks und in der vergeblichen Hoffnung, dass dies die Probleme auf meinem Rücken lindern würde.) Er bekundete, was nicht überraschte, Interesse an meinem Zeugnis, das mein Vater ihm wie eine kleine Trophäe hinhielt, als wäre es ein Beweis für seinen eigenen Fleiß und nicht für meinen.

»Du kannst es noch besser«, sagte mir mein Großvater an jenem Abend in unserem Garten, während er meine Hand wie bei seiner Rückkehr umklammert hielt. »Du wirst bereits immer besser –

letztlich hast du einen Verstand wie ich. Aber du kannst es noch besser. Jede Generation muss es noch besser machen. So sollte es eigentlich sein.« Er sah mir voll in die Augen, und zum ersten Mal hatte ich das Gefühl, ihn wieder hinter seinen runzeligen Eidechsenaugen zu sehen. Dann wandte er den Blick ab, starrte hinaus zu den Büschen und dem blasser werdenden Himmel, an dem sich flimmernd ein einsames Glühwürmchen fortbewegte und seine Morsezeichen sendete, und versank in Schweigen, offensichtlich taub gegenüber der Unterhaltung, die die Erwachsenen um ihn herum führten.

Ich beobachtete ihn eine Weile, seine Bewegungslosigkeit, diese dumpfe und falsche Freundlichkeit wie bei einem Staatsmann oder Propheten – oder einem gebrochenen Mann. Ich dachte, dass er wahrscheinlich über seine Sünden nachdachte, den Schuss und alles, was dieser uns eingehandelt hatte: Ich projizierte Gewissensbisse in ihn hinein und leisen Kummer, die Erkenntnis, dass er sich bislang wie Kronos mehr damit beschäftigt hatte, seine Kinder zu fressen, als sie zu ernähren. Ich dachte – ohne auch nur auf die Idee zu kommen, es könnte anders sein –, etwas Neues, Großmütiges würde in ihm heranwachsen, es hätte in seiner Seele einen silberhellen Ruck gegeben, der ihn dazu führen würde, uns gleichzeitig zu befreien und uns Stütze zu sein: Ich wollte, dass er der Mann war, den ich mir wünschte. Als er lächelte – das heißt er kräuselte leicht seine krustige Lippe und verzog die runde Backe –, war ich so überzeugt von der Richtigkeit meiner Annahme, dass ich ihn fragte: »Was denkst du gerade, Opi?«

»Ach«, sagte er, ohne sich umzudrehen und mich anzuschauen, »ich habe mich nur an etwas erinnert.«

»An was denn, an was hast du dich erinnert?«

5

Eines Abends im Sommer 1955, kurz nachdem er zum Vizemanager des auf den Klippen in Algier gelegenen Hotels St. Joseph befördert worden war, saß er in seinem Privatbüro an dem eleganten, mit Ebenholzeinlegearbeiten verzierten Schreibtisch und ging Papiere durch, als seine neue Sekretärin, Madame Barre, an seine Tür klopfte. Sie war eine sehr tüchtige junge Frau, die mit einem in der Stadt stationierten Militär verheiratet war; ihr Gesicht unter der sorgfältig gekämmten Frisur hatte einen beunruhigten Ausdruck.

»Da draußen ist so ein Kerl«, sagte sie, »ein Bauer. Der behauptet, Ihr Cousin zu sein. Ich – ich habe ihm gesagt, dass Sie keinerlei Zeit hätten und dass er anrufen solle, um einen Termin zu vereinbaren, aber er weigert sich – er will nicht weggehen. Er macht mir ziemlich Angst.«

Mein Großvater war überrascht – ja, verwirrt –, was die mögliche Identität des Besuchers betraf, und wie er mir gestand, peinlich berührt, dass solch ein Mann in solch einem Hotel vorsprach – peinlich berührt angesichts von Madame Barre, die, wie er wusste, von Geburt her gesellschaftlich über ihm stand; diese Tatsache hatte er bis zu diesem Moment zu verbergen verstanden.

Als der junge Mann hereingeführt wurde – wie er so mit seinen Stiefeln über den Teppich stapfte, den staubigen Hut in der Hand, erinnerte dies meinen Großvater einen flüchtigen Moment lang an einen besonderen und gleichermaßen wundervollen und peinlichen Augenblick in seiner eigenen Jugend in der Lobby des Hotel Ritz in Paris –, zog mein Großvater eine Augenbraue hoch und blickte ihn durchdringend an.

»Kenne ich Sie?«, fragte er skeptisch, aber so laut, dass Madame Barre, die hinter dem Gast die Tür schloss, es hören konnte.

»Serge LaBasse.« Der junge Mann deutete eine Verbeugung an und verrenkte seine breiten Schultern, als stecke ein Aal unter seinem Hemd. »Ich bin Ihr Cousin. Oder genau genommen, denke ich, sind wir Halbcousins. Wir haben uns noch nie gesehen, aber unsere Väter – unser Großvater –«

Mein Großvater klopfte mit seinem Füllhalter auf den Tisch. »Sie müssen einer von Georges Jungs sein.«

»Richtig. Der ältere.« Der junge Mann, dessen Haar verfilzt und von goldenen Strähnen durchzogen war, dessen asymmetrisches Boxergesicht furchiger und abgespannter war, als es seinem Alter nach hätte sein dürfen, und dessen lange, spatelförmige Finger seinen Strohhut nervös im Kreis drehten, sah erleichtert aus.

»Dann haben Sie den Hof übernommen? Ihr Vater ist doch vor drei Jahren gestorben?« Mein Großvater rückte seine Krawattennadel zurecht und zog die Manschetten gerade. Georges war der Halbbruder seines Vaters gewesen, der jüngste Sohn einer längst vergessenen Brut.

»Vor sechs Jahren.«

»So lange ist das schon her?«

Serge zuckte mit den Achseln. »Darf ich?« Er deutete auf einen nachgebauten Second-Empire-Stuhl mit schnörkeliger Lehne und lilafarbenem Seidenpolster. Mein Großvater rümpfte mit einem taxierenden Blick auf den Ruß und Dreck an der Kleidung des jüngeren Mannes die Nase; dann nickte er. Serge setzte sich.

»Haben Sie Familie?«

»Eine Frau. Siebenjährige Zwillingstöchter und einen kleinen Jungen.«

»Na, da haben Sie ja ordentlich was getan für den Familiennamen.« Mein Großvater sagte mir, er habe sie sich alle vorstellen können, dünnbeinig, gelbsüchtig und in Lumpen. Seine Sippe. Er blickte konzentriert auf den Schreibtisch, ordnete die umher-

liegenden Papiere neu. »Und was führt Sie nach Algier – haben Sie hier irgendwie geschäftlich zu tun?« Mein Großvater konnte nicht aufhören, unruhig herumzufummeln, weil er wusste – vom ersten Moment an gewusst hatte, da Serge über seine Schwelle getreten war –, dass dieser ihn um Geld angehen wollte.
»Haben Sie verfolgt, was jetzt im Land passiert?«, fragte der Besucher und beugte sich so vor, dass nun seine Hände mit den dicken Muskelsträngen und den gebrochenen Nägeln wie fremdartige Werkzeuge auf dem Schreibtisch meines Großvaters lagen.
»Sie meinen damit …«
»Was seit letztem Jahr los ist, seit dem Aufstand?«
»Schreckliche Sache. Ja, wie Sie sich vorstellen können, machen uns solche Dinge im Hotelgewerbe Sorgen – so etwas wirkt sich übel auf unsere Buchungen aus. Oder könnte es zumindest.«
»Da bin ich mir sicher.«
»Sind Sie da draußen, wo Sie sind, sehr davon betroffen? Ich dachte, die Unruhen waren unten im Aurès und drüben bei Constantine.«
Der junge Mann sah verärgert aus, und seine Nase zuckte aufgeregt: »Die Unruhen sind im ganzen Land, Monsieur. Wie ein Krebsgeschwür, das meta-, meta-«
»Metastasiert?«
»Genau. Wie alles andere sind auch die Städte Organe im Körper der Nation. Auch sie werden infiziert werden.«
»Kommen Sie, Serge. Man muss nicht gleich dramatisieren. Schließlich haben wir das Militär. Vergessen Sie nicht, dass wir hier in Frankreich sind, so als wären wir in Bordeaux oder Tours.«
Serge wandte den Blick ab und starrte stattdessen auf die Gegenstände, die auf dem Schreibtisch meines Großvaters lagen. Seine

Augen verweilten lange auf einem Brieföffner aus Jade und Silber, den sich mein Großvater vor kurzem selbst anlässlich seiner Beförderung geschenkt hatte. Serge schien den Atem anzuhalten.

»Sie sind also mein Cousin und jetzt hier. Wir kennen einander vielleicht nicht, aber wir sind in der Tat blutsverwandt.« Noch während er dies sagte, zählte mein Großvater im Stillen all die Unterschiede zwischen ihnen auf, und er war dankbar, dass niemand eine Verbindung zwischen ihnen herstellen konnte, einmal abgesehen von Madame Barre. »Und Sie müssen mir erzählen, warum Sie zu mir gekommen sind. Wohl kaum, um mir einfach guten Tag zu sagen, wenn man bedenkt, dass wir uns noch nie begegnet sind und dass unsere Väter einander kaum kannten …«

»Ihr Vater war Bäcker«, sagte Serge vorwurfsvoll.

»Das war er. Er starb, als ich noch sehr jung war. Sie waren da wahrscheinlich noch gar nicht geboren.«

Wieder trat Stille ein, und beide lauschten, wie Madame Barre draußen die Schubladen öffnete und schloss. Sie klopfte, steckte den Kopf – auf dem nun ein hübscher Hut saß – durch die Tür.

»Wenn Sie nichts weiter brauchen?«

»Nein. Natürlich nicht. Guten Abend.«

Als sie wussten, dass sie gegangen war, herrschte noch tiefere Stille. Der junge Serge, im Gegensatz zu Jacques war er ein kräftiger Kerl, schien körperlich damit zu ringen, Worte hervorzubringen. Als sie ihm dann endlich über die Lippen kamen, tröpfelten sie in einem dünnen Strahl heraus, wie aus einem kaputten Wasserhahn.

»Dieser Hof ist – der Hof war nie groß. Nie sehr. Aber groß genug. Mein Vater, Georges – der ihn von unserem Großvater hatte –, baute ihn aus. Er baute ein neues Haus. Zwei Stockwerke, mit Giebeldach. Eine Veranda. Der Stall ist – er war – in Ordnung. Ich bin dort aufgewachsen, verstehen Sie, und mein Bruder und Schwestern. Ich bin der Älteste, wissen Sie?«

Mein Großvater machte Serge mit seiner beringten Hand ein Zeichen, doch fortzufahren.

»Und die Arbeiter, die Dorfbewohner – die Araber – ihre Väter haben für unseren Großvater gearbeitet und für meinen Vater, und die letzten sechs Jahre haben sie für mich gearbeitet – aber sie kennen mich, solange ich lebe. Schon von jeher. Ich habe schon immer neben ihnen gegraben, gehackt und die Ernte eingebracht und –«

»Und jetzt?«

»Sind sie es gewesen? Ich weiß es nicht. Ich habe keine Gesichter gesehen. Wir waren nicht da, dem gnädigen Gott sei Dank. Einer, Larbi, hat uns gewarnt. Ein Mann, der mindestens sechzig ist, ein netter Kerl. Er hat immer die Mädchen auf seinen Knien geschaukelt. Als es dämmerte, kam die Warnung. Und so wie die Dinge lagen, haben wir sie beherzigt. Wir sind mit dem Lastwagen geflohen. Haben die Nacht bei den Nachbarn verbracht – wir konnten kaum etwas mitnehmen. Ein paar unersetzbare Dinge. Die Schöpfkelle, die unser Großvater aus Frankreich mitgebracht hat – aber nicht das Hochzeitskleid. Nicht das Silbertablett.«

»Aber warum haben Sie diese Wertgegenstände weggeschafft?«

»Aber ich sag's Ihnen doch. Die haben alles dem Erdboden gleichgemacht. Das Haus, den Stall. Mit dem Vieh darin. Das ist das Schlimmste – die Tiere, die bei lebendigem Leib verbrannt sind. Und das war ihnen lieber, als sie zu stehlen. So sehr hassen sie uns – hassen sie mich. Unsere unschuldigen Kinder. Und sie kennen mich schon mein ganzes Leben lang. Verstehen Sie?«

»Aber was haben Sie Ihnen getan?«

»Nichts. Das ist der Punkt. Das sage ich Ihnen doch gerade. Und als ich Larbi gefragt habe: ›Aber warum mein Hof?‹, hat er geantwortet: ›Die Gebäude gehören vielleicht euch, aber der Boden, auf dem sie stehen, gehört uns. Seit jeher.‹ Das Land dreht einfach durch. Ich bin ruiniert. Ich habe nichts mehr. Aber wenn man bedenkt, was anderswo passiert ist, können wir froh sein, noch zu leben. Viele haben mit ihrem Leben dafür bezahlt.«

»Wofür haben sie denn eigentlich bezahlt?«

»Ich weiß es nicht. Ich weiß es nicht.« Serge blickte auf den Brieföffner, auf seine Hände, die schmutzig auf dem polierten Holz lagen, auf die Watteau-Reproduktion, die hinter meinem Großvater an der Wand hing. Überallhin, nur nicht zu meinem Großvater.

»Und ich?«, sagte Jacques LaBasse. »Sie kommen zu mir … warum? Weil Sie denken, dass ich Ihren Hof wieder aufbauen kann?« Er war jetzt, da er Madame Barre aus dem Haus wusste, nicht mehr so streng. Er kannte seinen Cousin nicht; der junge Serge war vielleicht ein brutaler Arbeitgeber gewesen. Aber das, was da draußen auf dem Lande passierte, schien wohl keiner Gründe zu bedürfen noch eine Antwort darauf zu sein. »Es tut mir Leid. Ich habe kein Geld. Nur eine passable Anstellung und eine Frau und zwei Kinder, die ich ernähren muss.« Er dachte daran, sagte er mir, wie dankbar er dafür war, dass seine Mutter nach Höherem gestrebt, dass sie auf seiner Schulausbildung bestanden hatte, er war auch dankbar für seine eigene natürliche Begabung und die Ermunterungen seiner Lehrer, für die Fortschritte von Generation zu Generation, ohne die er jetzt möglicherweise den lilafarbenen seidenen Polsterstuhl beschmutzt und übel riechenden Angstschweiß in die parfümierte Luft verströmt und diese jammervolle Geschichte vorzutragen gehabt

hätte. »Warum ich?«, fragte er Serge erneut. »Warum kommen Sie zu mir?«
Serge starrte seinen Cousin an. »Wohin hätte ich Ihrer Meinung nach gehen sollen?« Er ballte die Fäuste. »Mein Bruder, meine Schwestern haben wenig mehr als nichts, obwohl meine älteste Schwester uns aufgenommen und bereits zwei Wochen lang durchgefüttert hat. Wir brauchen – ich brauche – Arbeit. Ich bettele nicht um Geld, wissen Sie. Ich bin kräftig und noch jung.«
»Ich kenne keine Bauern«, sagte mein Großvater. »Sind Sie bereit, in die Stadt zu ziehen?«
»Ich muss. Wenn es da Arbeit gibt.«
»Ich will sehen, was ich tun kann, Serge.« Mein Großvater stand endlich auf. »Ich werde mein Bestes tun. Kommen Sie in drei Tagen wieder.«
Mein Großvater hatte vor sich hingelächelt, als er so in die Büsche gestarrt hatte, da er von seiner Warte aus das Richtige getan hatte: Er hatte seinem Cousin eine Anstellung besorgt.
»Was hast du denn für ihn gefunden?«, fragte ich.
»Ich vermutete, dass er völlig ungebildet war, der arme Kerl – man sah es auch an seinem Auftreten. Er konnte lesen und schreiben, aber nur wenig … da gab es nicht allzu viele Möglichkeiten. Er war kräftig, und so fand ich einen Job für ihn als Hotelpagen. Das war ein Anfang. Nicht im St. Joseph – das wäre für alle Beteiligten unannehmbar gewesen. Aber in einem absolut angesehenen Hotel unten am Meer.«
Ich stellte mir den sonnengegerbten stämmigen Serge vor, die muskulösen Bauernarme und kräftigen Schenkel in einen roten Anzug mit Messingknöpfen und Epauletten gezwängt, ein rundes Käppi schmissig auf den goldgesträhnten Locken und ein Gummiband unterm Kinn.

»Er musste nun natürlich wieder mit den *indigènes* arbeiten, den Einheimischen. Daran konnte ich nichts ändern. Nicht bei seinem Bildungsstand.«

»Was ist aus ihm geworden?«

Mein Großvater machte mit seiner beringten, mittlerweile faltigen Hand, deren blaue Adern dick wie Schlangen aus der Haut hervortraten, eine fragende Handbewegung. »Ich wollte, ich wüsste es. Er hat diese Stelle verlassen, bevor die schlimmsten Unruhen begannen. Wir hatten keine Gemeinsamkeiten, und er war nicht der Mann, der Briefe schrieb. Ich denke, er ist irgendwo in Frankreich, oder seine Kinder sind es. Ich habe gehört, dass er seinen Job verloren hat, weil er sich geprügelt hat. Mit einem muslimischen Kollegen, einem geachteten jungen Angestellten am Empfang. Serge wollte von einem Araber keine Anweisungen entgegennehmen oder irgend so ein Blödsinn. Du tust für die Leute, was du kannst, mehr geht nicht.«

Ich nickte und versuchte die Botschaft zu entschlüsseln, die meiner Ansicht nach in dieser Anekdote versteckt war.

Dann sagte mein Großvater: »Aber es war Serge, der mich, wie mir jetzt im Rückblick klar wird – mit dem, was er sagte und was ihm passiert war –, zu der Erkenntnis brachte, dass wir vielleicht weggehen müssten. Er ließ mich gegen meinen Willen auf das Mutterland Frankreich blicken. Etwas, das einem Krebsgeschwür vergleichbar war, darin hatte er Recht, bildete in diesem glorreichen Land, dem für uns Schönsten und Wertvollsten, Metastasen. Und es leidet, so viele Jahre später, noch immer.«

»Aber hat das Land nicht zuerst ihnen gehört?«

Mein Großvater rollte ungeduldig die Augen. »Konzentriere du dich auf deine Schularbeiten, meine Kleine, und quassel nicht über Dinge, von denen du nichts verstehst.«

6

Natürlich, dachte ich mir später, verstand ich nichts davon, nicht zuletzt deshalb, weil ich in der Geschichte meines Großvaters auch so viele Jahre später nicht die Ursache für sein sanftes Lächeln festmachen konnte, wie schwach es auch immer gewesen war. Die Geschichte warf nur Fragen auf. Mein Großvater hatte gehandelt, wie er es für angemessen gehalten, wie es ihm die Blutsbande und die Redlichkeit diktiert hatten, widerstrebend zwar, doch als er diesem plumpen Überrest seiner eigenen bescheidenen Herkunft begegnet war, war es ihm nur darauf angekommen, ihn wieder loszuwerden. Serge gehörte nicht in die LaBasse-Geschichte, so wie sie zum Ruhme unseres eigenen, immer kleineren Kreises zurechtgeschnitten war; ebenso wie Estelle, die flatterhafte verlorene Schwester, nicht ins Bild passte. Kleine Stücke waren wie Splitter aus ihnen, aus den größeren Steinen ihres Selbst, herausgebrochen und in das Mosaik gepresst worden, aus dem sich das Leben meiner Großeltern zusammensetzte: Man konnte sich so an die auf der Strecke Gebliebenen, die auf dem Weg zum Bellevue und dem Erfolg Verlorenen, gleichzeitig erinnern und sie vergessen.

Und wenn die Geschichte nichts über Serge sagt – so wie das über Estelle Erzählte letztlich nur wenig über sie offenbarte –, dann musste ich wie immer zum Erzähler zurückkehren, in diesem Falle meinem Großvater, und zu meinem eigenen Bedürfnis, etwas aus ihm zu machen, was er womöglich gar nicht war. Seine Geschichte war in keiner Weise schimpflich; er hatte, soweit man das wusste, etwas für Serge getan; und doch hatte ich bei dem, was er sagte, irgendwie das Gefühl, mein Großvater sei hinter den Erwartungen zurückgeblieben. Ich hätte zu dem Zeitpunkt nicht sagen können, was ich mir von ihm gewünscht hätte; ich begnügte mich damit, gereizt zu sein, und schwieg für den Rest des Abends.

Aber im Rückblick – in einem Licht, in dem wir nicht wirklich klarer sehen, aber wenigstens die Illusion haben, da das Ereignis mit Hilfe eines mangelhaften Gedächtnisses gefiltert und in eine Form gepresst worden ist, die sich nun für uns verwenden lässt, so wie es mit der Begegnung meines Großvaters mit Serge der Fall war, sodass, was immer er ausließ, von mir nicht mehr zu rekonstruieren war und die Geschichte unabänderlich die seine war – nehme ich an, dass ich mir wünschte, mein Großvater wäre ein Held gewesen, der Serges in Scherben liegendes Leben wieder gekittet und die Familie des armen Mannes an seinen wohlhabenderen Busen gedrückt hätte. Ich wünschte mir wenigstens, dass mein Großvater seine Leistung in Zweifel zog, dass er diesen Wortwechsel nicht als Erfolg, sondern als Versagen ansah, damit ich die Geschichte betrachten und eine unmittelbare Bedeutung, eine unmittelbar tröstliche Hoffnung daraus ziehen könnte: Obwohl es meinem Großvater nicht gelungen war, Serge zu retten, würde er nicht gleichermaßen mich oder uns enttäuschen; er würde nicht einschränken, was getan werden konnte, um seine bröckelnde Dynastie wieder zu festigen; er würde in seiner Weisheit geben, ohne auf die Kosten zu achten.

»Konzentriere dich auf deine Schularbeiten«, hatte man mir gesagt, und ich lernte, obwohl ich Ferien hatte, da es die einzige sinnvoll scheinende Beschäftigung war, die ich mir vorstellen konnte; aber ich war mir bewusst, dass ich nicht für die Schule arbeitete, weil es wichtig war, sondern eher, als ob es wichtig wäre, denn wie nützlich mir meine Bemühungen auch später sein würden, so konnten sie doch nicht – oder sicherlich nicht rechtzeitig – das Leben der LaBasse-Familie retten. Ich fürchtete Veränderung und gleichzeitig, dass sich nichts änderte. Ich

konzentrierte mich auf meine Bücher und die Furunkel auf meinem Rücken, als befände ich mich in einem Traum, einem Albtraum, der irgendwann zu Ende sein musste, als käme ich, wenn ich nur fest genug die Augen zusammenkniff, wieder heraus.
Als kleines Mädchen hatte ich geglaubt, dass, wenn man lang und fest auf ein Bild sah, es einem dann vielleicht auch möglich war, dieses Bild zu betreten, dass man dann das verblichene Mobiliar des Alltags hinter sich lassen und in ölglänzenden, wohlriechenden Lichtungen zwischen picknickenden Menschen aus dem 18. Jahrhundert herumspazieren oder sich zu windzerzausten Fischern an irgendeiner alterslosen felsigen Küste gesellen konnte. Ich dachte nicht darüber nach, wie man wieder aus dem Rahmen herausgelangen könnte, sondern stand nur da, strengte meinen Willen an und wartete darauf, dass um mich herum eine andere Geschichte, ein anderes Leben begann. Nachdem es mir bei mehreren Gelegenheiten nicht gelungen war, diesen Sprung zu tun, fragte ich meine Mutter, ob mein Glaube irrig war, aber sie wollte mich nicht enttäuschen.
»Vielleicht«, sagte sie, »vielleicht ist es möglich, wenn du ganz, ganz fest hinsiehst.«
Mit fünfzehn wusste ich, welches Bild ich gewählt hätte: das Aquarell von der Bucht von Algier, dieses sonnenerfüllte, glänzende Wunder, zu einer Zeit gemalt, in der noch alles im Sinne von Augustinus und Camus – der Stadt Gottes oder der Stadt der Menschen – möglich schien. Ich hätte mich in dieses Bild hineingewünscht und diese Welt mit dem von mir mitgebrachten Wissen – um den Verlust und den Hass, der verhindert werden musste – anders gemacht. Ich hätte den Lauf der Geschichte verändert. Ich hätte mir Camus' Traum von einem Paradies auf Erden, einer demokratischen und vielsprachigen mediterranen Kultur herbeigewünscht. Ich hätte an maurischen Brunnen

Schutz vor der Sonne gesucht und wäre in der Kasbah umhergeschlendert und hätte Samis Vorfahren in fließendem Arabisch gegrüßt. Ich hätte im Schatten von Brustbeerenbäumen geträumt, und die Luft um mich herum wäre erfüllt gewesen vom Duft der Mandelblüten.

Aber mit fünfzehn war ich nicht länger ein Kind und wusste, dass dies unmöglich war.

7

Der Sommer brach mit vollem Zikadengesang über uns herein, die Straßen waren von Autos verstopft, deren Nummernschilder etwas Glamouröses hatten – 75 und 92 für Paris, aber es gab auch andere, aus Mailand, London oder München –, und die Strände wurden wieder von den Insassen dieser Autos überschwemmt. Das Hotel füllte sich, wenn auch nicht mit den Familien von Cécile, Laure oder Thibaud und letztlich in geringerem Maße als in anderen Jahren. Die Iraker besetzten zur Empörung der Amerikaner Kuwait, und die Erwachsenen diskutierten bei sommerlichen Cocktails auf Terrassen oder in den Salons der Ferienvillen – Partys, an denen meine Eltern und sogar meine Großeltern teilnahmen, als habe es die Monate davor nie gegeben; aber wie hätte man sich auch sonst verhalten sollen? – die Rolle, die Europa und in besonderem Maße Frankreich bei den Kämpfen einnehmen sollte, die es sicherlich um Kuwait und seine Ressourcen geben würde. Sie unterhielten sich bestürzt über die eingestellten Bauprojekte entlang unserer Küste, die steil ansteigende Arbeitslosenquote, klagten über den unbesonnenen Pomp des Oberhauptes der Nation (»Er hält sich für einen Kaiser, das ist das

Problem«, lästerte mein Großvater wieder einmal über Mitterand, eine Beobachtung, die meiner Ansicht nach nur ein ähnlich strukturierter Kopf machen konnte). Man sprach über die engere Verflechtung Europas, den Wegfall der inneren Grenzen und die Abriegelung von Europa als Ganzem, einen Schritt, den mein Vater und mein Großvater guthießen, war er doch ein Mittel, die restlichen Welten, die zweite und die Dritte Welt, definitiv auszuschließen. »Was ist die zweite Welt, Mama?«, fragte ich, aber sie zuckte nur die Schultern und streichelte meinen Arm.

Von unserer Enklave aus schien die ganze Welt in Bewegung zu sein, was die Familie LaBasse – nie im Einklang mit der Zeit – dazu brachte, die Beine in den Boden zu rammen und sich gegen jede Veränderung zu wehren: Es würde keine Scheidungen und keinen Verkauf geben (obwohl mein Großvater meinem Vater wegen dessen Plänen zusetzte, noch eine Stufe höher zu steigen und nach dem vierten Tourismusstern zu streben, und beharrlich behauptete, dass diese Rezession eine Zeit für Konsolidierungen sei; und mein Vater antwortete darauf, jedenfalls erzählte mir das meine Mutter so, amerikanisch: »Du musst Geld ausgeben, Papa, um welches zu machen«, was nur ein angewidertes Hohnlächeln hervorrief), es würde keine Anpassung an oberflächliche, vorübergehende Verirrungen geben, wofür sie alles und jedes hielten.

Ich lebte zusammen mit Etienne weitgehend im Bereich von Haus und Garten, denn ich mochte meine pickelige Haut nur vor seinem urteilslosen Auge entblößen: Ich zog meinen geblümten Bikini an und las, bäuchlings auf einer Chaiselongue im Innenhof liegend, meine Bücher, ein Ersatz für die Stunden, die ich früher mit meinen Freunden herumgehangen hatte, während mich mein Bruder aus dem Schatten heraus beäugte. Ich hoffte,

die Sonne würde meine Pickel austrocknen, was sie auch ein wenig tat, aber doch nicht in dem Maß, dass ich fröhlich zum Strand gegangen wäre, um dort als Aussätzige zwischen den Unbefleckten im Sand zu liegen. Da ich nachts noch immer schlecht schlief, döste ich tagsüber und hatte das Gefühl, ein seltsames Nachtgeschöpf ohne festen Ankerplatz zu sein. Ich sammelte – wie Fotos – undeutliche Bilder von Menschenleben, die einmal mit dem meinen zu tun hatten: Thibaud schickte Karten von seinen skandinavischen Reisen und erging sich in heiteren Worten über die Kirchen und Biergärten, ohne seine Dame zu erwähnen. Ich entdeckte in der Ferne Marie-Jo in einem vorbeiflitzenden Kabriolett, den Arm eines Mannes um ihre Schulter, und noch einmal lachend mit Thierry am Rand des Swimmingpools, während ich in einer langärmligen hochgeschlossenen Bluse im Esszimmer meiner Großmutter hockte und Madame Dartys Vortrag über Virginia Woolf über mich ergehen ließ (»très Briitiish«), die ich ihrer Meinung nach lesen sollte, und meine Mutter mir mitfühlend vom anderen Ende des Tisches zulächelte. (Madame Darty, die entzückt war, in den Kreis meines Großvaters aufgenommen worden zu sein, rief bei ihm, wie ich schon an jenem ersten Abend festgestellt hatte, eine frustrierende Geistesabwesenheit hervor: Sie schwang so ohne weiteres Reden – ein Vorrecht, das an seinem Tisch immer das seine gewesen war –, dass er in Schweigen verfiel und sich völlig auf sein Essen konzentrierte, wobei er so perfekt die Schwerhörigkeit eines alten Mannes vortäuschte, dass Madame meiner Großmutter einen Ohrenarzt vorschlug, der mit Hilfe seiner Geräte das Problem vielleicht beheben können würde. »Eine Hörhilfe«, verkündete sie, »kann heute kleiner sein als ein Aprikosenkern!«)
Lahou und Sami waren völlig aus meinem Blickfeld verschwunden, aber durch Frédéric, der am Vorabend seiner einmonatigen

Reise nach London und Edinburgh anrief, erfuhr ich, dass Sami die Schule geschmissen hatte und im Herbst nicht wieder auftauchen würde oder nur als schleichende Gefahr außerhalb des Schultors, wenn er kam, um seine Liebste abzusetzen oder wieder einzusammeln.

Im Juli war die Rede davon, dass Becky im August zu Besuch kommen würde, eine Aussicht, die mich in gespannte Verwirrung stürzte. (Ich war nicht sicher, ob wir Freundinnen waren, noch ob sie ihre Nachmittage im Bellevue verbringen wollen und mich dazu zwingen würde, sie dorthin zu begleiten. Mir ging durch den Kopf, dass sie vielleicht vor meinen kürzlich entwickelten körperlichen Missbildungen oder denen meines Bruders zurückschaudern und zu der Annahme gelangen könnte, ich würde den Rest meines Lebens Jungfrau bleiben.) Aber die Aufregung über diese Möglichkeit war von kurzer Dauer. Wie es schien, hatte Eleanor diesen Plan gehabt (so wie damals bei meiner eigenen Reise, erinnerte ich mich), um ihre missratene Tochter aus den Klauen eines unpassenden jungen Mannes zu reißen; und Becky hatte, als sie davon erfuhr, so überzeugend gejammert und mit den Füßen aufgestampft – um genau zu sein, hatte sie die Nahrung verweigert –, dass Ron eingeschritten war, seine Frauen besänftigt und dem Mädchen stattdessen in der Englischabteilung seines kleinen Colleges einen Praktikumsplatz verschafft hatte, wo Becky in einem bequemen, klimatisierten Büro unter dem wachsamen Auge einer Sekretärin zu kopieren und Blätter zu ordnen hatte. Sie stand vor ihrem Abschlussjahr an der Highschool – das sie nicht, wie angedroht, auf einer staatlichen Schule verbringen würde – und reiste, während ich düster in der Sonne lag, an der Ostküste von Virginia bis Maine, um die diversen Möglichkeiten für ihre zukünftige Ausbildung zu besichtigen. Ihre Wahl fiel am Ende, absolut passend, auf das

Sarah Lawrence, ein College, das von privilegierten Aufrührern ihrer Art überquoll, deren Hauptziel es war, an den Grenzen der Ehrbarkeit zu kratzen und sich schwarz gewandet einer sie befriedigenden unkonventionellen Lebensweise hinzugeben, ohne sich außerhalb des Erlaubten zu bewegen.

Als ich hörte, dass es bei Beckys Auseinandersetzungen mit Eleanor nun um einen Mann ging (dass er so unpassend war, hatte bei seiner Wahl sicher eine zentrale Rolle für sie gespielt), schloss ich daraus, dass ihre Defloration nun endlich stattgefunden hatte. Was bedeutete, dass auch sie sich weiter entfernt hatte, in das Reich der Erwachsenen geglitten war; und nun konnte ich zu meinem Kreis der Jungfräulichen nur noch mich und Etienne zählen. (Rachel wurde in der Unterhaltung mit meiner Mutter nicht erwähnt, woraus ich schloss, dass sie noch nicht zu einem Problem geworden war; denn wir werden alle zu einem Problem für unsere Eltern, wenn wir aufhören, Kinder zu sein.)

Und was meine Eltern mit ihrem Weitermachen betraf, so war mein Großvater, obwohl er nicht wieder eine formale Funktion in der Leitung des Bellevue übernahm, wie gesagt, immer noch der Eigentümer seiner Schöpfung. Er dämpfte die Begeisterung meines Vaters und setzte sich über sie hinweg, runzelte die Stirn über die Entscheidungen seines Sohnes, klopfte ungeduldig mit den Fingern, wenn ihm Alexandre seine Pläne vortrug – »Luftschlösser«, spottete mein Großvater –, bis er sich dann, ähnlich wie bei Madame Darty, seinem Nachfolger gegenüber taub stellte, im Hotel herumrannte und den älteren Angestellten, als deren Vorgesetzter mein Vater sich fühlte, unerwünschte und konträre Anweisungen erteilte.

Matt gesetzt, fiel mein Vater in sich zusammen, und seine Energie ließ nach. Er klammerte sich an seine Titel und Vorrechte, während sein eigener Vater ihn verspottete und demontierte.

Mein Vater verlor langsam den Halt, beugte sich dem biblischen Gebot, dass er seinen Vater ehren solle, und fügte sich den Wünschen des stärkeren Mannes: keine Expansion, keine Renovierung, kein weiterer Stern dieses Jahr oder im darauf folgenden. Aber die Kapitulation hatte einen Preis – wie wir mit der Zeit sehen sollten, einen endgültigen Preis –, und er stand später auf, kam früher nach Hause, klopfte weniger Rücken und gab seltener – sehr viel seltener – sein dröhnendes Lachen von sich. Er suchte bei meiner Mutter (wenn auch nicht bei meiner Mutter allein) Beistand, und er aß und aß.

In ihren Gefühlen hin und her gerissen, schimpfte sie nun auf beide Männer, Vater und Sohn, aber nie in einem Atemzug. Sie verteidigte ihren Mann und klagte ihn dann wieder an und fand in dieser Dialektik einen Weg, weiterzumachen. Sie wünschte ihm und seinem Vater den Tod und dass das Bellevue vom Meer verschlungen würde. Sie war unüberlegt in dem, was sie wünschte, aber ihr Wünschen (und ihre stillen Gebete – ich weiß nicht, wofür sie gebetet hat), so radikal es auch war, ermöglichte ein Weitermachen. Ihr Wünschen wertete ich mehr als alles andere als Zeichen dafür, dass die Familie überleben würde: Ihren Wunsch nach Veränderung hatte ich schon immer gehört, eine Melodie, die in ihrer Dumpfheit vertraut war und eben durch ihre Beharrlichkeit und bohrende Präsenz den Wandel verhinderte. Der dunkle Tag würde kommen, versicherte ich mir, wenn meine Mutter aufhören würde, etwas zu wünschen; solange sie wünschte, waren wir sicher.

8

Wenn ich in früheren Jahren darüber nachgedacht hatte, ob im September etwas zu Ende ging oder anfing, so hatte ich 1990 keine Zweifel. Die Tage hatten sich wie schwerfällige Kolosse erbarmungslos durch den Sommer dahingeschleppt. Ich hatte noch nie erlebt, dass die Zeit so langsam verging (obwohl ich mir rückblickend sagen muss, dass ich dies so empfand, weil die langen Nachmittage im Garten wie zu einem einzigen langweiligen Tag komprimiert waren), fast vollkommen stehen blieb, aber nicht wegen der Fülle der Erlebnisse, wie es während der Sommertage in Amerika gewesen war, sondern wegen der niederdrückenden, unerklärlichen Leere. Die Unterbrechungen, die es gab, drehten sich ausschließlich um meine Familie (ein Wochenendbesuch am Nationalfeiertag von Tante Marie und ihren beiden jüngeren Söhnen – der stets arbeitende Ehemann und sein ältester Spross waren in der sommerlichen Leere Genfs zurückgeblieben – waren dabei der Tiefpunkt) und hatten daher, anders als angenehme Erlebnisse, keinen Einfluss auf das Verstreichen der Stunden.

Das einzige unerwartete und verwirrende Vergnügen, das diesen Sommer auszeichnete, ereilte mich unangekündigt durch meinen Vater, dem ich wie im Verein mit meiner Mutter stummen Widerstand entgegenbrachte. Trotz seiner Verzweiflung darüber, dass sein Vater seine Tentakeln ins Innenleben des Bellevue streckte und den eigenen Sohn demontierte, nahm er doch meine eigene Niedergeschlagenheit wahr, genau wie er erkannte, dass für mein jugendliches Auge er der Feind war. In einem plötzlichen Vorstoß, den ich heute mutig finde (damals, da ich mich bereits für eine Seite entschieden hatte, war ich unsicher, wie ich darauf reagieren sollte, und hätte ihm einen Korb gegeben, wenn meine Mutter mich nicht kühl ermahnt hätte, er sei schließlich und vor allem mein Vater), schlug er vor – an einem langweiligen Abend am Essenstisch, als ich auf seine Frage, wie ich den Tag verbracht hätte, stumm eine mürrische Augenbraue hochgezogen und meinen Mund zu einer dünnen, grimmigen Linie verzogen hatte –, er und ich, Vater und Tochter allein, sollten einen Abend in der Stadt verbringen.

»Die Ballkönigin muss mal wieder auf einen Ball, findest du nicht?«, scherzte er in einem Aufflackern seiner erlöschenden Scherzhaftigkeit.

»Wovon redest du?«

»Na ja, letzten Sommer sah es so aus, als würden wir dich gar nicht mehr nach Hause bekommen, und diesen Sommer willst du gar nicht vor die Tür. Ich weiß, dass du schwer gebüffelt hast, aber nur Arbeit und gar kein Vergnügen macht ja stumpfsinnig.«

Ich zuckte die Achseln und spießte unter großer Anstrengung eine einsame grüne Erbse auf. Als ich aufsah, blickte ich an meinem Vater vorbei auf die vergoldete Folterszene an der Wand hinter ihm. »Leiden bildet den Charakter. Das haben wir in der Schule gelernt.«

Mein Vater lachte leise: »Gut, sehr gut. Warum schlug der Mann mit dem Kopf gegen die Wand?«

Das war ein alter Witz bei uns zu Hause. »Weil es sich so gut anfühlte, als er damit aufhörte.« Ich blieb zurückhaltend.

»Also, was würdest du sagen, wenn wir deinem Kopf eine Pause gönnten?«

»Was schlägst du denn vor?«

»Eine Verabredung. Dein alter Vater möchte dich ausführen.«

Ich zog die Nase hoch. »Sag bloß.«

»Nun mach mal halblang, Sagesse«, mischte sich meine Mutter mit größerer Lebhaftigkeit ein, als mittlerweile an unserem

Abendessenstisch üblich war. »Ich finde das eine großartige Idee. Du kannst doch nicht den ganzen Tag zu Hause herumhängen und Trübsal blasen.«
»Und warum nicht?«
»Weil du weißt, dass das nicht gesund ist. Dein Vater hat Recht. Du musst mal raus – und mit ihm kann man sich gut amüsieren. Er wird es dir zeigen.«
»Weil er schon überall ohne uns war?«
Meine Mutter wurde ganz steif. »Weil er dein Vater ist und dich eingeladen hat, du kleines Biest.«
Mein Vater hatte sich während dieses Wortwechsels wieder fast liebevoll seinem Essen zugewandt. Er füllte seinen Teller mit einer zweiten Portion fetter kleiner Bratkartoffeln, und seine Mundwinkel glänzten entsprechend ölig. Er sah aus wie Etienne, bevor man ihn zugedeckt in seinem Bett abends wehrlos allein ließ.
Meine Mutter zog ein Gesicht in meine Richtung, ein »Na komm schon«-Gesicht; ihre Augenbrauen waren gerunzelt, ihre Nase zusammengekniffen, und sie wackelte leicht mit dem Kopf wie eine Ente.
»Wann hast du denn gedacht?«, fragte ich und entdeckte einen einzelnen Fettfleck an seinem Kinn.
Er sah auf.
»Dein Kinn«, sagte ich und klopfte mir mit der Serviette an mein eigenes.
»Ich seh schon, ich bin mit meinem Kindermädchen verabredet, was?«, lachte er unbeirrbar heiter und wischte sich den Mund ab.
»Es ist deine Idee.«
»Nur wenn du mir versprichst, mich nicht zu behandeln wie dieses Mädchen deinen Bruder.« Wir blickten alle zu Etienne, der

zu winken versuchte. »Was hältst du von Samstag? Da müsste ich rechtzeitig wegkommen.«
»Wie du willst. Ich bin hier, wie du weißt.«
Wir machten die Sache fest.
»Wohin gehen wir?«
»Das würde doch die Überraschung verderben, meine Liebe. Frauen wollen immer überrascht werden.«
»Du musst es ja wissen.«
Er sah mich mit halbgeschlossenen Augen an, während er weiter aß und sich zwei große Kartoffelstücke in den Mund schob; seine Augen blitzten fast triumphierend.

9

Als er an diesem Samstag Mitte August das Haus in Richtung Hotel verlassen hatte, bevor ich aus meinem Zimmer nach unten geschlurft war, und dann den ganzen Tag kein Lebenszeichen von sich gab, sagte ich mir bitter, dass er es vergessen hatte, dass er um sieben oder acht anrufen würde, um ohne die Spur von Schuldbewusstsein zu verkünden, er müsse noch kurzfristig aufgetauchten geschäftlichen Verpflichtungen nachgehen. Ich erlaubte mir keine Hoffnungen, obwohl mir Fadéla am Vortag mein Lieblingskleid hatte bügeln müssen, ein cremefarbenes elegantes Gewand mit angeschnittenen Ärmeln und einem schmeichelnden Schalkragen, das ich mir im vergangenen Sommer vor dem ganzen Stunk zugelegt hatte, das in lockeren Falten über meine Grübchenknie fiel und in dem ich mir wie Marilyn Monroe vorkam. (»Dieses Kleid ist der absolute Horror«, hatte sich Fadéla beschwert, »der Albtraum einer Büglerin. Wofür

brauchst du es denn?« – »Ich brauche es einfach«, schnappte ich zurück, nicht einmal der Hausangestellten wollte ich meine Vorfreude zeigen.)
Um sieben zog ich mich, nachdem ich noch immer nichts gehört hatte, in mein Zimmer zurück und schloss die Tür, ließ mich in meinem verschwitzten T-Shirt aufs Bett fallen und tat so, als schliefe ich. Ich sagte mir, dass ich Recht gehabt hatte, ihn zu verachten, dass er meine Mutter und mich gleich behandelte, uns mit falschen Versprechungen fütterte und seine Zuneigung Fremden vorbehielt. Ich sagte mir, dass er ekelhaft war, lästerte innerlich über sein plumpes und fettiges Kinn, seinen speckigen Nacken mit den glänzenden, sich kräuselnden Härchen, der früher eine Stelle meiner besonderen kindlichen Zuneigung gewesen war. Ich dachte mit Abscheu an seine haarigen Fingerknöchel, den dicken Ehering, daran, wie die gestärkten Hemden über seinem Bauch spannten, an die Biegung seiner Wimpern und auch die seiner Ohren, dieser zierlich geformten, eng anliegenden Kopffortsätze, die ich geerbt hatte und auf die ich sonst stolz war. Ich kochte vor Zorn, und ihn kochte ich dabei gleich mit, als wäre er einer der Verdammten an der Wand im Esszimmer, und ich ließ meiner Wut freien Lauf, und heiße Tränen tropften in mein Kissen und rannen mir die Haare entlang. »Ach, Etienne«, sagte ich zu meinem Bruder – der weit weg war und in der Küche von der dicken, niemals lächelnden Krankenschwester gefüttert wurde –, »kannst du froh sein, weil du nicht weißt, dass er böse ist. Ein böses Monster. Ich wünschte mir, er würde einfach verschwinden.« Was natürlich das absolute Gegenteil von dem war, was ich mir wünschte.
Um acht oder wenig später hörte ich gedämpfte Geräusche von jemandem, der kam, den matten Flötenklang der Stimme meiner Mutter im Flur und die antwortende Oboe meines Vaters;

dann vernahm ich Schritte auf der Treppe (ich setzte mich auf) und dann ein, wenn auch zaghaftes, Klopfen an meiner Tür (ich wischte mir blinzelnd die Wangen ab und fuhr mir mit den Fingern durchs wirre Haar).
»Ja?«
Draußen säuselte meine Mutter: »Bist du fertig, Schätzchen?«
»Wofür?«
»Du hast es doch nicht vergessen? Dein Vater wartet auf dich.«
»Aber er kommt so spät.«
»Jetzt ist er da, Mäuschen. Wie lang brauchst du, bis du fertig bist?«
Ich öffnete die Tür und setzte mich, zerknautscht und verschwitzt wie ich war, dem prüfenden Blick meiner Mutter aus.
»Ein Weilchen. Ich muss noch duschen. Ich dachte nicht –«
»Er hat es selbstverständlich nicht vergessen«, schalt sie mich mit einer derartigen Überzeugung, dass mir klar war, dass auch sie das Schlimmste von ihm erwartet hatte.
»Wird er ärgerlich sein?«
»Ich denke nicht. Hüpf einfach schnell ins Badezimmer und mach voran. Frauen lassen Männer schon mal warten. Das ist gar nicht so schlecht.«
Ich machte mich so sorgfältig fertig, als stünde Thibaud unten im Flur. Ich betrachtete mein Haar und kam zu dem Schluss, dass ich es besser ungewaschen ließ, da ich nicht wollte, dass es auf mein Kleid tropfte. Ich seifte meine Pickel sorgfältig ein, ohne zu rubbeln, damit sie nicht suppten. Ich puderte mir die Achselhöhlen und parfümierte meinen Nacken. Ich band mir ein Haarband um und nahm es dann wieder ab und versuchte stattdessen, meine geschorenen Locken zu zerzausen. Ich wählte meinen neuesten BH, ein Bügelmodell aus Spitze. Ich knöpfte das Kleid vorsichtig zu und zog danach mehrfach im Spiegel den

Kragen zurecht. Ich hängte mir eine rosafarbene Quarzkette von meiner Mutter um den Hals und legte einen Hauch schimmernden hellrosafarbenen Lippenstift auf. Meine Wange hatte an einer Stelle noch eine Falte vom Liegen, und mein linkes Auge war geschwollen, aber gegen diese Makel konnte ich nichts machen. Im Dunkel meines unbeleuchteten Zimmers zögerte ich bei der Wahl der Schuhe und dachte darüber nach, ob ich eine Handtasche mitnehmen sollte. Meine Mutter kam, um zu sehen, wie weit ich war.

»Jetzt werd mal fertig«, sagte sie, »sonst wird er noch sauer. Es ist Viertel vor neun, weißt du.«

Ich zappelte aufgeregt herum.

»Diese Schuhe«, sagte sie und hielt ein Paar rosafarbener Ballerinas hoch, »und keine Handtasche.«

»Aber das sind – Kinderschuhe.«

»Und du bist ein Kind. Los. Komm. Du siehst wunderhübsch aus.«

Ich folgte ihr nach unten, ich war so nervös, als würde ich wirklich auf einen Ball gehen, und klopfte mir auf meine gefurchte Wange in der Hoffnung, die Strieme würde verschwinden. Mein Vater stand im Wohnzimmer und wiegte sich zu Jazzmusik aus der Stereoanlage; er hielt einen sprudelnden Scotch mit Soda in der Hand.

»Hey, du siehst großartig aus«, sagte er grinsend, und plötzlich fand auch ich wieder, dass er gut aussah in seinem dunklen Anzug, seinen ergrauenden Locken und dem kräftigen braunen Körper.

»Ich sehe, du bist in die Schule deiner Mutter gegangen: Lass sie warten. Aber das Warten hat sich gelohnt.«

Ich lächelte scheu und ungläubig. »Die Schuhe sehen doof aus.«

»Die Schuhe sind doch wunderbar. Das Kleid ist – was ist das Wort, das ich suche, Carol?«
»Wie wär's mit himmlisch?«
»Das Kleid ist himmlisch. Ganz richtig. Etienne«, rief mein Vater meinem Bruder zu, der gerade ins Bad gerollt wurde und schläfrig mit dem Kopf zuckte, als mein Vater ihn an der Schulter packte, »sieh dir deine schöne Schwester an! Meine Schwester hat nie so gut ausgesehen, das kann ich dir sagen!« Er stellte seinen Drink ab. »Warte eine Minute« – er ging in die Küche –, »ich habe was für dich.«
Ich sah meine Mutter an, die lachte. Richtig lachte.
»War das deine Idee?«, fragte ich, weil ich plötzlich davon überzeugt war.
»Seine allein.«
Wieder überkam mich Panik, und die Hände wurden mir feucht.
»Worüber unterhalten wir uns, Maman?« Ich versuchte vergeblich, mich daran zu erinnern, wann ich einmal einige Zeit alleine mit meinem Vater verbracht hatte, und mir fiel nur der verunglückte Januarnachmittag ein. »Wir haben nichts, worüber wir reden können!«
»Sei nicht albern! Er ist dein Vater. Du hast nur Angst vor der Verabredung. Das ist absolut normal.«
Ich wollte schreien: Es ist absolut nicht normal, seinen Vater so wenig zu kennen. Becky würde wegen Ron nie solche Ängste haben, dachte ich; und dann fiel mir ein, dass Becky und Ron nie so etwas tun würden, sich einen Abend ohne Rachel und Eleanor, einen Abend weg von zu Hause wagen; Ron mit seinem nervösen Lachen, der so viel erlaubte, würde das nie zulassen. Ich ging, während ich hilflos mitten im *salon* stand, mögliche Themen durch. Alle schienen gefährlich: das Hotel, mein Großvater, meine Mutter, seine Freundinnen …

Mein Vater kehrte zurück und hatte etwas in der Hand, das wie eine Kuchenschachtel aussah, in der Größe einer Torte. »Für die Dame, mit der ich verabredet bin.«
»Fangen wir mit dem Dessert an?« Ich brach das Siegel mit einem angekauten Zeigefinger auf. In der Schachtel lag auf einem bauschigen Stoffbett eine einzelne prächtige gelbe Gardenie, jedes einzelne matte Blütenblatt war feucht vor mir ausgebreitet, präzise und perfekt. Ihr Duft stieg wie Dampf aus der Schachtel.
»Lass sie mich anstecken.« Mein Vater beugte sich über mich und wählte mit leicht ungeschickten Fingern (ich fragte mich, ob auch er nervös war) eine Stelle auf der breiten Stoffbahn meines Kragens. Ich konnte seinen Atem an meinem Hals spüren und blickte auf den quallenartigen Schimmer seines Scheitels unter meinem Kinn. Er drückte die Blume an das Kleid und befestigte den Stängel dicht unter der Blüte mit einer Stecknadel mit Glaskopf, sodass die Gardenie an meiner Brust schwebte, über meinem Herzen zu atmen schien und mich mit ihrem Duft einhüllte.
»Nun lass mal sehen.« Er legte seine warmen Hände auf meine Schultern und trat einen Schritt zurück. »Wundervoll.«
Jeglicher Rest von Widerstand versiegte (ich hatte ihn für einen Springbrunnen gehalten, und dann war er nur eine Pfütze): Das erste Mal seit fast einem Jahr fühlte ich mich schön, als mich sein feuchter Blick umfing, und ich war ihm dafür dankbar. »Sollen wir gehen?«
Im Auto sprachen wir nicht. Meine Finger lagen auf dem weichen Leder, mein Kleid leuchtete in der blauen Dämmerung über meinen Knien, das Verdeck war geöffnet, und die ersten Sterne funkelten. Musik (vielleicht war es der schicksalhafte Debussy) glitt mit dem Wind und dem Brummen des Motors über

uns hinweg: Mein Vater lächelte die Straße vor uns an und gelegentlich, aus den Augenwinkeln heraus, mich. Ich spürte – wie so viele gesichtslose andere, dessen war ich mir bewusst – die Macht seines Charmes und erlag ihm bereitwillig.

Er führte mich in ein Restaurant in einem nicht weit entfernten Dorf am Meer. Die abendlichen Straßen waren ruhig, aber die *auberge* war hell erleuchtet; bunte Lichter schmückten die Zwergbäume draußen, und der Lichtschein, der aus den Fenstern drang, war so strahlend gelb wie meine Blume. Der *maître d'hotel* schien meinen Vater zu kennen und geleitete uns mit übertriebener Ehrerbietung an einen Tisch, von dem aus wir den Garten sehen und durch das offene Fenster hindurch das Säuseln der Nachtluft spüren konnten. Mein Vater bestellte für mich, während ich die Ölgemälde an der Wand, das gestärkte Tischleinen, die silberne Vase mit Orchideen bewunderte und den Kopf neigte, um dem ruhigen Geplauder der paarweise oder in kleinen Gruppen um uns herumsitzenden reichen Leute zuzuhören. Unser Kellner war ein kraushaariger Jugendlicher mit Pickeln am Kinn und einer unerschütterlichen Ruhe, dessen flinke, sichere Handbewegungen und stummes Nicken nicht nur das Ergebnis einer intensiven Schulung gewesen sein konnten. Da ich mich hübsch fühlte, wartete ich geradezu darauf, dass er meine Schönheit wahrnahm und mir ein bewunderndes, konspiratives Lächeln zuwarf, war ich doch die ihm altersmäßig am nächsten stehende Person im Raum; aber ob nun aufgrund dessen, was man ihm beigebracht hatte, oder aus tatsächlicher Gleichgültigkeit heraus, er schien mich überhaupt nicht zu sehen, wenn er mit unpersönlicher Zurückhaltung raffinierte Leckerbissen an meinem Auge vorbeigleiten ließ, und es blieb mir nur, mich in der Aufmerksamkeit meines Vaters, nur der meines Vaters zu sonnen.

Die Konversation stellte sich als mühelos heraus. In meiner plötzlichen Besorgnis hatte ich die Tatsache außer Acht gelassen, dass zumindest darin mein Vater ein Meister war, ein Ausbund an Charme, ganz in seinem Element, und dass er jegliche Diskussion über seine Psyche ebenso geschickt zu vermeiden wusste, wie der Kellner uns das Essen servierte; stattdessen unterhielt er sich über das Restaurant und seinen Chef, über die Kunstwerke um uns herum, die ich so unverhohlen bewunderte, und den fünfundsiebzigjährigen Exilrussen, der seine Staffelei an dieser Küste, seiner neuen Wahlheimat, aufgestellt und deren Licht auf den Bildern eingefangen hatte; über die Kochkünste, die mein Vater in den Küchenabteilungen des Bellevue mitverfolgt hatte und die zu solchen Wundern führten wie auf den Tellern vor uns – die Hummer-Ravioli in ihrer blassrosa Muschelbrühe, die Lammkoteletts mit ihren zierlichen Knochen und dem saftigen Fleisch, die Form mit Ratatouille, die auf dem *jus* saß wie eine kleine Festung am Meer. Er machte mich auf die Herkunft des Weines aufmerksam; er stammte von Weingütern rund um Avignon, die so alt waren wie die französischen Päpste: Ich nahm mein mit rubinroter Flüssigkeit gefülltes Glas und beobachtete, wie die Farben im Licht tanzten, sah, dass die Flüssigkeit meine Finger länger und eleganter werden ließ, als sie es waren, was zu der wunderbaren Illusion führte, erwachsen zu sein. Und als mein Kopf nur so schwirrte von Bildern dunkelhäutiger Bauern, die die Reben der alten Weinstöcke mit ihren knotigen Händen ernteten; von dem Russen in seinem Kittel, wie ihm während der Arbeit Asche auf seine Palette fiel; und von den jungen weißbemützten Küchenchefs während ihrer Ausbildung, wie sie dabei waren, Saucen zu schlagen – alles in allem also von der berauschenden Fülle des Lebens, das um uns herum in eben diesem Raum pulste, da fragte er mich, wie mir schien

zum ersten Mal, nach meinen Zukunftsträumen – die sicher noch unsicher seien, auf deren Existenz aber mein jüngster, fieberhafter Lerneifer deute – und wollte wissen, ob ich mich möglicherweise für ein Studium im Ausland interessierte, in den Vereinigten Staaten vielleicht. Das führte zu einer vorsichtigen und honigsüßen Diskussion über meine Mutter und den Hoffnungen, die sie, wie er behauptete, hinsichtlich meines amerikanischen Erbes hegte und die mir gar nicht bewusst gewesen waren. Ermutigt durch die Umgebung, den starken Geschmack von Gerbsäure in meiner Kehle, den eleganten Duft der knospenden Gardenie wollte ich plötzlich im Gegenzug meinem Vater Fragen stellen, ihn über die Geschichten befragen – die meiner Mutter und meiner Großmutter –, durch die sich sein Leben für mich zusammensetzte ... aber schon der bloße Gedanke, ihn zu fragen, verursachte ein Flattern in meiner Brust, eine leichte Kurzatmigkeit, und ich verschob den Moment wieder und wieder, bis hinter das Mandelsoufflé und den dicken bitteren Kaffee, den er mit einem Cognac in einem bauchigen Glas hinunterspülte, und dann war es zu spät. Dieser eine Moment, als mein Vater ganz mir gehörte, so war, wie ich ihn gerne hatte, verstrich ungenutzt, weil ich wieder einmal Angst hatte herauszufinden, dass mein Ideal nur ein Missverständnis war.
Wir spazierten nach dem Essen in vollkommener Dunkelheit zum Ende der Straße, wo Segelboote wie bockige Pferde klappernd an ihrer Vertäuung rissen und der Mond über dem Meer aufging.
Aus dem einsamen Café vorne am Wasser drangen die Klänge einer Tanzkapelle, die flotten Obertöne eines Akkordeons, und mein Vater zog mich plötzlich an sich und begann zu tanzen, meinen Busen an seine Brust gepresst und zwischen uns die Blume. Wir walzten den Gehsteig auf und ab, ich konnte nur noch

den Kopf nach hinten werfen und lachen, während ich herumgewirbelt wurde. Undeutlich registrierte ich, dass sich mein weißer Rock an den Knien bauschte und ich den Asphalt durch die Sohlen hindurch fühlte, und ich spürte den führenden Druck seiner Hand unten am Rückgrat und die warme, alkoholgetränkte Wolke seines Atems. Auch er lachte; er wollte es auch. Wir waren beide beschwingt und frei, und als wir langsamer wurden und nach Luft rangen und ich noch immer kicherte, da spürte ich – für einen ganz kurzen Moment –, dass ich in meinen Vater verliebt war; dass dies alles war, was er von mir wollte, von jeder Frau, und dass dies das Einzige war, worauf er sich verstand; und mir war bewusst, dass ich hinters Licht geführt wurde, dass ich – trotz meines schönen Kleides und dieser besonderen Blume und obwohl ich sein Kind war und er an meinem Kopf seine eigenen zierlichen kleinen Ohren sehen konnte – so gesichtslos war wie ein Mannequin und so leicht ersetzbar. Aber diese letzte Wahrheit wollte ich nicht sehen, so wie auch meine Mutter dies nicht gewollt hatte, wie keine Frau dies wollen konnte; und ich gab mich so bereitwillig und freudig der Illusion hin, wie dies all seine Eroberungen taten, sodass ich, als wir noch immer leicht atemlos zum Auto zurückschlenderten und er seinen Wärme und Beruhigung ausstrahlenden Arm um meine Schulter gelegt hatte, die Augen zupresste und blind neben ihm herschritt und mir wünschte, dass ich mich an diesen Traum erinnern würde, dass ich in Zeiten der Dunkelheit, wenn meine Mutter ihn verfluchte und verwünschte und auch ich dies tat, wissen würde, dass auch dies mein Vater war – und ein Geschenk.

10

Bereits am nächsten Morgen, als ich meinen einsamen Alltagstrott wieder aufnahm (allerdings nicht mehr für sehr lange, da es August war), wusste ich, dass diese Erinnerung kostbar, auf Schwindel erregende Weise persönlich war. Meiner Mutter gegenüber sagte ich bei unserer Rückkehr nur verlegen, dass es »lustig« gewesen sei; aber beim Frühstück stellte ich ihr die verräterische Frage, wie ich die Gardenie erhalten könne, die auf meinem Nachttischchen vor sich hin welkte, und hatte mich traurig damit abgefunden, sie in einem Band des riesigen Lexikons auf der Seite von »Vergnügen« (darauf bestand ich) zu pressen, wo wir sie alle dann später als platt gedrücktes bedeutungsvolles Erinnerungsstück wieder finden könnten. Ich wusste noch nicht, wie wertvoll dieser Abend sein sollte oder dass er jahrelang immer wieder in meinen Träumen auftauchen würde, manchmal als ein Strudel des Glücks und zu anderen Zeiten als mein furchtbarster Albtraum, versteinerte Vollkommenheit, ein Gift in jedem wunderbaren Augenblick, in dem mir bewusst war, dass ich, wenn ich fragte, wenn ich die richtige Frage fand, vielleicht meinen Vater (wie die Blume) bewahren konnte, aber doch nie darauf kam, welche Frage es sein mochte, und bereits im Voraus wusste ich verzagt, dass es mir nicht gelingen würde; und jedes Mal sagte ich nichts, so wie ich ja auch tatsächlich nichts gesagt hatte, in der falschen Hoffnung, dass der Wein, das Silber und unser Herumwirbeln vorne am Wasser ausreichten, um ihn für immer bei uns zu behalten, bei mir.

Aber das imaginäre Leben, das dieser eine exotische Ausflug vorgaukelte, reichte nicht aus, um den Alltag zu verwandeln; und meinem Vater, dessen Ziel es zweifellos gewesen war, mich bedingungslos auf seine Seite zu ziehen, muss das Unternehmen als

Fehlschlag erschienen sein. Ich blies noch immer Trübsal und schlich mürrisch herum, und obwohl ich mir ein oder zwei Tage lang in Erinnerung an den Abend bei der Unterhaltung Mühe gab, konnte ich dessen Glanz nicht bewahren und glitt bei der ersten Abwesenheit meines Vaters wieder in den Schatten meiner Mutter zurück, mäkelte beharrlich an seinen Entschuldigungen herum und gelangte schließlich zu der Ansicht, für eine Nacht gekauft und einfach durch Luxus benebelt worden zu sein, wie ich an dem Abend auch schon flüchtig geargwöhnt hatte.

II

So wandte ich meine Aufmerksamkeit dann dankbar der Schule zu. Das Wiederaufflackern meiner Hautprobleme schrieb ich einer gesunden Vorfreude zu und sagte mir, dass mein Rücken mit dem kühleren Wetter und dem Beginn des Schuljahres endlich wieder rein werden würde. Eine Woche bevor die Schule ihre Pforten öffnete, stapelte ich alle meine Bücher ordentlich am Fuß meines Bettes auf und packte sechs neue Kolleghefte daneben (die Früchte eines Ausflugs, den ich zusammen mit meiner Mutter zu dem größten Schreibwarengeschäft der Stadt unternommen hatte, jenem, vor dem ich vor so langer Zeit Frédéric aufgelauert hatte), nachdem ich meinen Namen und die verschiedenen Fächer sorgfältig auf die Innenseite der rosa- und orangefarbenen Umschläge geschrieben hatte. Ich machte einen neuen und bewussten Sprung zurück in mein eigenes Leben, als wäre der Sommer eine Gefängnisstrafe oder eine Kur ähnlich der meines Großvaters gewesen, die ich wegen meiner gehäuften und nicht eingestandenen Verbrechen hatte durchstehen müssen. Ich sah eine Zeit mit anderen Möglichkeiten voraus und glaubte in gar nicht so weiter Ferne die Zukunft zu erspähen. Der Wandel, sagte ich mir, würde in meiner eigenen Umgebung eintreten, und zwar durch mich. Ich würde ihn erzwingen.

Ich quälte mich noch mit meinen angsterfüllten schlaflosen Nächten und hatte weiterhin gelegentlich Halluzinationen vom gewaltsamen Ende eines jeden Mitglieds unserer Familie. Aber ich stellte fest, dass beim LaBasse-Clan eine Ruhe eingekehrt war, in der sich nur Dinge zu ereignen schienen, die ich für »normal« hielt. Mein Bruder wuchs, meine Mutter betete, mein Vater verlor seine vorübergehend aufgeflammte Begeisterung für das Bellevue und wehrte sich gegen das heimliche Joch, das ihm sein Vater auferlegte, ärgerte sich verdrossen über die Lage der Geschäfte (die Wirtschaft lief schlecht, die Rezession machte sich an den Einnahmen bemerkbar). Meine Großmutter begann zu zittern, eine Angewohnheit, die sich auf die Stärke ihres Charakters überhaupt nicht auswirkte und später als beginnender Parkinson diagnostiziert wurde – aber auch das konnte man normal finden: Großeltern waren alt, und man rechnete damit, dass sie krank wurden. Dass sie kriminell wurden, damit rechnete man allerdings nicht.

Mitte September verließ uns die dicke Krankenschwester mit der großen Nase, um einen Schiffskoch zu heiraten, und wurde durch eine samthäutige Westafrikanerin, die Iris hieß, ersetzt; sie war im Alter meiner Mutter, und Etienne, der Hautliebhaber, gluckste und gedieh in ihren geschickten schwarzen Armen. Ich hatte, mit gelegentlichen Unterbrechungen, ein Auge auf das Funktionieren meiner Familie, richtete meine Aufmerksamkeit jedoch auf das Leben draußen, nach dem ich geradezu lechzte. Dankbar entdeckte ich in der ersten Unterrichtswoche die blässlichen Zwillinge Aline und Ariane. In ihrer schlaksigen Zurückhaltung waren sie keine aufregende Gesellschaft, aber sie kannten die jüngste Geschichte meiner Familie nicht, oder hörten sie erst von mir (die Ausschmückungen und Auslassungen waren meine Angelegenheit), und sie sonnten sich in der Zuwendung, die ich ihnen eifrig entgegenbrachte. Ich erfuhr, dass sie in Chateauroux, woher sie kamen, ihrer Magermilchblässe und ihres roten Haares wegen gehänselt worden und im Großen und Ganzen auf ihre eigene Gesellschaft angewiesen gewesen waren. Sie wollten vor allem in der Schule gut sein und sahen ein gelegentliches Eis in der stickigen Eisdiele hinter der Bibliothek als gewagte Unterbrechung ihrer Arbeit an, waren mir jedoch für meine Ungebührlichkeit und mein Taschengeld dankbar.

Ich lebte auf, wie meine Mutter es ausdrückte: Ich erlaubte mir an den Wochenenden gelegentlich einen Besuch im Haus der Zwillinge und lobte höflich das bescheidene Mittagessen, das ihre Mutter uns vorsetzte. Sie war ein kleines, angespanntes Geschöpf mit dem roten Haar ihrer Töchter, das bei ihr jedoch verblichen und glanzlos war, und sie hatte die Angewohnheit, den Mund offen zu lassen – ein entsetztes *o* zwischen ihren Sommersprossen –, eine Frau, die meine Mutter prinzipiell als fleißig und unbedrohlich anerkannt hätte, obwohl ihre bescheidene familiäre Situation nicht zu einer Zusammenführung der Eltern ermutigte. Überdies war der Vater der Zwillinge kein passender Umgang für meine Eltern; er war ein fleischiger, schielender Rohling, der sich ständig hinter seinen Sportseiten versteckte und nur zum Vorschein kam, um seine Frau und seine Kinder mit einem mürrischen, schiefen Gesicht zu kritisieren, das sie alle zum Zittern brachte. Er nahm mich nur wahr, um gelegentliche bösartige Anspielungen auf den verhältnismäßigen Komfort zu machen, in dem ich aufgewachsen war (»Ich bin sicher, du kriegst besseres Essen zu Hause als hier, was? Austern und Kaviar, stimmt's?«). Sie bewohnten ein traurig wirkendes rosafarbenes Haus mit Stuckverzierungen auf dem Hügel, im hinteren Teil der Stadt, wo Monsieur, nachdem er mit den Renovierungsarbeiten begonnen hatte, feststellte, dass ihm entweder die Energie zur Vollendung der *bricolage* fehlte oder dass er keine Zeit dazu hatte, sodass der unkrautbewachsene Hinterhof mit Ziegelsteinen für eine nicht gebaute Veranda vollgestapelt war, im Wohnzimmer sich flockiges, in braunes Papier gewickeltes Isoliermaterial für einen vermeintlichen Ausbau häufte und die Badezimmerwände nur zur Hälfte gefliest waren. Solange ich in dieses Haus kam, machten diese Schönheitsreparaturen keinerlei Fortschritte, und ich sah Monsieur nie die Kelle schwingen.

Ich fand es eindrucksvoll, dass die Zwillinge aus dieser Scheußlichkeit herausgekommen waren, dass sie überlebt hatten, und war erleichtert, Freundinnen gefunden zu haben, deren dermatologische Probleme die meinen noch übertrafen. Darüber hinaus waren sie auch noch Asthmatikerinnen und trugen ständig blaue Plastik-Inhalationsapparate mit sich herum, die sie aus Stoffbeuteln zogen, die ihre Mutter mit ihren Namen bestickt hatte und die ihnen in meinen Augen eine besondere Mystik verliehen, und zwar die kränklicher Heldinnen aus dem neunzehnten Jahrhundert.

Aline wollte Ärztin werden, und als ich sie schließlich an einem Nachmittag zu mir nach Hause einlud, glotzten sie nicht die Skulptur an oder nahmen auch nur erkennbar Notiz von der Bucht von Algier im Wohnzimmer, sondern waren vielmehr auf eine natürliche und unerschrockene Weise an Etienne interessiert, bei dem Aline länger als eine Stunde saß, ruhig mit ihm sprach und seine Gliedmaßen in einer pseudowissenschaftlichen Weise untersuchte. Etienne, der an medizinische Untersuchungen ausgiebig gewöhnt war, hing dabei passiv und heiter in seinem Stuhl, während seine Krankenschwester kam und ging und amüsiert die Augen rollte angesichts der Fragen von Aline nach der Darmtätigkeit des Jungen und nach seinem Kauvermögen.

Kurzum, die Zwillinge waren in jeder Hinsicht eine Erleichterung. Sie bewunderten sogar meinen Bruder; sie fanden mich hübscher als sich selbst (um ehrlich zu sein, ich fand das auch); sie waren sehr gut in Mathematik und waren mir im Austausch für meine Hilfe in Geschichte und Französisch dankbar. Und vor allem kämpften sie gegen diese Trostlosigkeit zu Hause, die mir noch unbezwingbarer erschien als meine eigene: Sie fanden meinen Hintergrund glamourös und bedeutender als den ihren (auch hier stimmte ich ihnen trotz meiner Proteste bei), sie schienen davon überzeugt, und ich wäre es auch gerne gewesen, dass ich für eine größere Zukunft bestimmt sein musste (ich war zur Hälfte Amerikanerin, war schon in New York gewesen), und wenn ich erleichtert unser Leben verglich, war ich geneigt, ihnen zuzustimmen. Sie vermittelten mir den Eindruck, meine Freundschaft sei ein Privileg, und ich genoss das Gefühl.

Zu Weihnachten schenkten sie mir zwei Kissenbezüge, die sie selbst genäht hatten, abends Seite an Seite vor dem Fernseher sitzend (ihr Vater ließ ihn den ganzen Tag plärren, wenn er zu Hause war. Obwohl das Haus klein war, wurden sowohl das Wohn- als auch das Esszimmer von einem Apparat beherrscht, und es gab noch einen weiteren, wie ich erfuhr, neben seinem Bett); die Kissenbezüge waren mit bunten Gänseblümchen und meinen Initialen bestickt, in Babyblau und einer breiten, gewundenen Schrift. Ich war entzückt, dass sich jemand meinetwegen so viel Mühe gemacht hatte, konnte mir jedoch gleichzeitig nicht verkneifen festzustellen, dass die Bezüge, eine Mischung aus Baumwolle und Synthetik, den armseligen Touch billiger Hotelbettwäsche hatten. Ich gab vor, sie zu schade zum Benutzen zu finden, faltete sie zusammen und verstaute sie mit meiner Unterwäsche in einer Schublade, wo sie unberührt lagen, bis sie viel später Etienne in seinen eisgrünen Raum begleiteten, eine Erinnerung an mich und an zu Hause, und dort Woche für Woche verwendet und in der Waschmaschine des Heims gekocht wurden, bis die Gänseblümchen verwaschen waren, die Fäden sich auflösten und meine Mutter, als sie zu Besuch war, in einem Anfall von Schuldgefühlen wegen der Einkerkerung meines Bruders die zerlumpten Überreste wegwarf. Ich meinerseits schenkte jeder von ihnen ein Paar Ohrringe, kleine grüne Steine für Aline und kleine rosafarbene für Ariane; ich hatte sie schnell bei dem Modeschmuckhändler im Einkaufszentrum erworben, und die Mädchen freuten sich darüber, als hätte ich sie mit unschätzbar wertvollen Perlen beglückt.

12

Es wundert vielleicht nicht, dass ich in der Freude über solch eine willige und hingebungsvolle Gesellschaft den Zerfall meines Vaters nicht richtig wahrnahm, nicht sah, dass er, mehr als nur der Hintergrund für unser Unglück, sich alleine aufgemacht und sich auf einen einsameren und entschiedeneren Weg in Richtung Selbstzerstörung begeben hatte als der gesamte Rest von uns.
Das Ereignis in all seiner Fernsehdramatik traf mich damals allein deshalb wie ein Schock, weil ich so lange auf der Hut vor Katastrophen gewesen war, deren mögliches Eintreten mir seit dem Augenblick bewusst gewesen war, als mein Großvater geschossen hatte – oder tatsächlich schon von dem Augenblick an,

als Etienne in unser Leben getreten und die Tatsache, dass er zu lange im Schoß meiner Mutter geblieben war, eine Angelegenheit von nur wenig Zeit und doch so unbarmherziger Bedeutung gewesen war. Ich war der Ansicht, Antennen für das Unglück zu haben – in unserem Haushalt prophezeite man einen düsteren Ausgang des Golfkriegs, als die Presse sich noch in Glückwünschen über die Effizienz des westlichen Angriffs erging, und von dem anschließenden Filmmaterial über die brennenden kuwaitischen Ölfelder war man nicht überrascht: Ich war dazu erzogen worden, immer mit dem Schlimmsten zu rechnen, ja, fast Trost dadurch zu finden, da das Schlimmste immer eintrat und es sicherer war, es vorher zu wissen –, und doch hatte meine Vorsicht versagt, weil ich mich mit meiner eigenen, scheinbar unschuldigen Existenz befasst hatte, in der Bibliothek, der Eisdiele und im Wohnzimmer zweier ungepflegter fleißiger Mädchen, deren Harmlosigkeit an der Grenze zur Parodie war.
Ich will damit sagen, dass, als mein Vater sich umbrachte, die Tat als solche keine Überraschung war; wohl aber der Zeitpunkt – in einem Tal offensichtlicher Ruhe, lange nachdem all der Kummer sich gelegt und mein kleines Leben scheinbar nach eigenem Muster aufzublühen begonnen hatte, zum ersten Mal nicht gänzlich, sei es nun aus Gehorsam oder nur als Reaktion, von den Vorgaben meiner Familie abhängig war. Als ich mich noch heftig nur für die eine Seite engagierte, da hatte ich den Tod meines Vaters herbeigewünscht; ebenso wie ich paradoxerweise geglaubt hatte, dass eben dieses Engagement, eben dieser Wunsch die Garantie dafür war, dass meinen Eltern nichts geschah. Und obwohl die Vernunft mir sagte, dass mein Wille nichts in ihrer Geschichte bewirken konnte, dass die praktischen Anforderungen Etiennes oder meines Großvaters vielleicht die Familie zusammenhielten, aber nicht ich mit meiner fieber-

haften, aber hilflosen Phantasie, schien es doch so, dass, nachdem dieser Wille einmal von der Gegenwart und der Vergangenheit – von ihrem Leben – abgelenkt war und sich der Zukunft und meinem eigenen Leben zugewandt hatte, irgendeine zentrale, unsichtbare Kraft, die die Familie LaBasse in einer geordneten Umlaufbahn gehalten hatte, verschwunden war und jeden von uns, vor allem aber meinen Vater, allein hinaus in den Äther geschleudert hatte. Solange da meine Wünsche waren, ob nun für oder gegen sie, und solange all meine Wünsche sich auf die Familie bezogen, blieben wir als solche bestehen; aber dann?

Der Tod meines Vaters ereignete sich im Frühling, fast ein Jahr nach der Freilassung meines Großvaters. Es waren nur wenige Wochen bis zu meinem sechzehnten Geburtstag (ich fragte mich, wie es hatte sein können, dass er den nicht mehr hatte miterleben wollen, und erinnerte mich dann an das Jahr zuvor, das Rütteln an meiner Türklinke und wie mein Vater brüllend darauf beharrt hatte, dass es in seinem Hause keine verschlossenen Türen gebe; und dabei hatte ich doch die ganze Zeit über gelernt, dass das Leben nichts als eine Folge solcher Türen war und das Bild eines Korridors letztlich eine Illusion, da nichts und niemand etwas anderes war als allein). Es war zwanzig Jahre her, seit er meine Mutter auf dem Boulevard in Aix getroffen hatte. Es war Frühling. (Ohne die entsprechende Sachkenntnis hätte niemand vermutet, dass dies die Selbstmordsaison war, dass bei manchen Leuten die bloßen Anzeichen von Hoffnung in der Natur ausreichten, um sich umzubringen.) Das U-Boot war aufgetaucht. Wie hatten die winzigen und doch sichtbaren, in ihrer Freude über den Landgang winkenden Matrosen ihn nicht zum Innehalten bewegen können? Wie hatte mein Vater in dem Gewirr von Unsicherheiten die Entschlossenheit für solch eine Tat aufbringen können? Und folgte er wie ich, als ich mich auf mein Leben einließ, seinem eigenen Stern? Oder war es wie bei all meinen sonstigen Handlungen das wilde, mottenähnliche Geflatter im Netz der LaBasses, eine übliche, aber fatale Reaktion? Oder war es das Zusammentreffen von Wunsch und Willen, ein tödlicher Zusammenfluss in seinem Gehirn, meinen Halluzinationen über den Tod von uns allen vergleichbar, aber ein Vorgang, der unaufgefordert die Grenzen der Phantasie verlassen hatte?

Als Frage für mich blieb und bleibt: War es Schicksal? Ist unser Ende bereits von Beginn an festgeschrieben – und wenn ja, wessen Beginn? Seinem eigenen, meinem oder Etiennes? Oder dem seines Vaters oder in den weit entfernten Fußspuren Tata Christines, die nach Frankreich zurückkehrte, es dort nicht aushielt und in die algerischen Berge zurückkehrte und mit ganzer Seele Afrikanerin wurde? War meinem Vater ein festes Los vorgegeben, vor dem ihn keine Wendung hätte bewahren können. War es vielleicht dieses Tempus, das ihn festlegte, das Plusquamperfekt: die Wende, bevor er wusste, dass es eine Wende war, die Entscheidung, die er getroffen hatte, bevor er wusste, dass es so etwas wie eine Entscheidung gab, sodass jegliche Zukunft, die er sich gewünscht haben mochte, nur undeutlich an jenem unerreichbaren Ort des So-hätte-es-sein-Können zu sehen war.

Ich träume davon, dass ich ihn hätte retten können, wenn ich eine andere Tochter gewesen wäre, wenn ich an diesem Abend im Restaurant sozusagen an die Tür seines Herzens geklopft, an ihrer Klinke gerüttelt, gefragt hätte; aber hätte ich mich nicht eher in das Aquarell mit der Bucht von Algier begeben müssen, um den Versuch zu unternehmen, den Verlauf der Geschichte schon lange vor seiner Geburt zu ändern, ein selbst im kindlichen

Reich der Phantasie, zu dem ich seit langem den Zugang verloren hatte, unmöglicher Akt? Und selbst dann?
Ich gehe sogar so weit zu fragen, inwieweit wir uns alle überhaupt von meinem Bruder unterscheiden; und für alle unsere Geschichten lautet offensichtlich die Antwort, überhaupt nicht.

Teil 9

I

Unmittelbar nach dem Tod meines Vaters waren die Fragen jedoch weit praktischerer Natur. Er war noch nicht unter der Erde, als ich, der Tragödie wegen nicht in der Schule, mitbekam, wie meine Mutter und meine Großmutter sich mit leisen Stimmen, die jedoch nichts verbargen, über den möglichen Auslöser für seinen Tod stritten.

»Alles war jetzt in Ordnung«, sagte meine Mutter. »Der Zeitpunkt ergibt keinen Sinn. Es ist das *Jetzt*, das ich nicht begreife.«

»Jacques und ich haben darüber gesprochen, und er ist sehr beunruhigt; in diesem Augenblick trifft er sich mit den Bankleuten. Denn der einzige Grund, den wir uns denken können –«

»Nein«, zischte meine Mutter.

»Das Bellevue war monatelang nur weniger als zur Hälfte belegt, ist in die roten Zahlen gekommen – ohne dass er was dafür konnte, der arme Kerl, zumindest nicht im vollen Umfang, da bin ich mir sicher, obwohl Jacques stets Zweifel an Alexandres Geschäftssinn hatte, aber er wollte so sehr den Aufstieg, strebte verzweifelt diesen vierten Stern an … Wir müssen sicher sein, dass er keine Verträge abgeschlossen hat, ohne uns davon zu erzählen –«

»Er ist euer Sohn! Er würde so etwas nie tun – nie getan haben.«

»Und eine Freundin hat er dann auch nie gehabt oder? Er war ganz wild auf ein Doppelleben, ein grandioseres Leben. Der arme Junge, er kam sich dann wirklich vor.«

»Das ist absurd. Du hast es selbst gesagt, bei den Frauen ging es um Sex, das ist alles. Das Hotel – er lebte für das Hotel, er brannte darauf, es endlich selbst zu führen, auf seine Art, und wenn sich dein Mann nicht eingemischt hätte –«

»Es ist das Hotel meines Mannes, meine Liebe.«

»Lass uns nicht streiten. Aber ich schwöre dir, er würde nie das Bellevue verspielt haben, nicht jetzt, so wie die Dinge laufen. Er hat den Zusammenbruch von diesem Kerl drüben in Cassis letzten Herbst mitbekommen – er weiß – er wusste, dass das Paar in Carqueiranne fast auf dem Zahnfleisch geht – er würde das Hotel nicht jetzt riskieren.«

»Wir werden sehen. Wir hoffen es nicht. Er wollte überall neue Badezimmer, eine komplette Neutapezierung. Das Restaurant wollte er komplett renovieren und hat davon gesprochen, im nächsten Winter zu diesem Zwecke zu schließen; und wenn es ihm ernst damit war, wenn er bereit war, seine Pläne gegen Jacques und den gesunden Menschenverstand hinter dem Rücken seines Vaters zu verwirklichen – wer kann dann sagen, dass er nicht womöglich doch Verträge unterzeichnet hat, von denen wir nichts wissen? Er hat sich mit Architekten getroffen, mit Bankleuten, sogar mit Bauunternehmern – so viel wissen wir allein durch den Terminkalender seiner Sekretärin –«

»Ich glaube es nicht. Du wirst es sehen. Ich kann es nicht glauben – und wie kannst du es – du verleumdest deinen eigenen Sohn – und seine Leiche ist noch nicht kalt!«

»Du bist hier nicht die Einzige, die Kummer hat, mein Mädchen. Warst denn nicht du drauf und dran, wie ich mich erinnere, dich beim ersten Anzeichen von Schwierigkeiten aus dem Staub zu machen, nur wegen ein oder zwei alberner kleiner Treffen?«

»Was fällt dir ein! Niemals! Bitte – ich denke, wir sollten es jetzt gut sein lassen – wir sind durcheinander, natürlich sind wir durcheinander, und wir sagen Dinge …«

Es war jetzt still. Obwohl ich hinter der Küchenwand stand, wagte ich kaum zu atmen.
»Wenn es das nicht ist, was dann?«, fragte meine Großmutter verzweifelt. »Das wäre wenigstens ein Grund. Dann könnten wir ihm vergeben. Andernfalls – ich zermartere mir das Hirn –«
»Als ob ich das nicht auch täte! Als ob ich schlafen könnte! Etienne ist der Einzige im Haus, der schläft, der es nicht versteht, der es einfach nicht versteht –«
»Hat dir der Doktor nichts gegeben?«
»Ich will gar nicht schlafen«, sagte meine Mutter. »Ich will – Gott im Himmel, ich will aufwachen.«
»Kann es vielleicht wegen einer Frau gewesen sein? Weißt du da was? Gab es in letzter Zeit jemanden, eine Neue?«
»Die waren nicht von Bedeutung. Das hast du selbst gesagt. Sie waren nie von Bedeutung. Abgesehen davon haben wir nie darüber gesprochen. Nicht mehr seit letztem Frühjahr. Nicht mehr seit einem Jahr.«
»Aber vielleicht hat ihn jemand – ich weiß nicht – erpresst – wegen irgendeiner Frau, einem Geheimnis – einem Kind – ich weiß nicht –«
»Und er soll Angst davor gehabt haben, dass ich es erfahre?« Meine Mutter lachte bitter. »Glaubst du wirklich, er hätte das gefürchtet? Vor einem Jahr, als ich noch herrlich unwissend war, hätte ich das vielleicht geglaubt. Aber vor einem Jahr hielt er sich für unschlagbar. Wenn es da Kinder gegeben hätte – selbst ein Dutzend –, hätte er es mir gesagt. Es wäre für ihn eine Quelle des Stolzes gewesen. In so einer Gemütsverfassung war er. Aber jetzt? Jetzt wusste ich es, und er wusste, dass ich es wusste, und wir machten so weiter, als wüssten wir nichts, aber ich kann nicht glauben, ich kann nicht hinnehmen –« Die Stimme meiner

Mutter klang erschöpft. »Aber welche Bedeutung hat das Warum? Es ist passiert.«
»Wenn es wegen des Bellevue war, dann ist es von großer Bedeutung, für uns alle und auf lange Sicht.«
»Dass er von uns gegangen ist – das ist von Bedeutung, unabhängig von allem. Darauf gibt es keine Antwort. Wir alle haben ihn irgendwie enttäuscht –«
»Unsinn.« Die Stimme meiner Großmutter war schrill. »Er hat uns enttäuscht.«
»Wir sind zornig. Es ist natürlich, dass wir zornig sind, hat der Priester heute Morgen gesagt. Aber wir sollten sehen, dass wir nicht nach Schuldigen suchen, hat er gesagt. Wir sollten beten –«
»Wir beten, wir beten immer, und wir beten auch weiterhin, weil das alles ist, was wir tun können – aber da gibt es auch Fakten, mit denen man fertig werden muss –«
»Er war depressiv, das ist ein Faktum. Er war irgendwie allein.«
»Du bist seine Frau.«
»Ich hätte es wissen müssen.« Meine Mutter begann zu weinen, sie atmete laut und stoßweise.
»Wer hätte das wissen können? Jetzt müssen wir notwendigerweise einen Weg nach vorne finden. Deshalb sind die Fakten wichtig. Wir können nicht das Bellevue verlieren – es würde Jacques umbringen, es wäre der letzte Strohhalm –«
»Du Teufelin!«, schrie meine Mutter plötzlich voller Wut. »Genau dieser Mann und dieses verfluchte Hotel haben Alex umgebracht!«
Es herrschte vollkommene, eisige Stille; und dann war die Stimme meiner Mutter wieder zu hören, in einem völlig anderen Tonfall, flehentlich. »Geh nicht – bitte – Monique – bitte. Ich habe es nicht so gemeint. Wir sind alle durcheinander – mehr als

durcheinander – ich weiß nur nicht, wie ich – niemand hat die Verantwortung dafür – aber bitte, schieb nicht Alex die Schuld zu.«
»Tust du das nicht?«

2

In der Küche, die Wange gegen den kühlen Anstrich der Esszimmertür gepresst, wurde mir bewusst, dass der Selbstmord meines Vaters, ob nun beabsichtigt oder nicht und aus welchen Gründen heraus auch immer, seine einzige große und hervorstechende Tat war, in der er seiner Schwäche getrotzt hatte. Ein wütendes, gesichtsloses Monster, das losgelassen worden war, um Veränderung in die Familie zu bringen (wie sehr hatten wir uns alle nach Veränderung gesehnt), war diese Tat sein Frankenstein, ein lebendiges Wesen, das jeden von uns für immer verfolgen würde, das Gespenst seines letzten Willens. Als Geist hatte mein Vater größeren Einfluss als ihn sich sein Vater je hätte erträumen können; nur durch das Krümmen seines Fingers am Abzug prägte und entzweite er uns in einer Weise, wie wir es uns nie hätten vorstellen oder mit all unseren Beschwörungen hätten wünschen können. Es hatte ein Eigenleben. In diesem Augenblick in der Küche wurde mir zum ersten Mal richtig bewusst, dass mein Vater wirklich tot war, wurde für mich die riesige Kluft zwischen Vorstellung und Wirklichkeit sichtbar, als mir nämlich – noch immer vage – dämmerte, dass Letztere die absolute Macht über Erstere hatte, und nicht andersherum.
Wir hatten immer in einer Welt des Glaubens gelebt, in der die aus der Vergangenheit erschaffenen Geschichten so viel wogen

wie die Wahrheit, einer Welt, in der unser Pessimismus das Bollwerk gegen Katastrophen war und unsere zumeist in aller Stille gehegten Hoffnungen unsere ungelebte Zukunft nährten. Wir hatten geglaubt – an Gott, unser Land, die Familie, die Geschichte – und hatten gedacht, der Glaube reiche aus und die Welt würde sich ihm, wäre er nur hinreichend raffiniert, beugen. Und dies trotz Algerien, trotz Etienne, trotz der Macht des Gesetzes, den unvorhergesehenen Hindernissen, die uns eine stumme Gottheit gesandt hatte, um uns auf die Probe zu stellen. Letztendlich hatte Jacques den Fall des französischen Algeriens vorhergesehen und seine Familie in Sicherheit gebracht. Alexandre hatte zum Schutze Etiennes vor der Außenwelt ein Haus gebaut. Mein Großvater hatte das Bellevue auf Felsen gegründet, und es hatte mitsamt ihm und uns den ersten Knall einer Waffe samt Auswirkungen überlebt.
Aber mein Vater hatte in Wahrheit nur gelebt, als würde er glauben; sein Glaube war, nachdem alle anderen LaBasses weggegangen waren, bei seiner Großmutter und seinem Land geblieben und war mit dem sinkenden Sarg untergegangen. Mein Vater war wie sein Vetter Serge nur halb und zu spät gerettet worden, und sein einziger beständiger Glaube galt dem Wie-es-hätte-sein-Können. Ohne das wir immer leben müssen, so wie ich von nun an immer ohne meinen Vater leben würde. Er hatte am Ende nichts mehr gehabt, woran er sich hatte festhalten können, außer der Wahrheit, deren letzte Bestätigung der Tod war. Die Geschichten, Fragmente, zusammengestellt zum Schutz gegen seinen Verfall, waren nichts als Fragmente, Worte. Und all die Erzählungen, die meine Großmutter, meine Mutter und sogar mich einlullten, deuteten für ihn auf keine Zukunft hin; die Zukunft war ein Ort, den wir nun ohne ihn aufsuchen mussten.
Ich kann heutzutage nicht nach Algier reisen. Selbst wenn ich es

könnte, würde ich dort nicht die geliebte Stadt meines Vaters, meines Großvaters finden, nicht einmal Überreste davon. Nicht nur, dass sich die Straßennamen geändert haben und französische Statuen durch algerische ersetzt worden sind und sich die Geographie durch Baumaßnahmen verändert hat; ich würde eine imaginäre Stadt suchen, ein durch Worte und partielle Erinnerungen heraufbeschworenes Paradies, einen Ort, der nie auf der Landkarte existiert hat: so wie das Bellevue heute nicht der Ort ist, der es für mich aus dem Blickwinkel der Fünfzehnjährigen war, obwohl es äußerlich unverändert ist.

3

Als mein Vater starb, begann ich zu träumen, mir Fragen über meinen Fast-Onkel zu stellen, über den Schattenmann, der noch vor seiner Geburt aus dem Haus der LaBasses geworfen worden war. Auch er hatte ein Leben oder hatte eines gehabt, ein Leben, das, nach allem, was ich wusste, noch andauerte. Sein Leben muss wie das meines Vaters vom Schicksal berührt worden sein; seine Geschichte (eine andere Perle, die man fallen gelassen hat) beschreibt die unsere; er war der Geist, über den man nicht sprach (hatte mein Vater überhaupt von ihm gewusst? Ich glaube nicht. Meine Großmutter hätte es ihm nie erzählt, und meine Mutter versicherte mir, dass mein Vater von ihr nichts erfahren habe) und der meinen Vater auf Schritt und Tritt begleitete, Jacques' Fleisch gewordene Sünde, die Entscheidung, die im Leben meines Vaters getroffen worden war, bevor er gewusst hatte, dass es Entscheidungen gab. Hier war vielleicht ein Wie-es-hätte-sein-Können gewesen, das die Familiengeschichte, die

Familienrealität hätte ändern, das deren Verlauf selbst bis zum letzten Tage meines Vaters hätte anders gestalten können.
Zu Beginn, als das erste geisterhafte Bild vor meinem geistigen Auge erschien, fragte ich mich, ob er wohl buchstäblich neben uns herging, ob Khalidas Sohn, ein Bastard mit grünen Augen, von seiner aufgeregten Mutter im zarten Alter von elf oder zwölf nach Frankreich verfrachtet worden war, vielleicht in Begleitung seines jüngsten Onkels, damals selbst nur ein junger Kerl von kaum mehr als zwanzig Jahren. Dieser Onkel war zweifellos ein Junge gewesen, den mein Vater flüchtig vom Lycée in Algier her gekannt hatte, ein einheimisches Wunderkind, ein paar Jahre älter, blass und bebrillt, mit Flaum auf der Oberlippe und einer nachdenklichen Art; er hatte zur schlimmsten Zeit der Unruhen mit seinem Studium an der städtischen Universität begonnen – wahrscheinlich Maschinenbauwesen – und verzweifelt den Rat eines ihn bewundernden Universitätslehrers gesucht, dessen edelste Tat es gewesen war, diesen brillanten Berberstudenten zu retten und ihm einen Platz an der Universität in seiner Heimatstadt Lyon zu verschaffen. Und als Khalida – letztlich mehr Tante als Schwester, die treibende Kraft für die Erziehung ihres jüngsten Bruders – erfuhr, dass er wegging, um die Chance dort zu ergreifen, wo sie ihm der schnurrbärtige Mathematiker angeboten hatte, flehte sie zermürbt durch all die Jahre, in denen sie sich allein hatte durchkämpfen müssen, die Missbilligung ihrer Familie und den Zank und Streit, in den ihr Sohn mehr und mehr verwickelt wurde, ihren Anverwandten an, Hamed mitzunehmen, ihn von ihrem sündigen Joch, seiner Vaterlosigkeit, zu befreien und ihn in einer guten Schule in Lyon unterzubringen. Sobald es ihre Finanzen (ihr mit Putzen und Kochen erspartes Geld und ihre Zusatzeinnahmen durch Flickarbeit) erlaubten, würde sie dorthin nachkommen.

Und so befand sich etwa um dieselbe Zeit herum, als Jacques, Monique und Marie die Flucht ergriffen, unter einer Wintersonne, die in ihrer eisigen Helligkeit keine Falte und keine Ritze verschonte, das Trio am Flughafen, in der Nähe des Abfertigungsschalters inmitten der sich drängelnden, Hüte tragenden Europäer und ihrer in Korsetts steckenden Frauen neben dem Kreis von Air-France-Angestellten, die in ihren gebügelten Uniformen herumstanden, während die Rotoren des Flugzeugs draußen ihren Probelauf machten. Khalida, die in ihren abgetragenen Fransenschal gehüllt war, drückte ihren grünäugigen Jungen an ihre Brust, dessen schäbiger Pappkoffer neben ihnen am Boden stand, und schluchzte leise tief aus dem Bauch, und ihre Tränen fielen in sein Haar, während sein Onkel wartete, die Augen auf das Rollfeld und die schmierige Glasscheibe gerichtet, die ihn davon trennte; er strich sich über die flaumige Oberlippe und blies wie ein Drache Zigarettenrauch durch die Nasenlöcher.

Der kleine Hamed in seinen kurzen Hosen, unter denen seine schorfigen braunen Knie kaum merklich zitterten, ließ die Umarmung seiner Mutter mit offenen Augen über sich ergehen, ohne zu wissen, was dieser Abschied bedeutete oder ob er weinen sollte (»Sei tapfer, mein Kleiner«, murmelte seine Mutter, und er schloss daraus, dass er nicht weinen, jedoch den Wunsch dazu verspüren sollte). Er versuchte sich vorzustellen, was vor ihm lag, war dazu jedoch nicht in der Lage. Während ihm Bilder aus Schulbüchern von schneebedeckten Giebeln und mit Zinnen gespickten Burgen durch den Kopf gingen, fragte er sich, wie die französische Luft wohl roch, ob er dort den vertrauten Geruch von Zypressen, Dung und Meer wieder finden würde.

In ihrer nur mit kaltem Wasser ausgestatteten Wohnung am Stadtrand von Lyon sprachen Onkel und Neffe nicht oft miteinander und dann nie von zu Hause. Hamed sehnte sich nach seinen Freunden, nach der zärtlichen Hand seiner Mutter – dem leisen Murmeln ihrer Stimme –, während sein Onkel, vertieft in seine Studien, die einfachsten elterlichen Pflichten, wie eine anständige Mahlzeit zuzubereiten oder eine Zeit zum Schlafengehen festzulegen, vergaß oder gar nicht kannte. Der kleine Junge wurde hart und erfinderisch, versorgte sich mit einem kalten Abendessen und vertrieb sich nach der Schule in der Wohnung die Zeit. Er war ein ruhiges, grimmiges Kind, das unter den flachsblonden, höhnischen Katholiken, die seine Klassenkameraden waren, keinen Freund hatte. Er ertrug die Schule, so gut er konnte, einen Ort, an dem die Lehrer wenig von ihm erwarteten und seine Mitschüler noch weniger; er lebte als Außenseiter, in jeder Hinsicht.

Khalida kam nicht – konnte nicht kommen. Mit der Hilfe anderer Brüder schrieb sie gelegentlich ihrem neuerdings französischen Sohn auf Französisch gestelzte förmliche Aufmunterungen und Ermahnungen, die wenig über den Zustand der Stadt verrieten, die FLN-Drohungen und die neu gegründete, plündernde OAS. Hameds junger Aufpasser-Onkel hob den Kopf nur von seinen Büchern, um den Bruch zu beklagen: Er lebte in einer reinen Welt der Zahlen und Diagramme und zog es vor, in dieser zu bleiben, wusste er doch, dass weder Frankreich noch Algerien im Augenblick ein geeigneter Ort für einen begabten, an Politik uninteressierten Berber war, aber dass er sich in Frankreich wenigstens für eine Weile dem revolutionären Aufruf seiner Generation entziehen konnte.

Nach dem Friedensabkommen und nachdem sich Frankreich aus Algerien zurückgezogen hatte, wurde Hameds Leben schlimmer, nicht besser, ein Leben, in dem er wegen seines gekräuselten Haares und seiner Hautfarbe für das Elend bestimmt war, aber er war mittlerweile so brutal, dass er damit fertig wurde. Brutalität hat sehr wenig mit Schularbeiten zu tun: Stattdessen zeichnete er sich bei Faustkämpfen und beim Schuleschwänzen aus, darin, die Schule, wo er verhöhnt und mit Steinen beworfen worden war, zu meiden. Er machte andere Jungen seiner Art ausfindig, die von ihrer Heimat abgeschnitten waren, und sie schlossen sich zusammen. Sobald er konnte, inzwischen im Stimmbruch und mit dunkler Oberlippe und kräftigen, muskulösen Armen, verließ er den Schulhof und verdingte sich als Mechanikerlehrling, verurteilte sich bereitwillig zu einem von Blaumännern und öligen Schraubenschlüsseln bestimmten Schicksal. Sein Onkel, der auf die Empfehlung seines Professors hin mittlerweile einen respektablen Posten bei der Stadt hatte, schürzte leicht missbilligend die Lippen, unternahm jedoch nichts dagegen. Da waren Mädchen, da waren Cafés: Sie boten ein gewisses Vergnügen, und Hamed sah zum Schrecken seiner weit entfernten Mutter nicht oder wollte es nicht sehen, dass dies für einen Muslimen in Frankreich, der keinen Haufen Diplome vorzuweisen hatte, auf Jahre hin alles sein würde.

Schließlich, recht früh, hatte er eine Frau und Kinder. Die Puzzleteile waren an ihre unveränderlichen Plätze gefallen: Das war sein Leben. Und vielleicht, rein theoretisch, war der grünäugige Algerier, der auf einem schmutzigen Rollwagen unter das Auto meines Vaters glitt, als es auf dem Weg nach Paris, wo die Familie ein verlängertes Wochenende verbringen wollte, im Randbezirk von Lyon eine Panne hatte, mein Onkel. Womöglich hatten sie sich getroffen und es nie erfahren. Ich, damals ein Kind von acht Jahren, saß vielleicht mit klebrigen Fingern schmollend mit einem Comic auf dem Rücksitz, und Etienne, stramm festgeschnallt, döste neben mir und nahm diesen raubeinigen Mechaniker mit dem Overall und dem Adlergesicht vielleicht nicht einmal wahr, als dieser sich mit meinem Vater über Keilriemen und Kühler unterhielt.

4

Oder vielleicht war es ganz anders. Vielleicht behielt Khalida ihren Jungen zu Hause und hatte, als ihr Bruder anbot, ihn mit nach Frankreich zu nehmen, nach langem Überlegen »nein« gesagt, weil sie sich ein Leben ohne Hamed, ihren kleinen Beschützer, nicht vorstellen konnte, den Einzigen, der sie nie verflucht hatte und fest zu ihr stand. Er, unbändig wie alle Kinder, schwänzte die Schule, schloss sich Gruppen jugendlicher Krakeeler am Rande der FLN an und machte sich in der Gegend einen Namen als antifranzösischer Aufrührer. So wurde er, wegen seiner grünen Augen und seiner Keckheit, zur Zielscheibe, fiel inmitten des Wahnsinns Anfang '62 einer Kugel der OAS zum Opfer, während ein vorbeifahrendes Auto rhythmisch *»Al-gé-rie fran-çaise«* hupte und die Europäer auf der nachmittäglichen Straße zur Seite blickten – sie hatten nichts gesehen –, als sein biegsamer kleiner Körper an der Schwelle zur Pubertät am Straßenrand zusammenbrach und dann dalag, die Wange gegen die Bordsteinkante gepresst, die grünen Augen weit geöffnet, während sein Blut unter seinem Körper eine dickflüssige Pfütze bildete, die vor allem die Aufmerksamkeit einer Schar träger Pferdebremsen auf sich zog. Und erst Stunden später würde Khalida nach Hause kommen und sein Fehlen feststellen, und erst weitere Stunden später hätte sie ihn dann in der violetten Dämmerung gefunden, ohne dass jemand ihn angerührt hatte, mit steifen Gliedern, die Kleider starr vor getrocknetem Blut, während die Scheinwerfer der Autos über ihn hinwegglitten und weiter auf ihren Weg gerichtet waren.

Oder vielleicht blieb er zu Hause und war glücklich. Vielleicht vergab ihre Familie seiner Mutter die Fleisch gewordene Sünde und kümmerte sich um sie und ihn. Vielleicht steuerte er an der hilfreichen Hand seiner Mutter durch die turbulenten Jahre und ging am Ende auf das Lycée Bugeaud, nachdem dessen Name geändert worden war, wo er nur gelegentlich wegen seiner grünen Augen und seines wenig afrikanischen Äußeren verhöhnt wurde; vielleicht zeichnete er sich durch harte Arbeit und ein freundliches Wesen aus – ein ruhiger Junge, der mit seinen Onkeln in die Moschee trottete, das verfilzte Haar mit Wasser geglättet und die Fußsohlen braun und hart wie Leder. Vielleicht ging er dann, dem Wunsch seiner Mutter entsprechend, auf die Universität, glänzte dort mit seinem geschulten Verstand, übte sich in weltlichen Disziplinen und trat in Algier als Universitätslehrer oder Journalist hervor, stolzes Symbol seines neuen Landes, mit einem Blick in die Zukunft und um sich wie ein Heiligenschein einen Lichtkranz der Hoffnung. In diesem Falle kam der Moment der Entscheidung vielleicht später, etwa um die Zeit, als sein unbekannter Bruder starb und Hamed feststellen musste, dass wegen seines Lebenswerkes ein Preis auf seinen Kopf ausgesetzt war (denn genau das passierte im zerrissenen Algerien zu Beginn der letzten Dekade des Jahrhunderts) und dass er zwischen Flucht und Terror wählen musste, wie schon einmal als Kind, damals bei den Franzosen. Und falls er blieb und am Leben blieb, dann für wie lange? Früher oder später hätten ihn die maskierten Männer gefunden, in seinem Auto auf dem Weg zur Universität oder in seinem Büro oder zu Hause im Bett, während sich über der weißen Stadt und der Bucht die Sonne emporkämpfte, und wir hätten über seinen Tod in der Zeitung lesen können, ein Tod unter so vielen, überdeckt noch von den Morden an Europäern, und würden nie erfahren haben, dass wir einen Angehörigen verloren hatten, und hätten nie getrauert. Im Falle der Flucht vielleicht, falls er willens gewesen wäre, für sein Leben sein Heimatland zu opfern, den Koffer dem Sarg vorzuziehen wie der Rest der LaBasses, war es möglich, dass er sich wie ich der neuen Welt zugewandt hatte und mit Frau, Söhnen und Tochter nach Washington oder New York geflogen war, wo er eine Arbeit suchte, die seiner Ausbildung und seinem früheren Ansehen entsprach, während er ein ungefedertes, klappriges Taxi fuhr, um die Miete zu bezahlen. In diesem Falle hätte ich später vom Rücksitz aus durch die milchige Trennwand auf seinen Nacken starren und einen Blick auf seine Lizenz mit dem Verbrecherfoto und dem in Großbuchstaben geschriebenen Namen werfen können und mich über die grünen Augen gewundert, während ich leise vor mich hingemeckert hätte, dass er so lange brauchte, um mir mein Wechselgeld herauszugeben. Falls er den französischen Sender eingeschaltet gehabt hätte, hätten wir uns vielleicht sogar unterhalten – wie ich das oft tue – über Amerika, auf Französisch, wie er es hier finden würde und ob seine Kinder sich gut entwickelten, ob er sein Zuhause sehr vermisse, die Kasbah mit ihren Treppenhäusern und Gassen, die Landschaft seiner lange zurückliegenden Schulferien, die Zitronenhaine und selbst die seltenen Heuschreckenschwärme, die über den Hof seiner Großeltern hergefallen waren, als er ein Junge war. Die französische Sprache hätte uns verbunden, und doch hätten wir bei unserem Zusammentreffen nicht gewusst, dass wir blutsverwandt waren, zu einer Familie gehörten; und wäre einer von uns sich dessen bewusst gewesen, hätten wir angesichts all der Entscheidungen, die so lange vorher für uns getroffen worden waren, unsere Verbindung nicht zugegeben, da wir die Kluft für zu groß, das Misstrauen für zu tief hielten. Es hätte keine Worte dafür gegeben, was uns gleichzeitig verbindet und trennt.

5

Aber wenn ich noch weiter zurückgehe und nicht danach frage, was vielleicht hätte sein können, sondern wie es eventuell gewesen wäre, wären die Entscheidungen anders getroffen worden, bevor mein Vater und sein Fast-Onkel überhaupt wussten, dass es Entscheidungen zu treffen gab, dann kann ich mir Khalida auch weiterhin unter dem Dach meiner Großeltern vorstellen, und Hamed – kaum jünger als meine Tante – spielte zusammen mit Alexandre und Marie in dem hallenden, schlecht gepflasterten Hof des Appartement-Gebäudes, drei kräftige kleine Kinder, die mit dem Ball herumkickten oder sich bei Räuber und Gendarm anschrien, oder die Jungs, die zusammen Käfer suchten, um sie Marie ins Kleid zu stecken, und an den Wochenenden entschwanden sie gemeinsam zu dem Salzwasser-Schwimmbad, Hamed als Schützling und Kumpan meines Vaters. Und später, in der Schule und selbst auf dem Gymnasium, rannten sie Seite an Seite, die Ranzen auf dem Rücken, zwischen den langsam gehenden Erwachsenen zum Süßwarenladen und bummelten an den dunkler werdenden Nachmittagen Arm in Arm durch die Gassen, beide gleichermaßen unwillig, sich aus dem Gedränge zu lösen und nach Hause zu gehen; sie unterzogen sich den altbewährten Ritualen von Jungenfreundschaften und wurden Blutsbrüder (was sie bereits waren, ohne es vielleicht zu wissen, und lebten als das, was sie tatsächlich waren, so, als

ob sie es wären), indem sie sich in den Daumen stachen und die heraustretenden Blutstropfen miteinander vermischten; sie bekämpften sich mit Stöcken, die sie als Schwerter benutzten, klauten Obst auf dem Markt, teilten es sich im Jardin Marengo unter den Laubbäumen und schlichen dann nach Hause, um dort ihre vom Saft verfärbten Zungen vor ihren streng blickenden Müttern zu verbergen.
Und als die Unruhen kamen, ließen sie sich vielleicht wegen ihres freundschaftlichen Verhältnisses nicht davon mitreißen. Oder doch, waren aber jeder dazu gezwungen, ihre zertrümmerte Welt jeweils unterschiedlich zu sehen, durch die Augen des liebsten und ältesten Freundes, und das hätte die Stimmung der Zeit, wenn auch nur sehr geringfügig, verändert. Und wenn mein Großvater und seinesgleichen und deren Großeltern und wiederum deren Großeltern Tausende oder Millionen Male diese Alternative gewählt hätten, wäre es in dieser Form oder zu diesem Zeitpunkt vielleicht gar nicht zu den Unruhen gekommen. Camus' Traum – die Stadt der weißen Steine, die im Sonnenlicht leuchtete und dank ihres intensiven, vielfarbigen Lebens jeder Hautfarbe und jedem Glauben und den unterschiedlichen Vergangenheiten, die es im Mittelmeerraum gibt, Zuflucht bot – wäre dann vielleicht möglich gewesen.
Letztlich war der heilige Augustinus, der Sohn eines Römers und einer Berberin aus dem vierten Jahrhundert, ein Mischling; und Camus selbst, obwohl Franzose, war von seiner Abstammung her Spanier; und die Mutter meines Großvaters, die ursprünglich Italienerin war, hatte eine Schwester, die einen Maltesen heiratete. Und der Mythos will es, oder vielleicht stimmt es sogar, dass an der Wende zum neunzehnten Jahrhundert ein Schiff, das Nonnen zu den Antillen bringen sollte, bei Ténès sank, an der Küste Algeriens, unmittelbar westlich von Algier.

Die kleine Stadt, in der die Nonnen Zuflucht fanden, war von Krankheiten heimgesucht worden, sodass nur noch wenige Frauen dort lebten; auf Geheiß ihrer Mutter Oberin folgten die Schwestern Gottes Ruf und tauschten das Zölibat gegen einen muslimischen Ehebund. Sie ließen sich in der kleinen Stadt nieder und bekamen Kinder und vereinten ihre europäische, christliche Kultur und ihr Blut mit dem ihrer Männer und Gastgeber; und ihre Oberin, die Retterin der Stadt, wurde für ihre Taten unter dem Namen Lalla Mériem Binett als Marabut verehrt. Wenn dies zweihundert Jahre zuvor möglich gewesen war, dann hätte es auch ein Jahrhundert später so sein müssen, und selbst heute in Afrika sowie in Frankreich oder Amerika.

Tatsächlich weiß ich es aber besser. Meine französischen Vorfahren, zurückgehend bis zu Tata Christine, landeten auf blutdurchtränktem Boden, und nichts konnte diesen Anfang ungeschehen machen. Aber Tata Christines einsamer Weg führte sie, im Gegensatz zu den Zeitströmungen, in die Berge, wo sie vielleicht tatsächlich Khalidas Mutter oder Vater auf die Welt geholfen hat. Die Abkehr von der Utopie – von der Stadt Gottes auf Erden – erfolgte wiederholt, im Kleinen und im Großen, manches davon so geringfügig, dass es gar nichts zu bedeuten schien, wie etwa das längere Verweilen meines Bruders im Mutterleib von der Zeit her wenig Bedeutung hatte, für sein Schicksal in der Welt aber viel. Hamed, denke ich, ist der Schlüssel zum Herzen meines Vaters, der Schlüssel, den man ihm nie angeboten hat, die Möglichkeit eines anderen Lebens. Vielleicht hätte es nichts geändert, wenn sie einander gekannt und als Brüder geliebt hätten; aber ich bezweifle es. Ich lebe, als hätte es dieses Wie-es-hätte-sein-Können, im Imaginären schimmernd, gegeben; und wenn es sich auch nur um ein »als ob« handelt, so habe ich gelernt, dass es deshalb nicht weniger real ist.

6

Der Sarg musste bei der Beerdigung geschlossen bleiben; auf dem Deckel lag ein Foto meines Vaters. Er blinzelte und lachte breit darauf, als läge statt seiner Einzelteile diese lachende Gestalt im Sarg. Warum mein Vater sich erschoss, wissen wir nicht. Er hatte nicht das Bellevue verspielt, obwohl meine Großeltern dies gehofft hatten – vielleicht als Strafe für die Schuld, die sie ihrer Meinung nach trugen; falls dies so war, gestanden sie diese jedoch nie ein. Für das Hotel, das war richtig, waren magere Zeiten angebrochen, aber das galt auch für die meisten anderen in der Region. Bei Alexandre war auch nicht insgeheim Krebs festgestellt worden. Keine Geliebte trat hervor und machte Forderungen geltend, keine bislang unbekannten LaBasse-Kinder tauchten weinend an seinem Grab auf und streckten die Hände nach Geld aus. Meine Mutter und er hatten sich nicht gestritten, noch hatte mein Großvater seinen Sohn noch offensichtlicher tyrannisiert als gewöhnlich. Nichts unter Alexandres Papieren warf ein erhellendes Licht auf seine Pläne, keine hingekritzelten Notizen oder Banküberweisungen deuteten auf eine sorgfältige vorherige Planung hin, die vielleicht zumindest teilweise seine Tat hätte erklären können. Er hinterließ keinen Abschiedsbrief. Die Lokalzeitungen hatten dennoch ihren großen Tag: Über einem Foto, auf dem wir alle zusammen in schwarzer Kleidung und mit düsteren Gesichtern auf der Kirchentreppe standen (bis auf Etienne, der sich, als auf den Auslöser gedrückt wurde, bewegt hatte und von dem nur ein verwackeltes Grinsen zu sehen war), brachten sie die Schlagzeile: »Eine Familie, die zum Untergang verdammt ist«. Zwangsläufig rollten sie noch einmal den Prozess auf, ritten auf der Behinderung meines Bruders herum und taten ihr Bestes, um eine düstere Verbindung zwischen der

Mafia und dem Tod meines Vaters herzustellen. Meine zerbrechliche Mutter, die in Strümpfen war, fiel schluchzend in meine Arme, als sie den Artikel zu Gesicht bekam, während meine Großmutter den Kopf schüttelte und das Gesicht verzog, ob nun wegen des Presseberichts oder der Schwäche meiner Mutter, sagte sie nicht. Meine Tante Marie, die gerade erst angekommen war, stand dumm und blinzelnd daneben.

»Wir werden ihnen beweisen, dass sie Unrecht haben«, versicherte meine Großmutter dem Rest von uns mit vor Ärger zuckendem Gesicht und zitternder Hand, »denn wir werden das Hotel zu neuem Glanz führen und zusammenhalten. Genau das tun die LaBasses.«

Mein Großvater trat von einem Bein aufs andere und seufzte.

»Solcher Schund und Schmutz ist doch ein Sturm im Wasserglas, solange wir nicht darauf eingehen«, fuhr meine Großmutter fort.

Meine Mutter mühte sich, sich aufzurichten und ihre Tränen zurückzuhalten. »Wir werden sehen«, sagte sie. »Natürlich machen wir weiter. Die Frage ist nur wie.«

»Wir machen weiter, als hätte uns dies nicht in die Knie gezwungen«, sagte meine Großmutter.

Mein Großvater hustete, es war das trockene Husten eines alten Mannes. Tante Marie blinzelte wütend und drehte sich zum Fenster um.

»Ich bin nicht sicher, ob das möglich ist«, antwortete meine Mutter; ihre Hand lag unten auf meinem Rücken, wie die meines Vaters, als wir vor Monaten getanzt hatten. »Es kommt darauf an, was für die Kinder das Beste ist.«

»Richtig!«, sagte mein Großvater schließlich, wenn auch vage, so als hätte er die Worte meiner Mutter gar nicht gehört und wolle nur weg aus dem befleckten Wohnzimmer seines Sohnes und wieder zurück hinter die sicheren Tore des Bellevue. »Mein Ruhestand war, wie es scheint, von kurzer Dauer. Ich war seit zwei Tagen nicht im Büro. Ich denke, ich sollte vielleicht –«

»Natürlich.« Meine Großmutter langte in ihrer Handtasche nach den Autoschlüsseln. »Ich denke – meinst du, du kommst klar?«, wandte sie sich wieder an meine Mutter, die mich ansah und nickte.

»Wir kommen zurecht. Kommt ihr zum Abendessen?«

»Natürlich.«

7

Ich habe diese Tage als körniges Flimmern von Merkwürdigkeiten in Erinnerung: meine Tante, die auf dem Friedhof mit ihren hohen Absätzen im Dreck hängen blieb und unpassend aufkreischte; Marie-Jos Stimme am Telefon, die ich sofort erkannte, auch wenn ich mich verstellte und sagte: »Sie ist im Moment nicht hier, aber ich richte ihr aus, dass sie Sie zurückruft«, bevor ich hastig auflegte; die Zwillinge, die mit einem Auflauf ihrer Mutter vorbeikamen und den Mitschriften aus den Stunden, die ich verpasst hatte, hatten, zweifellos abends vor dem Fernseher, alles in ihrer ordentlichen Handschrift abgeschrieben; die strahlende Sonne, die Tag für Tag aufging, als ob nichts geschehen wäre, die Brise, die absolut gleichgültig gegenüber unserem Schicksal unsere Wangen und Unterarme streifte. Eines Nachmittags versteckte ich mich im Wandschrank meines Vaters, kauerte mich über seine Schuhe, wickelte meinen Kopf in seine Hemden und roch ihn, das verräterische Eau de Cologne, das ich so lange für den Beweis seines Ehebruchs gehalten hatte und das nun alles war, was von ihm blieb. In einer Nacht kletterte ich neben Etienne ins Bett und schmiegte meinen Körper an den seinen und schob meine Füße unter seine Füße, als wären wir ein Liebespaar, während er sich leicht aufbäumte und im Schlaf schnaufte. Und dann wieder lag ich auf ihre Bitte hin bei meiner Mutter im Bett und merkte, dass mein Rücken in der Kuhle lag, die mein Vater hinterlassen hatte.

Es war Frühling. Die ersten, erfreulich vergesslichen Touristen kamen. Das Wasser glitzerte. Der Verkehr auf der Hauptstraße brummte und brauste wie immer. Täglich suchte ich den Horizont nach auftauchenden U-Booten ab, sah jedoch keine und dachte darüber nach, ob ihre Abwesenheit wohl etwas zu bedeuten hatte. Auf meinen Wunsch hin kehrte ich nach einer Woche wieder in die Schule zurück und umgab mich mit Aline und Ariane, als wären sie Leibwächterinnen, und zuckte so sichtbar zusammen, wenn mir jemand sein Mitgefühl ausdrückte, dass meine Mitschüler einen Bogen um mich machten. Ich ging nicht nach Hause, sondern hing in dem hässlichen kleinen Haus der Zwillinge herum und verschob immer wieder die Rückkehr in unsere Villa, wo sich meine Mutter, blass und zart, als Witwe hervortat.

Wir unterhielten uns abends ziemlich viel. Im Gedenken an meinen Vater spielte sie dessen Musik auf der Stereoanlage und saß hohläugig in ihrem Sessel, die Hände im Schoß gefaltet. Wir sprachen nicht über ihn, obwohl er die ganze Zeit bei uns war und obwohl jede von uns heftig mit Schuldgefühlen kämpfte (hatten wir ihn wirklich so gehasst, und hatte er es gewusst? Was wäre gewesen, wenn wir ihn geliebt hätten, wie es sich gehörte, und ihm nicht seine Sünden vorgerechnet und uns so häufig gewünscht hätten, er würde verschwinden?), wir beschäftigten uns stattdessen mit den Kleinigkeiten des Alltags, lebten, so gut wir konnten, so wie meine Eltern zusammengelebt hatten, und machten uns gegenseitig etwas vor. Als wir so zusammen saßen, ich auf dem Sofa, jedoch mit aufrechtem Rücken, meine Füße fest auf dem Boden wie ein Soldat, und meine Mutter mir gegenüber in ihrer perlmuttartigen Härte, da wurde erstmals die Frage des Weggangs aufgeworfen.

»Ich habe heute mit deiner Tante Eleanor gesprochen«, sagte meine Mutter versuchsweise, wobei sie sich mit einer blutleeren Hand durchs Haar fuhr und zu schaudern schien.

»Ach ja?«

»Sie – es war wirklich ihre Idee, aber ich denke, man sollte durchaus darüber nachdenken. Ich frage mich – sie hat überlegt –, ob ein Ortswechsel nicht das Beste für dich wäre.«

»Für uns, oder?«

»Na ja – sieh mal, mein Leben – Etienne – nein, für dich.«

»Ich will nicht bei Tante Eleanor und Onkel Ron leben. Maman, sei nicht albern, ich möchte bei dir bleiben.«

»Das findest du jetzt, aber ich möchte, dass du über die Idee ein wenig nachdenkst.«

»Ich weiß, dass ich niemals –«

»Im Übrigen geht es nicht darum, dass du bei ihnen lebst.«

»Worum dann?«

»Ich dachte – na ja, es geht um ein Internat.«

»Ein Internat? Wo?« In meiner Welt war solch ein Exil nur etwas für die Doofen, obwohl mir düster bewusst war, dass es auch Internate für Adelskinder gab, für kleine Snobs, die einen Titel trugen und *»vous«* zu ihren Eltern sagten.

»Oh, nicht hier, mein Schatz, nicht in Frankreich. Denk dran, du bist von einer Seite her Amerikanerin. Meiner Seite.« Sie lachte freudlos und sagte auf Englisch: »Der Seite, die dir geblieben ist.«

»Das muss unglaublich teuer sein.«
»Darüber musst du dir keine Gedanken machen.«
»Und Grand-père und Grand-mère – was denken die?«
»Ich habe sie nicht gefragt. Ich frage dich. Sie glauben daran, noch einmal einen neuen Anfang machen zu können, oder haben es schon getan, da sie …«
»Aber Grand-mère hat doch gesagt, und da hat sie Recht –, wir sollen zusammenhalten.«
»Findest du, dass sie Recht hatte? Ich weiß nicht. Denk darüber nach. Denk an die Zukunft.«
Das machte ich in den darauf folgenden Tagen und stellte fest, dass ich trotz allem, was gewesen war, dies noch niemals zuvor aufrichtig getan hatte. Das Hin und Her meines Lebens (so lang und zugleich so kurz, wie es als Leben war) war nie infrage gestellt worden. Ich hatte mich nicht als eine Person gesehen, die selbst Entscheidungen treffen konnte. Freiheit war eine irrsinnige Vorstellung. Berauschend und irrsinnig. Ich wurde bald sechzehn: vor mir lag das Erwachsenenalter, war so nah oder so fern wie der Sommer damals mit Thibaud, meinem Großvater und Amerika; und meine Mutter überließ es mir zu entscheiden.

8

In der Familie erzählte man sich über mich (das war meine eigene und nahezu früheste Geschichte unter den Perlen), dass meine Eltern mich, als ich vier Jahre alt war, einmal an einem Novembernachmittag zusammen mit Etienne, der in seinem Kinderwagen lag, auf einen Spaziergang in einen mir unbekannten Park mitnahmen. Ich steckte in einem pelzbesetzten Kamelhaar-

mantel mit Lederknöpfen und hatte eine dazu passende pelzbesetzte Mütze auf dem stramm geflochtenen Haar. Ich trug wollene schwarze Strumpfhosen, deren Schritt mir sicherlich in den Kniekehlen hing, und Lacklederschuhe mit Riemchen. Ich hüpfte mit ausgebreiteten Armen vor meinen Eltern her, schrie quer durch den Park, dass ich eine Prinzessin sei, und drehte mich gelegentlich Beifall heischend zu den Erwachsenen um. Im Innern der Grünanlage kamen wir an einen Brunnen, in dessen Mitte Neptun mit seinem erhobenen Dreizack saß. Zu seinen Füßen befand sich eine Gruppe Fische, aus deren offenen Mäulern im Sommer reichlich Wasser sprudelte. Es war jedoch Winter, und die Fische sperrten nur das Maul auf und glotzten mich mit ihren Glubschaugen an, während unter ihnen ruhig der schlammige Brunnen lag und ein paar traurige Blätter auf dem stehenden Wasser trieben. Ich hüpfte auf den marmornen Brunnenrand und spazierte im Kreis darauf herum; den Figuren erklärte ich beharrlich, dass ich wirklich eine königliche Person sei. Ich hatte die Arme ausgestreckt und sah verschwommen und bunt meine Eltern herankommen, als ich zu ihrer Bestürzung innezuhalten schien und dann mitsamt Strumpfhosen, Mantel, Mütze und allem bis zur Taille ins Wasser sprang. Nachdem ich von meinem brüllenden Vater (in dessen Armen es damals noch immer am sichersten war) schmutzig und mit klappernden Zähnen aus dem trüben Wasser gefischt worden war, wurde ich gefragt, warum ich das getan hätte. Ich erinnere mich noch ganz genau an den Moment des Taumelns – dass ich, als ich merkte, dass ich gleich sowieso fallen würde, mein Schicksal annahm und es zur Absicht erklärte. In Wirklichkeit habe ich es natürlich einfacher gesagt: »Ich bin gefallen und deshalb gesprungen.«
Schon mit vier vertraute ich irgendwie auf die Intention – als ob die Tatsache, dass es willentlich geschehen war, irgendetwas

daran geändert hätte, wie nass ich geworden oder wie schwer die Erkältung war, die ich im Anschluss bekam (drei Tage im Bett mit Suppe und Stofftieren). Und das war auch stets die Lektion der Geschichten meiner Familie, der von Großtante Estelle, Tata Christine, meinen Großeltern und meiner Mutter. Die Erfahrungen meines Vaters in seiner Jugend verstärkten diesen Glauben: Man hatte ihm die Abreise angeboten, er hatte nicht zugegriffen, und dann war sie ihm aufgezwungen worden, mit gefährlichen, manche mögen gar sagen fatalen, Konsequenzen. Der Sinn war eindeutig. Trennung und Abreise mussten, nachdem sie einmal zur Diskussion gestanden hatten, als unausweichlich betrachtet werden: das war stets unbestritten meine Überzeugung gewesen. Wenn es illusorisch ist, dass man die Wahl hat, so muss man auf jeden Fall die Illusion aufrechterhalten. Mit der logischen Folge, dass es kein Zurück gibt. Wir brauchen das Wie-es-hätte-sein-Können, weil wir wissen, dass es niemals so sein wird; die Vorstellung hält uns aufrecht, aber wir leben in der Realität, einer Realität aus Fragmenten. Wir bewegen die einzelnen Teile hin und her, wenn es möglich ist, da Möglichkeit und Notwendigkeit in gewisser Hinsicht eins sind; weil das, was vorherbestimmt ist, und das, was sein wird, unausweichlich dasselbe ist und die Illusion unsere einzige Wahl und die Wahl eine Illusion.

Und deshalb entschied ich mich zu gehen, weil ich musste. Aline und Ariane waren angesichts dieser Aussicht zugleich beeindruckt und entsetzt (»Amerika? Aber da sind doch die Leute so oberflächlich. Und alle fahren überall mit dem Auto herum. Gehst du nach New York?«); meine Großmutter machte schmale Lippen und konnte kaum ihre Missbilligung verbergen, während mein Großvater die Nachricht kaum zu registrieren schien, so beschäftigt war er mit den Kolonnen roter Zahlen, die die monatlichen Abrechnungen des Bellevue zierten. (Meine Mutter erklärte nicht, wie die Schule bezahlt werden würde, aber ich bekam mit, als ich lauschte, dass sie ihren Anteil vom schmalen Erbe ihrer Eltern zurückgelegt und gut damit gehaushaltet hatte und dass das Geld aus einer bis dahin unbekannten amerikanischen Quelle kommen würde.) Ich fragte wiederholt Etienne, was er von meinem Weggang hielte, und er kicherte nur, rollte die Augen und streckte eine Hand oder einen Fuß aus, als wollte er sagen: »Ich bin hier. Ich werde immer hier sein. Hier sind meine Glieder.« Ich war so töricht, ihm zu glauben.

9

Die Auswahl an Schulen – oberflächlich gesehen schien es in New England von solchen Institutionen nur so zu wimmeln – war durch meine verspätete Bewerbung begrenzt (es war Juni, ehe eine formelle Entscheidung getroffen war) und bezog sich konsequenterweise auf Orte, an denen Tante Eleanor Beziehungen spielen lassen konnte. Auf diese Weise konnte ich zu meinem Leidwesen nur zwischen drei Möglichkeiten wählen, bei zweien handelte es sich um reine Mädchenschulen – bei einer davon durfte man sogar sein eigenes Pferd mitbringen –, und die dritte war eine frühere Jungenschule in den Außenbezirken einer Kleinstadt New Hampshires. Die Broschüre zeigte gesund aussehende Jugendliche mit glänzenden Zähnen, die mit durchhängenden Schulrucksäcken auf dem Rücken über verschneite Wege wanderten; dann wieder ähnliche Gruppen, die es sich mit Kollegheften unter blühenden Bäumen gemütlich gemacht

hatten, während hinter ihnen eine weiße Turmspitze am azurblauen, wolkenlosen Himmel glänzte.
Die Kataloge aller drei Schulen enthielten auf Hochglanzpapier Angaben, wie viel Schüler auf einen Lehrer kamen, zu den ethnischen Minderheiten und ausländischen Mitschülern und den Colleges, die Absolventen früherer Jahre gewählt hatten. Lächelnde Schüler blickten einem auf den Seiten entgegen und wurden mit überschwänglichen Berichten über ihre Erfahrungen zitiert. Lehrer wurden in interessierter Pose gezeigt, wie sie über Bunsenbrenner gebeugte Schüler überwachten oder an die Tafel schrieben; oder wie sie mit Trillerpfeifen in der Hand am Rande von Herbstfeldern standen, auf denen Mädchen mit kräftigen Schenkeln und fliegenden Röckchen mit wilder Entschlossenheit Hockeyschläger schwangen.
»War es so bei dir auf der Schule?«, fragte ich meine Mutter, erstaunt über all diese Gepflegtheit und Begeisterung.
»Ich bin auf eine örtliche katholische High-School gegangen, mein Liebes«, sagte sie. »Also da nicht. Aber im College ein wenig. Da war es ein wenig so.«
»Es sieht überhaupt nicht nach Schule aus.«
»Du wirst dort Spaß haben.«
»Das ist es ja gerade.« Ich zeigte auf das Foto von einer Schulaufführung mit kunstvollem Bühnenbild und Kostümen. »Was hat das mit Schule zu tun?«
»Es ist eine andere Herangehensweise, das ist alles. Du musst nicht hingehen, weißt du.«
Aber angesichts dieser verführerischen Darstellungen von einer goldenen Jugend (keine Eltern, keine Familie in Sicht) konnte ich nur kapitulieren. »Ich will es. Ich kann da – jemand x-Beliebiges sein, stimmt's?«
»Ich denke schon, wenn du es so ausdrücken willst.«

»Ich kann die Person, die ich bin, hier lassen, ja?«
»Was meinst du damit?«
»Niemand wird etwas wissen – nur das, was ich ihnen sage.«
»Nein. Niemand wird etwas wissen.«
Ich entschied mich für das gemischte Internat, obwohl es so abgelegen war (»Zeig mir New Hampshire auf der Landkarte«, bat ich meine Mutter), hauptsächlich weil ich in dessen Katalog ein Gesicht entdeckt hatte, das an Thibaud erinnerte, während alle Mädchen in den beiden anderen Schulen überzeugend fremd aussahen, als wären sie der Spongschen Cocktailparty in Cape Cod entsprungen.
Nachdem ich meine Wahl getroffen hatte, gab ich Aline und Ariane gegenüber damit an und erzählte ihnen, während sie mit überkreuzten Beinen in ihrem heruntergekommenen Garten saßen, von meinem Sommer in Boston. Sie blätterten die Seiten der Broschüre immer wieder um, bis ihre Finger lauter Flecken darauf hinterlassen hatten, und staunten über die Computerreihen, die Mikroskope, die idyllische Kapelle.
»Dann musst du also kein *bac* machen?«, fragte Aline und zog ihre hellen Augenbrauen kraus.
»Ich denke nicht. Nicht dort. Ich kann immer noch nach einem Jahr zurückkommen und –«
»Dann wirst du also Amerikanerin?«
»Sei nicht albern.«
»Aber ich meine – wie sieht es mit der Universität aus? Willst du dort auf die Uni gehen?« Sie schien entsetzt.
»Ich weiß nicht. Vielleicht. Das hängt davon ab, ob –«
»Aber du musst doch, oder nicht?«
»Ich muss gar nichts.«
Sie zuckte die Schultern. »Na ja, anders ergibt es doch keinen Sinn. Denn wenn du bloß einfach wieder nach Hause kommst

und dich hier auf die Prüfungen vorbereiten musst, warum gehst du dann überhaupt?«
»Weil ich es kann und weil ich es will.«
Ihre Schwester seufzte. »Es ist einfach großartig, Sagesse, aber es scheint so – fern zu sein, weißt du. Ich glaube, es ist für uns schwer zu verstehen. Ich meine, du bist Amerikanerin, daher –«
»Ich bin keine Amerikanerin.«
Sie kniff die Augen zusammen. »Gut, dann halbe Amerikanerin. Du bist jedenfalls nicht Französin, nicht so wie wir …«
»Was soll das heißen? Natürlich bin ich Französin.«
»In gewisser Weise.«
»Nicht in gewisser Weise …«
»Ich denke«, unterbrach sie Aline, »Ariane versucht nur zu sagen, dass wir dort nie dazugehören würden und dass es uns deshalb fremd vorkommt.«
»Wisst ihr, ich werde dort auch nicht dazugehören.«
»Warum gehst du dann hin?«
»Weil ich auch hier nicht dazugehöre.«
»Eben das meine ich ja«, sagte Ariane. »Du bist anders.«

10

Als ich meiner Mutter und meiner Großmutter von dieser Unterhaltung erzählte, gab meine Großmutter knurrend ihrer Verachtung Ausdruck.
»So sind sie nun mal, die Franzosen«, sagte sie, »engstirnig.«
»Aber Grand-mère, du bist Französin.«
»Ja, das stimmt, in gewisser Weise. Aber ich habe die Mentalität des französischen Mutterlandes noch nie leiden können. In

Algerien waren wir nicht so. Wenn ich an unsere Vorfahren denke, die so hart für die Ehre Frankreichs gekämpft haben – nur um dann gesagt zu bekommen, wir gehörten nicht dazu –«

»Aber ihr wolltet hierher kommen –«

»Wir wollten es, weil wir mussten. Und sie haben uns wie Dreck behandelt. Und die *harkis* – die von diesem Land sowohl hier wie auch in Algerien im Stich gelassen wurden –, sie haben uns alle wie Dreck behandelt.«

»Dann ist es aber doch gut für mich, wenn ich nach Amerika gehe.«

»Amerika? Als hättest du da irgendwas zu suchen!« Meine Großmutter bekam Flecken im Gesicht und bebte. »Die Familie La-Basse überlebt dadurch, dass sie zusammenhält. Das war immer so. Wir gehören einfach zusammen. Und deine Mutter weiß das. Oder du solltest es mittlerweile wissen, Carol.« Sie wandte sich wütend an ihre Schwiegertochter. »Du willst dieses Kind in die Wildnis schicken – ohne Familie, ohne Halt und Umkreis. Und wofür? Für eine Jauchegrube der Gewalt und der Schnellrestaurants, eine Plastikkultur, ein Land der Verpackungen –«

»Was genau«, fragte meine Mutter spitz, »sollten wir deiner Meinung nach tun? Wofür bist du? Offenbar nicht für Frankreich. Ich habe deshalb meiner Tochter die Chance für einen Neuanfang geboten. Du hättest es wahrscheinlich lieber, ich würde sie nach Algier schicken, wegen irgendwelcher verschwommener Erinnerungen?«

»Also wirklich!«

»Nein, ich meine es ernst«, fuhr meine Mutter unbeirrt fort. »An was soll sie deiner Meinung nach glauben? Wenn Alexandre an etwas geglaubt hätte, dann –«

»Dann was?«

»Schon gut!«

»Ich will an die Zukunft glauben«, sagte ich in scherzhaftem Ton, um die Missstimmung zu vertreiben. »Das scheint mir etwas Gutes zu sein, an das man glauben kann.«
»Es existiert keine Zukunft«, entgegnete meine Großmutter säuerlich.
»Vielleicht auch keine Vergangenheit. Vielleicht existiert überhaupt nichts«, schwafelte ich drauflos. »Vielleicht weiß nur Etienne, was wirklich existiert, denn das tut er, und das nimmt seine ganze Energie in Anspruch – existieren. Aber er gibt kein Geheimnis preis.«
»Und er geht auch nicht in irgendein überteuertes Ferienlager, das irgendwelche Marketingmanager als Schule bezeichnen. Er bleibt hier. Und das solltest du auch tun.«
Meine Mutter holte Atem. »Und als Alexandre in Algier bleiben wollte und ihr gefahren seid –«
»Das war etwas anderes. Und, wie wir mittlerweile wissen, ein schwerer Fehler.«
»Es war seine eigene Wahl.«
»War es das?«
»Kommt«, versuchte ich zu vermitteln, »was für eine Rolle spielt das jetzt? Wir können nichts mehr daran ändern.«
Beide Frauen starrten mich an.
»Wir können und sollten aber verhindern, was jetzt geschieht«, sagte meine Großmutter.
»Aber ich möchte gehen, Grand-mère. Mama zwingt mich nicht.«
»Als wenn du wüsstest, was gut für dich ist! Du bist doch noch ein Kind!«
»Mama denkt nicht so. Sie vertraut mir. Stimmt's?«
Meine Mutter nickte müde.
»So, und damit Schluss.«

II

»Ich möchte dir was erzählen.« Meine Großmutter erschauderte in ihrem Sessel, als liefe ihr eine Woge des Schmerzes das Rückgrat hinunter. Sie fasste sich, und dann redete sie. Ihre geäderten fleckigen Hände lagen gefaltet in ihrem Schoß. Sie erinnerte mich an einen Leguan: alt und irgendwie urzeitlich.

»Als dein Großvater das erste Mal hier herüberflog, um sich nach Land umzusehen, sagte er mir nicht, was er vorhatte. Er sagte nur, es sei eine Geschäftsreise. Ich dachte, er sei im Auftrag des St. Joseph unterwegs. Ich hatte keine Ahnung. Und als er zurückkam und wollte, dass ich mich hinsetzte, und deinen Vater und deine Tante in eine Reihe neben mich im Wohnzimmer platzierte und wild gestikulierend vor uns auf und ab ging, sodass er das Geschirr zum Klappern brachte, und uns erzählte, dass er für dieses kümmerliche Stück Land in einer unbekannten kleinen Stadt in Frankreich einen Kaufvertrag unterzeichnet hatte, weinte ich. Ich löste mich schlicht in Tränen auf. Dein Vater, damals ganze vierzehn Jahre alt, jünger, als du es jetzt bist, stand auf und stürmte hinaus. Er war ganz blass geworden, und die lilafarbene Ader an seiner Schläfe pochte, als würde sie gleich platzen. Wie Jungen eben so sind. Er nahm keine Jacke mit und knallte in Hemdsärmeln, so wie er war, die Tür zu.

Der Krach, den er heraufbeschwor, war endlos und schrecklich. Sie stritten sich unablässig. Es gab keine Mahlzeit ohne Streit, er hing drohend über uns, durchzog brodelnd die Unterhaltung und die simpelsten Worte wie Lava. Am Ende lief Alexandre mehr oder weniger von zu Hause weg. Er verbrachte immer mehr Zeit bei seiner Großmutter – wie hätten wir das verurteilen sollen? – und immer weniger bei seiner Familie. Er kam nachmittags nach Hause und ging wieder vor dem Abendessen, wie ein Besucher. Ins heimische Bett schlich er sich wie ein Dieb. Glaub mir, ich habe deshalb geweint. Heimlich, für mich, wenn mein Mann bei der Arbeit war und meine Tochter in der Schule. Binnen eines Jahres fragte er meine Mutter, ob er bei ihr wohnen könne, und sie war entzückt. Sie legte sogar ein Wort für ihn ein – er sei in einer sehr verletzlichen Phase, sagte sie. Meine eigene Mutter. Und es sei wichtig, seine Ausbildung nicht zu unterbrechen. Sehr gut. Er und dein Großvater lagen sich bereits seit Monaten in den Haaren, in Wahrheit vielleicht schon seit jeher. Sie hatten immer Schwierigkeiten miteinander.

Dein Großvater war – nun ja, ein altmodischer Vater. Er hatte von Jugend auf ohne einen Vater auskommen müssen und hatte das Gefühl, es sei wichtig, dass man festblieb und der Sohn gehorchte. Aber heranwachsende Jungs wollen das nicht, oder? So war es fast eine Erleichterung, als Alexandre ging. Die Abende waren so viel ruhiger. Kein Brüllen und Stampfen, keine knallenden Türen. Es war besser für Marie. Und er war nicht weit weg in dieser letzten Zeit. Ich sah ihn häufig. Er kam nach der Schule vorbei. Und er schien mir auch ruhiger zu sein. Seine Großmutter und er hatten ein besonderes Verhältnis zueinander.

Aber das war später, und das sei auch nur nebenbei gesagt. Ich wollte dir davon erzählen, wie es mir ging. Weißt du, ich war nicht weniger verzweifelt als Alexandre über Jacques' Neuigkeiten; aber ich konnte nicht auf dem Absatz kehrtmachen und davonlaufen. Ich hatte Verpflichtungen, meinem Mann und meiner Tochter gegenüber. Der Familie. Ich weiß nicht, wie ich die Zeiten damals erklären soll. Im Jahre '57 erlebten wir direkt vor unserer Haustür Krieg, offenen Krieg – es war furchtbar. Die Cafés, der Flughafen, das Casino – überall waren Bomben: Kinder und Jugendliche wurden verstümmelt und getötet … und die Geschichten aus den ländlichen Gegenden waren sogar noch schlimmer. Ganze Familien – Frauen, Kinder – wurden in ihren Betten erschlagen und zerstückelt. Es war grotesk. Die Stadt wimmelte vor Fallschirmjägern, das arabische Viertel war mit Stacheldraht abgeriegelt. Alle lebten wir in Angst – nicht so sehr um uns, sondern um unsere Kinder. Und wir wussten nicht, woher dieser Terror gekommen und wie er eskaliert war. Jeder neue Gouverneur, den sie uns aus Frankreich schickten, vermittelte uns für kurze Zeit Hoffnung; und nach einer Weile hatten wir den Kampf in der Stadt gewonnen. Die Fallschirmjäger machten eine schmutzige Arbeit, das leugne ich nicht, aber sie hatten keine Wahl, und sie machten ihre Arbeit gut. Sie verscheuchten die Terroristen, zerstörten ihre aufrührerischen Zellen, sodass die Stadt wieder bewohnbar war. Heute reden die Leute von Folter. Aber das war auf allen Seiten so. Es war Krieg.

Und lass mich eines klar sagen: Die meisten Moslems fühlten wie wir. Da bin ich mir sicher. Wir wollten alle nur unser früheres Leben zurückhaben, wollten, dass es wie früher war in dieser wunderschönen Stadt. Wollten in Frieden unseren Geschäften unter den Bäumen und auf den Plätzen nachgehen, die Messe besuchen, auf den Markt oder ins Kino gehen – zum Beispiel in das wundervolle alte Majestic –, ohne dass Gewehrschüsse fielen und Soldatentransporte vorbeifuhren, ohne dass man misstrauisch in jedes braune Gesicht sah und sich die Frage stellte, ob die junge Frau oder der verwahrloste Junge Sprengkörper in ihren Taschen versteckt hatten ... Und eine Zeit lang schien dies möglich. Nachdem die Schlacht gewonnen worden war, sah es so aus, als könnten wir da weitermachen, wo wir aufgehört hatten. Nach dem Wahnsinn im Mai '58, als Jacques gerade zum ersten Mal hierher gekommen war. Es schien möglich.

Von der Terrasse unserer Wohnung aus konnte man das Wasser sehen – wir waren auf dem Hügel und blickten über die anderen

Gebäude hinweg. Und im Morgengrauen, bevor irgendjemand von den anderen wach war, stand ich dort und beobachtete, wie sich das Licht auf dem Meer veränderte, das wie ein riesiger Spiegel war, und lauschte auf die ersten morgendlichen Geräusche der Stadt: einen Motor, das beginnende Brausen des Verkehrs, die Bäckerei unter uns, bei der die Läden hochgingen. Ich blickte zu dem Jungen des Obsthändlers hinunter, wie er die Verkaufsstände auf den Bürgersteig stellte, blickte auf all die herrlichen Farben, die Artischocken und Granatäpfel, die Aprikosen, den Kopfsalat, die sich in Pyramiden von dem grauen Pflaster abhoben, auf den sich rötenden Himmel, der allmählich blau wurde … manchmal sah ich Schiffe oder Boote im Hafen dahinziehen und folgte mit den Blicken ihrem Kielwasser, das wie gekräuselte Seide aussah; das war die mir seit jeher vertraute Welt, und ich liebte sie. Was bedeutet Algier für dich? Nichts – es ist etwas, das du zu deinem Bedauern nicht kennst, ein Traum. Aber für mich war es das Leben. Ich dankte Gott dafür, jeden Tag. Und dann weckte ich deinen Großvater und die Kinder, der Tag begann, und ich wusste, dass die gewohnten Rituale – Frühstück, Schule, die Arbeiten im Haus, unsere Freunde, kurz: unser ganzes Leben – uns Sicherheit gaben. Und '57 und Anfang '58 hatten wir gedacht, wir müssten dies für immer hergeben; aber das war nicht der Fall. Wir hatten triumphiert. Es herrschte mehr oder weniger Ordnung, und ich kann dir gar nicht sagen, wie erleichtert ich war. Ich fühlte es körperlich, als ob meine Lungen und Nerven und Arterien nach einem hässlichen Winterschlaf wieder zum Leben erwachten.

Und in all dies platzte nun dein Großvater mit seinen Plänen und Verträgen und sagte, dass wir gehen müssten. Er hatte kein Vertrauen in de Gaulle. Als der General im Juni 1958 in Mostaganem seine Versprechungen machte und ich zu Jacques sagte: ›Es ist nicht zu spät, wir können immer noch dableiben – verkauf das Land wieder, und wir bleiben hier‹, schüttelte er den Kopf und behauptete, de Gaulle lüge. Ich wollte Jacques nicht glauben und versuchte ihn auf anderem Wege zu überzeugen. Marie versuchte es ebenfalls. Es machte mich fuchsteufelswild, dass er sich so hartnäckig weigerte und nicht sehen wollte, dass die Stadt noch stand und wir noch immer dort lebten. Ich war kein Kind. Ich war nicht hoffnungslos naiv, und ich wusste, was ich wollte. Ich wollte bleiben. Ein Jahr später, als die Wohnung zum Verkauf stand und die Möbelpacker bestellt waren, drohte ich damit zu bleiben, zusammen mit den Kindern, und ihn alleine gehen zu lassen. Es war schrecklich. Wir redeten eine Woche lang nicht miteinander. Es war schlimmer als die Auseinandersetzungen mit Alexandre, da diesmal ich ihn im Stich ließ. Kannst du dir das vorstellen? Rückblickend betrachtet erstaunt mich mein Verhalten. Und ich betete, ich betete morgens und abends um Gottes Beistand, irgendein Zeichen …

Und als ich das Zeichen erhielt, bedauerte ich, dass ich darum gebetet hatte. Es war im Spätsommer '59, als dieser fette Bauer Ortiz seine *ultras* mit ihren Khakiuniformen und keltischen Kreuzen wie Faschisten durch die Stadt marschieren ließ. Ich war auf dem Nachhauseweg von einem Mittagessen mit einer Freundin und wurde durch das *défilé* aufgehalten, eine richtige Miliz, Männer, die Mord im Herzen trugen und von diesem fetten Spanier angeführt wurden. Als ich sie sah, wusste ich, dass es kein friedliches Ende geben würde, wenn auch die Männer auf unserer Seite so tief gesunken und Terroristen geworden waren wie die anderen. Und später hörte ich ihn, diesen Ortiz. Es ging mir durch und durch, als er ›entweder Koffer oder Sarg‹ sagte – diesen Slogan hatte uns die FLN schon seit Urzeiten um die Ohren gehauen –, und ich wusste, dass Jacques Recht hatte. Ich

konnte nicht wissen, was dann kommen würde, aber mir war klar, dass es stimmte. Koffer oder Sarg: Ist das wirklich eine Wahl? Aber es stimmte, und wir hatten keine andere Wahl.
Bis zu diesem Moment hatte ich gehofft; die Dinge hatten sich gebessert. Aber dann wusste ich, dass mein Wunsch verrückt und sinnlos war, und ich sagte Jacques, dass wir weggehen sollten. Gemeinsam. So, wie es sich für eine Familie gehörte. Es dauerte noch länger als ein Jahr, aber wir gingen. Und von da an wurde alles schlimm und schlimmer. Von da an war es das Ende. Es kam schneller, als wir es vielleicht vermutet hatten; und Gott weiß, was Alexandre und meine Mutter in der Zeit, nachdem wir weg waren, durchgemacht haben. Aber er wollte nicht mit uns kommen. Wenn er mit seinem Vater nicht so über Kreuz gewesen wäre, hätte ich ihn überzeugen können. Als Mutter weiß ich heute, dass ich das hätte tun sollen. Ich hätte ihn schützen können, wenigstens ein bisschen. Vor seinem Vater vielleicht wie auch vor anderem. Aber er hatte sich bereits weit von mir entfernt, von uns. Wegen des Streits, wegen ihrer beider Starrköpfigkeit.
Wenn ich mich an zu Hause erinnere, kann ich in Gedanken noch immer auf unserer Terrasse stehen, mich als ein Teil des beginnenden Tages fühlen und wissen, dass es damals herrlich war; aber für meinen Jungen galt das nicht, weil er dachte, er wisse, was er wolle, und wir ihn bleiben ließen, bis alles in Trümmern und völlig dahin war.
Aber ich sage dir eins: In Wahrheit bin ich glücklich. Mein Leben ist nicht voller Sehnsucht nach dem Vergangenen. Jeden Morgen wache ich auf und sehe aus meinem Fenster auf das weite, wogende Mittelmeer, und ich rieche die Pinien und die Hitze in der Luft, die an den Klippen emporsteigt, und ich bin wieder in Algerien. In meinem Herzen lebe ich noch immer in Algerien.

Und in Alex wurde dieses Gefühl niedergebrannt, für immer zerstört. Und noch heute frage ich mich, ob es wohl hätte anders sein können, wenn ihm dieses Ende erspart geblieben wäre, wenn wir zusammen aufgebrochen wären.«
Nachdem sie ihre Geschichte beendet hatte, rutschte meine Großmutter unbehaglich in ihrem Sessel herum und sah weder mich noch meine Mutter an, sondern Etienne, aus dessen leicht geöffneten Lippen ein langsam länger werdender Speichelfaden herabhing. Etienne nieste.
»Du konntest es nicht wissen«, sagte meine Mutter schließlich. »Du hättest ihn nicht zwingen können, selbst wenn du es gewusst hättest. Er wollte bleiben.«
»Koffer oder Sarg«, wiederholte meine Großmutter. »Für Alexandre war es beides.«
»Das liegt so weit zurück. Das hat nichts, nicht notwendigerweise, mit seinem – Ableben zu tun.«
»Das hat ihn geprägt.«
»Vielleicht. Aber das gilt auch für andere Ereignisse, spätere und vielleicht auch frühere. Wir können uns nicht ständig fragen, warum.«
Meine Großmutter wandte sich um. »Natürlich nicht. Aber ich erzähle es dir, weil ich tief in meinem Herzen weiß, dass es ein Fehler war. Und du bist dabei, einen anderen zu begehen.«
»Die Situationen sind nicht vergleichbar.«
»Du denkst, dass sie es nicht sind, aber in gewisser Weise … es ist eine Frage von Zugehörigkeit.«
»Da stimme ich dir vollkommen zu«, sagte meine Mutter. »Genau das benötigt Sagesse; und eben deshalb halte ich jetzt ein Internat für den besten Ort, diese Zugehörigkeit zu entwickeln.«
»Du bist eine Närrin, meine Liebe«, schalt meine Großmutter. Aber ihre Stimme senkte sich kummervoll und resigniert.

»Wenn ich es schrecklich finde, dann komme ich wieder nach Hause. Stimmt's, Mama?«
»Nichts steht still, Sagesse. Das solltest du mittlerweile wissen«, sagte meine Großmutter.
»Und es gibt kein Zurück«, beendete ich ihren Gedanken. »Aber ich muss gehen. Ich muss. Vielleicht bin ich wie Grand-père und nicht wie Papa. Vielleicht sehe ich den richtigen Weg, der vorwärts führt.«
»Wenn es den gibt.«
»Den einzigen Weg nach vorn. Vielleicht sehe ich gerade den.«

12

Die verbleibenden Monate vor meiner Abreise waren den Vorbereitungen und meiner Familie gewidmet. Auf dem Boden meines Zimmers stapelten sich im Juli meine Winterkleider: Stiefel, Jacken und Wollsachen, die meine Mutter und ich in einen Schrankkoffer stopften, der per Schiff vorausgeschickt werden sollte. Ich packte meinen Teddybären ein und einen Stapel Fotos, und als mich meine Mutter fragte, ob ich irgendetwas von zu Hause mitnehmen wollte, um mein Zimmer zu dekorieren, bat ich um das Aquarell von der Bucht von Algier. Sie gab es mir ohne Zögern und schien froh darüber, es los zu sein. Es wurde in Luftpolsterfolie verpackt und zwischen meinen Pullovern in der Mitte des Überseekoffers versteckt, um an der Wand eines Hohlziegel-Schlafraums in einer Schule im ländlichen New Hampshire zu hängen, wo ich dann, was ich damals allerdings noch nicht wusste, sitzen, auf seine sonnenbeschienenen Hügel starren und hören würde – und zwar so deutlich, als befände ich mich mitten im Bild –, wie die Wellen des Mittelmeeres an die Küste schlugen; und ich würde in den stillen Nachtstunden, wenn meine Zimmergenossin mit den strähnigen Haaren bewegungslos wie ein Kissen im Bett gegenüber schlief, vor meinem geistigen Auge meine eigene Phantasiestadt entstehen sehen, halb Algier, halb zu Hause, mit Straßen und Promenaden, die zugleich vertraut und völlig neu waren und so wirklich wie alle Orte, an denen ich je gewesen war.

In gewisser Weise fühlte ich mich bei der Vorbereitung meiner Abreise so, als würde ich mich auf den Tod vorbereiten, nicht zuletzt weil der Bruch mit dem Vertrauten absolut war und der Neubeginn unvorstellbar.

Ich leerte Schubladen aus, warf Papiere weg, genauso wie weiter hinten im Flur meine Mutter die Schubladen meines Vaters leerte und seine Akten sortierte. Sie gab seine Anzüge in die Kleidersammlung, schenkte Fadéla seine Schuhe, einen nur wenig gebrauchten Filzhut und ein paar ungetragene Hemden für ihren Mann. Ich packte den grauen Angorapullover aus der Zeit des Prozesses in Seidenpapier und brachte ihn Aline und Ariane als Geschenk mit. Ich saß, während ich vorgab, meinen Schreibtisch auszumisten, auf dem Fußboden und las alte Tagebücher.

Ich schrieb Thibaud, nachdem unsere Korrespondenz das Jahr über fast eingeschlafen war. Er wartete auf seine Abiturergebnisse. Ich teilte ihm mit, dass ich Frankreich verließe und nach New Hampshire ginge: Er antwortete umgehend. Obwohl ihn das weniger verwirrte als die Zwillinge, war er doch verblüfft: Seine zukünftigen Wege, seine Hürden waren so klar und sicher abgesteckt und die in den USA so offensichtlich willkürlich und wertlos. Er hatte vom Tod meines Vaters gehört und schrieb auch dazu etwas in einem seltsam formalen und elliptischen Stil, über

Erinnerungen und den Geist, der überlebe, über Gottes Wille und Tapferkeit – meine natürlich.
Er schien meinen Weggang als Flucht vor dem Geist meines Vaters zu sehen – was sicherlich teilweise zutraf –, aber was mich in diesen geschäftigen Monaten erstaunte, war, dass mein Vater noch nicht ganz seine Ruhe gefunden hatte, dass seine Spuren in der Luft umherschwirrten (ich dachte weiterhin, nachts seine Stimme unten zu hören, inmitten der Klänge seiner Musik), aber nicht verharrten, so als wäre er ständig auf dem Heimweg, schon fast bei uns und auch noch nicht richtig abwesend.
Meine Mutter flüchtete sich in ihrem Witwenkummer (wenn es denn ein solcher war) in die Organisation. Sie kümmerte sich um den Nachlass und die Konten meines Vaters, ihr eigenes heimliches Geld, die medizinische Betreuung meines Bruders, mein zukünftiges Leben. Sie war ständig in Bewegung: Man sagt gern über solche Frauen: »Sie zeigte, was in ihr steckte.« Zum ersten Mal trat sie ihrer Schwiegermutter gegenüber bestimmt auf. Vom Tag nach der Beerdigung bis zu meinem Abflug nach Boston sah ich sie nicht weinen.
Ich wollte ihr nacheifern und versuchte mit gleicher innerer Kraft, mein altes Leben in Ordnung zu bringen. Ich rief Marie-Jo an und fragte, ob ich sie besuchen könne, was sie zu meiner Überraschung nicht im Geringsten zu erstaunen schien.
Nach einem gedrückten Mittagessen mit meinen Großeltern – mein Großvater, der zwar anwesend, aber zerstreut war, trommelte immer wieder mit den Fingern auf den Tisch und redete wenig, während meine Großmutter halbherzig Anekdoten über Titine und ihre Haushälterin, über Madame Darty und die Kaffeefahrten mit der Kirche zum Besten gab und dann immer mehr in Schweigen verfiel, sodass man nur das Kauen und Zohras fernes Klappern in der Küche hörte – lief ich auf Zehen-

spitzen die Treppe zu Marie-Jos Wohnung hinab und drückte auf die flackernde Türklingel.

13

Es gibt so wenig zu erzählen von dieser förmlichen Stunde, die wir in ihrem alten rosafarbenen Zimmer verbrachten, das vertraut war, aber irgendwie kleiner, wie etwas aus einem Kindertraum. Als ich ankam, drückte sie mich fest an sich, um mir stumm ihr Beileid zum Tode meines Vaters auszudrücken, aber ich war innerlich so kalt, als hätte ich eher Sägemehl als Blut in den Adern gehabt; und als sie versuchte, mich mit ihrem tränenverhangenen Blick fest anzusehen, blickte ich nur weg, wie eine schuldige Katze, und trottete den Flur hinunter in unser früheres Allerheiligstes.

»Ich habe gehört, du gehst nach Amerika«, sagte sie, lehnte ihre lange braune Gestalt gegen ihr weißgestrichenes Bett und wackelte mit den nackten Zehen. »Du Glückspilz! Wie wundervoll, hier wegzukommen!«

»Ich denke schon«, sagte ich. »Ich wollte dir nur dafür danken, dass du angerufen hast, und dir auf Wiedersehen sagen.«

»Ich habe mich so schrecklich gefühlt, weißt du«, sagte sie nervös. »Wegen allem, was passiert ist.«

»Sicher. Schon gut.«

Sie bot mir etwas zu trinken und zu knabbern an; ich lehnte ab. Sie hatte offenbar eine emotionsgeladene Versöhnung im Sinne gehabt und wusste nicht, wie sie auf meine ablehnende Haltung reagieren sollte.

»Es wird in der Schule komisch ohne dich sein«, bemerkte sie.

»Das bezweifle ich.«
»Mir graust es vielleicht vor diesem letzten Jahr. Ich weiß nicht, ob ich das *bac* im ersten Anlauf schaffe.«
»Du hast doch noch Monate zum Lernen.«
»Das sagt meine Mutter auch, sie sagt, dass man mit Lernen die Zeit genauso herumbekommt wie mit allem anderen – nur dass es produktiver ist.«
»M-hm.«
»Du hast schwer geschuftet, stimmt's? Warst die ganze Zeit mit diesen Streberzwillingen zusammen. Ich wette, bei denen kann man prima Hausaufgaben abschreiben, was?«
»Die arbeiten hart.«
»Nicht wie diese grässliche Truppe, mit der du letztes Jahr rumgerannt bist. Dieser schaurige Drogenfreak und seine Freunde. Und Frédéric. Brrr! Was für ein Haufen Verlierer.«
»Sie sind in Ordnung.«
»Thierry will sich auf die Aufnahmeprüfung für die Marinehochschule vorbereiten, wusstest du das?«
Ich schüttelte den Kopf. Marie-José erzählte mir nun endlose Klatschgeschichten, die leicht und unablässig dahinplätscherten wie ein Bach, während ich dasaß und sie aus nächster Nähe betrachtete. Das hatte ich gewollt, deshalb hatte ich angerufen: um sie zu sehen, mir ihr Aussehen einzuprägen und festzustellen, ob sie sich verändert hatte. In ihren Gesichtszügen hatten sich die Proportionen verschoben: Ihre Nase schien ein wenig breiter, ihr linkes Auge runder. Ihre Haarmähne war noch dieselbe, die goldenen Strähnen glänzten und waren ein bisschen steif, wie Raphiabast. Ihre Brüste waren voller. Ich überlegte, ob sie wohl nach ihrer Eskapade die Pille nahm. Neu war, dass sie sich unsicher mit der Zunge über die Mundwinkel fuhr, wenn sie eine Pause machte. Sie erschien ausgesprochen fraulich, reif wie eine

Frucht, ein Wesen, für das die Schule eine kindische und überflüssige Ablenkung geworden war. Ich wartete darauf, dass sie meinen Vater erwähnte oder sogar meinen Großvater, aber sie tat es nicht; sie blieb auf Distanz, auch mir gegenüber, als wäre ich irgendeine vage Bekanntschaft. Meine Hände und Füße fühlten sich kalt an. Sie war mir so fremd geworden wie eine Puppe, die jemand vergessen hatte und die nur eine vage Ähnlichkeit mit einem Menschen hatte. Ich konnte gar nicht glauben, dass uns früher etwas verbunden hatte.

Nach einer Weile, als es in ihrem Wortfluss eine Pause gab, fragte ich: »War da irgendwas, das du mir sagen wolltest?«

»Ich?« Sie war plötzlich wachsam, und ihre ovalen Augen wurden schmaler. »Was meinst du damit? Ich – nein.«

»Weil du damals angerufen hast. Das ist alles. Ich dachte, du hättest vielleicht etwas sagen wollen.«

»Oh, nein, nichts Spezielles. Es war nur – weißt du, ich hatte von deinem Vater gehört und dachte, na ja – du weißt schon.«

»Ja. Danke. Hör zu, ich denke, ich gehe jetzt besser. Meine Mutter wartet auf mich.«

»Sicher.«

»Also, viel Glück für alles, ja?«

»Dir auch.« Als wir uns der Tür näherten, umarmte sie mich ein weiteres Mal, diesmal behutsamer. »Schick uns eine Postkarte aus den Staaten, ja?«

»Okay«, sagte ich. »Mach ich.«

Das Erstaunliche an dieser Begegnung war für mich, wie fest diese Tür zu meiner Vergangenheit bereits verschlossen war, wie wenig ich mich danach zurücksehnte, was ich lange als die unschuldigen Tage unserer Freundschaft betrachtet hatte, bevor mein Großvater – mittlerweile schon vor langer Zeit – seine Pistole abgefeuert hatte. Ich verspürte nicht einmal einen Anflug meiner früheren Zuneigung für meine ehemalige Freundin; ich konnte mir nicht mehr vorstellen, wie ich selbst einmal gewesen war, als sie mir so viel bedeutete und ich sie nicht albern und geschwätzig fand. Ich hatte das Gefühl, dass ich sie, während ich sie genau betrachtet hatte, endlich deutlich in ihrer weiblichen Gewöhnlichkeit gesehen hatte. Sie war da schon, was sie immer sein würde (ich lag nicht allzu falsch damit; drei Jahre später war sie mit einem zehn Jahre älteren Mann, einem Geschäftsmann, den sie über ihren Bruder kennen gelernt hatte, verheiratet und erwartete ihr erstes Kind), während ich, zugleich wie ein Kind und eine alte Frau, an der Bürde des Wissens trug, wie unsicher alles war, und mir überhaupt nicht klar war, wohin mein Weg führen würde. Ich würde wahrscheinlich auch irgendetwas werden, dachte ich, aber nicht das, was sie war. Sie wusste nicht einmal, und es kümmerte sie auch nicht, dass über den Dingen ein Schleier lag, geschweige denn, dass er gelüftet werden konnte.

14

Der zweite Anruf, den ich in diesen letzten Wochen machte, galt Frédéric. Wir verabredeten, uns in dem Café am Strand zu treffen, wo ich in einem anderen Leben mit Thibaud vor unserem ersten gewaltigen Strandspaziergang gesessen hatte. Ich hing in einem Plastiksessel und las zum x-ten Mal, während mir die späte Nachmittagssonne ins Gesicht schien und sich die schreienden Horden von Badenden am Strand drängelten, die Speisekarte durch, als er auf einem neuen Motorrad vorfuhr, einer ausgewachsenen Honda mit Rückspiegeln, die wie Antennen aussahen, und einem schnittigen scharlachroten Rahmen. Er hatte das Haar ganz kurz geschnitten, sodass es rechtwinklig von seinem Kopf abstand und seine abstehenden Ohren betonte, und seine Zigaretten hatte er in den Ärmel seines weißen T-Shirts gerollt wie ein Rocker in den 50er Jahren.

»Was für ein Auftritt«, bemerkte ich, als er sich mit einem Satz in den gegenüberliegenden Sessel warf, ohne vorher richtig angehalten zu haben, um mich auf die Wangen zu küssen. »Neuer Ofen?«

»Ich habe meiner Mutter versprochen, dass ich dann noch intensiver lerne.«

Ich lachte. »Sicher. Als ob das so wäre.«

Er runzelte die Stirn. Die Sonne schien auf seine Bartstoppeln, die er kunstvoll ums Kinn herumwachsen ließ, und seine Haut hatte eine Farbe aus dem amerikanischen Malkasten, den ich als Kind besessen hatte: »Indianerrot«.

»Doch, ernsthaft. Das mach ich. Ich lerne.«

»Offenbar am Strand, wenn man von deiner Farbe ausgeht.«

»Ja. Meine Güte. Was ist mit dir? Wirklich. Geht's dir gut?«

»Ich schlag mich so durch.«

»Oder nicht? Erzähl mal ehrlich. Du hast eine höllische Zeit hinter dir. Ich wollte anrufen, aber –«

»Aber es kam dir so komisch vor, ich weiß. Ich habe deinen Brief erhalten. Danke.«

»Wenn so etwas wie das passiert – niemand von uns wusste, was er sagen sollte, weißt du?«

»Das war nett von dir. Da gibt's nicht viel zu sagen.«

»Lahou hat geweint, weißt du. Ehrlich. Sie hat geschluchzt, war richtig aus der Fassung. Ich weiß nicht, ob –«

»Sie hat mit mir geredet. In der Schule, am letzten Tag. Ich habe nicht – ich meine, es ist hart. Ich mag nicht wirklich darüber reden.«

»Klar, natürlich. Tut mir Leid.«
»Ich bin dir dankbar, aber es ist ganz eigenartig. Manchmal kommt es mir gar nicht wirklich vor.«
Er bestellte ein *citron pressé* und ich einen Kaffee, obwohl ich in der Sonne in meiner weißen Hemdbluse schwitzte, die ich angezogen hatte, weil sie mich vollständig bedeckte.
Meine Haut war nicht besser – im Gegenteil, sie war schlechter geworden: Ein kleiner Ausschlag hatte sich zwischen meinen Brüsten gebildet.
Nachdem der Kellner wieder weg war, beobachtete Frédéric einen Schwarm kaffeehäutiger Mädchen, die einander im Sand in Kreisen nachliefen. Sie trugen fluoreszierende Bikinihöschen, und ihre flachen Brustwarzen lagen wie amerikanische Pennys auf ihrer knochigen Brust. Sie bewegten sich völlig unbefangen. Die Regeln ihres Spiels waren nicht klar.
»Niedlich, was?«
»Du Perversling! Die sind vielleicht zehn!«
»Die werden größer. Schneller als du denkst. Schau dir die in Pink an – eine richtige kleine Lolita.«
»Ist das dein Sommer-Zeitvertreib? Babys begaffen?«
»Ich habe dir doch gesagt, dass ich lerne.«
»Kein Mädchen?«
Er schüttelte den Kopf und zündete sich eine Zigarette an.
»Schmachtest du immer noch Lahou an?«
Er machte ein wegwerfende Handbewegung, als würde er eine Fliege verscheuchen, antwortete jedoch nicht.
»Und sind sie und Sami noch immer zusammen?«
»Ja. Und eine Abtreibung haben sie auch schon hinter sich.«
»Sag, dass das nicht wahr ist!«
»Tu nicht so schockiert, mein Mädchen. Glaubst du denn, die halten Händchen, wenn sie allein sind?«

»Scheiße. Das ist hart. Arme Lahou.«

»Ich war der Erste, dem sie es erzählt hat. Noch vor Sami.« Frédéric klang stolz. »Er hatte irgendwie die völlig beknackte Vorstellung, sie sollte das Kind haben, mit ihm einen Hausstand gründen und Familie spielen. Sie wusste, dass er so denken würde, deshalb hat sie sofort mit mir geredet. ›Mach, dass du's loswirst‹, habe ich zu ihr gesagt. ›Du bist zu jung.‹ Genau das wollte sie hören.«

»Wer hat bezahlt?«

»Am Ende er. Er dealt noch immer ein bisschen. Aber mittlerweile hat er auch einen Job bei seinem Alten.«

»In der Bäckerei?«

»Schreckliche Arbeitszeiten. Man muss vor dem Morgengrauen aufstehen, und er riecht die ganze Zeit nach verbranntem Zucker.«

»Wie lange wird das gut gehen?«

»Nicht lange. Er hasst seinen Vater. Das geht nicht lange gut.« Frédéric zündete sich eine neue Zigarette am Stummel der vorigen an.

»Du rauchst zu viel.«

»Du glaubst wohl, du bist schon in Amerika?«

»Also weißt du's schon?«

»Diese Stadt ist klein, Schätzchen. Bist du aufgeregt? Du schaffst es, kommst hier raus, siehst die weite Welt und lässt diese Trottel und Idioten zurück.«

»Ich gehe ja nun nicht nach New York oder so, sondern auf ein Internat, irgendwo mitten im Nichts, auf dem Land.«

»Hm. Schickt dich deine Mutter dahin?«

»Ich gehe freiwillig. Sie hatte nur die Idee.«

»Ganz schön weit weg.«

»Wem sagst du das?«

»Ich finde es großartig, Sagesse. Ernsthaft. Du zeigst es denen doch.«
»Oder umgekehrt.«
»Du wirst die kleine Französin sein. Das ist doch cool. Es ist sehr viel besser, die kleine Französin in Amerika zu sein, als die kleine Amerikanerin hier.«
»Vielen Dank.«
»Du weißt, was ich meine. Oder der Abkömmling deines bösartigen Großvaters.«
»Oder meines Vaters?«
Frédéric stocherte mit seinem Löffel in den Zuckerkrümeln auf dem Grund seines Zitronenwassers herum. »Das habe ich nicht gemeint. Das weißt du.«
»Ich weiß.« Ich lüpfte die Oberschenkel vom Sessel und steckte meine Hände darunter. Als ich mich vorlehnte, sodass mir das Haar über ein Auge fiel, war mir bewusst, dass mein Gesicht rosa war und dass sich höchst unvorteilhaft Schweiß auf meiner Oberlippe gebildet hatte. »Ich wollte dich um einen Gefallen bitten, einen Abschiedsgefallen.«
»Jederzeit. Schieß los.«
»Wir sind doch Freunde, stimmt's?«
»Aber sicher.«
»Also lachst du nicht über mich?«
»Lass es auf den Versuch ankommen.«
Ich sprach, den Blick zum Meer gewandt, das Kinn vorgereckt. »Ich wüsste gerne – ich dachte – na ja, wo wir doch Freunde sind – habe ich überlegt, ob du vielleicht mit mir schlafen würdest.«
Frédéric schnaubte. »Sag das noch mal!«
»Du hast mich gehört.«
»Du meinst, richtig mit dir schlafen?«

»Du kannst nein sagen.«
Er war still und spielte mit seiner Zigarettenschachtel herum. Marlboros, rot wie sein Motorrad. »Warum?«, fragte er nach einer Weile. »Es ist nicht, dass ich nicht – aber wir sind kein – es ist – mein Gott, du bist manchmal komisch.«
»Heißt das also nein?«
Ich konnte ihn nicht ansehen.
»Ich habe nicht nein gesagt. Ich habe nur gefragt, warum. Es kommt aus heiterem Himmel – ich meine –«
»Ich bitte dich nicht darum, so zu tun, als seist du in mich verliebt oder so. Ich bitte nur um eine simple Sache. Ich dachte immer, ihr Jungs brennt alle darauf.«
»Vielleicht solltest du Jacquot fragen.«
»Herzlichsten Dank. Der wiegt doch eine Tonne.«
»Ich kapier's nicht. Erläutere es mir. Klär mich auf.«
»Es ist so, dass –« Ich hatte seit Tagen über meinen Wunsch nachgedacht, und die Gründe dafür waren so klar für mich; aber als ich nun aufgefordert wurde, sie darzulegen, fand ich, dass es schwer war, dafür Worte zu finden. »Meine amerikanische Cousine hat so eine Redensart, dass einem bei manch einer ›die Jungfrau ins Gesicht springt‹. Ich will nicht, dass das bei mir der Fall ist. Die beste Voraussetzung dafür ist, dass man keine mehr ist. Wenn ich nun ein erwachsenes Leben, ein neues Leben beginne, will ich es irgendwie hinter mich gebracht haben.«
»Kannst du denn nicht so tun, als ob? Einfach lügen. Erzähl ihnen, was du willst. Wer würde je den Unterschied wissen?«
»Ich.«
»Aber was ist, wenn du da drüben sagen wir in ein paar Monaten einen Typen triffst und du hast dann – ich meine, du hättest dann gerne, dass es das erste Mal wäre, und es wäre dann nicht …«

»Naja, da könnte ich ihm genauso gut was vorlügen wie andersherum, oder?«
»Du bist unvernünftig.«
»Ich habe viel darüber nachgedacht. Es ist nicht jemand anderem zuliebe. Es ist vor allem meinetwegen, damit ich keine Angst mehr habe.«
»Es gibt nichts, wovor man Angst haben müsste. Aber ich denke – du bist irgendwie aus dem Gleichgewicht geraten, wegen deinem Vater vielleicht oder weil du weggehst. Ich weiß es nicht. Ich denke nur –«
»Ich habe dich nicht gebeten, dir für mich den Kopf zu zerbrechen. Ich habe dich nur um einen Gefallen gebeten. Du kannst ja oder nein sagen, und das ist es dann.«
»Aber wir sind Freunde, weißt du? Es ist nicht – versteh mich nicht falsch – aber wir sind kein – ich bin nicht –«
»Okay. Die Antwort ist nein. Es war nur eine Idee.« Ich versuchte mir noch einmal auszumalen, wie ich mich vor ihm auszog. Ich versuchte mir vorzustellen, wie wir den Akt durchführen könnten, ohne dass er die Pickel auf meinem Rücken bemerken würde, den Ausschlag auf meiner Brust, ohne dass er von mir abgestoßen sein würde. Es gelang mir nicht. Ich hatte mir zwar vorstellen können, ihn zu fragen, war aber nicht in der Lage gewesen, in meiner Vorstellung noch weiter zu gehen. Schon deshalb hätte ich wissen müssen, dass es nicht geschehen würde.
»Ich fühle mich wirklich geschmeichelt.«
»Halt den Mund. Lass es jetzt gut sein. Es ist wie mit meinem Vater. Wir wollen nicht mehr darüber reden. Es war eine blöde Idee.«
»Was ist denn mit diesem Typen aus Paris?«
»Das liegt doch schon Jahrhunderte zurück. Jedenfalls ist er in

Paris. Hör jetzt auf, okay? Und noch was: Bitte – bitte erzähl niemandem, dass ich dich gefragt habe.«

»Ich erzähl's keinem.«

»Versprochen?«

»Klar. Möchtest du noch einen Kaffee?«

Wir saßen noch eine Weile zusammen, und Frédéric ließ sich über seine Pläne aus, seine Mutter, eine Party, auf der er am Abend zuvor gewesen war. Er war nett und wollte noch mehr über das Internat wissen und über meine amerikanischen Cousinen. Ich hatte keine Lust zu reden. Die Haut auf meinem Rücken kribbelte, die Sonnenhitze war erdrückend und verschlimmerte meinen Zustand noch; aber ich hatte das Gefühl, ich könne nicht gehen, bevor ich meine Verlegenheit nicht einigermaßen durch ein banales Gespräch kaschiert hatte und mir zumindest einreden konnte, dass Frédéric die Sache vergessen hatte. Und dennoch hielt er, als wir uns schließlich trennten, mein Kinn einen Augenblick lang fest und sagte mit entsetzlich onkelhaftem Mitgefühl: »Mach dir keine Sorgen. Alles kommt zur rechten Zeit.«

15

Ich hatte ihn gefragt, weil ich auf einmal Träume – oder vielmehr Albträume – über Sex hatte. Sie schienen immer mit meinem Vater zu tun zu haben. Ich träumte, dass ich meinen Vater mit einer unbekannten Frau nackt im Bett überraschte, träumte, dass er mich erwischte, wie ich aus den Armen von Frédéric – es waren tatsächlich Frédérics Arme – hochblickte und meinen Vater sah, der grinsend mit überkreuzten Armen in der Tür stand, und laut »Marie-José« rief. Dann wieder träumte ich, dass der unbekannte Mann, der, die Hand in meinem Schoß, meine Brustwarzen leckte, sich plötzlich in meinen Vater verwandelte, mit Haaren auf dem Rücken, und ich wachte auf, den abgestandenen Geruch seines Eau de Cologne in der Nase und meine eigene Hand zwischen meinen Beinen, und wie Strom durchfuhr mich ein Zittern, das Schrecken und Ekstase zugleich war. Bei meinen Grübeleien im wachen Zustand war ich irgendwie zu der Erkenntnis gekommen, dass nur der Akt selbst meinen Schlaf befreien würde, und ich hatte beschlossen – es schien so vernünftig –, dass die Anwesenheit von Frédérics nacktem Körper in meinem imaginären Bett ein Hinweis war, ein Zeichen, dass ich ihm meine Defloration anvertrauen sollte.

Mit der Anwesenheit meines Vaters in diesen Träumen konnte ich nur wenig anfangen; ich wusste nur, dass es mir lieber gewesen wäre, wenn mich sein Geist unter anderen, schicklicheren Umständen heimgesucht hätte, sich als die leitende Hand gezeigt hätte, die ich nach Meinung aller in dieser Zeit benötigte, und nicht als Hand auf meinem Geschlecht. Und doch wäre kaum jemand geeigneter gewesen, meine Erziehung auf diesem Gebiet zu überwachen, als der Mann, für den dies so lebensnotwendig gewesen war, dieser Mann, in dessen Armen ich mich, als er mit mir über das Pflaster getanzt war, einen flüchtigen Augenblick lang so unglaublich unersetzlich und begehrt gefühlt hatte.

Als ich an diesem Nachmittag vom Strand nach Hause ging, hasste ich meinen Vater wegen der Freiheit, die er sich genommen, und der Freiheit, die er uns aufgezwungen hatte. Wie meine Mutter hatte ich auf das Gefängnis der Familie geflucht; aber mit dem Verschwinden meines Vaters waren auch die Gitterstäbe um uns verschwunden, hatten sich die Fesseln gelockert:

Und konsequenterweise hatte sich der Platz, an dem man sich zu Hause fühlte, wie ein Luftschloss in Nichts aufgelöst. Meine Großmutter bestand darauf, dass die LaBasses zusammenhalten sollten, aber meine Mutter war keine LaBasse, war trotz all ihrer Bemühungen nie eine gewesen, und mein Bruder und ich waren in erster Linie Kinder. Ohne meinen Vater schien der Begriff der Familie als solcher eine kümmerliche Chimäre, und unsere ganze Vergangenheit glich so vielen beliebigen Geschichten.

Es ist eine schreckliche Sache, frei zu sein. Nationen wissen das. Kirchen wissen das. Die Menschen versuchen jedoch dieses Wissen zu umgehen. Sie erheben die Freiheit zu einem Heiligen Gral und schenken der Tatsache keine Beachtung, dass wir durch Zwänge definiert sind, im Leben und in der Sprache gleichermaßen: Wir sehnen uns nach einem Gefängnis. Als meine Mutter die Puzzlestücke ihrer Jugend in die Luft geworfen hatte, wollte sie vor allem, dass diese wohl geordnet wieder am Boden landeten und sie mit einer Familie, einem Zuhause und den üblichen Dingen des Lebens versorgt würde. Sie wurde unglücklich, aber hielt durch, weil dort in Umrissen die Bedeutung ihres Lebens lag und die Freuden oder Schrecken nur zufällige Schnörkel im Muster waren. Nun war ich an der Reihe und umklammerte eine Hand voll Puzzleteile und war mir zum ersten Mal unsicher, ob sie überhaupt mir gehörten. (Hatte ich einen Bruder, oder verdiente er diese Bezeichnung gar nicht? Hatte ich ein Zuhause? Hatte ich eine Geschichte? Und wenn ich in Amerika diese Fakten unterdrücken würde, wären sie deshalb weniger wahr?) Ich war im Begriff, alles in den Wind zu werfen, um zu sehen, was wohl um mich herum landete; und vielleicht würde ich mich ohne alles wieder finden, in einer Landschaft ohne Gras und Baum, einer Landschaft, in der ich, allein in meinem pickelübersäten Körper (diesem entstellten Körper, den allein ich nicht hinter mir lassen konnte, der mich nicht verlassen würde: der einzigen und so mangelhaften Definition meines »Ichs«), stehen und aus dem Nichts heraus beginnen würde, mir ein Leben auszudenken.

Und wie oft würde ich im Laufe des Lebens so dastehen wie jetzt, ohne etwas, an dem ich mich festhalten oder an das ich glauben konnte? Und wenn ich mir die Frage stellte »Ist das Leben lebenswert?«, würde dann vielleicht, düster wie bei meinem Vater, die Antwort lauten: »Dieses Leben? Nein.«

Teil 10

I

Ich bin nun Amerikanerin, oder jedenfalls so gut wie – nicht mehr und nicht weniger, wie meine Tante Eleanor betont, wie jeder andere auch. Durch Internat und Universität habe ich Anspruch auf die Erde und das dort sprießende Buschwerk, was notwendig ist, damit eine Landschaft mir genauso gehört wie den anderen. Tante Eleanor und Onkel Ron stehen wie alte Eichen am Rande meines Blickfeldes, knorrig und ermutigend voller Blätter, während Becky und Rachel kräftige Schößlinge im breiten Schatten ihrer Eltern sind, fast unsichtbar zwar, aber dort verwurzelt. Zwischen ihnen und mir erstreckt sich das wogende Gras der Jahre, die ich hier verbracht habe, mit gelegentlichen größeren Trieben, von denen manche verdorrt sind (Bekanntschaften, ja selbst Freundschaften, im Laufe der Zeit und durch die Umstände geschlossen und durch äußeren Zwang wieder verkümmert), während andere zuverlässig blühen und nie sterben. Es ist keine große Anbaufläche, die da vor meinem geistigen Auge schwebt, aber sie reicht aus, ist mit Wasser versorgt, und sie gedeiht.

Eine der ersten ausländischen Schülerinnen, die ich in New Hampshire traf, nicht lange nachdem ich verwirrt dort angekommen war – sie war älter und würde schon bald die Schule verlassen –, war ein rundgesichtiges indisches Mädchen aus Kenia mit einem glänzenden schwarzen Zopf und weiten buntschillernden Gewändern; sie zog ihre feine Nase kraus, in deren Flügel ein kleiner Diamant funkelte, und informierte mich darüber, dass es einfach war, Amerikanerin zu sein: »Die einzige

Bedingung«, schnaubte sie verächtlich, »und es gibt nur eine – aber eine, die ich nicht ertragen kann –, ist, dass du an Amerika glaubst, dass du es für den besten Ort der Welt hältst.«
Ich glaube zumindest, dass es real ist und dass ich hier bin. Aber ich habe sie beim Wort genommen: Ich äußere nie offen Zweifel, und bis jetzt hat das gelangt. In anderen Gegenden, draußen in den weiten wogenden Ebenen und Tälern auf dem Land, die ich nicht kenne, habe ich Angst, dass ein starker Wind meine Verkleidung wegwehen und mich nackt dastehen lassen könnte; aber ich wage mich gar nicht dorthin und bin daher sicher. In der Stadt gibt es Millionen wie mich, mit jeder Hautfarbe und verborgenen Geschichten. Wir halten gemeinsam den Mund, und man glaubt uns. Zumindest hinreichend.
Ich wohne in einem Apartment auf der Upper West Side zur Miete; es sind dieselben vier nackten Ziegelwände und dieselbe ständig (wie ein eigener Bach) laufende Toilette, dieselbe schmale Küche und dieselben abgewetzten Dielen, seit ich das Apartment in meinem zweiten Jahr an der Columbia University ergattert und dann behalten habe. Ich habe das Gefühl – ich bin davon überzeugt –, dass die Luft in meiner Wohnung anders ist, dass meine verborgene Geschichte dort wie ein leichter Geschmack hinten auf der Zunge liegt, unbeschreibbar, aber vertraut. Dieser Raum mit den hin und wieder hereinfallenden Sonnenstrahlen und den verschmierten Fensterscheiben, der leisen Musikberieselung, dem Klopfen und den gedämpften Stimmen aus den anderen Wohnungen über und neben mir, ist ein Ort, der mir gehört. Nur wenige Dinge stehen darin – ein Doppelbett mit einem Quilt als Überwurf, auf dem Kissen verstreut liegen, sodass es einem Sofa ähnelt; ein langer, aus einer Tür gefertigter Tisch, die ich abgeschliffen und aufgebockt habe; auf dem Tisch Kolleghefte, Papiere und das ausdruckslose Gesicht

meines Computers; ein mit Quasten verzierter Lehnstuhl, in dem ich selten sitze und dann auch nur, um etwas von der Brise abzubekommen, die durch das große Fenster hereinweht; ein zerdellter Aktenschrank, der auch als Kaffeetisch dient; ein paar kleine Teppiche; Lampen; ein, zwei Bilder (darunter *das* Bild); ein billiges Bücherregal; eine Pinnwand. Am Fuße meines Bettes steht mein alter Schiffskoffer, den noch immer die abgewetzten Aufkleber von seiner Atlantiküberquerung zieren, die Messingbeschläge sind mittlerweile stumpf. Die Rouleaus an den Fenstern sind pinkfarben. Sie waren schon vor mir hier. Ich habe eine Diele und einen Wandschrank. Ich habe Sperrholzschränke in der Küche, deren Türen schief hängen, und einen zum Zimmer hin offenen Tresen, an dem zwei einst moderne, verchromte Barhocker stehen. Ich habe einen durchsichtigen Plastikduschvorhang, der mit einer Weltkarte dekoriert ist, die Länder darauf sind so angeordnet, dass der Anstand des Duschers gewahrt bleibt.

Einem Besucher geben diese Räume nichts preis; das sollen sie auch nicht. Sie offenbaren sich nur mir. Ich war schon in Räumen – habe sie sogar in den Korridoren des Gebäudes, in dem ich wohne, erspäht –, die in kunterbunten Stapeln die Geheimnisse eines Lebens verraten, Räume, die bis zur Decke voll gestopft sind mit dem Schutt der Jahre; und ich betrachte sie mit Verachtung, konnte hier doch offenbar jemand sein Leben nicht auf das Wesentliche reduzieren und still im Herzen bewahren. Trage ich mein eigenes Leben still mit mir herum? Wahrscheinlich nicht in mir und wenn, dann jedenfalls in einer anderen, persönlicheren Sprache, in den französischen Kadenzen, die in meinem Schlaf widerhallen. Als Amerikanerin lebe ich jetzt, wie ich es mir vor vielen Jahren ersehnt habe, in der Außenwelt weitestgehend in englischer Sprache, näsele im örtlichen Tonfall und

gebrauche reichlich die verschliffenen, leeren Floskeln, aus denen der größte Teil meiner Unterhaltungen besteht. Draußen vor meinem Fenster dröhnt die Stadt, hupt, bebt und stinkt. Wie das Bellevue hat sie ihre Jahreszeiten – die uringeschwängerten, dunstigen, schweißtreibenden Dämpfe im Sommer, die mir für Monate einen schweren fettigen Film auf die Wangen treiben; das Rascheln im Herbst, wenn die Massen vergnügter einhergehen; der unterirdische Dampf im Winter, wenn dicke Wolken aus dem Asphalt aufsteigen und sich in der scharfen, klaren Luft auflösen, in der einem der Duft von den gebrannten Mandeln, Brezeln und Würstchen der Straßenverkäufer prickelnd in die Nase steigt. Ich bewege mich nach all dieser Zeit noch immer wie eine Spionin durch die Stadt, sammle Eindrücke, sammle mich selbst, unauffällig und verstohlen sogar in der Bewegung meiner Augen. Obwohl ich in einem Land groß geworden bin, in dem man die Leute offen anstarrt, habe ich gelernt zu beobachten, ohne hinzusehen, die wässerigen Ränder meines Gesichtsfeldes so präzise zu benutzen wie ein Vergrößerungsglas, die winzigsten Gesten von Aggression oder Furcht wie eine Sprache zu erkennen, den Anflug von Wahnsinn selbst im freundlichsten Gesicht auszumachen. Und all dies teilt sich ohne Worte mit: Etienne hätte dies auch lernen können; aber er wird niemals hierher kommen.
Meine Mutter besucht mich jedes Jahr ein- oder zweimal. Wenn sie anruft, erkenne ich ihre Stimme nicht. Ich will damit sagen, ich erkenne, dass die Stimme der Frau gehört, die meine Mutter ist, aber diese Stimme hat wenig Ähnlichkeit mit jener, die ich in Erinnerung habe, mit der Stimme der Frau, die mich großgezogen hat und mit meinem Vater verheiratet war, die auf die Familie LaBasse und das Bellevue fluchte, der Stimme der Frau, deren Hände mein Haar so fest flocht, dass es mir das Wasser

in die Augen trieb, und deren spitzes Kinn sich so heftig kräuselte und zitterte, wenn sie den Tränen nahe war, und deren zerbrechliche, spitze Schulterblätter unruhig unter meinen jugendlichen Umarmungen flatterten. Diese Mutter hatte sich gehäutet und existierte nicht mehr. Die Frau, die mit der Zeit spröde, verschlossen und gewandelt in Erscheinung trat (oder kam da das wahre Ich zum Vorschein?), ist eine völlig andere. Eine, die sich zu ihrem Vorteil verändert hat. Sie macht Dinge, zu denen meine frühere Mutter nie in der Lage gewesen wäre. Sie hat auberginefarben gefärbtes Haar und denkt ganz unverfroren über Schönheitschirurgie nach.
Ich hatte keine Ahnung, als ich sechzehnjährig, verzagt, arrogant und (so dachte ich jedenfalls) gewappnet am Flughafen von Nizza stand – ich hatte keine Ahnung davon, was ich glaubte zu wissen. Davon, was vorbei war, davon, was der Tod wirklich bedeutete. Ich wusste, dass es kein Zurück gab, aber ich wusste es nur so, wie ich über den Tod Bescheid gewusst hatte, bevor der meines Vaters eingetreten war, als ich irgendwie noch an die ständige Veränderung als vorübergehende Maßnahme glaubte. Und obwohl ich zu wissen glaubte, dass ich mit dem, was ich mir wünschte, vorsichtig sein musste, kannte ich vielleicht nicht die Bedeutung von »zu spät«. Und selbst jetzt noch, wenn ich mich aus meiner Wohnung ausschließe und mir genau vorstellen kann, wo die Schlüssel auf dem Küchentresen liegen und nur darauf warten, in die Hand genommen zu werden, kann ich nicht recht akzeptieren, dass diese Schlüssel für mich nicht greifbar sind, dass sie in dem Moment, als ich die Tür zuknallte, unabänderlich und unwiederbringlich fern auf der anderen Seite waren, im Bereich des Wie-es-hätte-sein-Können, Wie-es-hätte-sein-Sollen; und erst sehr spät und mit großem Widerstreben bestelle ich – je nach Uhrzeit – den Hausverwalter oder den Schlüssel-

dienst und gebe damit zu, dass ich mir die Schlüssel nicht in meine Tasche wünschen kann – und dabei sehe ich sie doch so genau vor mir und kann ihre glatte Kälte, ihre Zacken so deutlich fühlen –, dass ich meinen Fehler nicht ungeschehen machen kann.

2

Das Internat nahm mich, nachdem ich endlich dort angekommen und von Ron unter Salven ängstlichen Gelächters und nach einer linkischen Umarmung abgesetzt worden war, wie vermutet völlig in Beschlag. Das Frühstücksgeschnatter in der Cafeteria, die abgetretenen steinernen Treppenschächte, die wilden Aktivitäten, die als so hübsche Standfotos im Katalog erschienen waren – dieser neue Alltag, der sich drehte wie bunte Windrädchen, fraß meine Tage auf. Ich hatte eine Zimmergenossin, ein mehlsackartiges Mädchen aus dem Mittelwesten, bei der es mir ein volles Jahr lang nicht gelang, ihre Knochen zu orten; sogar ihre Handgelenke und Schultern verschwanden diskret in der mehligen Blässe ihres Fleisches. Ihr Haar war ebenfalls blass und spärlich und lag nach einer Chemotherapie wie Kinderflaum auf ihrem Schädel. Sie hatte als Kind Leukämie gehabt und überlebt, wofür man sie grundsätzlich bewunderte; aber es war so wenig Liebenswertes an ihrer faultierartigen Ruhe, ihrer rauen, brüchigen Stimme, ihrem leicht fischigen Geruch. Das Schnellste an ihr war die kleine Wüstenmaus, die sie besaß, ein leichtfüßiges kleines Monster in einem quietschenden Rad, das sie gelegentlich aus Mitleid oder Boshaftigkeit aus seinem Käfig befreite, sodass ich mehrfach kleine schwarze Köttel auf meinem Kopfkissen entdeckte und einmal sogar zu meinem Entsetzen das Nagetier selbst dort sitzen sah, dessen Augen höhnisch glitzerten.

Meine Zimmergenossin und ich waren nicht dazu ausersehen, Freunde zu werden. Wir waren höflich – wozu ich mir speziell nach dem Vorfall mit der Wüstenmaus selber gratulierte –, suchten jedoch anderweitig Gesellschaft. Ich trat einem Buchclub bei, versuchte mich im Laienschauspiel und bot Schülern, die Schwierigkeiten hatten, Nachhilfe in Französisch an. Ich vermied es, irgendetwas Persönliches preiszugeben, wenn wir uns spätabends im Gemeinschaftsraum unterhielten – in Flanellnachthemden gehüllt und bei riesigen Mengen verdünnten Kakaos –, indem ich anfangs mangelndes Verständnis vorgab und dann ganz offen log. Auf Englisch ging das leichter: Ich sei Einzelkind, sagte ich, und mein Vater sei ganz plötzlich an einem allergischen Schock gestorben. Mal hatte er ein Medikament eingenommen, mal hatte ihn eine Biene gestochen. Als ich von Nussallergien erfuhr, gab ich einer kontaminierten Teigkruste Schuld an seinem Tod. Diese Dinge schienen alle möglich, schienen zu überzeugen. Ich schaffte es auch, mich nur in geschlossenen Duschkabinen oder im Schutz der Dunkelheit auszuziehen und damit die dauerhaften Verwüstungen auf meinem Rücken zu verbergen, die unter Mädchen von rosafarbener, strahlender dermatologischer Vollkommenheit nur noch abstoßender wirkten. Ich sah mich als eine allzeit zur Sittsamkeit verpflichtete junge Muslimin. Und zuweilen fand ich es erstaunlich, wie überzeugend ich an der Oberfläche eines Lebens entlangglitt, Freunde hatte, Beschäftigungen nachging, ohne dass mich jemand kannte. Oder genauer gesagt erstaunte es mich noch mehr, wie wenig neugierig meine Altersgenossinnen waren – sie, die alles über ihre trinkenden Mütter und tobsüchtigen Väter erzählten und sich in endlosen Details über die Scheidungen

ihrer Eltern und die Zusammenstöße ihrer Geschwister mit dem Gesetz ergingen.
Sonntagabends vor der Kirche, wenn sie durchkommen konnte (es gab nur zwei Telefonapparate für vierzig Schüler im Haus), rief meine Mutter an; und sie schrieb auch, jede Woche. Aber sie spielte wie ich ihre Auslassungsspielchen und verriet mir nichts von ihrem Alltag oder dem Etiennes; und noch weniger erzählte sie etwas über das im Niedergang begriffene Bellevue und die Versuche meines Großvaters, Gäste zu finden. Anfangs schrieben auch die Zwillinge, formale, banale Briefe auf geblümtem Papier (zweifellos vor dem Fernseher verfasst), die mit der Beteuerung ihrer Zuneigung endeten. Aber ich konnte mich nicht aufraffen, ihnen zu antworten, weil mein Leben so weit entfernt war wie der Amazonas, und diese Nachrichten versiegten bald.
Ich vermisste die Zwillinge nicht. Meine Tage nahmen mich zu sehr in Anspruch. Der Sprung in ein übersetztes Leben (Mathematik und Naturwissenschaften waren am verwirrendsten) war eine Anforderung, die zu grundsätzlich war, um sie infrage zu stellen. War ich glücklich, unglücklich? Es spielte keine Rolle. Die Frage war nicht von Bedeutung. Ich lernte, hatte ein neues Selbst und eine neue Lebensweise, die mit einem gewaltigen Knacken aus meiner alten Existenz herausgebrochen worden waren. Mit der Zeit trug ich amerikanische Kleidung, trug einen amerikanischen Haarschnitt und kaute Kaugummi wie eine Weltmeisterin, entschlossen, meine Verkleidung noch überzeugender zu beherrschen als meine Mutter die ihre. Ich war jünger, anpassungsfähiger, und die Gesellschaft, in der ich mich bewegte, war offener oder achtete zumindest weniger auf die Unterschiede.
Was Jungen betraf, so hatten sie in diesen frühen Tagen keinen

Platz in meiner Welt. Ihre Schlafräume lagen auf der anderen Seite eines offenen Feldes, was mir auf höchst passende Weise zu zeigen schien, wie fern sie waren. Als ich gegen Ende meines Abschlussjahres meine Jungfräulichkeit verlor, so geschah dies mit einem ehemaligen Geschichtslehrer, einem verheirateten schnurrbärtigen Mann über dreißig, der nicht größer war als ich; er fuhr total darauf ab, dass ich noch Jungfrau war, und obwohl er zärtlich und bemüht war, verbuchte er die Eroberung meines Jungfernhäutchens zweifellos auf einer immer länger werdenden Liste, während er sich auch nie nur einen Moment lang wirklich für mich interessierte, denn da waren seine Quäker-Ehefrau mit ihrem Mona-Lisa-Lächeln (sie war zufälligerweise eine der Schulschwestern und hätte mich sicher, wenn ich sie darum gebeten hätte, mit Kondomen für den Ehebruch ihres Mannes versorgt, aber in dem Falle kümmerte er sich selbst darum) und seine zwei rosigen, engelhaften Kinder. Noch hatte es für mich irgendetwas mit Liebe zu tun; ich ergriff die Gelegenheit, als sie sich ergab, und war dankbar dafür, dass es nur ein paar Monate vor meinem Schulabschluss passierte, was uns ein paar Stelldicheins und praktische Übungen ermöglichte, die zweifellos der Verbesserung der sexuellen Kenntnisse dienten (zumindest meiner), bevor ich meine Koffer packte und uns beide von weiteren Verpflichtungen befreite. Sein Name war Mr. Wilson, und obwohl er mir in unseren Anwandlungen von Intimität verraten haben muss, wie er mit Vornamen hieß, fällt dieser mir nicht mehr ein, auch wenn ich mich noch deutlich an die sanften Borsten seines Schnurrbarts auf meiner Oberlippe erinnere.

Aber das war viel später. In jenen ersten Monaten freute ich mich gelegentlich, wenn ich schläfrig über meinen wirren Aufzeichnungen saß und lernte, auf Weihnachten und zu Hause und fand die Aussicht schön. Ich war wie gesagt zu beschäftigt, um Heimweh zu haben, aber so wie damals bei Tante, Onkel und Cousinen betrachtete ich dieses Abenteuer als vorübergehenden Ortswechsel und hörte nur aus weiter Ferne das wahre Ticken meiner Lebensuhr, deren Räderwerk für mich fest in mediterranem Boden verankert war. Als die Ferien nahten, freute ich mich hämisch bei der Vorstellung, dass meine Zimmergenossin in irgendein eingeschneites schindelgedecktes Farmhaus in einer topfebenen Gegend zurückkehrte und meine neuen Freundinnen in matschige Vororte von New York und Washington D.C. entschwanden. Manche, die von besonders weit her waren und deren Eltern in Dubai oder Karatschi oder Akkra arbeiteten, mussten sich damit begnügen, anderswo Weihnachten zu feiern – so, wie ich mich, was ich damals noch nicht wusste, im darauf folgenden Jahr bei Ron und Eleanor wieder finden würde, um dort neben Becky eine Kastanienfüllung zu kneten und mit ihr Erinnerungen an unser fernes Wochenende am Cape auszutauschen. Aber zu diesem ersten Weihnachtsfest fuhr ich nach Hause – eine Reise, die meine Freunde und sogar mich selbst beeindruckte.

3

Als ich meine Mutter hinter der Absperrung in Nizza erblickte, fing ich an zu hüpfen und zu winken. Und als ich im Näherkommen meinen grinsenden Bruder in seinem Rollstuhl sah (es war für meine Mutter ein beachtlicher Aufwand gewesen, ihn mitgebracht zu haben), wurden meine Augen plötzlich unwillkürlich nass und meine Wangen feucht, als hätten sie ebenfalls Tränen ausgeschwitzt. Ich versuchte sie beide in einem Schwung zu-

sammen zu umarmen und schlug dabei meine voll gestopfte Handtasche so hart gegen Etiennes perlenfarbenes Ohr, dass er aufjaulte.
Meine Mutter freute sich wie ein kleines Mädchen. Auf dem Heimweg drehte sie sich an jeder roten Ampel zu mir um und äußerte immer wieder, wie ich mich verändert hätte, wie gut ich aussähe und wie sehr ich vermisst worden sei. Obwohl ich durch den Flug, die Stunden in Paris und den Schlafmangel ganz benommen war, versuchte ich dennoch, ihre eifrigen Fragen über den Campus, meine Zimmergenossin, die Lehrer, das Essen so gelassen und vollständig zu beantworten, wie ich konnte. Aber eigentlich wollte ich ruhig aus meinem Fenster gucken, das kristalline Winterlicht betrachten, die roten »Tabac«-Zeichen, die grünen Apothekenkreuze, die sich verästelnden Gassen und gelegentlich vorbeikommenden Bauern, die mit roten Ziegeln gedeckten Dächer, die knorrigen Weinstöcke und die kahlen blauen Berghöhen.
»Die Autos sehen so klein und so weiß aus!«, rief ich aus. Sie lachte und Etienne mit ihr. Und als ich auf der Autobahn am Mauthäuschen nach Kleingeld wühlte, lächelten wir beide über meine Hand voll nutzloser Quarters und Dimes.
Mit ihren eigenen Neuigkeiten ging meine Mutter sehr zurückhaltend um. »Wenn wir zu Hause sind, mein Schatz. Wir haben eine Menge Zeit, um über alles zu reden, wenn wir zu Hause sind.«
Ich seufzte am palmengesäumten Boulevard auf und nahm den frischen Anstrich an den Toren des Bellevue wahr, als wir daran vorbeifuhren. Ich wunderte mich über die neue Verkehrsampel an der Bergkuppe und fühlte, wie sich meine Lungen zum Bersten füllten, als wir in die vertraute Straße einbogen.
»Zu Hause, Etienne! Wir sind tatsächlich hier!«

Und er murmelte ruhig zustimmend: »Groh.«
»Er freut sich so. Er hat dich auch vermisst. Und er hatte solch einen schlimmen Herbst – eine Lungenentzündung, weißt du, ziemlich übel. Er hat sie eben erst überstanden.«
»Du hast mir nichts davon erzählt.«
»Wozu hätte das gut sein sollen, Schätzchen? Er war nicht in Gefahr. Und du hättest dir da in der Ferne nur Sorgen gemacht, wegen nichts.«
»Was weiß ich sonst noch nicht?«
»Sei nicht albern. Jetzt bist du hier, und wir haben massenhaft Zeit für alles.«
»Zwei Wochen sind nicht massenhaft Zeit.«
»Sei doch nicht so.« Meine Mutter umfasste mein Handgelenk, und das schwere Goldarmband, das sie trug, lag kalt auf meiner Haut.
»Neu?«, fragte ich, während ich es befühlte.
»Das ist eine andere Geschichte, Liebes. Alles zu seiner Zeit.«
Ich hatte nie zuvor bemerkt, wie hässlich die Räder von Etiennes Rollstuhl auf dem Marmorboden im vorderen Flur quietschten, noch hatte ich den hohlen Klang meiner eigenen Schritte in der Eingangshalle in Erinnerung. Das Haus wirkte anders, kalt und still, als wären wir drei, nachdem es lange Zeit verlassen war, ungebeten dort eingedrungen.
»Man hat das Gefühl, als wohntest du gar nicht mehr hier«, sagte ich. »Es ist seltsam. Meine Stimme hallt fast wie ein Echo.«
»Was für ein Blödsinn«, schalt mich meine Mutter. »Du hast es nur vergessen. Dein Gedächtnis muss recht kurz sein. Lass dein Gepäck jetzt stehen – wir kümmern uns später darum. Fadéla hat uns, denke ich, irgendetwas zum Essen gemacht, und wir können gleich anfangen. Dann kannst du schlafen, das hast du sicher besonders nötig. Ich dachte, wir verschieben deine Großeltern

auf morgen und geben dir Gelegenheit, den Schlaf nachzuholen. Und dann –«, während sie sprach, rollte sie den blassen, dürren Etienne durch den *salon* ins Esszimmer, wo der Tisch für drei gedeckt war, mit einem großen Krug Wasser und einem mit Stoff ausgelegten Korb, in dem ein Baguette lag. Für mich jedoch war da gedeckt, wo mein Vater immer gesessen hatte, und während meine Mutter vor sich hin plapperte, machte ich mich daran, Set, Besteck, Glas und Serviette an ihren rechtmäßigen Platz zu verschieben.

»Du kannst nicht so tun, als würde er wiederkommen, Liebes«, sagte meine Mutter. »Du kannst doch genauso gut im Lehnstuhl sitzen.«

»Ich will aber nicht.«

»Na dann, wie du wünschst. Aber das ist nicht zuträglich. Jetzt, wie gesagt –«

Während Etienne einen leeren Teller und mich betrachtete, mit einem Blick, in dem ich Erleichterung und Liebe wahrnahm oder wahrzunehmen glaubte, eröffnete mir meine Mutter über Shrimps, Avocadosalat und Chablis, was sich in den Monaten ohne mich ereignet hatte. Etiennes Krankheit – anfangs ein heftiger Husten, der schließlich zu grünlichem, schleimigen Auswurf geführt hatte, der ihn zu ersticken drohte – hatte einen zweiwöchigen Krankenhausaufenthalt notwendig gemacht. Ich war verwundert und wütend über die glatten Unterhaltungen, die sie in ihren Ferngesprächen mit mir geführt hatte, und wie mühelos und geschickt ihr die Lügen über die Lippen gekommen waren. Erneut behauptete sie, dass sie richtig gehandelt habe, als sie die Neuigkeiten von mir fern gehalten hatte.

»Aber wenn es nun schlimmer geworden wäre? Wenn er gar gestorben wäre?«

»Du bist melodramatisch, mein Schatz. Er war nicht in Gefahr.

Und wenn er es gewesen wäre, hätte ich es dir natürlich gesagt, und du wärst sofort nach Hause gekommen.«
»Woher weiß ich das? Wie kann ich dir vertrauen?«
»Du musst es einfach tun. Ich bin deine Mutter. Du machst solch einen Aufstand wegen einer kleinen Infektion –«
»Zwei Wochen im Krankenhaus, Maman!«
»Du musstest schon mit genügend Dingen klarkommen, einer neuen Umgebung fern von zu Hause, ganz zu schweigen von dem, was du sonst zu tragen hattest, der Sache mit deinem Vater. Und ich habe mich um deinen Bruder gekümmert. Und alle Ärzte und Iris ebenfalls. Du bist nicht für ihn verantwortlich; ich bin es. Du musst dein eigenes Leben führen.«
»Er ist mein Bruder.«
»Er ist mein Sohn. Ich würde es wieder so machen.« Sie schwieg einen Moment lang und spielte mit den Brotkrümeln neben ihrem Teller. »Aber es hat, weißt du, es hat mich fertig gemacht, dabei so ganz alleine zu sein. Du kannst dir nicht vorstellen … Und das hat mich darüber nachdenken lassen –«
»Was?«
»Ich habe mich darüber mit Freunden unterhalten – einem Freund –«
»Mit wem? Worüber?«
»Jetzt reg dich nicht auf. Ich habe nur überlegt, ob es nicht von uns allen zu viel verlangt ist, wegen Etiennes Wohlergehen – ich meine, vor allem für ihn –«
»Worauf willst du hinaus?«
»Es gibt Orte – du weißt das –, die entsprechend ausgestattet sind, besser, als es dieses Haus je sein kann –«
»Das tust du nicht!«
»Ich habe mich nur mit Leuten unterhalten, das ist alles. Du weißt, dass dein Bruder –« Wir sahen beide zu ihm hin, und er

grinste. »Er liebt Menschen und Aufmerksamkeit. Er mag es gern, wenn viel Wirbel um ihn gemacht wird. Und jetzt –«
Meine Mutter fuhr fort, mir zu erklären, dass ihre Mittel nicht unbeschränkt seien und dass wegen der Todesart meines Vaters die Lebensversicherung nicht bezahlt habe und sie sich deshalb, kurz gesagt, nach einem Job umsehe. »Und wenn ich von morgens an außer Haus bin und erst abends zurückkomme, wenn Etienne bereits im Bett ist, dann ist er den ganzen Tag allein mit Iris. Sie ist zweifellos ganz wundervoll zu ihm, aber das würde ihre Stunden verdoppeln und auch die Kosten – du musst es verstehen, es ist unrealistisch, im Hinblick auf Etiennes Wohlergehen nicht darüber nachzudenken –«
»Großvater wird dafür bezahlen, das weißt du.«
»Darüber müssen wir uns auch unterhalten. Ich – also – das Verhältnis zwischen deinen Großeltern und mir ist nicht – ist nicht einfach. Ich möchte dich nicht aufregen, aber es ist, wie es ist. Dein Vater ist ihnen nie entgegengetreten, weißt du. Sie wurden von ihm verhätschelt– das ist das richtige Wort. Sodass sie nun, wenn wir unterschiedlicher Meinung sind, offenbar nicht in der Lage sind – und sie sind großen Belastungen ausgesetzt und –«
»Läuft das Hotel schlecht?«
»Es ist keine gute Zeit fürs Geschäft, das ist das eine, und dein Großvater hat hart arbeiten müssen, besonders für einen Mann seines Alters, der aus dem Ruhestand kommt – aber das ist es nicht allein. Ich denke, sie können – ich meine, der Heimgang deines Vaters war für sie besonders hart.«
»Und für uns nicht?«
»Und es war außerdem schwierig für unser Verhältnis. Ihrs und meins. Deine Großmutter findet es völlig falsch, dass du weg bist, und jetzt –«

»Aber Etienne zuliebe würden sie helfen wollen. Um zusammenzubleiben. Hast du sie überhaupt gefragt?«
»Ich möchte sie nicht fragen, Sagesse. Das ist das Entscheidende.«

4

Das war natürlich nicht das Entscheidende. Das schwere, protzige, mit Rubinen und Saphiren besetzte Goldarmband war das Entscheidende: Meine Mutter hatte einen Freund.
Sie brauchte Tage – fast die Hälfte meiner Ferien –, um sich bis zu dieser Neuigkeit vorzuarbeiten. Die Nachricht über Titines Tod im Oktober, die Verlobung von Iris' ältestem Sohn, der neue Priester, ein junger Mann mit, wie sie sagte, »Schlafzimmerblick« – all das waren dringendere Mitteilungen als die Tatsache, dass wenige Monate nach dem Tod meines Vaters ein Verehrer auf der Bildfläche erschienen war, ein geschiedener Geschäftsmann Anfang fünfzig, mit dem sie schon seit Jahren gesellschaftlichen Umgang gehabt, den sie aber nie erwähnt hatte und dessen glühenden Avancen sie rasch, ja bereitwillig nachgegeben hatte.
»Er ist ganz reizend zu Etienne«, versicherte sie mir mit leuchtend roten Wangen und glänzenden Augen, während ich wie versteinert aus dem Fenster sah. »Er ist ein freundlicher, liebenswürdiger, geduldiger Mann. Aber stark. Nicht wie –«
»Nicht wie mein Vater.«
»Er ist sehr charakterfest.«
»Sicherlich.«
»Und unabhängig.«

»Zweifellos.«
Es herrschte Schweigen.
»Wie konntest du nur?«, fragte ich.
»Ich trauere auch, Sagesse. Paul nimmt darauf auch sehr Rücksicht. Aber wenn mich jemand verstehen müsste, dann du.«
»Ich?«
»Wir haben darüber gesprochen – zumindest haben wir das getan, als dein Vater noch lebte. Ich habe auch ein Leben. Ich habe Anspruch darauf. Wir müssen uns ändern. Die Dinge ändern sich. Kannst du mir nicht so viel gönnen?«
Ich zuckte die Schultern.
»Seine Kinder sind erwachsen. Er ist frei, und er liebt mich.«
»Und du?«
»Es ist für mich noch zu früh, es zu wissen.«
Aber ich bekam aus ihr heraus, dass der »Freund«, der Etiennes Verlegung in ein Heim empfahl, niemand anderer war als Paul, der meiner Mutter ebenfalls riet, das Haus zu verkaufen und in seine Villa nach Nizza zu ziehen; dass er im Bett meines Vaters schlief; dass er ihr eine Stellung in seiner Firma angeboten hatte.
»Er möchte, dass ich unabhängig bin. Anders als die Familie deines Vaters. Er sieht, dass dies das Problem in seiner ersten Ehe war, dass seine Frau und er sich deshalb auseinander gelebt haben. Er ist sehr emanzipiert.«
»Ehe?«
»Er hat davon geredet, nicht ich. Er hat Geduld. Du wirst ihn mögen, das verspreche ich dir.«
»Hast du mich deshalb aufs Internat geschickt?«
»Sei nicht so ekelhaft.«
»Wer ist hier ekelhaft, frage ich dich?«
Ich überlegte, warum es mir nie in den Sinn gekommen war, dass so etwas vielleicht geschehen würde. Nie in all meinen Wunsch-

vorstellungen vor dem Tod meines Vaters, nie in der Wolke aus Schuld und Trauer danach, nie hätte ich – obwohl ich nun mit Abstand die Logik sehen konnte – vermutet, die Veränderung, die meine Mutter, die wir durchgemacht hatten, könne dazu führen, dass sie alles, uns alle, das Bellevue und meine Großeltern und vor allem mich und Etienne, hinter sich lassen würde. Mein Bruder, der in seiner Unbeweglichkeit derjenige war, der sich nicht ändern konnte, hatte uns bis zuletzt zusammengehalten, er war für uns die Mitte gewesen. Unser Haus war für ihn gebaut, unser Leben um seine Bedürfnisse herum gestaltet worden. Und wenn ich darüber entsetzt gewesen war, wie unbekümmert mein Vater an diesem lange zurückliegenden Nachmittag meinen Bruder in den Aufzug geschlossen und wie ungeniert ich Etienne dort gelassen hatte, was sollte ich dann darüber denken, dass meine Mutter bereit war, ihn abzuschieben, ihn wie Ballast abzuwerfen, ihn aus unserem Leben zu lösen wie einen Stein aus einem Pfirsich und ihn in eine Anstalt wegzurollen, die sicherlich mehr von einem Kerker hatte als das Leben in der Familie LaBasse?

5

In den Nachmittagsstunden dieses unfreundlichen, grauen Tages vor Weihnachten, an dem diese Unterhaltung stattgefunden hatte, machte ich mich zu Fuß und von mir aus auf, um meine Großmutter zu besuchen. Wir hatten alle zusammen am Tag nach meiner Ankunft zu Abend gegessen, eine höfliche und formale Angelegenheit in ihrer Wohnung, aber weder sie noch mein Großvater waren in den Tagen darauf bei mir vorbeige-

kommen. Sie begrüßte mich an der Tür (Zohra war bereits gegangen), und ihre Hand auf meiner Schulter war so kalt, dass ich es durch den Pullover fühlen konnte.
Meine Großmutter kam mir gealtert vor, ihre Wangen hatten Haarrisse wie altes Porzellan, neue Linien und Furchen. Ihre Augen glühten in den Höhlen, und obwohl sie mich anlächelte, fühlte ich keine Wärme in ihrem Blick. Ich fühlte mich wie eine Verräterin.
Wir saßen einander gegenüber am Tisch im Esszimmer, dem Schauplatz so vieler steifer Mahlzeiten und, für mich, stillen Schreckens. Draußen verhüllte ein Dunstschleier den Horizont, und das Meer war grau und aufgepeitscht. Der Swimmingpool unter uns war voller toter Blätter, saisonbedingt verlassen und das türkisfarbene Wasser abgestanden und unbenutzt. Das Zimmer war so kalt wie meine Großmutter: Es zog durch die Fensterrahmen über den Boden bis zu meinen Knöcheln.
»Deine Mutter hat dir also von ihrem Galan erzählt?« Die Nase meiner Großmutter zitterte verächtlich, und der Parkinson ließ sie in erratischen Schüben erschaudern.
»Ja, das hat sie.«
»Und was meinst du dazu?«
»Ich weiß nicht. Ich habe ihn noch nicht getroffen.«
»Mehr hast du nicht dazu zu sagen?«
»Was sagt ihr denn dazu, du und Großvater?«
»Uns geht es ja offenbar nichts an. Ich finde es – ich bin entsetzt wegen deines armen Vaters. Was für einen Irrtum er mit der Wahl dieser Frau begangen hat, zeigt sich erst jetzt. Jetzt verstehe ich vielleicht, warum er getan hat, was er getan hat.«
»Das ist aber schrecklich, was du da sagst.«
»Deine Mutter hat es in wenigen Monaten geschafft, eine Familie zu zerstören. Eine Familie, die trotz schrecklicher Schicksals-

prüfungen lange zusammengehalten hat. Sie ist eine gottlose Frau.«

»Ich weiß nicht, ob –«

»Es tut mir vor allem für dich und deinen Bruder Leid. Aber du treibst dich ja weit weg in Amerika herum, und es scheint dir nichts auszumachen. Etiennes Glück spielt offenbar keine Rolle für dich. Aber letztlich bist du ein Kind.«

»Nicht mehr wirklich.«

»Deine Mutter ist die verantwortliche Person. Ich gebe nicht dir die Schuld. Du bist meine Enkelin, und ich werde dich immer lieben, und du wirst auch immer ein Zuhause hier haben. Aber diese Frau –«

»Sie ist meine Mutter.«

»Wenn du das so siehst …« Meine Großmutter ließ erbittert den Kopf sinken.

»Ist dieser Typ so schrecklich?«

»Ich kenne ihn nicht. Ich habe auch gar kein Interesse. Zunächst einmal ist er Gaullist.«

»Ja, aber –«

»Und ich kann ihn nicht dafür verurteilen, dass er sein Glück versucht hat, wenn auch mit ungehöriger Hast. Aber deine Mutter scheint ihn in ihrem Schlafzimmer empfangen zu haben, ohne mit der Wimper zu zucken –«

»Allein zu sein ist hart.«

»Was verstehst du davon? Und sie war nie allein. Es war nicht nötig, dass du gingst – sie hat dich weggeschickt. Und dein Großvater und ich, was ist mit uns? Nichts? Und Etienne?«

»Aber sie gehört nicht dazu. Sie hat nie richtig dazugehört.«

»Sie wollte es doch wohl so.«

»Aber du hast sie nie gemocht.«

»Haben ich oder dein Großvater je etwas Derartiges gesagt?«

»Was ist dann mit mir?«
»Du gehörst immer hierher, zu uns, wenn du willst. Es liegt an dir.«
Die Stille der Wohnung lastete auf uns, die dem Untergang geweihten Zimmer mit ihrem Plunder und ihren Deckchen waren bedrückend, die kalte Luft zwischen uns fühlte sich zum Anfassen dick an. Vom Mittagessen hing noch ein leichter Geruch nach gebackenem Fett in der Luft, und es roch nach der Seife, mit der Zohra die Fußböden schrubbte.
»Vielen Dank«, sagte ich. »Ich bin dir sehr dankbar.« Aber die Entscheidung war – ist es nicht immer so? – bereits getroffen.

6

Meine Mutter war ausgegangen, als ich nach Hause kam. Iris saß im Wohnzimmer, auf dem rosafarbenen Samtsofa, das ihre dunkle Haut betonte, und strickte, während Etienne, in seine karierte Decke gewickelt, am Fenster döste.
»Er schaut gern hinaus und betrachtet den Tag«, sagte sie. »Selbst wenn es nicht besonders schön ist. Ich weiß, dass es da drüben kühler ist, aber es macht ihn so glücklich; deshalb packe ich ihn warm ein und lass ihm seinen Willen.«
»War er heute schon draußen?«
»Es ist zu frisch. Mit seinen Lungen müssen wir jetzt ganz besonders vorsichtig sein. Ein Rückfall wäre ganz furchtbar.«
»Wie war das denn?«
»Er kann es uns nicht sagen, der arme Kerl, oder? Aber er war weiß wie die Wand und ganz schwach, und der Husten hat ihn nur so zerrissen. Mal war er eiskalt, im nächsten Moment glühte

er wieder. Er hat abgenommen, das kannst du sogar jetzt noch sehen. Brachte nicht mehr die Kraft zum Essen auf. Man konnte an seinen Augen sehen, dass er Angst hatte, schlichte Angst.«

»Ist Mutter bei ihm im Krankenhaus geblieben?«

»Sie hat ihn jeden Tag besucht.«

»Und nachts?«

Iris hörte auf zu stricken und sah mich an. »Zwei Wochen sind eine lange Zeit. Du kannst nicht einfach zwei Wochen lang die ganze Nacht auf einem Stuhl zubringen, vor allem wenn du noch andere Dinge im Kopf hast.«

»Also war er allein.«

»Manchmal bin ich geblieben. Aber da waren auch immer Schwestern, die man rufen konnte.«

»Aber Etienne kann nicht rufen.«

»Es geht ihm jetzt so viel besser, das ist das Entscheidende. Wir müssen nur im Winter vorsichtig sein.«

Ich bin mir nicht sicher, warum es besonders schlimm war, sich Etienne ganz allein im Dunkeln an einem fremden Ort vorzustellen. Irgendwie waren wir das ja letztlich alle. Aber mir kam die Isolierung meines Bruders besonders qualvoll, besonders wirklich vor. Ich fragte mich, ob sie ihn wohl an den Knöcheln und Handgelenken festgebunden hatten, damit er nicht die Infusionsschläuche herausreißen konnte, und machte mir Gedanken, ob sie irgendwo, sei es auch nur weit weg, ein Nachtlicht angelassen hatten, damit er sich nicht, wenn er aufwachte, den Hals verrenkte und, da er nichts sah – keine sich abzeichnenden Umrisse, keine Schatten an der Wand –, mit wildem Herzklopfen bezweifelte, ob er überhaupt wach war. Aber vielleicht war es wie die Zeit im Aufzug: Vielleicht fürchtete er gar nicht wie ich die völlige Dunkelheit, sondern ließ sich lediglich, unsichtbar

und unbehindert, von ihr tragen. Ich hatte oft die Vorstellung – ich habe sie noch immer, wie könnte es anders sein? –, dass wir gleich sind, dass ich allerdings eine Stimme habe, um Angst und Schrecken auszudrücken.
Aber vielleicht ist das falsch: Vielleicht hatte Etienne gar nichts gegen das vergitterte Krankenhausbett, aus dem er nicht herausfallen konnte, und die verführerische Schar weichhäutiger Krankenschwestern. Vielleicht vermisste er meine Mutter gar nicht, wenn sie ging, noch meinen Vater oder selbst mich, sondern war mit sich zufrieden, was auch immer das war, solange er keine Schmerzen hatte. Wenn es um Etienne geht, glauben wir die Dinge, die wir glauben wollen. Er ist wie ein Gefäß für uns, das bereitwillig alles aufnimmt, jede Projektion, jeden Widerspruch: Glück, Unglück, die Geschichte und ihren Verlust, das Nichts und das Ganze – warum auch nicht? Und wer kann es schon sagen?
Aber wenn es so ist, wenn all unsere Bedürfnisse in ihn eingehen, geschieht dies dann, weil er kein eigenes Ich hat? Ich weiß, dass es nicht so ist, obwohl ich so wenig darüber weiß, was das Ich ausmacht oder wie lange es Bestand hat, ob es eine Frage des Fleisches oder des Geistes ist, der Vergangenheit oder der Träume – aber all diese Dinge sind unbestreitbar in seine Haut und sein Herz eingekerbt. Er hat sie alle durchlebt, so wie ich.
Auf dem College lernte ich, dass ein kanadischer Wissenschaftler bei Studien des Gehirns dünne Nadeln in die freigelegte graue Substanz seiner Versuchsperson, einer Frau, die bei Bewusstsein war, bohrte und die sich zu den spezifischen und vergessenen Kindheitserinnerungen, die er hervorholte, äußern konnte – einen gewöhnlichen Juninachmittag in einem Kanu auf einem See; einen Winterabend am vom Atem beschlagenen Fenster, die Augen auf dem sich als Silhouette abzeichnenden

Gehölz oben auf dem Hügel, während das Feuer hinten im Kamin Funken sprühte –, eine jede Erinnerung war reich und glänzend wie ein Edelstein. Alles war da, jede abgewetzte Stelle am Ellenbogen des Flanellhemds ihres Vaters, jedes Körnchen Sand auf der Zunge, jede Schäfchenwolke, die über den Kopf dahinschwebte, und jedes Kräuseln des Wassers. All das, jeden Moment, jede Stunde, jeden Tag, tragen wir irgendwo mit uns herum, auch Etienne.
Und wenn das so ist, dass er Gelegenheit hat, er selbst zu sein, in all der ihm eigenen Verborgenheit, und dennoch in der Lage ist, klaglos all das, wozu wir ihn nötigen, auf sich zu nehmen, jegliches Bedürfnis, jegliche Angst und jegliche Unschuld, alles – so wie er das Sammelbecken für all die eigentümlichen Erinnerungen ist, die unbergbar in unseren eigenen Gehirnen versteckt sind (kein Wissenschaftler wartet darauf, die meinen an die Oberfläche zu zerren, noch würde ich mir das notwendigerweise wünschen) –, was ist er dann? Dann ist Etienne Parfait, *plus-que-parfait*, nicht weniger perfekt als ich; dann ist er in seiner stummen Weisheit unendlich mehr.
Und dennoch hasste ich den Gedanken, dass er allein war. In jener Nacht, der Nacht vor Heiligabend, klappte ich seine Gitterstäbe herunter und kroch noch einmal, wie ich es früher getan hatte, in das schmale Bett, in dem er schlief, sodass wir zusammen sein, eins sein konnten. Ich bettete seine glatte Stirn an meine Schulter, passte seine Körperlinie der meinen an, streichelte sein feines Haar (meine Mutter ließ es fast so lang wachsen wie das eines Mädchens, da er beim Anblick einer Schere zusammenzuckte) und atmete im gleichen Rhythmus wie er. Er schien so leicht, fast als sei er innen hohl; aber er schien sich auch sicher in seiner Haut zu fühlen, als erlaube er eher, als dass er sie brauchte, meine Anwesenheit. Ich schützte ihn nicht. Wenn

überhaupt, schützte mein Bruder mich, obwohl ich so lange danach gestrebt hatte, ihm zu entkommen.
Ich schlief, seinen Kopf unter meinem Kinn, ein und wachte vor dem Morgengrauen auf, als der erste Vogel in den Bäumen draußen rief und die frühesten Schatten des Tages blau über den Fußboden krochen. Etienne in meiner Armbeuge war heiß, seine Stirn feucht, sein Atem schwer und mächtig. Er roch nach Schweiß wie ein Mann, nicht wie ein Junge, scharf und unangenehm, und sein Penis war wie ein kleiner Knochen hart gegen mein Bein gepresst. Ich hatte vergessen, dass er kein Kind mehr war, hatte mich auf diese Weise an ihn erinnern, ihn weiterhin als Kind haben wollen. Darüber, aber auch über meinen eigenen Schrecken entsetzt, glitt ich zur Seite; er stöhnte leicht, wachte jedoch nicht auf. Das Laken, unter das ich in meinem Bett kroch, war an den Seiten zu fest eingesteckt, und es war kalt; aber ich schlief sofort ein, erleichtert, allein zu sein.

7

Als der betagte Augustinus, papierhäutig und fiebrig in seinem Bett in Hippo, am Ende des Sommers im Jahre 430, seinen letzten Atemzug tat, hatte er nicht mehr mitansehen müssen, wie seine irdische Heimat zerstört wurde. Aber er wusste, dass ihre Zerstörung bevorstand: Die Vandalen waren vor den Toren. Innerhalb eines Jahres stand Hippo in Flammen, und alles, was Augustinus vertraut gewesen war, wurde dem Erdboden gleichgemacht und der Vergessenheit preisgegeben. Die Bibliothek – die Geschichten, die Worte des Augustinus' – blieben verschont, und auf diese Weise lebt seine Welt, sein römisches, christliches

Afrika, das Werk eines Lebens, noch immer in der Vorstellung weiter.
Auch Camus starb, bevor sein Heimatland, sein französisches Algerien, unterging; aber auch er sah voller Entsetzen dessen Todeskampf zu, dem Morden und Foltern auf beiden Seiten. Und er starb an diesem absurden Januarnachmittag im Jahr 1960, vierundzwanzig Kilometer hinter Sens auf der Nationalstraße 5 in diesem zusammengedrückten Facel-Vega; die von ihm beschriebenen Seiten lagen in seiner Aktentasche im Kofferraum, sie wurden geborgen und weitergereicht.
Dass sie wussten, dass ihr Algerien sterben würde, war im weiteren Zusammenhang nicht von größerer Bedeutung als dass sie selbst starben, Männer, die sich Gutes wie Schlechtes getan hatten, die eine Gesellschaft liebten, die mehr Schlechtes als Gutes in ihrem Tun aufzuweisen hatte. Denn ein Land überlebt wie Phönix, wie die Seele, das Feuer. Aber sicherlich war es von Bedeutung, dass sie gesprochen haben.

8

Ich bin jetzt Amerikanerin: Es ist ein Leben, das wie das vieler anderer, wie das meines Vaters oder meines Großvaters, auf einer bewussten Entscheidung zu beruhen scheint. Und mit der Zeit wird Amerika zu einer Art Heimat, ohne die lähmende, wärmende Umarmung der Geschichte. Nach der Schule schrieb ich mich an der Columbia University ein; ich schlug einen Weg ein, der für meine Klassenkameraden, für meine unansehnliche Zimmergenossin Pat, so logisch war wie Thibauds Weg oder Alines und Arianes für jene. Ich verlor Becky und Rachel, meine amerikanischen Cousinen, nicht aus den Augen; sie führten ihr unbelastetes Leben, und ich bemühte mich, ihre Unbeschwertheit nachzuahmen. Ich ließ mich ohne Schwierigkeiten in das Getümmel der Großstadt gleiten, dankbar für deren Gleichgültigkeit. In einer Anwandlung von Perversität studierte ich zu Beginn des Studiums Geschichte, befasste mich mit dem unbändigen Idealismus der Gründerväter und wie Stein auf Stein eine Kultur errichtet wurde, die nicht wegen ihres Interesses an der Vergangenheit, sondern an der Zukunft bemerkenswert ist; eine andere, eine amerikanische Art zu denken.

Eine Zeit lang teilte ich mein Bett mit einem hohlwangigen älteren Studenten, einem Rebellen von einer orthodoxen jüdischen Hochschule mit ewig dunklen Ringen unter den Augen, einem Mann, der eine Leidenschaft für Filmtheorie hatte und eifrig bemüht war, sich von der furchtbaren Last seiner eigenen Familiengeschichte zu befreien. Wir unterhielten uns über Ideen, über *suture,* Schnitt-Gegenschnitt und Elemente weiblichen Erzählens; wir unterhielten uns über Professoren, Studenten und die Landschaft New Yorks (mit Ausnahme Brooklyns, seinem Geburtsort, der für ihn zu sehr nach Zuhause roch); wir machten urige Restaurants ausfindig, aßen uns durch exotische Küchen und redeten wichtigtuerisch auch über diese. Und als der Moment kam, an dem wir nicht länger abschweifen und die Sache hinausschieben konnten, als wir die verschlossenen Kisten unserer eigenen Geschichte hätten öffnen müssen (etwas, das die meisten sich liebenden Paare von Beginn an tun), sträubten wir uns beide dagegen und zogen uns nach und nach zurück, bis unsere zufälligen Treffen in der Bibliothek oder auf düsteren, weinseligen Partys unerträglich und unsere steifen Unterhaltungen von all dem belastet waren, was wir nicht voneinander wussten und wissentlich nicht hatten enthüllen wollen.

Danach hielt ich meine Liebschaften kurz. Ich log. Den Tod meines Vaters, meinen Bruder sparte ich selbstverständlich aus. Aber ebenso die verschlungenen Wege der Geschichte meiner Familie. Ich verbarg mein privates, allzu reales, ungesehenes Algerien. Viele Male habe ich Männern, deren Geruch sich mit meinem zwischen den zerwühlten Bettlaken vermischte, die Auskunft gegeben, dass das Aquarell an der Wand nur ein wertloses Bild aus einem Trödelladen sei oder das zufällige Geschenk eines längst vergessenen Freundes. Ich beantwortete – beantworte – keine Fragen, und das ist nicht schwierig, weil die meisten keine stellen. Und wenn ich dazu gedrängt werde, erfinde ich etwas, und während ich es tue, bin ich mir der umherschwebenden Puzzleteile meines Lebens bewusst, die von der Sprache, sogar von den Fakten her wandlungsfähig sind und im Raum um mich herum ihre Form verändern.

Meistens bin ich Französin gewesen; aber auch Frankokanadierin oder schlicht nur Amerikanerin (die Robertsons sind in dieser Hinsicht nützlich, da ihr Haus und Leben meinen Lügen eine Struktur verleiht), und gelegentlich, des Kitzels wegen, bin ich Argentinierin oder Venezolanerin. Ich empfand eine besondere Zuneigung für den Mann, der sich mit großen Augen meine Beschreibung der Pampa anhörte und mit mir durch die Straßen meines imaginären Buenos Aires schlenderte. Ich hatte ihn in einer Bar kennen gelernt und ein langes Wochenende damit verbracht, mit ihm an den Ufern des Hudson spazieren zu gehen und mich an seine schmale, fast haarlose Brust zu schmiegen; und nachdem ich mit meiner Südamerika-Geschichte angefangen hatte, hatte ich beschlossen, ihn danach niemals wieder zu sehen; was er natürlich nicht wissen konnte. Ich bedeckte ihn umso zärtlicher und übertriebener mit Küssen, damit er seine argentinische Geliebte immer als sanft und erfahren in Erinnerung haben und nicht das versteckte Fleckchen Mitleid in ihren Augen aufspüren würde.

9

Im letzten August hatte mein Großvater einen Schlaganfall. Mademoiselle Marceau entdeckte ihn nachmittags zusammengebrochen an seinem großen, eleganten Schreibtisch. Seine Wangen waren blau, und in der altersfleckigen Hand hielt er noch immer einen Stapel Papiere, der in der Sommerhitze ganz feucht geworden war. Das Hotel war ausgebucht, im Pool spritzte eine neue Generation lärmender Kinder herum, deren Eltern auf der von Sonnenschirmen beschatteten Terrasse an ihren Drinks nippten. Meine Großmutter teilte es mir telefonisch mit, mit einer Stimme, die zitterte wie ihr Körper, und während sie sprach, sah ich das blendend grelle Licht der Mittelmeersonne vor mir, das silbern glitzernde weite Meer, das einmal mein ganzes Leben geprägt hatte.

Ich musste meine Mutter informieren, sodass die Nachricht sich nicht nur einmal, sondern zweimal über den geheimnisvollen Äther ihren Kreis um die Erde bahnte. Meine Mutter wartete in ihrer großen Villa in Nizza auf die Heimkehr von Paul, wie sie früher auf die meines Vaters gewartet hatte, und zeigte keine Gemütsbewegung, sondern seufzte und sagte: »Ich denke, Etienne sollte zu ihm gebracht werden, damit er ihn sieht.«

»Ich komme«, sagte ich, »und hole ihn. Ich weiß, was es für dich bedeutet. Mach dir deswegen keine Gedanken. Ich dachte nur, du wolltest informiert sein.«

Paul zahlte mein Flugticket, aber ich verbrachte nur eine Nacht unter ihrem Dach und schlief stattdessen bei meiner Großmutter im Bellevue, in dem Bett, das meinem Vater gehört hatte, als er vor langer Zeit dort als verlorener Sohn ohne Sarg angekommen war. Meine Tante Marie war ebenfalls da, in ihrem alten Zimmer und ihrer kissenartigen Fülle, und führte mit ihrem großen Busen das Kommando, scheuchte und hetzte die gebeugte Zohra albern herum und zwang meine Großmutter zu essen und zu schlafen. Wir besuchten meinen Großvater gemeinsam im Krankenhaus, vier Frauen, die sich so wenig zu sagen hatten. Er konnte nicht sprechen. Er lag auf dem Rücken, mit einem hängenden Lid, die linke Seite seines Körpers eine tote Last, während die rechte sich umständlich und mühselig zu leben bemühte. Aber mit dem guten Auge, dem, das nach wie vor in Ordnung war, fixierte er mich, so wie er es damals über das Meer von braunem Teppich getan hatte, und er erkannte mich und erkannte mich an, so, wie er es immer getan hatte; er bestand, nahezu als Letzter, auf meiner historischen Identität.

Ich wollte Etienne zu einem Besuch bei ihm mitnehmen, stellte dann jedoch fest, dass ich das nicht konnte. Meine Großmutter würde dies nicht aus eigenem Antrieb tun; meine Tante, die meinen Bruder noch nie so ganz für einen Menschen gehalten hatte, sah es als nutzlose akrobatische Unternehmung an, die man besser sein ließ. Meine Mutter tauchte nicht aus ihrem neuen Leben auf, um Unterstützung anzubieten. Es hing an mir. Und als ich dasaß und schweißnass Etiennes schmale, geäderte Hand in dem blumenbunten Garten seines Heims ergriff und der strenge Geruch seines Zimmers in Wellen von ihm ausging, als er mich aus seinem zuckenden Kopf heraus wie ein Vogel beäugte und mit feuchten Augen geduldig sein Leid zu ertragen und wissend zu lächeln schien, da wusste ich, dass ich diese beiden Männer nicht zusammenbringen konnte (denn es gab zu dem Zeitpunkt keinen Zweifel: Etienne war ebenfalls ein Mann), damit sie sich gegenseitig in ihrer Einsamkeit betrachteten und sich einer im anderen reflektiert sähe.

Ich blieb einen Nachmittag bei meinem Bruder, erzählte ihm von meinem Leben in New York (er schien – vielleicht brachte ich ihn dazu – bewusst zu lächeln und zu nicken) und fütterte ihn löffelweise mit Schokoladenpudding, der, vermischt mit Spucke, braun über sein blasses Kinn tröpfelte. Aber ich lehnte es ab, ihn zu baden, als es Zeit dafür war, weil ich nicht willens oder in der Lage war, seinen Männerkörper unbekleidet zu sehen, und ließ ihn kokett kichernd bei der Pflegerin zurück. Ich vergrub zuvor nur noch einmal mein Gesicht in seinem Haar und sog durch die Nase bis hinten in den Rachen seinen wahren Geruch ein – nicht den seiner Umgebung mit den ekelhaften Geruchstötern, sondern seinen Geruch, der Teil meiner selbst ist und den ich immer gekannt hatte. Es war, als würde man tief aus einer entlegenen Quelle im Wald schöpfen, von der man wusste, dass sie einen am Leben erhält, und deren Nährkraft für unbestimmte Zeit, vielleicht für immer, halten muss, da die Reise so anstrengend ist, dass man vielleicht nicht mehr in der Lage ist, sie noch einmal zu machen, sei es nun im eigenen Leben oder dem der Quelle. Auch diese kann, wie alles, austrocknen.

Mein Großvater hat nun auch ein Heim. Es befindet sich außerhalb von Genf, ein finsteres Riesengebäude aus dem neunzehnten Jahrhundert mit Blick auf den Genfer See. Meine Großmutter, selbst unpässlich, ist zu ihrer Tochter gezogen, dem Kind, das sie am wenigsten mochte: die LaBasse-Familie muss schließlich zusammenhalten. Thierrys Vater ist zum Interimsmanager des Hotels ernannt worden, über dessen Verkauf verhandelt wird. Und es floriert wieder, das von meinem Großvater auf Felsen gebaute Haus.

10

Das Jahrhundert, das Jahrtausend geht seinem Ende zu. In alle Winde zerstreut und allein wartet ein jeder von uns in seiner Ecke auf das Schlagen der Glocke, die nächste Bewegung, den Sarg – wir wissen nicht, was es sein wird, aber wir warten alle. Bald wird niemand mehr übrig sein, um die Geschichten zu erzählen, niemand außer Etienne und mir.

Und dennoch sind dies nicht allein unsere Geschichten. Sie sickern nach draußen. Durch einen Haarriss vielleicht, aber deutlich sichtbar, wenn man genau hinsieht. Zum Beispiel beim Selbstmord von Mitterands loyalem Paladin Pierre Bérégovoy im Frühjahr 1993, in dem ich nicht den früheren französischen Premierminister sehe, sondern nur meinen Vater, der unter dem bedrohlich grauen Himmel allein am Fluss außerhalb von Nevers entlanggeht, während die grünenden Alleen mit ihrem leisen Tanz sein bevorstehendes Ableben beklagen und das ruhige Dahinströmen des braunen Wassers nur für einen Moment durch den schrecklichen Knall der Waffe unterbrochen wird. Und bei dem Kriegsverbrecherprozess, den man viel später Maurice Papon, dem früheren Generalsekretär des Distrikts Gironde während des Vichy-Regimes, wegen seiner Kriegsverbrechen macht und über den ich in den amerikanischen Zeitungen las. Der verschwommene alte Mann auf den Fotografien, *pied-noir* wie meine eigene Familie, mit seinen großen Augen, seinem um die verwitterten Wangen flatternden Haar und seinem zugleich hochmütigen und ängstlichen Gesichtsausdruck – er ist für mich mein Großvater. Er ist mein historischer Hintergrund, das, was ich bin, egal, wie sehr ich darüber hinwegsehe oder es verschleiere. Auch er ist unentrinnbar Teil meiner Geschichte.

Jetzt, im Hauptstudium, befasse ich mich mit »Ideengeschichte«, einem schlauen, nicht genau zu fassenden Begriff, der Gedanken, nicht Fakten abdeckt. Ich habe mich für Jahrhunderte des Denkens statt für Jahrhunderte des Handelns entschieden, als ob dies voneinander zu trennen wäre. Aber die Visionen in den Köpfen sind es doch, die fortleben – das Leben hinter dem, was man sieht, mehr als die Trümmer der Städte oder die Knochen der Menschen. Ich suche nach einer Doktorarbeit, wobei ich panische Angst habe, dass das Thema mich ohne mein Wollen schon wie eine religiöse Berufung gefunden hat oder mich fände, wenn ich nur bereit wäre.
Während der letzten Monate fällt es mir sehr viel schwerer, die Wahrheit, meine Wahrheit zu unterdrücken; nicht nur weil die Universität mich mit Ablieferungsterminen und Formularen zuschüttet, sondern weil es da jetzt einen neuen Mann gibt, den ich kennen lernen möchte.
Nicht um ihn zu streicheln und zu bemitleiden, um ihn anzulügen, mit ihm im Bett zu liegen und ihn dann zu verlassen; sondern um ihn wirklich kennen zu lernen. Ich sehe ihn in der Bibliothek, bekomme ihn flüchtig im Feinkostgeschäft zu Gesicht oder in der polnischen Konditorei: Seine schmale, altmodische Aktentasche schlenkert an seiner Seite, die Ärmel sind zu kurz für seine knochigen Arme, und seine einsame Stirn ist während der anstrengenden Übersetzungsarbeit gerunzelt. Wir sind uns noch nicht begegnet, aber ich habe mich nach ihm erkundigt und weiß, was irgendwie durchgesickert ist. Er ist ein wenig jünger als ich und lang und dünn, und sein schwarzes Haar liegt wie Astrachanfell an seinem edel geformten Schädel. Seine Haut ist wie mit dunklem Sand bestäubt, und die Augen unter den gebogenen Wimpern sind grün wie das Meer. Er ist noch nicht lange in Amerika, durch die Kriege in seinem Heimat-

land – und dem meinen –, einem Heimatland, das nur in der Vorstellung existiert, wurde er hierher gespült wie T. S. Eliots Phlebas der Phönicier, nur dass er lebt. Sein Name ist Hamed. Wie soll ich ihm, der mein Cousin sein könnte, die Geschichten erzählen, die ich weiß? Und wie soll ich es vermeiden?

Helen Humphreys
Wenn der Himmel uns küsst

Roman

In einer Zeit, in der die Fliegerei noch jung war, wagen zwei junge Pilotinnen das schier Unmögliche: Sie wollen den Rekord im Dauerfliegen brechen.
Der ebenso spannende wie sensible Roman eines großen Abenteuers und einer zarten Beziehung, der sich auf eine wahre Begebenheit im Kanada der 30er-Jahre stützt.

»Ganz behutsam nähert die Autorin sich der
Wahrnehmung ihrer Heldinnen an und schafft es,
die Poesie dieser Situation ebenso spürbar zu machen
wie den Zauber längst vergangener Pioniertaten.«
Marie Claire

Knaur Taschenbuch Verlag

Woody Allen würde sich garantiert in sie verlieben!

Thisbe Nissen
Die guten Menschen von New York

Roman

Roz Andersen ist eine waschechte New Yorkerin. Niemals würde sie sich in einen Mann vom Land verlieben. Doch genau das passiert ihr, als sie Edwin auf der Party einer Freundin kennen lernt. Kurzerhand macht sie ihm einen Heiratsantrag. Besoffen von ihrer Liebe, stürzen sie sich in die Ehe und in das Glück mit ihrer Tochter Miranda. Die Ehe scheitert, und Miranda rebelliert gegen die Übermutter Roz, wird zur eigenwilligen Einzelgängerin, die ihre Eltern letztlich jedoch nicht hinter sich lässt.

»Kommt leider viel zu selten vor,
dass ich ein Buch lese und denke:
Der Mensch, der das geschrieben hat,
der ist mein Freund.«
Amica

Knaur Taschenbuch Verlag